es 1340

edition suhrkamp

Neue Folge Band 340

Seit der deutschen Erstaufführung von *Gerettet*, die Peter Stein 1967 an den Münchner Kammerspielen inszenierte, gilt Edward Bond als einer der wichtigsten zeitgenössischen Autoren des deutschen Theaters. Ja, des deutschen Theaters, obwohl Bond Engländer ist. Bond, der aus dem Arbeitermilieu stammt, hat sich stets dem politischen Theater verpflichtet gefühlt.

Die Spannweite seiner Themen ist erstaunlich, die formale Vielfalt ihrer Behandlung ebenfalls. Zwischen seinem ersten Stück, *Die Hochzeit des Papstes*, und seinem vorläufig letzten, *Restauration*, scheinen Welten zu liegen, und doch ist der inhaltliche Impetus derselbe geblieben. Ist das proletarische Milieu der frühen Stücke vorgezeichnet durch persönliche Erfahrungen, nutzt Bond in *Restauration* den historischen Typus der Comedy of Manners, um so mittels ironischer Distanz die Ruchlosigkeit eines Mächtigen vorzuführen. Die Schärfe und Heftigkeit, mit der Bond seine Anklagen hervorbringt, erinnern an Brecht. Und mehr: die dramaturgische Entwicklung, die beide Autoren genommen haben, ist ähnlich. Vom atmosphärisch bestimmten Realismus der frühen Stücke bis zum parabelhaften Kalkül historischer Stoffe.

Edward Bond
Gesammelte Stücke

Zweiter Band

Suhrkamp

edition suhrkamp 1340
Neue Folge Band 340
Erste Auflage 1987

Satz: Hümmer GmbH, Waldbüttelbrunn
Druck: Nomos Verlagsgesellschaft, Baden-Baden
Umschlagentwurf: Willy Fleckhaus
Printed in Germany

1 2 3 4 5 6 – 92 91 90 89 88 87

Inhalt

Der Irre

Szenen von Brot und Liebe

Deutsch von Christian Enzensberger

Für Irene

Szenen
Eins: Vorhalle des Gutshauses von Lord Milton
Zwei: Wald bei Helpstone · Drei: Feldweg bei Littleport
Vier: Zelle in Ely
Pause
Fünf: Hyde Park · Sechs: Clares Garten
Sieben: Offenes Land · Acht: Salon
Anmerkung: In Szene 5 spielt der Boxkampf gleichzeitig mit der übrigen Handlung. Die Einteilung der Runden ist die der ersten Inszenierung. In Szene 1 waren die Rollen für den Mummenschanz verteilt wie folgt:
Ansager – Miles · Sankt Georg – Lawrence
Ochsentrumpf – Darkie · Doktor – Clare

Personen: Die kleineren Rollen können doppelt besetzt werden.
Landarbeiter und Dienstboten:
Männer: John Clare · Darkie, *Pattys Bruder* · Lawrence · Miles · Bob · Peter · Hamo · Waldhüter (Mr. Waddlow) · Waldhütergehilfe (Hilary) · Wärter · Porter, *ein schwarzer Boxer;* Jackson, *ein irischer Boxer* · Ire 1 (Tommy) · Ire 2 · Ire 3 (Arny) · Gefangene (nur als Stimmen)
Frauen: Patty, *Clares Frau* · Mary · Betty · Gefangene (nur als Stimmen)
Adlige und andere Geldbesitzer:
Männer: Lord Milton · Pfarrer · Gefängnisdirektor · Charles Lamb · Admiral Lord Radstock · »Napoleon« · Ein Mann in der Zwangsjacke · Dr. Skrimshire · Wettspieler 1, *ein Marquis* · Wettspieler 2, *ein Schulfreund des Marquis aus Harrow* · Wettspieler 3, *der jüngere Sohn eines Krämers* · Wettspieler 4, *ein schmieriger alter Cockney* · 1. Herr · 2. Herr · 3. Herr (Mr. Harvington) · Andere Herren, *Gäste und Verwandte von Lord Milton*
Frauen: Mrs. Emmerson · Mary Lamb · Andere Damen, *Gäste und Verwandte von Lord Milton*

Szene eins

Vorhalle des Gutshauses von Lord Milton. Winter. Abend. Eine Bank. Clare, Darkie, Lawrence und Miles kommen herein. Sie tragen Mummenschanz. Sie halten Laternen. Patty kommt hinter ihnen her.

CLARE Wir fangen an. *Er klopft an die Tür.*
MILES Hörs was Junge?
CLARE Mach kein Krach daß ich horchn kann. *Klopft.* Kommt wer.
Die Tür geht auf. Mary steht in der Tür. Sie ist als Küchenmädchen gekleidet.
MARY Brauchs nicht die Tür einschlagn Mensch. *Lacht.* Ihr kommt vielleich daher. *Sie geht zurück ins Haus. Sie schließt die Tür.*
DARKIE Knallt gleich die Tür zu, damit du nich siehs was drin is.
PATTY Nich anfang.
MILES Wer sagt daß du mitkomm kanns Kleine?
PATTY Ich selber.
LAWRENCE Bloß für Männer heute.
MILES Weiß schon was die will.
PATTY Dich nich.
DARKIE Hättn alle nich komm solln.
MILES Die Herrschaft gibt immer Silber.
DARKIE *klopft:* Ganze Nacht wartn lassn.
PATTY *plötzlicher Warnruf:* Schrei nicht das Türschloß raus Junge!
Mary macht die Tür auf.
MARY Ich sag euch klopft nich. Haushälterin haut euch zum Teufel.
DARKIE Laß den Krach Frau.
MILES Weihnachtn is. Macht keiner Krach.
Mary lacht über ihre Verkleidung. Sie geht zurück ins Haus. Sie schließt die Tür hinter sich.
LAWRENCE *schaut durchs Schlüsselloch:* Komischer großer weiter alter Kastn. *Plötzlicher Warnruf:* He aufstelln!
Die Vermummten stellen sich auf.
PATTY Heiß wirds mir wenn er mich anguckt.
Die Männer lachen nervös. Die Tür geht auf. Lord Milton, der

Pfarrer und einige Herren und Damen kommen auf die Vorhalle. Lord Milton ist ein Riese. Die Vermummten heben die Laternen hoch und verbeugen sich.

DIE VERMUMMTEN *im Chor:* Wenns beliebt ein Mummenschanz in dieser Zeit des Wohlgefallens Herr.

MILTON Willkommen zur Weihnachtszeit liebe Freunde.

Milton, seine Familie und Gäste zischen, buhen, lachen und pfeifen über den Mummenschanz. Sie heben die Gläser hoch und trinken sie aus, bekommen aber nicht nachgefüllt.

Das Weihnachtsspiel

ANSAGER Wir wollen eure Gunst erflehn
Die Zeit is da für uns Theaterleut
Da soll es allen lustig gehn
Zu dieser frohen Jahreszeit
Wir sin kein armes Lumpenpack
Spieln sonst am Königshof allein
Und wenn ihr nicht aufmerkt was *ich* sag
Dann hol ich jetzt Sankt Georg rein.
Sankt Georg tritt auf.

SANKT GEORG Ich bin Sankt Georg edler Ritter
Un das da is mein goldnes Schwert
Mit einem Drachen kämpft ich bitter
Doch der hat sich nicht lang gewehrt
Bin Englands starker Schirm und Schutz
Und wers nicht glaubt, dem biet ich Trutz.
Hauptmann Ochsentrumpf tritt auf.

OCHSENTRUMPF Ich bin der Hauptmann Ochsentrumpf
Sonst auch genannt Napoleon
Un hier mit meinem Wums Rums Bums
Erschlag ich den Georg und nehm ihm die Kohleon.
Sie brüllen und kämpfen. Sankt Georg wird verwundet.

MILTON Carrie du stehst im Wind.
Ein Herr legt einer Dame einen Schal um die Schultern.

SANKT GEORG Verschont Sankt Georg den edlen Ritter
Er is verwundet schwer.

OCHSENTRUMPF Ich schon dich nicht Sankt Georg mein
Ich erschlag dich noch zehnmal mehr.
Hauptmann Ochsentrumpf erschlägt Sankt Georg.

ANSAGER Sankt Georg bist ach gestorben durchs Schwert
Vom Hauptmann Ochsentrumpf erlegt
Mußt liegen in der kalten Erd
Und deine Freunde sind erledigt.
Der Doktor tritt auf.
DOKTOR Ich bin der Doktor.
ANSAGER Doktor kannst du diesen Mann kurieren?
DOKTOR Zehn Pfund wenn er reich ist, zwanzig Pfund wenn er arm ist.
ANSAGER Er ist sehr arm.
DOKTOR Hab eine Schachtel mit Pillen von meiner spanischen Tant.
Die helfen gegen die Wind und noch mehr gegen Brand
Hab einen Herren kuriert der hat gewiehert wie ein Pferd
Jetzt schreit er wie ein Esel und hat noch viel mehr Beschwerd
Die Königin is umgefalln nimmt meine Pillen mit Dank
Sie war niemals gesünder sie is andauernd krank
Sankt Georg da ist mein Zauber Getränk Gemenk Geschlenk
Verrenk. Tu zehn Tropfen auf die Gabel und rührs um mit dem Messer.
Dann schau was meine Arznei
Mit dir tut eins zwei drei.
Der Doktor gießt Sankt Georg eine Flasche in den Hals. Sankt Georg steht auf.
SANKT GEORG Ihr lieben Leute ruft jetzt dreimal Hoch
Das hat die Welt noch nicht gesehen
Wie ich starb da war ich siebengescheit
Und jetzt gleich sieben mal zehn.
Gesang und Tanz:

»Hauruck zieht an«

Wo sind die stolzen Spanier
Mit ihrem falschen Glanz
Jetzt sollen sie die Federn fressen
Wir essen die gebratene Gans.
Hauruck zieht an daß es rumpelt und kracht
Mit dem Tag da sind wir aufgewacht
Und singen daß jetzt der Sommer kommt

Der Sommer und der Mai
Denn der Sommer der wird kommen
Und der Winter der wird gehn.
Und Sankt Georg lieb und wert
Sankt Georg hat das schärfste Schwert
Von allen Rittern im Christenland
Sank Georg siegt mit starker Hand
In jedem Land
In jedem Land wohin wir ziehn.
Hauruck zieht an, *etc.*
Gott schütz Magda und Moses
Mit all ihrer Stärke und Macht
Und geb uns Frieden in unserem Land
Bei Tag und auch bei Nacht
In jedem Land
In jedem Land wohin wir ziehn.
Hauruck zieht an, *etc.*

PATTY UND MILES Zaunkönig, Zaunkönig.

Andere, auch die in der Vorhalle Stehenden, rufen »Zaunkönig, Zaunkönig«.

DIE SPIELER *singen:* »Der Zaunkönig«

Den Zaunkönig wolln wir jagen sagt Wachtel die Schachtel
Den Zaunkönig wolln wir jagen sagt Wichtel die Wachtel
Den Zaunkönig wolln wir jagen sagt Michel der Bauer
Den Zaunkönig wolln wir jagen sagt aller und jeder.

Wo solln wir ihn finden sagt Wachtel die Schachtel
Usw.
Dort drüben im Busch sagt Wachtel die Schachtel
Usw.
Wie kriegen wir ihn runter sagt Wachtel die Schachtel
Usw.
Mit Stecken und mit Steinen sagt Wachtel die Schachtel
Usw.
Wie sollen wir ihn essen sagt Wachtel die Schachtel
Usw.
Mit Messer und mit Gabel sagt Wachtel die Schachtel
Usw.

Augen für die Blinden sagt Wachtel die Schachtel
Beine für die Lahmen sagt Wichtel die Wachtel
Krümel für die Armen sagt Michel der Bauer
Knochen für die Hunde sagt aller und jeder.

Über alle Vögel ist der Zaunkönig König
An Sankt Stefan bleibt er hängen im Schleh
Seine Kinder sind viel und sein Essen ist wenig
Eine Gabe liebe Leute es tut euch nicht weh.

Der Hut ist herumgegangen. Beifall.

MILTON Ein guter Sankt Georg und ein schrecklicher Ochsentrumpf.

EIN HERR Muß den Doktor für meine Gicht ausprobieren.

PFARRER In diesem Jahr des Herrn achtzehnhundertundfünfzehn ist England von Plagen heimgesucht. Der Tyrann Bonaparte ward zertreten. Aber wir stehen an der Schwelle einer neuen Zeit. Eines eisernen Zeitalters. Neue Maschinen, neue Fabriken, Städte, Lebensweisen, Gesetze. Die alte Lebensweise muß weg. Das edle Pferd und die Hand sind zu langsam. Unser Land muß besser genutzt werden. Wälder müssen fallen. Rodungen unter den Pflug. Wir alle müssen geduldig und verständig sein. Wir müssen arbeiten für das Gemeinwohl. Gott segne euch.

DARKIE Hab dich noch nie predigen hören Pfarrer.

PFARRER Komm in die Kirche dann hörst du mich.

DARKIE Zu kaputt. Laß mich nieder auf mein Arsch nach der Arbeit nicht auf die Knie. Ich tät einpenn un dann hieß es *du* wärs schuld mit deiner schlechtn Predig.

PFARRER Nun es ist Weihnachten und da gefällt es dir zu scherzen.

DARKIE Nix gefällt mir. Mein Weihnachtn sin Potackn und Grünkohl.

Die Damen gehen ins Haus.

MILTON Der Krieg hat uns allen Wohlstand beschert aber mit dem Frieden sind die Preise gefallen. Die Löhne müssen mit herunter. Nicht weil ich es sage. Das ist ein Gesetz der ökonomischen Wissenschaft. Die Löhne folgen den Preisen oder die öffentlichen Einrichtungen brechen zusammen. Zivilisation kostet Geld wie alles andere. Steckt zuviel in die eigene Tasche und was bleibt übrig für den Staat? Jetzt habt ihr Stoff zum Nachdenken.

Ihr bekommt jetzt Lebkuchen und Punsch in der Küche. Danke für euer Spiel. Gute Nacht.

PFARRER Du hast Seine Lordschaft vor den Kopf gestoßen Turner.

MILES Hats nich bös gemeint Herr. Wie ihm der Schnabl gewaxn is. Seine alte Mammi geht ihm im Kopf rum. Die muß mit der Landarbeit aufhörn. Gehört verheiratet in seim Alter. Aber die Frau käm bloß ann Bettelstab.

PFARRER Ich bin überrascht über diese Wendung in unserer Festlichkeit. Unsere Herrscher lenken unsere Angelegenheiten so daß jeder von uns den bestmöglichen Lohn für seine Mühen erntet. Ohne ihre Lenkung – obwohl ihr das nicht verstehen mögt – bräche das Chaos aus.

DARKIE Da gehts auch direk drauf hin mit uns.

PFARRER Turner Weihnachten ist Gabe Gottes. Eine Zeit so hell und klar wie dieser Nachthimmel. Kann nichts deinen dunklen Geist erleuchten?

LAWRENCE Schlimme Zeitn wo man hinschaut.

PFARRER Meine Gebete werden lange dauern heute nacht. Ihr alle habt Freunde Turner. Wir werden es durchstehen. Möge es der Wille des Herrn sein.

DARKIE Sechs Tag die Woche geh ich im Finstern auf Arbeit und komm im Finstern heim – für was? Zehn Shilling. Sogar der Judas hat dreißig gekriech – aber der war was Besseres un hat für weniger nich gearbeit.

PFARRER Gute Nacht.

Der Pfarrer geht ins Haus. Mary macht von innen die Tür zu. Darkie setzt sich auf die Bank.

PATTY Gehn wir rum zur Küche. Warm da.

DARKIE *legt den Kopf in die Hände:* Sein Gesöff blieb mir im Hals steckn.

CLARE So Ideen kanns du dir nich leistn Junge. Reiß dich zusamm. *Zu Miles.* Geht holts. Ich paß auf ihn auf.

Lawrence und Miles gehen hinaus. Patty, Clare und Darkie bleiben. Clare setzt sich zu Darkie auf die Bank.

PATTY Jetzt hass dus Darkie. Mir frierts die Füß ab. Bringst alle auf hundertachtzich und am Schluß bist du selber soweit. Setz dich auf Junge und schau auf die Sonnenseitn des Lebens. Sin noch alle Köpfe heil.

Darkie rührt sich nicht.

CLARE Hatter was?

PATTY Gib nich acht auf ihn.

Patty setzt sich zwischen Clare und Darkie. Darkie bleibt bewegungslos. Er hat den Kopf in den Händen liegen.

Zu Clare: Was kalte Hände Junge! *Lacht.*

CLARE *legt die Arme um sie:* Du siehst gut aus – *Steckt die Hand in ihr Kleid.*

PATTY Hassn da verlorn Junge?

CLARE *fühlt ihre Brüste:* Rausgeputz extra daß ich scharf werd.

PATTY Brauchs nich scharf werdn. Hass noch genug Zeit wenn wir verheirat sin. Brauchs nich grapschn –

CLARE Ich grapsch aber gern –

PATTY *kichert wie Clare sie aufknöpft:* Darkie sag deim Freund er soll sich benehm.

Darkie bleibt bewegungslos.

CLARE *nickt zum Haus hin:* Gsch.

PATTY Wenn wir verheirat sin –

CLARE Pressiert nich mitm Heiratn. Muß mir Frau und Kinder ers leistn könn.

Darkie rührt sich nicht. Miles und Lawrence kommen zurück. Sie bringen Becher, einen Krug und Lebkuchen.

MILES Häng die Lordschaft schon zum Fenster raus? Darkie dein Freund hat seine Flossn in deiner Schwester ihrm Kleid.

LAWRENCE Hab gewußt was die will.

PATTY *tut Clares Hände weg und knöpft sich das Kleid zu. Nickt zu Darkie hin:* Is eingeschnappt. Habn gezankt. Was hamse gegebn?

LAWRENCE Heißn Punsch.

PATTY Hälfte ausgesoffen wie?

MILES *gießt ein:* Neige is noch da für dich.

Sie trinken.

Prost.

CLARE Auf ein neues.

PATTY A – guter Tropfn das Zeug.

DARKIE *trinkt:* Allseits danke für die Lordschaft.

Die Tür geht auf. Mary kommt heraus.

MARY Son Krach hier draußn das gibs nich.

PATTY Ich hab nix von Krach gehört du.

MARY Un auf der Bank wird mir auch nich gesessen um die Zeit inner Nach. Wir habn zu. Ihr sollt zum Hintereingang rum.

DARKIE *zu Mary:* Sie hat kein Streit mit dir. *Zu den andern.* Bloßn

Idiot isse.

MILES Auf gehts heim Kollegn.

Miles, Lawrence und Darkie gehen. Mary geht hinein und schließt die Tür. Patty schaut ihr zu.

CLARE Trag sie hinter. Ich bleib da un bring dich heim.

Patty trägt die Becher und den Krug hinaus. Clare ist allein. Er steht auf und starrt die Tür an. Er legt die Hand auf den Schwanz. Die Tür geht einen Spalt auf. Mary kommt heraus. Sie bleibt bei der Tür.

MARY Wo stiers du hin?

CLARE Komm mal her.

MARY Komm mir bloß nich mit dem Dreh. Hab dich gesehn mit deiner Klein.

CLARE Is nich meine Kleine.

MARY Schaut mir nich so aus.

CLARE Sie is gleich zurück.

MARY Ach so.

CLARE *hält sich weiter den Schwanz:* Wann kanns du raus?

MARY Je nachdem.

CLARE Muß sie heimbring. Habs versprochn. Wann treff ich dich?

MARY Kommt drauf an.

CLARE Wann?

MARY Ich versprech nix. *Deutet mit dem Kopf.* Saal wär aber dunkel.

Clare geht hinter ihr ins Haus. Sie macht hinter ihnen die Tür zu. Patty kommt herein.

PATTY Schau dir die Sterne an Junge. Sone Masse. Wettn wenn einer zehn Jahre Schule macht kann er immer noch nich soweit zähln. *Schaut sich um.* Junge? *Pause.* Verflixt.

Patty geht schnell den andern nach.

Szene zwei

Wald. Nacht.
Clare allein. Er sitzt. Seine Lippen bewegen sich, seine Finger klopfen ein Versmaß. Er sagt lautlos etwas vor sich hin. Er hat ein Blatt Papier in der Hand, aber liest es nicht. Plötzlich wendet er den Kopf. Patty kommt herein.

PATTY Ich weiß was los is.

CLARE Fledermäuse. Da droben, hundert un hundert. Horch. Der Himmel voll.

PATTY Nachs im Wald rumschleichn. Bin nich von gestern. *Sie fängt an zu weinen. Kleine Pause.*

CLARE Da! – Weg sinse. N großes Loch offen genau über uns. Du quietsch wiene Fledermaus Kleine. Verscheucht die.

PATTY Kenn die Mädchen die sich hier treffn mit den Jungs. Kost dich mehr als du hast. Handschuh und Tücher. Un kriegs nix dafür wovon du was hass. Wenn ich nich ne Schraube locker hätt, würd ich dich zumachen lassn. Daß dus lerns. *Pause.* Wir komm schon zurecht miteinander. Werd ne gute Frau sein solang du dich anständig aufführst.

CLARE Weiß ich.

PATTY Ich mag kein außer dich. Seit ich dich zuers gesehn hab. Ich schäm mich nich, es is einfach so. Ich wollt ich würdn Kind kriegn. Dann müßtn wir heiratn.

CLARE Du drehs vielleicht auf Mädchen.

PATTY Zwing dich nich. Wenn dir nich dran liegt lassen wirs sein.

CLARE Spinn doch nich Mädchen.

PATTY Will das nich hingeschmissn kriegn jedesmal wenns Krach gibt: ich hätt dich nich mehr auskomm lassn. Hau ruhig mit ner andern ab wenn dir das lieber is. Nur wohn nich an meim Ende vom Dorf. Ich will nich euch zwei sehen jedesmal wenn ich ausm Fenster guck.

CLARE Du drehs aber auf Mädchen!

PATTY Ich sags nur damits klar is. *Clare küßt sie.* Bei der Mammi stehs du groß da John. Sagt mit dir gibs kein Ärger außer mitm Saufn. Da kommts drauf an ob wirs uns leistn könn. Trink selber gern n Schluck weißte ja. Aber mir stinks wenn du vor lauter Saufn immer magerer wirs un kein Geld zum Fressn da. Ich seh nich ein –

CLARE Saufen is nich. Wenn ich weiß du biss da wenn ich heimkomm rühr ich kein Tropfn mehr an Mädchen.

PATTY Komm mir bloß so nich. Ich sag nich gibs auf. N Mann isn Mann. Es kommt drauf an daß du dein Glas vor deim Geldbeutel leerläß.

Darkie kommt herein.

Mir fällt der Arsch ab. Du steigs uns überall nach.

DARKIE Steig nich nach. Such den John.

PATTY Wie haste gewußt wo wir sin?

DARKIE Bin zu ihm hoch.

CLARE Was is Junge?

DARKIE Wollt wissn ob du schon gehört hass? Sie holzen den Wald ab un machn Felder draus.

CLARE Was Junge?

DARKIE Milton will das Land für Getreide.

CLARE Wieso?

DARKIE Wills an die Fabrikjungs verkaufn. Die baun kein Getreide nich.

CLARE Aber doch nich so viel!

DARKIE Doch. Mehr. Sie wolln das Gemeindemoor entwässern und den Fluß umlenken.

CLARE Das bloßn Latrinengequatsche.

PATTY *unruhig:* Das stimmt Junge. Heute früh hamse Männer gesehn die sin mit Kettn über die Felder und ham was in Bücher geschriebn. Da isses aufgekomm. Habn den Fluß in die Bücher reingeschriebn.

DARKIE Un n Wald.

CLARE Du hass das auch gehört Mädchen? *Sie nickt.* Wie brings du denn ein Fluß weg – *Lacht.* Den Fluß umlenken!

PATTY Eindämmen und leerpumpen Mann!

CLARE Geht nich – der gehört uns genauso wie dem. Un das Moor. Un die Bäume. Was heißtn das Junge? Wir verliern unser Fischwasser – unsern Wald – Viehweide aufm Gemeindemoor. Von was solln wir lebn? Doch nich von den paar Shilling die sie uns für die Landarbeit zahln. Wir brauchn unser eignes Stück Land.

DARKIE Die das ganze Land nehmen müssn auch anständige Löhne zahln.

CLARE Wie die Fabrikjungs? Kriegen die anständige Löhne?

DARKIE Ah – un da hab ich schon zu oft mein Spruch hergesagt. Gebn mir nichmal Arbeit dort.

PATTY Mußte nich auf dich beziehn.

DARKIE Ach nee?

PATTY Werd wohl noch redn dürfn. Sie – *Sie hält inne.* Du has doch nix angestellt?

DARKIE Nein.

PATTY Geschlägert!

DARKIE Schubser. Sonst nix.

PATTY Wen? Wen?

DARKIE Milton sein Aufseher.

PATTY *erschrocken:* Ach du riesn Depp Junge!

DARKIE Frag ihn was seine Jungs vorhabn mit ihre Kettn un Bücher. Packt mich anner Jacke. Ich sag ich bin nich dein Kuhhüter! Schubser, sonst nix. Läßt sich umfalln daß er sagn kann ich hätt geschlagn. Wär keine Fliege von duhn gewesen.

PATTY Weiß die Mammi schon? *Darkie zuckt die Achseln.* Ich stecks ihr aber. Raufen, schlägern – was anders kenns du nich Darkie. Die sagt dir die Meinung.

DARKIE Soll sie doch.

CLARE Hört mit dem Krach auf.

DARKIE Krach? Wart bis du mit der verheirat bist – dann weißte was Krach is! Ich hab den Krach satt. Immer bloß Krach.

PATTY Un wer is schuld?

DARKIE Ach Patty du weiß doch die Mammi fährt gleich los wie die Schlange aufs Frettchen.

PATTY Solls sowas nich sagn.

DARKIE Stimmt doch. Sie weiß schon warum. Is nich leicht hungrige Kinder großziehn. Das machts Auskomm mit ihr nich leichter jetz wo wir groß sin.

Der Waldhüter kommt herein. Er trägt dunklen Anzug und Mütze. Er hat ein Jagdgewehr dabei.

WALDHÜTER Was habt ihr vor hier im Wald?

CLARE Spaziergang.

WALDHÜTER Betretn verbotn.

PATTY Red nich so blöd Mann. Komm schon immer in n Wald.

DARKIE Wer bist du?

WALDHÜTER Lord Milton sein Waldhüter.

CLARE Hat kein Hüter soviel *ich* weiß.

WALDHÜTER Jetzt hat er zehn.

CLARE Is kein Privatland. Un wenn habn wir immer noch n Wegerecht.

WALDHÜTER Geht weiter wie sichs gehört Jungs. Neu hier. Mag kein Ärger nich anfang. Un du wär besser gings heim zu den sorgnvolln Eltern Fräulein. Weiß ja was für Mädchen mit zwei Jungs hier rumziehn um die Zeit inner Nacht.

DARKIE Du komms außer Mistgrube rausgesprung! Grade richtig für Lord Milton sein Hüter.

WALDHÜTER Wie heißt du Junge.

PATTY *zu Darkie:* Nee Junge! Du komms mit mir heim. Für einen Tag reicht der Ärger!

DARKIE *zum Waldhüter:* Dich hälts nich lang im Dorf Kleiner!

WALDHÜTER Bin nich im Dorf. Leb aufm Gut.

PATTY *zu Darkie:* Du komms heim. *Zu Clare.* Un du John. Aufm schnellsten Weg. Ich schau morgn bei dir vorbei.

Darkie und Patty gehen rechts hinaus. Clare ab links.

WALDHÜTER Leutehüter brauchs hier.

Der Waldhüter geht hinter Darkie und Patty hinaus. Fast sofort kommt Mary herein.

DARKIE *draußen:* Ziel nich mit deiner Knarre hinter mir her Kleiner. Bin immer noch kein Krimineller nich.

Clare kommt herein. Er bleibt in einem Abstand von ihr stehen.

MARY Has mich wohl inni Bäume stehn sehn.

CLARE Bin Nacht für Nacht hiergewesn.

MARY Haushälterin hat dich gesehn wie du an dir rumgemacht has. Is aufn Treppenabsatz geschlichn un hat zugeguckt. Neidische alte Sau. Sagt ich wäre eine Schande fürs Gesindehaus. Hat mich rausgeschmissn. Morgen nachm Frühgebet.

CLARE Hab jede Nacht gewartet. Bis zum Morgengrauen. Wochenlang.

MARY Krieg jetzt keine richtige Arbeit mehr. Die alte Kuh hat mich bei allen großn Häusern vertratscht. Bin bei paar Landfahrern jetzt.

CLARE Zigeuner?

MARY Is nich deine Schuld. Wär dort nich altgewordn. Hätt mitm Silberbesteck doch bald ne Gewalttat begang. Viel mehr zum Lachn jetzt. Weiß bloß noch nich mitm Winter. Hab deine Kleine gesehn.

CLARE Ihr Bruder is mit ihr heim.

MARY Hätt eher gedacht ihr Kerl nach seim Benehm. Hatn Auge

auf euch wie?

CLARE Kein Lebn im Straßengrabn übernachtn.

MARY *setzt sich:* Ich bin mit einem vonn Anführern zusamm. Waldhüter macht Runde.

CLARE Kann n Tritt inn Arsch von mir habn. *Hockt sich neben sie, aber faßt sie nicht an.* Biss mir nich ausm Kopf gegang. Die Nacht da. Kann dich nie vergessn.

MARY Hungrig?

CLARE Immer hungrig.

Mary zieht Brot heraus und gibt ihm was. Sie essen.

MARY Geklaut.

CLARE *berührt ihre Brust während er ißt:* Gute Figur Mädchen. Noch nie eine wie dich gesehn. Möcht in dem Wald hier leben. Wir zwei. Schilf niedertretn un reinschlüpfn.

MARY Feucht. Zigeuner wissens besser.

Clare schubst sie auf den Boden.

Schon gut.

Draußen die Pfeife des Waldhüters. Ein kurzer Pfiff.

Solln wir abwartn?

CLARE Komm schon.

Ein junger Waldhütergehilfe kommt links herein.

WALDHÜTER *draußen:* Hilary?

GEHILFE Hamsie gehört Mr. Waddlow? *Deutet.* Dort.

Der Waldhüter kommt rechts herein.

WALDHÜTER Weiber. Laß dich nicht ein Hilary. Schleppen dich ab hierher und ihre Männer räumen solang die Kornböden aus.

MARY *leise zu Clare:* Mach weiter.

GEHILFE *deutet:* Dort Mr. Waddlow.

WALDHÜTER Er soll sie ruhig durchziehn Junge. Kannste nich ausm Wald vertreibn sowas. Tiere in der Brunft. Tritts beim Gehn drüber, zusammengeringelte Würmer, fluderige Vögel, Fische einer überm andern. Kiemen gehn hin und her als wärn sie am Ersaufen.

GEHILFE *hört etwas:* Schon wieder Mr. Waddlow.

WALDHÜTER Was ich schon alles gesehn hab. *Lacht.* Karnickel zusammengehaun wenn sies im Friedhof machen. Zwei Frettchen wie sies in einem kaputten Grabstein miteinander haben.

CLARE *leise:* Arschloch spinnt.

GEHILFE *deutet:* Da. *Mary und Clare stöhnen.*

WALDHÜTER *ruft:* Keine Kugel verschwenden! *Zum Waldhüter-*

gehilfen. Denk an die Ausgabn. Mußtn Fell vorweisen können für jedn Schuß. *Er ist neben dem Waldhütergehilfen angelangt.* Morgen stelln wir n Schädlingsgalgn auf. Ne schöne Schnurvoll mit Aas. Alte Krähn, Rattn, Eulen. Chef schleich dann heimlich rum un zählt die Leichn. Kontrolliert dein Fleiß. Zeig dirs Aufbindn daß sie nich runterfalln wennse verfauln.

Die Waldhüter gehen hinaus.

CLARE Arschloch is weg.

MARY *schaut auf ihre Möse hinunter; leise belustigt:* Du hass mir kleine Tropfn ins Haar gemacht. Silber, im Mondlicht.

CLARE Geh nich.

Mary steht auf. Sie und Clare richten sich die Kleider.

MARY Mein Zigeunerboß wartet.

CLARE Nich.

MARY Zu dir heim vielleich?

CLARE Naja. *Mary lacht.* Ja. Wir schaffn das schon. Es sin bloß meine Alten da.

MARY Lieber mit Steine ausm Dorf gejagt als auf anständige Leute runterschaun. Deine Kleine tät auch nich jubiliern. Nacht Junge.

CLARE Wir findn schon was.

MARY Was?

CLARE Heirat mich.

MARY Red kein Schrott.

CLARE Wie heiß du Mädchen?

MARY Mary wenn dus wissn muß.

CLARE Wo is euer Lager?

MARY Will dich dort nich.

CLARE Du biss hier morgn nacht oder ich komm hin.

MARY Schlagn dir n Kopf ein.

CLARE Ich komm mit dir.

MARY Schleich dich wenn du mich morgn sehn wills.

CLARE Wenn sies Lager abreißn wohin geht ihr?

MARY Sagen sie nich. Geht oft plötzlich. Kommen Leute un verjagn uns mit Steine.

CLARE Ich bin morgen hier.

Mary geht rechts hinaus.

Was hätt ich sagn solln?

Stille. Clare setzt sich den Hut auf. Er geht links hinaus.

Szene drei

Littleport. Straße. Nacht.
Bob und Miles tragen Lawrence herein. Lawrence weint.

BOB In die Büsche.
PETER *draußen:* Miles. Miles.
MILES *ruft zurück:* Lawrence is verletz.
BOB *zu Lawrence:* Kriech in die Büsche Junge.
MILES Der Krach! Die hörn ihn!
Peter und Clare kommen herein.
PETER Wer?
MILES Lawrence. Loch im Kopf. *Zu Lawrence.* Hör auf mit dem Krach Junge. Du stirbs nich.
PETER Wir ziehn alle großn Häuser durch. *Bläst sein Horn.*
MILES Idiot! *Zu Clare.* Haste die Kleine von Miltons Haus gesehn?
CLARE Mary?
MILES Heiß die so? Die letztn Winter da war?
CLARE Hasse gesehn?
MILES *zeigt:* Über die Felder da gerannt.
PETER Mr. Wicken – dem eine reindonnern.
Clare läuft hinaus.
BOB Dann Mrs. Hadchit.
MILES Nein die zuers. Die is kein Problem. Wicken! – die hundsverreckte Sau brauchs gründlich.
BOB *zu Lawrence:* Halt die Festung Junge. Wir sin gleich zurück.
CLARE *draußen:* Mary!
Peter, Bob und Miles brechen auf.
BOB Dann n Pfarrer!
PETER UND MILES Ja n Pfarrer!
PETER Dass unser Mann. *Bläst ins Horn.*
Darkie und Hamo kommen herein.
DARKIE Das ganze Dorf is auf!
Betty kommt von der anderen Seite herein. Sie lacht. Sie trägt ein Leintuch mit sich.
BETTY Silber. Schaut. *Sie zeigt ihnen drei Leuchter.*
MILES Mrs. Hadchit kommt als nächste.
Peter, Bob und Miles gehen hinaus.

HAMO Eigentum. Kanns hängen für.

DARKIE Red kein Schrott! *Zu Betty.* Steck sie weg. Gib sie dem Fuhrmann wenn alles vorbei is. Der verkauf sie dir in London.

BETTY Richtiges Silber. *Betrachtet ihr Spiegelbild.* Kanns dich drin sehn – verdreht. Brauchn keine Kerzn. Machn n Zimmer von selber hell.

HAMO Tu sie weg Mädchen. Machn mir Angs.

BETTY Mrs. Hadchit. Der in die Schränke gehn!

HAMO *geht:* Wird nix mehr übrig sein.

Betty versteckt die Leuchter im Gebüsch. Sie schreit.

Was?

DARKIE Soldatn?

BETTY N Toter.

DARKIE Die Büsche!

LAWRENCE Betty ich leb doch.

BETTY Gotteswillen der junge Lawrence Star. Wasn passiert Lawrence?

LAWRENCE N Loch inn Kopf gekriegt.

DARKIE Verbind ihn Mädchen

BETTY Solln wir nich n Doktor holn?

DARKIE Die liefern ihn aus.

BETTY Mein Leinen vom Farmer Fab. Wollt ich färbn un n Rock draus schneidern. Hätt keiner gemerkt wos her is. Schöner sauberer Stoff. *Verbindet Lawrence den Kopf mit der Leinwand.* Schade! . . . Hab sowas noch nie gehabt un jetzt bloß zehn Minutn. So das hält das Blut auf. Wehtun schadet nix. Behalt n Auge auf meine Leuchter. Kommt einer dann setz dich auf und mach wie n Geist. Die sin schnell wieder weg. Ich hab se zuers gehabt: mir gehörnse.

Miles kommt herein.

MILES Darkie! Darkie! Darkie!

DARKIE Was denn Junge?

MILES Komms nich mit zum Pfarrer?

Mary kommt herein.

MARY Die ganzn großn Häuser. Die Mühle. Die alte Shaft die Metze. Einfach zum Vordertor rein un die Rosn pflückn –

BETTY Un n Kohl.

MARY Haste vorher nich reingedurft außer zum Arbeitn. Klopfn anni Vordertür. Die Kollekte für die Armen sagn wir. Geht weg sagn sie! Schlagn die Fenster ein. Haltn ihnen die Schürzen hin.

Wo is das Silber unter die Dieln? Hier is kein Silber! Klopfn ihnen auf die Köpfe mitm Stock. Damm siehste das Silber. Hüpft ihnen ausn Taschn! Die Goldzähne ausm Kopf! Klopf klopf. Heut nacht wern wir reich. *Hält inne.* Ich riech Silber!

BETTY Silber riech nich.

MARY Rotes Bimssteinpulver. Jeden Tag das Silber beim Lord Milton damit abgeriebn. Kenn den Geruch. Wies Gedärm von m Geldverleiher! *Sie geht ins Gebüsch.*

BETTY Bleib weg da Mädchen!

MARY *findet die Leuchter:* Silber. Wußt ich. Ich rühr dein Zeug nich an Mädchen. Aber bind sie anne Schnur un werf sie innen Fluß wo ich nich hinkomm.

Darkie, Miles und Hamo lachen.

Los. Zum Pfarrer. *Sie geht hinaus.*

MILES Ich klopf den Wirt von der Krone raus. Arbeit macht Durst.

BETTY Hat ne Nase wien Tier. Ich werf sie nich inn Fluß daß sie wieder rausfischt. Eingrabn.

Miles geht rechts hinaus. Die andern gehen links hinaus. Lawrence ist allein.

HAMO *draußen:* Teilt euch fürn Fall dasser sich verkrümelt. Ihr nehmt die Feldwege. Wir laufn querfeld.

Draußen von fern ein Horn. Die Herren kommen herein.

1. HERR Hören Sie. Kinder.

3. HERR Wir fangen sie ab bevor sie am Pfarrhaus sind.

1. HERR Nein – pfuschen Sie nicht drein. Wir warten auf Milton.

3. HERR Was? Wenn die erst mal zugeschnappt haben –

1. HERR Was können sie anrichten? Genug Schaden um sie vors Schwurgericht zu bringen. Es hat sich lange angebahnt. Fremde, die über die Felder schleichen, die Heuschober anzünden, die Geräte zerschlagen, das Vieh lahmschneiden – und dann verschwinden. Keiner hat sie gesehen. Keiner weiß was. Naja morgen früh haben wir Namen.

2. HERR Ja. Beobachten wir aus sicherer Entfernung.

3. HERR Wenn sie auf mein Land gehen schieße ich.

Die Herren gehen hinaus. Lawrence setzt sich auf. Sein Kopf ist mit der Leinwand umwickelt. Er sieht wie ein riesiges Bündel aus. Er fängt zu weinen an.

LAWRENCE *kriecht:* Muß weg... *Will aufstehen. Fällt. Legt sich hin und weint.* Allmächtiger...

Miles kommt mit ein paar Flaschen herein. Er schaut sich nach Lawrence um.

MILES Lawrence? *Sieht ihn.* Wo willste hin Junge?

LAWRENCE Herren. Da hängen wir für, Miles.

MILES Wie viele?

LAWRENCE Herren. Stimm klangen so.

MILES Wie viele?

Clare kommt herein.

CLARE Ich kannse nich findn Miles!

MILES Keine Zeit für Mädchen nachrenn. Herren hier. Lawrence?

LAWRENCE Mein Kopf. Der hört nich zu blutn auf.

CLARE Wohin isse gelaufn?

MILES *zu Lawrence:* Trink davon was Junge.

CLARE *ruft:* Mary! – Hatse was gesagt. Hatse nach mir gesuch?

Lawrence trinkt aus der Flasche.

MILES Hamse von Soldatn geredet? Denk nach!

LAWRENCE Blut läuft mir inni Ohrn.

CLARE *geht:* Mary! Mary! Mary!

Clare geht hinaus.

MILES Geh zurück unter die Hecke. *Hilft Lawrence in die Hecke hinein.* Ich hol die andern. Nehm dich am Heimweg mit. *Draußen aus weiter Ferne das Horn.* Verdammter Idiotenkrach!

Miles geht hinaus. Lawrence fängt wieder an zu kriechen.

LAWRENCE *weint:* Miles ... Da hängen wir für ... Muß weg ...

Der Pfarrer kommt herein. Er ist außer Atem.

PFARRER O Gott o Gott. *Bleibt stehn. Schaut sich um.* Der Mond kommt raus. O Gott o Gott o Gott.

Lawrence fängt an zu weinen. Er will aufhören.

Wer ist das? Wer lacht mich aus? *Wimmert.* Feiglinge! Einen alten Mann hetzen! O Gott wie viele? *Er will sich in die Hecke verstecken und seinen Atem leise machen.* Wer ist da? Lord Miltons Leute? Schießt nicht. *Steht auf.* Was ist ...? Weint da ein kleiner Junge? Ich bin das nicht gewöhnt, im Freien ohne Laterne. Hör auf! *Er stolpert über Lawrence.* Ah! – Flaschen. Wie unvernünftig und ekelhaft. Daliegen in Bier und deinem eigenen Blut. Glaubst du du findest Frieden in der Flasche? Weine nicht Junge. Wer weiß wer dich hört – deine Leute oder meine. Bist du schlimm verwundet? Nicht wenn du noch weinen kannst. *Er setzt sich auf einen Baumstumpf.* Lord Miltons Leute werden dir einen Doktor holen – deine Leute können dir jetzt nicht helfen.

Hör auf! *Kleine Pause.* Und nach dieser furchtbaren Nacht? – wenn ich einen Feldweg entlangreite und einen Arbeiter treffe können wir uns noch in die Augen sehen? Ich habe ihn getauft – und wir können uns nicht mehr anständig Guten Morgen sagen. Sie werden den Hut ziehen wie eine Beleidigung. Ach versuche nicht mehr zu weinen! Das ganze System wird aus ihrem Leben verschwinden. Wir werden angewiesen sein auf unseren Zorn, unsere Kraft oder unsern Verstand – Herr *und* Diener. Und dann sind wir was? – Tiere die in Häusern leben möchten. Für eine Nacht der Gewalt und eine Handvoll Silber zum Vertrinken!

Darkie, Miles und Bob kommen herein.

DARKIE Du tätst zu sowas höhere Fügung sagn – aber ich glaub nich an deine Lügen. Sin von deim Haus weg und wolltn heim – un da stehs du uns mittn im Weg.

PFARRER Euer Freund. Schaut nach ihm. Er kann nicht aufhören zu weinen. Eine Nervenreaktion.

BOB Wir sin auf Kollekte.

MILES Bei reichen Bauern, Krämern – *Betty kommt herein.*

BOB Er baut auch an.

DARKIE Schreibt mehr seine Schweine inni Bücher als dasser inner Bibel lies.

PFARRER Ich habe nichts bei mir.

DARKIE Solln wir dich zum Pfarrhaus begleitn?

PFARRER Ich werde nicht der Gewalt weichen –

DARKIE Dreh deine Taschen um.

PFARRER – und gegen alle Prinzipien verstoßen nach denen ich gelebt habe. Wie könnte ich euch meine Herde nennen und verstieße gegen das Gesetz des guten Hirten – aus Feigheit?

BOB Steh auf.

PFARRER *rührt sich nicht:* Ein alter machtloser Mann vor euch. Ich will nicht glauben ich hätte Wilde gesegnet vor meinem Altar – *Mary und Peter kommen herein. Sie bleiben in einem Abstand vom Pfarrer stehen.*

MILES Zeig deine Taschen her!

DARKIE *geht zum Pfarrer, reißt ihn auf die Füße hoch, und durchsucht seine Taschen. Die andern rücken allmählich näher an den Pfarrer heran:* Silber in der einen Tasche. Notizbuch in nem Etui aus Silber. Getreidepreise drin. Stift aus Silber. Ring aus Gold. *Zieht ihn dem Pfarrer vom Finger.* Kreuz anner Kette.

Gold. *Reißt die Kette herunter.* Silberknauf am Stock. *Bricht den Stock übers Knie und wirft den Knauf den andern zu.*

BETTY Seine Knöpfe! Perlknöpfe!

MARY Machense hintn mit ner Goldspange fest. Zeig dir wies geht.

Mary und Betty nehmen dem Pfarrer die Knöpfe heraus. Lawrence kriecht langsam aus der Hecke. Er will sich davonschleppen. Er ist schwächer geworden. Er weint. Die Leinwand hat sich mit Blut vollgesogen.

PFARRER Schämt ihr euch nicht?

BETTY Nein. Nein. Nein. Nein. Ich schäm mich nicht. Ich schäm mich daß ich mein Kind nich ernährn kann.

MARY *mit den Knöpfen beschäftigt. Lacht:* Laß mich. So is richtig.

PETER Ich schäm mich daß ich auf dem Pfarrer seine Felder arbeit un heimkriech wien Tier.

MILES Ich schäm mich daß mir der Schweiß runterläuft un du wirs fett dabei!

MARY *lacht:* Macht fünf.

HAMO Ich schäm mich daß ich mit deim Dreck an die Hände schlafen geh jede Nacht.

MARY *sucht am Boden:* Ein fallnlassn.

PFARRER Ich bin ein alter Mann –

Peter bläst ins Horn.

MILES Tu ihm den Kragen ab!

MARY *sucht am Boden:* Irisch Leinen!

BOB Tu ihm die Schuhe ab.

HAMO Du hass nich son Leder an.

PFARRER Menschen aus meiner Gemeinde. Ziehen einen alten Mann aus –

BETTY *berührt die Schuhe:* Weicher als Handschuh.

MARY *sucht am Boden:* Obacht die Spange. *Hebt sie auf.*

DARKIE Tu ihm den Mantel ab. Tu ihn ab.

PFARRER Herr schau herab und sei Richter –

MILES Drunter isser nich anders als wir.

DARKIE Friers du jetzt?

PETER Nimm sein Hemd.

BETTY Tus ab.

BOB Ab.

HAMO Ab.

BETTY Ziehs ihm runter.

MARY Obacht es reißt!

BETTY Das nehm ich mir.
MILES Ziehs ihm runter.
DARKIE Friers dich am Fleisch jetz Junge? Hass Angs ich hau dir die Faust ins Gesich? Ich hab den ganzn Tag ne Faust im Gesich. Mags nich wenn ich dir meine Faus vorm Auge schüttl? Hab jedn Tag ne Faust im Auge.
BOB Nochmal Kleider drunter.
BETTY N Kleiderladn auf Beinen!
Peter bläst ins Horn.
MILES Leibchen runter.
HAMO Tus ab.
BOB Schaun wir sein Fleisch.
BETTY Ab. Ab.
PETER Ab.
Der Pfarrer steht ausgezogen da. Sein langes graues Haar fällt ihm ins Gesicht. Er zittert. Sie starren ihn einen Augenblick an. Lawrence kriecht noch langsam über die Bühne.
BOB *kindliche Unschuld:* ... Wie die das waschen und pflegn!
MARY Gehn wir. Mehr hatter nich. Sin Herren unterwegs.
Mary hebt die Schuhe, Kleider und Flaschen auf. Sie rennt hinaus während sie reden.
BETTY Mein Baby. Mein Baby hat keine richtige Babyhaut wie die. Schau wie weich die is. Wie seidne Spitze. Mein Baby is hart geborn – hat Haut wien Tier was auf der Straße lebt. *Kneift den Pfarrer ins Fleisch.* Schaut euch das an. Geht ab in ganze Händvoll.
MILES Schaut! Eine Handvoll Fleisch!
HAMO Ganze Händvoll!
PFARRER *heult auf wie sie nach seiner Haut grapschen:* Ah! Ah!
DARKIE Unser Fleisch. Das gehört uns. Wo hass du das Fleisch da hergenomm Junge? Ihrm Baby hass dus weggenomm. Von meiner Mammi has dus. Die ham jetz kein richtiges Fleisch mehr. *Sie zerren an seiner Haut.*
BETTY Mein Fleisch.
BOB Ihrem Baby sein Fleisch.
PETER Unser Fleisch.
DARKIE Wo hass du das Fleisch da gestohln Junge? Dein Fleisch is Diebesgut. Du biss voll mit Diebesgut wenn du dich ausziehs! Wie kanns du so die Altarstufen raufgehn? Was sagt der Herrgott wenn du Christi Fleisch bei der Messe hochhebs? – nochn

Stück gestohlnes Fleisch sagt er vielleicht? Du nenns uns Diebe wenn wirs Silber nehm. Du hass unser Fleisch genomm!

Betty weint. Lawrence hört auf zu kriechen. Die Leinwand hat sich vom Kopf abgewickelt und zieht sich am Boden hinter ihm her. Er liegt da und weint.

BETTY Mein Baby. Mein Baby.

Die andern weinen. Der Pfarrer weint und murmelt Gebete.

DARKIE *in Tränen:* Wenn du lachs nimms du unsere Stimmen dazu. Wenn du grade gehs hass du unsern Rücken genomm. Deswegn sin wir krumm.

MILES *in Tränen:* Herrgott wie solln wir je wiederkriegn was uns gehört. Alles was die gestohln habn.

BOB Was solln wir nur machn?

PFARRER Gott der Barmherzigen ... Vater des Himmels ... *Er hält inne.*

DARKIE Hasse nix zu sagn? Jetz hatter die Wahrheit. Mehr Wahrheit als ihm alle Bischöfe und Herrn sagn könn. Und er sagt nix. Ah gut: heut nacht habn wir ihm die Wahrheit gesagt un er weiß nix drauf zu antwortn.

BETTY *weint leise:* Baby. Baby.

MILES Die Wahrheit.

HAMO Ja.

BETTY *wirft dem Pfarrer die blutbefleckte Leinwand von Lawrence zu:* Deck dich zu. *Der Pfarrer rührt sich nicht. Zornig.* Decks zu! Schmeiß mir die Barmherzigkeit nich ann Kopf zurück!

Der Pfarrer bedeckt sich mit der Leinwand.

Du biss hier zwei Minutn lang gestandn Junge. Ich bin ein Spott mein Lebn lang. *Sie ist wieder ruhig und hält einen Knopf zwischen Daumen und Zeigefinger hoch.* Ja ja. Schaut euch die Knöpfe an mit denen er sein Diebstahl zudeckt. Un meine Kleine hat noch nien Brockn gekriecht wo sie nich geschrien hat für. Begrabn tut er sie, gibt er ihr auch zu essn?

Lawrence kriecht zurück ins Gebüsch.

DARKIE Wills du uns anklagn oder Zeugnis gegn uns ablegn?

PFARRER Das Kreuz wird immer erniedrigt. Was habe ich gelitten? Ein wenig Demütigung und Kälte. Ich werde zur Wahrheit stehen. Ich kann nicht das Leben verraten das ich bis jetzt geführt habe. Wie könnte ich weiterleben? Von jetzt an werden meine Gedanken nur noch an den Tod sein.

BETTY *zum Pfarrer:* Sei still mitm Krach Junge. Du biss kein Kind mehr. Red nich so schändlich. – Un du sei ruhig Lawrence.

Milton kommt mit den drei Herren herein.

MILTON Geben Sie Mr. Twice Ihren Mantel.

3. HERR *deckt den Pfarrer mit seinem Mantel zu:* Ein Mob der in einer Minute das Werk von Jahrhunderten zerstört –

MILTON *ruhig:* Still.

3. HERR – eingeschlagene Fenster, alte Leute in Tränen, Plünderungen –

MILTON *ruhig aber entschieden:* Seien Sie still. Mr. Twice bleiben Sie heute nacht in meinem Haus. Ich habe Ihre Familie und Dienstboten vorausgeschickt. Mr. Harvington wird Sie zum Haus begleiten.

PFARRER *schaut auf seine Füße:* Euer Lordschaft, meine Füße . . .

MILTON Mr. Harvington wird Sie tragen.

Der 3. Herr hebt den Pfarrer auf.

PFARRER Danke.

Der 3. Herr trägt den Pfarrer hinaus.

MILTON Diese Herren sind eine Schutzstaffel. Ich habe sie heute abend vereidigt. Ich werde vom Abendessen weggerufen – und muß feststellen daß ihr euch ungezogen benehmt wie Kinder. Geht heim. Wir wollen weitere Gewalttätigkeiten vermeiden.

DARKIE Ihr bestehlt uns. Der Pfarrer bestiehlt uns. Was ham wir dem Pfarrer getan? Ihn veräppelt. Weggenomm – was? Paar Glitzerdinger. Wenn ich dem Pfarrer was stehl was macht ihr mit mir? Das Gesetz läßt uns aufhäng. Das der einzige Unterschied zwischen euch un mir; ihr denk nich lang nach bevor ihr gewalttätig seid.

MILTON Nimm deine Mütze ab.

MILES Nicht. Er will sehn wer du biss.

Ein Schuß. Lawrence schreit gellend und stirbt. Die Herren zielen mit den Gewehren.

MILTON Halt!

BETTY Lawrence! *Will zu ihm hin.*

MILTON Halt! *Betty bleibt stehen. Zum 2. Herrn:* Gehn Sie nachschaun.

Der 2. Herr geht zu der Leiche. Betty weint.

MILES Hunde.

DARKIE Er is tot.

2. HERR *schaut auf:* Ich fürchte mein Schuß ging ihm genau durch

die Schläfe.

MILTON *befiehlt:* Kopf verbinden. Die Leinwand da. Du und du – trag ihn zu den Pferden. Ihr geht alle hinterher. Ihr seid unter Feuerschutz. *Zum 2. Herrn.* Ja?

2. HERR Sir. *Miles und Hamo tragen Lawrence hinaus. Sein Kopf ist mit der Leinwand umwickelt.*

MILTON Geht hinterher.

Die übrigen gehen hinaus.

Szene vier

Ely. Zelle. Abend. Still. Dunkel. Fahles Licht aus zwei kleinen hochgelegenen vergitterten Fenstern. Bank. Wolldecken. Darkie, Miles, Bob und Hamo blicken zur Tür, die sich gerade öffnet. Ein Wärter kommt herein. Er gibt jedem eine Schüssel Suppe und einen Brocken Brot.

WÄRTER *zu Darkie beim Austeilen:* Kollegn von dir draußn auf Besuch. *Er geht hinaus.*

BOB Mir schmeckt nix.

MILES Iß. Hinterher tuts dir leid wenn du rausgelassn biss.

Bob ißt. Die Tür geht auf. Patty und Clare kommen in Reisekleidern herein. Die Tür wird hinter ihnen zugemacht. Patty hat eine Jacke überm Arm.

PATTY *legt die Arme um Darkie:* Mein Junge Lieber.

BOB, MILES UND HAMO Grüß dich Mädchen.

PATTY Ihr Liebn. Alle.

CLARE Laßt euch nicht störn beim Essn.

Sie essen beim Reden.

DARKIE Alles klar daheim? *Patty schüttelt den Kopf.* Mammi?

PATTY *nickt:* Hat sich hingeleg. Steht nich mehr auf. Liegt am Fenster. Ich weiß nich. *Schweigen.* Sagt ich muß dir deine gute Jacke bring. Solls nich wien Vagabund ausschaun. Schande für die Familie. *Sie weint ein paar Sekunden. Sie essen.*

DARKIE Du bist still Junge?

Clare lächelt und nickt.

BOB Hätt ich nie gedacht daß soweit kommt. Sowas . . .

Schweigen.

DARKIE Die Mammi krank also?

PATTY Wird alt.

DARKIE Viel Gerede draußn?

PATTY Ely is voller Militär.

HAMO Es heiß der Bischof will ne Predigt haltn. Die Richter gehn alle inn Dom Arm in Arm. Wirdn Anblick.

MILES Der Bischof möcht den Strick selber festmachn. Anders wird er nich fertig. Riesensau. Vierundzwanzig. Nee das ziehn die nich durch. Was sagn die Leute?

PATTY Schwer zu sagn. Stehn ann Ecken als wär die ganze Woche

Markttag. Verstehn überhaupt nix mehr.

MILES Sagn sie nich –

PATTY *irritiert:* Woher soll ich wissn *was* die sagn? *Sie sammelt die Schüsseln ein und stapelt sie sauber neben der Tür. Ich* weiß nich was ich sagn soll. Tatsache. *Versucht nicht zu weinen.* Wars immern guter Junge Darkie. Immer für die gerechte Sache. Tut keiner Fliege was ohne daß er sich nich entschuldig. Ihr andern genauso. Die wissn nix.

MILES Du kanns ihnn auch nich sagn.

DARKIE Die ziehn das nich durch. Schickn uns nach Australien. *Zu Clare.* Dein Glück daßde getürmt biss bevor sie uns gekascht habn.

PATTY Er hat auch sons Glück gehabt – vielleich habt ihr jetz auch eins.

DARKIE Was is?

PATTY Aus seim Gekritzl is was gewordn. Warn Herr da. Hat vonem Buch geredet.

DARKIE Ach.

PATTY Sagt er geht auf Reisn. Wenn da was draus wird. London.

DARKIE *nach einer Pause:* Wer isn der?

PATTY Kennste nich. N Herr.

MILES Was kriegsn dafür Junge? Muß dir was zahln für.

Clare zuckt die Achseln.

DARKIE Nee dass gut John. Mußt dich nich schäm für.

MILES Was schreibs du Junge? Schreib über hier. Was los is.

CLARE Wer tätn das lesen?

PATTY *stolz:* Der Herr war ebn doch da oder Junge? *Schweigen.* Also das warne lange Reise aber ich bin doch froh daß ich mirs aufgehals hab. Müssen bald gehn Darkie. Müssn los vors dunkel wird. Was zum Ausrichtn? Miles?

MILES Nein Mädchen.

Schweigen. Clare fängt an zu lachen. Er versucht aufzuhören.

PATTY John. Was los Junge?

CLARE Nich – *Er hört zu lachen auf, fängt aber wieder an.* Nix –

DARKIE *lächelt:* Stimmt. Die ziehn das nich durch.

BOB *kichernd:* Vierundzwanzig.

DARKIE *leicht lachend:* Lassens nich zu. Der Staat wirds verbietn.

MILES *zu Clare, etwas ängstlich aber grinsend:* Was lachsde Junge?

PATTY *kichernd vor Verlegenheit:* Benimm dich John un hör auf damit. *Sie legt die Jacke auf dem Schoß zusammen und tätschelt sie.* Schaus gut aus wenn du dich feinmachs Darkie. Nimms genau mitm Saubersein.

Der Pfarrer kommt herein. Sie hören zu lachen auf.

PFARRER Ich besuchte die andern und dachte... Darf ich? *Er kommt in die Zelle. Er schließt die Tür.* Ich bin nicht gekommen um Hoffnung zu spenden. Wenn ihr nicht am Ende der Woche sterbt werdet ihr alle zu eurer Zeit sterben. Außerhalb von diesem Gefängnis klänge das wie Heuchelei. Aber ihr drinnen könnt es jetzt verstehen. Als ihr mich im Wald auszogt stand ich mit nackten Füßen auf der Erde die mein Grab sein wird. Ich hörte die Teufel über meine Sünden lachen. Ich sah mich gerichtet und verdammt – wie wir es alle sind. Wenn nicht morgen dann bald. *Patty macht eine verlegene Geste mit der Jacke.* Verstehst du das mein Kind?

PATTY *verwirrt:* Nur zu Besuch Sir. Meim Bruder seine neue Jacke gebracht. Bin aber gläubig.

PFARRER Wie klein und ohnmächtig wir sind. Wir roden ein paar Felder, bauen ein paar Häuser, biegen ein paar Eisenstäbe, und glauben unsere Gesetze gelten ewig. Aber die Welt ist des Herrn denn er herrscht über die Zeit. Vergeßt diese Welt, ihr Elend und ihre Vergeudung, alle Wollust und Laster, ihre übertünchten Eitelkeiten. Denkt nur an das Licht Gottes. Frohlockt. Seine Gnade sei euch willkommen. Seine Freude ist Vergebung. Versteht ihr endlich? *Kleine Pause. Er dringt in sie.* Sterbt dieser dunklen Welt. Lebt im ewigen Tal. *Bob weint ein bißchen. Der Pfarrer wendet sich ihm eifrig zu. Er versteht das Weinen als Zeichen.* Ja, ja. *Leise.* Gott ist hier. Gott tritt durch diese Gitter ein. Faßt nach ihm. Rührt an seine Kleider.

Der Wärter kommt herein.

WÄRTER Kommen Sie nach draußen Sir.

PFARRER Das ist nicht –

WÄRTER Der Direktor sagt nach draußen.

Pfarrer und Wärter gehen hinaus. Der Wärter schließt die Tür hinter ihnen.

MILES Hat kein Kratzer im Leib.

Draußen schraubt sich Frauengelächter im Gefängnis nach oben. Eine andere Frau fällt ein. Eine ganze Gruppe lacht. Schaut Clare an. Du hassie alle auf Trab gebrach Junge.

Das Lachen verebbt. Dann lacht ein Mann näher und die

Gruppe lacht wieder. Alle in der Zelle stehen auf.

DARKIE Sie lassn uns laufn.

BOB Horcht.

HAMO Warum kommse nich zu uns?

BOB Sinse bei uns vorbei?

HAMO Lassnse uns nich laufn?

DARKIE Still! Andre Zelln zuers.

Miles horcht an der Tür. Alle in der Zelle schweigen. Das Lachen geht weiter.

MILES *ruft:* Ruhe! *Zu den andern.* Lachn zu laut. Hör nix.

DARKIE *zu Clare:* Geh raus Junge. Dich lassense raus.

BOB *hämmert an die Tür:* Hier! Hier! Hier! Hier!

DARKIE *zu Bob:* Ruhe Junge!

Hamo, Bob und Patty schlagen an die Tür und schreien.

HAMO UND BOB Hier! Hier! Hier! Hier!

PATTY Laßt uns raus! Laßt uns raus! Bin keine Gefangene!

Draußen geht das Lachen weiter und weiter. Schreie, Rufe, Salven, Stöhnen – von Gelächter. Keiner in der Zelle lacht. Ihre Hysterie ist verflogen. Sie hören mit dem Hämmern auf. Sie weichen von der Tür zurück. Sie gehen auf die andere Seite des Raumes. Sie starren auf die Tür. Sie drängen sich aneinander. Die Tür geht auf. Der Direktor, Wärter und Pfarrer kommen herein. Der Wärter gibt Bob das Zeichen Daumen nach oben.

DIREKTOR Ich habe ein Schriftstück aus London erhalten. Hören Sie genau zu. Lärm Hicks.

Der Wärter geht zur Tür hinaus. Er läßt sie auf.

Nach einer Untersuchung des Sondergerichtsverfahrens das Sie letzte Woche –

WÄRTER *draußen:* Hört mit dem Krach auf!

DIREKTOR – zum Tod durch Erhängen verurteilt hat –

Der Wärter kommt herein. Das Lachen geht weiter.

– habe ich von den Behörden eine Liste von Straffälligen erhalten –

WÄRTER Habs ihnen gesagt.

DIREKTOR – deren Urteil in solche Ersatzstrafen umgewandelt wurde –

PATTY Ich hab gewuß die müssn euch laufn lassn. Keine Särge inner ganzn Stadt. Die Geschäfte liefern nich. Wissn was sons mit ihrn Schaufenstern los is. Ham bis nach Cambridge rauffahrn müssn dafür. Nich maln Karrn kriegste geliehn für –

DIREKTOR *redet sie nieder:* – wie sie London für angemessen erachtet. Ich bin darüber noch nicht unterrichtet. *Liest von der Liste.* Miles Cooper.

MILES Hier.

DIREKTOR Hamish Cecil Towsey.

HAMO Hier.

DIREKTOR Peter Star –

WÄRTER Letzte Zelle Sir.

DIREKTOR Robert Hall.

BOB Ah Gott segne sie. Segne sie –

DIREKTOR Das war die Liste für diese Zelle.

HAMO Gott sei Dank.

MILES Gott segne sie. Segne sie.

PFARRER Ihr Männer gelobt jetzt. Ja gelobt! Haltet diesen Augenblick fest. Gott hat euch an den Grabesrand geführt –

DIREKTOR Letzte Zelle.

PFARRER – und ihr saht seinen Schatten. O nehmt –

BOB Gott segne sie.

PFARRER – diesen Schatten und laßt ihn einen Spiegel für eure Seele sein.

Der Direktor und Wärter sind hinausgegangen. Der Pfarrer wendet sich an Darkie.

Sie werden auf den Galeeren an Typhus sterben. Ertrinken. Ihr Leben lang im Gefängnis sein. Und sie lachen!

Lachen geht durch das Gefängnis. Alle im Raum außer Darkie und der Pfarrer lachen in nervöser Überreizung.

Sie werden ihren Geburtsort nie mehr sehen. Ihre Frauen und Kinder werden aus ihrem Leben verschwinden. Hör sie lachen!

Ein Ausbruch von Gelächter näher aus dem Raum nebenan.

Die Welt wird ihnen so fremd sein daß sie ihr Gesicht nicht mehr im Spiegel kennen oder die Welt vor dem Fenster. Sie werden im Fels graben zum Säen. Wenn sie sterben werden sie in flache Gräber kommen – die Bräuche für die Toten werden schon lang vergessen sein. Horch! *Lachen.* Laß diese bittere Hoffnung fahren. Hoffnung! – sie ist Ebbe und Flut die die Menschen gegeneinandertreibt bis sie sich zerscheuert haben. Nimm dein Galgengerüst aus Gottes Hand. Er preßt die Verzweiflung eines Lebens in ein paar Augenblicke. Ich werde dich zum Galgen begleiten. Ich spreche darüber noch mit dem Wachhabenden. *Er geht eilig hinaus.*

DARKIE *zu Clare:* Nimm die Jacke. Hier Junge. Nich nur gut fürn Auftritt, was Patty? Guter starker Stoff. Stück Arbeit das abtragn.

MILES *unwillkürliche Glücksregung:* Ah Gottseidank.

BOB Begnadigt! Hat er doch gemeint?

HAMO Muß sein. Die lachn.

DARKIE Los nimm sie. Verschwend sie nich aufn Auftritt. Habn uns in Lumpn gehaltn, brauchs dich nich feinmachen für die wenn ich sterb. Is nich ihr Zirkus.

Clare nimmt die Jacke.

Fühl mich nich – klar im Kopf. Will lieber nix redn Zeitlang.

Die Tür geht auf. Betty rennt herein.

BETTY Ach Junge ihr seid alle begnadigt!

Lacht und umarmt die Gefangenen.

Junge. Junge. Bob Kleiner.

BOB Gott segne sie. Gott segne sie.

Der Wärter kommt herein.

WÄRTER Raus mit dir Mädchen! Wo meinste biste hier? Cooper, Towsey, Hall: Sachen zusammenräum und nach nebenan.

MILES Ich bleib mit dem.

WÄRTER Nach nebenan.

MILES Is nich recht. *Zu Darkie.* Uns laufn lassn damit sie dirs zeign.

DARKIE Bob is nochn halbes Kind. Du hass Frau un Kinder. Besten es trifft mich wenns einer sein muß.

WÄRTER Bewegt euch.

Miles, Hamo und Bob suchen ihre Sachen zusammen. Betty hilft ihnen.

CLARE Schau die Fliege, krabbelt zum Gitter raus und rein. Könntste raufklettern un totmachn, tuste aber nich. Patty bleib inner Stadt heut nacht. Wahrscheinlich darfste aufm Gang liegn. Ich komm morgn wieder.

DIREKTOR *draußen:* Ich habe Ruhe angeordnet!

PATTY *unsicher:* Darkie.

DARKIE Brauchs nich daßde hierbleibs. Regt dich nur auf.

Das Gefängnis wird ruhig.

PATTY Bleibe wenn du meins.

DARKIE Wills nich habn.

Miles, Hamo, Bob und Betty gehen hinaus.

BETTY *vor der Tür:* Darkie is also nich begnadig?

WÄRTER *in der Tür:* Fünf übrig wern gehenkt.

Der Wärter geht hinaus und macht die Tür zu. Clare sitzt auf der Bank, den Kopf in die Hände gelegt. Darkie und Patty stehen. Clare fängt an zu lachen. Sein Lachen ist locker, nicht hysterisch, aber nicht ruhig. Es steigt in ihm auf und strömt über.

PATTY Hör auf. Schande.

CLARE *lacht in die Hände:* Kann nich.

PATTY Hör auf. Muß ich jetz allein heim.

Clare legt sich auf die Bank. Er deckt sich mit der Decke zu, um das Geräusch zu dämpfen.

Find immer irgendein Quatsch! Bösartig!

Clare fällt auf den Boden. Er wälzt sich unter der Decke hin und her. Draußen eine kurze Lachsalve. Sie wird hysterisch – wie Schluchzen. Sie dauert einige Sekunden. Clare lacht glücklich weiter.

CLARE Tut weh. Tut weh.

Der Wärter kommt herein. Er schaut von der Türschwelle aus zu.

WÄRTER *nickt Darkie zu:* Dachte du wärs durchgedreht. Passiert manchmal.

PATTY *kichert höflich:* Hatter sich weh getan? Is nich recht. Müßt auch an Darkie denkn. Nich immer er selbs. *Hält sich die Ohren zu.* Hör auf Mister Clare.

Der Wärter kommt herein.

Ich dreh durch. *Schreit.* Hör auf!

Der Pfarrer erscheint in der Tür.

PFARRER Bringt diesen Mann zur Ruhe. Dieses Haus hat genug Leichtfertigkeit erlebt. *Er geht.*

WÄRTER Hör mit dem Lärm auf.

DARKIE Laß ihn. Es geht ihm schlecht, warum soll ichs ihm verbietn?

WÄRTER *zu Darkie:* Benimm dich! *Winkt dem Pfarrer nach.* Der Pfarrer verpfeif mich beim Direktor un ich kriegs aufn Kopf. Mach mir kein Ärger Junge oder du kriegs Ärger mit mir. *Zieht Clare die Decke weg.* Besoffn. Raus mit euch zwei.

Der Wärter geht zur Tür und wartet. Clare hört auf zu lachen.

DARKIE Bester Kumpel von allen John. Machs gut. Hab zuhaus nich reingepaß. Tut mir leid daß Mutter sich aufregt aber da is bißchen spät für. Naja ich bin kein Sohn wie sies gern gehabt hätt. Paß auf auf meine Schwester. *Zu Patty.* Geh nich hin. Wär mir lieber nich. *Keine Antwort.* Wirss halt machn wie du meins.

PATTY Hätts nich sagn solln mit dem nich reingepaß. Hass kein Grund daß dus uns da schwermachs mit. Da weiß du nix von.

DARKIE Kannste nix Richtiges sagn hier drin.

Patty geht hinaus.

CLARE Warn Mädchen dabei mit euch die Nacht. Mädchen was im Haus von Milton gearbeit hat.

DARKIE Was?

CLARE Kennste nich mit Nam. Hassie gesehn an Weihnachtn.

Draußen eine kurze Lachsalve.

DARKIE Worauf willstn raus Junge?

CLARE Hatse dir gesag wo sie hinwill?

DARKIE *zuckt die Achseln:* Bei dem Krach. Paar sin durchgekomm.

CLARE Aber hatse nich gesag –

DARKIE Herrgott Junge! *Kleine Pause.* Patty steht draußn.

CLARE *nach einer Pause:* Nicht streitn Darkie.

DARKIE Nein.

Der Wärter tritt zur Seite. Clare geht hinaus.

Szene fünf

Hyde Park. Tag.
Vorne Clare mit Mrs. Emmerson. Er trägt Darkies grünes Jakkett. Sie ist um die Vierzig.
Hinten ein Preisboxen. Porter, ein Neger, und Jackson, ein Ire, sind nackt bis zum Gürtel, tragen Strumpfhosen und kämpfen mit bloßen Fäusten. Ein faßähnlicher Schiedsrichter. Wettspieler. Auf Porter haben gesetzt die Wettspieler 1, ein Marquis, und 2, sein Mitschülerfreund aus Harrow. Hinter Jackson stehen die Wettspieler 3, der jüngere Sohn eines Krämers, und 4, ein schmieriger alter Cockney. Die Jacken der Wettspieler liegen am Boden und markieren den Ring.

MRS. EMMERSON Der Admiral sagte, er wollte sich hier auf seinem Nachmittagsspaziergang mit uns treffen. Sie sind nervös Mr. Clare.
CLARE Hm.
MRS. EMMERSON Kein Anlaß. Er hat für zwölf Exemplare Ihres Buchs gezeichnet. Ein solcher Subskribent ruft Interesse wach.
CLARE Hm.
Der Boxkampf.
Die Kämpfer sind frisch. Sie tänzeln auf den Zehenspitzen.
W 1: Paß auf den Kerl auf Porter.
W 2: Vorsicht vor der Linken von dem Kerl.
W 1: Ihr seid hier nicht inner Tanzstunde.
W 3: Hol ihn dir Jackson. Bohr dich rein in ihn.
W 4: Sachte Jackie Junge.
SCHIEDSRICHTER Ecke die Herren.
Ende der 1. Runde.
MRS. EMMERSON Sehen Sie Mr. Clare wir haben hier im Park Gras und Bäume. Inspirieren die Sie nicht? O von den Flügeln gestreift zu werden! Dem Ansturm des Geistes! Wir Irdischen können nur die Hälse recken um euch schweben zu sehen! Mr. Clare soll ich in jene Hecke schlüpfen und Sie Ihrer Muse überlassen?
CLARE Ich gebs zu Gnäfrau ich wär gern allein mit mein Gedankn – solang Sie nich zu weit weggehn.
SCHIEDSRICHTER Alsdann Jungs.

Beginn der 2. Runde.

MRS. EMMERSON Doch warten Sie! – Ich versprach Patty Ihnen zur Seite zu bleiben in der großen Stadt. Ich betonte das in meinem Brief.

CLARE Sie könnetn mich überwachn ausm Gebüsch Gnäfrau.

MRS. EMMERSON O Mr. Clare ich könnte dem Admiral kaum entgegentreten aus dem Gebüsch – seis auch in Gegenwart des Dichters. *Lacht.* Ich will Ihnen die Wahrheit sagen. *Zeigt vor.* Notizbuch und Bleistift. Es ist mein Ehrgeiz an Ihrer Seite zu stehen beim Anruf der Muse. Ich werde Ihre Worte festhalten so wie Sie sie den Lüften überlassen. Wenn ich alt bin werden sich meine Nichten und Neffen um meine Rockschöße versammeln, dann hole ich das Buch hervor und wende mich – ihrem kindlichen Geplärr mich beugend – zu ihrer immer neuen Freude den altvertrauten Seiten zu auf denen ich einst niederschrieb die Ergüsse des John Clare. »Hyde Park Impromptu«. Sieh da den Spatz im Staubgefieder, den Großstadtvogel sonder Lieder, doch ach ich weiß in meinem Herzen, die Sehnsucht die im Innern – die letzte Zeit rundet sich oft nur zögernd ab.

CLARE Weggeflogn. Wie der Spatz.

MRS. EMMERSON Mr. Clare mein dummes Geplapper! Nun ich habe Ihnen manchen Dienst erwiesen und will das auch weiter tun.

Der Boxkampf.

W 1: Der ist dem Iren ins lächelnde Auge gewischt.

W 3: Mit der Linken. Die Grade. Die Grade.

W 4: Sachte Jackie Junge.

W 2: Verdresch ihn Porter. Eins für den Schwarzmann.

W 1: Linke Grade dann tupf den Solar Plexus.

SCHIEDSRICHTER Ecke die Herren.

Ende der 2. Runde.

MRS. EMMERSON Für Dichter ist hier eine beliebte Zuflucht. Fort von den heißen Londoner Straßen. Die Luft sollte erfüllt sein von Musik. Ich nenne es die Dichternische. Obwohl die Dichter zum Glück noch leben. Wer kommt da? Meine Augen in diesem hellen Licht. Ich lese zuviel.

CLARE Lamb.

MRS. EMMERSON Hat Ihnen schon jemand von Lamb erzählt?

CLARE Alle.

MRS. EMMERSON Seine Schwester hat seine Mutter mit dem Brotmesser umgebracht. Man hat sie weggesperrt – aber Lamb versprach ständig bei ihr zu bleiben und man hat sie wieder herausgelassen. Armer Lamb! Geisteskranke leben so lang. Kein Geld – er arbeitet als Buchhalter. Er kann nicht heiraten *und* seine Schwester erhalten – also trinkt er. Sie tragen ihre Zwangsjacke überall mit. In der Ziertasche.

Der Boxkampf.

SCHIEDSRICHTER Alsdann die Herren.

Die 3. Runde beginnt. Jackson geht schnell zu Boden.

OK die Herren.

Ende der 3. Runde.

W 1: Paß auf seine Linke auf Porter. Hat dich zweimal erwischt. Paß auf seine Beinarbeit auf. Die Iren tanzen gern.

W 2: Hau ihn kurz und klein.

W 3: *Jackson atmet durch:* Tiefer.

W 4: Ein aus. Ein aus.

Charles und Mary Lamb kommen herein. Charles ist jung, mager, hübsch und als romantischer Literat gekleidet. Mary ist zehn Jahre älter als er. Sie trägt einen respektierlichen Hut und hat die Ziertasche in der Hand. Lamb zögert beim Anblick von Mrs. Emmerson, aber kommt näher.

LAMB John.

CLARE Habe die Ehre Bruder.

LAMB *zu Mrs. Emmerson:* Gnäfrau. John meine Schwester Mary.

CLARE Mary hatt ein kleines Lamm. Kennt ihr das in London? Und wo auch Mary ging und stand das Lamm ging hinterher! *Lacht.*

MRS. EMMERSON Der Hyde Park erinnert Clare an seine Heimatgegend. Es wäre uns darüber fast ein Gedicht gelungen. War das nicht so?

LAMB Wirst du deinem Dorf untreu jetzt wo du uns kennst?

MRS. EMMERSON Nein John geht zurück zu seiner Frau und seiner Hütte. Wir sind uns einig.

LAMB Bist *du* einig Bruder Clare?

CLARE Ja. Kann mir London nich leistn.

Lamb und Mrs. Emmerson lachen.

LAMB Keiner von uns kann sich London leisten. Nun du bist ein weiser Dichter. Bleib zuhaus wo die Muse deine Adresse kennt.

Der Boxkampf.

SCHIEDSRICHTER Die Herren.

Beginn der 4. Runde.

W 3: Bring den plumpen Bär auf Trab.

W 1: Laß ihn seine Polka tanzen Porter. Und bring ihn zum Heulen daß er Musik dazu hat.

W 2: Kerl geht gleich die Puste aus.

W 1: Dann kannst du ihn übers Knie legen und ihm die Wirbel einzeln knacken.

SCHIEDSRICHTER Auseinander Jungs.

Ende der 4. Runde.

MARY LAMB Die Einkäufe Charles.

LAMB Und mein Büro.

W 2: Der Marquis holt dich aus dem Dreck Porter. Hat einen Blick für Fleisch. Das Funkeln in seinen Augen heißt Geld.

W 3: Bring ihn auf Trab.

LAMB Ich wollte dir in dem Gedränge gestern abend sagen: Ich mag deine Gedichte.

MRS. EMMERSON Es ist bald wieder ein Buch fertig – wenn unsre Pläne gedeihen.

LAMB Clare sagt die Wahrheit.

MRS. EMMERSON Was ist die Wahrheit?

LAMB Pilatus hat das Christus gefragt aber die Antwort nicht abgewartet. Und wenn hätte er sie gekreuzigt.

MRS. EMMERSON *unsicher:* Aber aber Mr. Lamb. Ist das nicht Freidenkerei?

LAMB Mrs. Emmerson Sie sind der einzige Mensch der wirklich aber aber sagt.

MRS. EMMERSON Ah pfui!

LAMB Die Wahrheit unterliegt nicht dem Gesetz von Angebot und Nachfrage. Wenn sie rar ist fällt ihr Preis. Daher ist sie kein Luxus, kommt nicht in die Paläste, wird von Richtern nicht zur Schau gestellt. Die Wahrheit hat die Gosse zur Herberge. Nur wer sich bückt findet sie.

MRS. EMMERSON Ich kann mit Stolz sagen daß ich nicht ein Wort verstanden habe. Mr. Lamb Sie sind ein Dichter. Sie sind nicht berufen andern Leuten Flöhe ins Ohr zu setzen.

LAMB Selbst der Henker sagt die Wahrheit wenn er betrunken ist. Keats ging nach Rom um die Wahrheit zu finden – und die Schönheit und das Leben. Er starb dort. Die Wahrheit ist oft häßlich. Die Spucke im Gesicht Gottes. Ja die Wahrheit wird allen Idolen in ihr goldenes Gesicht gespuckt. Das Gesicht Gottes ist mit Spucke bedeckt. Irre Menschen halten das für seine Maske und beten sie an. Gefährlich! Aber noch gefährlicher ist die Wahrheit aus dem Mund der Weisen. Die Göttin der Weisheit ist ein Raubvogel, die Eule. Aber die Irren haben *sie* gejagt und sie in einen Käfig gesteckt. Wer versucht sie herauszulassen dem zerfleischt sie die Hand. Nur ein Weiser versucht das – oder eine andere Art von Irrer. *Er kommt nach vorn und wendet den anderen den Rücken zu.* Das war die Predigt zum Mittagstisch. Jetzt der Segen. *Er zieht eine Flasche heraus.* Auf die Wahrheit. *Er schüttelt sie.* In vino veritas.

Der Boxkampf.

SCHIEDSRICHTER Alsdann die Herren.

Beginn der 5. Runde.

W 2: Ziel auf das Loch über seinem Auge.

W 1: Reiß es auf.

W 3: Brauch dein Hirn.

W 2: Die Iren und ein Hiren.

W 1: Bleib ihm mit der Faust im Gesicht Porter.

MARY LAMB Bei dieser Hitze ist das Gemüse mit Staub bedeckt. Ölig wie Ruß. Das Wasser wird schwarz wenn man es wäscht. Es ist hinüber noch bevor man zuhaus ist. Ich beschwere mich bei den Händlern –

Lamb sieht, daß sie ihr zuhören, trinkt aus der Flasche und bekreuzigt sich.

– aber sie behaupten sie müßten ihre Güter auch ausstellen. Sobald man sie berührt oder gar daran riecht beschweren sie sich. Ihre Güter? – Ich sage zu ihnen sie sollten sie ihre Schlechter nennen. *Sie lacht. Sie holt einen Kohlkopf aus der Ziertasche.* Diesen Kohl habe ich gestern gekauft. Er riecht nach Fisch. *Sie riecht daran und hält ihn Mrs. Emmerson unter die Nase.* Makrele oder Sprotten?

MRS. EMMERSON Ich habe keine gute Nase.

LAMB Ich schreibe auf den Rückseiten von Rechnungen und Zahlungsversprechungen wenn der Direktor nicht im Büro ist.

MRS. EMMERSON John weiß nicht was das ist.

CLARE *lächelt eifrig:* Doch. Rechnungen werden nie bezahlt und Versprechen nie gehalten.

Der Boxkampf.

W 1: Spiel Orgel auf ihm Porter.

W 4: Autsch!

Wettspieler 2 lacht.

W 3: Flasche! Brauch deine Füße wenn schon nicht dein Hirn!

W 2: Jetzt hast du ihn! Autsch!

Admiral Radstock kommt herein. Schwer, würdig, grauhaarig. Er sieht dem Boxkampf zu. Die andern sehen ihn zuerst nicht. Der Boxkampf.

SCHIEDSRICHTER OK Jungs.

Ende der 5. Runde.

W 3: Verdammt du hältst ihm dein Auge ja hin zum Zermanschen!

W 1: Wie ein gut dressierter Hund wird er jetzt gelaufen kommen und sich prügeln lassen. Hau ihn nicht zu früh zusammen. Kein bessrer Zeitvertreib als zuschauen wie ein großer dickfäustiger Schläger seine Strafe kriegt. Sorg dafür daß er sich nicht drückt und ohnmächtig wird.

W 2: Knall drauf und reib ihn ab.

PORTER Ich spiel Orgel auf dem Sir. Hab meinen Spaß mit dem und tu ihm richtig schön weh.

W 2: *ruft in die andere Ecke:* Schickt ihn zurück in seinen irischen Sumpf.

W 4: Hass noch lang nich gewonn Kumpel.

W 3: Ich hab in dich was reingesteckt Jackson. Er hält sich für viel zu stark. Du wirst schon fertig mit dem schwarzen Affen. Leg dich nur rein.

MRS. EMMERSON Lord Radstock einen guten Tag.

LAMB Diener Sir.

Mary Lamb verbeugt sich.

MRS. EMMERSON Erlauben Sie mir meinen Freund vorzustellen. John Clare – Ihr Wohltäter.

CLARE Diener Sir.

ADMIRAL Ehre Mr. Clare. Hat Mrs. Emmerson Sie schon durch die Stadt gejagt?

CLARE Mrs. Emmerson hat mir sehr geholfn.

ADMIRAL *nach beifälligem Nicken:* Ihre Gedichte. Großer Zauber irgendwo. Wahrer Sang. Schöne Liebe zur englischen Landschaft. *Schaut Lamb an.* Nichts Süßliches – *Wendet sich wieder an Clare.* Ein Seemann oder Christ liest sie mit Gewinn. Ich bin beides. Als ich mit der Flotte draußen war hatte ich oft ähnliche Gedanken. Konnte sie nicht zu Papier bringen allerdings. Ich bin froh jetzt – wo es mir an Zeit nicht fehlt – daß ich nützlich sein kann. Wie geht es Mr. Emmerson?

MRS. EMMERSON Den Umständen entsprechend.

ADMIRAL Ah.

Der Boxkampf.

SCHIEDSRICHTER Also die Herren.

Beginn der 6. Runde.

W 3: Ellbogen. Weg mit dem Kopf.

W 2: Straf ihn. Laß ihn was spüren.

W 4: Autsch!

W 3: Treff ihn! Treff ihn!

ADMIRAL Ich mache eine Einschränkung. Keine schwerwiegende. Der Fehler eines engen Gesichtskreises. Diese Bemerkungen in – Gedicht über Ihr Dorf –

MRS. EMMERSON Helpstone.

ADMIRAL Sie sehen, wir haben darüber diskutiert – in denen die landbesitzenden Klassen kritisiert werden – haben einen Beigeschmack von Radikalismus.

MRS. EMMERSON *Vortrag:* Verfluchter Reichtum –

ADMIRAL Die Stelle.

MRS. EMMERSON – du wandelst Mensch zu Tier

Und alles Übel stammt zuletzt aus dir.

ADMIRAL Und so weiter.

MRS. EMMERSON Und dazu die Zeilen aus »Winter«.

Vortrag: Tausende darben und gehn bloß –
Nichts deinem –

Erklärt: Das heißt des Winters –
– scharfen Wind zu wehren

Vortrag: Bis auf den Tod betäubt von Frost
Geringes Junkertum –

ADMIRAL *schüttelt den Kopf.* Er kanns nicht lassen.

MRS. EMMERSON – zu nähren.

ADMIRAL Aber aber!

Der Boxkampf.

SCHIEDSRICHTER Ecke die Herren.

Ende der 6. Runde.

W 1: Leg den Kerl jetzt flach Porter. Schöner Kampf aber zuviel is verdammt noch schlechter als zuwenig wie?

W 2: Ein Essen muß gut zusammengestellt sein.

W 1: *schlägt Porter auf die Schulter.* Griechischer Torso unter dem Dreck. Bürst ihn ab und du könntest dich auf ein Podest stellen.

PORTER Diesmal mach ich ihn fertig Sir.

W 3: Laß ihn nicht an dich ran. Du mußt ihn nur einmal erwischen. Er fällt um wie ein Ochse.

JACKSON Ja ja.

W 4: Kopf hoch alter Junge.

SCHIEDSRICHTER Die Herren.

Beginn der 7. Runde.

W 3: Denk dran Jackson. Wenn er dich schlägt gehts bergab mit dir. Keiner setzt mehr auf dich. Kannst dir deine Zukunft aussuchen.

W 1: Machs mit Stil. Ist mir einen neuen Anzug wert.

ADMIRAL *tritt zu Clare:* Ich will Ihnen keinen Vortrag halten. Politische Wissenschaft ist keine Dorfbrunnenphilosophie. Aber sagen Sie mir dies. Wer bändigt das Tier im Menschen? Die gebildete Gesellschaft. Nun Ihre Gedichte unterhöhlen ihr Ansehen. Das Chaos bräche los. Die Armen würden als erste darunter leiden. Wie ich erfahre sind in Ihrer Gegend schon einige Erhängungen nötig geworden. Das zeigt was ich meine.

SCHIEDSRICHTER Ecke die Herren.

Ende der 7. Runde.

MRS. EMMERSON Der Admiral hat staatsmännische Erfahrung.

ADMIRAL Die Leute die Sie kritisieren –

MRS. EMMERSON Argloserweise.

ADMIRAL – sind die einzigen die sich Bücher leisten können. Die einzigen die lesen können! Ich habe zwölf bestellt. Nun kann ich sie meinen Freunden nicht schenken. Ich kann Ihnen nicht sagen wie man Verse schreibt. Aber ich erkenne die Makel. Ich bin ein Schreibkollege von Ihnen. Kennen Sie meinen »Kätners Freund Oder ein Wort zur Notzeit an den glücklichen Besitzer der Bibel des Neuen Testaments und des Großen Gebetbuchs«?

MRS. EMMERSON Ich habe John sein Exemplar übermittelt.

ADMIRAL Es steht in der zwanzigsten Auflage. Er sollte auch hineinschauen in mein »England Deine Fahne Siegt«.

MRS. EMMERSON *notiert.* Ich werde es ihm besorgen.

CLARE Die Gedichte würden umfallen.

ADMIRAL Ihr Verleger hätte es nicht gern wenn Sie ihm ein ohnehin beschränktes Lesepublikum entfremden und –

CLARE Seh keine Nymphen auf unsern Feldern aber ich weiß wasn

Arbeitshaus is.

MRS. EMMERSON Was versprechen Sie sich davon mit der Faust dem Himmel zu drohen wenn der heimstrebende Schäfer untergeht im Schnee?

LAMB *vorn:* Auf Gottes Maske zu spucken?

CLARE Mitm Wintermantel gingense nich unter.

ADMIRAL Und das Gedicht »An Mary«. Man kann ein Buch das derartige Zeilen enthält keiner jungen Dame in die Hand geben. *Ich* halte sie für unpassend sogar noch in der Privatsphäre des Schlafzimmers – und ich habe zweimal die Welt umsegelt – wenn Sie jedoch glaubten Mrs. Clare sehen zu müssen als –

MARY LAMB Die Tomaten waren richtig blau. Überall liegt Staub.

SCHIEDSRICHTER Alsdann Jungs.

Beginn der 8. Runde.

MRS. EMMERSON Eine Verwechslung. Clare ist mit Patty verheiratet.

ADMIRAL Dann *muß* das Gedicht herausgenommen werden.

Der Boxkampf.

W 1: Blut an der Schnauze! Pump ihm den Magen durchs Maul raus.

W 2: Laß den Kerl schmecken was er zu Mittag gefressen hat.

W 4: Du lieber Gott.

W 2: Stell ihn grade bevor du reinhaust.

Porter schlägt Jackson nieder. Jackson zwingt sich wieder aufzustehen.

W 1: Und nochmal.

Jackson ist halb ohnmächtig. Porter schlägt ihn nieder. Er kommt schwankend auf die Beine, zwingt sich wie ein Halbertrunkener zu sinnlosen Gesten. Er ist unfähig aufzugeben.

ADMIRAL *höflich:* Bravo der schwarze Mann! Hatten sie auf unseren Schiffen. Klappen zusammen bei einem Sturm – bloß noch das Weiße im Auge und blitzende Zähne – aber gib ihnen ein Entermesser in die Hand und brüll sie an – was für Soldaten! Greifen auch noch den Teufel an! Haben sie gegen Napoleon eingesetzt.

MRS. EMMERSON *winkt Porter mit einem Taschentuch:* Hoch die Marine!

W 2: Verdrisch die Blutsau!

W 1: Frecher irischer Dackel. Heb ihm die Füße vom Boden. Bring ihn zum Fliegen. Nichts Schöneres als wenn sie durch die Luft geschmettert werden.

Jackson taumelt hoch.

W 3: Auf! Auf! Auf!

W 4: *zu Clare. Mit schlauem Vergnügen. Nickt zum Wettspieler 3 hin:* Für meinen jungen Freund sinken die Verluste mit jeder Runde die der Irländer durchsteht.

MARY LAMB *holt ein Brot aus der Ziertasche:* Dieses Brot riecht nach Zwiebeln. *Schnüffelt.* Ist es Zwiebel? Ich lasse es zurückgehen.

Porter schlägt Jackson k.o.

W 1: Ach Klasse.

W 2: Wasn Kampf! Wasn Mann! Ein Ochse!

MARY LAMB Unsere Einkäufe Charles. *Sie umklammert drohend die Ziertasche.* Charles ich fühle mich recht krank.

MRS. EMMERSON Sollte ihn ein Arzt behandeln?

ADMIRAL Er kommt gleich wieder zu sich. Sogar danach.

LAMB *zu Clare:* Sie war gestern dreimal Einkaufen. Ein Haus voll Essen. Verfault auf dem Fußboden. Hat sie Angst zu verhungern? Oder ist es eine Art von Bestrafung? Ich kann es nicht aufessen. Die Ratten sind so fett daß sie darüber stolpern. Die Kosten!

MRS. EMMERSON *zum Admiral:* Ich muß für heute abend Karten im Covent Garden besorgen. Mr. Corri hat ein Gedicht von Clare vertont.

Der Boxkampf.

W 1: *leert eine Flasche über Porter:* Hoch!

PORTER Ich fühl mich so gut und locker Lord-Sir. Ich könnt mich selber fressen. *Leckt sich Wein von den Armen.* Yea ich schmeck süß Mann.

W 1: *schlägt Porter auf die Schulter:* Du bist ein Genie Porter. *Zu Wettspieler 2.* Laß dir meinen Gewinn von meinem jungen Krämerfreund auszahlen.

Wettspieler 2 geht zu den Wettspielern 3 und 4.

PORTER Training! Ich hab mich nich richtig austrainiert wie ich den kleinen Jungen über die Wiese geschaßt hab. *Lacht.* Wer will bißn boxn? Yes sir!

W 3: Ich schreibe Ihnen einen Schuldschein.

W 2: Der letzte der den Marquis gelinkt hat hat sich auf dem Heimweg den Arm gebrochen.

Wettspieler 3 zahlt an Wettspieler 2. Jackson kommt auf die

Beine.

W 3: *zu Jackson:* Hundert Pfund waren auf dir drauf! Geliehenes Geld.

W 1: Wir spendieren Porter ein Abendessen – *Nimmt das Geld von Wettspieler 2* – davon.

Der Schiedsrichter, Porter und die Wettspieler 1 und 2 gehen hinaus.

CLARE *zu Wettspieler 4:* Auch verlorn?

WETTSPIELER 4 *schlau:* Leg dein Geld an wos wächst. *Macht eine Bewegung zu Wettspieler 3 hin.* Der junge Spund weiß alles besser. Naja – durch Schaden wird man klug. *Lächelt.* Ich hab auf den Schwarzen gesetzt.

LAMB *Ein* Geschäft. – Mrs. Emmerson. Sir. Clare.

ADMIRAL Clare. Diese Zeilen: raus!

Mary Lamb verbeugt sich und geht mit Charles hinaus.

WETTSPIELER 3 *zu Wettspieler 4:* Sammy ich hab sein Stroh Hafer und Wasser bezahlt. Hilf mir durch Sammy. Fünfzig Eier?

WETTSPIELER 4 Bin noch mehr abgebrannt als du Alter. Bin schließlich auch für sein Stall mit eingestiegen. Du kannst dirn paar Eier verdienen wenn du nich zimperlich bist.

Wettspieler 3 geht hinaus. Wettspieler 4 hilft Jackson beim Anziehen.

JACKSON Mein Bauch. Verdammich der muß Granit zum Frühstück kauen.

CLARE Mensch! Kenn Boxkämpfe vom Jahrmarkt aber daß einer *danach* wieder hochkommt. Hätt ich nich gedach daß einer soviel durchsteht.

JACKSON Hättn Sien Shilling übrig Sir? Wennse mit Ihrm Kampf zufriedn warn solltense auch zahln.

CLARE Hab das Geld nich.

JACKSON Neue Jacke am Leib.

CLARE Geschenk gekriech.

JACKSON Ach geschenk gekriech? Ich möcht verdammt auch mal was geschenk kriegn.

MRS. EMMERSON John der Tee beim Admiral. Und heute abend Covent Garden. Sie lernen Mr. Corris Melodie auswendig und pfeifen sie Patty vor.

Mrs. Emmerson und der Admiral gehen hinaus.

CLARE Hat er dir weh getan Junge?

JACKSON Wasn das für ne blöde englische Frage. Meins du ich hätt keine Gefühle?

CLARE Du has immer weitergemach.

JACKSON Und du meins ich wärn armer Irrer? Ich wärn verdammtes Stück früher untngebliebn wenn Sammy der Habicht nichn Auge auf mich gehabt hätt.

WETTSPIELER 4 *lächelt:* Du hast mich ne Stange Geld gekostet Irländer aber ich trag dir nichts nach.

Jackson ist angezogen. Er geht mit Wettspieler 4 hinaus. Clare geht Mrs. Emmerson und dem Admiral nach.

Szene sechs

Clares Garten in Northborough. Morgen. Milder Spätsommer. Tisch, Bank, kleiner Zaun. Haus draußen links.
Clare sitzt am Tisch. Vor ihm ein Stück Papier. Er schreibt nicht.

PATTY *draußen:* Der Mister Fab hat Arbeit. Reißt seine altn Obstbäume raus und verbrennt se. *Sie kommt herein und geht gradewegs zur Bank.* Warum läßn dich nich anstelln? N paar Shilling wärn drin. Bis du hinkomms hats n andrer. *Sie nimmt eine Schüssel von der Bank und geht ins Haus. Draußen.* Habs satt wie du mir dauernd im Weg sitz. Papier vollkritzln. Kein Mensch der das alles lesn will. Hab gedacht du wärs n kluger Junge. Bin doof aber soviel weiß ich. *Sie kommt vom Haus zurück. Sie hat jetzt Wasser, Kartoffeln und ein Messer in der Schüssel. Da* kanns du dran rumkratzn Junge. Wenn du schon rumsitz mach dich nützlich. Nimmt dir nich viel Zeit weg. Dafür sind zu wenig. Schäl sie nich zu dick. Orntliche Arbeit.
Clare schiebt das Papier zur Seite. Er fängt an, die Kartoffeln zu schälen. Patty geht ins Haus.
Draußen. Soll *ich* zu Fab rüber un fragn? Warn Kumpel von mir vor meiner Hochzeit. Tät dir gut n Stück Schwerarbeit Junge. Dir das Gekritzl ausschwitzn.
Clare zieht das Stück Papier zu sich her und schreibt plötzlich sehr schnell. Patty kommt aus dem Haus und schaut ihm schweigend zu. Clare schreibt zu Ende bevor er antwortet.

CLARE Der Rauch schlägt sich mir aufn Magn. Du weiß daß ich nix bei mir behaltn kann.

PATTY Gibt auch nix zum Behaltn! *Schaut ins Papier. Liest langsam.* Heiß das Mary? *Wissend.* Der komm ich noch hinter die Schliche. *Kleine Pause.* Isses n Brief? *Keine Antwort.* Wer is die Junge?

CLARE Mädchen.

PATTY Hat n Durchblick und dich nich geheirat. Das Mädchen ausm Backhaus von Maxey? *Keine Antwort.* Ne Londoner Madam von dir.

CLARE Sie is nich mehr da.

PATTY Seh ich den Sinn nich von, an jemand schreibn un er is nich mehr da – auch wenns Gedichte sin.

Das Baby fängt im Haus zu schreien an.
Tus du sie in dein neues Buch? Immer in deine Bücher. Was solln die Nachbarn denken? Bin zulang dein Fußabstreifer gewesn. *Ruft dem Kind.* Ja ja mein Kleiner die alte Mammi is nich weit.

CLARE Neues Buch is nich.

PATTY Has jetzt Tag für Tag gekritzlt jahrelang. Das ganze Haus is voll. Reichn das nich fürn neues Buch?

CLARE Kein neues Buch. Das letzte hat sich nich verkauf.

PATTY Was?
Clare fängt an, die Kartoffeln zu schälen.
Hass mir gesagt die mögen was du schreibst drobn in London.

CLARE Keine Bücher mehr.

PATTY Na – Gottseidank. Dann isses also vorbei damit? Jetzt weiß du wo du stehs. Schäl sie nich zu dick. *Sie geht ins Haus. Clare schält weiter Kartoffeln und tunkt sie ins Wasser.*
Versucht draußen, mit ihrem Glück fertig zu werden. Kanns nich sagn ich hätts nich gleich gesagt. Ich habs geahnt. Na jetz weiß du wer zu dir hält. Tu das ganze Gekritzl inne große Schachtl. Ich laß eine beim Krämer mitgehn. Wegschmeißn das brauchs nich. Kanns nie wissn. Könnt auf einmal einer kommen und eins kaufn wolln. *Zu Baby.* Je nu soll die Mammi komm un dich trocknlegn? *Zu Clare.* Gott solln aufhängen der die Tinte erfundn hat. Elende Schande. Hass dich schön an der Nase rumführn lassen von denen. Wie off hab ich dir gesagt wies ausgeht. Du? Nee, hasts nich wahrhabn wolln. Naja jetz isses überstandn. Beste was hätt passiern könn. Jetz wendet sich das Glück für uns. *Sie kommt aus dem Haus. Sie trägt das Baby.* Kanns nich sagn daß *ich* undankbar wär. *Nimmt das Stück Papier.* Kann die mit zu den andern?

CLARE *nach einer kleinen Pause:* ... Laß es ...

PATTY *erschrocken:* Dass vorbei Junge.

CLARE Geh nich mehr taglöhnern. Weiß nich was ich soll aufm Feld. *Nimmt die Feder.* Setz mich auf einmal in die Hecke und schreib auf mein Hut. Wo könnt ich Arbeit kriegn?

PATTY Beim Fab schon mal sicher.

CLARE Un für wielange? Woche?

PATTY Mußt immer wieder nachfragn. Letzte Ernte hass auch Arbeit gekriech. Die Jungs werdn dich hochnehm zuers mal. Das hamse bald satt. Mußt ebn nich eingebildet sein.

CLARE Kann so nich lebn. Kann nix dagegn machn daß ich so bin. Weißgott ich wünsch mir ich könnt nich mein Namen schreibn! Aber mein Kopf wird mir voll mit Lieder un ich komm mir nich wien Mann vor wenn ich die nich aufschreib. Mein Gott ich weiß nich mal mehr ob das noch stimmt. *Wirft die Feder hin.* Kein Griff mehr inni Finger. Schmerzn im Kopf! Brennen im Bauch! Dass furchbar Mädchen.

PATTY Du kriegs mich nich rum. Mein Mitleid mit dir is mir schon längs ausgegang. Du kriegs nich richtig zu essn. Dass alles was dir fehlt. Bring mirn festn Lohn ins Haus un ich hab dich bald rausgefüttert. Vergiß die Mary und denk an mich. Ich mach dir kein Krach. Ein Kind zum Versorgn und n zweites unterwegs. Hab das selber alles satt. Un du denks an ne andre. *Uns* mußte ernährn. Dass waste tun muß Junge. Ich geh nich arbeitn solang ich schwanger bin. Un die Gemeinde gibt dir nix solang du gesund biss.

CLARE Gesund Mädchen? Mir brennen die Glieder!

PATTY Red nich so blöd. Red einfach damit sichn Mensch orntlich mit dir unterhaltn kann. Wennde brenns gehste in Rauch auf. Und wenns bei dir raucht dann isses vom Tabak – wenn du ein mitgehn läßt. *Zum Kind.* Na na mit *dir* hat die alte Mammi kein Krach. *Zu Clare.* Glieder! Andere Leute habn Arme un Beine. Red doch um gotteswilln wien Mensch. Mir is ungemütlich mit dir im Haus. Reds wien komisches kleines Mädchen was so gut erzogn is dasses die Handschuhe nich ausziehn kann ohne n Diener. Stiche un Schmerzn? Ich werd wissn was wehtun is wenn ich dein Kind krieg.

CLARE *reicht ihr die Schüssel:* Fertig.

PATTY *nimmt die Schüssel. Sie trägt jetzt die Schüssel und das Kind:* Habs satt bis obenhin die ganze verdammte Scheiße! Hab ein neues Paar Schuhe genauso gern wie andere. N Hemd. N Stück Samtband. Bin noch ne junge Frau. Einmal n anständiges Essn aufm Tisch. Bloß einmal. Habs über jeden Krüml zusammenkratzn damits wien richtiges Essen aussieht. Satt und über. Ich will dir mal sagn warum du krank biss: du sitz zwischen den Stühln. Is nix geheimnisvoll dran. Du weiß nich wo du mit dir hinmuß. Kein Wunder wenn du krank biss. Von dem Kritzl Kritzl tät jeder krank werdn. Un für was? Für verdammt nochmal was? Die lesens noch nich mal! Schau dir das Kind an John Clare. Dass krank und kotzig gewesn seits auf der Welt is – weils hungrig is wie seine Mutter. Un sein Vater. Un hungrig für was? Kritzl Kritzl auf Fetzen was die Rattn fressn könn! Kritzl Kritzl Kritzl Kritzl.

Clare wendet sich ab. Patty stellt die Schüssel ab.

Dreh mir nich n Rückn zu! Sags dir wies is Junge: es reicht. Ich geh zu Fab rüber un sag er soll dich nehm. *Sie hebt die Schüssel auf.* Du leihs dir die Säge vom Nachbarn un morgen früh Punk sechs biste drübn un zeigs dich anstellig. Oder du schläfs und iß nich mehr bei mir. Du schäms dich noch vor mir.

Patty trägt die Schüssel ins Haus. Clare sitzt da und starrt vor sich hin. Pause. Mrs. Emmerson kommt durch die Gartentür. Sie trägt eine Segeltuchtasche.

CLARE Mrs. Emmerson.

MRS. EMMERSON Einen guten Tag John.

CLARE Was machn Sie hier? *Er steht auf und geht zu ihr. Er bewegt sich wie ein alter Mann.*

MRS. EMMERSON Ich habe Sie nicht vorbereitet. Sie wären wieder so in Aufregung geraten.

Clare legt impulsiv die Arme um sie und fängt an zu weinen.

CLARE Ah Gnäfrau . . . Gnäfrau. Fünf Jahre. Niemand zum Reden. Ich bin so allein. *Nimmt die Arme weg.* Entschuldigung. Soll ich nicht. Setzen Sie sich. *Säubert die Bank.* Sitzen Sie hier.

MRS. EMMERSON Sie wirken krank. So müde John.

CLARE *verständnislos:* Aber ich hab Sie darauf vorbereitet. Alles in meine Briefe reingeschrieben. Mein Magn un meine Hände. Wie mein Kopf leergewordn is.

MRS. EMMERSON Aber Sie plötzlich so zu sehen.

PATTY *draußen:* Hoffntlich kommt noch mal einer dem dein Gekritzl gefällt. Hab weißgott gelittn dafür.

CLARE Was is das Neueste aus London? Sie setzen sich nicht. Mein Verleger hat geschriebn –

MRS. EMMERSON Ich weiß.

CLARE Er muß sichs anders überlegn Gnäfrau. Ich hab bloß meine Bücher zum Lebn.

PATTY *draußen:* Du kanns allein schlafn von jetzt ab. Hass den Spaß am Kindermachn hass auch die Sorge wiese satt werdn.

CLARE Ich sags Patty. Wird sich herrichtn wolln bevor Sie sie sehn. Setzen Sie sich.

Clare geht eilig ins Haus. Mrs. Emmerson blickt sich um. Sie stellt die Tasche neben den Tisch. Sie setzt sich auf die Bank. Sie liest das Gedicht. Clare kommt aus dem Haus.

MRS. EMMERSON Wie ich mirs ausmalte. Voller Frieden und Stille.

CLARE Wo bleiben Sie übernacht?

MRS. EMMERSON Bei Lord Milton.

CLARE O.

MRS. EMMERSON Er kommt gleich. Ich bin vorausgegangen. Ich wollte eine Zeitlang mit Ihnen sein. Unter uns.

CLARE Was will er?

MRS. EMMERSON Wußten Sie wie ich mich auf Ihre Londoner Besuche freute? *Lächelt.* Sie waren –. Als mein Mann gestorben war, waren unsere Unterhaltungen – nun fast mein Grund zum Weiterleben. Sie schreiben noch?

CLARE Hunderte von Versen. Ein Chor im Kopf den ganzen Tag. Jede Stimme singt eine andere Melodie. Ich müh mich ab sie auseinanderzuklauben.

MRS. EMMERSON Sie schreiben zuviel.

CLARE Da gibt Ihnen Patty recht. Macht ihr Angst. Wie wenn man einen Betrunkenen im Haus hat. Hat gejammert wenn ich eins über den Durst getrunken hab. Jetzt sinds die Wörter – und die sin schlimmer. *Hebt die Tasche an.* Schweres Stück. Ganz allein geschleppt?

MRS. EMMERSON *lächelt zum Papier hin:* Immer noch Mary?

CLARE Meine zweite Frau.

MRS. EMMERSON Sind Sie Mohammedaner geworden John?

CLARE Nicht meine wirkliche Frau. Nein sie *ist* wirklich. Aber nicht Patty. Meine zweite wirkliche Frau.

MRS. EMMERSON Es ist eine Tasche mit Büchern von Ihnen. Sie verkaufen sich nicht. Der Verleger überläßt sie Ihnen zum Selbstkostenpreis. Das wird Ihnen helfen. Machen Sie die Runde bei Ihren Nachbarn.

CLARE Aber das Dorf liest nicht.

MRS. EMMERSON Sie werden sich leichter verkaufen wo Sie bekannt sind.

CLARE Sie lesen nicht Mensch! Außer dem Pfarrer un ein paar andern – un die haben sie schon!

MRS. EMMERSON John Sie müssen mitmachen wenn Ihnen Ihre Freunde helfen wollen. Sie müssen nicht gleich – *Sucht nach einer Redensart* – in die Luft gehen. Gewiß würden doch *Besucher* gern ein Exemplar kaufen beim –

CLARE Ich krieg keine Besucher mehr! Un die paar die kommen

glaubn sie müßtn n Freiexemplar kriegn für den weiten Weg zu mir! Der Brief von meim Verleger – der hat die ganzn Bücher verkauft – vom ersten Buch hatter drei Auflagn gehabt – da steht drin ich wär *ihm* Geld schuldig! Hundertundvierzig Pfund! Landarbeit verdienste zehn Shilling die Woche. Kannste nich lebn von, wie sollste ihn zahlen. Un jetzt knallter mir das ann Kopf un sagt Selbstkosten! Kosten? Kosten? Mich kost das die Welt!

MRS. EMMERSON Bücherverlegen ist ein Geschäft. Druck, Werbung, Kritikerexemplare –

CLARE Is die Welt verrückt gewordn. Kein Wunder daß sie sagn ich wärn Clown.

MRS. EMMERSON Den Text einrichten. Sie machen noch nicht einmal Kommas. Ihre Neigung zu Dialektausdrücken. Ihre Leser kennen Latein und Griechisch als Fremdsprachen – nicht Ostanglisch! Ihr – Gekritzel muß entziffert und der gebildeten Gesellschaft zugänglich gemacht werden. Das muß jemand bezahlen.

CLARE Lord Radstock.

MRS. EMMERSON Er hat an Ihren Verleger geschrieben.

CLARE Lord Milton.

MRS. EMMERSON Ich würde einspringen aber mein Mann hat so wenig hinterlassen. Er war Invalide und ich konnte nie gut einteilen. Eine Witwe von meinem gesellschaftlichen Rang kann sich keine Andeutung von Bedürftigkeit leisten . . . Die Gesellschaft ist so streng.

CLARE Patty du hast lang genug gebraucht!

Patty kommt sofort aus dem Haus. Sie hat die Kleider zurechtgerückt und sich gewaschen. Sie steht steif neben der Tür.

MRS. EMMERSON Ich nenne Sie gleich Patty.

PATTY *knickst unbeholfen:* Ja Gnäfrau.

CLARE Zeig ihr Fred.

PATTY *abweisend:* Schläft.

MRS. EMMERSON Später. Ich bleibe ein paar Tage bei Lord Milton.

PATTY Ja Gnäfrau.

MRS. EMMERSON Es ist eine schwierige Freude mit einem großen Schriftsteller verheiratet zu sein. Sie haben Glück daß Sie bei ihm die Frau im Hause sind.

PATTY *zu Clare:* Will sie n Tee habn?

CLARE *öffnet das Buch und verbirgt sein Gesicht darin:* Die ganzn

Seitn. Nur der Dichter kennt sie. Hat sie geöffnet.

MRS. EMMERSON Nicht drauf weinen John. Keiner kauft sie wenn sie fleckig sind. Zeigen Sie mir Ihre neue Arbeit.

CLARE Ich muß mirn richtign Beruf suchn. Was Einschneidendes wo richtig Geld reinkommt. Boxn anfang. Die kriegn gezahlt fürs Rumgeschubstwerdn. Ich werd auch rumgeschubst. Warum krieg ich nix gezahlt dafür? Ich kann euch hinter die Gesichter schaun: ihr denkt ich schaffs nicht. Ihr könntet euch wundern.

Clare geht ins Haus. Patty will ihm folgen.

MRS. EMMERSON Patty unser Frauenschwatz. *Patty bleibt stehen.* Na?

PATTY Bitte Gnäfrau?

MRS. EMMERSON Wie macht er sich?

PATTY Weiß nich Gnäfrau.

MRS. EMMERSON Er hält sich immer noch für einen Boxer.

PATTY Manchmal Gnäfrau.

MRS. EMMERSON Sie lassen ihn nichts trinken?

PATTY *lacht nervös, so daß daraus ein Schnauben wird:* Von was? Jetzt spendiert keiner mehr was.

MRS. EMMERSON Lord Milton kommt.

PATTY Jetzt?

MRS. EMMERSON Haben Sie keine Angst. Sie werden tun was richtig ist. Wenn er gepflegt werden muß nehmen sie ihn heute mit.

PATTY So schnell Gnäfrau?

MRS. EMMERSON Gewiß doch? Wenn er Hilfe braucht muß er sie haben bevor sein Geist unwiederbringlich dahin ist. Unförderlicher Aufschub kann bös enden.

PATTY So schnell.

MRS. EMMERSON Wir wollen beten daß in einem Jahr alles vorbei ist. John wird wieder zu Hause sein. Gesund genug um zu arbeiten und seine Familie zu erhalten.

PATTY Weiß nicht Gnäfrau.

MRS. EMMERSON Auch jetzt könnte noch alles gut gehen. Wenn Sie ihm nur Zuversicht und Beistand bieten. Gewiß kann er doch hier im Garten Frieden finden? *Sie starrt in die Umgebung.*

PATTY Ja Gnäfrau. *Kleine Pause.* Baby schreit. Herrschaftn bleiben bis mitten in der Nacht. Merken scheinbar nich daß unsereins rausmuß in der Früh . . . Mit Verlaub Gnäfrau. Das un die Sorgn.

MRS. EMMERSON *wendet sich zu Patty. Unsicher:* Was ist Kind?

PATTY Bräuchtn Doktor für seine Schmerzn eigentlich. Will weißgott nich dasser geht. Und ich allein hier eingesperrt. Er sagt ne Reise nach London würd ihn heiln. Aber er müßt zurückkomm un dann wärs noch schlechter. Kenn ich von früher.

MRS. EMMERSON Sie haben diesen Garten. Diesen schönen Blick.

PATTY Ich seh den und denk an die Miete. Ich komm nicht und besuch ihn. Das meint hoffentlich keiner von euch.

MRS. EMMERSON Patty.

PATTY Auch wenn ich das Fahrgeld hätt. Ich käm nicht zurecht. Is nich meine Welt. Wenn Herrschaftn komm krieg ich Angst. Ich will sowas nich mehr. War nie mehr als paar Kilometer weg. Soll ich inner Stadt rumhatschn un fremde Leute fragn wo gehts hier nachm *Irrenhaus?* Ich tu nich mehr als ich kann.

MRS. EMMERSON Sie haben ihn geheiratet.

PATTY Hätt ich nich tun solln eigentlich. Woher hätt ich wissn solln dasses so wird? Er tut keiner Fliege was. Aber was habn wir davon?

Lord Milton und der Pfarrer kommen herein. Lord Milton trägt zwei Segeltuchtaschen, der Pfarrer eine. Sie stellen sie neben die Tasche von Mrs. Emmerson.

MILTON Wie sind Sie weitergekommen Ellen?

MRS. EMMERSON Wir haben unseren Schwatz gehalten.

MILTON Der Arzt wartet unten an der Straße. Ich habe meinen Waldhüter dabei für den Fall daß es Ärger gibt. Wollte nicht daß alle auf einmal eindringen.

PFARRER Clares Frau.

MILTON Morgen Mrs. Clare. *Patty steht erstarrt da.* Ich will nicht stören. Ich werde meinen Besuch kurz machen.

MRS. EMMERSON Es ist schön von Ihnen die Zeit zu erübrigen. Wir wissen dies geht Ihnen so nah wie uns.

Clare kommt aus dem Haus.

PFARRER Guten Tag Clare. Lord Milton ist hier dich zu besuchen. Zeig dich von deiner besten Seite. Mach dem Dorf Ehre.

CLARE Hab nur eine Seite zu zeign un die muß ihm reichn. Andern hatse auch gereicht. Ich such kein Streit mit der Kirche. *Macht eine Boxbewegung.* Du biss oft inn Streit reingeratn. N Herr der ab und zu inn Ring klettert und sein Titl verteidig. *Lacht.* Ihr toter Bruder Darkie hats erfahren. Is die Lordschaft wegnem Buch gekomm? Kann eins billig kriegn. Unter Londoner Preis. Auf zwei un mehr gibts Rabatt. Oder wenner knapp bei Kasse is wie wir – Zeitn sin schlecht – sag ihm er kann ein Fleckiges billiger habn. Buchstabn verwischt aber man kannse noch lesn. *Wendet sich um ein Buch zu holen und sieht die vier Taschen.* Vier! Sieh an die Macht der Druckerpresse! Die frohe Botschaft hat sich verbreitet. Das Wort Frucht getragen. *Er wendet sich zurück zu den andern. Er wird ruhig und lakonisch.* Möchte die Lordschaft Tee trinkn? Patty kocht einen gutn Kätnertee. Angebranntes Brot in heißm Wasser und Pfeffer zum Abschmeckn. Braucht kein Zucker mehr. *Kleine Pause.* Wörter Euer Lordschaft. Sie habn einen Dichter in Ihrem Gemeindepfarrer. Sie habn einen Dichter auf Ihren Feldern gehabt. Hab mein erstes Gedicht geschriebn als Junge beim Steinelesn auf Ihrem Acker. Hab ein Stein in die Hand genommen un ein Gedicht is mir eingefalln.

MRS. EMMERSON Zeigen Sie uns Ihr reizendes neues Gedicht.

CLARE »Meine Mary«?

PFARRER Wer *ist* die?

CLARE Meine Frau. Meine wirkliche Frau. Nicht Patty sondern meine andere Frau. *Zu Patty.* Erschreck dich nich Kleine. Hab jahrelang nix mehr mit ihr gehabt. Allerwege gesucht aber sie will sich nich findn lassn. Verschwundn. Bin ihr nich gut genug. Oder ich tu uns beiden Unrecht un sie is inner Erde. Nicht Pattys Schuld daß sie nich das Mädchen is das ich will. War ne gute Frau. Gute Mutter. Hat zu mir gehaltn! Aber wie soll ich mit ihr lebn? Nein ich denk an sie: an die andere. Un alles was ich mir wünsch is ihr mein Kopf an die Brust legn. Dann wär Friedn. Wieder lachn. Reden wien vernünftiger Mensch. Ich bin so allein.

Milton nickt dem Pfarrer zu. Der Pfarrer geht aufs Gartentor zu.

Pfarrer was biste alt gewordn! Wirs bald auf deim Friedhof lügen un nich mehr inner Kirche. N alter Mann hat Haare selbe Farbe wie Knochn. Hab sie aufgeschichtet gesehn vor dem Schlachthaus. Bevor sie zu Leim verkocht werdn. Hab mal ne Maus gesehn. Hat sich ihr Nest gemach innem Haufn Knochen und Schulterblätter was vor der Tür angelehnt warn. War vielleicht n Gemuh gewesn an dem Tag! Ganze Herde geschlachtet. Ochsen. Ah war die stolz auf ihr kleines Haus. Rein und rausgehopst. Körner ins Loch geholt.

Der Pfarrer geht.

Mit einer Bewegung zum Pfarrer hin. Er muffelt. Leim.

MILTON Lesen Sie uns ein Gedicht vor.

CLARE Hab ich grade – aber Sie könn nich zuhörn. Schreib nich für Sie. Wär kein Dichter sons. So wenig wie sein Schreiner n Schreiner is. Er faßtn Stück Holz an un es wirdn Sarg. Sein Korn is Gras. Seine Leute sin Vieh – gehn am Seil in seim Haus auf einem Weg rund wie ein Goldtaler. – Ich habe gewartet un keiner is gekomm oder hat mir zwei Groschn gegebn ohne mirs zu neiden. Un was ich geschriebn hab war gut. Ja. Wert zu lesn. Soll ich jetzt inni Kolonne zurück? Nein. Bestell nich mehr euren Acker. Bestell den meinen. Ihr habt eure Äcker so klein aufgeteilt damit ihr sie besser schlucken könnt. Ich hab meinen Teil von der Welt geschluckt un daran werd ich sterbn. Es war bittere Frucht. Aber ich hab mehr von den Steinen auf eurem Acker gehabt als ihr von der Ernte.

Der Pfarrer und Dr. Skrimshire kommen herein.

PFARRER Clare das ist Dr. Skrimshire. Deine Freunde machen sich Sorgen über deine Schmerzen und Geschichten –

CLARE Patty!

PATTY Habn mich zum Pfarrer geholt. Hab sagen müssn was du erzähls. Daß du n Boxer biss und Lord Byron.

CLARE Patty das warn bloß Leute die hab ich in London getroffn! *Wendet sich sofort an den Arzt.* Doktor ich hab wirklich Schmerzn im Kopf. Er ist voller Furunkl. Manchmal seh ich nix mehr. Wenn ich schreib. Woher kommt das? Mir wars so heiß im Kopf heut früh!

MILTON Schmerzlich Sie so gequält zu sehen. Sie sind sonst nicht so. Nehmen Sie ärztliche Hilfe an. Ich komme für alle Kosten auf. Mr. Twice, als Vertreter der Gemeinde.

PFARRER *nickt:* Euer Lordschaft.

MILTON Mrs. Emmerson, Sie sind eine enge Freundin.

MRS. EMMERSON Wenn ihm der Arzt helfen kann.

ARZT *schaut Clare an:* Mr. Clare sollte ein paar Monate bei mir verbringen. Danach werde ich ihn allmählich kennen. Dann kann ich anfangen die Wahrheit und die Dichtung zu entwirren. *Lächelt ernst.* Wenn alles gut geht können Sie bald zurück sein. Erholung und Ruhe sind zu Hause manchmal schwer zu haben.

Der Waldhüter kommt ans Gartentor.

CLARE Wo ist Ihr Krankenhaus?

ARZT Euer Lordschaft wenn ein Geist an der Grenze grotesken Selbstvergessens wandelt darf man ihn nicht mit Lügen kränken. *Zu Clare.* Ich leite ein Pflegeheim für Geisteskranke. Außerhalb von London. Ich sperre meine Patienten nicht ein und bestrafe sie nicht. Das hat man schon versucht bevor sie zu mir kommen. Auch Ihre Frau braucht Erholung. Ist sie schwanger?

MRS. EMMERSON Patty wir wollen ins Haus gehen.

PATTY Ich geh nich von der Stelle.

CLARE Aus meinem Garten! Ich bin bis jetzt zurechtgekomm –

MRS. EMMERSON John Sie sind nicht zurechtgekommen!

CLARE Raus!

Milton greift nach Clare und hat ihn auf einmal mit seinen Armen gefesselt. Eine entsetzte Stille. Milton hält überrascht inne und läßt Clare los.

MILTON O. *Zum Waldhüter in plötzlichem Zorn.* Sie!

Der Waldhüter ergreift Clare. Er wickelt ihm ein kurzes Seil um Arme und Brust.

CLARE Ihr könnt mich nich aus meim Garten schleppn! Laßt mich los!

Der Waldhüter führt ihn zum Tor.

Mein Kind. Meine Papiere Mrs. Emmerson! Patty lauf zum Nachbarn! *Ruft.* Ich werd arbeiten. Hol den Fab. Patty.

WALDHÜTER Aufm Karren beruhigt er sich.

CLARE *wie er weggeführt wird:* Mrs. Kemp bitte! Holt meine Kumpel ausm Feld!

Der Waldhüter führt Clare weg. Patty schaut stumm zu. Mrs. Emmerson weint.

MILTON Er war so dünn. Haut und Knochen. Wie ein Rebhuhn.

PFARRER *schaut auf die Uhr:* Ich bin alt. Mein Geist war längst auf den Tod gerichtet. Aber Gott schickt mich heim um in meinem Haus einzuschlafen.

MILTON Ich setze Sie ab. *Zu Patty.* Adieu. Ich werde die leeren Taschen abholen lassen. *Er geht hinaus.*

PFARRER *zu Patty:* Komm wenn du etwas brauchst. Meine Schwester wird vorbeischauen. Die Welt liegt im Schatten weil sich der Vater so tief herunterbeugt seine Kinder zu versorgen. *Zuckt die Achseln.* Nein, keiner versteht . . . Die Tragödie ist wie die Gerechtigkeit, blind und jenseits von Mitleid. Clare hat nicht um Hilfe gebeten. Er hat uns verachtet . . . In einer Weise verdammen ihn seine Leiden. Sie schützen ihn mit der Überheblichkeit einer bestimmten Art von Schmerz. *Er geht hinaus.*

MRS. EMMERSON Soll ich die Nachbarn holen?

PATTY Nich nötig. Die schaun schon vorbei. Baby füttern oder es greint. *Greift nach dem Gedicht.* Möchten Sies mitnehmen? Ich könnt Ihnen ne Handvoll überlassn. Er hätt erwartet daß ich Sie das frag.

MRS. EMMERSON Nein ... später vielleicht.

PATTY War er n richtiger Dichter?

MRS. EMMERSON Unsere Parteinahme macht uns blind. Anfangs – aber vielleicht ist dann Stammeln draus geworden, Gesabber ... *Weint.* Ach dieser schreckliche Tag! Er war so tapfer. Er hat so viel getan – *Taschentuch* – aber er konnte damit nicht einmal sein Leben verdienen wie jeder Rohling der in den Gassen streunt. Warum? *Sie zerreißt das Taschentuch im Zorn.* Verzeihung. *Sie nimmt Münzen aus ihrer Tasche und gibt sie Patty.*

Patty geht ins Haus.

Tupft sich die Augen. Taschentuch zerrissen.

Mrs. Emmerson steckt das Taschentuch weg und geht hinaus.

Patty kommt aus dem Haus. Sie hat das Baby an der Brust.

PATTY Da umgrabn. Paar Furchn. Potackn un Grünkohl. Mach schnell un werd groß damit du mithelfn kanns. Wir schaffens. Mary. Mary wer? Was fürne Mary. Die kommen nich wieder. Alle zwei. Dich wird keine Mary verrückt machn Junge. *Sie streicht dem Baby über den Kopf.* In Sicherheit jetzt. Un ein Spielkamerad für dich. *Klopft sich leicht den Bauch.* Aus sein Büchern kannste hungern lernen. Dafür brauchste keine Bücher. Und keine Mary.

Szene sieben

Im Freien. Nacht.
Der Boxer hockt auf einem Grenzstein vornübergebeugt in der Haltung des »Denkers«. Clare kommt herein. Er ist erschöpft und in Lumpen.

CLARE *ruft aus Gewohnheit:* Mary? *Seufzt.* So weit gelaufn … *Sieht den Boxer.* Der Irländer! Boxt du noch Junge – oder biste einfach tot?
Mary kommt herein. Sie ist eine Landstreicherin. Grotesk, schmutzig, häßlich.
CLARE Mary.
MARY Was?
CLARE Mary. Endlich.
MARY Zieh mich nich auf Junge!
CLARE Ich bin John.
MARY Wer?
CLARE John Clare.
MARY Kenn kein … Ja! – Junge wegen dem ich ausm großen Haus rausgeflogn bin! Hass dich verändert Junge. Furchbar alt.
CLARE Sie habn mich eingesperrt.
MARY Knast!
CLARE Wien Knast. Vier Jahre. Dann bin ich weggerannt. Hab dich gesucht.
MARY Warum?
CLARE Hab die ganze Zeit an dich gedacht. Hass du nich an mich gedacht?
MARY Könnt ich nich sagn.
CLARE Wir warn verheirat.
MARY Red kein Schrott! Wie wolltste für mich sorgen? *Lacht.* Den solln sie schlecht behandelt habn! Lebt wie ein Herr! *Ich* leb wie ein Tier dem sies Fell abgezogn habn.
CLARE *legt die Hand auf den Schwanz:* Ich bin noch stark.
MARY *lacht:* Schau den an! Brauchs schon bißchen was Appetitlicheres bis ich mich langleg um die Zeit inner Nacht. Wie lang biste unterwegs gewesen un was haste zu essn gekriecht?
CLARE Gras. Bissen Brot.
MARY Gras! Seh ich aus als tät ich mitm Kerl rumziehn der Gras

frißt? Allmächtiger! Ich komm immer noch an bißchen bessere Sorte als getürmte Knastler.

CLARE Heirat mich.

MARY Tu die Hand von dir runter. Hau dirs Messer rein wennste mich nich in Ruh läßt.

CLARE Ich hab alles für dich weggegebn. Patty, Kinder, Haus, mein ganzes Leben. Alles weg. Ich hab dich einmal gehabt. Davon hab ich mein ganzes Leben gezehrt. Ich hab dich immer im Kopf. Beim Guckn, Reden, Lächeln. Die ganze Zeit. Die gute un die schlechte. Nie müde geworden. Nie die Hoffnung aufgegebn. Alles geht zusammen in dir. Die ganzen Jahre war mein Lebn verschwendet. Du wars nich da. Nur in meim Kopf. Da bin ich verrückt gewordn. Alles andre hätt ich mit dir überstandn. Jetzt biste da und sags ... Nee ich bin härter als du denks! Kannste dran sehn wie ich kämpfe. *Wendet sich zum Boxer.* He auf, Irländer! *Geht vor dem Boxer in Kampfstellung, tanzt auf den Zehenspitzen.* Biss lang genug dagesessn un nich umgefalln – steh mal ne Minute auf bis ich dich umhau! *Gibt dem Boxer einen Schlag auf den Arm.* Dame willn Streit sehn! *Der Boxer schaut auf. Es ist Darkie. Er hat eine Brandnarbe am Hals.*

Darkie ... Sie habn dich aufgehängt Junge!

DARKIE Ich seh nicht mehr so gut. Sag dirs wies is ich hab beim Boxn schieln angefang un bin blindgewordn. Wamm Wamm oder sowas – hat mirs Augenlicht ausm Kopf gehaun. Tschuldige wenn du ne Bekanntschaft biss. Die Unhöflichkeit war nich Absich.

CLARE Darkie ich bin John Clare.

DARKIE John? Was hauste mir aufn Arm dann?

CLARE Tschuldige Darkie ich hab nich –

DARKIE *nach ihm tapsend:* Halt mich nich zum Narrn! *Will Clare einen Schlag geben aber weiß nicht wo er ist.* Her mit dir!

CLARE Nee Darkie. Hab nich gewußt daß du blind biss.

DARKIE Du Schläger. Dich krieg ich.

CLARE *will ihm helfen:* Nee Darkie! Setz dich hin alter Junge. Schau –

Darkie erwischt ihn seitlich am Kopf. Clare fällt halb um.

DARKIE Der hat wo gesessn!

CLARE *kippt vornüber:* Nich Darkie! Nich!

Darkie holt zu einem heftigen Schlag aus und trifft daneben. Er holt wieder aus und erwischt Clare am Kopf. Clare wird bewußtlos.

DARKIE Und der! Haste genug Junge? *Tapst nach Clare.* Isser hinüber?

MARY *schaut Clare an:* Von nem blinden Jungen k. o. geschlagn? Du biss lauter Ärger un keine Freude nich. *Zu Darkie.* Wenn ich mit eim geh geh ich mit dir. Du bissn besseres Stück Fleisch als der.

DARKIE *setzt sich auf den Grenzstein:* Mit mir kommste nich weit. Quäln dich zum Spaß wenn de blind biss. Brauch meine ganze Kraft ihnen die Köpfe einschlagn. Nix zu essn. Ewig nix inn Bauch gekriegt. Sitz da und will an was andres denkn. Aber das nagt weiter.

MARY Ich hab Brot.

DARKIE *streckt die Hände aus:* Wo? Wo?

Mary holt Brot hervor und gibt es ihm.

Hass du ein ganzn Laib! *Kaut.* Kinnbackn steif.

MARY Du sabbers wien alter Mann.

DARKIE *kaut:* Kanns nich drinbehaltn. *Ruhig.* Ich kau un kau un dann kann ichs nich schluckn. Die Gurgl is zu. *In Tränen.* Ich hab Hunger un kann nich schluckn.

MARY *füttert ihn:* Hier Junge. Versuchs.

DARKIE Irgendwas in meim Hals. Irgendwas versperrt oder verdreht. Kann nich essn.

MARY *hält ihm Brot in den Mund:* Sei n braver Junge.

DARKIE In meim Mund schmecks nach Brot –

MARY Versuchs.

DARKIE – aber ich kanns nich essn. Tut weh. Tut weh. *Er spuckt das Brot aus. Es spritzt auf den Boden.*

MARY Dafür hab ich mein Kragn riskiert!

DARKIE *faßt sich an den Hals:* Mein Hals! Schmerzn!

MARY Sch Junge! Horch! *Stille.* Da is wer. Schnell. Ausm Weg. Versteckn bis wieder sicher is.

Mary führt Darkie hinten hinaus. Drei Iren kommen herein: 1 älter als 2 und 3. Sie sind in dunkle Kleider eingemummt. Sie haben Bündel, Schachteln und Stecken dabei.

IRE 1 Die Mulde hier Jungs. Da schlafn wir. Es is trockn. Stellt Wasser aufs Feuer. Morgn gehn wir nach Bourne. Da gibs Arbeit.

Ire 1 fängt an ein Feuer zu machen. Ire 3 füllt den Wasserkessel.

IRE 3 Ich brings nie zu was: ich tu zuviel schuftn.

IRE 2 Gib deine Tasse Tommy. Und reich den Kessel rüber. Sein Tee schmeck wie Pisse ausm Euter vonner totn Kuh.

IRE 1 Wennse noch mehr Maschinen auf die Felder tun brauchn se uns nich mehr. Nach der Ernte probiern wirs mit der Eisenbahn. Baun Eisenbahnen in jedes blöde Kaff.

IRE 3 Könnts meinen sie wolltn von sich selber wegfahrn. Züge aus Eisen, Häuser aus Eisen, Kanonen aus Eisen. Schlafen in Bettn aus Eisn.

IRE 2 Un an was denknse wenn sies Frauchen stechn: an Nägl?

IRE 3 Ich geh auf keine Eisenbahn nich. Kannste selber schuftn wie sone blöde Dampfmaschine. *Clare steht auf.*

IRE 2 Gottverdammich der Herr is auferstandn.

CLARE Kalte Nacht.

IRE 2 Wo willsn du hin Bursche? Dein Gesich is mir nich geläufig aus der Gegend.

IRE 1 Ausm Knast?

CLARE War kein Knast.

IRE 3 Er is verrückt im Kopf.

IRE 1 Du biss allein wie?

CLARE N Kumpl dahintn. Unne Frau.

IRE 3 Gottverdammich du hass ne Frau dahintn? *Clare nickt.* Jesusleckmich der Herrgott verschwendet ne Frau auf dich un hier stehtn junger Kerl mitm ausgestrecktn Finger un ruft Herr Lehrer? Isse in Ordnung?

CLARE Ja.

IRE 3 Ich mein isse sauber?

IRE 2 Jesus der tät sich noch als Heugabl anstelln lassen damit er inn Mist stechn kann.

IRE 3 Un wie alt wär die dann?

CLARE Wie ich.

IRE 3 Es is dunkl. Ich mach dir maln Vorschlag. Du läß mich bei deim Frauchen liegn un ich geb dir mein Käsbrot für. Geht da was? Erstklassiger Käse Mann.

CLARE Kommt drauf an was sie sagt.

IRE 3 Wenn die Lady bei dir jasagt wirdse bei mir n Dankgebet loslassn.

Clare greift nach dem Käsebrot. Er ißt wie ein Verhungernder.

IRE 1 Wart mal Arny.

Dreht sich zu Clare um und hält ihm den Arm fest, so daß er nicht weiteressen kann.

Wenn deine Frau was taugt dann komm ich un Michael danach dran. Is das soweit klar Kleiner?

IRE 3 *nach einer kleinen Pause:* Himmeldonnerschlag müssn wir nich alles redlich teiln? Wenn das nich inner Bibl is hat sich der liebe Gott verschriebn.

IRE 1 Und n Bissen für die Lady is auch noch da hinterher.

Clare fängt wieder an zu essen. Ire 3 geht hinaus. Clare steht auf und ißt. Die anderen Iren schauen ihm zu.

IRE 2 Langsam. Den Arny siehste ne Zeitlang nich wieder. *Kleine Pause.* Komm her ans Feuer. *Clare tritt näher.* Wär die vielleicht blond?

CLARE Schwarz.

IRE 1 Huha.

IRE 2 Kurze Haare oder lange?

CLARE Lange.

IRE 1 Huha.

IRE 2 Un gut gebaut?

CLARE Huha.

IRE 2 Aber untn eng?

CLARE Huha.

IRE 2 Gott helf mir aber ich mags eng. Wo du dir selber n Platz freimachs.

Der Waldhüter kommt herein. Er ist der frühere Waldhütergehilfe. Er trägt dunkle Kleider und hat ein Gewehr um.

IRE 1 Nur ne stille Rast Mister.

WALDHÜTER Nich aufm Land von Lord Milton.

IRE 2 Herrgott der kann sich doch nich die Straße inni Tasche steckn! Nee is ne Lüge. Irland hamse auch eingesteckt.

Ire 3 kommt zurück.

Der Waldhüter tritt in den Schatten zurück.

IRE 3 Du kleines verlogenes englisches Aas! Wo soll da ne verdammte Frau sein?

CLARE *deutet nach draußen:* Da. *Wischt sich den Mund.*

IRE 3 Un du verdrücks glatt meine verdammte Brotzeit. Verlognes Stück. In dem Wald is kein verdammter Hase nich. Ich kenn n Hasn im Dunkeln un wenns zweimal so schwarz wie finster is. Verlognes englisches Miststück! Führ mich bloß nich anner Nase rum Jüngelchen. Ich brech dir dein verdammten Hals du verlognes Aas. Was is?

IRE 1 Bullen.

Der Waldhüter leert den Kessel über dem Feuer aus.

Solln wir vielleich die ganze Nacht weiterlaufn?

WALDHÜTER Dorf zwei Meiln weiter. Wenn ihr fürn Bett nich zahln könnt – dass euer Pech.

IRE 2 Sin hier zum Verdien un nich zum Geldausgebn. Wenn du ne hungrige Familie daheim hätts könnste das kapiern.

IRE 1 Die lassn uns nirgens rein im Dorf. Wir nehm ihrn Männern die Arbeit weg. Dass wie dein Chef seine Löhne niedrig hält.

WALDHÜTER Ihr scheucht meine Vögel auf. Die Lordschaft macht ne Jagd, seine Gäste aus London schießn keine gute Strecke – un ich bin weg vom Fenster. Auch kein leichter Job. Hab selber Frau un Kleine.

Die Iren sammeln ihre Sachen.

IRE 3 *stößt Clare beiseite:* Noch son verdrehter englischer Klaubruder.

IRE 2 Die Scheune von deim Herrn geht auch mal nachts in Flammen auf.

IRE 3 Un seine Heuschober.

IRE 1 *gibt dem Iren 3 ein Bündel:* Arny.

IRE 2 Un löschn tutse keiner.

Der Ire hebt das letzte Bündel auf. Die drei Iren gehen hinaus.

CLARE *geht nach hinten:* Mary! Mary!

WALDHÜTER Keine Frau hier. Hätt ich gehört.

CLARE Ich hab geträumt wie einer Brot auf den Boden spuckt un wie sie sagt: Verschwendung, ich hab den Kopf riskiert! *Schüttelt den Kopf.* Nein. Brot kannste nich verschwenden. Das sind Samen un die haste auf die Erde geworfn. Die Vögel fressens. Oders wird aufgesaugt. Brot geht von Mund zu Mund un so schmecks auch: nach andern Mündern. Wie sie redn un lachn. Wenn sie an Leute denken. Ich bin immer im Kreis rumgestolpert. Wohin? Hierher. Undn Blinder war vor mir da. Die Blindn gehn gradeaus. Wir hättn miteinander gehn solln. Sie zum Brot besorgn. Er hätt ihnen die Köpfe eingeschlagn wenn sie uns nach wärn. Un ich – ich hätt ihm gezeigt wie essen geht. Ich bin n Dichter un zeig den Leuten wie essen geht. Dann wär sie nich in Lumpn gegang. Er wär nich blind. Un ich – wär nich verrückt gewordn innem Irrenhaus. Nein. Keiner da. Noch nie. Nur die Lieder die ich mir ausdenk über sie ... Vier Tage gelaufn. Was, neunzig Kilometer? Mein Kopf is durcheinander.

Patty wird nich begeistert sein.

WALDHÜTER Dorf drunten –

CLARE Ich weiß wo das Dorf is. Ich geh heim und warte ruhig, bis sie kommen. Hier is nix. Schön meine Jungs wiedersehn. Muß ihnen sagn sie solln ihrer Mutter helfn. Vielleicht lassn mich meine Jungs nich mehr wohnen wenn sie groß sind.

WALDHÜTER Da drunten. *Tritt das letzte Feuer aus.* Bleib auf dem Weg und geh runter vom Land. Nacht.

Sie gehen.

Szene acht

Heim. Nachmittag. Einfaches, bequem eingerichtetes Zimmer. Chintzsessel. Große Fenster. Zwischen sie ist eine Glastür eingesetzt. Sonnig und freundlich.
Mary Lamb sitzt an einem Tisch Napoleon gegenüber. Sie spielen Schach. Mary Lamb macht einen Zug. Stille. Napoleon macht einen Zug.

NAPOLEON Das war mein Zug in Austerlitz. Wellington gewann weil er auf dem Sportplatz in Eton das Mogeln gelernt hatte.
Sie starren schweigend auf das Spiel. Sie bewegen sich nicht. Die Tür geht auf. Dr. Skrimshire geleitet Lord Milton ins Zimmer. Lord Milton trägt einen backsteinroten Tweedanzug und einen Stock.

ARZT Wenn Euer Lordschaft hier warten wollen.

MILTON Freundliches Zimmer.

ARZT Der Salon mit den Südfenstern. Hätte ich gewußt daß Euer Lordschaft –

MILTON Plötzlicher Entschluß.

ARZT Hat ein besonderer Anlaß –? *Seine Stimme erstirbt in Besorgnis.*

MILTON Man hat mich darum gebeten.
Der Arzt will gehen. Milton hält ihn auf.
Wird er mich erkennen?

ARZT Kann sein. Ah, manchmal kommen sie mit lauter Beschwerden, dann ist wieder alles wie es sein soll – Sie dürfen also nicht gleich . . . *Er hält unbeholfen inne.* Wollen Sie sich nicht setzen?
Dr. Skrimshire geht. Milton geht zum Schachspiel.

MILTON Ein anspruchsvolles Spiel.
Sie nehmen keine Notiz von ihm. Mary Lamb macht einen Zug. Milton schlendert zum Fenster. Er schaut hinaus.
Schöner Park. Ulmen. Schatten auf dem Rasen. Erinnert mich an zuhause. Ob *ich ihn* erkenne?

MARY LAMB Benutzen Sie nicht die Seife. Sie stinkt.

MILTON O ich bin nur zu Besuch, kein . . . Kennen Sie Mr. Clare?

MARY LAMB Er bekommt keinen Besuch. Und sie lassen ihn nicht heraus. Haben ihm die Schlüssel abgenommen. Schon vor Jahren. Ein Mädchen in einem Kirchentor. Die Mutter hat sich beschwert.

Die Tür geht auf. Ein Mann in Zwangsjacke wird ins Zimmer gestoßen. Er ist alt, grau, grau gekleidet, und ganz und gar unkenntlich. Er macht rhythmische Geräusche. Ein Wärter geht hinter ihm her. Der Mann windet sich hin und her aber wehrt sich nicht gegen das Geschobenwerden. Sein Hals ist steif gereckt.

MANN Mmm! Mmm! Mmm! Mmm! Mmm! Hopp! Mmm! Mmm! Mmm! Mmm! Mmm!

Der Wärter schiebt ihn quer durchs Zimmer und zur andern Seite hinaus. Einen Augenblick später erscheint Dr. Skrimshire in der offenen Tür.

ARZT Tut mir leid Euer Lordschaft. Sie machen die Dekorationen für den Herbstball auf. Er hat sich verheddert. *Er dreht sich um und schiebt Clare ins Zimmer. Er sitzt in einem Rollstuhl. Eine eingeschrumpfte Marionette. Er nickt mit dem Kopf wie eine Puppe. Sein Gesicht ist weiß.*

Er braucht Zeit bis er aufwacht. *Zu Clare.* Besuch John.

MILTON Lassen Sie uns allein.

ARZT Natürlich. *Zögert.* Wenn Euer Lordschaft vielleicht den Tee nehmen möchten in unseren Räumen? Mit kaltem Fleisch. Es wäre mir außerordentlich –

MILTON Sehr freundlich.

ARZT Ich gebe meiner Frau Bescheid. *Er geht eilig hinaus.*

MILTON Tut mir leid. Ich wollte Sie nicht wecken. Brauchen Sie etwas? *Stille.* Der Garten ist hübsch.

Stille. Napoleon macht einen Zug.

Können Sie sich an Mrs. Emmerson erinnern? Sie ist letzte Woche gestorben. Als sie nicht mehr aufstehen durfte schrieb sie mir und bat mich Sie zu besuchen. Erinnern Sie sich an uns? Wenn ich Sie ansehe kommt mir alles zurück. Der Nachmittag in Ihrem Garten. So lange her. Eine andere Welt. Das Gut ging jeden Sonntag zur Kirche. Ich saß vorn in meinem erhöhten Gestühl. Der Pfarrer las die Geschichte von dem römischen Hauptmann. Dem Mann der Macht. Ich sage diesem Menschen Geh, und er gehet dahin; und zu einem andern Komm, und er kommt. So soll auch dir widerfahren. Die Bibel. *Sie* haben auch einige Bücher gedruckt. Zeit genug hier zu schreiben? Nein. Es ist anders geworden. Das Dorf steht. Aber neue Häuser. Teil der Stadt eigentlich. *Pause.* Was sonst? Ich kann nicht schlafen.

Sehe vom Fenster aus das Grab meiner Frau. Liege wach. Die ganze Nacht. Das Morgengrauen tut meinen Augen weh. Ich hasse meinen Sohn. Ein bösartiges Schwein. Ich war bisweilen grausam. Dumm von mir. Aber habe ich gehaßt? Nein. Nie ein Hasser gewesen. Er haßt. Zuckt mit dem Handgelenk als hielte er eine Peitsche. Ich sehe ihn wenig – außer von hinten. Geschäftig. In seine Fabriken vernarrt. Es ist anders geworden. Wissen Sie wer ich bin?

CLARE Ei... He...

MARY LAMB *dolmetscht:* Ein neues Hemd.

MILTON Ja. Sonst noch was? *Stille.* Ihre Frau ist unten. Wollte nicht heraufkommen. Die Reise hat sie aufgeregt. Bat mich vorher nachzusehen. Sie sollten sie heraufkommen lassen. Sie hat einen weiten Weg gemacht. Geht es hier nach unten? *Er öffnet die Tür zwischen den Fenstern und geht hinaus. Er verschwindet. Die Tür schwingt langsam auf. Das Sonnenlicht spiegelt sich darin und blitzt einmal durchs Zimmer. Gleißend. Stille. Eine Eule ruft in den Bäumen.*

NAPOLEON *ruft:* Dichter – hier spricht Napoleon. Er holt Ihre Frau. *Kleine Pause. Zu Mary Lamb.* Er ist ein Spion der Regierung. Er hat meine Strategie ausgeforscht. Ich habe ihn überlistet.

CLARE Wa... sie...

MARY LAMB *dolmetscht:* Er sagt, wie sieht sie aus?

NAPOLEON *schaut durchs Fenster:* Nette kleine alte Dame. In Schwarz. Gebückt. Graue Haare.

MARY LAMB Verlangen Sie Seife von ihm und geben Sie sie mir. Oder ich erzähle Ihrer Frau von dem kleinen Mädchen. *Pause. Milton und Patty kommen durch die offene Tür zwischen den Fenstern.*

MILTON Sprechen Sie. *Er stellt sich neben die Fenster.*

PATTY Wollt nich kommen. Wußt nich wies dir vorkommt. Is dreiundzwanzig Jahre her. Er hat gesagt ich müßt. Hab dir von deim Apfelgelee was mitgebrach. Von deim Holzapfelbaum. *Stille. Will aufmuntern.* Ich hör du kriegs n neues Hemd. Siehste! Sie lassen dich alle grüßn. *Keine Antwort. Sie geht zu Milton.* Ich fahr jetzt heim wenn Sie mich mitnehm.

MILTON Er ist scheu. Reden Sie mit ihm.

PATTY *geht zu Clare zurück:* Garten steht gut heuer. Rosenkohl wie schon lange nich. Ausgewachsne Reise hierher. Bins Reisn nich gewöhnt. Nich wie du dauernd nach London strawanzen. *Strenger.* Na kannste nich wenigstens Tag zu mir sagn Junge? Zeig mal bißchen den alten John her.

CLARE We... m... m... J...

MARY LAMB *dolmetscht:* Wie geht es seinen Jungs.

PATTY *geht zu Milton:* Fragt nach seinen Jungs. Habn Brief geschickt wie sie gestorben sin. *Geht zu Clare zurück:* Weißte nich mehr dein Brief? Stand drin sie hättn ne gute Beerdigung gekriech un ihrn Namen aufs Grab. Brauchs du was?

CLARE H... h... h...

MARY LAMB *dolmetscht:* Heimgehen.

PATTY Jetzt is hier daheim. Is alles anders gewordn. Neue Nachbarn. Du hasts schön hier. Bedienung. Pünktliches Essen. Wirs sauber un trockn gehaltn. Ich seh sie habn dich nich in die Armenabteilung gesteckt.

CLARE S... s... j... sch...

MARY LAMB *dolmetscht:* Sag den Jungs sie sollen schreiben.

PATTY *will ihn aufmuntern:* Bin mit der Eisenbahn gekomm. Siehste! Du wars noch nie auf der Eisenbahn mit all deim Rumgondeln. Linje geht am Dorf vorbei. Spaziern runter Sonntag abends un schaun die Züge an. Was die Funkn machn! Siehste!

CLARE J... j... sch... sch...

MARY LAMB *dolmetscht:* Die Jungs sollten schreiben.

PATTY John.

MARY LAMB Ich habe die Kutsche meines Bruders angezündet. Er ist vor Angst gestorben. Die Pferde schleiften ihn durch die Stadt in der brennenden Kutsche. Sie hat die Bäume und Häuser angesteckt. Über die Brücke. Ich sah von meinem Dachzimmer aus zu. Funken flogen übers Wasser. Der Kutscher sprang hinein. Brennende Jacke. Platsch. Dann aus der Stadt hinaus. Scheuende Pferde. Schreien. Die Landstraßen entlang. Über die Felder. Bis alles zu Asche war. Ich sagte es sei der Blitz gewesen.

NAPOLEON Sie will Eindruck schinden. Ihr Bruder starb an Trunksucht vor Jahren. Ich herrschte über Europa. Der Papst übergab mir die Krone wie ein Kellner und ich setzte sie mir auf.

MILTON Schreibt Mr. Clare noch?

MARY LAMB Früher schon. Hunderte von Balladen. Lieder. Ich schrieb sie ab in ein Buch. Seine furchtbare Klaue! Ein Gekritzel! Niemand bezahlte mich dafür. Sie könnten mir etwas Seife schicken.

PATTY Also du hass ne Menge Freunde hier John. Hass viel zu redn. Daß du mir den andern auch was abgibs von dem Apfelgelee. Sei nich knausrig damit. *Kleine Pause.* Ich bleib lieber nich länger. Wirs müde von. Kriegs gleich dein Tee. Mag den Leutn nich im Weg stehn bei der Arbeit. Wenns nich sein muß.

CLARE S... s...

MARY LAMB *dolmetscht:* Du siehst gut aus.

PATTY Ja, naja.

CLARE G... g...

MARY LAMB *dolmetscht:* Graue Haare.

PATTY Werd nich jünger. Vielleich besuch ich dich mal wieder. Kannste nie wissn. Wenn mir einer letzte Woche gesagt hätt ich käm hierher hätt ich ihn ausgelacht. Tut mir leid daß du kein richtiges Lebn gehabt hass. Wir müssn das Meiste draus machn aus dem was da is. Oder nich Junge? Aufgebn hat kein Zweck. *Tätschelt ihm den Arm.* Lernen daß du irgendwie obn bleibs. Wär dumm von mir wenn ich jetzt heuln anfang. Wiedersehn. *Sie geht durch die offene Tür zwischen den Fenstern hinaus.*

MILTON Weiß nicht warum ich das sagte über meinen Sohn. Stimmt nicht. Tut seine Pflicht. Hat die besten Absichten. Peinlich gewissenhaft in Wirklichkeit. – Sie hat die Kutsche verpaßt. *Milton geht eilig zu der offenen Tür zwischen den Fenstern hinaus. Stille. Dr. Skrimshire rennt herein.*

ARZT Ist da Lord Milton fortgegangen? Wie jammervoll. Clare haben Sie Ärger gemacht? *Er geht eilig durch die offene Tür zwischen den Fenstern hinaus. Er verschwindet. Man hört sofort seine Stimme. Ruft draußen.* Lord Milton. Der Tee.

Das Bündel

oder

Neuer schmaler Weg in den tiefen Norden

Deutsch von Christian Enzensberger

Für Sue und Howard Davies

Personen:

FÄHRMANN
BASCHO
WANG
ERSTER WÄCHTER
ZWEITER WÄCHTER
ALTER MANN
ALTE FRAU
FRAU DES FÄHRMANNS
PU-TOI
LU
KUNG-TU
FRAU
TIGER
SCHIUL
KAKA
TOR-QUO
ERSTER WASSERVERKÄUFER
ZWEITER WASSERVERKÄUFER
REISPLÄTZCHENMANN
ERSTER SOLDAT
ZWEITER SOLDAT
MANN
DRITTER SOLDAT
TO-SI
SAN-KO
GAU
TUAN (Leiche)

Erster Teil

Eins

Moorland. Fluß und Flußufer in den Sümpfen. Eine Glocke an einem Pfosten. Am Fluß ein ausgesetztes Kind.

FÄHRMANN Ich frage warum der geehrte Herr so früh morgens aufbricht. Er ist kein Soldat oder Steuereinnehmer.

BASCHO Der Grundherr wollte mich zum Richter über die Moordörfer machen. Ich antwortete: nicht würdig. Ich habe die Dunkelheit des menschlichen Lebens gesehen – Mord Raub Tod. Wo sie dunkel ist macht die Wahrheit korrupt. Ich muß erst Erleuchtung finden. Dann werde ich richten. Der Grundherr sagte: wenn der alte Richter stirbt wird unser Gericht leerstehen. Such nicht zu lang nach Erleuchtung. Ich sagte: ich suche bis ich finde.

FÄHRMANN Mag der geehrte Herr jetzt sagen was Erleuchtung ist?

BASCHO Die ganze Schöpfung sucht Erleuchtung wie der Fluß da zum Meer fließt. Fragt der Fluß: wo ist der Weg? Die Menschen sind ein dunkler Fluß. Wir nehmen und geben, kräuseln und krabbeln und drehen uns in Wirbeln bis das Wasser sich wie rasend scheinbar selbst verschlingt – wir trödeln. Sieh wo der Fluß zu seiner Mündung treibt und ins Meer eingeht, wo die große Erde ihr Ahnungsbild im Himmel sieht und zu Wasser wird.
Der Fährmann hilft Bascho, vom Boot auszusteigen.
Möge dein Leben gedeihen.

FÄHRMANN Der geehrte Herr hat den Fährmann nicht bezahlt.

BASCHO Ich bin auf dem Weg zur Neugeburt. Verlangt die Hebamme Geld vom Kind? Ist das die Nützlichkeit des Lebens, das Licht deiner Seele, die große Höflichkeit mit der du dein Handwerk verrichtest – daß du der Erleuchtung den Pfennig abverlangst auf ihrer Reise durch die Welt?

FÄHRMANN Der geehrte Herr kennt unser hartes Leben, es gibt so wenig Reisende –

BASCHO Wer leidet dem fällt Gnade zu.

FÄHRMANN Gnade ohne Essen hilft mir nicht das Boot zu rudern.

BASCHO Keinen Pfennig. Willst du dem Hüter des Himmels sagen: ›Ja, ich verlangte von den Heiligen einen Pfennig für die Bootsfahrt. Ich komme mit leeren Händen, die Sünde ist mein Kleid. Laß mich ein.‹ Du willst, daß ich deine unsterbliche Seele verdamme. *Sieht das Kind.* Ein Kind. Am Flußufer ausgesetzt. Die Dörfer hier sind in der Hölle. Du siehst warum ich Erleuchtung suche. *Zum Kind.* Warum haben sie dich hier ausgesetzt?

FÄHRMANN Die Eltern waren zu arm es zu ernähren.

BASCHO Sie haben dich zum Sterben weggeworfen.

FÄHRMANN Sie legten es an den Fluß und beteten zum Himmel, daß Reisende Mitleid mit ihm hätten. Nimm das Kind mit auf deine Reise!

BASCHO Das Kind mitnehmen! Ich muß über Gebirge wo es Tiger gibt. Durch Sümpfe kriechen – wenn nicht einer so sehr die Erkenntnis liebt, daß er mich auf dem Rücken trägt. Muß betteln – und leer ausgehen. Nimm du es.

FÄHRMANN Wir sind so arm wie seine Eltern. Und unser Haus ist ein Ort der Unwissenheit. Bei dem geehrten Herrn könnte das Kind weise und gut werden. Die Leute werden Mitleid haben, wenn er ein Kind dabei hat.

BASCHO Ah . . . Nein. Die Erkenntnis muß um ihrer selbst willen geliebt werden. Ich stünde da wie ein Drehleiermann mit einem Äffchen auf der Schulter. Wäre das Kind groß gewesen, hätte es mir mein Bündel tragen können. Die Absicht des Himmels wäre klar gewesen. Nein, es wurde hierhergelegt um mich zu versuchen beim Aufbruch meiner Reise. Soll der Weise umkehren und nie weiter als zur Schwelle kommen? Kind, ich bin Bascho der große Dichter aus dem siebzehnten Jahrhundert. Ich habe den Haiku zur Vollendung gebracht. Höre!

Die Füße der Heiligen: Hände
Die die staubige Erde waschen
Auf dem schmalen Weg
Der zur Erleuchtung führt

Ich werde oft gebeten das vorzutragen. Natürlich verstehst du noch nichts. Und doch sind meine Worte ein Segen. Kind wir stehen beide beim Fluß am Anfang unserer Reise. Kann sein die deine endet hier. Ich werde noch viele Flüsse durchqueren. Weder du noch ich haben eine Münze um den Fährmann zu bezahlen oder um sie uns auf die Augen zu legen. Lerne Geduld. Würde der Himmel sich um eine Träne ändern wenn ich dich mitnähme? Fragt die Ameise auf dem Berg die Fichten warum sie seufzen? In den Spiegel der Ewigkeit kann man nichts mitnehmen als das Ahnungsbild seiner selbst.

Bascho geht hinaus. Der Fährmann steht neben seinem Boot und betrachtet das Kind.

FÄHRMANN In meinem Haus müßtest du hungern. Nachts vor Kälte aufwachen. Und ich bin kein guter Mensch. Meine Frau könnte dich nicht vor meinem bösartigen Charakter bewahren. Wirklich bösartig. Manchmal warte ich den ganzen Tag und keiner kommt. Dann könnte ich am Abend dein Weinen nicht aushalten – auch wenn ich selber weinte. Wärst du aus einer Kutsche gefallen, dann hätte man den Lakai geschickt – *Stößt sich mit der Stange vom Ufer ab* – dich zu holen. Den Kutscher hätte man ausgepeitscht für sein Geholper. Du bist armer Leute Kind – du mußt verstehen lernen. Deinen Eltern dankbar sein. Sieh das schöne Tuch in das du gewickelt bist! Das hätten sie verkaufen können und wie die Fürsten leben. Deine Mutter hatte kein Tuch um sich die Augen zu trocknen. Sie sah zu dir herunter und sagte: jetzt ist die Wiegendecke ein Leichentuch. Ja nun. Du mußt viel verstehen und vergeben.

Der Dichter hatte recht: Geduld.

Ein Brachvogel schreit. Der Fährmann hält an.

Es kann nichts schaden, wenn ich nachschaue ob du richtig zugedeckt bist. *Er stößt sich mit dem Boot zum Kind zurück.* Vielleicht hast du dir die Kleider weggestrampelt. Oder du bist zu eng gewickelt. Deine Eltern wollten dir nicht weh tun. Ich bin es ihnen schuldig nachzuschauen. Du weinst nicht. Es kann nicht so schlimm sein. Vielleicht ist das Schlimmste schon vorbei. Es wäre unrecht dich zu wecken. Ich will dir nur die Kleider zurechtziehen.

Der Fährmann steigt aus dem Boot, geht zum Kind und ordnet seine Kleider.

Ich hebe dich nicht auf. Lieber nicht. Ich werde meinen Passagieren sagen: ein kleiner Junge. Jetzt ein Mund zum Füttern, später zwei Hände zum Arbeiten. Säest du im Frühjahr, hast du im Winter gut zu essen. *Er geht zum Boot zurück.* Wer dich bekommt ist gut dran. Sie werden sich um dich raufen. Der Himmel muß dich für jemanden Besseren bestimmt haben als mich. Nähme ich dich, würde ich von den Göttern stehlen. Das ist die Fährmannsglocke. *Er zieht einmal an der Glocke.* Sie läuten und ich komme. Ich helfe ihnen beim Einsteigen. Jung und alt, reich und arm, unschuldig und manche so schuldbefleckt – der Fluß könnte sie nicht reinwaschen. Ich setze sie alle über. Das ist die Glocke.

Der Fährmann steigt ins Boot und stößt sich ab.

Wir haben keine Kinder. Der Himmel war freundlich. Er wußte wir könnten sie nicht ernähren. Wenn du uns im Himmel begrüßt wirst du verstanden haben, warum ich dich liegenließ. Du bleibst ewig jung und glücklich, wir sind dann alt und fleckig.

Der Brachvogel schreit. Der Fährmann hält das Boot auf.

Schrecklich, das Armsein. Wir haben nichts und die Welt ist ein aufgesperrter Mund und schreit: gib! Wir müssen hart sein um zu überleben. Aber jeden Moment kann ein Brachvogel schreien und wir sind verloren.

Der Fährmann stößt sich mit dem Boot zum Kind zurück.

Gott weiß was meine Frau dazu sagt. Ich werde dich vor die Tür legen, damit sie dich findet. Dann hat sie die Schuld. Oder ich sage, ein Gott ist seelenruhig übers Wasser gelaufen gekommen, und wie ich die Hände hob, um mir das Gesicht zu verdecken – da wärst du mir in die Arme gefallen – Tsch! Sie gäb mir schön was hinter die Ohren! Nichts zu essen heute abend. Sie wird sagen: wenn ich das füttere kann ich dich nicht füttern.

Der Fährmann hebt das Kind auf.

Das ist eine schlechte Tat. Ohne Weisheit. Wir werfen mit Freundlichkeit um uns als wären wir Könige. Doch, ich werde etwas zu essen bekommen heute abend – ich muß stark sein um zu arbeiten. Also habe ich meiner Frau das Brot weggenommen. Sie wird jeden Abend leer ausgehen. Sie wird schnell schwach werden. Ihr Leben wird ein halbes Leben sein. Sie hat meine Sorgen geteilt Jahre hindurch. Ich liebe sie. Und doch verrate ich sie aus Liebe zu dir. Ich töte sie. *Stößt sich mit dem Boot ab.* Wo soll darin Weisheit sein? Wenn du verstehen könntest, du wärst entsetzt. Schau, ich fahre sanft, damit du auf dem Boden von meinem Boot schlafen kannst. Deine Finger liegen auf der Brust wie Splitter von einem Grabstein. Ich muß hoffen, daß du tot bist. Oder stirbst auf der Überfahrt. Dann brauche ich dir nur noch ein Grab zu schaufeln. Das wäre am besten. Die Folgen blieben uns erspart von dieser Dummheit. Wo soll darin die Weisheit sein?

Zwei

Wie vorhin. Nacht. Vierzehn Jahre später. Der Fährmann fischt im Boot. Wang sitzt neben der Schirmlampe.

WANG Das Boot gehört nicht uns.
FÄHRMANN Nicht mehr.
WANG Warum nicht?
FÄHRMANN Es ist für Steuern draufgegangen.
WANG Warum?
FÄHRMANN Kein Geld. Zu wenig Passagiere.
WANG Warum?
FÄHRMANN Räuber. Die Leute reisen nicht gern.
WANG *nach einer kleinen Stille:* Der Wind kräuselt meinen Ärmel wie Wasser. Was sind Steuern?
FÄHRMANN Steuern sind dazu da, daß das Land gut regiert wird.
WANG Vater –
FÄHRMANN Sch!
WANG Aber...
FÄHRMANN *nach einer kleinen Stille:* Ich will sehen ob ich's erklären kann. Es stimmt: ich habe mir neulich das Loch am Kopf geholt. Ich habe zwei stämmige junge Männer gefahren. Sie sagten, sie wollten zur Armee des Kaisers gehen. Was für eine Freude für einen alten Mann, zwei jungen Burschen zu ihrem Ruhm zu helfen. In der Flußmitte lachten sie und sagten: gib die Einnahmen her. Ich sagte: hört zu, ihr seid die ersten Passagiere diese Woche und ihr habt mir noch nichts gegeben. Dann, weil sie wütend waren und sich einen Spaß machen wollten, sagten sie: los, versenken wir das Boot. Ich sagte: hört zu, das Boot gehört dem Grundherrn. Ihr Benehmen war auf einmal anders. Wenn es mein Boot gewesen wäre hätten sie es versenkt. Bei den vielen Räubern überall hat die Polizei Wichtigeres zu tun als uns zu beschützen. Aber hätten sie das Boot vom Grundherrn versenkt, man hätte sie bis ans Ende von China gejagt. Also, das heißt Steuern: die Soldaten haben mir das Boot gelassen und mich nur über den Schädel gehauen... Sch.
WANG Keine Mücken auf der Lampe. Kalt.
FÄHRMANN *halber Seufzer:* Ich wollte deiner Mutter einen Fisch fangen.

WANG Wem gehört der Fluß?

FÄHRMANN Du verscheuchst die Fische.

WANG Wem gehören die Fische?

FÄHRMANN Welche Fische?

WANG Warum fischen wir nachts?

FÄHRMANN Dem Grundherrn gehört der Fluß und die Fische. Wir können uns keinen Anglerschein leisten.

WANG Also wir stehlen die Fische.

FÄHRMANN *kleine Stille:* Ich will sehen ob ich's erklären kann. Dem Grundherrn gehört das Boot und der Fluß und die Fische. Man könnte sagen, wir gehören ihm – ihm gehört alles, wovon wir leben können. Er gibt uns dafür Sicherheit. *Wang bewegt sich, als ob er unterbrechen wollte.* Moment! Du sitzt am Ufer in der Sonne und fuchtelst mit den Armen um die Mücken zu vertreiben. Manche stechen dich trotzdem – aber nicht viele. Jetzt wenn der Grundherr die Räuber nicht vertriebe, dann kämen die am Kamin herunter und fräßen dir das Essen aus dem Mund! Wir sind sein Eigentum. Es ist zu seinem Vorteil auf uns aufzupassen. Also.

WANG Wir stehlen die Fische damit wir am Leben bleiben damit wir Steuern zahlen damit nicht mehr gestohlen wird und die –

FÄHRMANN Ich frage mich oft wer dein Vater war. Ein Priester – oder ein Philosoph – oder ein Klaubruder. Ich glaube du –

Die Glocke tönt scharf und klar im Dunkel. Sofort löscht Wang die Lampe.

FÄHRMANN färbt die Stimme so, als käme sie vom jenseitigen Ufer: Wer ist da – so spät?

BASCHO Bascho.

FÄHRMANN Bascho? . . . Ah geehrter Herr, sofort!

Das Boot fährt klatschend aufs Ufer zu. Die Lampe wird wieder angezündet.

Ist es wirklich der geehrte Herr?

BASCHO Kennt man mich? Mein Ruhm läuft mir voraus. Ich habe tausend Täler durchlaufen und das Dach der Welt erklommen, so viele Flüsse überquert und die Bootsstange millionenmal aufs Wasser klatschen hören. Meine Reise hat vierzehn Jahre gedauert. Sie kommen mir wie vierzehn Leben vor.

Wie das Boot näherkommt, fällt Licht auf Bascho. Er ist alt und müde und schmutzig. Seine Füße sind in Lumpenknäuel eingewickelt.

Tapp tapp tapp durch China. Ich habe siebzehn Wanderstäbe aufgebraucht. Meine Füße sind in Lumpen eingewickelt! Ich habe sie in einer Friedhofsecke aus dem Abfall gezogen. Sie hatten dazu gedient den Toten die Münder zuzubinden. Fährmann, ist das der Weg in den tiefen Norden?

FÄHRMANN Das ist dein Dorf.

BASCHO Mein Dorf?

FÄHRMANN Ja geehrter Herr

BASCHO Mein Dorf? Das ist mein Dorf?

FÄHRMANN Ja geehrter Herr.

Der Fährmann steigt aus und nimmt Bascho am Arm, um ihm ins Boot zu helfen. Wang hält die Lampe so, daß Licht aufs Gesicht des Fährmanns fällt.

Willkommen!

BASCHO Das ist ein Traum!

FÄHRMANN Nein geehrter Herr, ich bin der Fährmann –

BASCHO *dreht sich im Kreis:* Ich bin auf den falschen Weg geraten. Im Kreis gelaufen. Ich muß zurück. Wo ist der Weg in den tiefen Norden? *Steht wieder vor dem Fährmann.* Wo? Wo?

FÄHRMANN *will ihm helfen, nimmt ihn am Arm und führt ihn zum Boot:* Aber geehrter Herr, fasse dich!

BASCHO *schlägt ihn fort:* Geh weg! Ein Gaukelbild des Teufels! Geh weg! Der König der Toten!

Bascho wird ohnmächtig.

FÄHRMANN Wasser! Er ist ohnmächtig geworden! Der arme alte Mann!

Wang stellt die Lampe auf den Boden, holt Wasser vom Fluß und schüttet es Bascho ins Gesicht. Bascho kommt prustend zu sich.

BASCHO ... was? ...

Bascho wird wieder ohnmächtig.

FÄHRMANN Er ist noch mal ohnmächtig geworden! Wasser! Schnell!

Wang holt Wasser vom Fluß.

WANG Wer ist er?

Wang schüttet Wasser Bascho ins Gesicht. Bascho kommt zu sich.

BASCHO Das Wasser! Erleuchtung!

FÄHRMANN Wie?

BASCHO Erleuchtung. Das Wasser auf meinem Gesicht... Erleuchtung! Ich habe die Erleuchtung! Den Sinn meiner Reise! – Der Himmel hat mir den Spiegel auf meiner Schwelle gezeigt!

Erleuchtung!

WANG *zum Fährmann:* Was ist Erleuchtung?

BASCHO *kniet nieder:*

Ich durchquerte die Welt
Bis zur Pforte des Himmels
Wer war Türhüter? Der Zweifel!
Wie viele sind umgekehrt
Am Ende

Hilf mir.

Der Fährmann hilft Bascho auf die Füße. Wang schaut zu.

WANG Was ist Erleuchtung?

FÄHRMANN Ja Herr, lehre uns!

BASCHO Ich kroch über China hin wie die Fliege auf der Rückseite eines Spiegels. Ich kam an den hellen Silberfluß am Rand. Das Glas schneidet. Das ist der Augenblick in dem die Menge umkehrt. Ich überquerte den Fluß. Jetzt bin ich auf der anderen Seite, auf dem Spiegel der Ewigkeit. Jede Säule im Tempel sieht den Altar von ihrer Warte aus. Die Sonne blendet von weitem, die auf ihr leben schauen in ihrem Licht. Ich habe den kleinen Stein gefunden mit dem du die Gesetze der Welt in einer Hand fassen kannst.

FÄHRMANN Herr?

BASCHO Fordere nicht Erleuchtung bevor du nicht bereit bist alles zu verlieren. Ich blicke in den Spiegel dieses Flusses. Wenn dieser Spiegel in deinem Boot erschiene – ein kleines rundes Loch im Boden – du würdest ihn zustopfen –

FÄHRMANN Herr!

BASCHO Du suchst die Erleuchtung nicht.

FÄHRMANN Aber Wang? Das ist der Junge der am Fluß ausgesetzt lag.

BASCHO *erinnert sich nicht:* Am Fluß ausgesetzt...?

Zwei Wächter springen aus dem Dunkel.

ZWEITER WÄCHTER Ha!

ERSTER WÄCHTER Ho!

ZWEITER WÄCHTER Jetzt haben wir euch!

ERSTER WÄCHTER Endlich!

ZWEITER WÄCHTER Auf frischer Tat!

ERSTER WÄCHTER Wo sind die Fische?

ZWEITER WÄCHTER *macht sich auf die Suche:* Im Boot!

ERSTER WÄCHTER *packt Bascho:* Wer ist das?

ZWEITER WÄCHTER Drei! Ein Käufer aus der Stadt!
BASCHO Laß mich los!
FÄHRMANN Zu dienen das ist Bascho der Dichter.
BASCHO Mein Arm.
ERSTER WÄCHTER Wo sind die Fische?
ZWEITER WÄCHTER Im Gebüsch.
ERSTER WÄCHTER Dir geb ich Arm!
FÄHRMANN Zu dienen das ist der Dichter aus unserem Dorf. *Zu Bascho.* Geehrter Herr, sei nicht zornig. Sie waren klein als du fortgingst.
ZWEITER WÄCHTER Ein Dichter ist er? Wirf ihn ins Wasser und schau ob er wehe schreit!
BASCHO Im Augenblick der Erleuchtung
Springt der Teufel auf
Was ist Erkenntnis
Nur daß die Welt böse ist!
Der Grundherr hat mich zum Richter ernannt. Wenn Grobiane wie ihr das Gesetz schützen – dann ist es Zeit, daß ich wieder da bin.
Die zwei Wächter treten etwas beiseite.
ERSTER WÄCHTER So redet kein Wilderer.
ZWEITER WÄCHTER Im Gebüsch nichts.
ERSTER WÄCHTER Vorsicht kann nie schaden.
Die zwei Wächter gehen zu den anderen zurück.
ERSTER WÄCHTER Tut uns leid Herr, daß wir dich erschreckt haben.
BASCHO Mein Arm!
ZWEITER WÄCHTER Viele schlechte Menschen hier in der Gegend.
ERSTER WÄCHTER Im Dunkeln – wir müssen mit allem rechnen. Die Überschwemmungen sind schlimm. Jede Ernte geht kaputt. Die jungen Männer laufen weg in die Sümpfe und werden Räuber und Wilderer.
BASCHO Beinahe gebrochen!
ZWEITER WÄCHTER Wir versuchen unsere Pflicht zu tun und den Willen des Himmels auszuführen, wie es in unserem Eid heißt.
ERSTER WÄCHTER Nicht leicht in solchen Zeiten. Ein Richter wird dafür Verständnis haben.
ZWEITER WÄCHTER *hebt die Angel vom Boden auf:* Was ist ...! Eine Angelrute!
WANG Ein Wanderstab. Ich habe ihn für den Dichter geschnitten.

Seiner ist aufgebraucht.

ERSTER WÄCHTER Soso! Da sind wir also einem Dichter und einem Heiligen in einer Nacht begegnet!

FÄHRMANN Wir haben die Glocke gehört. So spät – da wußten wir daß es eilig war. Also haben wir schnell gemacht.

BASCHO Bringt mich heim.

Die zwei Wächter schauen zu, wie Wang und der Fährmann Bascho ins Boot hineinhelfen.

Drei

Die Grabhügel des Dorfs. Flüchtlinge kampieren zwischen den Grabsteinen. Sie sind der Erschöpfung nahe. Sie tragen Lumpen. Auf dem Boden ihre Bündel, und ein Kochtopf auf einem erloschenen Feuer.
Der Fährmann, seine Frau, Lu (ein junges Mädchen), Pu-toi (ein junger Bauer), Kung-tu (ein Ladenbesitzer mittleren Alters), ein alter Mann und eine alte Frau. Stille.

ALTER MANN Sechs Tage geht das jetzt.
ALTE FRAU Das Hochwasser hätte fallen müssen.
ALTER MANN Es fällt immer nach sechs Tagen.
ALTE FRAU Sogar nach vier.
ALTER MANN *weint:* Mehr Reis war nicht da zum Mitnehmen. Keiner hat uns aushelfen können.
ALTE FRAU Der Grundherr läßt uns nicht verhungern, Bruder.
Die alte Frau winkt den Fährmann beiseite.
ALTER MANN Soviel Wasser.
PU-TOI Das braucht Tage bis es fällt.
ALTE FRAU *beiseite zum Fährmann:* Hast du den Reis geholt?
FÄHRMANN *schüttelt den Kopf:* Ich muß ihn nachts aus unserem Bündel stehlen. Wang ist nicht eingeschlafen.
ALTE FRAU Du hast es versprochen.
ALTER MANN Das Wasser hat sechs Tage lang am Rand von Kans Grab gestanden. Genau bei dem kleinen Loch. Wie eine Katze vor dem Sprung.
ALTE FRAU Wir müssen verhungern.
FÄHRMANN Wir sind alle hungrig.
ALTE FRAU Der Reis reicht uns keine zwei Tage.
FÄHRMANN Ich versuch's heute nacht. Wang wäre zornig, wenn er wüßte, daß ich euch zu essen gebe. Seine Mutter ist schwach, sie braucht den Reis . . .
ALTE FRAU Schau meine Handgelenke! So dünn.
FÄHRMANN Er schläft mit dem Kopf neben dem Bündel. Bitte – weine nicht, Gute. Ich versuch's.
LU Wir sollten nicht hier draußen kampieren auf den Gräbern. Ich habe schlecht geträumt.
PU-TOI Es ist der einzige hochgelegene Platz.

WANG Außer dem Hügel vom Grundherrn!

ALTE FRAU Was hast du geträumt?

LU Ich liege im Schlaf auf unserem Grab. Ich falle hinein – und bin in einem Haus! Das Zimmer, die Matte, die Schüssel mit den Kupfernieten, sogar der Besen in der Ecke. Aber kein Fenster oder Haustür. Dann kommt eine Fliege durch die Wand – und ich weiß ich bin tot: die Fliegen schwirren bei *mir* ein und aus.

Die alte Frau stöhnt.

WANG Ein Boot!

Sie schauen alle hinaus.

ALTER MANN Ein Boot!

LU Schaut!

PU-TOI Sie kommen uns holen.

FÄHRMANN *zu seiner Frau:* Unser Boot kommt.

ALTE FRAU Still! Wir dürfen nicht schreien.

Sie winken, sammeln ihre Bündel ein und stellen sich in einer Schlange am Wasserrand auf.

ALTE FRAU Unsere Häuser stehen noch unter Wasser.

ALTER MANN Der Grundherr nimmt uns auf.

PU-TOI Er läßt uns im Hof schlafen.

STIMMEN *draußen:* Hierher! Hier! Hier!

LU Sie schreien alle!

ALTE FRAU *schreit gellend:* Keine Achtung vor den Toten!

PU-TOI Besser wir schreien auch. *Ruft.* Hierher! Hier!

ALLE Helft uns! Helft uns!

LU *ruft:* Alte Leute hier!

PU-TOI *ruft:* Und eine kranke Frau! Hilfe!

KUNG-TU *ruft:* Zuerst wir! Zuerst wir!

STIMMEN *draußen:* Zuerst wir. Hierher. Eine Frau kriegt ein Kind. Laßt sie nicht im Friedhof gebären. Sie besudelt die Gräber. Hilfe! Hilfe!

ALTE FRAU Schreien hat keinen Sinn. Sie fahren doch wohin sie wollen. Kniet nieder. *Er, die alte Frau und Lu knien nieder.* Ahnen ich danke euch, daß ich euren Ruheplatz mit euch teilen durfte –

STIMMEN *draußen rufend:* Hilfe, Hilfe.

ALTER MANN Wir hoffen wir haben euch nicht im Schlaf gestört –

WANG *ruft:* Hierher!

ALTER MANN Liebe Frau . . .

ALTE FRAU *zum alten Mann:* Gsch jetzt.

ALTER MANN *in Tränen:* Ich habe noch einmal bei dir geschlafen mit dem Kopf auf dieser Erde...

ALTE FRAU Still.

ALTER MANN Jedes Jahr zahle ich die Zinsen für deine Medizin. Ich mißgönne sie dir nicht. Es ist ein Glück für mich zu bezahlen was du bekommen hast. Bald bin ich zu alt zum Weiterleben. Dann komme ich und schlafe neben dir. Das wird ein Glück...

ALTE FRAU *weint still:* Mein Bruder ist ein alter Depp. Weinen wenn das Boot kommt!

STIMMEN *draußen rufend:* Hier herüber! Wir! Hilfe!

PU-TOI *zum Fährmann:* Das ist dein Boot! *Ruft.* Wir! Das ist unser Boot!

FÄHRMANN Als das Wasser stieg hat es der Grundherr konfisziert. Es kommt zuerst hierher.

PU-TOI *ruft und winkt:* Hierher! Hier!

WANG Mutter. Sie bringen uns in den Gutshof. Dann bauen wir einen Unterstand an der Mauer. Seine Steinmauer ist so hoch, daß der Boden trocken bleibt, sogar wenn es regnet. Wenn wir hier lebten und den Hügel nicht den Toten überließen –

ALTER MANN *zum Fährmann:* Mach daß dein Junge schweigt. Wir leben nur ein kurzes Leben lang. Sogar in meinem Alter kommt es mir kurz vor, nach allem was ich gesehen habe. Wenn wir sterben sind wir auf ewig hier. Wo soll die Achtung sein, wenn wir den Toten keine Wohnung geben können – die brauchen sie am meisten! Kein Wunder, wenn die Überschwemmung sechs Tage dauert. Unser Dorf! – Fluchen, Lügen, Entweihen, Stehlen! – kein Wunder, wenn der Himmel nicht freundlich ist! Ihr jungen Leute – mich schaudert was mit uns geschehen soll, wenn wir tot sind. Auf die Felder werft ihr uns.

FÄHRMANN *beruhigend:* Das Boot kommt.

ALTER MANN Der Dorfheilige spricht!

ALTE FRAU *winkt dem Boot:* Eine Großmutter segnet euch.

PU-TOI *zu Lu:* Bitte Kung-tu um das Fährgeld für dich. Er schläft nachts auf seinem Bündel. Unbequem – so ein harter Klumpen im Rücken.

KUNG-TU Wenn ich Geld hätte, wäre ich dann im Armenteil? Ich hätte mein Grab weiter oben. Mit Bäumen.

Der alte Mann und die alte Frau kichern.

PU-TOI *lacht:* Kung-tu knappst und knausert aber er muß seine Achtung hier bei den Armen bezeugen, wo seine Ahnen liegen.

ALTE FRAU *kichert:* Armengräber.

ALTER MANN Wenn er sehr reich ist wird er sie ausgraben –

ALTE FRAU Ihre Knochen ausgraben!

ALTER MANN – und sie bei den Reichen begraben. Noch kann er's sich nicht leisten.

ALTER MANN Vielleicht brauchst du sogar einen Bischof.

Sie kichern.

KUNG-TU Ich arbeite – und ihr sitzt herum und stichelt –

Die anderen lachen.

– bis es euch an den Hals geht. Dann wißt ihr was Geld wert ist!

Die zwei Wächter steuern das Boot mit Stangen herein. Alle auf dem Hügel verbeugen sich. Die Wächter bringen das Boot an Land. Der zweite Wächter zurrt es an einem Grabstein fest. Der alte Mann und die alte Frau treten vor.

ALTE FRAU *weinend, während das Boot anlegt:* Segen. Segen über euch. Noch eine Nacht hätte ich nicht durchgestanden. In meinem Alter da –

ERSTER WÄCHTER Die Toten müssen geglaubt haben eine Bande Gespenster kommt daher und will sie erschrecken!

ZWEITER WÄCHTER Wieviel?

ALTER MANN Wir haben unser Geld liegenlassen.

ALTE FRAU Das Hochwasser ist so schnell gekommen. Da sind wir zum Friedhof gerannt. Das Wasser war –!

Deutet auf ihre Taille.

ZWEITER WÄCHTER Das Bündel.

ALTER MANN Das ist alles was wir haben. Alles übrige ist weggeschwemmt.

ALTE FRAU *knotet das Bündel auf:* Zwei Matten, drei Schüsseln, Eßstäbchen.

ZWEITER WÄCHTER Das!

ALTER MANN *tut als verstände er den Wächter nicht:* Der Ledergürtel? Mich überlebt der noch. An mir hält er weil ich alt bin. Bei jungen Leuten wie ihr, immer auf Trab: da ist er gleich hin.

ZWEITER WÄCHTER *gelangweilt über die durchsichtigen Ausflüchte des alten Mannes:* Nein, das!

ALTER MANN Nehmt den Gürtel und laßt mir meine gefütterte Jacke. In eurem Alter weiß man nicht wie weh der Wind tut. Meine Jacke muß ich behalten.

ALTE FRAU Ich schlüpfe nachts bei meinem Bruder mit hinein.

KUNG-TU Sie fahren weiter zum nächsten Hügel!

ALTE FRAU Bruder?

ALTER MANN *holt Münzen aus dem Futter:* Alles was ich habe. Halt sie fest, sie sind schlüpfrig vom Schweiß von vielen Jahren. *Der zweite Wächter nimmt die Münzen.*

ERSTER WÄCHTER Und die Jacke.

ALTER MANN Nein.

ZWEITER WÄCHTER Fährgeld für zwei. Wir können auch eine Rundfahrt zu den Grabsteinen machen solange du überlegst.

KUNG-TU Ihr Idioten! Wenn wir totgefroren sind nehmen sie alles! *Der alte Mann gibt die Jacke her. Der alte Mann und die alte Frau steigen ins Boot.*

ALTER MANN Eure Ahnen mögen richten.

ZWEITER WÄCHTER Alte Leute fallen so leicht aus einem Boot wie Kinder aus der Wiege.

ALTE FRAU *zum alten Mann:* Still. *Zum zweiten Wächter.* Du wirst auch einmal alt.

ERSTER WÄCHTER Zu bösartig. Dauert nicht mehr lang, dann schneiden sie uns die Hälse ab. Mißgönnt's uns nicht. Ihr habt mehr vom Leben gehabt als wir jemals kriegen.

ZWEITER WÄCHTER *zum Fährmann:* Für drei.

FÄHRMANN *verbeugt sich:* Ich weiß daß Fährleute auch leben müssen. *Deutet hinaus.* Schaut die Menge Leute! Das Boot wird schwer sein. Wie viele Fahrten? Laßt mich und Wang arbeiten für unsere Fahrt.

STIMMEN *draußen:* Was ist los? Steigt ein! Hilfe! Macht schnell!

KUNG-TU *tritt vor:* Diese Idioten streiten noch den ganzen Tag. Ich habe nichts bei mir. Unter uns: ich bin hinter einem Geschäft her. Rapssamen, von einem Nachbarn zurückgelassen. Sicher in wasserdichten Töpfen. Sobald der Kaufmann aus der Stadt bezahlt, sorge ich dafür, daß ihr –

ERSTER WÄCHTER Der hat dich wohl mit Geldzählen wachgehalten?

ZWEITER WÄCHTER Nein – seine Goldzähne haben so laut geklappert.

ERSTER WÄCHTER Wenn das Wasser zurückgeht kriechst du auf deinem Arsch heim durch den Schlamm. Wir sind vorher da – und graben bei dir den Fußboden auf.

ZWEITER WÄCHTER Sein Gesicht ist so leer als wäre es auf einer Münze.

KUNG-TU Räuber!

STIMMEN *draußen schreiend:* Wir! Wir! Wir! Wir! Wir! Wir!

ERSTER WÄCHTER Keine Beleidigungen. Du bist nicht so reich – noch nicht – daß du die Gesetze machen kannst. Unter uns: du kriegst was für dein Geld. Denk an deinen Lehmfußboden morgen. Du kannst nicht jeden einsperren, der ein Diebsgesicht und einen Spaten hat. Wir schon. *Kung-tu gibt eine Rolle Banknoten heraus.* Gebt ihm den Stuhl!

KUNG-TU Nein, nein. Soviel Aufhebens ist nicht –

ZWEITER WÄCHTER Den Stuhl! Er hat gezahlt!

ERSTER WÄCHTER Achtbare Leute muß man achten.

Kung-tu setzt sich unbehaglich auf den Stuhl in der Bootsmitte.

Pu-toi, am Tag Bauer, nachts Fuhrmann für die Kaufleute in der Stadt. Wir haben nicht gefragt was er fährt. Aber lohnen muß es sich – so spät in der Nacht!

Pu-toi gibt ihnen Geld und steigt wortlos ins Boot.

Zu Kung-tu: So kommen die Kaufleute aus der Stadt zu was. Sie stellen Taubstumme ein.

LU *streckt die Hand aus zu Kung-tu:* Bitte. Mein Geld ist bei –

KUNG-TU Verlang von mir nichts! Sie haben es! – Ha! Die zahlen *dir* noch was.

ERSTER WÄCHTER Ein Strolch wie der! Wär fähig sie zuerst damit zu schlagen. *Zeigt die Faust.* Und sie dann hinter die Grabsteine zu zerren wo ihr die Latrine habt. *Nimmt Kung-tu den Hut vom Kopf.* Das reicht für ihr Fährgeld.

Lu steigt ins Boot. Sie ist unsicher, bei wem sie sich bedanken soll.

LU *zu den Wächtern:* Danke. *Zum alten Mann und der alten Frau.* Danke. *Zu Kung-tu.* Danke.

FÄHRMANN Wir haben hier diese Kleider –

WANG Das ist unser Boot!

FÄHRMANN Schweig.

STIMMEN *draußen schreiend:* Hilfe. Hilfe. Die Frau kriegt das Kind. Der Hügel rutscht in den Schlamm. Die Grabsteine fallen um.

Man hört eine Frau in Wehen. Während der Szene steigt das Schreien, Stöhnen und Schluchzen allmählich bis zu einem Höhepunkt an und vermindert sich dann langsam bis zu einem Gemurmel, einzelnen Aufschluchzen und Aufschreien einer verzweifelten Menge.

FÄHRMANN – drei Reisschüsseln, ein Kochtopf, ein Kessel, zwei Matten, eine Matratze und eine Decke für meine Frau. Ihren

Kopf legt sie bei mir auf die Beine. Laßt uns etwas zum Leben.

ZWEITER WÄCHTER *stößt mit dem Fuß nach dem Bündel:* Fleckig. Dreckiger alter Kehricht.

ERSTER WÄCHTER Die Kuh hat ihr Rattengift schon überall rumgeschmiert. Rühr nichts an von denen.

ZWEITER WÄCHTER Ihre Lumpen blättern ab wie Ölfarbe.

KUNG-TU Ich habe für meine Fahrt bezahlt. Los jetzt! Könnt ihr gar nichts brauchen?

ERSTER WÄCHTER Doch.

WANG Also was?

ERSTER WÄCHTER Wir brauchen Einwilligung.

FÄHRMANN Zu was?

ERSTER WÄCHTER Der Sohn.

FÄHRMANN Mein Sohn?

ERSTER WÄCHTER Ein rechtmäßiger Lehrvertrag. Aufgesetzt in einem Notarsbüro. Eine Art Darlehen. Du bekommst ihn zurück.

KUNG-TU Ich habe meinem Nachbarn auch eins gegeben als er bankrott war. *Zum Fährmann.* Wird dem Jungen guttun. Braucht Zucht.

FÄHRMANN Und wer macht die Fähre wenn ich alt bin? Wir haben soviel in ihn hineingesteckt. Wenn ihr ihn wegnehmt war unser Leben vergeudet!

ZWEITER WÄCHTER Du überlebst das schon. Hast du bis jetzt auch.

WANG Lieber leben wir hier auf den Gräbern. Soll der Grundherr sich schämen.

FÄHRMANN Schweig.

ERSTER WÄCHTER Der könnte bei seinem eigenen Begräbnis nicht stillhalten.

ZWEITER WÄCHTER Ekelhafter kleiner Bankert. Frech, stiehlt...

STIMMEN *draußen schreiend:* Hilfe!

ZWEITER WÄCHTER *schreit zur Menge hinüber:* Sagt ihr wenn sie das Kind rausfallen läßt kostet's Fährgeld.

FÄHRMANN *zu Wang:* Du schuldest uns dein Leben. Deine Mutter kann hier nicht noch eine Nacht bleiben. Gib ihr ein wenig Zeit.

WANG Ich bin kein Sklave.

PU-TOI Ich schon. Ich arbeite wie ein Sklave Tag und Nacht. Wir alle. Was macht es wenn sie uns auch einmal Sklave nennen? Für die alte Frau lohnt die Fahrt nicht mehr. Sie ist in ein paar Wochen wieder da. Sollen sie hierbleiben – dann sparen sie sich das Fährgeld zum Friedhof.

KUNG-TU Konfuzius hat kindliche Dankbarkeit über alle Tugenden gestellt. Ich werde meine Ahnen umbetten. Sie bleiben mir nicht in solcher Gesellschaft.

WANG Er ist nicht mein Vater.

PU-TOI Um so mehr bist du ihm Dank schuldig.

FÄHRMANN Ein Jahr.

ZWEITER WÄCHTER Zehn.

FÄHRMANN Nein, nein. Zu lang. Das kann ich nicht verlangen. Wir sähen ihn nie wieder. Nicht zehn Jahre.

ALTER MANN Wer kennt das Rad seines Schicksals?

WANG Zwei Jahre.

ERSTER WÄCHTER Zehn.

WANG Drei, nicht mehr. Ich bin stark. Ich mache die Arbeit von zehn Jahren in drei.

FRAU *weint und faßt Wang bei der Hand:* Es ist Unrecht ein junges Leben zu nehmen, aber ich will nicht sterben und deinen Vater alleinlassen. *Sie streichelt ihm die Hand.* Wang, vergib mir. Ihr Männer mit dem Boot: vier. Nicht mehr.

STIMMEN *draußen schreiend:* Hilfe. Hilfe. Wir ertrinken. Die Gräber fallen ins Wasser.

ZWEITER WÄCHTER Zehn.

FÄHRMANN *hockt sich nieder:* Es ist aus. Wir bleiben. Das Wasser geht bald zurück.

ZWEITER WÄCHTER Wofür glaubst du sind wir hier? *Deutet.* Schau!

LU Da der entwurzelte Baum. Das Wasser fängt an zu strömen.

PU-TOI Ja! Das Wasser fließt mit weißen Rändern!

ERSTER WÄCHTER Meinst du wir vertun Zeit und holen euch Pack hier weg, wenn das Wasser zurückgeht und ihr könntet euch heimverkriechen? Die Ufer flußaufwärts sind eingebrochen! Das Wasser steigt weiter!

KUNG-TU Er hat recht! Es läuft in das Loch bei Kans Grab.

ALTE FRAU *zeigt hinaus:* Schau, es bewegt die Zweige an den Bäumen.

ALTER MANN *versucht es zu sehen:* Meine Augen!

ALTE FRAU Dort!

LU Ich dachte es sind Hände die sich aus dem Wasser strecken.

ALTER MANN Wo?

Das Schreien von draußen nimmt wieder zu.

PU-TOI Die ganze Gegend bewegt sich, fließt weg –

KUNG-TU Schiebt Bäume und Trümmer vor sich her.

Die Leute im Boot taumeln plötzlich.

ALTER MANN Das Boot treibt ab.

ALTE FRAU *wimmert:* Bruder! Ich habe Angst!

KUNG-TU Pu-toi, du hast Geld. Zehn Jahre: sechs zu eins. Neun: fünf zu zwei. Lu, du hast Geld zu Hause.
Fünf Jahre: Einsatz gegen Einsatz.

PU-TOI *gibt ihm Geld:* Acht zu drei.

KUNG-TU Jugend ist mutig.

STIMMEN *draußen:* Helft uns!

ALTER MANN Könntest du die Schüssel annehmen?

ALTE FRAU Bruder!

ALTER MANN Es ist eine sichere Sache. *Kung-tu nimmt die Schüssel. Zu der alten Frau.* Es wird uns später soviel helfen.

ERSTER WÄCHTER Wang, deine letzte Chance.

KUNG-TU Hätte ich bloß den Hut nicht aufgesetzt! Sich fein machen für ein Hochwasser! Dauernd erkälte ich mir den Kopf.

ERSTER WÄCHTER In schweren Zeiten soll man nicht die Preise treiben. Neun Jahre. Keine Sekunde weniger.

WANG Nein.

ERSTER WÄCHTER Ich habe einmal eine Herde Kühe vor dem Schlachthaus gesehen, die haben gedrängelt welche zuerst reinkam.

Der zweite Wächter macht das Boot vom Grabstein los.

ALTER MANN UND ALTE FRAU Lebt wohl.

PU-TOI *zu Kung-tu:* Es ist noch nicht aus.

Das Boot fährt hinaus. Der Fährmann hält seine Frau. Wang steht etwas abseits wie festgenagelt. Die Frau weint stumm.

FÄHRMANN Weine nicht, Gute. Wir haben gewußt, daß unser Leben einmal zu Ende geht. Wir haben einander. Wang, schwimm.

WANG Nein.

FÄHRMANN Wozu? Schwimm!

WANG Ich bleibe hier.

FÄHRMANN Das sind nicht deine Gräber! Du hast keine Ahnen! Schwimm! Laß uns beide allein.

FRAU Wenn sie nur...

WANG Ich bin kein Sklave!

FÄHRMANN Schwimm! Ich befehle es dir!

WANG Das Wasser geht bald zurück.

FÄHRMANN Es steigt.

STIMMEN *draußen schreiend:* Hilfe. Hilfe. Das Kind ist da! Ich stehe bis zum Hals im Schlamm. Das Wasser schwemmt Leichen aus dem Boden. Die Toten treiben um uns her. Die Gegend bewegt sich.

FÄHRMANN Du bist uns nichts schuldig. Wir sind nicht deine Eltern. Es war unrecht von mir, dich zu bitten. Ich habe dich vom Wasser geholt; jetzt kannst du schwimmen!

FRAU Wenn sie nur ... Wenn sie nur ...

WANG Mutter!

FÄHRMANN Sie ist zu schwach zum Antworten!

WANG *steht starr, wie festgenagelt. Schreit gellend:* Kauft mich! Kauft mich! Kauft mich!

Der Fährmann umarmt seine Frau mit der einen Hand, tastet mit der anderen nach Wang und reckt sie dann nach oben, als wollte er den Himmel fernhalten. Er weint. Seine Frau umarmt ihn.

FÄHRMANN Wir werden gerettet! Gerettet!

FRAU Unser Sohn. Er rettet uns.

WANG *wie vorhin, schreit gellend und verzweifelt:* Kauft mich! Kauft mich! Kauft mich!

Vier

Eine andere Stelle am Flußufer. Ein ausgesetztes Kind. Bascho kommt herein und schaut sich kurz um. Ruft nach links hinten hinaus.

BASCHO Es ist ruhig am Fluß. Hier, in dem Baumschatten. Hol mir die Gerichtsliste aus dem Wagen.
Bascho legt sein Kissen auf den Boden, setzt sich, klappt sein Reisepult auf und schreibt.
Schilf flattert am Nest des Sumpfhuhns
Fahnen einer Armee!
Es fragt nicht
Wohin der Fluß treibt
Noch wohin der Pfeil fliegt
Kleine Pause. Bascho blickt verstohlen nach links hinaus, schreibt dann wieder und spricht dabei so laut, daß er von jemand in der Nähe gehört werden kann.
Der Pinsel des Dichters
Haare aus seinem Bart gezupft
Taucht in schwarze Tusche
Er schreibt
Die Tusche fließt auf das Papier
Der Pinsel wird grau
Ruft nach links. Wang.
Wang kommt herein. Er trägt einen Bedienstetenrock.
Danke. *Er nimmt Wang die Gerichtsliste ab. Er liest sie.* Ich habe in der Nacht nach Wasser gerufen. Du warst nicht da.
WANG Ich habe daheim einen Besuch gemacht.
BASCHO Geht es deiner Mutter gut?
WANG Besser.
BASCHO Du hast ihr wieder Essen gebracht.
WANG Ja.
BASCHO Und – den du Vater nennst?
WANG Er ist froh, daß es meiner Mutter besser geht.
BASCHO *liest aus der Gerichtsliste vor:* Frau Su-tan hat ihrer Nachbarin den Arm gebrochen, weil sie ihr Dachstroh gestohlen – und nachts gesungen hatte. Die Nachbarin kam zu sich, schrie auf der Straße und warf Steine durch die Tür der Su-tans.

Su-tans Mann hielt den gebrochenen Arm der Nachbarin fest, und Su-tan brach ihr die Finger. Derartige Äußerungen der menschlichen Natur sind so tierisch, die Zeiten so dunkel, daß es nicht möglich ist einen Weg zu sehen, wie wir uns helfen oder die Zeiten ändern können. Es heißt dein Vater sei gut.

WANG Er nimmt Reisende zu Hause auf, wenn sie zu arm sind das Gasthaus zu bezahlen. Er setzt Kranke umsonst über, sogar in Zeiten der Hungersnot. Er rettete mich vor dem Fluß.

BASCHO Ein Baum trägt eine gute Frucht. Der Himmel lächelte als er geboren wurde. Du warst da als ich auszog um Erleuchtung zu suchen. Du warst wieder da als ich sie fand. Der Grundherr gab dich mir als Diener. Wir nennen die Pläne des Himmels Zufall. Deine neun Jahre sind heute um.

Wang schweigt.

Die Frau sang in der Nacht
Zornige Nachbarn brachen ihr den Arm
Sie steht vor mir im Gericht
Und ich frage mich:
Warum singen die Armen?

Wang, ich habe dich gelehrt zu schreiben und die Klassiker zu studieren. Deine Hände sind blaß, so lang haben sie die Feder gehalten. Du stehst im Gericht hinter meinem Stuhl. Du sitzt an der Wand während die Dichter zur Koto singen. Wie kannst du noch auf dem Feld arbeiten – oder in Läden? Von der Fähre kannst du nicht leben. Die ernährt höchstens zwei. Bleib in meinem Haus. *Pause.* Keine Dankbarkeit?

WANG Danke. Ich kann nicht bleiben.

BASCHO *schreibt:*

Kein Vogel fliegt so schnell wie der Pfeil
Keine Frucht fällt so gerade wie die Axt
Kein Mensch entgeht seinem Ende
Noch dem Weg der zu ihm führt

Nicht wie ein Diener an den der Herr so gewöhnt ist, daß er ihn wie einen Freund behandelt um ihn als Diener nicht zu verlieren. Was quält dich? Die Vergangenheit? Selbst deine Eltern können nicht sagen, du seiest ihr Kind. So viele Kinder werden am Fluß ausgesetzt. Wie könnten sie auch nur den Tag noch wissen an dem sie dich dort liegenließen? Jede Spur ist ausgelöscht.

WANG Ich stelle diese Fragen nicht. Das wäre dumm.

BASCHO Dann bleib und suche den Frieden.

WANG Nein.

BASCHO Der Vater erfährt erst dann daß er sein Kind verwöhnt hat, wenn es das Kind ihm sagt. Warum hat die Frau ihrer Nachbarin die Finger gebrochen? Du vergißt daß Augen vor Kälte weh tun können, den Grieß im Mund wenn du verhungerst, die Schmutzschicht an der Reisschüssel, den Kehricht der in Ecken fault, den Geruch von ungewaschenen Kleidern. Man kann zu alt zum Saubermachen sein und hoffnungslos zum Denken. Solche Menschen sind immer verloren, auch in ihrem Haus. Eines Tages schreist du vielleicht auf der Straße und brichst deinem Nachbarn die Knochen. Unwissenheit zerstört von innen heraus. Nichts ist zu sehen, aber auf einmal fällst du in dich zusammen – Leib und Seele.

Ich habe mich von dieser Welt abgewandt. Ich verwalte das Gesetz zum Nutzen des Himmels und nicht der Menschen. Ich kann denen keine Hilfe geben die so arm sind, daß sie sich nur selbst sehen. Sie müssen in Unwissenheit leben – so wie der Stein fallen muß. Du hast neun Jahre mit mir im selben Haus gelebt. Könnte mir irgend etwas auf dieser Welt liebwerden, dann wärst es du. Bleib.

WANG Nein.

BASCHO Wahnsinnige finden Lust darin sich selbst zu zerstören.

WANG *hat das Kind vorne schon liegen sehen. Deutet darauf:* Schau ein Kind, ausgesetzt am Fluß.

Bascho wendet den Kopf, um es zu sehen.

BASCHO Jeden Tag jetzt. Mehr und mehr. Eine ganze Generation wird ausgesetzt am Fluß. Tot?

WANG Nein. Es hat sich gerade noch gerührt. Nimm es.

BASCHO Wie sonderbar. Einen Augenblick kann ich in den Himmel sehen. Schon einmal – ein Kind am Fluß. Ich ließ es liegen um Erleuchtung zu suchen. Jetzt dieses Kind. Was sollen wir jetzt suchen? Immer nur die Erleuchtung. Das hat der Himmel getan. Nimm du das Kind. Leb mit ihm bei mir im Haus. Dann findest du den Weg.

WANG Meine Einwände werden nichts ausrichten. Ich habe hinter dir im Gericht gewartet und die Unschuldigen und Schuldigen sich verteidigen hören. Lebendige Frauen die die Finger wanden wie die Geister, alte Männer die wie Kinder vor sich hinstarrten, Mörder die über Leichen lachten. Ich habe über sie gestaunt wie sie sprachen. Wie genau der menschliche Geist ist. Jeder hat die

Wahrheit in seiner Weise gesagt, sogar gegen sich gesagt. Wie sonderbar ihr Leben, die Geschichten von den kleinen Dingen die es formten. Du kannst einen Spaziergang machen und zurückkommen als ein anderer Mensch. Du aber sprichst vom Weg als wäre er auf einer eisernen Landkarte eingezeichnet. Du mußt manchmal den Weg verlassen – um zu fragen ob er der richtige ist. Nimm das Kind.

BASCHO Wenn du es gestern von mir verlangt hättest –

WANG Für dich ist es leicht.

BASCHO – hätte ich vielleicht auf dich gehört –

WANG Du hast ein Haus! Essen! Nimm es!

BASCHO – und diesen Fehler gemacht. Es hat dem Himmel gefallen mir zu zeigen, wie du zu retten bist. Ich allein das Kind: nein.

WANG Dann trage ich es zum Tempel.

BASCHO Das ist gegen die Ordensregel! Die Priester nehmen zu viele Kinder auf. Die Alten leiden. Der Giebel bröckelt. Wenn der Tempel verfällt, wirkt sein Bild nicht mehr bei den Menschen. Dann werden gar keine Kinder mehr aufgenommen! *Er deutet auf den Stuhl, das Pult, einen Schirm.* Trag die Sachen zum Wagen. *Bascho geht hinaus.*

WANG Wie still. Du hast dein Gesicht dem Himmel zugewandt. Deine Augen sind zu und dein Leben ist beschlossen. *Er setzt sich zu dem Kind und berührt es.* Mein Vater sagte früher gab es hier Brachvögel – und einer rief. *Er hebt das Kind auf.* Wie leicht. Nein lächle nicht. Ich muß dich hinlegen. *Hält das Kind weiter.* Du bist stramm und stark. Du stirbst nicht.

Eine Frau kommt herein und schaut Wang an. Sie bleibt unvermittelt stehen.

FRAU Ach habe ich mich verlaufen? Ich muß zur Fähre. *Sie wendet sich zum Gehen.*

WANG Schau, ein Kind ausgesetzt am Fluß. Oft fehlen ihnen die Glieder oder sie sind blind. Das ist ein schönes Kind.

FRAU *schaut das Kind an von wo sie steht:* Ja? Ich muß zur Fähre.

WANG Nimm es.

FRAU Nein, nein.

WANG Es sollte hier sterben. Frauen wissen wie man ein Kind pflegt.

FRAU Mein Mann wartet.

WANG Es stirbt!

FRAU Ich muß zur Fähre –

WANG Seine Hände klammern sich an die Decke – als wäre sie die Kante von einem Riff, oder ein Tellerrand. Nimm es!

FRAU *im Gehen:* Nein! Du!

WANG Es hat die Augen aufgemacht! Bei deiner Stimme! Schau!

FRAU Du hast es aufgeweckt!

WANG Warum? *Er geht mit dem Kind zur Frau.* Warum?

FRAU Mein Mann wartet auf –

WANG Warum?

FRAU Ich zeige dich an bei –

WANG Luder! *Schlägt ihr ins Gesicht.* Es hätte sterben können!

FRAU Nein. Jemand hätte es gefunden. Du hast es gefunden.

WANG Nimm es!

FRAU Nein! Mein Mann –

WANG Dein Kind.

FRAU *zornig:* Du schlägst mich! Nehme ich es deswegen zurück? Mein Mann hat mich schlimmer geschlagen damit es wegkommt! Sie haben es mir weggerissen! Du denkst – ein Schlag und du veränderst die Welt?

WANG Es könnte sterben!

FRAU Es war bestimmt zum Sterben!

WANG Nein!

FRAU *zornig:* Was kann ich tun? Unsere anderen Kinder – es stiehlt ihnen das Essen. Sie haben geschwollene Mägen. Hast du sie weinen hören? *Sie zeigt auf das Kind.* Das war wie eine Krankheit in unserem Haus. Ach laß mich gehen.

WANG Nein! Nein!

FRAU *setzt sich erschöpft: spricht flach, fast ruhig und vernünftig:* Schon wieder Zorn... Wozu? Du siehst wie wir leben. Ich wollte in den Fluß springen. Mit ihm ertrinken. Aber mein Mann – meine Kinder – ich habe getan was ich konnte. Was noch? Sag mir du was ich noch hätte tun können. *Kleine Pause. Noch immer ruhig.* Ich bin zurückgekommen um ihm Wasser zu geben. Dumm. Als ich es auf deinem Arm sah war ich eifersüchtig. Ich wollte rufen ›Mein Kind!‹ und es mitnehmen. Ich war froh. Du bist sauber und satt. Das Kind hat schließlich doch Glück gehabt. Es wird in einem guten Haus dienen. *Faßt sich ins Gesicht.* Mein Gesicht ist rot wo du mich geschlagen hast. Ich will meinem Mann sagen ich hätte geweint. *Steht auf.* Ich muß gehen, sonst denkt er ich –

WANG Ich kann das Kind nicht behalten.

FRAU Du hast ein trockenes Dach! Das sehe ich doch.

WANG Du verstehst nicht.

FRAU Und schau deinen Mantel! Du hast alles. Und doch verlangst du von mir ich soll das Kind nehmen. Ich habe nichts – ich muß sogar das Kind weggeben. Du findest schon eine Ecke im Haus. Du hast ein gutes Gesicht. Du kommst aus einer guten Familie. *Sie wird fast glücklich.* Mein Kind bekommt ein gutes Leben. Besser als wir es ihm hätten geben können. Du wirst es lehren höflich zu sein, sich zu verbeugen –

WANG Das ist nicht das erste Kind, das du aussetzt.

FRAU Nein.

WANG Wie viele?

FRAU Wozu?

WANG Wann hast du angefangen?

FRAU Ich denke nicht an sie.

WANG Wie lang ist es her?

FRAU Ich weiß nicht.

WANG Wie hast du dich dazu gebracht. Ha! Jetzt ist es Gewohnheit! Aber das erste.

FRAU Ich habe mir mein Leben nicht ausgesucht. Diese Sachen sind mir zugestoßen. Ich frage nicht mehr. Ich bin ein Tier.

WANG Du weißt nicht was ich ... Ich wollte weggehen ... Sag mir ... wie soll ich leben?

FRAU *starrt ihn ängstlich an:* Ich wollte nichts Böses.

WANG Nimm das! *Er gibt ihr Baschos Sachen.* Und das. Nimm alles.

FRAU Nein! Ich wäre –

WANG Für das Kind!

FRAU Ja. Ja. Dann ist es ein Tauschgeschäft. Hat teil am Gesetz. Ich habe mein Kind nicht ausgesetzt. Sondern verkauft. In Pflege gegeben. Danke. *Sie hält die Sachen von Bascho umklammert. Jetzt da das Kind verkauft und nicht liegengelassen ist, bis es jemand findet, kehrt ihre Selbstachtung zurück.* Jetzt – bin ich eine gute Frau, du ein guter Mann. Sag ihm wenn er groß ist er soll gut von den Menschen denken. Sag ihm, daß ich zurückgekommen bin. Vergiß es nicht. Ich ging erst fort als ich sah, daß er in guten Händen war. Danke. Leb wohl, leb wohl.

Die Frau geht schnell nach links hinaus. Wang hält das Kind.

WANG Neun Jahre – zu Ende! Ich kann weggehen. Heute abend!

Durch die Tür. Frei! *Er starrt das Kind an.* Was ist Unglück? – Du weißt es nicht! Nichts ändert sich hier. Ich stehe auf – mache dasselbe und tue so als wäre es etwas anderes. Du brauchst nicht einmal zu laufen. Du bist Hunderte von Jahren dagelegen. Ich stolpere über dich jedesmal wenn ich aus der Tür gehe! Warum habe ich dich aufgehoben! Warum halte ich dich? Du bist so groß wie ein Berg. Mir bricht der Rücken ab. Ich in seinem Haus wohnen, damit du ein Haus hast? Dir die Dinge geben vor denen ich davonlaufe? Neun Jahre! Ich habe Pläne gemacht – nein, Listen, Verschwörungen, Träume! Und jetzt ertränkst du mich im Fluß? Nein! Nein! Nein! Nein!
Er legt das Kind hin.
Wie viele Kinder werden am Fluß zum Sterben ausgesetzt? Wie viele? Seit wieviel Jahrhunderten? Ausgesetzt! – Verfault! Gefressen! Ertränkt! Verkauft! Alles umsonst! Wie viele? Wie lange noch? Alle Kinder werden aus dem Schoß ihrer Mutter gerissen: das ist das Gesetz der Natur. Alle Kinder werden aus den Armen ihrer Mutter gerissen: das ist das Gesetz der Menschen! Nicht mehr als das? – eine kleine Wallung von Süßigkeit und ich hebe ein Kind auf? Und die andern? Wie kann ich meine Arme so weit öffnen, daß ich sie alle fasse? Ernähre? Pflege? Alle? Muß die ganze Welt hier an diesem Fluß liegen wie eine Leiche?
Er reißt das Kind vom Boden. Hält es hoch, damit es den Fluß sieht.
Schau! Du hast schon ein Gesicht! Schau dich selbst im Fluß an! Siehst du das Gesicht im Schlamm? Schau! Schau! Der Fluß ist eine Leiche die immer weiter schlingt, auch wenn sie schon tot ist! Städte fallen hinein! Ganze Generationen! Ihre Knochen türmen sich unter den Brücken! Du wirfst uns in den Fluß! Deine Arme sind zu stark! Sie erdrücken mich wie ein Gefängnis!
Er legt das Kind hin.
Da ist ein Kind! *auf andere imaginäre Kinder zeigend.* Da! Da! Da! Da! Du stößt sie fort mit deinen kleinen Händen. Da! Da! Du kleiner Mörder!
Er reißt das Kind vom Boden hoch.
Wenn du ein Gewehr hättest, du würdest abdrücken. Du würdest morden! Und du lächelst! Wie ein Gott, wenn er spielt. Als wären die Menschen dein Spielzeug!
Nein!

Er schleudert das Kind weit hinaus in den Fluß und hält dabei den Zipfel seines weißen Lakens fest, das sich entrollt, im Wind bläht, und dann von seiner Hand herabhängt.
Die Welt schaudert – so! Wer will sprechen?

Fünf

Sumpf.
Eine Handglocke klingelt.
Eine Diebesbande sortiert Beute. Tiger und Kaka sind magere junge Männer. Tigers rechter Arm endet in einem Stumpf. Tor-quo ist ein älterer und kräftigerer Mann. Schiul ist ein dunkelhaariges Mädchen.

TIGER *klingelt:* Glocke.
SCHIUL Gut.
TIGER *klingelt:* Glocke. Glocke.
KAKA Matte. Zerrissen. Nicht verdorben.
TIGER Mütze. *Hört auf zu klingeln, um sich die Mütze anzusehen.* Pelz.
SCHIUL Pelz?
TIGER Motten. Ha! Fang! *Wirft die Mütze Kaka zu.*
Tor-quo steht hinten auf Wachposten.
TOR-QUO Kaka hat ein Messer gekriegt.
KAKA Noch nicht verteilt. Fang. *Wirft Schiul die Mütze zu.*
TIGER *klingelt:* Glocke.
SCHIUL *zupft am Pelz:* Fuchs! Noch viel übrig. Saum ist hin.
TIGER Bim, bim. *Klingelt.* Matte. Messer. Pelzmütze. Gut! Ha! *Legt die Glocke weg, um die Beute zu verteilen.*
SCHIUL Meine Mütze.
TIGER Mütze – du. Tor-quo – Matte.
Kaka klingelt mit der Glocke.
Tiger nimmt Kaka die Glocke weg.
Kaka – Messer. Glocke – ich. *Klopft sich mit dem Finger auf die Brust.* Musikalisch.
KAKA *grapscht sich die Glocke:* Meine Glocke! Du hast die Pfeife!
TIGER *springt auf:* Ha!
KAKA *springt auf:* Ha!
Tiger und Kaka in wildem Kampf.
SCHIUL *gleichmütig die Mütze befingernd:* Bring ihn um. Brich ihm das Bein. Wirf ihn hoch und brich ihm den Arm.
TIGER Ha! Ha! Grrrraaaahhhhhhh!
TOR-QUO *zu Schiul:* Lassen? – Oder was machen draus?
KAKA Umbringen!

SCHIUL *zu Tor-quo. Zuckt die Achseln:* Paar Fäustlinge? Festbinden mit einem Stück Schnur.

TIGER Ha!

Tiger und Kaka hören auf. Sie sind außer Atem. Sie gehen voreinander in die Hocke, schwer atmend.

TOR-QUO Was kriegen wir zu essen?

KAKA *ruhig:* Tod.

TIGER *ruhig:* Mord.

SCHIUL *gleichmütig, zu Tor-quo:* Wenn ich mit der Mütze fertig bin.

TIGER Ha! Rrr! Hu! Aaachchchchchchch!

Tiger und Kaka springen auf und kämpfen.

TOR-QUO *nachdenklich:* Heißt immer einer verliert den Appetit wenn er alt wird ... Mir gehn die Haare aus. Und die Luft. Und alles ... Aber Hunger hab ich immer noch. Stimmt was nicht. Schau im Futter nach.

SCHIUL Hab ich. Nichts.

TOR-QUO Hab schon mal Silber gefunden.

SCHIUL In'ner Kappe?

TOR-QUO Stiefel. In der Stulpe. Dreckige alte Arbeitsstiefel.

SCHIUL Ziehn sich an wie Penner damit du reinfällst.

Tiger wirft Kaka auf den Rücken – Kaka liegt bewußtlos zukkend am Boden. Tiger hebt die Glocke auf, kriecht auf Kaka zu, hält sie Kaka vors Gesicht, grinst listig, wackelt spielerisch mit dem Armstumpf, hält inne, grinst, und schüttelt schließlich die Glocke – Stille. Er starrt einen Moment die Glocke an, schüttelt sie heftig, schaut dann hinein – der Klöppel fehlt.

TIGER Klöppel! Klöppel!

Kaka stöhnt vor Befriedigung, schließt die Hand fest um den Klöppel und wälzt sich damit auf dem Bauch. Tiger klingelt mit der Glocke. Sie bleibt stumm.

TIGER *tritt Kaka:* Klöppel! Klöppel! Meins!

TOR-QUO *plötzlicher Warnruf:* Happ!

Die anderen reagieren, verstecken die Beute, treten Kaka bis er aufsteht.

SCHIUL *zu Kaka:* Kommt einer.

Tiger legt sich an den Graben und mimt einen Überfallenen. Die anderen verstecken sich.

TOR-QUO An der Weide vorbei.

TIGER Was für einer?

TOR-QUO Landstreicher.

SCHIUL Stiefel?

TIGER Umbringen. Heute bloß noch umbringen. Hiiiiii.

Stille. Wang kommt herein. Er ist schmutzig. Seine Kleider sind vor kurzem zerrissen und beschmutzt worden. Tiger stöhnt schwach nach Hilfe.

Schwach: Hilfe.

Wang setzt sich auf den Boden, läßt sich vornüberfallen und weint.

WANG Ich bin durch die Sümpfe gerannt, habe sieben Tage geweint. Ich habe die Reichen die Armen ausrauben sehen. Die Armen einander. Eine alte Frau. Sie hatte gestrickte Fäustlinge an. Ihre Hände waren wie Eichkatzenpfoten – hielten eine leere Schüssel. Sie kniete an der Pilgerstraße und sagte: gebt – der Himmel wird euch segnen. Welcher Himmel segnet solche Pilger, wenn er sie nicht gesegnet hatte? Jetzt ruft schon der Sumpf nach Hilfe!

Wang verdeckt sein Gesicht und weint. Tiger setzt sich auf und flüstert den andern zu.

TIGER Verrückt. *Er will voller Angst aufstehen.*

SCHIUL *flüsternd:* Probier's!

Tiger legt sich wieder hin.

TIGER *schwaches Stöhnen:* Hilfe.

WANG *blickt auf:* ... Ist da wer im Sumpf?

TIGER Ich bin verletzt. Diebe. Hilf mir.

WANG Allein?

TIGER Ja. *Will aufstehen, stöhnt, fällt zurück.*

WANG Haben sie viel mitgenommen?

TIGER Alles. Aber meine Familie zahlt dich.

WANG Du bist reich? Dann hast du's verdient.

TIGER Nein, nein. Arm. Weiß Gott! Bitte. Hier herüben. Ich ertrinke im Schilf.

WANG *geht zu Tiger:* Arm! – und läßt dich berauben? Das ist noch schlimmer! Sie nehmen dir dein Geld – und du bietest dein Leben feil! Schreist: Hilfe! – Mitleid mit den Armen! Und einer muß dich retten! Läßt andere sich die Hände blutig machen – damit du einfach und ehrlich und gut bleiben kannst! Du hast verdient was du bekommen hast! *Schlägt Tiger mit einem Stock bewußtlos.* Lerne – daß du's das nächste Mal weißt! Oder du zahlst immer weiter!

Die anderen Diebe haben sich hinter Wang angeschlichen. Sie werfen ihm einen Strick über, fesseln und knebeln ihn fachmännisch: sie brauchen nur Sekunden.

SCHIUL Mörder!

TOR-QUO Schwein!

SCHIUL Halt ihn fest!

Kaka kniet neben Tiger nieder und befühlt seinen Kopf. Brüllt vor Lachen.

KAKA Fühl mal. Wie ein Ei!

SCHIUL Wird noch größer.

KAKA *lacht:* Tiger bringt dich um.

TOR-QUO *seufzt:* Ach, dann saut er wieder alles voll.

KAKA *lacht:* Tiger quetscht mit dem Stumpf die Augen raus und drückt mit der Hand den Hals ab.

Hu. *Wiegt sich in Gelächter.* Gurgel kommt aus ihrem Mund raus: flopp!

Schiul legt Essen heraus: Reisplätzchen, Salz, Gemüse, Wasser.

TOR-QUO Essen!

Sie essen. Wang liegt verschnürt am Boden.

SCHIUL *gibt Kaka einen Klaps, damit er nicht mehr an Wang denkt, und deutet auf den essenden Tor-quo:* Er ißt alles auf. Saubär!

KAKA *wischt sich die Augen:* Quetscht – eigenhändig.

Tiger stöhnt.

Kichert. Tot.

SCHIUL Hebt was für Tiger auf. Brüllt sonst den ganzen Tag.

Tiger stöhnt und wiegt sich stumm. Die anderen essen.

TOR-QUO *ißt:* Gut.

Tiger stöhnt und windet sich in Krämpfen.

SCHIUL Braucht immer bißchen. Morgen wird's schlimmer.

KAKA *ißt und kichert:* Tot.

TOR-QUO Gibt das Salz.

Tiger setzt sich auf. Stöhnt. Sieht die andern essen und ihm zuschauen.

TIGER Essen! Ha! *Steht auf.* Ihr laßt mich schlafen! Diebe, Hunde! *Unterbricht sich. Stöhnt. Befühlt sich den Kopf. Erinnert sich.* Aaahhh! *Er sieht Wang.* Aachchchch! *Rennt hin und her und sucht das Messer.* Messer!

KAKA Ich hab gesagt du erwürgst ihn.

TIGER Erwürgen. Erstechen. Abhacken. Fressen. Ha! Hu! Dich

auffressen und dir ins Gesicht kotzen! *Betastet die Beule.* Kopf kaputt. Er hat mich umgebracht!

SCHIUL Nicht kaputt.

KAKA Wär eh dasselbe.

TIGER Ha. Hu. *Greift nach Essen.* Essen. Leben bis ich ihn abhack! *Kaut wild.* Schon besser! Ha!

KAKA Mach ihm die Fresse auf. Dann hören wir was.

Tor-quo schnippst mit einem Messer Wang den Knebel aus dem Mund. Tiger atmet Wang ins Gesicht.

TIGER Haaa! Riech: Tiger. Nächstes Mal riech: Du! Ha! *Er zeigt seinen Stumpf vor.* Geschichte. Warum Tiger keine Hand mehr hat. *Die andern seufzen leicht auf.* Ha! Wahr! *Er setzt sich.* Stadt. Wohnte da damals. Straßen. Häuser. Weiße Mauern. Leute mit sauberen Kleidern. Gehn auf der Straße. Kinder – holla! *Macht Kinderarme nach.* Aahh ... *Seufzt. Alle Diebe essen.* Ein Mann. Dunkle Augen. Im Eckladen. *Nimmt sich essen.* Das trifft mich – habt früher angefangen. *Ißt.* Mann. Kauft, verkauft. Auf einmal – seine Stadt. Sein Land. Alles trocknet aus. Lappen auf dem Fenstersims trocken. Felder: trocken. Kein Regen. Himmel hat's vergessen. Ha! *Tritt Schiul, damit sie aufpaßt.* Wahr!

SCHIUL *ißt:* Wahr.

TIGER *ißt:* Mann – kommt. Mein Haus – verkauft! Mauern, Dach, Garten, Baum. Polizei zieht mich raus auf die Straße. Hm. *Kaut einen Augenblick lange nachdenklich. Spricht die nächste Zeile ruhig.* Da war ich ruhig – die Beute vor mir. Gehe zum Eckladen. Steh in der Tür. Bescheiden. Frage: Arbeit. Mann lächelt wie ein Fenster hoch oben an der Wand. Winkt. Ich also – rein. Kotau. Wieder hoch. Linke Hand hält den Mund zu. Rechte Hand: Gurgel. Quetsch. Wie ein Sack Bohnen. *Er hält den Armstumpf hoch.* Tot. Geh dann die Straße lang. Halt ihn immer hoch. Eine Hand: Gurgel. Heb ihn hoch. Einhändig. Zeig ihn her. Soldaten kommen gerannt. Nachbarn. Erster Sohn. Zweiter Sohn. Frau Nummer eins. Frau Nummer zwei. Dritter Sohn. Ziehen. Schieben. Schreien: loslassen! Ich halt ihn hoch. Einhändig. Zeig ihn her. Weiter zum Gericht. Richter sagt Frage: hast du gemordet? Ich halt die Leiche hoch. Zeig sie her. Richter zu den Soldaten: Soll loslassen – oder abhacken! Ich halte die Leiche hoch! Hoch! Zeig sie! Axt. Leiche fällt runter. Hand noch an der Gurgel. Richter hat's gesehen. *Lächelt Wang an.* Ho! Tiger! *Kaut.* Mmm. Ah. Wieder Appetit! Ha!

WANG *höhnisch:* Bist du der Anführer von dem Haufen?

TIGER Ha!

WANG Keiner steht Wache.

TIGER Ha! *Er steht auf und tritt Tor-quo.* Wache. Wache! Frißt wie ein Schwein! Wache! Ha! Idiot!

TOR-QUO Ich war hungrig.

SCHIUL Wir könnten schon tot sein.

WANG Und ich bin nicht durchsucht worden.

TIGER *zu Kaka:* Du! Durchsuchen! Immer! Stehender Befehl! *Zeigt auf Tor-quo.* Du: tot. *Zu Kaka.* Tot. *Fuchtelt zu allen hin.* Schlachtfest.

Kaka und Schiul durchsuchen Wang.

SCHIUL Nichts.

KAKA Hose. Jacke. Nichts.

SCHIUL Papier.

Schiul zieht Blätter mit Baschos Gedichten aus Wangs Tasche. Die Diebe starren die Papiere stumm an. Tiger geht auf sie zu. Bleibt stehen. Faßt die Papiere nicht an. Sie versuchen, sie zu entziffern.

TIGER Tor-quo.

Tor-quo kommt nach vorn. Er versucht die Papiere zu entziffern.

TOR-QUO ›Flattert‹ . . . ›Fahnen‹.

TIGER Regierung. Amtlich.

TOR-QUO › . . . der Pfeil fliegt . . .‹.

SCHIUL *nach einer Stille:* Soll ich ihm die Schnur aufmachen? . . . Ein bißchen?

TOR-QUO ›Kein Mensch entgeht seinem Ende‹.

TIGER *zu Tor-quo:* Ha!

TOR-QUO *liest:* ›Frauen . . . vor Gericht‹.

Sie sind plötzlich kopflos vor Angst.

KAKA Eine Botschaft vom Kaiser! Kriegserklärung!

TOR-QUO Befehl zum Abhacken.

TIGER *weicht zurück. Versucht sie zur Besinnung zu bringen:* Wissen wir nicht! *Nach einer Stille.* Herr, wir rauben nicht Reiche aus – nur Arme. Der Kaiser kommt zu Fuß daher –

KAKA Verkleidet darf er nicht sein.

TIGER – und wir machen ihm nichts. Achten die Uniform.

TOR-QUO Und saubere Gesichter.

SCHIUL Gute Menschen. Rauben nur Arme aus. Zum Leben.

TIGER Kaiser hält die Menschen so!

Er macht eine Geste mit dem rechten Arm. Er starrt Wang in Erwartung einer Antwort an. Tor-quo und Kaka starren Tiger verwirrt an. Schiul gibt ihm einen Stoß. Tiger verlegt die Geste auf die linke Hand: ein Daumen, der etwas niederhält. Die anderen seufzen vor Erleichterung.

Kaiser kann Helfer sehen in uns. Wenn er guten Rat hat.

SCHIUL *schaut in ein Gedicht. Ruft:* Eine Begnadigung für arme Verbrecher!

TIGER *zu Wang:* Was steht in den Papieren?

WANG Lös mir die Schnur.

Die Diebe schauen einander unsicher an. Tiger schneidet die Schnur durch. Wang setzt sich auf.

Setzt euch. *Sie zögern, setzen sich dann im Kreis und schauen Wang an. Wang nimmt zwei Steine.* Zwei Steine. Hart. Trokken. Kein Moos. Ich schlage sie – so! *Er schlägt sie aneinander.* Ein Funken! Wir haben uns getroffen – ich sage die Wahrheit. *Die Diebe schauen einen Augenblick von ihm weg und dann wieder zu ihm hin.* Der Kaiser hat mich nicht geschickt. Wenn mich die Soldaten fangen bin ich gekocht und gegessen. Ich ging in den Sumpf um eine Diebesbande zu suchen. Dann wollte ich mit ihr leben.

TIGER *steht rasch auf, weigert sich:* Nein!

WANG Zu euch gehe ich nicht. Ihr seid Flöhe unter einem Elefantenschwanz.

TIGER Ha!

WANG Was habt ihr heute erbeutet?

TIGER Glocke. *Klingelt damit. Sie bleibt stumm.* Gutes Messing.

KAKA ... Kappe.

TIGER Pelz!

SCHIUL Messer.

Tiger schlägt Kaka, Kaka gibt ihm den Klöppel.

TOR-QUO Matte.

SCHIUL Von einer Alten. Hat die gekreischt. Sich festgeklammert, bis sie gerissen ist.

TIGER *schlägt mit dem Klöppel an die Glocke. Sie klingt nicht – er hält sie mit dem Armstumpf an die Brust:* Glocke. Hier gesessen. Nicht erwischt.

WANG Als du den Richter das Sehen gelehrt hast warst du tapfer.

Jetzt bist du blinder als er. Du hast die Tapferkeit von einem Kind: im Zorn macht es alles. *Die anderen erheben sich drohend. Er verbeugt sich.* Verzeih meine scheinbare Unhöflichkeit. Ich war Diener bei einem großen Dieb. Er hatte den Fußboden, die Wände, die Decke mit Beute bedeckt. Die Dachböden und die Keller waren voll davon. Sie wuchs in seinem Garten. Die Beute war so groß, daß er Lagerhäuser baute.

DIE ANDERN Ah!

WANG Er trug sie auf dem Rücken. In den Taschen. Andere Diebe bewachten seine Beute – er bezahlte sie damit. Seine Hände waren rein. Er hob nie die Faust. Nicht einmal die Stimme. Er betete für die, die er in den Tod schickte. Gab Geld für die Waisen und Witwen. Ehrgeiz haben hieß: ihm folgen.

SCHIUL Der ist ein großer Dieb!

WANG Ich habe euch noch nicht erzählt wie groß. Er hatte einen großen Diener. *Er nimmt eine Schüssel mit Wasser.* Den da. *Er schüttet die Schüssel Wasser aus.*

SCHIUL Vorsicht!

KAKA Wasser!

WANG Jedes Jahr macht dieser Diener einen Raubzug durchs Land. Gräbt die Toten aus und stiehlt die Münzen aus ihrem Mund. Frißt die Felder. Streift das Laub von den Bäumen. Nimmt den Menschen das Leben. Dann ist jeder Tag der Tag des Gerichts! – sogar wenn es zurückgeht in seine Höhle und schläft steht sein Atem wie ein weißer Nebel über den Feldern. Was nimmt es: Hoffnung. Was gibt es: Schlamm um alles zu begraben. Und die Menschen stehen in ihren verwüsteten Feldern wie Geister. Sie könnten geradesogut darin begraben sein.

TIGER Aber der Dieb für den du gearbeitet hast –

WANG Wohnt auf einem Hügel. *Zu Schiul.* Du bist eine arme Frau. Ich bin mein Herr der Dieb. Tiger ist der Fluß. Der Fluß steigt.

TIGER Ha! Huuuuuu!

WANG Ich sitze und lächle auf dem Hügel. Wohin kommst du gerannt und suchst Schutz?

Schiul läuft von Tiger weg zu Wang. Sie bringt ihm das Bündel mit Beute.

Ich lächle den Armen zu und weine über die Überschwemmung.

Schiul setzt sich zu Wang. Er stiehlt das Bündel.

Wie ich weine geht das Wasser zurück.

TIGER *setzt sich:* Ha.

WANG *zu Schiul:* Geh heim. Lobe den Himmel.

Schiul geht. Sie vermißt das Bündel und kommt zurück.

SCHIUL Meine Kappe!

TIGER Mein Eßstäbchen!

KAKA Mein Messer!

TOR-QUO Meine Matte!

WANG Meins. Für Schutz müßt ihr zahlen.

KAKA ... Warum bauen ... die Leute nicht ... eine Mauer um den Fluß? ... Dann brauchen sie deinen Schutz nicht.

WANG Tor-quo, du bist mein Soldat. Verhafte den Mann da.

Tor-quo *geht zu Kaka:* Zu Befehl!

WANG Und hängt ihn auf.

KAKA Warum?

WANG Du hast die Frau bestohlen.

KAKA Was!

WANG Ihre Unschuld.

TIGER Ha...

WANG Ihr seht wie gut der Grundherr arbeitet. Jeder muß seinen Mund aufmachen und trinken um zu leben. Das Mittel mit dem die Menschen am Leben bleiben, verwendet er um sie mit Unwissenheit zu füllen. Sie leben davon zum Tod verurteilt zu sein. *Hebt ein Gedicht auf.* Es heißt:

Der große Dieb
Wie der kleine Dieb
Raubt in der Dunkelheit
Die Armen sind unwissend
Sie leben in Dunkelheit
Was ist Erleuchtung?
Erkennen wer der große Dieb ist
Und was das große Licht

Zweiter Teil

Sechs

Das Haus des Fährmanns am Fluß. Nacht. Der Fährmann steht in der Mitte des Zimmers. Seine Frau sitzt in einem Stuhl mit einer Decke über den Knien. Sie starren zur Tür und horchen angespannt.

FRAU *flüstert:* Der Weg.

Stille. Ein Klopfen. Der Fährmann schaut seine Frau an.

FÄHRMANN *flüstert:* Er würde nicht klopfen. *Ein zweites Klopfen.*

SOLDAT *draußen:* Aufmachen.

Der Fährmann öffnet die Tür. Der erste Soldat kommt herein. Der Fährmann verbeugt sich. Bascho kommt hinter dem ersten Soldaten herein. Die Verbeugung des Fährmanns wird tiefer.

FÄHRMANN Herr...

Bascho sieht sich um.

ERSTER SOLDAT *deutet:* Die Mutter, Herr.

FÄHRMANN Will der geehrte Herr...?

Der erste Soldat beginnt das Zimmer zu durchsuchen. Er geht unauffällig vor, höflich aber gründlich. Die andern achten nicht auf ihn: sie sind Durchsuchungen gewöhnt. Im Zimmer ist alles grau bis auf die Kleider von Bascho und dem Soldaten, die etwas heller sind.

BASCHO Es ist spät.

FÄHRMANN Meiner Frau ging es nicht gut. Es ist besser wenn sie sitzenbleibt. Wenn der geehrte Herr erlaubt...

Der Fährmann gibt seiner Frau eine Schüssel Wasser. Sie trinkt.

BASCHO Letztes Jahr standen zweihundert Taler auf den Kopf eures Sohnes. Heuer sind es tausend.

ERSTER SOLDAT *stellt sich hinter die Frau, höflich und eingeübt:* Entschuldigung.

Die Frau steht auf, hält sich die Decke an die Beine. Bascho und der Fährmann achten nicht darauf. Sie reden weiter.

BASCHO Hat er viel von mir gesprochen?

FÄHRMANN Du bist gütig zu ihm gewesen.

BASCHO Von euch sprach er nur wenn ich ihn danach fragte. Er veränderte sich.

FÄHRMANN Kinder wachsen auf. Sie stellen so viele Fragen. Dann eines Tages verstummen sie. Sie fangen an nachzudenken.

BASCHO Worüber? Hat er es gesagt?

FÄHRMANN Nein. Er saß am Ufer und starrte ins Wasser. Ich habe damals nicht mit ihm gesprochen. Ich war eifersüchtig auf die Stille.

Der erste Soldat ist mit der Durchsuchung fertig. Er stellt sich neben die Tür und schaut in den Raum, die Hände auf dem Rükken.

BASCHO War es falsch ihn vom Fluß mitzunehmen?

FÄHRMANN *vorsichtig:* Es ist lange her.

BASCHO Würdest du es wieder tun?

FÄHRMANN *vorsichtig:* Es tut mir leid was aus ihm geworden ist. Als er jung war, hat er uns Glück geschenkt.

BASCHO Wo hat er geschlafen?

FÄHRMANN Da war seine Ecke.

BASCHO Ich habe deiner Frau dies mitgebracht.

FÄHRMANN *verbeugt sich:* Herr.

BASCHO Der Kaufmann Kung-tu hat den Wagen seines Nachbarn zum Verkauf feilgeboten. Der Nachbar war ihm das Saatgut vom vorigen Jahr schuldig geblieben. Dann wurde das Geld dem Nachbarn durch die Tür geworfen. Um einen Stein gewikkelt. Aber das hast du schon von deinen Passagieren erfahren.

FÄHRMANN Der geehrte Herr hat recht: die Leute reden auf dem Wasser. Sie erzählen gern was sie für die Wahrheit halten. Anfangs hörte ich zu. Ich erfuhr, daß meine Mutter meinem Vater untreu gewesen war – und daß ich aus dem Mund rieche. Danach hörte ich nicht mehr hin.

BASCHO Die Leute sind die Augen und Ohren des Kaisers. Der Richter ist seine Zunge. Behalte alles im Gedächtnis was die Leute auf deinem Boot sagen. Laß es mich wissen. Du kannst mich jederzeit zu Hause aufsuchen. Hilf mir ein guter Richter zu sein.

FÄHRMANN Der geehrte Herr hat einen weiten Ruf.

BASCHO Es gibt dafür eine kleine Belohnung.

FÄHRMANN Wir werden unsere Pflicht tun. Nachdem das zum Tod unseres Sohnes führen kann sollten wir nicht dafür bezahlt werden.

ERSTER SOLDAT Hh!

BASCHO Dann seid ihr nicht arm. Euer Sohn wird großen Schaden anrichten. Einigen wird ein kurzes Glück zuteil werden. Ein wenig Unrecht wird Gerechtigkeit finden. Das kann jeder. Aber wer den Fluß auf den Kopf stellt ertränkt das Land. Laß dich nicht verleiten. Besser ihn jetzt noch aufhalten. Das ist hart, aber wahr.

Der Fährmann verbeugt sich. Bascho geht hinaus. Der erste Soldat kommt einen Schritt nach vorn. Er spricht ruhig und leise, fast höflich, beinahe wie ein Onkel, der über eine Pfeife nachsinnt.

ERSTER SOLDAT Leute wie ihr seid Fußabstreifer. Ihr wartet auf der Türschwelle. Sie treten die Straßenscheiße in euch hinein, bis ihr in der Mitte ein Loch habt. Der Staub sammelt sich darin wie in einer Pfütze. Man muß euch Tritte geben damit ihr zurückweicht. Wenn man euch hochhebt fließt Staub heraus. Fußabstreifer. Und Soldaten die fünfzig von euch wert sind, sind tot. Sie haben sich nicht danach gedrängt für euch zu kämpfen. Sie kennen eure Namen nicht. Ihr kennt nicht ihre. Die unbekannten Soldaten, die für unbekannte Bürger kämpfen. Wie ich mich freue, wenn sich eine Kugel in euren Hals verirrt. Dann bin ich zufrieden. Ich bewache euch.

Der erste Soldat geht hinaus. Er schließt die Tür hinter sich. Der Fährmann und seine Frau sind allein. Sie reden einen Augenblick lang mit künstlich hohen Stimmen.

FRAU Einen ganzen Topf.

FÄHRMANN Bester Honig.

FRAU Du mußt dem Richter helfen soviel du kannst.

FÄHRMANN Ja.

Der Fährmann geht zur Tür, horcht, wendet sich zu seiner Frau um. Sie starrt ihn furchtsam an.

Flüstert eindringlich. Er kommt bestimmt nicht – mit den Soldaten draußen.

FRAU Wir hätten es ihm nicht sagen sollen.

FÄHRMANN Er muß es wissen.

FRAU Wir behalten es besser für uns ...

FÄHRMANN Vielleicht ist es ihm zu gefährlich zu kommen.

FRAU Es gibt Großmütter mit einem Gang wie junge Mädchen. Hätte ich besser gegessen und mich warm gehalten in den nassen Wintern, sähe ich noch jung aus. Ich hatte so lange nichts zu essen daß ich mich vor Schwäche festhalten mußte um nicht hinzufallen. Die Haut ist mir auf den Händen eingeschrumpft. Ich war so schnell grau. Er wurde größer und stärker. Ich hörte ihn am Ufer rennen. Rufen. Ein Glück! – mein Leben zu geben und ihn wachsen zu sehen. Dabei wurde ich seine Mutter – und bin bei der langen Geburt gestorben. Er hat mich später ernährt. Aber der Schaden war getan. Innen. Der war nicht mehr zu ... *Die Erinnerung an Wangs Kindheit hat sie still und glücklich werden lassen. Jetzt läßt ihre Kraft wieder nach. Ihre Stimme wird flach und mechanisch.* Ich wollte leben und sehen wie er heimkommt von der Arbeit, nach den Armlehnen an meinen Stuhl greift – dann hätte es einen kleinen Ruck gemacht – und mich küßt. Ich wollte seiner Frau etwas beibringen und sie ab und zu ausschimpfen. Schwiegermütter sollten nicht zu leicht zu haben sein. Das weiß ich von meiner. Sie wäre ein gutes Mädchen gewesen. Eines Tages hätte ich ihr Kind gehalten. Es war ein Traum. Tja.

FÄHRMANN Er war ein guter Sohn.

FRAU Sogar der Mensch hat ihn gern gehabt auf seine Weise.

FÄHRMANN Bascho? – Wenn eine ausgelaufene Kerze verlischt dann stinkt sie.

Eine Hand hat durch eine lose Papierfensterscheibe hereingefaßt. Sie hebt die Scheibe vorsichtig hoch: Jemand schaut von draußen herein. Der Fährmann deutet, um seine Frau aufmerksam zu machen. Er setzt sich. Die Tür geht auf. Wang und Tiger kommen herein.

FÄHRMANN Soldaten! –

WANG Sie sind weg!

FÄHRMANN Keine Gefahr?

WANG Wenn wir uns beeilen. Ich habe einen Wachposten. *Er umarmt die Frau.* Gut. Gut. Ja. *Umarmt den Fährmann.* Vater. Gut. Ist das Boot in Ordnung?

FÄHRMANN Ja. Ich glaube –

FRAU Du bist gekommen. Du bist gekommen.

FÄHRMANN Ich hab dir gesagt er kommt.

WANG Wir brauchen eure Hilfe.

FÄHRMANN Unsere Hilfe?

WANG Weißt du was ein Gewehr ist? Wir bewaffnen die Dörfer.

FÄHRMANN *verständnislos:* Ein Gewehr? Du hast Gewehre?

WANG Von einem Kaufmann. Europäer. Viele. Im Sumpf. Du schaust überrascht! Ja – das ist doch gut? Was hast du gedacht tun wir mit unserem Geld?

TIGER Ha! Weiber! Mätressen! Wein!

WANG Wir brechen bei den großen Häusern ein. Rauben Wagenzüge aus. Nehmen Geiseln. Erpressen. Verlangen Auslösung. Jetzt wo wir reich sind zählen wir unser Geld nicht mehr in Münzen. Wir fragen: macht wie viele Gewehre?

FÄHRMANN *verständnislos:* Gewehre?

WANG Ja! Für die Dörfer!

FÄHRMANN *verwirrt:* Kleider – Essen – Decken – Medizin. Aber Gewehre?

WANG Um gegen den Grundherrn zu kämpfen. Mit Gewehren können wir uns die Dörfer nehmen.

FÄHRMANN *wendet sich verwirrt an seine Frau:* Er redet von Gewehren –

WANG Sie müssen in die Dörfer gebracht werden. In deinem Boot.
Die Frau steht vom Stuhl auf. Die Decke bleibt um ihre Beine gewickelt.
Alles andere folgt dann. Essen, Kleider, Medizin, Decken – und mehr! Einsicht, Erkenntnis –

FÄHRMANN Du nimmst dem Grundherrn was weg. Gut. Wir kriegen einen halben Sack Reis! Aber Einsicht, Erkenntnis –

WANG Gut gefragt, aber –

FÄHRMANN *unterbricht ihn zornig:* Glaubst du der Himmel liebt dich so sehr daß er Wunder für dich tut?

WANG Wir befestigen die Flußufer –

FÄHRMANN *schüttelt den Kopf:* Ich verstehe nichts!

WANG Wir sind arm weil zu wenig für zu viele reichen muß. Warum? Weil der Fluß alles überschwemmt. Warum? Die Mündung ist versandet. Die Ufer sind zerfallen. Es gibt keinen Stichkanal für das Frühjahrshochwasser –

FÄHRMANN *versucht zu folgen:* Warum baut dann der Grundherr die Ufer nicht aus? Gewehre? Gewehre?

WANG Warum sollte der Grundherr die Ufer befestigen? Er ist reich. Warum? Weil wir arm sind. Warum sind wir arm? Weil wir unwissend sind. Warum unwissend? Weil das Ufer einbricht und alles mitnimmt was wir haben. Wir leben wie Vieh im Schlamm. Sogar wenn die Sonne scheint haben die Uferanwohner Angst. Sie zittern und haben weiße Gesichter. Furcht, Fliegen, Krankheit, Hunger. Der Grundherr braucht nur eins zu tun. Nur eins. Uns in Unwissenheit halten. Das besorgt der

Fluß für ihn. Das heißt den Fluß nehmen. Zu unserem Fluß machen. Und deswegen sind Gewehre Essen und Kleider und Erkenntnis!

TIGER *zur Frau:* Gewehre! Im Sumpf! Ha!

WANG Du mußt sie über den Fluß fahren.

FÄHRMANN Hast du meine Nachricht erhalten?

WANG Ja.

FÄHRMANN Deine Mutter –

WANG Ja. Die Nachricht ist gekommen.

FRAU Die Hebamme sagt – ein Geschwür. *Berührt sich.* Ich habe nur noch wenig Zeit.

WANG Sind die Schmerzen . . .?

FRAU *nach einer kleinen Pause: schüttelt den Kopf:* Nein.

Tiger macht einen knurrenden Laut. Wang wendet sich an den Fährmann.

WANG Du hilfst uns?

FÄHRMANN Die Soldaten überwachen uns.

WANG Sie überwachen jeden. Du giltst als Heiliger. Dir vertrauen sie mehr als den andern.

FÄHRMANN Bau dir ein Boot.

WANG Ein neues Boot wird aufgehalten. Besonders nachts. Versteck die Gewehre im Boden. Wie damals die Fische.

TIGER *zum Fährmann:* Schau! Wir machen Radau – Feind holt sich Soldaten – wird stark – wir: genauso stark – oder Axt! *Zur Frau.* Schau! Zu spät jetzt zum Umkehren! *Zeigt auf Wang.* Er – ich – alle: Axt! *Zum Fährmann.* Ha?

FÄHRMANN Nein.

WANG Dann bist du ein Feind.

FÄHRMANN Nein.

WANG Doch! Wenn du jetzt nicht hilfst machst du immer mehr Fehler! Hörst zu lang auf ihre Gründe. Zögerst. Bist geduldig zur falschen Zeit. Eines Tages führt uns einer wie du zur Erschießung!

FÄHRMANN Nein. Ich will tun was gut ist. Wang – den Armen helfen. Ihnen geben, was – aber wenn ich gefaßt werde. *Er schaut zu seiner Frau . . .* sie . . .

WANG Ich weiß.

TIGER *hebt den Honigtopf auf, plötzlich argwöhnisch:* Honig!

FÄHRMANN Bascho. Für meine Frau. Ich soll für ihn spionieren. Eine Art Bestechung.

WANG Noch besser! *Zu Tiger.* Wir geben ihm Nachrichten zum Weitermelden. Nichts was wirklich schadet. *Zum Fährmann.* Dann vertraut er dir und läßt dein Boot nicht aufhalten. *Kleine Stille.* Du hast mich aufgehoben und heimgenommen. Ein guter Mann! Der gute Fährmann! Der Heilige der am Fluß wohnt! Singen die Vögel wenn du aus der Tür kommst? Es ist nicht leicht Gutes zu tun. Du hebst ein Kind auf. Was ist mit dem zehnten? Oder dem hundertsten? Die läßt du liegen und verfaulen! Ertränkst sie mit deinen heiligen Händen.

Die Frau setzt sich.

FÄHRMANN Es war schwer dich großzuziehen bis –

WANG Ihr Heiligen die ihr die Welt kreuzigt damit ihr gut bleiben könnt! Ihr laßt uns nicht loskommen von Dreck und Unwissenheit! Stoßt uns in den Schlamm mit eurer dreckigen Moral. Ihr seid die Geißel der – Nein, nein, ich muß begreifen. Ich muß geduldig sein. Es tut mir leid. – Vater. *Er nimmt den Fährmann beiseite.* Sie wird *bald* sterben – das war deine Nachricht –

FÄHRMANN Wang!

WANG Es stimmt!

FÄHRMANN *heftig, ruhig vor Zorn:* Aber nicht hinausgezerrt an den Haaren – in einen Ring Soldaten mit Messern. Ich liebe sie!

WANG Aber du hast ihr das Leben genommen!

FÄHRMANN Nein!

WANG Als du mich vom Fluß mitgenommen hast! Du hast sie verhungern lassen – zum Krüppel gemacht – sie stirbt jetzt weil du mich –

FÄHRMANN Ich liebe sie!

WANG Und hast sie umgebracht!

FÄHRMANN Aiiiiiiiii!

WANG Ach wir sind kleine Menschen! Wir lieben – und glauben dadurch die Welt zu verändern. Ich habe nichts getan, was du nicht auch schon getan hast!

FÄHRMANN Aiiii!

Ein Augenblick Stille.

FRAU Ja, ich sterbe bald. Aber du darfst mit deinem Vater nicht so reden. Am Abend als er dich heimbrachte, verschloß ich die Tür. Er saß mit dir im Boot. Ich sagte: ›gut, soll er frieren‹. Er spannte das kleine Segeldach auf. Es knatterte im Wind. Du hast zu weinen angefangen und da weinte er auch. Saß im Boot und weinte mit dir. Du warst ein gieriges Kind. Wolltest immer noch mehr. Wir haben es dir gegeben – wenn wir konnten. Du hast recht, deswegen habe ich wie ein Krüppel gelebt und kann gegen die Krankheit nicht kämpfen. Und wie – komisch – du kommst über den Fluß – unter Lebensgefahr – und verlangst noch mehr – nicht mit dem Gewehr – mit was Stärkerem – noch Stärkerem – wie eben. Vater, tu was er will.

FÄHRMANN Ja. Wärst du im Fluß ertrunken, hätte ein anderer dieselben Fragen gestellt. Ich fahre die Gewehre. Ich habe geliebt und gehaßt. Der Fluß hat mich am Leben erhalten und fast umgebracht. Jetzt wird er die Gewehre tragen. Ich werde vorsichtig sein. Deiner Mutter wird nichts zustoßen.

WANG Dann machen wir uns wieder auf. Es kommen jedesmal drei Gewehre. Wenn etwas schiefgeht verlieren wir nicht viele. Laß sie draußen im Boot. Geh ins Haus. Schau nicht zurück. Sie werden abgeholt. Wir lassen dich wissen wenn wir kommen. In sechs Wochen ist es vorbei.

FRAU *zu Wang:* Komm. Ich will dich halten. *Sie drückt Wang an sich, streichelt ihn und beruhigt ihn wie ein Kind.* Ja. Ja. Mein Kind.

Tiger redet auf einer Seite erregt auf den Fährmann ein.

TIGER Sagte einmal ein Richter: hinrichten. *Zeigt auf sich.* Axt! Ich fliehen? Wie?

FÄHRMANN *verständnislos:* Was?

TIGER Geschichte! Wahr. Hör zu. Soldaten führen mich zur Stadt. Mehr Leute zum Zuschauen: Axt! Laufen den ganzen Tag. Heiß. Staub. Mädchen reißen Augen auf. Kinder. *Winkt mit den Armen wie ein Kind.*

FRAU *hält Wang an der Brust:* Ja. Ja. Es wird schon. *Sie weint leise und wiegt ihn.*

WANG Mutter.

TIGER Aufruhr in der Stadt! Die Kasernen drunter und drüber. Schnaps in Buden. Soldaten mit mir zum Knast. Wahr! *Gibt dem Fährmann einen Rippenstoß.*

FÄHRMANN *hört halb hin:* Ja.

FRAU *hält Wang an der Brust. Wiegt ihn und weint leise:* Das ist das letzte Mal für uns. Danke. Danke.

WANG Danke.

TIGER Wärter mit mir auf Zelle. Eisenkette an der Wand. Riegel. Ich wimmer wie ein Christ. Falte Hände unterm Schal – halt sie hoch zum Beten – so! Wärter weiß nichts. Himmel lächelt. Wärter schließt Ring um rechten Arm. Klick. Geht raus. Ich ruhig. Soldaten besoffen. Türen auf. Nacht. Zieh den Arm aus dem Ring – hopp! Lauf heim.

FÄHRMANN Heim?

TIGER *kichert:* Ha! Jetzt heißt's: Tiger hat eine Hand und kämpft mit zehn.

Wang trennt sich von der Frau.

WANG Wir müssen gehen.

TIGER Gott hat zehn Hände. Auf jeder Seite. Gut für Wunder. Aber nicht für Fliehen.

WANG *zornig zu Tiger:* Schnell.

Wang geht hinaus.

TIGER Leben ist gut. Weise sagen: ›gib die Hand in Freundschaft‹.

Tiger hält Stumpf hoch: großer Freund!

Tiger folgt ihm schnell hinaus.

FRAU Hilf mir beim Hinlegen.

Sieben

Straße zwischen den Dörfern. Die Frau aus Szene vier sitzt am Boden mit ihrem Mann. Sie hat einen Steinkragen mit verschlossenem Riegel um den Hals. Der zweite Soldat sitzt hinten als Bewachung. Vorn links der erste Wasserverkäufer. Er hat eine Wasserkanne, Becher, ein Handtuch und ein Bild: Schnee fällt auf einen Berg.

ERSTER WASSERVERKÄUFER Keiner kauft! Hättest du eine gute Tat getan – dann käme jemand. Der Richter hat recht gehabt! Du bist eine böse Frau! *Die Frau stöhnt, um den Wasserverkäufer zu besänftigen.* Eine Stunde sitz ich hier! Nicht ein Becher!

MANN Ist es noch Morgen?

ERSTER WASSERVERKÄUFER Soldat, du bist durstig.

ZWEITER SOLDAT Deine Frau pißt rein damit es mehr wird.

Der erste Wasserverkäufer gibt sich keine Mühe zu einer Verteidigung. Der zweite Wasserverkäufer kommt herein. Er hat ein Bild mit einem Tempel dabei.

ERSTER WASSERVERKÄUFER He! Hau ab!

ZWEITER WASSERVERKÄUFER Die Straße ist breit genug für zwei.

ERSTER WASSERVERKÄUFER Ich war zuerst bei ihnen!

ZWEITER WASSERVERKÄUFER *lädt seine Gerätschaft ab:* Reines Wasser!

ERSTER WASSERVERKÄUFER Hau ab! Ich war schon da wie du noch auf einer Frau geschnarcht hast!

ZWEITER WASSERVERKÄUFER Reines Wasser! Wasser aus der Tempelquelle!

ERSTER WASSERVERKÄUFER *zum zweiten Soldaten:* Verhafte ihn! He! Schick ihn fort!

ZWEITER SOLDAT Zwei sind nicht verboten.

ERSTER WASSERVERKÄUFER Ich war als erster da!

ZWEITER SOLDAT Als letzter bist du nicht da!

ERSTER WASSERVERKÄUFER Das ist nicht gerecht! Er nimmt mir meinen Lebensunterhalt weg! Verschwinde! – oder ich kipp dir dein Wasser um!

ZWEITER WASSERVERKÄUFER Soldat, dieser Kaufmann droht mit Unruhestiftung. *Deutet auf die Frau und ihren Mann.* Ich habe Zeugen.

ERSTER WASSERVERKÄUFER Ich zerbreche dir deine Becher! Dann haben sie was zum Bezeugen!

ZWEITER SOLDAT Ich zerbrech euch die Schädel!

ERSTER WASSERVERKÄUFER Du verkaufst hier kein Wasser. Du schwimmst drin weg.

ZWEITER SOLDAT Ein Krieg wäre besser als hier verfaulen. Ihr seid alles Diebe. Ich würde das ganze Pack aufhängen. Ich war in einer Garnisonsstadt. Bunte Lichter am Abend. Die Hurenhäuser mit Orchester. Gerösteter Reis an den Buden. Wir nahmen die Mädchen abends unter den Bäumen im Park. Dann hierherverschleppt. Und ihr meint wir sollen mit euch Mitleid haben wenn –

Die Wasserverkäufer sehen draußen etwas. Sie rufen ihre Ware aus.

ERSTER WASSERVERKÄUFER Wasser! Funkelndes Wasser!

Der Mond schien auf den Schnee
Wie er auf den Berg der Musen fiel
Ich schmolz den Schnee in der Morgenröte
Funkelndes Wasser!
Wer es trinkt spricht Wahrheiten!

ZWEITER WASSERVERKÄUFER

Wasser! Reines Wasser!
An der Tempelquelle
Der Göttin der Wahrheit
Schöpfte ich es
Aus dem dunklen kühlen Brunnen
Wer es trinkt schaut die Wahrheit!

Die Wasserverkäufer hämmern mit Bechern gegen ihre Kannen. Tiger und Wang kommen links herein. Sie sind als Priester verkleidet.

ZWEITER WASSERVERKÄUFER *beiseite zur Frau, zeigt auf ihren schlafenden Mann:* Spitz deinen Opa an! Wenn der Verkauf gut ist, fällt was ab für euch!

ERSTER WASSERVERKÄUFER *stöhnt:* Äh, Priester! *Beiseite zur Frau.* Häng dich rein. Laß dir was einfallen. Ich geb euch zwei Becher.

Die Frau rüttelt ihren Mann wach.

MANN Wasser ... Wasser ... Wasser ...

ERSTER WASSERVERKÄUFER Die Frau hat ihr Leben lang gelitten. Ein furchtbares Zuhause! Sie schlugen sie und nicht den Maulesel. Das ganze Dorf bemitleidet sie. ›Arme Frau‹, sagen sie, ›das Unglück läuft ihr nach.‹

ZWEITER WASSERVERKÄUFER Heilige Väter, die Frau hat hier diesen kranken Mann. Ihre Söhne sind undankbar. Sie sind davongelaufen sobald sie konnten. Drei Tage lang schon quält sie der Durst. Kauft ihr ein wenig Wasser!

FRAU *weint:* Das Gericht hat gesagt ich bin schuldig ... Es war ein Verbrechen nur auf Erden ... Im Himmel hätten die Götter mich dafür gesegnet ... Ich habe für meinen Mann gestohlen.

ZWEITER SOLDAT Fremde?

WANG Priester auf Pilgerfahrt von Tempel zu Tempel. Unsere Fußstapfen bezeugen es im Staub von hundert Schreinen.

ERSTER WASSERVERKÄUFER Kauft nicht den Wiwi von seiner Großmama heilige Väter! Es ist unrecht es an Steuereinnehmer zu verkaufen! Aber an heilige Väter – das ist Lästerung!

ZWEITER WASSERVERKÄUFER Hört nicht auf diesen Schacherer mit Hundepisse. Kostet wie frisch mein Wasser ist! Tränen des Mitleids!

Die Frau wimmert.

WANG Wir haben kein Geld.

ERSTER WASSERVERKÄUFER Dann kommt zum Betteln nicht hierher!

ZWEITER WASSERVERKÄUFER Haut ab! Tagediebe! Wir waren vor euch da!

Die Wasserverkäufer gehen zu ihren Krügen zurück. Wang und Tiger kommen nach vorn.

WANG *zu Tiger:* Frag sie wofür sie bestraft wird.

TIGER Das Treffen –

WANG Frag sie!

TIGER *geht zu der Frau:* Wofür wirst du bestraft?

FRAU Diebstahl.

MANN Kohlblätter.

FRAU Er brauchte Brühe.

ZWEITER SOLDAT Man hat sie bei nichts anderem erwischt! Habt kein Mitleid mit ihnen. Ihr meint die wohnen in Ruinen? Die haben darin bloß so viel Beute vergraben, daß die Mauern schief stehen.

Tiger geht zu Wang zurück.

FRAU *zum zweiten Soldaten:* Soldat, der Stein ist schwer. Kann mein Mann mir tragen helfen?

ZWEITER SOLDAT *zuckt die Achseln:* Hat er die Kraft dazu?

Der Mann versucht, den Steinkragen mitzutragen. Tiger und Wang sind vorn.

FRAU Die Last ist weg vom Hals. Ja.

TIGER Die Dorfältesten warten –

WANG Setz dich. *Er zieht Tiger zu Boden. Sie gehen in den Lotossitz.*

TIGER Ah – den Soldaten umbringen und den Stein zerbrechen? Ich geh näher ran. Priester hat er nicht im Verdacht.

WANG Nein!

TIGER Die Tränen von dem Mann laufen über den Stein. Abseits vom Dorf ist es ruhig. Ein Soldat. *Er macht eine Bewegung mit dem Armstumpf.* Mir juckt die Hand.

WANG Nein.

TIGER Die das getan haben – die haben deine Eltern soweit gebracht bis du am Fluß gelegen hast. Ha! Ihnen zeigen daß sich was ändert! Dann sind ihre Federkissen wie Steine heute nacht. *Macht eine Bewegung mit der Hand.* Wenn die Hand juckt heißt: gute Tat!

WANG Ich kenne die Frau. Ich möchte ihr noch mehr helfen als allen anderen. Ich sitze hier ruhig. Ich beiße mir innen auf die Lippen damit ich nicht losschreie. Schau, in meinem Mund ist Blut –

TIGER Und mir juckt die Hand!

WANG Zu früh.

TIGER Dann kauf ihr Wasser!

WANG Noch schlechter!

TIGER Hart!

WANG *es stürzt ihm plötzlich Blut aus dem Mund. Während er spricht, läuft es ihm über das Kinn:* Nein. Der Ochse trägt das Joch. Zerbrich das Joch. Ein anderes Joch wird ihm um den Hals gelegt. Der Bauer hat fünfzig Joche auf Vorrat. Hör auf ein Ochs zu sein. Wozu ein Fenster einschlagen, wenn Eisenstäbe davor sind? Der Grundherr hat die Macht noch nicht verloren. Wenn er Soldaten braucht schickt er nach ihnen – und sie kommen. Daher fürchten ihn die Leute. Wenn wir zu der Frau freundlich sind – muß er grausamer zu den Leuten sein. Dann sagen sie: ›sie hat Strafe verdient‹. Sie handeln aus Furcht. Das ist ihre Moral. Die einzige Moral die sie haben können. Lerne: die Regierung macht nicht nur Gesetze sondern auch eine Moral, eine Art zu leben, was Leute ihrer innersten Natur nach sind. Wir haben uns das Recht auf Freundlichkeit noch nicht verdient. Ich sage es mit Blut in meinem Mund. Wenn der Grundherr nicht mehr gefürchtet ist, dann kann unsere Freundlichkeit Berge versetzen. Das ist unsere Moral, Tiger. Heute müssen wir die Güte mit Argwohn betrachten. Hier kann es sich nur der Schlechte leisten Gutes zu tun.

Kung-tu kommt herein.

ERSTER WASSERVERKÄUFER Wasser! Funkelndes Wasser!

Der Mond schien auf den Schnee
Wie er auf den Berg –

ZWEITER WASSERVERKÄUFER Wasser! Reines Wasser!

An der Tempelquelle
Der –

Die Wasserverkäufer hören auf. Sie lächeln im voraus – sie wissen, was jetzt geschieht.

ERSTER WASSERVERKÄUFER Kung-tu.

ZWEITER WASSERVERKÄUFER Seinem Neffen gehörten die Kohlblätter. Sei barmherzig Kung-tu!

ERSTER WASSERVERKÄUFER Verdiene dir Erlösung im Himmel!

ZWEITER WASSERVERKÄUFER Erzähl dem nichts von Verdienen.

ERSTER WASSERVERKÄUFER Ich probiere nicht Kung-tu zu betrügen. Wie könnte ich Bergwasser herschaffen zu einem erschwinglichen Preis? Es kommt aus einem sauberen Teil des Flußlaufs. Ich habe es eine Stunde auf dem Rücken hergetragen. Ihr würde es wie Bergwasser schmecken, also habe ich nicht gelogen.

ZWEITER WASSERVERKÄUFER Das ist Wasser vom Unterlauf Meins ist Oberlauf-Wasser! Und billig dafür, daß –

KUNG-TU Ruhe. *Zur Frau.* Du hast unrecht getan.

FRAU Mein Mann ist krank. Unsere Kinder sind weggelaufen. Sie können nicht für uns *und* für sich betteln.

KUNG-TU Hast du unrecht getan?

TIGER *zu Wang:* Wir müssen gehen.

WANG Paß auf. Lerne.

MANN Sie hat an meinem Gesicht gesehen, daß ich hungrig war. Hätte ich das Gesicht vor meiner Frau versteckt wäre alles gut gewesen. Es ist meine Schuld.

Der Reisplätzchenmann kommt herein.

REISPLÄTZCHENMANN Reisplätzchen!

Die Reisplätzchen lagen auf dem Tisch
Gerade vom Ofen ausgekühlt
Der Mond zog über den Tisch hin
Und blieb bei den Plätzchen stehen
Um sie zu kosten: Götternahrung!

ERSTER WASSERVERKÄUFER Verschwinde! Er kauft gerade Wasser!

ZWEITER WASSERVERKÄUFER Mäuseköder!

REISPLÄTZCHENMANN *beiseite zu den Wasserverkäufern:* Sie sind salzig heute.

ERSTER WASSERVERKÄUFER Ach das sind die berühmten Mond-Reisplätzchen.

ZWEITER WASSERVERKÄUFER Der Soldat sollte diese Dorfspezialität auch versuchen.

ZWEITER SOLDAT Nach denen heult kein hungriger Hund.

KUNG-TU Zwei Reisplätzchen. Zwei Becher Wasser. Einer aus dem Tempel der Wahrheit. Einer von dem Berg der Musen.

ERSTER WASSERVERKÄUFER Jeder achtet Kung-tu.

ZWEITER WASSERVERKÄUFER Und wäre er sein eigener schlimmster Feind.

REISPLÄTZCHENMANN Nach ihm wird noch einmal ein Marsch benannt.

Die Wasserverkäufer gießen zwei Becher Wasser ein. Der Reisplätzchenmann legt zwei Reisplätzchen auf den Boden.

TIGER *zu Wang:* Das Treffen!

WANG Warte. Lerne!

TIGER Es ist gefährlich hier!

KUNG-TU Väter, mein Herz ist voll natürlichen Mitleids. Es fließt über! Soll ich ihm nachgeben? Oder streng sein zum Besten der Gemeinschaft?

WANG Wir sind beim Meditieren. Verirrt in Wundern. Tief in Gedanken.

KUNG-TU Ich habe nie Theologie studiert. Daher muß ich nachgeben. Ein Mensch ohne Gefühle ist ein Stein.

Kung-tu reicht der Frau und dem Mann Wasser und Plätzchen. Sie essen und trinken.

FRAU Danke. Danke.

MANN Danke.

KUNG-TU Seht, die Lippen der Frau lächeln von selbst weil sie naß sind. Seine Hand zittert vor Freude.

Der dritte Soldat kommt herein.

DRITTER SOLDAT Ab in die Kaserne.

ZWEITER SOLDAT Schon wieder Einsatz? Ich habe gestern nicht die vorschriftsmäßige Schlafenszeit gehabt.

DRITTER SOLDAT Der Grundherr reist ab.

KUNG-TU Reist ab?

DRITTER SOLDAT *hebt die Stimme, damit ihn alle hören:* Für ein paar Wochen. Ein Besuch in der Hauptstadt. *Zum zweiten Soldaten.* Er hat Begleitschutz angefordert. Wir haben Kasernendienst.

ZWEITER SOLDAT Besser als das hier.

DRITTER SOLDAT Du lagerst im Dorf.

ERSTER WASSERVERKÄUFER Wasser!

DRITTER SOLDAT Würd ich keinen toten Rattenpimmel darin waschen.

Die Soldaten gehen hinaus.

KUNG-TU *kopflos vor Angst:* Der Grundherr reist ab. Deswegen haben sie heute früh die Wagen nicht auf die Felder gefahren. Er nimmt alle seine Sachen mit. Ein kurzer Besuch? *Zuckt die Achseln. Versucht sich zu beruhigen.* Wir haben die Soldaten. Sie sind unsere Ziehbrücke, Türme, Mauern – alles! . . . Wenn sich das herumspricht ist im Laden was los. Die Leute werden kopflos – dumm genug sind sie – und horten Nahrungsmittel. *Ängstlich.* Ein kurzer Besuch? . . . Ich muß zurück. *Beherrscht sich.* Und in solchen Zeiten kommen keine Lieferungen durch.

Kung-tu geht schnell nach links hinaus.

WANG Zerbrich den Steinkragen.

TIGER Jetzt?

WANG Ja.

TIGER Ha! Warum?

WANG Der Grundherr ist davongerannt. Wir haben unterirdisch die Fundamente bearbeitet. Niemand hat es gesehen. Aber die Mauern haben gewackelt. Jetzt – plötzlich – fällt ein Ziegelstein von den Zinnen! Das erste Zeichen der Schwäche. Die Leute sehen ihn – ein Zeichen unserer Stärke! Die Mauer springt! Jetzt reiß sie nieder!

Tiger und Wang rennen zu der Frau. Die Wasserverkäufer und der Reisplätzchenmann hören auf, ihre Gerätschaften einzupacken.

FRAU Väter!

Tiger und Wang knien sich neben die Frau.

TIGER Ha!

FRAU Was ist –? Hilfe!

Tiger zieht seine Pistole. Wang zieht einen Totschläger heraus. Er drückt die Frau sanft nach hinten, bis der Steinkragen am Boden aufliegt.

FRAU *schreit:* Hilfe!

TIGER Ruhig! Oder –! *Er zielt mit der Pistole auf den Mann.*

WANG *ringt mit der Frau:* Still! Wir kommen dir zu Hilfe!

FRAU *verwirrt:* Hilfe...?

ERSTER WASSERVERKÄUFER Was ist –?

ZWEITER WASSERVERKÄUFER Hilfe!

Tiger hält alle mit der Pistole in Schach.

REISPLÄTZCHENMANN *sieht Tigers Armstumpf und erkennt ihn:* Schaut! – sein Stumpf!

TIGER Schnell!

Wang haut mit der Eisenstange auf den Stein. Die Schläge tönen weit. Die Frau schreit.

FRAU *wehrt sich:* Nein, nein, nein. Bringt mich nicht um.

MANN Helft uns...

TIGER Halts Maul!

WANG Wie aus Eisen.

TIGER Tücher! *Er rennt zu den Wasserverkäufern, nimmt ihnen die Handtücher ab, wirft sie Wang zu.* Schnell!

FRAU *während Tiger die Handtücher besorgt:* Bitte. Nein. *Sie ist starr vor Angst.* Bringt mich nicht um. *Zu den Wasserverkäufern und dem Reisplätzchenmann.* Ich hab's nicht haben wollen. Ihr wart dabei. Sie haben mich mit Gewalt –

MANN *in Angst:* Bitte. Die Soldaten.

Wang wickelt die Tücher um den Stein und fängt wieder an, darauf einzuschlagen.

WANG *leise, eindringlich:* Jetzt seht – wer der Stein ist – den das Volk am Hals hat! Und wer den Stein zerbricht.

Der Stein fällt auseinander. Die Frau setzt sich auf. Sie wagt nicht, den Hals zu bewegen oder auch nur abwärts zu schauen. Sie starrt geradeaus.

ZWEITER WASSERVERKÄUFER Nicht schießen.

ERSTER WASSERVERKÄUFER Wir haben es nicht gesehen.

REISPLÄTZCHENMANN Wir waren schon fort.

TIGER *leise:* Hachchchch!

Tiger und Wang gehen rechts hinaus.

FRAU *in Tränen:* Sagt den Soldaten daß ihr dabei wart. Ich wollte sie hindern.

MANN *in Tränen:* Wollten. Ich bin immer zu schwach.

Die Wasserverkäufer, der Reisplätzchenmann, die Frau und der Mann starren die Steintrümmer an. Die Wasserverkäufer greifen rasch nach ihren Handtüchern und verstecken sie.

ERSTER WASSERVERKÄUFER Was machen wir jetzt?

REISPLÄTZCHENMANN Wenn uns bloß die Soldaten nicht gesehen hätten!

ERSTER WASSERVERKÄUFER Sag wir sind gegangen.

ZWEITER WASSERVERKÄUFER Nein – wir führen sie zur Kaserne!

REISPLÄTZCHENMANN Nein! Nein! Idiot!

ZWEITER WASSERVERKÄUFER Idiot? Warum?

ERSTER WASSERVERKÄUFER *deutet hinter Wang und Tiger her:* Sie haben uns gesehen!

Stille. Es wird ihnen ihre Lage klar.

ZWEITER WASSERVERKÄUFER *dumpfe Angst:* Mein Gott wir sind zwischen zwei Tigern. Mein Vater sagte: stell dich nie zwischen zwei Tiger.

Die Frau wimmert leise und befühlt sich den Hals. Alle sprechen flüsternd.

ERSTER WASSERVERKÄUFER Gib ihnen bißchen Wasser.

ZWEITER WASSERVERKÄUFER Geben ...?

ERSTER WASSERVERKÄUFER Alles hat sich verändert.

REISPLÄTZCHENMANN Und sie brauchen Wasser.

ZWEITER WASSERVERKÄUFER *verwirrt, unsicher:* Wasser geben ...?

Sie sprechen immer noch flüsternd.

ERSTER WASSERVERKÄUFER Ja.

REISPLÄTZCHENMANN Ja.

Sie starren einander verblüfft an. Sie können kaum glauben, was sie tun.

ZWEITER WASSERVERKÄUFER *beobachtet sich verblüfft, schaut wie das Wasser herausläuft, als sähe er das zum ersten Mal, hantiert mit der Wasserkanne, als wäre sie gerade von den Sternen gefallen:* ... Ich gieße das Wasser ...

ERSTER WASSERVERKÄUFER *starrt seine Hand bei der Bewegung an: fast flüsternd:* Ich nehme den Becher und ...

Der erste Wasserverkäufer reicht der Frau den Becher. Er starrt die Hand an, mit der er den Becher Wasser hält.

REISPLÄTZCHENMANN Trink.

Sie schauen in stummer Verblüffung zu, wie die Frau das halbe Wasser trinkt und die andere Hälfte ihrem Mann gibt. Sie schaut den Wasserverkäufern zu, während ihr Mann trinkt.

ERSTER WASSERVERKÄUFER *leise, unsicher, verblüfft, verwirrt, ruhig, ohne zu prahlen:* Wir haben ihr das Wasser zu trinken gegeben.

Sie richten sich auf. Die Frau und der Mann stehen auf. Stille. Sie werden angespannt und starren ängstlich.

Jetzt ...

MANN Die Soldaten ...

REISPLÄTZCHENMANN Versteckt euch!

ERSTER WASSERVERKÄUFER Und zeigt die Steine im Dorf.

Sie heben die Steine auf und gehen schnell nach links hinaus.

Acht

(a)

Im Haus des Fährmanns. Nacht.
Bascho und der erste Soldat sind eben hereingekommen. Der Fährmann richtet sich aus seiner Verbeugung auf. Seine Frau starrt von ihrem Stuhl herüber.

FÄHRMANN Herr.
BASCHO Du hast mich nicht aufgesucht.
FÄHRMANN Ich hatte nichts zu berichten.
BASCHO Ist niemand mit deiner Fähre gefahren?
FÄHRMANN Sie schwiegen.
BASCHO Wann hast du deinen Sohn gesehen?
FÄHRMANN Nicht seit er aus dem Dienst des geehrten Herrn –
ERSTER SOLDAT *ruhiger Abscheu:* Tsch.
FÄHRMANN Der Soldat beschuldigt mich? Ich bitte ehrerbietig mir zu glauben –
Der erste Soldat gibt einen kurzen Laut von Zorn und Abscheu von sich.
BASCHO Du hast Gelegenheit gehabt deine Unschuld zu beweisen. Es hätte sein können, daß du aus Angst gehandelt hast. Aber jetzt sagst du mir das ins Gesicht. Ich sehe von wem dein Sohn gelernt hat.
Der erste Soldat geht zur Tür, öffnet sie, schaut kurz hinaus und wendet sich zum Zimmer zurück. Die Tür läßt er offen.
Du fährst Gewehre über den Fluß.
FÄHRMANN *verbeugt sich leicht, schüttelt den Kopf, schaut nicht nach der offenen Tür:* Die Leute denunzieren ihre Nachbarn aus Angst. Oder Gehässigkeit.
Der zweite Soldat und dritte Soldat kommen durch die offene Tür. Sie halten Tiger zwischen sich aufrecht – obwohl er ohne Stütze gehen kann. Seine Haare und sein Gesicht sind mit verschiedenen Lagen von trockenem Blut verklebt. Sein Oberkörper ist in ein Laken geknotet.
BASCHO Du triffst dich nachts mit deinem Sohn. Du fährst die Gewehre übers Wasser im Boden von deinem Boot. Dann werden sie in die Dörfer gebracht. Du triffst dich heute abend wieder mit ihm. *Zum ersten Soldaten.* Ich bin beim Fenster.

Bascho geht hinaus. Der erste Soldat spricht und handelt ohne genüßliche Brutalität. Er ist ruhig, fast höflich. Die Soldaten sind ihre Arbeit gewöhnt und davon zu gelangweilt, um sie auszukosten. In Wahrheit handeln sie aus Angst – Sonntagsbergsteiger: ein ruhiges Äußeres, innen hohl.

ERSTER SOLDAT Früher hat Tiger gebrüllt. Das Gebrüll ist uns auf die Nerven gegangen. Wir sind nur Menschen. Wir wollen so gute Arbeitsbedingungen wie nach den Umständen möglich. Ein Gefängnis ist schließlich kein Zoo. Jetzt macht Tiger Bauernhoflaute nach. Er hat keine Zunge mehr. *Zeigt auf den dritten Soldaten.* Der reißt Bäume aus. *Zu Tiger.* Mach Huhn.

Tiger ahmt ein Huhn nach: ein Restlaut von hinten aus der Kehle.

Huhn mit abgedrehter Kehle. Jetzt Schaf.

Tiger macht den gleichen Laut.

Gut. Jetzt den großen. Mach Schwein.

Tiger macht den gleichen Laut.

Begründet. Er gibt sich keine Mühe. Zeig's ihm einer. *Der dritte Soldat hebt den Fuß vom Boden und senkt ihn. Tiger wirft sich auf alle viere. Die Frau verbirgt ruhig ihr Gesicht mit der Decke.* Das ist die richtige Stellung für gut erzogene Schweine. Tiger hat eine große Geschichte erzählt – wie ihm die Hand abhanden kam. Eine Lüge natürlich. Es war wegen Taschendiebstahl. Keine Geschichten mehr. Schade. *Macht ihn nach.* ›Tiger hat wahre Geschichte jetzt. Warum Tiger keine andere Hand mehr hat.‹ *Zeigt auf den dritten Soldaten.* Der sammelt Souvenirs von den Hingegangenen. Es war wie wenn einer Zweige von einem Baum hackt. Ich dachte er will bis an die Wurzeln.

Der dritte Soldat lacht freudlos über den schlechten Witz.

ERSTER SOLDAT Was jetzt angeht: du fährst mit dem Boot hinüber. Triffst dich mit dem Feind. Wir liegen am Boden. Ich schaue mich im Zimmer um suche was Wertvolles zum Zerschlagen. Für mich ist nichts wertvoll. Aber das wechselt mit dem Standpunkt.

FÄHRMANN Ich würde nicht –

ERSTER SOLDAT Du wirst. So wird es immer sein. Dazu bin ich da. Als Antwort. Nicht um zu fragen.

Der erste Soldat nickt. Der zweite Soldat geht zum Fenster und klopft an die Papierscheibe.

Dein Leben kann ich dir nicht versprechen. Das ist ausgeschlossen. Keine Begnadigungen. *Schüttelt den Kopf.* Nicht daß das von mir abhängt. Oder vom Richter. Das kommt von der Regierung. Aber es ist nicht notwendig deine Frau umzubringen. Sie ist altersschwach genug, daß sie dein Vorhaben nicht verstanden hat. Was ich verspreche wird gehalten.

Bascho kommt herein.

BASCHO Wir warten.

FÄHRMANN *zum ersten Soldaten, zeigt auf Tiger:* Schluck Wasser . . .?

ERSTER SOLDAT Wozu noch? Zu spät.

Der Fährmann hält Tiger eine Schüssel Wasser hin. Tiger trinkt unsauber und gierig.

BASCHO *plötzlich zornig:* Ich habe gesagt warten! In Ruhe!

ERSTER SOLDAT *zu den anderen Soldaten:* Raus.

Der dritte Soldat nimmt Tiger die Schüssel vom Mund. Der zweite und dritte Soldat führen Tiger zur Tür hinaus. Der erste Soldat schließt sie hinter ihnen. Der Fährmann hat die Schüssel noch in der Hand.

Entschuldigung. Nicht mehr lang. Dunkel in drei Stunden.

BASCHO Ja.

FÄHRMANN Der Richter ist weise. Ich bin alt und einfältig. Die Liebe zu meinem Sohn hat mich zum Verräter werden lassen. Meine Frau hat nichts erfahren. Jetzt wo alles am Tag liegt habe ich Frieden. Ich treffe mich heute nacht nicht mit ihm. *Deutet hinter Tiger her.* Er sagte was ihr hören wolltet. Stelle mich hier unter Bewachung bis mein Sohn Nachricht schickt. Dann mache ich mein Vergehen wieder gut.

BASCHO *zum ersten Soldaten:* Der Stab ist hier jetzt vielleicht länger beschäftigt. Der Stellvertreter kann die Suche leiten.

ERSTER SOLDAT Jawohl.

BASCHO Sag ihm er soll die Gegend erst eine Stunde vorher durchkämmen.

Die zwei Soldaten kommen zurück, schließen die Tür hinter sich und bleiben im Hintergrund stehen.

DRITTER SOLDAT Draußen bis jetzt nichts.

ZWEITER SOLDAT Etwas Mond.

FÄHRMANN *einfach und ruhig, als bräuchte er nicht mehr in Gedanken mit sich ringen, sondern wüßte was er sagen will. Er hält das Wasser vor sich gegen die Brust:* Warum vergeuden wir unser Leben? Wir haben einen Geist und können damit sehen wie wir leiden. Warum verwenden wir ihn nicht um die Welt zu ändern? Ein Gott würde uns mit einer Wolke von der Tafel wischen: ein Fehler. Aber nachdem es nur uns gibt, sollten wir da nicht unser Leben ändern damit wir nicht leiden? Oder wenigstens nur leiden während wir es ändern? *Er stellt lautlos, sorgsam die Schüssel weg.*

Von fern die Fährmannsglocke: einmal.

ERSTER SOLDAT Raus.

FÄHRMANN Ich zünde die Lampe an.

ERSTER SOLDAT *gelangweilt und zornig:* Raus.

Der Fährmann, Bascho und der erste Soldat und dritte Soldat gehen hinaus. Der zweite Soldat und die Frau bleiben zurück. Der zweite Soldat stößt mit der Faust eine der Fensterscheiben durch. Er lugt einen Augenblick durch das Loch. Er dreht sich um und geht zur Frau.

ZWEITER SOLDAT Ich binde dir den Mund zu. Dann brauchst du nicht zu schreien. Es hilft doch nichts.

Der zweite Soldat knebelt die Frau.

(b)

Die Szene spielt auf der Vorderbühne. Der zweite Soldat und die Frau verharren regungslos im Haus des Fährmanns.

Jenseitiges Flußufer, neben dem Glockenpfosten. Dunkel. Wang, Schiul und Pu-toi warten. Sie sind mit Gewehren bewaffnet.

PU-TOI Horch!

WANG Er hat abgestoßen!

SCHIUL Wenn bloß der Mond wegginge.

WANG Tut er gleich.

Sie horchen schweigend.

Wir warten am Fluß. Meine Mutter kam hierher. Und ließ mich liegen. Nennt ihr sie Verbrecherin? Vielleicht lag sie einen Monat später tot im Rinnstein. Vielleicht hat sie sich aus dem Rinnstein herausgestreckt um mich hierherzulegen. Jetzt helfen wir denen die ihr gleichen.

Die Jungen machen sich vom Fluß aus auf den Weg. Die Alten kehren wieder um zu sterben. Kaufleute überqueren den Fluß Tag für Tag, bis ihr Leben so verschmiert und gesichtslos ist wie altes Geld. Befehle kommen zu kaufen, zu verkaufen, anzuklagen. Diebe hecken Pläne aus während sie an der ausgetretenen Landestelle hier warten. Soldaten bis auf die Unterwäsche in Blut. Mönche ohne das kindliche Anrecht auf Unschuld, mit Gesichtern wie Schlangen oder verwöhnte alte Frauen. Sie alle kamen hierher, warteten, stiegen ins Boot und vertrauten ihr Leben dem dunklen Fluß an: er kreuzt ihren Pfad der doch darüber hinwegführt.

Diesmal warten wir mit Gewehren – und der Fährmann kommt uns entgegen.

SCHIUL Ich hole die Gewehre.

WANG Wenn er näher da ist. *Zu Pu-toi.* Halte Wache oben am Ufer.

Pu-toi geht im Dunkel vor.

Binde das an ein Gewehr.

SCHIUL Was?

WANG Ein Zettel für meine Mutter.

Schiul geht mit dem Zettel in das Gebüsch.

Flüsternd zu Schiul. Dort! Im Dunkel vor dem Horizont. – Die Gewehre!

Schiul bringt drei Gewehre, in Rupfen eingebunden, zur Landestelle.

Ins Gebüsch. Paß auf ob alles in Ordnung ist.

Ein Klatschen. Das Geräusch, mit dem die Bootsstange ins Wasser fällt.

SCHIUL Was –?

WANG Die Gewehre!

Schiul und Wang rennen aus dem Gebüsch, sie trägt die Gewehre links hinaus, Wang deckt sie mit seinem Gewehr, Pu-toi kommt hereingerannt.

PU-TOI Was – ?

WANG Die Stange! Er hat sie fallen lassen!

PU-TOI Die Gewehre!

WANG Dort!

Wang und Pu-toi rennen hinter Schiul hinaus. Gedämpftes Flüstern vom Fluß.

ERSTER SOLDAT ... da...

FÄHRMANN ... hab's..

Kleine Stille. Der Fährmann kommt aus dem Dunkel zur Landestelle. Ruft leise.

Wang... Das Boot...

Dreht sich zu den im Dunkeln versteckten Soldaten um, als erwarte er eine Anweisung.
Soll ich...?
Plötzlich springen die Soldaten an Land. Sie rennen wild hin und her, durchsuchen das Ufer.

DRITTER SOLDAT Niemand.
ERSTER SOLDAT Kein Zeichen?
DRITTER SOLDAT Nichts.
Der erste Soldat entzündet hastig eine Lampe. Er hält sie über ihre Köpfe.
Die Landestelle ist ausgetreten. Daraus läßt sich nichts erkennen.
ERSTER SOLDAT Schwein. Wie hat er den Tip gekriegt?
DRITTER SOLDAT Oder Tiger hat gelogen.
ERSTER SOLDAT Schweinerei. Wir haben ihn umgebracht.
Zum Fährmann. Steig ein.
Sie steigen alle ins Boot.

(c)

In der Hütte des Fährmanns. Zweiter Soldat, die Frau und Bascho. Bascho ist nervös.

ZWEITER SOLDAT *schaut durch das Loch im Fenster:* Kommen.
Der zweite Soldat stößt das Fenster mit dem Gewehrkolben hinaus – sie brauchen ihre Anwesenheit nicht mehr verheimlichen. Der Rahmen fällt glatt hinaus und hinterläßt ein Loch, das wie ein Fernsehschirm aussieht.
BASCHO Allein? Es war kein Schreien zu hören...
ZWEITER SOLDAT *lugt hinaus:* Zu dunkel, um...
BASCHO Nimm ihr den Knebel ab.
Der zweite Soldat geht zur Frau, um ihren Knebel aufzubinden. Man hört das Boot leicht an den hölzernen Landesteg anschlagen und den ersten Soldaten ›Hopp‹ sagen. Der zweite Soldat geht wieder zum Fenster. Die Frau ist noch geknebelt.
ZWEITER SOLDAT *lugt hinaus:* Da sind sie.
BASCHO Wen haben sie dabei?
ZWEITER SOLDAT *lugt hinaus:* Es ist dunkel...
Kleine Stille. Kopf und Schultern des ersten Soldaten werden am offenen Fenster sichtbar.
ERSTER SOLDAT *im Fenster:* Niemand, Herr. *Stille. Bascho ant-*

wortet nicht. Herr.

BASCHO Sag mir was war.

ERSTER SOLDAT Wir haben den Fluß überquert. Er rief wie wir sagten. Wir verhielten uns ruhig. Sogar als er die Stange fallen ließ.

BASCHO Er ließ die Stange ins Wasser fallen?

ERSTER SOLDAT Jawohl.

BASCHO Ist er da?

ERSTER SOLDAT Jawohl.

Bascho hebt die Stimme, damit der Fährmann ihn hören kann. Der Fährmann bleibt unsichtbar. Kopf und Schultern des ersten Soldaten bleiben im Fenster, wenden sich nach links dem Fährmann zu.

BASCHO Ein Haiku besteht aus siebzehn Silben in drei Zeilen von fünf, sieben und fünf. Diese Zeilen sind kurz und sauber – wie der Stich der Stange die ein Boot durchs Wasser stößt. Du hast lange genug dein Boot gefahren um Haiku zu erlernen. Du wirst verstehen was ich als nächstes sage. Beim Haiku kommen dem Meister die Zeilen fertig zu. Jede Zeile fällt ihm in dem Augenblick ein, in dem die vorausgehende zu Ende ist. Es gibt keine Striche, kein Schwanken, keine fallengelassenen Zeilen. Zum Beispiel:

Die Bootsstange fiel
Ins dunkle Wasser – sie stach
Ins Auge Gottes

Der Sohn des Fährmanns weiß, daß die Stange nicht aus Versehen ins Wasser fallen konnte. Werft ihn in den Fluß. Den andern zur Warnung.

Der erste Soldat verschwindet vom Fenster. Der zweite Soldat geht hinaus. Einen Augenblick später sieht man ihn am Fenster vorbeigehen. Bascho geht hinaus und verschwindet in der anderen Richtung – er geht nicht am Fenster vorbei.

Geräusche von draußen.

ERSTER SOLDAT *draußen:* He!

DRITTER SOLDAT *draußen:* Hopp!

Draußen klatscht etwas aufs Wasser.

FÄHRMANN *draußen:* Ah – ich – ah –

ZWEITER SOLDAT *draußen:* Halt ihn fest.

DRITTER SOLDAT *draußen:* Die Stange.

FÄHRMANN *draußen:* Ah – ah –

Draußen ein Klatschen und das Geräusch von einem Schlag auf ein nasses Bündel. Die Frau steht auf und geht langsam durchs Zimmer aufs Fenster zu. Unterwegs zerrt sie am Knebel. Sie hält erschöpft inne. Sie erreicht das Fenster nicht. Sie ist still.

DRITTER SOLDAT *draußen:* Hau drauf.

ZWEITER SOLDAT *draußen. Ärgerlich:* Mach's selber!

Draußen Klatschen und das Geräusch von Schlägen auf ein nasses Bündel.

FÄHRMANN *draußen:* Ah – ah –

ZWEITER SOLDAT *draußen:* Seine Hände!

Die Frau nimmt den Knebel ab. Sofort, wie beim Empfang einer Radiostation, ihr schwacher, ausdauernder Klagelaut auf einer einzigen Tonhöhe.

DRITTER SOLDAT *draußen:* Tritt ihn!

ERSTER SOLDAT *draußen:* Warum wehren sie sich noch in dem Alter?

FÄHRMANN *draußen:* Ah –

ZWEITER SOLDAT *draußen:* Bockiger alter Kloß.

FÄHRMANN *draußen:* Ah –

Draußen ein paarmal Klatschen.

Neun

Im Haus von Bascho. Er sitzt am Schreibtisch. Papier und anderes Schreibgerät vor ihm. Er horcht aufmerksam. To-si, sein junger Diener, wartet ängstlich. In der Ferne ein Schuß.

BASCHO *ruhig:* Da – wieder! ein Schuß.

Draußen von fern ein weiterer Schuß. Kein anderer Laut.

To-si, schick mir den Hauptmann.

TO-SI Jawohl. *Geht zur Tür.*

BASCHO Wenn er abkömmlich ist.

TO-SI *bleibt stehen, verbeugt sich:* Jawohl.

To-si geht links hinaus. Bascho fängt an, seine Manuskripte einzusammeln. Er hört auf, unsicher.

BASCHO *ruft:* To-si!

Keine Antwort. Bascho hastet mit weiteren Manuskripten durchs Zimmer. Er stapelt sie auf dem Tisch. Kung-tu kommt schnell von links herein.

KUNG-TU Warum kämpfen die Soldaten nicht? Das Dorf wird angegriffen. *Sieht die Papiere.* Was machst du da?

BASCHO *ruft:* To-si! – Ich habe meinen Diener zum Hauptmann geschickt. Bleib ruhig. Amtliche Schriftstücke.

KUNG-TU Das sind Gedichte! Gehst du weg? Sie werden mir mein Geschäft anzünden!

BASCHO Wie viele waren es?

KUNG-TU Woher soll ich das wissen? Es ist dunkel! Es fielen Schüsse. Ich bin mit Leuten zusammengestoßen. Und mit einem Esel. Soll ich die Esel zählen? Die halbe Einwohnerschaft wird überlaufen!

Der erste Soldat kommt herein.

ERSTER SOLDAT Das Dorf wird angegriffen.

BASCHO Was unternimmst du um –

ERSTER SOLDAT Nichts.

KUNG-TU Nichts?

BASCHO Aber was –?

KUNG-TU Sie werden mir mein Geschäft anzünden! Unsere Häuser! Meine Familie ist in –

ERSTER SOLDAT Halts Maul. Ich weiß. *Zu Bascho.* Meine Leute haben sich umgesehen. Oben am Fluß sind die Armeeleuchtfeuer entzündet worden. Das bedeutet einen großangelegten Angriff auf alle Dörfer.

KUNG-TU Wieso hat man es soweit kommen lassen? Ich beschwere mich bei –

BASCHO Warum tut ihr nichts um –

ERSTER SOLDAT Ich habe meine Befehle.

BASCHO Ungeheuerlich! Wann wäre Zeit für Befehle gewesen? Ich befehle dir als Richter das Kommando an deinen Stellvertreter abzugeben.

KUNG-TU *in Angst:* Mein Gott.

ERSTER SOLDAT Ich habe die Befehle seit ich hier bin. Der Beschluß wurde vor zwei Jahren gefaßt. Wir sollten versuchen die Lage im Griff zu halten. Bei Mißlingen oder einem ernsthaften Angriff: Rückzug zur Provinzhauptstadt. Die muß um jeden Preis verteidigt werden.

BASCHO Dann ist die Regierung von innen ausgehöhlt.

ERSTER SOLDAT *zuckt mit den Achseln:* Ich muß zu meinen Leuten.

KUNG-TU *plötzlich, kurze gellende Angstschreie. Reine Tierlaute:* Ju! Ju! Ju! Ju! Ju!

BASCHO Ihr laßt uns im Stich!

KUNG-TU Verräter.

Kung-tu schlägt unbeholfen auf den ersten Soldaten ein. Der erste Soldat schiebt ihn weg, will seine Kräfte nicht verschwenden.

ERSTER SOLDAT Entschuldigung aber ich habe keine Zeit.

KUNG-TU Meine Vorräte – Reis, Getreide, Öl, naja, ein kleines Vermögen. Alles in Kisten. Transportfertig. Schick deine Soldaten. Es wird sich lohnen für euch.

ERSTER SOLDAT Wir sind nicht im Troß. Wir müssen beweglich bleiben oder –

KUNG-TU Nimm mich mit. Ich bin nicht reich, das nicht – aber ich habe Geld in – *Zögert.*

ERSTER SOLDAT Meine Leute müßten auch bezahlt werden.

To-si kommt von links zurück. Man hört ab und zu entfernte Gewehrsalven, aber es ist nichts zu sehen.

TO-SI Sie zünden dein Geschäft an.

KUNG-TU Du hast eine Armee draußen stehen und nicht einen Schuß abgegeben!

ERSTER SOLDAT *zu Kung-tu:* Ich gehe jetzt.

Kung-tu zieht eine Rolle Banknoten aus der Tasche.

KUNG-TU *macht fahrige Gesten, ist in fast sexueller Verlegenheit wegen der Banknoten:* Also hier...

ERSTER SOLDAT Ich frage meine Leute.

KUNG-TU *schmeichelnd:* Nur ein paar Kisten. Den koreanischen Tee. Ein paar Ballen – das Öl –

ERSTER SOLDAT Das holen sich meine Leute – meinst du davon siehst du noch mal was? Ich kann sie vielleicht gerade noch abhalten sich über die Felder davonzumachen – wenn ich sie plündern lasse!

KUNG-TU Ich hole meine Familie.

ERSTER SOLDAT *zu Bascho:* Und du?

BASCHO Meine Gedichte!

ERSTER SOLDAT *starrt Bascho an:* Die mußt du im Kopf mitnehmen. *Geht links zur Tür.*

BASCHO Warum hat man mich nicht gewarnt? Die Regierung hat mir keine Anweisungen gegeben.

ERSTER SOLDAT *zuckt die Achseln:* Der Grundherr muß sie gehabt haben. Wahrscheinlich hat er bei der Abreise vergessen sie weiterzugeben.

Der erste Soldat geht links hinaus.

BASCHO To-si, geh zu ihnen. Dir tun sie nichts. Sag ihnen ich würde sie empfangen. Sage eine Einigung wäre möglich. Begnadigungen.

To-si geht links hinaus.

KUNG-TU Du meinst sie kommen.

Kung-tu setzt sich unbehaglich. Draußen weiterhin vereinzelte Gewehrsalven.

Ich sollte meine Familie holen. Die Kinder könnten ein paar Säcke tragen. *Kaut ostentativ die Nägel.* Mein Gott das ist wie vor einer Prüfung. Was machen wir am besten? Wenn wir davonlaufen und erwischt werden – das wäre das Schlimmste! Soll ich riskieren zu bleiben? *Schaut Bascho an.* Was gibst du ihnen wenn sie kommen?

BASCHO *blättert in seinen Gedichten:* Was?

KUNG-TU Was du ihnen –

BASCHO *unterbricht ihn:* Ich weiß nicht.

KUNG-TU Du mußt es wissen. Ich werde auf allen Seiten verraten. Wir brauchen nur aus der Stadt zu gehen und die Soldaten schneiden mir die Kehle durch. Ich werde ihnen erzählen – also, da ist noch ein kleines Konto in der Hauptstadt. Nicht viel, aber dafür reicht es. Ich könnte versprechen – wenn wir dort sind –? Ich bin nicht reich von Geburt. Ich bin nicht reich. Aber ich habe für mein Geschäft gelebt. Und jetzt? Vielleicht daß meine Frau ein paar Kisten mitbringt. *Weint.* Sie ist eine gute Frau. Und mein Sohn hat einen starken Rücken. Er könnte zwei verkraften.

Lärm von draußen. Kung-tu rennt zur Tür und horcht.

Die Soldaten ziehn ab. *In Panik.* Mein Geld!

ZWEITER SOLDAT *draußen:* Licht aus.

ERSTER SOLDAT *draußen:* Aus!

KUNG-TU *zu Bascho:* Sag meiner Frau Bescheid. Sie holt uns schon ein.

Kung-tu geht links hinaus. Bascho sammelt wieder Manuskripte ein. Er legt einige auf den Tisch. Sie rutschen herunter.

Zehn

Flußufer. Mittag. Wang, Pu-toi, Schiul, Lu, Kaka, Tor-quo und andere bei der Essenspause. Spaten, wie Gewehre aufgestellt. Auf einer Seite repariert Pu-toi einen Spaten. Er spitzt den Stiel neu zu und nagelt das Spatenblatt wieder an. Schiul hilft ihm und ißt dabei.

TOR-QUO Meine Frau will nicht am Fluß wohnen.
SAN-KO Wo die Ufer ausgebessert sind?
TOR-QUO Sagt sie aber.
SAN-KO Praktisch zum Fischen.
TOR-QUO Hab ich auch gesagt.
LU *lacht.*
TOR-QUO Was ist komisch dabei?
LU San-ko wuselt mit den Zehen wenn er spricht.
SAN-KO Nicht wahr.
LU Doch. Sag was.
SAN-KO Nein.
KAKA Feigling.
SAN-KO Ihr schaut alle her.
PU-TOI *zu Schiul:* Einen größeren Nagel.
Schiul sucht in der Büchse mit den Nägeln.
WANG Hat sie vor dem Fluß Angst?
TOR-QUO *zuckt die Achseln:* Vielleicht.
LU Haben viele.
KAKA Die Ufer brechen nicht mehr ein.
SCHIUL *zu Pu-toi:* Der recht?
PU-TOI Paßt.
TOR-QUO Die Leute haben den Fluß noch nicht vergessen. Die Jungen, für die ist das anders. Die wissen nicht mehr was das früher hieß.
PU-TOI *hämmert. Zu Schiul:* Paß besser auf.
SCHIUL Hab ich.
PU-TOI Nächstes Mal wenn du stecken bleibst, nicht biegen. Sauber rausziehen und neu probieren.
SCHIUL Was zu essen?
PU-TOI Ja.
Schiul geht zu Lu hinüber.

TOR-QUO Hast du Angst vor dem Fluß?

SCHIUL Nein.

LU Würde deine Frau umziehen?

SCHIUL Pu-toi hat noch nichts gegessen.

LU *tut Essen in eine Schüssel:* Sonst noch jemand?

TOR-QUO *nickt:* Ich.

SAN-KO Ich. Da – meine Zehen haben nicht gewackelt.

SCHIUL *nimmt Lu die Schüssel ab:* Danke.

LU Weil du sie stillgehalten hast.

San-ko stöhnt angewidert.

Ich hab nichts dagegen wenn sie wuseln. Mir gefällt es.

SAN-KO Komisch ist es doch.

LU *zu Tor-quo:* Ich würd nicht umziehen. Da kommt Opa die Schüsseln holen. Opa –!

Der Mann aus Szene sieben kommt herein. Er trägt einen Stoß Schüsseln und hat leere Reisbüchsen am Arm hängen.

MANN Fertig?

LU – hast du Angst vor dem Fluß?

MANN Ich habe vor nichts Angst.

SCHIUL *nimmt Pu-toi den Spaten ab und gibt ihm das Essen:* Danke dir.

PU-TOI Danke.

SCHIUL *sieht sich den Spaten an:* Der bricht noch nicht mal wenn ich's drauf anleg.

PU-TOI *ißt:* Mal sehen.

LU Schüsseln bitte. *Sie sammelt für den Mann die Schüsseln ein.* Vor der Dunkelheit auch nicht?

MANN Nein.

LU Vor Tigern?

MANN Nein.

LU Vor Grundherrn?

MANN Ich habe vor nichts Angst, Kleine. Solange ich nur kann.

LU Nicht einmal vor dem Wasser wenn die Ufer eingebrochen sind?

SAN-KO Wieso sollten die Ufer einbrechen? Wir bauen sie gut. Zu unserem eigenen Nutzen. Wir richten Schleusen ein. Einen Stichkanal für das Frühjahrshochwasser. Die Ufer kriegen Steinmauern. Wir ändern den ganzen Fluß. Was ist los mit dir? Du redest als wäre der alte Fluß noch da. Wir haben ein –

Die andern brüllen vor Lachen.

Was jetzt los?
WANG Deine Zehen!
LU Sie wuseln!
SAN-KO Sie wuseln nicht!
KAKA Sie wuseln! Sie wuseln!
SAN-KO Klar wuseln sie! Weil ich die Wahrheit sage! Die Zehen sollen wuseln wenn einer die Wahrheit sagt! Sie sind still wenn einer lügt! Oder tot ist!
LU *legt San-ko den Arm um den Hals:* San-ko, ich hab einen Witz gemacht!
SAN-KO Es ist gut wenn meine Zehen wuseln. Schaut her!
Die andern lachen.
MANN Ich versteh die halbe Zeit nicht von was ihr Jungen redet. *Ruft laut.* Arbeit in fünf Minuten. *Geht zu Pu-toi hinüber.* Noch nicht fertig? Kein Appetit? Wie ich so alt war wie du –
STIMME *rechts draußen:* Hilfe!
Sofort rennt Gau von rechts nach links über die Bühne und schreit im Laufen.
GAU Schnell. Schnell. Tuan ist im Wasser.
Die andern springen auf und rennen hinter Gau nach links hinaus. Schiul bleibt mit dem Spaten auf der Bühne zurück. Der Mann steht etwas hinter ihr.
WANG *draußen, im Laufen:* Wie lang ist er schon drin?
GAU *draußen, im Laufen:* Wer hat's gesehen?
WANG *draußen, im Laufen:* Warum hat er nicht geschrien?
STIMME *draußen, leise:* Mit dem Kopf auf den Grund geschlagen.
Verworrener Lärm von fern. Schiul und der Mann starren hinaus.
GAU *draußen, leise:* Sein Bein.
Stille. Schiul legt den Spaten hin. Der Mann bewegt sich nicht. Die Menge kommt mit Tuans Leiche zurück. Tor-quo zeigt auf eine Stelle am Boden. Sie legen die Leiche dorthin. Sie stehen schweigend da.
TOR-QUO Tot seit Stunden.
WANG Wir brauchen eine Tragbahre.
Sie gehen. Schiul und Lu sind die letzten. Sie starren auf die Leiche. Lu weint an der Brust von Schiul. Schiul tröstet sie, während sie hinter den anderen nach links hinausgehen. In der Stille kommt Bascho von rechts herein. Er ist alt und schwach. Er umklammert ein paar angekohlte Manuskripte. Seine Kleider und

seine Haut sind rußbeschmiert.

BASCHO Wo ist der...? Ich saß im Gericht... Nach dem Brand... bin ich aufgewacht. Eine Ratte saß in einem Spinnennetz auf einem Totenschädel und schaute mir zu... *Geht zu der Leiche.* Zeig mir den Weg in den tiefen Norden... Ich bin alt... Achte mein Alter... meine Amtstracht... Wo ist Erleuchtung?... Wo kann ich sie finden bevor ich sterbe?... *Berührt die Leiche.* Dein Gesicht ist ernst... Du hast den Weg gefunden... Meister, sag mir... Wende dich nicht ab... *Schüttelt heftig die Leiche.* Sag mir... Den Weg... Den Weg... *Klettert über die Leiche und schüttelt sie.* Du sagst ihn mir! Sag mir den Weg!... Oder ich schüttle dir das Leben aus der Seele... *Schlägt auf die Leiche ein.* Der Weg!...

Die andern sind zurückgekommen. Sie starren ihn an. Sie haben eine Tragbahre dabei.

WANG Bascho... der Mann ist tot.

BASCHO Was?... Wer ist es?... Als sie mein Gericht niederbrannten war das Licht so hell... Seither sehe ich... nur noch ein paar... die Haut ist mir über die Augen gefallen... weich und kalt wie eine Fledermaus... Meine Augen sind alt... Wo ist der schmale Weg in den tiefen Norden?... Sag mir... Bitte... Ich bin ein verirrtes Kind... Wer zeigt mir den Weg?

Bascho tastet sich zum Publikum hinunter. Er ist gebückt, schwarz und so alt wie die Zeit. Seine Hände sind beim Gehen nahe am Boden. Sein Stock ragt hoch über seinen Rücken hinaus.

SCHIUL So was einer Leiche antun!

LU Es macht nichts wenn die Lebendigen die Toten stören.

WANG Ja, erinnert euch: es gibt eine schlimmere Geschichte. Ein Mann lebte einmal am Fluß. *Die übrigen nicken zustimmend. Sie kennen die Geschichte. Sie gehen zu Tuan, legen ihn sanft auf die Tragbahre und machen sich bereit, ihn hinauszutragen. Wang spricht, als hielte er die Grabrede.* Da kam ein König. Er sagte zu dem Mann, trage mich auf dem Rücken über den Fluß. Der Mann gehorchte –

BASCHO *schreit im Publikum:* Wo ist der schmale Weg in den tiefen Norden?

WANG Als er ans Ufer kam sprach der König wieder. Trag mich über die Ebene in mein Haus. Der Mann trug ihn ein Jahr lang. Dann fragte er den König wann sie zu seinem Haus kämen. Der König sagte wenn wir dort sind sag ich's dir aber vorher kann ich nicht sprechen – ich muß an viele Sachen denken. Also trug ihn der Mann –

Die Träger heben Tuan auf die Tragbahre und fangen an, ihn hinauszutragen – nicht in Schulterhöhe, sondern wie eine Krankenhausbahre getragen wird. Die andern folgen ihnen.

BASCHO *klopft im Publikum zornig mit dem Stock auf den Boden:* Der schmale Weg in den tiefen Norden!

WANG – viele Jahre lang sprach der König nicht. Jede Nacht legte er ihn auf die Erde. Jeden Morgen hob er ihn auf den Rücken. Der Mann wußte nicht, daß der König schon lang gestorben war. Also trug er ihn weiter und vergeudete sein Leben. Das ist die schlimmere Geschichte. Die Toten auf dem Rücken zu tragen.

BASCHO *im Publikum. Alt und schwach wie ein Kind. Weint:* Wo ist der Weg ... der Weg ... der Weg ...? *Bascho geht fort. Die Träger und die andern haben Tuan weggebracht. Wang ist allein auf der Bühne. Während er spricht wird es im Zuschauerraum langsam hell.*

WANG Wir leben in einer Zeit großer Veränderung. Ungeheuer zu finden ist leicht – und genauso leicht, Helden zu finden. Richtig urteilen was gut ist – zwischen gut und böse wählen – nicht mehr macht aus was menschlich ist.

Die Bündel-Gedichte

Deutsch von Christian Enzensberger

Der Baum

Seit achtzig Jahren steht der Baum vor meinem Haus
In guten Jahren die Zweige schwer von Blüten und Blättern
In schlechten hält er sich am Leben
Die Zweige kahl nur im Winter
Wenn der Baum und die Erde schlafen

In der Zeit hat sich in der Dorfschule nichts geändert.
Die alten Götter waren weiter verehrt
Die meisten Toten in ihrem Namen begraben
Löhne und Preise sind gestiegen
Es ist keine Ordnung
In der Heide ein Raketengelände wo der Galgen war
Und die Jugend zweimal abgeholzt

Der Baum hält alle Jahreszeiten aus
Wir können den Frühling nicht abwarten bleiben im Winter
 nicht lang am Leben
Wir können nicht
Wir müssen uns ändern

Wer hat die Wahl?

Jeder Mensch durchläuft das Leben in einem kleinen Kreis
Aus der Wiege gehoben von Älteren
Zu Grab getragen von Söhnen
Und in diesem kleinen Kreis
Arbeitet und lacht er
Streitet mit oder gegen Vernunft
Liebt und trauert
Wird gestärkt oder geschwächt von Nachbarn

Ist in seinem Frühjahr geboren stirbt in seinem Winter
Aber über seine Jahreszeiten herrscht das Leben Anderer
Wer hat die Wahl?

Landstürme wiegen ihn im Stuhl
Oder er öffnet dem Toben die Tür
Lawinen schieben ihn sanft einen Schrittweit.
Oder er springt über die Risse wenn sie losbrechen am Berg
Meere waschen ihm die Hände oder er durchschwimmt sie
Armeen flüstern ihm ins Ohr
Oder er fragt wer sie anführt und wofür sie kämpfen
Er schläft in seiner stillen Welt
Oder er geht hinaus zu dem Schrei auf der Straße
Er wartet bis der Sturm sein Haus zerschlägt
Und sich die Leute vor seiner Tür zusammenrotten
Oder er fragt: was ist Gerechtigkeit?
Er hat die Wahl

Urteilsspruch
Wahrspruch

Wie sollen wir über diesen Mann richten?
Nach seinen besten Taten oder seinen schlechtesten?
Wenn nach den besten
Dann sind alle Heilige

Er gab den Armen
Nahm die Obdachlosen auf
Besuchte die Kranken
Nährte die Verwahrlosten
Werft ihn ins Feuer!

Was tat er die Welt zu verändern?
Wie viele leiden weil er sie gleichließ?
Und doch erbarmte ihn das Leiden weil die Welt nicht
 verändert war!
Ins Feuer!

Verbrechen

Die Ungerechten mildern das Unrecht durch Mitleid
Die Erbarmungslosen haben Erbarmen
So wie die Kaufleute um Profit zu machen
Einige Waren heruntersetzen

Die die Unwissenheit lehren
Beschenken Bibliotheken
Und stiften große Hochschulen
In denen sie weiter gelehrt wird

Barbaren fördern die Kunst
Habt ihr gedacht die Reichen
Gehen zu häßlichen Huren?

Viele rufen Frieden!
Ihren Armeen flattern Fahnen voran
Als wollte eine unsichtbare Hand
Nach ihnen fassen um sie abzureißen
Und wegzuwerfen

Vielleicht ist das ihr größtes Verbrechen –
Nicht die Jahrhunderte von Ausbeutung und Gewalt
Sondern ihre gelegentlichen Übungen in der Tugend?

Liebe und Mitleid

Die Menschen werden von ihren Herrschern geprägt
Oder im Kampf gegen sie
Unser Bewußtsein erwacht durch Furcht und Gehorsam
Oder in diesem Kampf

Was ist Mitleid?
Das Joch des Ochsen zu zerschlagen?
Der die Joche macht hat noch hundert Joche auf Vorrat
Zerschlagt den Jochemacher!

Du schlägst die Scheiben im Gefängnisfenster ein
Die Eisenstäbe hast du nicht eingeschlagen
Vor dem Gefängnisfenster
Das ist schwerer!
Das Mitleid hat kein Mitleid mit seinen Dienern!

Was ist Liebe?
Über die Hungrigen und Verlorenen weinen?
Weinen können sie selber

Sollen die Mächtigen die Menschen lieben und bemitleiden
Sollen die Machtlosen einander lieben
Niemanden sonst!

Wenn ihr das Kalb über den Metzger weinen seht
Dann ist es Zeit für die Veränderung!

Opferung

Du bindest das Kalb am Pfosten an
Die Stricke nicht zu eng geschnürt
Du glättest ihm die Hufe
Kraulst ihm das Stirnhaar
Steckst ihm Blumen hinter die Ohren
Kehrst den Kot weg den es fallenläßt vor Angst
Wischst ihm die Tränen von den Kinnbacken
Mit deinem Schnupftuch
Seine Lefzen ziehn sich zurück vor deiner Berührung
Du grinst über seine großen Zähne
Noch dein letzter Fluch
Fängt mit seinem Kosenamen an

Wie es an den Stricken zerrt
Machst du ihm dein Zeichen in den Hals – Den Schnitt

Dichter des ersten Weltkriegs

Ihr seid zur Front eingerückt wie Schafe
Und habt geblökt die Sinnlosigkeit des Ganzen
In Akademien die wie Schlachthöfe riechen
Legt man noch immer eure Gedichte aus

Ihr habt die Erde zu Schlamm gemacht
Und klagt ihr hättet drin ertrinken müssen
Eure Generäle lagen im Unterstand in der Etappe
Verkommen und besoffen von Cognac und Gebeten
Ihr *kanntet* die Front – und habt geblökt
Die Sinnlosigkeit!
Ihr seid nicht umgekommen
Habt ihr euren Generälen die Häuser angezündet?
Die neuen Millionäre ausgeraubt?
Nein, ihr habt neue Ausreden gesucht
Ihr hattet einen Arm verloren oder eure Beine
Habt vor einem leeren Feuer gesessen
Und Varietélieder gesummt

Warum haben eure Generäle euch zum Sterben geschickt?
Sie hatten Angst vor dem großen Krieg der bevorstand
Zwischen den Herren und Arbeitern
In ihrem eigenen Land
Darum haben sie euch in Herden über die Klippen gejagt
Wie sie euch haßten solange ihr lebtet!
Wie sie euch beweinten sobald ihr tot wart!
Wofür habt ihr gekämpft?
Eine neue Welt?
Nein – eine alte die schon in Trümmern lag!
Eure Kinder?
Millionen Kinder sind gestorben
Weil ihr für eure Feinde gekämpft habt
Und nicht gegen sie!

Wir wollen es nicht vergessen!
Wir wollen es nicht vergeben!

Der Samariter

Ein Kaufmann
Geschäftlich unterwegs nach Sidon
Sah am Straßenrand
Einen nackten Mann liegen
Verdreckt verletzt gefesselt
(Zufällige Bezeichnungen
Aus Geschichtsbüchern)

Er überquerte die Straße
Er sah unter den Bäumen
Drei Soldaten

Die sagten
Wir führten ihn zur Kreuzigung
Neben dem Hafentor von Sidon

Der Kaufmann fragte was hat er getan

Sie sagten
Sechs Jahre lang hat er Kaufleute auf dieser Straße ausgeraubt
Und ihre nackten Leichen in Gräben geworfen

Der Kaufmann sagte ich will ihm Wasser geben

Die Hände schossen nach vorn wie Eidechsenzungen
Der Kaufmann legte eine Silbermünze
Auf jede Handfläche
Die Finger schlossen sich – Stäbe einer Falle

Der Kaufmann goß Wasser in seine Schüssel
Er hielt sie dem Dieb hin
Der Dieb machte den Mund nicht auf

Ein Soldat trat ihm in die Rippen
Ein Soldat stemmte ihm mit den Fäusten den Kiefer auf
Ein Soldat leerte die Schüssel in seine Kehle

Der Kaufmann nahm die Schüssel
Trocknete sie ab
und ging

Gedicht

Sie führen die Klinik in der ihr zur Welt kommt
Taufen euch in ihrer Kirche
Lehren euch die Regeln ihrer Schule
Prüfen euren Verstand
Benoten ihn
Stiften euren Sportplatz
Lehren euch die Regeln ihrer Spiele
Stellen euch an und bezahlen euch
Bezahlen euch wenn es keine Arbeit gibt
Drucken euer Geld
Verheiraten euch in ihrer Kirche oder ihrem Standesamt
Taufen eure Kinder
Zensieren euer Fernsehen
Lassen euch an ihrem Radio zuhören
Mitlesen in ihren Zeitungen
Kehren eure Straßen
Bilden eure Polizei aus
Geben euch Orden
Belohnen euch mit Prämien
Strafen euch wenn ihr Ärger macht
Legen euch ins Hospital wenn ihr krank seid
Geben euch in Pflege wenn ihr alt werdet
Verbrennen euch in ihrem Krematorium
Verstreuen eure Asche in ihrem Garten

Kein Wunder daß manche von euch für sie kämpfen
Wenn die übrigen anfangen zu fragen
Wer zum Teufel die sind!

De qué sirve una taze?

Ihr schlagt die Zähne ein
Dreht den Hals um bis die Haut sich spannt
Wie Fältchen im Eis
Sengt die Haare ab wie bei einem Schwein
Fesselt die Hände
Und zerschlagt sie mit dem Hammer
Wickelt Lumpen um den Leib
Als wäre er eine Wunde
Leert den Schädel
Und stopft ihn mit Blättern aus
Die ihr aus eurem Buch reißt
Schießt die Augen heraus
Daß das Gesicht wie gesprungenes Glas aussieht
Und jetzt haltet ihr eine Tasse hin

Wozu ist eine Tasse gut?

Der Wasserverkäufer und der Soldat

Auf der Straße begegnet der Wasserverkäufer
Einem Soldaten und seinem Gefangenen
Der Gefangene will Wasser
Aber hat kein Geld es zu kaufen

Obwohl der Soldat dem Wasserverkäufer verbietet
Dem Gefangenen Wasser zu geben
Könnte der Wasserverkäufer den Soldaten bestechen
Aber er ist arm und muß sein Wasser verkaufen

Und obwohl der Soldat
Den Wasserverkäufer festnähme
Wenn der dem Gefangenen zulächelte zur Ermutigung
Denn mit Gefangenen ist versöhnlicher Umgang verboten
(Es sei denn der Wasserverkäufer hätte den Soldaten bestochen
Für eine Erlaubnis dem Gefangenen zuzulächeln –
Ein so unwahrscheinlicher Vorgang daß er außer acht bleiben kann
Selbst für Dichter)
Ist der Wasserverkäufer tatsächlich
Gar nicht bewogen dem Gefangenen zuzulächeln
(Und übrigens auch niemanden sonst)
Weil kürzlich vielen Wasserverkäufern ihr Wasser
Genau auf dieser Straße gestohlen worden war
So verteidigt der Soldat den Wasserverkäufer
Damit sein Gewerbe blühen kann
Und sein Leben glücklich und gut sei
Aber der Wasserverkäufer kann seine gute Tat nicht tun
Noch nicht einmal lächeln
(Wäre er zu lächeln bewogen gewesen)
Weil der Soldat ihn verteidigt

Der Wasserverkäufer und der Soldat
Lächeln daher einander zu

Benehmen sich so vernünftige Wesen?

Tugend

Wir möchten freundlich sein
Sanft sprechen
Zur Tröstung der Leidenden
Wir gingen Erdteile weit zu nähren die Hungrigen
Unterkünfte zu bauen für die Obdachlosen nach dem Sturm
Bei den Alten zu sitzen und mit den Verwirrten zu reden

Es ist nicht die Zeit zu sitzen und zu reden
Wir haben das Recht auf Freundlichkeit nicht verdient
Wir haben die Macht zur guten Tat nicht erworben
In unserer Welt gehen nur die Bösen in Tugend gekleidet
Und eine gute Tat erweckt Argwohn

Daher seid hart!
Seid ohne Vergebung!
Seid nicht geduldig!
Wie sonst sollen wir Gerechtigkeit finden?

Kultur

Was ist Kultur?
Das Beste? – Zu allgemein!

Wem gehört das Werkzeug?
Dem Mann mit dem Geld
Wer benutzt das Werkzeug?
Der Werkzeugbenutzer
Was macht das Werkzeug?
Die Beziehung verändern
Zwischen Menschen und Welt
Wem gehört der Werkzeugbenutzer?
Dem Mann mit dem Geld
Was macht das Werkzeug?
Die Gesellschaft verändern
Was ist die Gesellschaft?
Die Beziehung zwischen
Eigentümer und Benutzer

Was ist Kultur?
Dem Eigentümer die Macht nehmen
Und sie dem Benutzer geben
Das ist Kultur
Das Höchste nach dem menschlicher Geist
Verlangen kann!
Der Übergang der Macht
Vom Eigentümer auf den Benutzer
Schafft Tugend und Kunst
Nichts sonst erhebt
Den Menschen über das Tier
Alles was diesen Übergang hindert
Ist gegen die Kultur
Kultur ist diese Veränderung

Was wünschen?

Ich wünschte zu lächeln
Aber ich sah das Böse lächeln
Ich wünschte zu teilen
Aber ich lernte lang nachdem ich gegeben hätte
Alles was ich besaß
Wären die Armen immer noch arm
Ich wünschte keinen Zorn
Ich hatte von dem Heiligen gehört der die Freiheit im Kerker fand
Aber das beruhigt nur die Wärter
Vor allem wünschte ich Frieden
Denn ich kannte den Krieg

Aber was ich mir wünschte ist noch nicht zu haben
Jetzt wünsche ich mir etwas anderes:
Daß es eines Tages zu haben sein wird

Dafür gäbe ich auf
Alles was ich mir wünschte

Versuch über die Wasserverkäufer

1.

Wasserverkäufer verkaufen Wasser an die Armen
Das Stöhnen der Armen ist jämmerlich
Warum schenken die Wasserverkäufer Wasser
Nicht wenigstens den Ärmsten?

In der Kaufmannswelt geht alles nach Preis
Ein grünes Papier das im Wind flattert
Ist Abfall oder ein Geldschein –
Was das entscheidet die Kaufmannswelt
Obwohl beide wie ein Blatt flattern im Sturm

Auch Menschen flattern im Sturm
Und ob sie Abfall sind oder Geld wert
Entscheidet die Kaufmannswelt

2.

Jede Ware hat einen Preis
Die Preisschilder sind auf dem Ladentisch deutlich zu lesen
Aber in der Kaufmannswelt hat alles seinen Preis
Taten Gedanken Träume Sehnsüchte – alles hat Preise
So wie jedes Ding auf der Erde einen Schatten wirft

Es ist ein Gesetz:
Wenn eines einen Preis hat hat alles einen Preis
Der Wasserverkäufer betet um Dürre
Daß der Wasserpreis steigt
Und betet damit daß die Kaufmannswelt weiter stark steht
Und daher auch daß alles seinen Preis behält

Seht! das Wasser in der Schüssel
Erschafft den Wasserverkäufer
Er lebt vom Wasserverkaufen
Sein Leben ist geprägt von den Gesetzen des Verkaufs

Seine Welt lebt von den Gesetzen des Verkaufs
Seine Moral ruht auf den Gesetzen des Verkaufs
Alle seine Gesetze sind Gesetze des Verkaufs!

Wenn der Wasserverkäufer sein Wasser nicht herschenken kann
Kann er wenigstens den Armen zulächeln?
Nein! – wenn eines seinen Preis hat hat alles seinen Preis
Wasser herschenken heißt den Wasserpreis verderben
Freiwillig lächeln zerstört den Wert der Tugend
Und ersetzt das Gesetz des Verkaufs durch ein neues Gesetz
Aber in der Kaufmannswelt
Hängt die Tugend vom Wasserpreis ab
Daher müßt ihr um zu lächeln zuerst die Welt verändern
Wer lächelt der will kein Wasser verkaufen
Der Wasserverkäufer kann nur jammern und grinsen

3.

Der Kaufmann glaubt wenn er abends
Die Läden zuzieht und geht er verließe den Markt
Nein! – sein ganzes Leben wird gekauft und verkauft
Seine Welt ist ein Baum der im Markt seine Wurzeln hat
Das oberste Blatt und der kleinste Zweig
Wachsen dort aus dem Rinnstein

Der Kaufmann ist wie ein Junge im Apfelbaum
Wenn der Wind weht windet sich sein Körper
Seine Arme werden steif wie Äste
Die Äpfel hängen an seinen Händen
Der Wind weht durch ihn hindurch
Und er ist ein Teil des Baumes geworden
Er kann nach dem höchsten Apfel greifen
Aber der Wind weht weiter oder der Ast biegt sich
Und die Gestalt des Jungen wird wie ein Baum

Der Kaufmann glaubt er hätte Stunden des Friedens
Und der Nachdenklichkeit wenn die Einnahmen feststehen
Nein! – auch die Zeit fließt wie Wasser aus den Gemeinde-

kanälen
Auf den Marktplatz
Bewacht von marmornen Statuen des Handels und der Vorsehung
Alles alles! folgt demselben Gesetz
Sogar die Nachdenklichkeit wird verkauft am Markt
Sogar Schweigen und Stille
Religion Tugend Kultur und Liebe
Alles gekauft und verkauft
Schäumend und siedend

4.

Und eines Tages steigt das Frühlingswasser
Und schwemmt die Kaufleute und Soldaten ins Meer
Wie Kehricht den man über einen Berg geworfen hat

Es ist auch ein Gesetz:
Wenn eines nicht seinen Preis hat hat nichts seinen Preis
Das Wasser das sie durch die Straßen tragen ist nicht verändert
Aber die Gesetze sind verändert
Die Mächte die ihre Befolgung erzwingen sind verändert
Die Männer die das Wasser tragen sind verändert

Das Frühjahrswasser steigt und die Kaufleute und Soldaten werden weggeschwemmt
Wie Abfall den man hinter einen Berg geworfen hat
Und der Wert des Wassers wird bemessen
Nicht nach dem was es einbringt
Sondern nach dem Durst den es löscht
Und alles ist verändert

Nachwort

Eine Bemerkung zur dramatischen Methode

Menschliches Bewußtsein ist keine angeborene Eigenschaft, die sich von selbst erschafft. Uns ist eine Anlage angeboren, Bewußtsein zu entwickeln. Wie wir dies tun, hängt weitgehend von unserer Gesellschaft und ihren Institutionen ab – der Familie, den Schulen, Gerichten, Medien usw. – und von der Organisation und Praxis unserer Arbeit, also von den Verhältnissen, in denen wir leben. Das menschliche Bewußtsein ist eine Schöpfung der Gesellschaft und nimmt geschichtliche Formen an. Die Natur menschlichen Bewußtseins ist jeweils eine Folge der speziellen Gesellschaft, in der es entstanden ist. Gesellschaften ändern sich, und menschliches Bewußtsein ändert sich mit ihnen. Veränderung kommt durch die Technologie zustande, die beständig die Art und Weise verändert, in der Menschen arbeiten, in der sie ihr Leben fristen. Das bewirkt Veränderungen im menschlichen Bewußtsein und folgend in gesellschaftlichen Institutionen. Veränderungen im menschlichen Bewußtsein machen sich früher als Veränderungen in gesellschaftlichen Institutionen bemerkbar, weil die arbeitende Bevölkerung, obwohl sie zuerst Erfahrungen im Umgang mit neuer Technologie macht (in diesem Zusammenhang ist von der arbeitenden Bevölkerung als von Arbeitern und Verbrauchern die Rede), normalerweise nicht die Kontrolle über die gesellschaftlichen Institutionen besitzt. Überdies widersetzen sich gesellschaftliche Institutionen gewöhnlich Veränderungen; aus wenigstens zwei Gründen: Erstens, um wirksam zu funktionieren, muß die Gesellschaft bestimmte förderliche Werte respektieren. Autos müssen gewöhnlich auf einer Straßenseite fahren, Versprechen müssen eingehalten, Regeln der Hygiene befolgt werden usw. Diese Regeln oder Vorschriften sind nicht an sich moralische Werte. Man kann das Versprechen einhalten, einen Unschuldigen umzubringen, oder über die ganze Breite der Straße ausscheren, um einem Fußgänger auszuweichen. Aber es ist von moralischem Wert, daß sie normalerweise eingehalten werden. Ohne sie ist Gesellschaft nicht möglich. Zweitens, soziale Institutionen vertreten das Interesse der herrschenden Klasse. Sie entstanden, als die Technologie weniger fortgeschritten war als jetzt, und vertreten dementsprechend eine gesellschaftliche Ordnung – eine Beziehung zwischen gesellschaftlichen Institutionen, Technologie, Umwelt und menschlichem Bewußtsein –, die die *Technik* obsolet gemacht hat. Unsere gesellschaftlichen Institutionen repräsentieren nicht die Interessen derjenigen, die durch ihre Erfahrung als Arbeiter und Verbraucher Weiterentwicklungen des menschlichen Bewußtseins initiieren – neue Formen, die Welt zu verstehen und zu interpretieren, die es erforderlich machen, neue Wege zu finden, sie zu organisieren. Wenn die herrschende Klasse ihre Interessen verteidigt, kann sie dennoch von Maßnahmen im allgemeinen Interesse sprechen, weil sie die Verwaltung, das mechanische Funktionieren der Gesellschaft kontrolliert (sich auf der Straße rechts halten usw.) – dieser Anspruch ist offenkundig plausibel.

Soziale Institutionen kontrollieren Justiz, Erziehung, Regierungsmacht, Polizei und Streitkräfte, Forschung usw. – die Maschinerie und das ganze Wissen, das wir brauchen, um miteinander zu leben und um ein gemeinsames Leben zu ermöglichen. Aber die Kontrolle dringt tiefer. Sie durchdringt die Alltagssprache, Sitten, Bräuche, gemeinsame Überzeugungen und selbstverständliche Vorstellungen. Zusammengenommen konstituieren sie – Institutionen und ihre gesellschaftlichen Widerspiegelungen – eine stillschweigend akzeptierte Weltsicht, ein Bewußtsein von der Welt, das zu einem großen Teil Selbstbewußtsein ist. Es ist nicht das Ganze des Selbstbewußtseins, denn – wie gesagt – das ist teilweise bestimmt durch die Erfahrung als Arbeiter und Verbraucher. Diese Erfahrung konfrontiert die stillschweigend akzeptierten, von der herrschenden Klasse kontrollierten institutionellen Werte mit moralischen Werten. Moralische Werte entstehen aus der Beziehung zwischen Menschen, ihrer Technologie, ihrer Umwelt und der gegenseitigen Abhängigkeit. Sie sind also nicht notwendigerweise Strukturmerkmal irgendeiner bestimmten Gesellschaft. Von einer stillschweigend akzeptierten Weltsicht können wir reden, weil sie in Kraft bleibt, auch wenn sie oft in Frage gestellt wird, durch industrielle Streiks zum Beispiel – es sei denn, die Erfahrung von Arbeitern und Verbrauchern wird umgesetzt in theoretische Zusammenhänge, und dann in Gebräuche, Sitten usw., so daß eine radikal veränderte Weltsicht entsteht. Soziale Institutionen kontrollieren das stillschweigend akzeptierte Weltbild durch Erziehung, Auswahl von Informationen, wirtschaftliche Sanktionen und – wenn nötig – durch nackte Gewalt. Vor allem kontrollieren sie den stillschweigend akzeptierten *moralischen* Code – und das soziale Leben erfordert einen moralischen Code (oder einen reaktionären Ersatz) ebenso wie bestimmte Regeln. Aber soziale Institutionen bringen keine Kultur hervor. Kultur entspringt letztlich aus unserer Erfahrung als Arbeiter und Verbraucher; und Kultur wird geschaffen durch arbeitende Menschen, die gesellschaftliche Institutionen, wirtschaftliche und politische Organisation auf ihre Erfahrungen und Bedürfnisse als Arbeiter und Verbraucher abstimmen. Geschieht das nicht, funktioniert Gesellschaft nicht durch Gesetz und Ordnung, sondern durch Verordnung und Gewalt; dann wacht sie nicht über Moral, sondern sorgt für mechanisches Funktionieren (vielmehr, müht sich zwangsläufig erfolglos ab, dafür zu sorgen). Wenn eine Gesellschaft moralischem Recht dienen soll, müssen ihre Institutionen und deren Widerspiegelung in Sitten, Sprache, Erwartungen usw. sich in Übereinstimmung mit dem neuen Selbstbewußtsein befinden, das von den arbeitenden Menschen in ihrer Rolle als Arbeiter und Verbraucher entwikkelt worden ist. Die Gesellschaft verlangt von ihren Mitgliedern, daß diese bestimmte Haltungen gegenüber ihren Institutionen einnehmen, daß sie deren Notwendigkeit verstehen, daß sie sie achten und ihnen zustimmen. Andernfalls müssen sich die Institutionen statt durch Verständnis durch Lügen, Gewalt und Reaktion absichern. Eine sich verändernde Technologie schafft jedoch neue Haltungen und neue Erkenntnisse bei denen, die mit ihr umgehen und Nutzen daraus ziehen: Selbständigkeit statt Abhängigkeit, ein technisches Weltverständnis statt eines mythologischen, eine neue Vorstellung vom Selbst. Diese Haltungen können nicht harmonisch zusammen mit veralteten Institutionen wirksam werden. Sofern Technologie, gesellschaftliche Institutionen und menschliches Bewußtsein die jeweiligen Anforderungen und Möglichkeiten untereinander rational widerspiegeln, herrscht Harmonie in der Organisation des Lebens, werden Schwierigkeiten rational gelöst, und von der Gesellschaft läßt sich sagen, sie sorge für moralisches Recht. Die praktische Erarbeitung einer Kultur besteht in der Anstrengung, solch eine Gesellschaft zu schaffen, Konzepte aus Erfahrungen abzuleiten und Sitten und Gewohnheiten zu entwikkeln, die über unmittelbare, opportunistische, individuelle Interessen hinausgehen; das wiederum führt zu weiteren Veränderungen im menschlichen Bewußtsein. Kultur ist kein statischer Zustand, der von gesellschaftlichen Institutionen verwaltet wird, die

Dauerdepots für Kultur sind. Kultur wird durch technologische Veränderung provoziert und wird geschaffen durch das Bedürfnis von Menschen, ihre Erfahrung aus der Arbeit der Lebenserhaltung in Übereinstimmung mit ihrer Erfahrung der Gesellschaft zu bringen, so daß eine neue Form von Selbstbewußtsein entsteht.

Entsteht kein neues menschliches Selbstbewußtsein, das dem Leben in der Gegenwart und der Vorbereitung auf die Zukunft angemessen ist, wird das Selbstbewußtsein reaktionär. Dann ertönen Rufe nach einer Rückkehr zur Vergangenheit, was Haltungen und Organisation und was die Bilderwelt betrifft (Uniformen, Architektur, Kunst usw.), die gesellschaftlichen Institutionen Ansehen und Autorität verleiht. In der herrschenden Klasse ist das ein Wunsch, zur Gentleman-Mode des aufgeklärten 18. Jahrhunderts oder noch weiter bis zur historisch-mythologischen Geburtsstunde der Nation zurückzukehren. Für die Arbeiterklasse bedeutet es Disneyland oder Wolkenkuckucksheim. Dann werden die Menschen zunehmend barbarisch und aggressiv. Teils weil sie eine emotionale Haltung gegenüber dem einnehmen, was sie denken, teils weil die Organisation ihres Lebens physiologische Konsequenzen hat. In Spannungszuständen werden Menschen eher aggressiv und leichtgläubig. Üblicherweise gehen wir davon aus, daß Menschen destruktiv werden, weil sie durch unbewußte emotionale Haltungen bestimmt sind, die sie zu atavistischem Verhalten veranlassen. Dagegen glaube ich, daß sie sich so verhalten wegen der Bedingungen, die die Gesellschaft ihnen diktiert, und wegen der Spannungen, die beim Versuch, eine absurde Gesellschaft zusammenzuhalten, entstehen. Eine Gesellschaft, die versucht, ein Selbstbewußtsein zu schaffen, das auf Bildwelt, Organisation und Haltungen der Vergangenheit beruht, beschert ihren Mitgliedern emotionale Krisen, die notwendig zu Gewalttätigkeit und Aggression führen. Entweder kämpfen sie, um Widerstand zu leisten – wie Gefangene –, oder sie werden gefährlich apathisch, so daß sie gegen die Unmenschlichkeiten ihres reaktionären Regimes nicht protestieren oder sogar dessen brutale Komplizen werden. Das ist das Ergebnis der Mächte menschlicher Finsternis, die Erbsünde oder natürliche Aggressivität, auf die die herrschende Klasse sich so eilfertig bezieht, die sie so emsig lehrt.

Selbstbewußtsein entsteht im Zusammenhang damit, daß wir uns die Welt und unser eigenes Verhalten verständlich machen. Es muß ein neues menschliches Selbstbewußtsein für unsere Zeit, unsere Technologie, unsere Gesellschaft, für uns selbst geschaffen werden. Dieses Selbstbewußtsein muß auf einem Bewußtsein von der Welt und auf dessen Interpretation basieren. Man kann sagen, daß sozialistisches Bewußtsein moralischem Selbstbewußtsein gleichkommt, sofern es praktikable Kenntnis des Selbst in Beziehung zu praktischem Engagement in der Welt ist; dieses Selbstbewußtsein birgt nicht nur Erfahrung, sondern birgt Erfahrung zusammen mit einer Interpretation der Welt und des Selbst, die unserem Leben die Möglichkeit zu moralischem Handeln zurückgibt. Vielleicht sollte man den Begriff ›Selbst‹ gar nicht in Verbindung mit Reaktion benutzen, denn das reaktionäre Selbst ist nur ein neurotischer oder opportunistischer Parasit der Vergangenheit: es ist geisterhaft. Ein wohlbegründetes Selbstbewußtsein ist keine derart geisterhafte, gespenstische Erfahrung; es hat Kontakt zur Welt. Es genügt nicht, daß jemand, der hört, ein anderer sei gut oder schlecht, sogleich an Belohnung oder Strafe denkt. Moral läßt sich nicht konditionieren, sie impliziert Entscheidungsfreiheit. Die praktischen Realitäten von Gut und Böse müssen offenbar, wahrnehmbar sein. Wenn ein Apfel gegessen werden soll, muß er gut aussehen, riechen, schmecken, sich anfassen und klingen (wenn man ihn beklopft). Und wir müssen infolge unseres theoretischen Verständnisses der Welt wissen, daß das Essen des Apfels moralische gesellschaftliche Beziehungen nicht zerstört (in der Metaphysik des Christentums, daß es von Gott nicht verboten ist: die Erbsünde war nicht Mord, sondern Diebstahl des Eigentums des Herrn – Kain erschlug Abel, *nachdem* der Apfel gestohlen worden war). Menschliches Bewußtsein erfordert, wenn es praktisch werden soll, eine Ganzheit des Verstehens, die viele Ähnlichkeiten hierzu aufweist. Begriffliche Vorstellungen allein können diese Ganzheit nicht hervorbringen. Die Elemente des Verstehens, das ein Mensch besitzt, müssen sich aufeinander beziehen, so daß er eine vernünftige, verläßliche Interpretation der Welt nicht nur begrifflich, sondern auch im Sinne berechtigter Erwartung hat. Seine Erfahrung muß die Basis für vernünftiges Urteil und für Hoffnung bilden. So kann er ohne Absurdität oder zu große Spannung leben und sich selbst in bezug auf Welt und Gesellschaft interpretieren.

Kunst ist eine Art, diese Ganzheit des Verstehens herzustellen, und von den Künsten ist das Theater dazu mit am besten geeignet. Theater kann menschliche Standards, Lebensweisen, ethische Entscheidungen, Verstehen bestätigen, indem es die Beziehung von Ursache und Wirkung im praktischen menschlichen Leben und nicht nur begrifflich oder theoretisch demonstriert. Letztlich liefert es also einen Beweis für Richtigkeit oder Unrichtigkeit dieser Standards, Methoden, Interpretationen und Entscheidungen. Auf diese Weise wird Erfahrung nicht nur beiläufig aufgenommen, sondern in eine moralische Ordnung von Vernunft und Urteil gebracht. Ein Publikum kann dann sehen, was Menschen und was die Standards, Praktiken und Begriffe sind, nach denen sie leben sollten. So wird menschliches Bewußtsein verändert.

Von Kunst wird bisweilen gesagt, sie sei eine Widerspiegelung des Ideals, was bedeuten könnte: keine Anleitung zum Handeln. Jedoch, wenn Kunst in gewisser Weise das Ideal für die Gegenwart konkretisiert, muß sie auch eine Anleitung zu gegenwärtigem Handeln sein. Sie ist weder Narkotikum noch Traum. Kunst porträtiert zeitgenössische Menschen, die Bewußtsein – oder potentielles Bewußtsein – von einer utopischen Gesellschaft haben und die eine solche Gesellschaft errichten möchten. Sie zeigt den Wunsch, die Möglichkeit, das Handeln, also das, was nötig ist, um sie zu errichten, und die praktischen Standards, die zur Einschätzung des Handelns, und die moralischen Standards, die zur Beurteilung des Handelns dienen können. Diese Standards geben uns eine Sicherheit dafür, daß die Möglichkeit real ist. Kunst schafft keine Lücke zwischen unserer Welt und einer rationalen Welt. Manchmal mag der Versuch, diese Zukunft zu erreichen, unmittelbar Unglück verursachen, aber es ist sicherlich die einzige Art kultureller Aktion, die in unserer Zeit möglich ist. Aus diesem Grund ist sozialistische Kunst nicht oberflächlich oder nur programmatisch, sondern schließt das Ganze menschlicher Erfahrung in sich ein, tragischer und komischer. Und in unserer Zeit kann nur der Sozialismus Kunst hervorbringen, denn sozialistische Kunst vereinigt Erfahrung von Welt und Gesellschaft mit deren rationaler Erfassung und mit einer optimistischen Interpretation unserer gegenwärtigen Lage. Sie interpretiert die Welt, sie spiegelt sie nicht nur wider. Die Alternative ist die Verzweiflung oder der öde Zynismus des Theaters des Absurden, das in unseren Schulen und Universitäten noch immer als Kultur ausgegeben wird.

Warum eignet sich Theater so gut dazu, Selbstbewußtsein zu schaffen? Anders als Malerei und Romane stellt es nicht Aspekte von Menschen dar, sondern bringt Menschen selbst auf die Bühne.

Das Publikum beurteilt nicht nur, was Schauspieler sagen, sondern auch, wie sie es sagen, wie sie sich bewegen, wie sie blicken, gestikulieren, einander beeinflussen. Menschliche Handlungen werden also weder nach theoretischer Richtigkeit beurteilt noch, merkwürdigerweise, nach ihrer vermuteten Zwangsläufigkeit, sondern nach ihrer konkreten Glaubwürdigkeit für die Zuschauer, die schließlich Schauspieler in ihren eigenen Leben sind. Die Bühne macht sich in unserem Kopf nicht so leicht breit wie Romane und Musik, aber sie kann gesellschaftliche Beziehungen zwischen Menschen konkreter als andere Künste darstellen. Jegliches Theater ist politisch – Cowards so gut wie Brechts –, und Theater betont stets das gesellschaftliche Moment der Kunst. Das Publikum urteilt ebenso komplex wie im Alltagsleben. Aber es genießt hier folgenden Vorteil: Es kann Dinge betrachten, vor denen es normalerweise aus Angst weglaufen, von denen es sich entsetzt abwenden, die es ärgerlich verhindern oder die es übergehen würde, weil sie absichtlich oder arglos verborgen sind. So reagiert ein Publikum mit allen Fähigkeiten seines Bewußtseins auf die Dinge, die sein gesellschaftliches und privates Leben bestimmen. Es urteilt, und indem es urteilt, erweitert es sein Selbstbewußtsein, denn es hat nicht nur in der gesellschaftlich verordneten Weise (bedingt durch Institutionen und stillschweigend akzeptierte Sitten) auf eine Situation oder Figur reagiert, sondern hat Aspekte der Situation bzw. der Figur zu sehen bekommen, die von der gesellschaftlich verordneten Reaktion ausgetilgt werden. Wenn wir sagen, einige Soldaten verhielten sich in einer bestimmten Weise, zeigen wir sie dem Publikum, wie sie sich in dieser Weise verhalten. Das Publikum wird dies nicht wie einen Bericht oder eine Beschreibung oder eine Behauptung beurteilen. Es wird mit dem totalen Engagement urteilen, das es in seinem alltäglichen Leben einsetzt, mit allen Sinnen, mit der genauen Aufmerksamkeit, mit der es seine tägliche Arbeit verrichtet, mit dem Bewußtsein von der Welt, das es durch sein Selbstbewußtsein bekräftigt. Wir geben ihnen Hilfsmittel des geschichtlichen Rückblicks und Zugang zu dem, was gewöhnlich verborgen, verzerrt oder verschwommen ist. Daraus kann sich eine Entwicklung des Verstehens, eine verbesserte Interpretation der Welt, also eine Entwicklung von Selbsterkenntnis und Selbstbewußtsein ergeben. Das Publikum kann sich nicht wiederholen. Es ist zu neuer Selbsteinschätzung gezwungen. Natürlich kann ein Dramatiker ein Publikum nicht hindern, sich in seiner Reaktion zu verhärten. Das ist einer der Gründe, warum das Theater allein nicht die Welt verändern kann. Aber wenn das Publikum entscheidet, daß das, was wir für richtig hielten, falsch ist, hat es sich dennoch verändert, nicht nur für sich selbst, sondern für die Gesellschaft; seine Ansichten sind in zunehmender Deutlichkeit zutage getreten. So kann Theater mit all denen kooperieren, die sich in irgendeiner Weise für die rationale Veränderung der Gesellschaft und für die Entwicklung eines neuen Bewußtseins engagiert haben. Es kann in einigen Menschen Veränderungen in Gang setzen. Was ein Publikum nach Verlassen des Theaters sagt, ist weniger wichtig als das, was es ein halbes Jahr später denkt. Manche Leute verlassen ärgerlich eine Aufführung, aber ein halbes Jahr später merken sie, daß das Stück Ansichten Ausdruck gab, die sie im Ansatz bereits akzeptiert hatten.

Stücke sollten sich, komisch oder ernsthaft, mit Situationen, Sachverhalten und Charakteren beschäftigen, mit denen das Publikum im täglichen Leben zu tun hat. Aber ein Dramatiker braucht sich nicht immer mit der Gegenwart auseinanderzusetzen. Auch die Vergangenheit ist eine Institution im Besitz der Gesellschaft. Unser Verständnis der Vergangenheit wird sich mit der Entwicklung unseres Selbstbewußtseins verändern. Das bedeutet nicht parteiisches Umschreiben, sondern eine moralische Entdeckung der Geschichte. Man wird unsere Darstellung der Vergangenheit mit anderen Darstellungen vergleichen. Aber das Publikum wird den Vergleich, wie beschrieben, mit aller Empfindsamkeit vornehmen. Wir können nicht einfach behaupten, unsere Darstellung sei korrekt. Wir müssen es vorzeigen und mit der Logik der Bühne beweisen.

Oft liefern das gängige Bild, das Bewußtsein der Gegenwart und das entsprechende Selbstbewußtsein nicht die richtige Interpretation der Wirklichkeit. Oft ist die gängige Interpretation beeinflußt und unterwandert durch offenkundige Belehrung und feinere Verführungskünste gesellschaftlicher Institutionen, die der Philosophie und den Bedürfnissen einer veralteten herrschenden Klasse dienen. Selbst wenn es nicht so wäre, würden sich Menschen dennoch für die aktive Erschaffung ihrer Natur engagieren müssen, da andernfalls die Technologie ihre Beziehung zu Umwelt und Gesellschaft ständig stören würde. Gewiß, in der Gegenwart sehen wir uns selbst und die Welt mit Klassenaugen. Und die Arbeiterklasse sieht die Welt und sich selber entweder mit ihren eignen

Klassenaugen (und das bedeutet, sie hat die Freiheit, eine neue Kultur zu schaffen und nicht nur die Situation zu reproduzieren, die eine neue Kultur erforderlich macht), oder sie sieht mit den Augen ihrer Herren, der Richter und anderer Hüter von Institutionen. Aus diesem Grund wird der einfache Bericht eines Ereignisses oder die Erzählung einer Geschichte auf der Bühne keine Gelegenheit geben, das Ereignis oder die Geschichte oder die beteiligten Menschen richtig zu interpretieren. Diese Dinge können falsch interpretiert werden (und das passiert oft), weil viele Zuschauer ohne politisches Bewußtsein sind und also Ereignis oder Geschichte oder sogar den moralischen Gehalt der Sprache, in der beschrieben oder gespielt wird, falsch verstehen. Weil wir nicht einfach Geschichten erzählen oder Ereignisse berichten können, müssen wir uns mit beschädigten Mythen oder gebrochenen Geschichten beschäftigen. Die Wirkung folgt nicht mehr der Ursache, das Urteil liefert nicht länger die Einschätzung der vorangegangenen Tat, wie in der Vergangenheit. Nicht einmal die Bilder funktionieren für uns so wie früher. Davon ist vor allem auch die moralische Sprache betroffen. Deshalb ist es für zeitgenössische Schriftsteller nicht einfach, Erfahrung und moralische Belehrung in Mythen und Geschichten zu kleiden, wie eine sicherere, gefestigtere Gesellschaft das konnte. Die Art, wie eine Geschichte erzählt wird, und der normative Gebrauch der Sprache enthalten keine implizite Interpretation mehr. Zwar bleiben wir Teil unserer gegenwärtigen institutionellen Gesellschaften, aber unser Leben hat keinen Sinn, und deshalb haben auch Geschichten über dieses Leben keinen Sinn. Geschichten können nicht ihre eigne Interpretation liefern, können uns nicht mehr beibringen, wie sie verstanden werden sollten. Der Dramatiker kann das Publikum nicht mehr mit der Wahrheit konfrontieren, indem er eine Geschichte erzählt. Die Interpretation ist von der Gesellschaft verfälscht. Nicht einmal mehr die normative Sprache, die wir benützen, um in der kapitalistischen Gesellschaft zu überleben, taugt dazu, diese Gesellschaft zu interpretieren, unsere Sprache ist verfälscht durch ihre Verwicklung in die Gesellschaft, so wie Moral durch Religion verfälscht ist. Das heißt, unsere moralische Gesundheit steht auf dem Spiel. Die technische Sprache der Politik oder der Soziologie wird das Problem nicht lösen, denn auch wenn sie Realismus analysieren kann, so kann sie doch nicht den Schein von Realität auf der Bühne reproduzieren. Auch leben wir gewiß nicht in einer Gesellschaft, in der die Institutionen stark genug sind, sich selber zu kritisieren – oder reich genug. Wir sind nicht wie der amerikanische Kapitalismus, der Filme über die Verwerflichkeit des Negerlynchens finanzieren und daraus Profit ziehen konnte. Es ist einfach so, daß wir das menschliche Bewußtsein erneuern müssen.

Das ist in der Kunst kein neues Problem – es ist immer die Aufgabe der Kunst gewesen, aber es ist zu einem dringenderen Problem geworden, weil die Veränderungen der technologischen Basis von Gesellschaft und Bewußtsein so extrem geworden sind. Wenn man sich den Aufruhr, Schall und Rauch vieler Kunstwerke des 20. Jahrhunderts vergegenwärtigt, kommt es einem vor, als versuche da ein Kind, eine neue Sprache zu sprechen. Alle Kunst ist Wiedergabe der Wirklichkeit und deren Interpretation. Wenn die Interpretation richtig ist, macht sie aus Naturalismus Realismus und auf diese Weise: Kunst. Kunst besteht nicht in der Wiedergabe oder Reproduktion von etwas (das ist nur eine spezielle Fertigkeit), sondern in der Analyse dessen, was wiedergegeben oder dargestellt wird. Wenn wir das Gemälde einer Blumenvase betrachten und uns fragen, was daran Kunst ist, heißt die Antwort nicht, daß die Wiedergabe der Vase und der Blumen Kunst ist, sondern daß Kunst darin besteht, wie sie wiedergegeben sind – das heißt, in ihrer Analyse oder Interpretation. Das bedeutet letztlich, daß Kunst durch das menschliche, gesellschaftliche Bedürfnis geschaffen wird, Erfahrung zu interpretieren und sich ihr nicht einfach passiv zu unterwerfen. Das Äquivalent dafür im menschlichen Bewußtsein ist Erfahrung und deren zutreffende Interpretation. Eine Person, die dadurch charakterisiert ist, hat Kultur, und ein Kunstwerk ist etwas, das diese Kultur zu schaffen hilft.

Ein Mensch hat die Analyse der Erfahrung als Teil seiner Erfahrung in sich, und Kunst, die ihre Analyse mit Hilfe dessen darstellt, was sie wiedergibt – und nicht in Kommentaren von außen –, bewährt sich und hat gewöhnlich mehr Einfluß auf die Vertiefung und Stärkung des menschlichen Selbstbewußtseins. Natürlich hat der Künstler nicht immer die Wahl. Wie kann in einer Gesellschaft, deren Institutionen und Sitten so wenig Wahrheit haben, daß sie diese nicht für sich selbst zu offenbaren vermag, ein Künstler wahres begriffliches Wissen in eine *Darstellung* dieser Gesellschaft einfließen lassen? Wenn er das Leiden eines Bettlers porträtiert, erhält er möglicherweise zur Antwort, Sparsamkeit verkörpere eine höhere Form der Moral als Mitleid. Allem Anschein nach könnte der

Künstler also nur propagandistisch von außen kommentieren und nicht künstlerisch von innen offenbaren. Aber es gibt immer eine Arbeiterklasse, die im Zuge ihrer Erfahrung moralische Werte hervorbringt; deshalb wird es nie lange bei einer solchen Situation bleiben. Vielleicht *könnte* die Technologie dazu benützt werden, diese Situation zu fixieren, aber das könnte nur glücken, wenn die Arbeiterklasse in ihren Erfahrungen und Reaktionen endgültig zu Robotern gemacht worden wäre; dann käme die Geschichte zu einem Stillstand.

Es ist nützlich, einige der Techniken in Erwägung zu ziehen, die Brecht und andere Theaterarbeiter anwandten, um diese Schwierigkeiten zu überwinden. Eine Szene kann durch das Vorzeigen von Plakaten unterbrochen werden, die erklären oder kommentieren, was in der betreffenden Szene passiert. Damit hilft man dem Publikum, das Gezeigte zu verstehen und sich selbst in einem neuen Licht zu sehen. Und abgesehen von den Begriffen oder Slogans auf den Plakaten ist es ein anregendes Erlebnis, die Wahrheit physisch demonstriert zu bekommen, daß Leben nicht notwendigerweise ein unfaßbarer Erlebnisstrom ist (der sich nur in Form von Pastiches der Vergangenheit verstehen läßt – wie in Joyces epischem *Ulysses*), sondern daß sich ihm neue Interpretationen abgewinnen lassen. Solche physische Demonstration im Theater verhilft zu einem neuen Umgang mit Erfahrung außerhalb des Theaters. Aufs einfachste gebracht: Viele Leute hängen jetzt sogar Plakate und Posters in ihren Wohnungen auf. Aber die Wirksamkeit dieses Verfahrens ist begrenzt. Es gibt nur an, daß etwas sich so und so verhält, ohne es – obwohl es doch wirklich wahr ist – im Kunstlabor, mit der Logik der Bühne zu testen bzw. nachzuweisen. Wenn das genügte, brauchte man kein Theater.

Brecht richtete seine Aufmerksamkeit auch auf die Methode des Spielens. Er meinte, eine Figur sollte nicht so sehr als Individuum, sondern als Klassenfunktion gezeigt werden. Vielleicht sollte man einen Unterschied machen zwischen der Art, wie Mitglieder der Ausbeuterklasse, und der Art, wie andere gezeigt werden. In der Praxis leugnen Mitglieder der Ausbeuterklasse ihre moralische Funktion, während sie institutionell Anspruch darauf erheben. Sie haben nur Exzentrik – Exzentrik ist eine Eigenschaft, die in sterbenden Kulturen überschätzt wird –, Geschmack, Diskretion, Etikette, Stil, Gemäldesammlungen, Bibliotheken usw. Hingegen erschaffen Menschen aus der Arbeiterklasse ihre Humanität durch die tägliche Erfahrung ihres Widerstands oder ihrer Veränderungsimpulse. Ihr Handeln, wenn sie bewußt so verfahren, ist moralisch – und übrigens wirklich individuell, obwohl in Übereinstimmung mit andern. Wenn nun aber ein Unterschied gemacht wird beim Spielen der herrschenden Klasse und wenn dieser Unterschied nur in der Bühnentechnik besteht (Karikatur oder Masken zum Beispiel) und nicht aus der Realität übernommen ist, dann könnte es wiederum sein, daß die moralischen Aussagen des Stücks nicht getestet und bewiesen – das heißt in Kunst verwandelt –, sondern nur behauptet sind. Die Analyse darf die Darstellung eines Ereignisses nicht überdecken. Wir müssen auf die Maske unter dem, nicht die auf dem Gesicht hinweisen. Vielleicht sollte man Mitglieder der herrschenden Klasse so zeigen, wie sie sich selber sehen: Es ist diese günstige Präsentation, die sich in den westlichen Demokratien so korrupt und destruktiv auswirkt, nicht zuletzt weil sie sich eine moralische Sprache zulegt. Natürlich, im offenen Klassenkampf ist die Rolle des Künstlers klarer. Die Situation polarisiert die Rollen für jeden. Aber momentan, in unserer Gesellschaft, so wie sie ist, wirkt die Wahrheit schrecklicher als ihre Karikatur. Um diese Wahrheit zu zeigen, ebenso wie die Maske unter dem Gesicht, brauchen wir eine neue Art des Spielens, und zwar eine, die die Komplexität der Erfahrung nicht vereinfacht, indem sie davon abstrahiert, sondern eine, die uns die vollständige Komplexität einer Figur einfach und verständlich machen läßt. Schließlich ist genau das die Wirkung des Selbstbewußtseins, wenn es sich in der Arbeiterschaft zu politischem Bewußtsein, Klassenbewußtsein entwickelt. Selbstbewußtsein wird dann selbst-tätig, weil es zu einem Ganzen von Begriffen, Vorstellungen, Anweisungen, Tests und Erfahrungen geworden ist, die sich in kritischen, bestimmenden Situationen als richtig erwiesen haben. Wenn diese Erkenntnis und dieses Verstehen dazu benützt werden könnten, eine Art des Spielens zu entwickeln, die dem Publikum Wahrheit demonstrieren würde, wäre das der entscheidendste Fortschritt, den unser Theater machen könnte.

Der Dramatiker kann die Schaffung eines neuen Theaters durch die Art seines Schreibens unterstützen. Er sollte nicht Geschichte, sondern die Analyse dramatisieren. Auch dann muß er die Geschichte kohärent darstellen, genau wie der Maler sich um eine gewisse Ähnlichkeit bemühen muß, denn darin ist die Erfahrung, die anekdotische Autobiographie repräsentiert, die das Publikum ins

Theater mitbringt. Aber die Szenen werden die Geschichte nicht so darstellen, wie man sie traditionellerweise befriedigend oder kohärent fände. Im *Bündel* habe ich nach Möglichkeiten gesucht, die Analyse zu dramatisieren. Das Spiel ist am besten nicht als eine Geschichte des Helden Wang, sondern als eine Demonstration dessen zu verstehen, wie die Worte ›gut‹ und ›schlecht‹ und moralische Begriffe ganz allgemein in der Gesellschaft funktionieren und wie sie funktionieren müßten, wenn Menschen rational mit ihrer Technologie, mit der Natur und miteinander leben sollen. Hier einige der Augenblicke in *Das Bündel*, in denen die Analyse dramatisiert worden ist: In Szene Sieben, als Wang ruhig redet, während ihm das Blut am Kinn herunterläuft; am Schluß von Szene Fünf, in dem Spiel-im-Spiel; in Szene Neun des Kaufmanns plötzliche tierische ›Ju!‹-Rufe (Laute des Terrors); am Schluß von Szene Drei Wangs Wahl des Wortes ›kaufen‹, als er schreit; in Szene Acht (c) der Kampf der Mutter um Beweglichkeit und ihr Schrei; in Szene Acht (a) die Benützung der Wasserschüssel – anfangs ist es ein Gegenstand in der Geschichte, der dann aus der Geschichte herausgezogen und in die Analyse transferiert wird, als der Fährmann sie mit einer ruhigen, einfachen Geste auf den Boden stellt und dem Publikum eine Erklärung anbietet, so wie er zuvor Tiger das klare Wasser angeboten hatte. Auch die Verwandlung des Bündels am Fluß von einem Baby in den Szenen Eins und Vier zu Gewehren in Szene Acht (b) ist eine Dramatisierung der Analyse. Regisseur, Bühnenbildner und Schauspieler müssen solche Augenblicke zu dramatischen Höhepunkten machen. Es ist nicht nur einfach »das Abziehen einer Schau«.

Inszenierung und Ausstattung eines Stückes zeigen dem Publikum, wie es auf das Stück reagieren, das Stück analysieren soll. Zum Beispiel der Umgang mit dem Boot in Szene Drei. Das Boot kommt nicht einfach an, es wird auch wieder entfernt. Dieses Manövrieren würde in einem gutgebauten Stück ungeschickt wirken. Das gutgebaute Stück verführt das Publikum zu der Annahme, die Geschichte selbst werde ihm zeigen, wie sie zu interpretieren sei. Statt dessen wird in diesem Stück das Boot von den Wächtern säuberlich und umsichtig wieder hinausgetragen (mit Unterstützung der Passagiere, wenn nötig), so daß eine Pause im Spiel entsteht, die auf den notwendig folgenden Vorfall vorbereitet. Sie bringt das Stück nicht zum Stillstand oder beansprucht Interesse rein für sich (wie Brecht versucht gewesen wäre, es zu sehen), sondern bringt das Stück mit Takt und Diskretion voran und lehrt das Publikum seine Freiheit, das Stück zu interpretieren. Wie gesagt, die Geschichte interpretiert sich nicht mehr selbst, wie ein Witz das kann, oder erlöst das Publikum nicht von der Notwendigkeit, sie zu interpretieren, wie einst vielleicht ein Mythos es getan hatte. So kann die Art, in der die Darsteller die Probleme der Darstellung des Stücks interpretieren, das Publikum an der Interpretation des Sinns, der Analyse des Stücks beteiligen.

Brecht gibt einige Male zu verstehen, jede Szene könne in sich vollständig sein und diese Isolierung der Szenen für die Interpretation der Wirklichkeit von Nutzen sein. Aber der Zusammenhang der Szenen ist entscheidend, denn er ist Teil der Analyse. Szenen dürfen sich in der Tat nicht mehr nur für die Zwecke der Geschichte aufeinander beziehen, denn das Publikum kann Geschichten nicht mehr passiv interpretieren, und so kann der Dramatiker das Publikum nicht mehr auf diese Weise mit der Wahrheit konfrontieren. Statt dessen hängen Auswahl und Anordnung der Szenen von der Analyse ab – das heißt, die Analyse diktiert die Struktur der Geschichte; aber man muß wie gesagt aufpassen, daß sie die Geschichte nicht verdeckt. Der Richter Azdak im *Kaukasischen Kreidekreis* verschwindet wie ein deus ex machina, nachdem er gezeigt hat, daß ein Urteil weise sein kann. Das geschieht durch Vorkommnisse in einer Szene. Er bleibt nicht um zu zeigen, daß Weisheit praktisch ist. In *Cymbeline* steigt ein Gott herab, damit wir verstehen (er verbietet uns, Fragen zu stellen), und Azdak verschwindet anscheinend, damit wir glauben! Bei all seiner Erdverbundenheit ist er eine Stimme, die aus einem hochgelegenen Fenster ruft, und nicht jemand, dem wir auf der Straße begegnen. Praktikabilität kann nur durch die Anordnung der Szenen gezeigt werden, nicht durch einzelne Vorkommnisse in Szenen. Die Struktur des Epischen muß Sinn haben – es handelt sich nicht um eine Aneinanderreihung von Szenen, die zeigt, daß Sinn logisch möglich ist. Das Epische muß eine Einheit haben, die auf praktischer Wahrheit beruht, genau wie es einmal auf mythologischer Kohärenz beruhte. Die Einheit leitet sich von der Analyse her, die Ursache und Wirkung kohärent versinnbildlicht und in sich enthält. Die Szenen in *Das Bündel* wurden aus diesem Grund ausgewählt und geordnet. Offensichtliche Beispiele bieten die Parallelen der Szenen Eins und Vier; die Placierung von Szene Sieben zwischen den Szenen Sechs und Acht, wo sie die Geschichte unterbricht, statt vor Szene Sechs; die Entscheidung, die Vorbereitung des Kampfes und dessen Folgen zu dramatisieren und nicht den Kampf selbst – was für die traditionelle Geschichte nötig gewesen wäre. (Einige Kritiker ließen sich dadurch so verwirren, daß sie annahmen, die Gewehre würden nicht benützt, obwohl Szene Neun deutlich macht, daß sie benützt werden.)

Die ›Dramatisierung der Analyse statt der Geschichte‹ durch Auswahl und Anordnung der Szenen und durch dramatische Betonung von Vorfällen in den Szenen ist eine Weise, der Literatur Sinn zurückzugeben. Das mag einem kalt und abstrakt erscheinen, ist es aber nicht. Die Analyse kann uns die Schönheit und Vitalität vermitteln, die einst zum Mythos gehörten, ohne dessen Kompromisse und intellektuelle Verschiebung von Sinn. Es kann der fesselndste Teil des Stücks sein, dramatisiert durch machtvolle Bilder und dramatische Konfrontationen von Schein und Wirklichkeit. Aber als bloße dramatische Effekte haben diese Dramatisierungen keine Existenzberechtigung. Sie weisen auf diejenigen Wendepunkte einer Geschichte hin, bei denen das Publikum nicht passives Opfer oder Augenzeuge, sondern Interpret von Erfahrung, Vertreter der Zukunft sein soll und dem Handeln durch die Neuerschaffung des Selbstbewußtseins wieder Sinn gibt. In diesen Augenblicken ist das Publikum den Spielern überlegen: Es befindet sich auf der wirklichen Bühne.

Ich habe etliche Sachverhalte berührt und nicht Zeit gehabt, sie ausführlich zu diskutieren. Es könnte auch scheinen, als sei ein Teil dessen, was ich gesagt habe, zu theoretisch, um Anleitung für die praktische Aufführung zu sein – aber *dafür* entschuldige ich mich nicht. Wir können nicht wissen, wie wir schreiben, inszenieren, ausstatten oder spielen sollen, ehe wir wissen, warum wir überhaupt eine Bühne haben. Als Gattung brauchen wir ein Bild von uns selbst. Andere Tiere sind von Instinkten geleitet und durch begrenzte Bedürfnisse geschützt. Wir treffen Entscheidungen, und um das umsichtig zu tun, brauchen wir ein Bild von uns selbst, ein menschliches Bild. Unsere Biologie gibt uns die Anlagen dafür mit, und wenn wir uns dieses Bild nicht machen, können wir die Möglichkeiten der Technologie nicht nützen, ohne uns selbst zu zerstören oder zu korrumpieren. Kultur wird durch ein rationales, selbst-tätiges Selbstbewußtsein geschaffen. Eines der Mittel, dies zu schaffen, ist Kunst. Alle Gesellschaften haben Kunst benützt. Es ist eine biologische Forderung normaler menschlicher Funktion. Allerdings haben andere Gesellschaften Kunst nicht so benützt, wie erschöpfte Geschäftsleute unsere Theater benützen möchten – nämlich um der Arbeit zu entkommen, die ihnen Selbstachtung und Selbstkenntnis verweigert –, sondern um Leben und Arbeiten so zu lernen, daß wir glücklich werden können und unsere moralische Anteilnahme aneinander nicht vergeudet ist.

Edward Bond
1978

Restauration

Ein Pastorale

Deutsch von
Karin Graf und Clive Winter

Personen:

LORD ARE
FRANK
MR. HARDACHE
ANN
ROSE
BOB
MUTTER, *Mrs. Hedges*
PFARRER
GABRIEL
MRS. WILSON
LADY ARE, *Mutter von Lord Are*
BOTE
WÄRTER

England im 18. Jahrhundert – oder an einem anderen Ort zu einer anderen Zeit

Teil I:

Szene eins	London: Park von Lord Ares Anwesen
Szene zwei	Hilgay: Herrenhaus – Vorbau
Szene drei	Hilgay: Herrenhaus – Salon von Lady Are
Szene vier	Hilgay: Herrenhaus – Arbeitsraum
Szene fünf	Hilgay: Herrenhaus – Frühstücksraum

Teil II:

Szene sechs	Peterborough: Gefängnis – Zelle
Szene sieben	Hilgay: Wäldchen
Szene acht	Peterborough: Holme Cottage – Küche
Szene neun	London: Haus der alten Lady Are – Salon
Szene zehn	Hilgay: Herrenhaus – Frühstückszimmer
Szene elf	Peterborough: Holme Cottage – Küche
Szene zwölf	London: London Bridge

Es ist ein schöner Sonnentag

Es ist ein schöner Sonnentag
Die schwarzen Wolken ziehen ab
Zwar sind Raketen aufgestellt
Doch abgeschossen werden sie nicht,
Kriegsverbrechen heute nicht!
Diesmal sagen alle Nein
Diesmal wollen wir klüger sein
Und halten die Kriegstreiber klein

Es ist ein schöner Sonnentag
Stund um Stund wird sonniger
Zwar sind die Bomben wurfbereit
Doch abgeworfen werden sie nicht
Krieg anzetteln heute nicht!
Diesmal sagen alle Nein
Diesmal wollen wir klüger sein
Und halten die Kriegstreiber klein

Es ist ein schöner Sonnentag
Schöner wird er Stund um Stund
Und die Soldaten rücken nicht aus
Deshalb fällt im Feld kein Schuß
Heldentod heute nicht!
Diesmal sagen alle Nein
Bleiben hier und spielen daheim
Und halten die Kriegstreiber klein

Es ist ein schöner Sonnentag
Der Himmel wird blauer die ganze Zeit
Jetzt leben wir so wie es uns paßt
Unsere Welt soll uns gehör'n
Blind gehorchen heute nicht!
Diesmal sagen alle Nein
Leben in die Zukunft rein
Und halten die Kriegstreiber klein

Szene eins

London. Park von Lord Ares Anwesen. Are und Frank. Frank in Livree.

ARE Lehn mich gegen den großen da.

FRANK Die Eiche, Sir?

ARE Halt den Mund! Willst du, daß ich wie ein Betrunkener aussehe? Nonchalant. Als verbrächte ich oft den Tag an eine Eiche gelehnt oder ausgestreckt im Gras.

FRANK Recht so, Euer Lordschaft?

ARE Nein, nicht so, Rotznas, wenn dir das Freude macht. Häng mein Halstuch über den Zweig. Mit Gefühl – als hätt ein Wind es geschmackvoll dahingeweht. Weg. Wie sehe ich aus?

FRANK Nun, Euer Lordschaft ... wie hätten Sie's gern?

ARE Ich habe mein Braun-Grünes mit Absicht angezogen. Muß ich noch Beeren tragen, damit ich in die Landschaft passe?

FRANK So was nie gesehen, Euer Lordschaft –

ARE Faxen! Ihr Stadtläuse kennt doch nicht einmal den Unterschied zwischen einem Schornstein und einem Strohhalm. Haau! Ich darf nicht lachen, das verdirbt meine Pose. Verflucht! Die Skizze zeigt eine Blume. Die Läden haben zu; ich muß eine vom Boden nehmen.

FRANK Was für eine Sorte, Sir?

ARE Reiß das infame kleine Ding auf dem Wege da aus. Das wird es lehren, zu wachsen, wo Gentlemen gehen.
Frank gibt ihm die Blume.

ARE Riech daran! Wenn sie zu widerwärtig riecht, wirf sie weg! Ich hasse die ordinären Gerüche, die das Land ausströmt – immer in Schweiß gebadet! Vergleich mich mit der Skizze.

FRANK *überprüft die Skizze:* Bein ein bißchen mehr nach außen.

ARE Gott, ich werd' noch zum Krüppel! Steht man auf dem Lande wirklich so? Wenn ich über die Stadtgrenze fahre, lasse ich aus Trauer die Vorhänge herunter, und auf meinem Landsitz gehe ich aus Angst vor den Bestien nie aus.

FRANK Kühe sind keine Bestien, Sir.

ARE Die Bauern, Kerl. Verdirb mir die Skizze nicht mit deinen dicken Daumen. Ich ließ sie von einem Mann zeichnen, der für seine Landschaften berühmt ist, damit ich weiß, wie ein Gentleman sich dekorativ aufs Feld stellt. Das nenne ich richtig angewandte Kunst. Das Buch, Lümmel, mach es auf! Muß ich auf den Deckel starren, als wüßte ich nicht, was für ein komisches Ding ich da in der Hand halte?

FRANK Welche Seite, Sir?

ARE Je leerer, desto besser. *Betrachtet die Seite.* Schlag um, Kerl. Der Dichter hat seine Tinte verschüttet und dann schnell was gekritzelt, um sie noch auszunützen. Ein Gedicht sollte so gut zugeschnitten sein und so ordentlich auf die Seite passen, als wäre es vom eigenen Schneider geschrieben. Das Geheimnis des literarischen Stils liegt in den Marginalien. *Das* kann nur Lord Lesters Schneider geschrieben haben, der in Sackleinen herumläuft. Weiter – zu etwas Kurzem. Dein Herr ist für Kürze und Würze. An die Arbeit. Ich muß vor Sehnsucht vergehen.

Frank geht.

ARE Was bin ich für ein armer Gentleman! Stadthaus und Park, Landhaus und Land, so weit das Auge reicht, sagt man jedenfalls – denn ich schaue nie hinaus, es würde mich zu sehr daran erinnern, wie weit weg die Stadt ist – Schulden, die einem Herzog zu Ehren gereichen und pleite. Also: eine reiche Braut. Drüben erhebt sich wie eine Rauchsäule am Horizont Mr. Hardache, Eisengießer, Schiffsbauer, Bergwerkbesitzer, Macher und Händler in Sachen Menschen und vielem anderen, was Geld bringt. Mit seiner Tochter, die zu ihrem Vermögen einen passenden Titel und Landsitz braucht. Nun ja, Ehen wurden schon auf schwächeren Fundamenten gegründet. Neigungen wechseln, Stolz nicht. So stehe ich hier, in Szene gesetzt wie ein wilder Waldmensch. Extravagant, schließlich soll das Mädel sich auf den ersten Blick in mich verlieben und mir das langwierige Werben um die Tochter eines Eisengießers ersparen. Mein Gott Freunde, was soll man machen: mit einem Löffel im Blechnapf klappern und es eine Serenade nennen? Nur ruhig Blut! Du mußt nur diese faden Moralvorstellungen vergessen – die Erleichterung darüber treibt dir das Entzücken ins Gesicht – und das Schicksal des Luders ist besiegelt. Ich hoffe, ich muß nicht warten bis die Jahreszeit wechselt? Ich werde noch Zweige treiben oder vom Rauhreif weiß werden.

Bob tritt auf.

ARE Ein blöder Bauer wandert übers Land.

BOB London, hier sin wir! Was hab ich nich all gesehn!

ARE Was glotzt der Tepp so unverschämt? Gott, er grinst!

BOB Morgen, der Herr.

ARE Er spricht mich an! Lümmel, weg mit dir!

BOB Ja, der Herr, wohin?

ARE Wohin? Was kümmert's mich? Zur Hölle! Ha-au! *Beiseite.* Lieb Herz, inkommodier dich nicht. Ein ungehobeltes Gesicht paßt zwar zum Lande, ich möchte aber keins haben, nicht mal wenn das Konkursgericht niederbrennt. Guter Gott, mein Fuß steht falsch.

BOB *beiseite:* Fluchen die Londoner Herrn, wenn sie ihre Füße bewegen? Wie kommen's dann ins Bett, oder raus? – Soll'n wir Se tragen, Herr?

ARE *beiseite:* Ich hab's mit einem harmlosen Idioten zu tun. Die Eisenleute sind gerade in die Auffahrt eingebogen. Bald hören wir sie rasseln. – Guter Junge, lauf auf meinen Feldern herum. Geh und spiel.

BOB *beiseite:* Das is' ne Prüfung, Bob. Laß dich nicht übers Ohr hauen. *Einfall.* Was bin ich blöd! Der olle Lappen um ihren Hals hat Se in de Dornen hochgerissen. Ich seh's Ihr'm Gesicht an. Ich zieh Se gleich raus, Herr.

ARE *stößt Bob weg:* Weg mit dir! Zurück in dein Tollhaus!

BOB Wie denn, Herr? Es ist Bob – großjährig geworden un' geschickt, um Se zu dienen, wie's in der Geschichte von unsrem Hof steht: ältester Hedges-Junge hat's Recht, sein Herrn zu dienen. Verwalter hat geschrieb'n und gesagt, er schickt mich –

ARE *beiseite:* Das kommt davon, wenn man einen Gedichtband aufschlägt. Kerl . . .?

BOB Bob, Herr. Oder Robert Hedges.

ARE Bob, dort drüben ist eine Weide. Geh grasen.

BOB Grasen, Herr?

ARE Ein Junge vom Land muß doch wissen, wie man grast.

BOB *beiseite:* Ich muß mich auf die einstellen, wenn ich überleben will. – Ja, Herr.

ARE Dann grase.

BOB *zuckt die Achseln, beiseite:* Ich kau' mal drei Halme, um guten Willen zu zeigen. Das muß reichen. *Er geht.*

ARE Da kommt mein Geld. *Liest.*

Hardache tritt auf.

HARDACHE Lord Are.

ARE Ha, Sir, Sie haben mich überrascht!

HARDACHE Die Tochter ist noch nicht hinter der Hecke, studiert das Schaufenster. *Ruft.* Komm Tochter, oder seine Lordschaft denkt, du kannst dich nicht benehmen. Ein Mädel, das sich gern zurückhält.

ARE *beiseite:* Gut. Dann kann sie sich gern aufs Land zurückziehen und London mir überlassen.

HARDACHE Sie werden ihre Eigenarten bald kennenlernen. Allerdings, sie ist leicht gereizt – wie ihre Mutter. Die Frau, Gott hab' sie selig. *Ruft.* Pst! Komm, Tochter. – Sie tut ganz wie eine Dame; hat sie von den Kunden gelernt. Nicht, daß sie noch im Geschäft arbeitet. – O nein! Letzte Woche war die Suppe einmal kalt. Sie zerrt die Köchin herein und liest ihr vor den Gästen die Leviten, bis die wie ein Hund zittert, dem man den Brunnen zeigt. Alles, was ihr gefällt, muß sie haben. Sah eine Kutsche mit einer neuen extrafeinen Vertäfelung – muß haben. Eine Herzogin mit Diamanten am Hut – muß haben. Ein spilleriges Schoßhündchen – muß haben. Kleine schwarze Zofe – auch davon eine. Nicht, daß ich's ihr nicht gönnen würde. Sie ist alles, was mir von ihrer Mutter geblieben ist, außer ein paar Wolltücher. Die gute Frau hat ihr Leben lang gearbeitet – bis wir einen Penny für uns hatten, und zwei, um den Schaden wiedergutzumachen – und starb hinter der Ladentheke, ein Butterbrot in der Hand. Wir sind richtig familiär.

ARE *beiseite:* Gott, er wird mir noch die Sprüche von den Familiengrabsteinen vortragen.

HARDACHE – und ich hab vor, Sie zu einem Teil davon zu machen!

ARE *beiseite:* Zum Teufel, wenn ich den je Vater nenne!

ANN *unsichtbar:* Pst!

HARDACHE Rufst du mein Schatz?

ARE Holen Sie sie herbei, Sir – *Beiseite.* – ehe das Efeu an mir hochklettert.

HARDACHE *ruft:* Ich komme dir entgegen.

Ann kommt auf die Vorderbühne und Hardache kommt zu ihr hinunter.

ARE Nicht unansehnlich, aber das einmal Verpaßte ist nicht wieder aufzuholen. Stil kann einen nicht in jedem Alter überkommen wie ein Glaubenswechsel; die Grundlagen lernt man in der Kinderstube oder nie. Die Röte dieser Wangen kann man für einen halben Penny von einem Obstkarren erwerben. Aber ich nehme sie, denn sie kommt mit Geld.

HARDACHE Ja, meine Liebe? *Neben ihr.* Luder, zu dir paßt nix als ein Botenjunge, aber du bist meine Tochter, und du wirst einen Lord heiraten.

ARE Aber Vater! Er hat noch Arme und Beine und ist noch gut auf der Lunge. Er kann noch Jahre leben.

HARDACHE Soll ich nicht gutes Zuchtmaterial kaufen?

ANN Ach, du bist ein Idiot, Vater! Lucy hat einen Grafen mit Gicht geheiratet, der bloß drei Monate gehalten hat. Und Audreys alter Baron ist innerhalb eines Jahres an Verfressenheit gestorben – und auch als er noch lebte, war er ihr nicht lästig. Er jagte sie ums Bett, war aber zu fett, sie zu fangen. Sie nahm richtig ab und sah nach der Ehe besser aus als vorher – und das können wenige Mädchen sagen!

HARDACHE Komm, Miß.

ANN Selbst die häßliche Mary Flint. Ihr Vater beschaffte ihr einen Earl, erst fünfundzwanzig; aber so aufgezehrt von den Krankheiten, mit denen er geboren wurde, und denen, die er sich holte – und verrückt, sie ließ ihn von drei Ärzten untersuchen, bevor sie den Ehevertrag unterzeichnete – daß der arme Pfarrer, als sie in die Kirche kamen, nicht wußte, ob er die Hochzeits- oder Totenmesse lesen sollte. Er hatte auch recht: kaum hatten sie die Kirche verlassen, da mußten sie zur Beerdigung zurückkehren. Ein- und gleich wieder ausgeläutet. Aber was hast du je für mich getan, Vater?

HARDACHE Sofort, Mylord.

ANN Kannst du keinen im Rollstuhl finden oder wenigstens auf einer Krücke, daß ein Frauenzimmer hoffen darf? Hast du dich erkundigt, ob man in der Familie jung stirbt? Nein – du denkst an nichts, Vater. Auch wenn er Besitz auf dem Land hat. Du weißt, ich hasse das Land.

ARE Bitte, machen Sie mich los.

ANN Warte, vielleicht erhängt er sich.

HARDACHE *zu Are:* Meine Tochter ist zu wohlerzogen, um in der Öffentlichkeit einem Herrn ans Hemd zu fassen. *Befreit Are.* Nun, Sir.

ARE Diener, Madame.

ANN Guten Tag, Sir.

ARE Gestatten Sir mir, Ihnen das Gelände zu zeigen. Einige Rosen, ein Obstgarten, ein hübscher Wald, die gepflegteste Wildnis, und ein Dschungel im Gewächshaus. Mit den Wassergärten geben wir uns nicht ab – ein Tümpel im Vergleich zu den Seen von Hilgay!

ANN *beiseite:* Vielleicht neigt er zu Unfällen. – Verletzte Sie das Halstuch, Sir?

ARE Verletzen? Pah! Wenn ich bei der Jagd stürze, bricht der Boden.

ANN *beiseite:* Am besten das Schlimmste vorher wissen. Er hat immer noch die beste Loge im Theater, diniert in vornehmen Häusern, Bälle mit Orchester. Ich werde bei Hof vorgestellt und mit dem Prinzen tanzen, bei der zweiten Aufforderung – bei der ersten habe ich eine meiner Launen und gähne ihn groß an.

ARE *beiseite:* Amors Pfeil hat getroffen. Ich setze meinen Preis herauf und hetze sie auf den alten Kohlenbrenner. Dieses Licht im Auge einer Dirne oder einer Gräfin ist die wahre Begierde nach Geld.

Are und Ann gehen.

HARDACHE *ruft:* Rose! – Ihr jungen Leute geht und betrachtet die Blumen. Ich warte im Haus.

Rose tritt auf.

HARDACHE Rufe mich, wenn das Luder wegläuft. Er darf ihre Hand tätscheln und sich an ihr reiben – aber sonst nix.

ROSE Ja, Sir.

Hardache geht. Bob tritt auf, er ist Rose schon begegnet.

BOB Soll'n wir folgen?

ROSE Nein.

BOB Hast gemerkt, der Himmel ist Gold? Wußte, die Straßen sin nich damit gepflastert. Hätt'n die erzählt, der Himmel ist's, ich hätt's auch nich geglaubt.

ROSE Die Sonne scheint auf den Rauch.

BOB Ich bin Bob. Wie heißt du, Mädel?

ROSE Rose.

BOB Zeigst uns London, Rose?

ROSE Werden keine Zeit haben, Besichtigungen zu machen.

BOB Macht nichs, hab lieber gut zu tun. Aber die Kirchen un Paläste un Häfen un Märkte will ich woll seh'n. Hach ja! Rose, wenn deine Lady un mein Lord heiraten, wie du sagst, seh'n wir uns viel. Das wird uns gefallen. Machen wir 'nen Handel. Du sagst immer, wenn ich mich vertu.

ROSE Dann habe ich viel zu tun. Du bist hierhin von einer armen

Kuh weggelaufen, die deinen Bastard trägt.

BOB Das is gelogen! Soll so was nich 'nem Kerl vorwerfen.

ROSE Fahr nicht aus dem Hemd.

BOB Na gut, solang wir's wissen. – Guck bloß, was *die* treiben. Könnt ja 'n Karren dazwischen. Behandel 'n Mädel aus Hilgay so und se denkt, 's stimmt was nich mit ihr. Ich zeig dir, wie man's macht. Erst nimmst 's Mädel an der Hand un gehst mit ihr auf und ab. Die Woche war hart, da wird se bald müd und geht 'n bißchen langsam.

ROSE Sie geht nicht zu weit. Sie wird wahrscheinlich allein zurückkommen müssen.

BOB Der Kerl kann denken, so lenkt er se zum Wegrand und klopft aufs Gras. Mach's dir bequem, Mädel.

ROSE Nein, ich habe mein bestes Kleid an.

BOB Du muß' ja sagen, sonst kann ich dir nich zeigen, wie's gemacht wird. ›Guck‹, sagt er, ›du bis 'n hübsches Mädel‹, und er gibt ihr ein *(Nimmt Ares Blume hoch.)* Gänseblümchen. Dann gibst du ihm 'n Kuß.

ROSE Warum?

BOB Du mußt!

ROSE Warum?

BOB Gott, du bist 'ne ablenkende Frau, Mädel. In Hilgay finden sie so was sehr ungezogen. Du has die Blum, du muß' küssen – oder es is Pech für beide Seiten für 'n ganzes Jahr. Du solls uns 'n bißchen Glück bringen, Rose – *Küßt sie* – an meinem ersten Tag in London.

Rosen

BOB Eine Rose lege ich auf deine Brust.
Rote Ros' für dunkle Blüte
Sie hebt und senkt sich, wenn du atmest
Dein Atem ist ein Hauch der glühte
In stummer Welt, wo Eis aufragt
Schmilzt er den Schnee zu Glitzerrinnen
Und ruft die Schwalben zurück aus dem Süden
Im Duft deines Atems und der Rose
Öffnen die Blätter sich und schweben
Kommen auf deinem Herzen zur Ruh
Das tu auch ich

Ich küß die Blätter
Sie gehen auf und wieder zu
Umdrängen die geheime Knospe
Die Knospe, in der verborgen lag
Der Frühlingswind, der Regen sanft
Die Wärme an einem Sommertag

Szene zwei

Hilgay. Herrenhaus. Vorbau. Mutter und Pfarrer.

MUTTER Regen sich auf, daß Sie sie nicht Spalier stehen lassen. Nicht oft, daß sie 'n bißchen Spaß kriegen.

PFARRER Laß sie arbeiten – das ist, was Seine Lordschaft gern sehen möchte.

Are und Ann treten auf. Frank geht mit Schachteln ein und aus.

ARE Puh! Der Staub! Pfarrer, Sie haben Ihren Kirchhof vor meiner Schwelle ausgeschüttet.

PFARRER Mylord, ich werde um Regen beten.

Are geht ins Haus.

ANN Jeder Knochen in meinem Leib ist gebrochen. Mein Magen hat mit der Leber die Plätze getauscht. *Zu Frank.* Paß mit der Schachtel auf, Mann!

PFARRER Mylady, willkommen auf Hilgay. Wir baten um einen Segen für Ihre Hochzeit...

ANN *zu Frank:* Schaff sie weg von seinen Füßen!

PFARRER ... und hätten gern die Trauung in St. John's gehalten. Der Vater Seiner Lordschaft wurde da getauft, verheiratet und begraben, so wie auch...

ANN *zu Frank:* Knall das nicht so hin, Mann!

FRANK 's is schwer.

ANN Du hast gleich meine Hand in der Visage!

MUTTER Mylady, Mrs. Hedges, Ihre Haushälterin.

ANN Jemand soll auf die Kutsche achten! Was sind das für Rüpel, die da hinten herumlungern? Haut ab! Die stehlen mir noch meine neuen Sachen.

Bob tritt auf. Er trägt die gleiche Livree wie Frank.

PFARRER Mylady, in der Gemeinde sind die Methodisten ausgebrochen. Am Sonntag habe ich die Pferde aus den Ställen genommen und die Fanatiker durch die Straßen getrieben. Ohne anzugeben: am Montag waren die Viecher so erschöpft, daß es einem weh tat, sie einzuspannen.

Ann geht hinein. Der Pfarrer folgt.

BOB Ma.

MUTTER Jung, siehst du schick aus.

Sie können sich nicht umarmen, weil Bob ein Paket abstellt.

BOB Geht's gut?

MUTTER Geht so. Pa ist hinten, hab ihn nach Haus gebracht. Ist sie so biestig, wie sie aussieht?

BOB Ja, soweit ich eine Kuh erkennen kann.

MUTTER Mit Kühen kann ich umgehen.

BOB Sag Pa, ich komm raus, sobald ich Seine Lordschaft in Ordnung gebracht hab.

Bob geht hinein. Mutter begutachtet das Gepäck.

MUTTER Huh, Haufen altes Zeugs. Braucht sie hier nicht.

Rose tritt auf. Mutter richtet sich auf und sieht sie.

MUTTER Huch!

ROSE Mrs. Hedges.

MUTTER Dacht, der Teufel hätt mich beim Schnüffeln erwischt. Hast mir einen Schreck eingejagt, Mädchen.

ROSE Ich bin die Zofe der Lady.

MUTTER Ja. Hab gehört, daß die Londoner Dienstboten schwarz werden. Tut mir leid, wenn ich geschrien hab, Liebchen. Das Haus ist mein Reich durch Recht und Eroberung. Was draußen passiert, ist Sache des Verwalters oder Obstgärtners – für ihre Gesetzlosigkeit bin ich nicht verantwortlich. Mr. Phelps ist der Pfarrer, wenn du zur Kirche gehst – und das tust du besser, die beschweren sich! –, und der Magistrat, wenn du vor Gericht gehst – was du besser nicht tust. Dein normaler Dienst fällt unter Ihre Ladyschaft, aber alles, was mit der Haushaltsführung zu tun hat, fällt unter mich: wo du bei Tisch sitzt, die Ordnung in deinem Zimmer, jede Zankerei, die du mit den Dienern hast – ich bin das Gesetz und die Barmherzigkeit, wenn du Glück hast. Das klar, Kleines? Unordnung lohnt nicht, ganz und gar nicht.

ROSE Danke, ich weiß gern, woran ich bin.

MUTTER Sei brav und installier die Lady und komm runter in meine Küche. Mußt ausgehungert sein. *Plötzlicher Einfall.* Du ißt nix Besonderes?

ROSE Nein.

MUTTER Gut so, denn wir haben's nicht. Ich find dir was Leckeres.

Bob kommt herein und umarmt Rose.

MUTTER Ihr zwei kennt euch.

ROSE Wir sind verheiratet, Mrs. Hedges.

MUTTER Verheiratet? Nun. *Gedankenpause.* 'ne schwarze Kuh gibt genauso gut Milch wie 'ne weiße. Die sagen, wenn man's

Rost schwärzt, brennt das Feuer besser. Aber – Gott versteht sich auf Überraschungen. Hab 'ne Schwiegertochter! Nun, schickst 'nen Kerl nach London, kommt er sicher anders zurück. Hättest 'nen Brief schreiben lassen können. Ich hätte ihn lesen lassen.

ROSE Die Hochzeit von denen hat uns in Trab gehalten.

BOB Wir sind sehr glücklich, Ma.

MUTTER Das sind sie am Anfang alle, sonst würden se nicht heiraten. Wir werden uns – Stell dir vor, 'ne Tochter haben. Das braucht 'ne Minute, zum Drangewöhnen. Brauchen ein Doppelbett. Ich lad euch zwei ein auf ein Glas Wein in meiner Vorratskammer. Versorg erst Ihre Ladyschaft. Will keinen Stunk an ihrem ersten Tag im Haus.

ROSE Laß die Kuh warten. Ich hab den ganzen Tag noch keine fünf Minuten mit Bob gehabt.

Frank kommt herein.

FRANK Hoheiten raufgegangen?

ROSE Ja.

FRANK Kaff hier, nicht? Tierquälerei, hier Viecher zu halten. Alle Bäume sehen gleich aus. Verirrt ihr euch nicht? Hab Angst, den Kopf aus dem Fenster zu stecken, find vielleicht den Weg nicht zurück. Mach aber was draus! Wie sind die Weiber? Fixer Junge aus London, sieht gut aus, kann erzählen, ganz schön rumgekommen – was? Das, worum jedes Mädel betet. Hast du gebetet, Mütterchen? Hey, sprichst du Englisch oder machst du Tiere nach wie Bob?

MUTTER Mrs. Hedges, die Haushälterin. Erfreut, Ihre Bekanntschaft zu machen, Mr. ...?

FRANK Frank, meine Liebe. Auf den Titel verzichte ich: nütze meine Macht nicht aus. All die Stiere und Kühe laufen nackicht herum – Mädels müssen sich wohl alle Zeit bereit halten. Aber auf die Felder bin ich nicht scharf. Also, eine Hintergasse war der Schauplatz vieler meiner ...

BOB Hör nich hin.

FRANK Die spricht aber Englisch, oder nicht, Bobby? Oder was Ähnliches. Die deine Ma? Erfreut, Sie kennenzulernen, Mrs. Hedges.

MUTTER Wenn die 'nen Esel wegen seines Brüllens kaufen täten, könnt ich Sie an den Bürgermeister verkaufen. Schaffen Sie das Zeug von meinem Flur ...

FRANK Schimpft deine Ma mit mir, Bobby?
MUTTER ... ehe wir uns den Hals brechen.
FRANK Wenn Sie mich fragen, zurück in die Kutsche damit. Glaub nicht, daß Madame diese Tour lange mitmacht.
MUTTER Schnappen Sie sich bloß die Koffer ...
FRANK Ich nicht, Mrs. Hedges. Ich bin der Diener für draußen, Bob für drinnen. Ich hole und bringe draußen – und *nicht* so 'nen Kram. In London sind's Briefe, Geschenke, zurechtgemacht in kleinen Schachteln, Bestellungen beim Blumenladen, oder der Lady hinterherlaufen, wenn sie einkaufen geht. Wenn das London wär und Seine Lordschaft würde auf der Linie hier stehen, müßte ich die Spitzen seiner Stiefel putzen und Bobby die Absätze.

Lied vom Lernen

FRANK Ich schlief in einer Hütte zigtausend Jahr
Und lernte, da kann man nicht leben
Ich baute Paläste für die Reichen zigtausend Jahr
Und lernte: einen bau ich mir selbst, klar

Ich hämmerte und schuftete zigtausend Jahr
Alles, was ich machte, wurde mir aus der Hand genommen
Ich führte Fabriken für die Reichen zigtausend Jahr
Und lernte: eine führ ich mir selbst, klar

Ich diente bei Tisch zigtausend Jahr
Und lernte gut kochen und den Wein aufzumachen
Ich sah die Reichen fressen wie Schweine zigtausend Jahr
Von jetzt wird das Essen meins sein, klar

Ich druckte ihre Bücher zigtausend Jahr
Über ihre Schulter lernte ich das Lesen
Ich baute Bibliotheken für die Reichen zigtausend Jahr
Und lernte: die Bücher zu schreiben, die ich brauche für mich, klar

Ich kämpfte in ihren Kriegen zigtausend Jahr
Und starb so oft, daß ich lernte zu leben
Ich kämpfte Schlachten, um ihren Reichen zu retten zigtausend

Jahr
Und lernte: selbst den Feind zu kennen, klar

Ich gab ihnen mein Leben zigtausend Jahr
Doch in all der Zeit lernten sie nie zu leben
Ich wurde regiert von den Reichen zigtausend Jahr
Jetzt hab ich gelernt, Gesetze zu machen für mich selbst – klar

Ich habe Schmerz gekannt und die Schönheit geliebt
Teilte Freude, starb für die Pflicht
Ich habe gut gelebt, zigtausend Jahr
Lernte euch zur Hölle zu jagen – klar

Szene drei

Hilgay. Herrenhaus. Salon von Lady Are. Ann mit einem Buch.

ANN Letzte Nacht hatte ich einen wunderbaren Traum. Wir gingen Arm in Arm spazieren. Ein wunderbarer Tag. Plötzlich goß es wie aus Eimern. Wir suchten Schutz unter einem Baum. Der Wind heulte in den Ästen – und der Baum wurde vom Blitz getroffen. Er stürzte, fiel meinem Mann auf den Kopf und trieb ihn schnurstracks in den Boden wie ein Hammer einen Nagel. Er war weg! Verschwunden! Getötet und begraben auf einen Schlag! Ich hatte nicht mal einen Kratzer. Dann kam die Sonne heraus. Nun, mußte sie ja, nicht? Und Lucy und Peg – meine besten Schulfreundinnen – kamen in einer Kutsche vorbei, sitzen auf einem Riesenberg von meinem Gepäck. Und ich entschwinde mit ihnen zu einer Gala, die die Königliche Familie in Covent Garden gibt, damit das ganze Volk meine Erlösung feiert. Ei, war ich glücklich!

Are kommt herein. Er hat Rechnungen in der Hand. Ann knickst.

ARE Wenn Sie sich den Knöchel verspreizt haben, versuchen Sie's mit Kuhliniment, Madam.

ANN *beiseite:* Ich lasse mich nicht provozieren. – Oh, wie hübsch!

ARE Was, Madam?

ANN Die Jacke.

ARE Gefällt sie Ihnen? Meine pflaumenrote. Sie entwickeln Geschmack.

ANN Und dieses andere Ding um ihren Hals!

ARE Das Halstuch? Keine Faxen, Madam, eine Katastrophe! Abscheulich! Mein Tölpel von Diener legte es hin und versteckte alles andere. Hätte ich jemand anders als Ihre Ladyschaft besuchen wollen, ich wäre in meinem Zimmer geblieben.

ANN O nein, es ist bildschön.

ARE Beleidigen Sie mich nur ins Gesicht. Es bestätigt nur, daß das Geld für Ihre Schneiderrechnungen verschwendet ist. Keine Faxen, Madam, einer von uns muß diese verdammt närrische Gewohnheit aufgeben, mit der Mode zu gehen – und ich bin mir verdammt sicher, ich werd's nicht sein. Ich werde profitieren von der Ehe. Sie haben den Titel und können dankbar sein, daß der sich anders als die Mode in den letzten sechshundert Jahren nicht geändert hat und 's auch in den nächsten nicht tun wird. Als meine Mutter Hals über Kopf dieses Haus verließ, hat sie ihre Garderobe zurückgelassen. Bis dato war sie Lieferant für Staublappen, aber Sie können was aussortieren, und es sich um den Leib hängen. Ihr Geschmack war scheußlich, aber für die Dienstboten reicht's.

ANN Ihre Lordschaft belieben zu scherzen.

ARE Scherzen, Madame? Ich scherze nie über die Mode. Bei dem Thema bin ich immer ernst – comme il faut. Nun, heute paßt's Ihnen, mir schöne Augen zu machen wie ein Affe, aber gewöhnlich ist Ihnen meine Gesellschaft langweilig –

ANN *beiseite:* Endlich hat er was gesagt, dem ich zustimme, und ich kann's ihm nicht sagen.

ARE – und da ich einer Dame ungern Ungelegenheiten bereite, werde ich Sie davon befreien. Ich reise noch diese Woche nach London und kümmere mich um die Renovierungsarbeiten, die ich an meinem Haus vornehmen lasse, um mich über die Hochzeit zu trösten. Ich habe dem Dekorateur aufgetragen, den Speisesaal in Apfelgrün zu halten. Er hat mir ein Muster geschickt. Hätte ein Apfel je die Farbe gehabt, wäre Adam nicht in Versuchung geführt worden und der Sündenfall ausgeblieben. Dann habe ich um einen karmesinroten Salon gebeten. Ist ein bescheid'ner Wunsch. Geschickt hat der Schuft mir einen Rosaton, bei dem man zusammenzuckt – die Farbe seiner Backen, wenn ich ihn aus dem Haus jage.

ANN Gott, Sir, warum eine Woche warten? Ich packe meine Sachen, und wir können fahren.

ARE 's war abgemacht, Sie bleiben sechs Monate auf dem Land, Manieren lernen. Eine ganz und gar optimistische Zeitspanne, aber ein frisch verheirateter Mann ist liebevoll und glaubt an Wunder – wie es sich gehört. Sechs Monate. Ich kann nichts dafür, daß der Dekorateur schon nach einem farbblind geworden ist. Sie bleiben.

ANN Aber Sir, wie kann ich hier Manieren lernen? Welche Raffinesse kann ich aus einem Ententeich ziehen?

ARE Probieren Sie's mit der Schwester des Pfarrers. Doch halten Sie sie ab vom 5. Buch Moses. Sie ist einmal nach Bath gefahren. Der Besuch war kurz, aber sie hat ein Konzert gehört. Sie wird Ihnen die Melodie vorsummen, wenn Sie sie bitten – und ich glaube sogar, auch wenn Sie sie es nicht tun. Ich versichere Ihnen, wenn Sie in sechs Monaten vollkommen verwandelt sind, wird niemand dankbarer sein als ich.

ANN Oh, Sie Schwein! Schwein!

Ann wirft mit einem Buch nach ihm. Er hebt es auf.

ARE *liest:* ›Anleitungen der Herzogin von Winchelsea zu gutem Benehmen nebst Anmerkungen zur Vorstellung bei Hofe und ausgewählten Themen für vornehme Konversation mit Beispielen für schlagfertige Erwiderungen, Beileidsbezeugungen und so weiter.‹ Ich sehe, Sie lesen. Die Winchelsea ist eine analphabetische alte Jungfer, mit einem Benehmen, das ihr die Verbannung aus einem Irrenhaus garantieren würde. Schlagfertige Erwiderungen? Niemand redet mit ihr, außer Lord Lester, und dessen Schlagfertigkeit ist so überschäumend wie die eines Richters, der ein Todesurteil verkündet. Ha! Sie haben viel zu lernen.

ANN Ich lerne Sie das, Verehrtester! Ihr Titel hat sechshundert Jahre gehalten, doch er stirbt wahrscheinlich mit Ihnen! Ich werde Ihr Schlafzimmer nicht betreten, bis ich den Gesang von Covent Garden bei geschlossenem Fenster hören kann.

ARE Pfui, Madam. Ich habe vor, der Nachwelt das Andenken an mein Leben und nicht einen rotznasigen Balg zu vermachen! Wenn ein Stiefel oder ein Cape meinen Namen trägt – wie hoffentlich schon ein Hut – will ich zufrieden sein. Ich sag Ihnen, Madam, Ihr Vater hat mir Falschgeld in die Hand gedrückt. Ich habe Damen mit viel weniger Mühe und viel mehr Vergnügen zum Knospen gebracht.

ANN Sie Ungeheuer! Sie haben mir versprochen –

ARE Madam, ein Gentleman verspricht alles, um sich nicht mit dem Pfarrer in der Kirche zu streiten.

ANN Doch nicht seine Gelübde, Sie Affe. Meine Gelübde. Sie haben mir Theateraufführungen versprochen, Gesellschaften, Bankette in Palästen, Lakaien, Kleider. Ich sollte dem Prinzen vorgestellt werden. Ich habe nicht erwartet, daß Sie alle Ihre Versprechen hielten. Aber Sie haben keins gehalten.

ARE Mit Verlaub Madame, würde ein Gentleman seine Versprechen halten, würde die Gesellschaft auseinanderbrechen. Ich habe etwas versprochen? Fürwahr, und ist das nicht genug? Haben Sie nicht das Vergnügen des Versprechens gehabt? Sie haben mit dem Fuß geklopft, als ich Ihnen die Oper versprach. Ihnen ist das Wasser im Mund zusammengelaufen, als ich ihnen Diamanten versprach! Ihre Knie zitterten, als ich Ihnen den Prinzen versprach! Welches Glück ich Ihnen gab! Ich habe Ihnen nichts verwehrt. Ich habe verschwenderisch versprochen! Sagen Sie, Madam, haben Sie nicht bemerkt, daß ich ständig verspreche? Ich bin Christ. Ich ziehe durch die Welt und werfe den Leidenden und Bedürftigen Versprechen zu. Wollen Sie, daß ich hartherzig bin und meinen Mitmenschen in ihrem Elend nichts verspreche? Phh! Seien Sie still, Madam! Sie wollten lernen, und das werden Sie. Ich habe es versprochen! Undankbares Mädel, war das nicht genug – und jetzt wollen Sie, daß die Versprechen auch noch gehalten werden. Welcher Narr weiß denn nicht, daß Versprechen besser nicht gehalten werden? Es ist reine Idiotie, wenn ein Gentleman Wort hält. Ich glaube wahrhaftig, das ist der Grund für das halbe Elend der Welt. Welch sichereren Weg gibt es, unsere Freunde zur Verzweiflung zu treiben? Ich werde zu keinem Menschen so grausam sein, daß man je wird sagen können, ich hätte ein Versprechen gehalten, das ich ihm gab. Was soll's, ich verspreche Ihnen die Sterne! Den Atlantischen Ozean! Meine Großzügigkeit kennt keine Grenzen. Ich verspreche Ihnen den Mond! Muß ich nun mein Versprechen halten, Madam? Wissen Sie nicht, daß jeder Mann, der je geseufzt hat, jemandem den Mond versprochen hat? Wollen Sie sich alle darum zanken? Madam, ich frag mich, wie Sie in dieser Welt mit Ihrem Geist, der in vornehmer Gesellschaft so ungeübt ist, überhaupt leben können. Der Sonnenuhr ist die Sonne versprochen – doch sie ist damit zufrieden, die Schatten zu lesen! Und hat es nicht schon im Juni geschneit? Ich werde jetzt versprechen, Ihren Schneider zu bezahlen, und wenn der Verstand genug hat, einen Faden einzufädeln, wird er wissen, was das Versprechen wert ist. *Er geht.*

ANN *ruft:* Rose! Ha, ich habe einen neuen Grund, nach London zu fahren. *Rache.* Ich werde ihn bei der größten Soiree der Saison blamieren. Ich könnte warten, bis der Prinz, um bei mir zu landen, ihm ein hohes Amt anbietet und dann im Flüsterton, so laut, daß die Kutscher auf der Straße es hören, sagen: »Nein, machen Sie ihn zum Admiral, und die Chancen einer Liaison mit mir sind hin, Sire.« Dann mich zurücklehnen und zusehen, wie er sich in einem prächtigen Palast ausweint.

Rose kommt herein.

ANN Kannst du Voodoo machen?

ROSE Voodoo?

ANN *zeigt auf ein Schmuckstück:* Ich gebe dir meine Anstecknadel.

ROSE Nein, Madam.

ANN Oh, du hartherzige, unverschämte Lügnerin! Ich bin sicher, deine Mutter hat's dir beigebracht. Das liegt euch doch im Blut. Ihr schneidet einem Huhn den Hals ab und sagt Zaubersprüche auf.

ROSE Ich glaube an all das nicht.

ANN Wenn mir nur jemand helfen würde. Ich hab's probiert, hab Nadeln in eine Puppe gesteckt, als wir heirateten. In diesem Haus spukt es. Ein Mädchen wurde eingemauert, weil sie es außerhalb der Ehe trieb. Sie kommt manchmal morgens aus der Wand und jammert. Ich muß dich nicht behalten, wenn ich nach London komme. Schwarze Mädchen sind dort nicht mehr so eine Neuheit wie früher, Fräulein Sie-will-wenn-sie-will. Man kriegt zwei von euch für 'nen Penny. Rose, du könntest dich als Gespenst verkleiden und ihn bedrohen.

ROSE Das würde mir mein Mann nicht erlauben.

ANN Wir sagen's ihm nicht.

ROSE Zu riskant. Wenn seine Lordschaft das rausbekäme, würde er mich und meinen Mann feuern.

ANN Sehr wohl. Ich habe dich gewarnt. Ich werde es selber machen.

Traum

ROSE Ich sitze im Boot und treibe auf einem Fluß aus Feuer
Das Boot ist kühl – es brennt in der Hitze nicht
Die Flammen verbergen uns vor dem Ufer
Wo der Weiße sein Gewehr anlegt
Das Boot treibt sicher weiter
Die Weißen toben, sie stampfen mit den Füßen
Die Flammen fließen das Ufer hinauf, in die Bäume hinein
Die Weißen laufen weg, das Feuer lodert auf
Der Fluß aus Feuer verfolgt sie
Sie fallen auf die Knie, kriechen durch die Flammen
Der Fluß verbrennt alles, was ihm im Wege steht
Sein Zorn verzehrt Wälder und Menschen
  Ich bin schwarz
  Nachts ziehe ich durch das Land, ungesehen

Auch wenn du wach liegst
Mein Lächeln ist scharf wie die Klinge in meiner Hand
Aber wenn das Feuer verlischt
Ist der Boden nicht versengt
Die Bäume sind nicht verkohlt
Das Land ist grün im Morgentau
Das Vieh lief durch die Flammen, ohne zu sterben
Nur die Knochen der Weißen sind schwarz
Neben ihren ausgebrannten Panzern
Nun weidet Vieh an den Ufern des Flusses
Männer und Frauen arbeiten auf den Feldern
Was sie anbauen, gehört ihnen
Und wird von jung und alt geteilt
Am Abend ruhen sie
Und singen das Lied der Freiheit
Ich bin schwarz
Nachts ziehe ich durch das Land, ungesehen
Auch wenn du wach liegst
Mein Lächeln ist scharf wie die Klinge in meiner Hand
Das Gift tötet die Schlange nicht

Szene vier

Hilgay. Herrenhaus. ›Die Diebstahlszene‹. Arbeitsraum. Truhe und Stühle. Mutter und Rose. Mutter putzt Silber und Rose näht.

MUTTER Wir verlieren nichts. 's is weg. Messer un Gabel. Das gibt Theater! Du kannst es in mein Verlustbuch schreiben, dann muß ich den Pfarrer nicht damit belämmern. Lebt deine Mutter noch, Mädchen?

ROSE Ja. Sie war eine Sklavin. Ihr Herr ist reich geworden und nach England gekommen, und die Kinder von ihm haben geweint, und so haben die sie mitgebracht.

Frank kommt erschöpft und schmutzig herein.

MUTTER Morgen ›Draußen‹. Mach keinen Dreck hier, genug zum Putzen.

FRANK Verdammtes Loch! In London schuften wir zu jeder Tags- und Nachtzeit, aber wir sind keine Tiere. Mehr wie zwei Pakete, und wir rufen nen Träger! Aber was mach ich hier? Hof ausmisten. Schweinedreck schleppen. Ich schäme mich, mich selbst zu riechen. In dem Zustand würde ich in London keinen Job mehr kriegen. Krieg den Mist nie von den Händen ab. 's wie gebrandmarkt werden! Nachts bin ich erledigt. Krieche ins Bett. Hätt ich 'ne Puppe, ich würd auf ihr einschlafen. Aber nicht die Bohne! Die Kerls hier bewachen sie mit Mistgabeln. O Rosie, ich bin so kaputt, ich könnte heulen. Warum haben wir bloß London verlassen?

MUTTER Hat sich nur aufgeregt.

ROSE *wiegt Franks Kopf:* Pschsch!

Frank schläft sofort ein.

MUTTER Ihr Londoner seid zum Lachen. Bißchen harte Arbeit, schon weint ihr wie'n Wickelkind.

ROSE Er ist es nicht gewohnt, auf einem Hof zu arbeiten.

MUTTER Gewöhnt sich aber wie jeder andere auch.

ROSE Hat nichts dagegen, mit den Händen zu arbeiten, aber jetzt ist das *alles,* was er macht. Gebraucht gern seinen Kopf. Er ist fix – nicht Frank?

Schüttelt ihn wach.

FRANK *wie aus einem Traum erwachend:* Gackernde Hühner!

Muhende Kühe! Ausschlagende Pferde! Knurrende Hunde! Verdammt große Köter! In London sitzen die Hunde auf Kissen und sagen danke, wenn du sie fütterst. Diese verdammten Doggen reißen dir die Hand ab. Meine Nerven sind kaputt.

ROSE Setz dich.

FRANK *setzt sich auf Roses Stuhl:* Dank dir, Rose. Du bist'n Engel.

Lied vom Holz

MUTTER Die Holzwiege der Holzlöffel
Der Holztisch das Holzbett
Das Holzhaus der Holzbalken
Die Holzkanzel die Holzbank
Der Holzhammer die Holztreppe
Der Holzgalgen die Holzkist'
Die Eisenkette das Messingschloß
Die Menschenmüh die Erdenfrist
Das ist Jedermanns Los
Die Winde wehen die Stürme fallen sich zuhauf
Und wir alle, wir gehen drauf
All ihr, die ihr dem Schicksal widersteht
Schlagt jetzt zu, es ist schon spät.

Meine Familie poliert das Silber schon so lange, das Muster ist ganz abgerieben. Meine Mutter sagte ›Gepflücktes Obst und weggeflogene Vögel‹. Ihre Mutter und ihre Mutter haben's immer am Fenster poliert, ums beste Licht zu kriegen. Halt's hoch und sieh die Farbe deiner Augen drin – dann ist's sauber. Zeig den Babys ihr Gesicht verkehrt rum in einem Löffel, dreh ihn um, und dann ist's richtig rum: ein Weltwunder. Hält sie stundenlang still. Hab mein Gesicht drin gesehen, als ich 'n Kind war. Mutter sagte: »Wenn du dran kommst, machst du sie auch so gut sauber, Mädchen.« Sie liegt seit zwanzig Jahren auf dem Kirchhof. Sie hat's gespült und den Tisch damit gedeckt und hinterher wieder sauber gemacht, aber kein einziges Mal damit gegessen.

ROSE Benutz es heute abend. Mach ein Fest. Ich decke den Tisch, und der Pfarrer braucht nicht zu beten für dich.

MUTTER Werd nicht frech. Schlimm genug, es für andere zu putzen. Was soll ich's selber noch dreckig machen? 's Essen schmeckt genau so gut von meinem.

Bob kommt herein.

BOB Pfarrer ist da.

MUTTER Nach oben gegangen?

BOB Ja. Hat 'n Gebet gesagt – und dann rauf zu Ihrer Ladyschaft.

MUTTER Stell ihm sein Glas Wein auf den Tisch in der Halle. Muß immer bereitstehen. 'n alter Mann in seinem Alter braucht ne Stärkung.

Mutter geht hinaus.

BOB Guck dir die faule Sau an. *Nimmt ein Band vom Nähkorb und bindet Frank an Knöcheln, Knien und Ellbogen am Stuhl fest.*

ROSE Was soll das?

BOB Lehrt dem faulen Schwein das Sitzen.

ROSE Laß ihn in Ruhe. Er ist erschöpft. *Guckt zu.* Sachte, Sachte – ich muß über jeden Zoll Buch führen.

BOB ›Er ist erschöpft.‹ Deshalb muß ich seine Arbeit tun. Laß dich schön verschnüren, alter Freund. Da! Wetten – der träumt allerhand. Weiß nich, was ihm bevorsteht.

Frank schlägt die Augen auf.

FRANK Bob. Bind mich los.

BOB Hast die Pferdetränke nicht gefüllt.

FRANK Hab ich. Gäule haben's gesoffen, in Nullkommanichts. Ich füll sie wieder auf. Komm, nicht, daß ich Ärger krieg.

BOB Was issen los, Junge? Der olle Stuhl hat dich so gern, er läßt dich gar nich los.

FRANK Rose.

ROSE Wird er später büßen.

BOB Ha ha, ein kleines Techtelmechtel?

Mutter kommt herein.

MUTTER Da. Das wär auf'n Tisch gestellt, mit ner Untertasse drauf. Hält die Fliegen ab.

FRANK *versucht zu stehen:* Komm schon, Bob. Ist nicht witzig.

BOB *kitzelt ihn:* Hoppe hoppe Reiter, wenn er fällt, dann schreit er. Fällt er in den Graben, fressen ihn die Raben.

FRANK Hau ab! Verdammter Idiot! Laß den Quatsch sein! Fuß tut mir weh, Blut ist abgeschnürt.

BOB Na und? – du brauchst ihn nicht.

MUTTER Ein Löffel ist weg.

ROSE Kann nicht sein. Zähl sie nach.

MUTTER Kann nicht zählen. Seh, daß die Ordnung nicht mehr

stimmt, Messer, Gabel – wo ist der Löffel? Wer ist hier gewesen?

FRANK Na, ich bin draußen. Ich war festgebunden und fest am Schlafen.

MUTTER Bob, du hast ihn nicht?

BOB Nein.

MUTTER Rose? Muß fragen. Ist mein Job. Dein Rock hätt ihn leicht runterfegen können. Guck in der Tasche nach.

ROSE Sei nicht doof.

MUTTER Guck nach.

ROSE *guckt:* Nein.

FRANK *windet sich:* Das ist verdammt blöd. Der Pfarrer hat auf dem Weg nach oben reingeguckt. Sie haben ihn im Schrank vergessen. *Steht.* Rose, mach das ab.

MUTTER Stülp seine Taschen um.

FRANK Jetzt ist aber Schluß! Wie kann ich es getan haben? Eingewickelt wie ein Huhn vorm Braten.

MUTTER Könntst ihn vorher genommen haben.

FRANK Hab ich aber nicht.

MUTTER Bob.

FRANK *zuckt:* Nun paß auf! Ich laß mir das nicht gefallen –

MUTTER Ich muß nachsehen.

FRANK Beschuldigen Sie mich nicht, Mrs. Hedges. Bei den anderen haben Sie nicht in dem Ton gesprochen.

MUTTER Ich weiß, daß sie ihn nicht genommen haben –

FRANK Ach wissen Sie!?

MUTTER – Charakter beurteile ich selbst. Will in deine Taschen gucken. Hast du nichts zu verstecken, brauchst du auch kein Theater machen.

FRANK Sie würden auch Theater machen, wenn Sie so verdammt festgebunden wären. Was macht ihr denn hier, um Unschuld zu beweisen? Die Teichprobe?

MUTTER Verliere ich mein Silber, verliere ich meine Stelle. Bin draußen vor dem Hof, eh ich mich umgedreht habe. Mit 'nem schlechten Namen kriegst du keine neue Stelle mehr.

BOB Rück ihn raus.

FRANK Paß auf, mein Sohn – nimm mir diesen verdammten Stuhl ab, oder ich zerbreche dir jeden Knochen –

BOB Na gut, ich glaub dir: du hast ihn nicht genommen.

FRANK Danke. Und nun die verdammten –

BOB Wir gucken bloß schnell in deine Taschen, um Ma zufriedenzustellen.

FRANK *versucht, den Stuhl auf den Boden zu schlagen:* Das geht verdammt noch mal zu –

ROSE Laß ihn los!

Rose versucht, Frank loszubinden. Bob schiebt sie beiseite.

BOB Ich regel das, Rose.

FRANK Hände weg, mein Sohn! Ich warne dich! Ich mach dich verdammt noch mal zum Krüppel. Behandel mich wie ein Tier, und ich werd eins!

MUTTER Schnapp ihn, Bob! Der ist zu schwach, ne Fliege zu erschlagen!

BOB Wir müssen schon gucken, Frank.

FRANK Mensch, ich hab ihn nicht genommen – und wenn ich's getan hätte? Das wäre mein Lohn – klar wie Kloßbrühe. Hier krieg ich ja nichts. Wieso? Weil ich in London Trinkgeld kriege. Überbringst einen Brief, kriegst Trinkgeld. Bleibst am Ball, gibt's massenhaft Möglichkeiten, nebenher ein bißchen was mitzunehmen. Das einzige, was du hier mitnehmen kannst, ist die Scheiße an deinen Stiefeln!

Bob versucht, Frank zu durchsuchen. Frank dreht sich und versucht, sich mit den Stuhlbeinen zu verteidigen. Bob und Frank kämpfen.

BOB Schnell, Ma.

Bob schnappt den Stuhl und zwingt Frank, sich hinzusetzen. Frank zappelt und strampelt.

BOB Hilft alles nichts, Junge: eingewickelt wie ein Kaninchenbraten.

Mutter versucht, Frank zu durchsuchen.

MUTTER Halt ihn still. Er wird –

FRANK Sau! Ich tret dir in die –, ich zerhau dir die –

MUTTER Schwein! Schwein! Schwein!

ROSE Hört auf! Alle! Ihr seid wie Kinder.

Rose beginnt, Frank loszubinden. Sie befreit seinen Arm. Er zieht den Löffel aus der Tasche und hält ihn hin.

FRANK Hier, Ihr Löffel. Ich hoffe, Sie ersticken daran.

MUTTER *nimmt den Löffel:* Jeder Schaden an dem Stuhl macht es schlimmer.

Frank beginnt sich loszubinden. Rose hilft ihm. Plötzlich kippt Bob den Stuhl auf den Rücken. Franks Füße hängen in der Luft, sein Kopf liegt auf dem Boden. Bob schaukelt den Stuhl.

BOB Wo hast den Rest versteckt?

FRANK Das ist alles. Bei den Typen hier ist's ein Wunder, daß überhaupt noch was zu klauen ist.

Bob stellt den Stuhl wieder gerade hin. Frank bindet sich weiter los.

BOB Ich durchsuche seinen Speicher.

MUTTER Hol Ronnie vom Feld und fessel ihn richtig. Ich sag Seiner Lordschaft, daß wir einen Dieb geschnappt haben. Zum Glück ist der Pfarrer hier, da brauch ich nicht nach dem Magistrat zu schicken.

FRANK Moment mal. Sie haben den Löffel. Damit hat es sich.

MUTTER Wir werden's melden, Junge.

ROSE Sei nicht blöd, Mutter. Es ist kein Schaden geschehen. Frank geht jetzt und holt Messer und Gabel – *Zu Frank* – und alles andere, was du genommen hast – *Zur Mutter* – und du kannst es zurücklegen. *Zu Bob.* Du hast mein Band kaputtgemacht. Wer bezahlt das?

FRANK Es sind nur Messer und Gabel – ehrlich im Himmel.

BOB Wir müssen's melden.

ROSE Wozu ist das gut?

BOB 'is nicht ne Frage von Gut. Frage des Gesetzes. Wir brechen's nicht, und wenn 'n anderer 's tut, bleiben wir auf der richtigen Seite und sagen's. Is die einzige Möglichkeit. Er stiehlt seit Jahren. Würd sich selbst stehlen, wenn er was wert wäre.

MUTTER 'ne schöne Christin wär ich, würd ich ihn auf die Nachbarn loslassen. Er würd stehlen müssen, um auf der Straße zu leben.

FRANK In meinem Job müssen Sie stehlen, um zu leben. Du packst und schleppst für sie, holst sie ab, bringst sie nach oben, legst sie ins Bett, wischst ihre Kotze auf. Ist doch klar: lassen sie was fallen – ist es deins. Ist doch nur recht, Gott! Du durchwühlst ihre Taschen aus reiner Selbstachtung! Gibst's denen zurück, würden sie's nur wieder fallen lassen oder es beim Spiel verlieren.

ROSE Um Himmelswillen, Bob! Für Diebstahl wird man gehängt.

FRANK Herrgott!

MUTTER Hätt er dran denken können. Hätt er Hunger gehabt, ich hätt's verstanden.

FRANK Paßt auf, vergeßt's, und ich schlag mich in die Büsche. Die Straße runter, und ihr seht meine häßliche Visage nie wieder. Ich verschwinde. Da könnt ihr euch doch freuen, was? Keine bösen Gefühle. *Er ist mit dem Losbinden fertig, steht auf und streckt die Hände aus.* Sagen Sie Ade, Ma? *Keine Erwiderung, streckt Bob die Hand hin.* Komm schon, alter Junge. Reg die Rose nicht auf. Sie hat nicht gewußt, daß du so sein kannst.

BOB Ich glaub dir nicht, daß du durchs Tor gehst: du würdest es mitnehmen.

FRANK Herrgott, ihr Bauern zieht einem das Fell über die Ohrn. Hälse umdrehen, Kälbern die Eier abschneiden – kein Wunder, daß ihr Menschen wie Tiere behandelt. *Zu Rose.* Sind sie hinter 'nem Anteil her? Wieviel?

ROSE *zu Bob:* Die da können ein bißchen Silber verschmerzen. Gott, bei der Arbeit, die sie aus ihm herausgeholt haben, verdient er es.

MUTTER Geht nicht, Rose. Das schadet uns nur.

ROSE Bitte.

BOB Du verstehst nicht. Ich muß jetzt genausogut auf dich aufpassen wie auf Ma.

FRANK Herrgott Mädchen, da hast du aber 'nen richtigen kleinen Heuchler geheiratet, 'nen ekligen kleinen Knilch. Gemeiner kleiner Schleicher. Arschkriecherisches Stück Scheiße –

BOB Das is genug von so was vor meiner Mutter.

Bob kämpft mit Frank. Mutter öffnet den Deckel der Truhe und Frank wird hineingepackt. Bob schließt und verriegelt den Deckel.

BOB Dem haben wir's glatt gezeigt.

FRANK *drinnen:* Das ist ein Irrenhaus.

BOB Halt du den Mund, und denk dir 'ne gute Ausrede aus.

MUTTER Puh, hat der's mir heiß gemacht.

Frank beginnt, von innen gegen die Truhe zu treten und zu schlagen.

MUTTER Mach die Truhe nicht kaputt, Junge. Er ist ein richtiger Vandale.

BOB *tritt in Richtung Truhe:* Hilft auch nicht. Tust dir nur selber was an.

FRANK *drinnen:* Gemeine Hunde.

BOB *zu Mutter:* Hol den Pfarrer und ich hol das Seil. Rose, du wartest draußen, laß dich nicht hier von seinem Unflat vergiften.

FRANK *drinnen:* Gemeines schmutziges Schwein! Scheiße. Gemeine Sau. Gott laß dich verrecken, du Hund.

Bob, Mutter und Rose gehen. Frank rüttelt am Deckel, versucht, ihn dadurch aufzubekommen. Dann versucht er, die eine Seite der Truhe abzuschlagen, indem er mit beiden Füßen gleichzeitig heftig dagegen tritt.

FRANK *drinnen:* Herrgott, sie werden mich aufhängen. *Rums.* Bitte! Warum bin ich bloß in dieses Irrenhaus gekommen? *Rums.* Bitte Bob! Hundesohn! *Rums.* Ich kann's nicht ertragen, eingeschlossen zu sein! Werde wahnsinnig!

Heftiges Fußgetrappel an der Seite der Truhe. Rose ist langsam hereingekommen. Sie steht und betrachtet die Truhe.

FRANK *drinnen:* Krieg keine Luft! Hilfe! Ich sterbe! *Rüttelt mit den Händen am Deckel, trampelt dann mit den Füßen gegen die Seite der Truhe.* Ich tu's nie wieder, Freund. Versprochen. Ich habe meine Lektion gelernt. Ach bitte, Bob.

Tretend und um sich schlagend geht er zu einem regelmäßigen Rumsen über. Dabei stöhnt er die ganze Zeit. Rose geht zur Truhe und setzt sich leise darauf. Frank wird sofort still.

FRANK *drinnen:* Bob? Der Löffel ist auf die Erde gefallen, und die Versuchung war zu groß. Ehrlich. Ich weiß, es ist nicht richtig, aber ich. – Nein, nein, es ist dunkel, Bob, ich bin verwirrt. Hör zu. Ich sag dir die Wahrheit. Ich hab ihn genommen, um mich zu rächen, verstehst du? Du hattest den Kopf unten, um mir die Füße zu binden. Ich habe Rose zugezwinkert. Sie wird's dir sagen. Mein lieber Bob, da bist du auf 'nen Trick reingefallen. Wir werden drüber lachen. Mach schon, alter Kamerad.

ROSE Frank.

FRANK *drinnen:* Rose.

ROSE Hör gut zu. Dein Leben hängt davon ab. Ich lasse dich raus –

FRANK *drinnen:* Gott segne dich –

ROSE – wenn du tust, was ich sage. Verstecke dich in der kleinen Scheune, bis es dunkel wird. Dann geh. Bleib weg von der Straße und halte dich an die Hecken. Du –

FRANK *drinnen:* Nein, ich schlag mich so schnell –

ROSE Hör zu. Wenn du jetzt auf die Straße gehst, schnappen sie dich. Wo ist das Messer und die Gabel?

FRANK *drinnen:* Rose, was ist, wenn sie –

ROSE Versprich es, oder ich lasse dich nicht raus.

FRANK *drinnen:* Versprochen.

Rose steht auf und entriegelt die Truhe. Frank öffnet den Deckel und steigt heraus.

FRANK Du Schätzchen!

ROSE Ich hol das Zeug von deinem Speicher.

FRANK Behalt es, Engel. Ich bediene mich selber.

Frank greift nach dem Rest des Silbers, läßt einiges davon fallen, hebt es auf, läßt aber immer noch einige Stücke liegen. Rose beobachtet ihn.

ROSE O Frank.

Frank läuft hinaus. Rose schließt die Truhe, verriegelt sie und setzt sich darauf. Bob kommt herein mit einem dicken Seil. Er geht zur Truhe, und Rose steht auf.

BOB *schlägt mit der flachen Hand auf den Deckel:* Gleich mach ich deinen Deckel auf, Frank. Du läßt dich von mir fesseln. Kein Geschimpfe – der Pfarrer denkt sonst, es ist Hebräisch und muß es nachgucken. Also dann, mach dich fertig. *Macht den Deckel auf.* Weit kommst nicht.

ROSE Du bist wie ein Fremder. Ich kenne dich nicht.

BOB Sieht hart aus, aber es ist zum Besten. Misch dich in so was ein, und du kannst dir dein ganzes Leben ruinieren. Wir denken an uns, können's uns nich leisten, an andere zu denken. Schwere Zeiten, aber wir haben Arbeit, wir könnten glücklich sein – aber nich, wenn wir uns einmischen. Er hat's riskiert, jetzt muß er zahlen. Da führt kein Weg dran vorbei.

Lied vom Kalb

BOB Du bringst das Kalb zum Schlachthaus hin
Es riecht da Schweiß und Blut und Kot
Zerreißt sein Halfter und läuft davon
Die schreienden Männer rennen ihm nach

Es schnaubt in der sauberen Morgenluft
Es brüllt und muht und wirft den Kopf
Und sie rennen ihm nach mit Seil und Stock
Die schreienden Männer vom Schlachthaus

In panischer Flucht erreicht es die Stadt
Es will sich verstecken, die Kinder johlen
Es zittert und ächzt
Die schreienden Kinder haben's entdeckt

Es sprengt durch die Menge, flieht aus der Stadt
Macht Rast auf einem ruhigen Weg
Dann trollt es sich friedlich heim auf sein Feld
Kommt wieder durch das hölzerne Tor

Und da stehen die Männer vom Schlachthaus
Im Kreis mit Stock und Halfter und Kette
Ergreifen das Kalb und binden es fest
Und führen es zum Schlächter zurück.

Und mag es laufen und stöhnen und brüllen
Fest wird es gezurrt an die Schlachthaustür
Der Schlächter schneid't ihm die Gurgel durch
Es sinkt in die Knie und blutet zu Tod

Der Morgen vorbei, die Arbeit getan
Du ißt und trinkst und hast deinen Spaß
Der Schlächter schleift auch heute sein Messer
Wer kommt davon? – Weißt du's, willst du's wissen?

BOB Am besten gleich los.

ROSE *zeigt:* Er hat sich wieder selbst bedient.

BOB *starrt:* Rose, du bringst uns in schreckliche Schwierigkeiten.

ROSE Wenn du ihn erwischst, plaudert er aus – wird alles sagen, um sich an dir zu rächen. Wollen wir hoffen, daß er davonkommt.

BOB Na, das is arg komisch! Ich komm, 'nen Dieb zu fesseln, und dann soll ich ihm helfen, davonzukommen. *Verstört und frustriert zerrt er an dem Seil.*

ROSE Er versteckt sich in der kleinen Scheune. Ich bringe ihm später was zu essen. Meine Mutter hat mir erzählt, was die Sklaven tun. Die Besitzer suchen nie in den Hinterhöfen, sie rennen rasend über die Straßen, sogar die Hunde – froh, von der Kette loszukommen. Manche der Aufseher drehen durch, werden verrückt – muß man auch, wenn man den ganzen Tag mit 'ner Peitsche rumläuft – und fangen an, die Schwarzen umzubringen. Einen oder zwei im Jahr, dann einen im Monat. Nehmen die Peitsche, so daß es legal ist – na ja, vielleicht ist es gegen das Gesetz, aber das haben die Weißen in der Hand. Also hauen die Schwarzen ab, oder warten, bis sie an der Reihe sind. Du hast nicht gewußt, daß du all das mitgeheiratet hast. Meine Mutter hat gesagt: Bleib ruhig und warte die Chance ab: sie wird kommen. Ihr seid schreiend herumgerast. Also habe ich ruhig gewartet – und weißt du, ich war glücklich dabei – und habe ihn rausgelassen.

BOB Rose, du machst mir Angst. Red nich so, denk nich mal so. Du bist eine von uns jetzt. Du mußt wie Weiße denken. Wir haben keine Verrückten mit Peitschen – außer wenn wir aus der Reihe tanzen und uns einmischen: *dann* drehen sie durch! Von jetzt an, halt dich an das, was ich sage.

ROSE Befehle annehmen? Nein, denen muß ich, aber nicht von dir.

BOB *leise:* Zank nicht. Wenn du nich verstehst, mußt du einfach machen, und damit hat's sich. Du bist ein weiches Mädel, Rose, zu leicht gerührt: das frißt.

ROSE Ich kann so hart sein wie du. Aber ich werde nichts tun, was ich zu hassen gelernt habe.

BOB *umarmt sie:* Ich wünsch, ich hätt nich geheiratet, wenn das nur so'n Ärger bringt. O Rose, Rose . . .

Der Pfarrer kommt herein. Mutter kommt kurz danach.

BOB *Rose umarmend:* Bitte um Verzeihung, Pfarrer. Die Frau ist aufgeregt . . . Er ist weg.

PFARRER Ach, du meine Güte.

BOB Hab den Riegel nich richtig zugemacht. Gerüttelt, bis er los war. Meine Schuld. *Tritt von Rose weg.*

PFARRER Bob, du kommst deinen Herrn teuer zu stehen. Geh ihm nach. Nimm jedes Pferd und jeden Mann vom Feld. Ich übernehme die Verantwortung. Wir haben eine Schlange an unserer Brust genährt. Einen Fremden, der unsere Art nicht liebt. Betet darum, daß er keinen von unserer Schar in die Irre geleitet hat. Dem Himmel sei Dank, daß wir noch ein paar Stunden Tageslicht haben. Durchkämmt jede Straße. *Zur Mutter, als sie hereinkommt.* Habe ich mein Glas Madeira unter der freundlichen blauen Untertasse erspäht? Wenn Sie so freundlich wären. Die Aufregung hat mir die Kehle ausgetrocknet. Bob, nimm auch mein Pferd.

BOB Er hat das restliche Silber mitgenommen.

MUTTER *starrt:* O der verderbte Mensch! *Bricht in Tränen aus.* Mein Silber weg! Ich hab's jahrelang poliert! Der verderbte Mensch! Verderbt! *Sie weint und stößt schluchzend das Wort*

›verderbt‹ *aus, während sie das Silber vom Fußboden aufsammelt.*

PFARRER Da: man merke, was die Schuldigen den Unschuldigen antun. Diese Frau erfährt, daß ihr Lebenswerk umsonst gewesen ist. Die liebgewonnenen Dinge, die sie mit ihrer Zuneigung überschüttete, sind weg. Wie wird sie die Zeit verbringen, die sie sonst ihrer Reinigung gewidmet hätte. Ich kann ihr kein trostreiches Buch leihen, sie kann nicht lesen. Und wer mag sagen, ob in der Hitze der Jagd nicht die Furcht die Habsucht besiegt hat? Schon jetzt kann die Beute in einem Graben unter Schlamm liegen.

MUTTER *weinend:* Ach Pfarrer, sagen Sie das nicht.

PFARRER Oder in einen Brunnen geschleudert worden sein und auf ewig verloren.

MUTTER Was sollen wir bloß tun?

BOB Ich bring die Männer geradewegs zu Coppins Point. Er wird in Richtung Postkutschenstraße gelaufen sein.

PFARRER Zehn Gebote! Mehr wird nicht von uns verlangt. Ein kleines Gesetz für jeden Finger, um dem Herrn in seinem Palast und dem guten Menschen in seiner Hütte Frieden zu bringen. Doch zehn sind zu viele. Sie leben nach einem: sich selbst – und suchen das Verderben. Bist du konfirmiert, mein Liebes?

ROSE Ja.

PFARRER Schade. Oh, ich freue mich über deine Erlösung. Aber die Dunkelheit dieses Tages wäre durch die Bekehrung eines Heiden in meiner eigenen Pfarre aufgehellt worden. Ah, du darfst nicht denken, alle Engländer seien Schufte, mein Liebes. Ich versichere dir, die meisten sind so aufrecht und vernünftig wie dein lieber Mann. Nun, ich hole den Madeira. *Er geht.*

Der Mensch stöhnt

ROSE UND MUTTER Das Haus steht in Flammen
Dunkle Gestalten winken vom Dach
Sollen wir eine Leiter holen
Oder zünden wir Fackeln an
Und brennen den Rest der Straße nieder?

Fällt euch die Antwort leicht

Lebt ihr nicht in unserer Zeit
Ihr habt unsere Straße nicht gesehen
Ihr habt kein Mitleid, wenn ihr weint
Eine gute Tat kann ein Verbrechen sein
Und eine schlechte Rechtens
Wir sagen euch, die ihr durchs Dunkel schleicht
Das Licht zu erkennen, ist nicht leicht

In einer Zelle sitzt ein Mann
Menschen tanzen auf der Straße
Stecken wir die Hand durchs Gitter
Oder laufen wir raus und tanzen mit?

Fällt euch die Antwort leicht etc.

In einem Graben stöhnt der Mann
Wir ziehn unseren Mantel aus
Den Mann im Graben zu schützen
Oder für den Mann, der flieht

Fällt euch die Antwort leicht etc.

Szene fünf

Hilgay. Herrenhaus. Frühstücksraum. Gedeckter Frühstückstisch. Zwei Stühle. Are liest eine Londoner Zeitung.

ARE Wenn ich in die Stadt des Lichts fahre, bleibt Hedges hier in der Wildnis. Weil meine Vorfahren sich von Bauerntölpeln die Läuse aus dem Bart kämmen ließen, soll ich mir mein Halstuch von einem ruinieren lassen? Ich werde – *Stutzt bei dem, was er in der Zeitung liest.*
Ann kommt als Gespenst herein.
Dieser verdammte kleine Lord Lester. Das neunte Mal seit meiner Abreise, daß für ihn Druckerfarbe verspritzt wurde. Die Pest über seine kleine hermelinverbrämte Seele. Dem Leuteschinder treibe ich seinen Schabernack aus und sehe . . .
Er sieht das Gespenst.
Da zieh ich mir doch die Hose vom letzten Jahr an! Der Familiengeist! *Legt die Zeitung hin.* Mutter, ich bitte um Verzeihung. Ich dachte, es war der Gin, als ich Euch durchs Fenster angrinste.

ANN Wehe!

ARE Weg mit Euch! Einen Gentleman beim Frühstück zu stören! *Nimmt die Zeitung und scheucht damit.* Husch, sag ich!

ANN Hör mich, Lord Are.

ARE Was, einem fiebergeschüttelten Leichnam zuhören? Wenn ich Nachrichten oder Ratschläge möchte, gehe ich zu jemandem, der bei weitem lebendiger ist als Ihr, Madam. Wann wart Ihr bei Hof oder im Theater? Mein Gott! Was wißt Ihr von der Mode? Zu meiner Beerdigung werde ich was zehnmal Muntereres anziehen. Es verwundert mich, daß Ihr Euch nicht schämt, in modernen Zeiten so gesehen zu werden.

ANN Deine arme Frau!

ARE Meine Frau? Was ist mit meiner Frau? *Beiseite.* Was für ein Theater, mit einem Gespenst über meine Frau zu sprechen – obwohl, eigentlich paßt es ja. Seid Ihr gekommen, um mir zu sagen, daß sie sich zu Euch gesellt? Ich danke Euch für die gute Nachricht und bitte Euch zu gehen, damit ich in Frieden feiern kann.

ANN *beiseite:* Das Ungeheuer! – Deine Frau muß nach London

fliehen. Fliehen!

ARE Nach London? Warum?

ANN Sie trägt ein Kind unterm Herzen. Wenn es hier geboren wird, ist es auf ewig verflucht.

ARE Tatsächlich? Und wer soll für ein Kindbett in London aufkommen? Soll der Viehdoktor es zur Welt bringen, wie bei meiner ganzen Familie. Ein Fluch? Gott, es wird mich verfluchen, weil ich es zu seiner Mutter verdammt habe! Aber es wird hoffentlich ein vernünftiger Fratz und begreift, daß es entweder die Katze oder die Armut war – und daß sein Papa aus dem schlechten Handel das Beste gemacht hat.

ANN *beiseite:* O meine Londoner Rache! Ich verschmiere die Farbe auf seinem Gesicht in Anwesenheit von Königlicher Hoheit! – Helas, die edle Frau!

ARE Wenn Ihr sie bedauert, geht und leistet ihr Gesellschaft. Ich bin nicht so arm dran, daß ich die Gesellschaft eines Gespenstes suchen muß. Ich sag Euch eins, Geist: Ich hatte gedacht, zu hart mit der Schlunze zu sein, aber wenn sie trächtig ist, bin ich morgen weg. Ihre morgendliche Übelkeit wird ekelerregend sein.

ANN *beiseite:* Ich erschrecke das Ungeheuer zu Tode. *Sie geht.*

ARE *murmelt vor sich hin, während er sich am Tisch zurechtrückt und die Zeitung wieder aufnimmt:* Verdammt impertinenter Weibsgeist, einen Mann außerhalb der Besuchszeit zu stören. Ich sehe, im Leitartikel steht nichts davon, daß Gespenster umgehen. Ist 'ne gute Geschichte – aber ich kann sie nicht verwenden. Die Methodisten würden Kirchenlieder vor meiner Tür brüllen und bitten, meinen Geist zu sehen. Dennoch, die Nachricht verleiht dem Frühstück eines Mannes Würze. London! Gesegnete Stadt! Unser neues Jerusalem! Bald fällt mein Schatten auf deine Schwellen, erklimmt mein muntrer Fuß deine breiten Treppen, hallt meine melodische Stimme in deinen teppichbehangenen Hallen. London London London, du bist alles. Ich danke dir, Geist, und werde auf dein Wohl trinken, wenn ich in die Stadt komme.

Ann kommt herein.

ANN Wehe! Wehe!

ARE Es ist unerträglich! Seid Ihr gekommen, um mir zu sagen, daß die Nachricht ein Irrtum war?

ANN Deine arme Frau. Dieses liebste, schönste Geschöpf, dieser Inbegriff aller –

ARE Papperlapapp! Wenn Eure Nachricht so wichtig ist, daß sie Euch zweimal aus dem Grab holt, dann heraus damit!

ANN Wenn deine Frau nicht nach London geht, ist dein Reichtum verloren!

ARE Das ist eine abgefeimte Intrige. Sie hat Euch heraufbeschworen, um mich zu belästigen. Sie bleibt. Geht! Ich trotze Euch. *Beiseite.* Bei Gott, ich bin von meinem Stil ganz eingenommen. Wer hätte gedacht, ich könnte eine solche Bravade entfesseln?

ANN Deine Frau –

ARE Bleibt.

ANN Dann sei dein häßliches Gesicht verflucht! Dein böses altes.

ARE Ich lasse mir beim Frühstück nicht mein Gesicht von einer lebenden Leiche beleidigen! *Er geht.*

ANN O der Lump! Ich vergifte ihn! Nein, ich vergifte mich selbst und suche ihn heim!

Are kommt mit gezogenem Degen zurück.

ARE Hinaus Phantom! *Er wirbelt den Degen.* Ich rühre einmal kräftig und löse Euch in Nebel auf.

ANN Du Lump!

ARE Es weicht zurück! Was – Ihr erinnert Euch an kalten Stahl? Nur zugestoßen! Ich möchte niemandem ein schlechter Gastgeber sein, aber Ihr habt einen Platz: die Mauer – oder irgendwas anderes bei Lord Lester. Ein Mann muß in Frieden in seinem Heim frühstücken können, ehe er an die Religion erinnert wird – oder dies ist nicht England! *Er durchsticht Ann.*

ANN Oh. *Fällt.*

ARE Mann, ist das ein schweres Gespenst! Ich hatte gedacht, ich würde Ritzeratze machen und – so ich ein Gentleman bin – das Fenster öffnen und es würde wie eine Rauchwolke verschwinden. Das Gespenst blutet. *Bückt sich, untersucht.* Bei Gott, es ist aus Fleisch und Blut. Meine Frau. *Tut einen Schritt zurück. Seine Stimme wird leise, und er drückt den Zeigefinger gegen den Mundwinkel.* Tsssssssssss ... das ist ja eine schöne Bescherung. Meine Frau. Ausgestreckt auf dem Boden. Mit einem Loch in der Brust. Vor dem Frühstück. Wie soll ein Mensch dazu gute Miene machen? Dem muß abgeholfen werden. Eine dümmliche Figur würde ich abgeben. Ein Hanswurst. Hat seine Frau ermordet. Ausstaffiert als Gespenst. Vor dem Frühstück. Mir bricht der kalte Schweiß aus, wenn ich daran denke, wie ich das ausschlachten würde, wäre das Lord Lester zugestoßen. Nie könnte ich meinen Fuß wieder in das Haus eines Herzogs setzen. Nie die Treppe hinaufsteigen zu einer mit Kronleuchtern strahlenden Halle. Oder die Damen vom balcon réservé einer Kurhalle aus besichtigen. Mein Leben wäre vorüber. *Knabbert an einem Toast.* Kalt. Bah! *Legt den Toast weg.* Ein schönes Kuddelmuddel! *Klingelt.* Na, am besten sitzt du am Tisch deines Mannes. Hoffentlich sieht es so aus, als sei unser Streit weniger heftig gewesen. Ausgestreckt auf dem Fußboden kannst du nur Anlaß zu den niedrigsten Mutmaßungen geben. *Setzt Ann in einen Stuhl.* Ein Mensch kann nicht denken, wenn seine tote Frau sich auf dem Teppich lümmelt. Und denken muß ich – nachdem ich mein Hirn mit der Auswahl meines Anzugs für heute schon erschöpft habe.

Bob kommt herein.

ARE Toast. Der hier ist kalt wie eine Leiche – ja, und hart wie ein Grabstein.

BOB Das wär's, Mylord?

ARE Für den Augenblick.

BOB Gut, Mylord. *Bob nimmt die Toastschale vom Tisch und geht.*

ARE O du dämlicher Dussel! Du bist mein Erlöser. Auf dich kann ich mich verlassen. Ich weiß zwar noch nicht wie, aber du Bauerntölpel wirst herhalten. *Rückt Ann zurecht.* Dich besser hinzukriegen. Meiner Treu, dein Schweigen ist wunderbar. Hättest du dich so benommen, als du lebtest, hättest du vielleicht länger gelebt. Dein Kostüm steht dir. Endlich ist dein Schneider dir gerecht geworden. Dein Gesicht hatte immer etwas Düsteres. Du hast den Tod lebendig gespielt. Eine Darbietung, mit der man sich zur Ruhe setzt.

Are geht. Bob kommt mit Toast in einem Silbergestell herein, geht zum Tisch und stiehlt sich eine Tasse Kaffee. Er sieht Ann. Er läßt den Toast fallen.

BOB Iii! Der Herr sei mit uns! Die Toten sind auferstanden!

Are kommt zurück.

ARE Was, Mann?

BOB *zeigt:* D-D-Die

ARE Du hast den Toast verbrannt? Zweimal an einem Morgen!

BOB Nein-di-nein-di

ARE Ist das Kind besessen?

BOB D-Da!

ARE *geht zum Sessel und betrachtet Ann:* Das ist ein Gespenst. O Robert, du bist besessen! Was hast du getan?

BOB Iii! Ein Gespenst!

ARE Wie es dich anblinzelt. Es ist für dich gekommen, Robert.

BOB *sinkt auf die Knie:* O nein, werd ich sterben? O Herr, sei mit uns.

ARE Welches Gift! Mach die Augen zu, Robert, sonst umgarnt es dich.

BOB schließt die Augen: Ah! Iii! Oh!

ARE Nimm den Degen.

BOB Den –

ARE Neben dir. *Er schiebt den Degen mit dem Fuß über den Boden.* Halt den Griff wie ein Kreuz.

BOB Herr! Herr! *Eine Hand über die Augen gelegt, mit der anderen hält er den Degen.* Gnade! Rette uns!

Are hebt Ann von hinten hoch.

ARE Robert! Robert! Nimm dich in acht! Es kommt auf dich zu.

BOB *späht unter seiner Hand hervor:* Ah! Oh!

Are bewegt Ann.

BOB Ich ringe mit ihm. Es reißt sich los, zu dir hin. Gott, welche Kraft! Es will dich kriegen!

BOB Nein! Nein! Nein! Nein! Terror!

Are gibt Gespenstergeräusche von sich und schiebt Ann zu Bob hin. Bob streckt den Degen aus. Are führt Ann darauf.

ARE O Robert, macht die Augen auf.

BOB *mit bedeckten Augen:* Isses weg? *Nimmt die Hand von den Augen.*

ARE Sieh! das Gespenst – der Degen – du: zusammen vereinigt. Bob, was hast du getan? *Er stößt Ann mit dem Finger von sich. Sie fällt vornüber.*

Deine Herrin ermordet.

BOB Meine Herrin?

ARE Sie ist – war es. Ich weiß nicht, warum sie so angezogen ist. Ich kann mich nicht erinnern, daß sie von einem Kostümfrühstück sprach. Es scheint unwahrscheinlich. Wer kann den Geist von jemandem ergründen, der plötzlich in den Adelsstand erhoben wurde? Hat sie angenommen, die Gesellschaft würde auf so extravagante Weise frühstücken? Wir werden es nie erfahren. Ungestümer Bob, wie oft habe ich dich gewarnt?

BOB Ungestüm?

ARE Gewiß. Du hast deine Herrin ermordet. Brauchst du einen größeren Beweis für ungestüm?

BOB Aber ich – habe sie für ein Gespenst gehalten!

ARE Wie ich sage: ungestümer Bob. Ich habe mit dir gerungen, aber du bist ein robuster Kerl und hast mich besiegt – und außerdem hatte ich noch nicht gefrühstückt.

BOB Was hab ich getan ...

ARE Deine Herrin ermordet. Vor dem Frühstück. Steh bitte nicht so da mit dem Degen. Du tröpfelst Blut auf meinen Teppich. Gib ihn mir – *nimmt den Degen* – damit du ihn nicht gegen mich wendest –

BOB Nie, Mylord.

ARE – in deiner augenblicklichen Überstürztheit. In einem deiner plötzlichen Anfälle. Jetzt sehe ich's. Ein Streich, ein Spaß. Ihre Ladyschaft, gelangweilt vom ländlichen Leben – das muß man zu ihren Gunsten sagen – hat so versucht, unseren Vormittag aufzuheitern. Aber Bob, du hast keinen Humor.

BOB Nein, Sir. Ich tue bloß meine Arbeit.

ARE Heute morgen warst du übereifrig. Tja, es war eine Lappalie von Unfall. Heb den Toast auf.

BOB Was ist zu machen, Sir?

ARE Die Zukunft liegt bei den Behörden – wie immer. *Schaut auf eine Scheibe Toast.* Blut. Ich werde heute morgen nicht frühstücken. Vergiß den Toast. Mich schaudert bei dem Gedanken, was du beim dritten Versuch, ihn zu bringen, anstellen würdest.

BOB Langsam erkenne ich, was ich getan habe: ich habe meinen Herrn verwitwet.

ARE Vor dem Frühstück. Das können wenige sagen. Ich werde ihre Possen vermissen – dies war wahrscheinlich die letzte. Bob, war ich je ein schlechter Herr?

BOB Um so schlimmer! Ihr arme Ladyschaft.

ARE Nun, so ganz ohne Schuld war sie nicht. Spiel den Dienstboten nie Streiche. Es regt sie so auf, daß sie Dinge fallen lassen. Das zumindest haben wir heute gelernt. *Er klingelt.*

BOB Was machen Sie?

ARE Ein schwieriger Weg liegt vor uns. Wende dich jederzeit an mich. Ich werde dich ins Gelobte Land führen. Berate dich nicht mit anderen, die dich in die Irre führen.

BOB Ja, Sir. Ich hab mein' Fehler einmal gemacht. Ich dank Sie, Sir.

ARE Fummel nicht an meiner Hand herum, Bob. Du hast meine Frau erdolcht, und ich bin mit meiner Toilette fertig.

Mutter kommt an die Tür.

ARE Mrs. Hedges, Ihre Ladyschaft ist tot.

MUTTER Bitte, Herr?

ARE Ihre Ladyschaft ist tot.

MUTTER Tot?

ARE *beiseite:* O, das Langwierige an einer Tragödie: alles wird doppelt und dreifach gesagt.

MUTTER *tonlos:* Tot?

ARE *beiseite:* Doppelt.

MUTTER *tonlos:* Tot!

BOB Tot!

ARE *beiseite:* Ich habe den Morgen ganz gut überstanden, jetzt werde ich ihn mit Kopfschmerzen verderben.

MUTTER *begreift plötzlich:* Ihre Ladyschaft ist tot.

ARE Wenn die keine vollendete Schauspielerin ist?

MUTTER Ihre Ladyschaft ist tot?

ARE *beiseite:* O Gott, muß es zur Debatte gestellt werden? Man wird Flugschriften darüber herausgeben. Es gibt wirklich keinen Grund, meine Fechtkunst in Zweifel zu ziehen.

MUTTER Huh, huhuhu. *Weint.*

ARE *beiseite:* Jetzt das Gejammer und Geschrei. Lungen aus Leder vom Hetzen ihrer Hunde, Luftröhren wie Orgelpfeifen vom Röhren ihrer Hymnen. Nun, ich habe eine tadellose Ausrede, mich auf mein Zimmer zurückzuziehen, und da sie nicht wiederkommen kann, benutze ich sie. – Mrs. Hedges, wenn Sie nicht gerade einen Topf auf dem Feuer haben, laufen Sie doch bitte zum Magistrat und sagen ihm, Bob hat seine Herrin ermordet.

MUTTER Iii! Ermordet! Bob!

BOB Ach!

ARE *beiseite:* Und jetzt die Zuckungen, die sie beim Volkstanz lernen. – Merken Sie sich, Mrs. Hedges, nicht den Pfarrer. Captain Sludge. Ich könnte die Tröstungen des Pfarrers auf leeren Magen nicht ertragen. *Zu Bob.* Wirf den Toast den Hühnern vor, auf dem Weg ins Gefängnis.

Bob nimmt weinend die Toastschale und nickt.

Den Pfarrer werde ich am Grab ertragen müssen. Sludge ist ein schlichter, rauher Mann, der viele Felder mit dem Blut der

Feinde seines Herrschers getränkt hat. Der wird nicht beim Anblick einer einzigen toten Frau die Fenster erzittern lassen. Mrs. Hedges, zu Captain Sludge.

BOB Sollten Ihrer Ladyschaft ein Laken geben. Is nich anständig, so zu liegen.

Bob und Mutter jammern.

BOB Captain is zu weit für Mutter bei ihrer Aufregung. Ich liefer mich selber ein.

ARE Das ist hübsch, Bob, aber ich kann nicht einen Mörder übers Feld spazieren lassen. Der Aberglaube grassiert: die Arbeiter würden sich weigern, zu ernten. – Mrs. Hedges, die Schornsteine werden zusammenstürzen und Asche und Feuer verbreiten, als sei Hilgay die Schwesterstadt von Gomorrha. Ihr Jammern schreckt die Hunde auf, die Hunde schrecken die Kühe auf, die Kühe schrecken den Hof auf, der Hof den nächsten, und die Nachricht vom Tod meiner Frau wird London mittels Wiehern und Muhen erreichen. Ich zöge es vor, sie käme dort mit einem konventionelleren Beförderungsmittel an. Bob warte. Ich schickte einen Mann vom Zwinger. Die Hunde sind schon ausgeführt. *Er geht.*

BOB Wenn es nicht wegen Seiner Lordschaft wäre, ich würde mich umbringen.

MUTTER Red nicht so einen Unsinn. *Sie schlägt ihn.* Mach 'ne tapfere Miene dazu. Der Pfarrer wird sich für dich einsetzen, wenn Seine Lordschaft es tut. Ganz Hilgay wird sich um dich scharen. Du bist vorher nie aus der Reihe getanzt – nicht, bis du geheiratet hast. Und du hast sie in London geheiratet *(Sie schlägt ihn)*, also zählt es nicht. Hach! Wenn sie einen einfachen Kerl finden müßten, sie finden keinen einfacheren als dich, Junge.

Szene sechs

Peterborough. Gefängnis. Zelle. Rose und Bob. Bob ist an den Boden gefesselt.

ROSE Was ist passiert?

BOB Sie war auf'm Stuhl. Aufgemacht wie'n Gespenst. Ach, ich weiß nich.

ROSE Ich helf dir.

BOB Kanns nich helfen. 's wird sich schon einrenken. *Er versucht sie zu trösten, doch sie weicht aus.*

ROSE Zeig mir, wie es passiert ist.

BOB *macht es halb vor:* Ich geh an'n Tisch. Toast. Guck. Sie sitzt da. Hände so. Blut. *Legt den Finger auf die Brust, läßt ihn dort.* Ich schrei. Lordschaft läuft rein. Schnapp mir das Schwert –

ROSE Wie hat sie sich bewegt?

BOB Schrecklich. Er versucht, sie zu halten. Sie heult. Streck's Schwert vor. Mach die Augen auf. *Er nimmt die Hand von den Augen.* Schwert in ihr. *Er legt einen Finger auf die Stelle, wo das Schwert eindrang.* Fällt um. Tot.

ROSE Du hast gesagt, das Blut war hier. *Sie zeigt auf den Finger oben.*

BOB *betrachtet die beiden Finger – einen auf der Brust, den anderen auf dem Bauch:* Weiß es nich. *Er schüttelt den Kopf.* 's war'n Unfall.

ROSE Die haben Unfälle, wir machen Fehler.

Are, der Pfarrer und der Wärter treten ein.

ARE Robert, du machst gute Miene.

BOB Sir. Pfarrer.

PFARRER Gott segne dich. *Zu Rose.* Gott segne dich, mein Kind.

ARE *beiseite zum Pfarrer:* Das ist ein trauriger Anblick. Meine Livree in einer Zelle. Können Sie ihm nicht etwas Passendes aus der Caritassammlung besorgen?

Are gibt dem Wärter ein Trinkgeld. Er geht.

PFARRER Mylord, meine Schwester wird sich darum kümmern.

BOB Wir versuch'n gerad, auszusortieren, was passiert ist.

ARE Bob, Bob, was belastest du den Kopf mit Sachen, die ihn gar nichts angehen. Wenn ich die Affäre nicht so handhaben kann, wie ich es für richtig halte, muß ich mich vielleicht daraus zurückziehen.

BOB Bitte nich, Sir.

ARE Ich kann mich nicht zu einer Witzfigur machen lassen. Der gute Hirte, der sein Schäflein wiederfand und es auf dem Heimweg verlor.

ROSE Ihre Ladyschaft saß auf –

ARE Als treue Ehefrau dreht sich dir der Kopf genauso wie deinem Mann. *Beiseite.* Der Wärter muß ihr die Zelle verbieten. Ist nur recht so bei einer Hinrichtung.

ROSE *zum Pfarrer:* Ihre Ladyschaft saß auf einem Stuhl und blutete.

ARE Blutete? *Beiseite.* Ich wiederhole mich schon wie die anderen.

FRANK *off:* Vergnügungssucht hat mich zu Fall gebracht. Was dich, du winselnder Heuchler?

ARE *zum Pfarrer:* Mein ehemaliger Lakai. Wenn wir hier fertig sind, geh ich hin und rappel mit meinem Stock an seinem Gitter.

BOB Werd nich gehängt. Seine Lordschaft steht mir bei.

FRANK *off:* Vertrau dem Fuchs, und du verdienst, gehängt zu werden. Schlag ihm die Tür ins Gesicht! Du bist nicht mein Freund, Bob Hedges, aber den wünsch ich dir nicht.

ARE Hör nicht auf ihn, Bob. Seine jetzige Lage gibt ihm nicht das Recht, Ratschläge zu erteilen.

ROSE Sie hat also geblutet, bevor Bob sie erstach.

PFARRER *achselzuckend:* Kind, die ganze Sache ist jenseits menschlicher –

ARE Hast du nie eine Blume aus der Vase in der Halle genommen und sie dir an den Mantel gesteckt, wenn du aus dem Haus gingst? Sie hat sich auf dem Weg nach unten mit Farbe bekleckert, als krönenden Abschluß.

ROSE Wir können gucken, ob Farbe auf dem Laken ist.

FRANK *off:* Bitt sie, daß sie dich bei Musik hängen! Zeig den Mädchen wie toll du tanzen kannst!

ROSE Und das Schwert am Boden? Wie –

ARE Mr. Phelps nebenan.

PFARRER Mylord?

ARE Wir können den Kerl nicht mit einer solch verkommenen Seele sterben lassen. Um der Nächstenliebe willen, gehen Sie zu ihm.

PFARRER Ihre Lordschaft ist ein Wunder! Gerade habe ich im Stillen gebetet, daß man mich darum bittet. *Pfarrer geht hinaus, um den Wärter zu holen.*

ARE Nun, Miß?

ROSE Mein Mann hat sie nicht umgebracht.

BOB *leise:* Gott segne dich, Rose. Du bist die tapfere hier.

ARE Bob –

BOB Sie war schon am Bluten, als ich reingekommen bin.

ARE Laßt mich nachdenken. *Geht zur Seite.* Die Sonne ging am Horizont auf – und ist zurückgefallen, und die ganze Welt liegt in Dunkelheit. Mut, gutes Herz. Wenn die Sonne von ihrer Bahn abweicht, nun – bring sie zurück. Der Lümmel wird hängen und die Wahrheit mit ihm. Aber das muß leise vor sich gehen, und jetzt will die Göre mich hineinziehen. Lester wird mich auf jede Lokuswand als Stehaufmännchen mit Schwert in der Hand pinseln. Das ist unerträglich.

ROSE *zu Bob:* Frühstückt Seine Lordschaft immer mit Schwert?

ARE *geht zu ihnen zurück:* Bob, ich muß dir klar sagen, du bist ein Ärgernis und verdienst deine Frau: doch ich wünsche dir die gleiche glückliche Erlösung, die ich hatte. Was wir sagen, du oder ich, spielt keine Rolle. Wahrheit ist, was die Rechtsanwälte sagen. Du hast keine, während ich ... *Geste.* Wenn Bob gesteht, ist der Tod ein Unfall. Wenn er mich beschuldigt – na, ist euch jemals aufgefallen, wie ihr euch zehnmal in der Minute widersprochen habt? Meine Anwälte werden ihn quälen, bis er aufs Schafott rennt – manch Unschuldiger hat sich bereitwillig hängen lassen, um einen Anwalt loszuwerden. Und wenn ich auf die Anklagebank muß? Ist's immer noch ein Unfall. Aber wie blöd seh ich aus! Die Heirat mit einer Kohlenhändlerstochter hat meinen Namen besudelt, aber dies – das ist eine Szene aus einer Farce. Ich kann nicht sagen, warum ich nicht erkannt habe, daß es meine Frau war. Hätte eine freundlichere Vorsehung die Szene in einem Londoner Salon angesiedelt, unter zwei Kronleuchtern, hätte ich sie sogar mit einem Eimer ihres Vaters über dem Kopf erkannt. Würdest du gegen mich aussagen, Bob? Ein Lord, der von einem Arbeiter heruntergezogen wird? Das ist gegen die ganze Staatsordnung. Siehst du die Ungeheuerlichkeit? Nun kommen wir zum Kern der Sache. In einer Person bin ich die Gesellschaft, das Symbol der Macht, die Galionsfigur von Gesetz und Ordnung. Mach mich zum Narren oder Bösewicht, und der Mob tanzt auf der Straße. Wenn du unschuldig sein willst, Bob, muß die Anarchie triumphieren, deine

Fenster müssen zertrümmert, der Schädel deiner Mutter eingeschlagen und deine Frau als Mohr gesteinigt werden. Komm, wir sind Engländer und können offen miteinander reden. Du hast die Chance, deinem Land zu dienen. Robert der Held, Heil! Die Nation verlangt es von dir. Stell dich dem Gericht. Laß dich freisprechen. Ich kaufe die Geschworenen. Ich ziehe mich zurück, während du dich berätst.

Der Gentleman

BOB UND ROSE Er tritt beiseite, läßt sie vorbei
Auf dem einen Arm trägt sie ein Kind
Unter dem andern einen zerbeulten Koffer
Die Scharniere kaputt
Mit einer Kordel umwickelt
Er nimmt das Kind, setzt es auf die Schulter
Öffnet das Tor, läßt die Frau ein
Nie zuvor hat er sie geseh'n
Welche Höflichkeit gegenüber Fremden!
In der Hand hält er ein Gewehr
An der Tür zur Gaskammer
Gibt er das Kind zurück
Wer hebt die Peitsche, wenn einem Befehl gehorcht wird?
Warum die Faust erheben, wenn ein Finger die Richtung weist?
Wer hebt die Stimme, wenn sanfte Worte reichen, mein Freund?
Warum ein Messer benutzen, wenn ein Lächeln blutige Wunden schlägt?
Wenn man den Geist hat, warum den Kopf abhauen?
Wenn saubere Hände die Arbeit tun, warum sich die Hände blutig machen?

Der Pfarrer kehrt mit dem Wärter zurück. Der Wärter läßt den Pfarrer in die obere Zelle. Der Wärter lungert wartend an der offenen Tür.

ROSE Der Richter wohnt im Tabard. Ich geh mal –

BOB Warte, wir können's uns nich leisten, ihn zum Feind zu machen.

ROSE Er ist unser Feind. Er ist schuldig, und du bist unschuldig.

BOB Ja, aber das hat anscheinend nichts zu sagen. Wenn wir ihn beschuldigen, verhungern wir, Mädel. Kriegen unser Lebtag keine Stelle mehr. Wir müssen einfach mitmachen, um den Schein zu wahren – wie er sagt.

ROSE Du hast gesagt, du gehorchst immer dem Gesetz.

BOB Aber er ist das Gesetz – also muß ich ihm gehorchen.

ROSE Aber er ist schuldig und du bist –

BOB *Kopf zwischen den Händen:* Weiß nich, was ich tun soll! Laß mich denken, Frau!

FRANK *off:* Hab das Silber verkauft und gelebt wie ein Lord. Morgens gehurt, nachmittags gehurt, abends gehurt, wenn ich nicht besoffen war.

ARE *ruft:* Zum Teufel, Pfarrer, können Sie nicht wirkungsvoller beten!

FRANK *off:* Er liegt auf den Knien und versucht sein Bestes. Nicht, alter Bock?

PFARRER *kommt herein:* Geduld, Sir. Wenn sie zum Hängen verurteilt sind, kann man ihnen mit nichts mehr drohen. Nicht mal mit der Hölle. In diesem atheistischen Zeitalter glauben sie nicht daran. *Der Pfarrer geht in die Zelle zurück.*

FRANK *off:* Saufen und Vögeln, bis der Wirt mir einen Strich durch die Rechnung machte. Er hatte ein Auge: hab's sich drehen sehen. Der Hund wußte, daß mein Silber zu Ende ging, hat bloß gewartet, bis das Kopfgeld mehr war, als was ich noch hatte. Bin rechtzeitig abgehauen. Auf den Feldern gelebt. Kirchen ausgeraubt.

PFARRER *off:* Das ist keine Beichte, das ist Prahlerei.

FRANK *off:* Bin aus den Hecken auf die Frauen gesprungen und hab' sie im Graben gevögelt. Das letzte wilde Tier in England! Fast hab ich's bis London geschafft!

ARE *zu Rose:* Übrigens, ich habe den Degen mitgebracht, damit Bob ihn poliert.

FRANK *off:* In Barnet hab ich ein Fenster geknackt. Meine Hand reingehängt. Der Sohn des Hauses von hinten an mich ran geschlichen. Hat mich niedergeschlagen. Kerniger Typ vom Land. Hierher zurückgeschleppt. Aber es hat sich gelohnt!

ARE *ruft:* Pfarrer, stopfen Sie ihm das Maul mit Ihrer Soutane. – Robert, meine Geschäfte drängen.

BOB Eine Minute noch.

FRANK *off:* Au. Ist das Lord Arsch?

PFARRER *off:* Läutere seine Seele und zähme seine Zunge! *Pfarrer läuft aus der Zelle, schlägt die Tür zu und verriegelt sie.*

FRANK *erscheint hinter dem Gitter in der Tür:* Sind Sie's, Arschloch?

BOB *zu Rose:* Wenn wir machen, was er sagt, haben wir wenigstens 'ne Chance.

ROSE Ich werde nicht stillhalten.

FRANK *hinter Gitter:* Arschloch! Ich kann dich riechen! Ich dachte, 's war die Gefängnis-Kloake? Gott verdamm dich, eines Tages hängst du, Hund! Du tripperverseuchte Ratte!

BOB *zu Rose:* Hab gesagt, ich hätt's getan, hab gesagt, es tut mir leid! Die würden mich auslachen, wenn ich jetzt die Wahrheit sage –

ROSE Wenn wir's nicht tun, ist's zu spät.

FRANK *hinter Gitter:* Arschloch.

ARE *schlägt mit seinem Stock ans Gitter:* Bursche, wenn deine Beleidigungen ein bißchen Witz hätten, würde ich bleiben und applaudieren. *Zu Bob.* 's ist sehr traurig, aber ich sehe, du willst selbst die Verantwortung für dich tragen.

Are geht zur Tür und will gehen. Bob bittet ihn mit einer Geste zu warten.

FRANK *hinter Gitter:* Arschloch! Ich dachte, mein Leben würde mir keinen Spaß mehr bringen. Es ist's wert zu hängen, wenn ich dich ins Gesicht Köter nennen kann! Ich hab dich in der Kotze liegen sehen! Idiot! Ich verdien's, gehängt zu werden, weil ich dich nicht darin erstickt habe!

BOB Es soll sein, wie Ihre Lordschaft wünscht.

ARE Gut – du hast dir deinen Beschützer gut ausgesucht. *Fällt hin.*

FRANK Verrecke!

Man hört ihn toben. Der Wärter öffnet Franks Zellentür. Pfarrer geht hinein, kommt jedoch sofort wieder heraus und schreit Are an.

PFARRER Vorsicht! Ihrer Lordschaft Nähe ruft Krämpfe hervor. Er kriecht auf dem Bauch über den Boden. Er stirbt noch vor dem Galgentag!

BOB *zu Rose:* Ich hab das Schaf gespielt, jetzt spiel ich den Mann. Ich bring uns da durch. Zieh kein Gesicht, Rose, ich hab lieber, wenn du lachst.

PFARRER *lugt durch die offene Zellentür auf Frank:* Wie eine Schlange oder ein großer Wassermolch!

FRANK *off:* Verrecken soll er, verrecken, verrecken!
PFARRER *läuft nach hinten:* Wärter! Das ist aus der Offenbarung!
Frank taumelt in die Zelle. Seine Hände sind gefesselt. Seine Beinkette hält ihn, und er stürzt zu Boden.

BOB UND FRANK Mein Kumpel war 'ne harte Nuß
Schuftete jahrelang am Band neben mir
Sagte kaum mal ein Wort
Reden ist nicht leicht
Wenn die Maschinen laufen
Eines Tages fiel ihm 'ne Münze rein
Er schraubte die Sicherheitsstange los, um ranzukommen
Der Bolzen traf ihn am Kopf
Er sah zum Dach auf und er sagte
Die grünen Hügel am Meer
Da scheint das Licht
Durch hohe dunkle Fichten
Eine Minute später war er tot

Sprach noch nicht mal auf der Straße
Sah ihn mal einkaufen mit seiner Frau
Er nickte nur
Er war anständig zu mir
Doch ich hörte was munkeln
Er hätte vergessen
Er habe eine Faust wie ein Vorschlaghammer
Dann schraubte er die Sicherheitsstange los
Ich legte ihn auf den Beton
Er sah zum Dach auf und er sagte
Die grünen Hügel am Meer
In dem dunklen Wäldchen
Liebte ich das erste Mal
Eine Minute später war er tot

Mit ihm zankte man sich besser nicht
Ich titschte ihn mal auf dem Parkplatz an
Nichts Schlimmes
Er starrte durch die Windschutzscheibe
Dann fuhr er schnell weg
Das Stirnrunzeln stand ihm

Ich erfuhr nie, für welche Mannschaft er war
Ich legte ihn auf den Beton
Er sah zum Dach auf und er sagte
  Die grünen Hügel am Meer
  Wo im weißen Himmel
  Die Möwen schreien
Eine Minute später war er tot

Meine Kumpel rannten und holten den Sani
Der Meister hielt die Maschinen nicht an
Ich bückte mich zu ihm hinunter
Er sah wie ein Lehrling aus
Er weinte leise
Und babbelte vor sich hin
Ich nahm seine Hand – keine Reaktion
Der Bolzen schlug immer noch
Ich legte ihn auf den Beton
Er sah zum Dach auf und er sagte
  Die grünen Hügel am Meer
  Durch die hohen dunklen Bäume
  Webt die See
  Einen strahlenden Faden
Eine Minute später war er tot

Hilgay. Wäldchen. Glocken im off. Rose und Gabriel, der blinde Schweinehirt.

ROSE Sie haben ihn schuldig gesprochen.

GABRIEL Er wird hängen. Hab nie das Gesicht meines Jungen gesehen.

ROSE Are hat sie getötet, Bob deckt ihn.

GABRIEL Hat er Zeugen?

ROSE Nein.

GABRIEL Dann hältst du am besten die Klappe. Die Leute regen sich immer auf über Sachen, die sie nicht ändern können. Die ganze Welt kippt um, und jeder rutscht ab – ist bloß 'ne Untertasse mit verschütteter Milch. *Schreit.* Roxana! – Jedes Schwein hat 'ne Glocke um den Hals. Einmal Weihnachten haben die Jungs die durcheinandergebracht. Dorcas hat mit der Glocke von Jane gebimmelt. Phyllis mit der von Annie. Und so weiter, die ganze Meute durch. Hat mich zwei Tage gekostet. Schweine hören alle auf ihren Namen: hab 'ne Handvoll Spreu in der Tasche. Ich ruf' Sibby, und sie kommt mit der Glocke von Dorcas angetrottet. Ruf Dorcas, und sie kommt mit der von Jane. Gib die von Dorcas Dorcas wieder und fessel Sibby die Läufe. Ruf Jane . . . Bis zum Ende der Woche hatte ich sie alle wieder. Ich sag dir was: ich weiß, wann 'ne Sau trägt, durch die Art, wie ihr Bauch die Glocke wackelt. 'ne andere hat'n dicken, fetten Klang, dann ist's Zeit für den Schlachter. Ist 'ne Arbeit, wie wenn immer Sonntag wär, wie sitzen und dem Speck in der Pfanne zuhören. Frau, Dach, trockener Schweinestall, essen und schlafen wie 'n alter Eber.

ROSE Du redest, Gabriel. Du würdst schon sehen, wenn du könntest. Selbst wenn's nur zehn Minuten wär und du müßtest Bob hängen seh'n.

GABRIEL Falsch, Mädel. Kann nicht sehen, will auch nicht. Sehen ist 'n Fluch auf denen, die mich führen, mich füttern, das Dach decken und die Tür einhängen – 's Leben ist 'ne Schufterei und 'n Hungerlohn am Ende. Besser, in der Sonne sitzen und im Wäldchen, wenn's warm wird. Werd keinem lästig. Brech mir mein Stock, taste mich an den Bäumen entlang nach Hause. Was soll ich mit den Nachbarn reden? – Was weiß ich, ob die mir nicht Grimassen ins Gesicht machen. Bin im Kampf gegen Frankreich blind geworden. Hab den Kerl nicht gesehen, der mir mein Augenlicht genommen hat – hab gerade in die andere Richtung geguckt. Danach, alle freuten sich, weil wir den Krieg gewonnen haben, und ich sag: was is jetzt, so kann ich nich arbeiten? – Bin an der Straßenecke gelandet un hab Regen in meinem Hut gesammelt. Hab Glück gehabt: der alte Schweinehirt hat's sich in'n Kopf gesetzt zu sterben und ich hab seinen Job gekriegt. Nun, wo ist der Kerl, der mich erwischt hat? Vielleicht am nächsten Tag gestorben, vom Schiff gefallen, vom Baum umgehauen. Wer kann sagen, was ein Glücksfall is? Ich hab die Früchte der Welt ohne ihre Mühen. Außer einer. Morgens – kurz bevor ich wach werd, träum ich, ich könnt sehen. Laufe den Hügel rauf, wink mit den Armen un schrei die Sonne an. Dann wach ich auf un sage: das ist bloß der Junge, der in mir steckt. Ich mach mich nicht drüber lustig – un ich wein nicht. Du siehst vor dir einen glücklichen Menschen.

Mutter tritt auf.

GABRIEL Was bist du denn so bös un aufgeregt, Mutter?

MUTTER Sie soll dich nicht bei der Arbeit stören. Verlier du ein Schwein, und die Hölle ist los. Was hat sie denn gesagt?

GABRIEL Nix.

MUTTER Hardache ist oben in der Kate. Hat die Tür mit 'nem Stock aufgestoßen und gesagt, du hättst ihm geschrieben. Hab ihn den langen Weg geschickt und bin durchs Feld gekommen. Plapper aus, was hier vorgeht, un ich werd den Tag verfluchen, wo du meinen Jungen geheiratet hast.

ROSE Er wird Bob helfen.

MUTTER Braucht keine Hilfe.

ROSE Sie werden ihn hängen.

MUTTER Red nich so'n Quatsch. Kein Gefühl für Maßstab. Das is seine große Chance. Laß ihn Seiner Lordschaft so einen Gefallen tun, und er hat fürs Leben ausgesorgt. Arme Leute können es sich nicht leisten, so eine Chance auszuschlagen, sie kommt weiß Gott nicht oft. 's is Zeit, daß unser Glück sich wendet. Du zettelst Ärger an, wer bezahlt's? Wir. Du ab nach London, wir werden rausgeschmissen. Enden im Armenhaus. Arbeiten wie die Sklaven, kriegen die Armenhauskrankheit – leben keine sechs Monate mehr, schon erlebt. Zu alt, um mir mein Leben durcheinanderbringen zu lassen. Sieh ihn dir an: kommt aus Frankreich zurück und wird eingestellt, als hätt er zwanzig Augen. Hätte Seine Lordschaft jede Menge Schweine kosten können. Er hat zu ihm gehalten – wie jetzt zu Bob. Misch dich also nicht ein, Rose.

ROSE Wir können's nicht riskieren. Bob ist im Gefängnis und wartet...

MUTTER 's gibt Schlimmeres... draußen. Erwarte nicht, daß Seine Lordschaft sich für so eine auf die Anklagebank setzt. Würd bloß den Namen seiner Familie durch den Dreck ziehen. Wo kämen wir dann hin! Würd mich schämen, wenn ich's nächste Mal ins Dorf ging und die Leute wüßten, ich arbeite für so einen. 's war 'n Unfall, egal wer's war. Dumme Frau, geschieht ihr recht, umgebracht zu werden. Wenn sie in der Aufmachung in meine Küche gekommen wär, ich hätt ihr eins mit der Bratpfanne übergezogen, sie wäre nie wieder aufgestanden.

ROSE Er wird gehängt, aber du hast ein Dach überm Kopf.

MUTTER Wenn du glaubst, daß ich so eine Frau bin, meine Liebe, das ist dein gutes Recht.

ROSE Ach, ich versteh euch nicht.

MUTTER Steh bloß meinem Jungen nicht im Weg, wenn er die Chance hat, in der Welt weiterzukommen. Schwör 'nen falschen Eid, wenn es ihm hilft, sag, ich hab gesehen, wie er das Schwert geholt hat.

ROSE Warum sollte Arschgesicht ihm helfen? Bob ist ein Arbeiter, nichts Besseres als...

GABRIEL Laßt euren Krach, ihr regt meine Schweine auf. Bleibt sich gleich, ob er sie umgebracht hat oder nicht. *Ruft.* Sibby! – Wenn es zwischen ihm und dem Boß steht, ist doch klar, wer gewinnt. Verfluchtes Schwein! Ist hinter den Eicheln in Pallin's End her.

ROSE Es steht nicht zwischen Are und Bob. Es ist zwischen zwei Bossen.

MUTTER Was faselt sie jetzt?

ROSE Wenn du schwarz bist, lohnt es sich, das Gesetz zu kennen. Keiner soll von seinem eignen Verbrechen profitieren. Are hat seine Frau getötet – also verliert er ihr Geld. Es geht an den nächsten Verwandten zurück: ihren Vater.

Hardache tritt auf. Er fächelt sich Gesicht, Hals und Bauch unter der Jacke mit dem Hut.

HARDACHE Hübsches Plätzchen. Schade, daß ich nicht zur Beerdigung kommen konnte. Zwangsverkauf beim Nachbarn, konnte mir die Gelegenheit nicht entgehen lassen. Dann der Prozeß: mußte einen kleinen Aktienzauber arrangieren. Rose, du hast einen Schuft geheiratet, aber keiner ist vollkommen. Aus mir ist längst alle Bitterkeit ausgequetscht worden, als mein erstes Lager in Flammen aufging. Sag Bob, daß ich seitdem nicht mehr geweint habe.

MUTTER Es war ein Unfall, Mr. Hardache.

HARDACHE Tja, Mädchen, aber manch Leute haben Unfälle und manche nicht. Andauernd fallen Burschen in meine Schmelzöfen. Man sollte meinen, sie täten es absichtlich. Wenn ich 'nen Schmelzofen sehe, gehe ich drumrum und nicht hinein. Und würd ich 'n Gespenst sehen, ich würd aus dem Zimmer gehen wie jeder vernünftige Mensch – es sei denn, es wäre meine selige Frau.

MUTTER Das böse Mädel hat es sich in den Kopf gesetzt, daß mein Bob es nicht getan hat.

HARDACHE Nicht getan? Stimmt das, Rose? Wer hat's dann getan?

ROSE Are.

HARDACHE Seine Lordschaft. Nein, so was hab ich nie gehört. So ein glückliches junges Paar? Warum sollte er so unbesonnen sein? Nein, sie wurde von deinem übereifrigen jungen Mann niedergestochen. Ich kann nichts anderes glauben. Seine Lordschaft, sagst du?

MUTTER Bringen Sie sie zur Vernunft, Sir.

HARDACHE Also da trifft mich der Schlag von vorn, hinten und der Seite. Was für eine mißliche Lage ist uns da in den Schoß gefallen. Auf unseren Köpfen gelandet. Ein echter Flunkerer, da gibt's kein Vertun. Hat er sie erschlagen, Rose?

ROSE Ja, Sir, und Bob überredet, die Schuld auf sich zu nehmen.

HARDACHE Ich laß mich nicht gern täuschen, Mrs. Hedges. Jetzt ist die Zeit, offen zu reden. Sie wissen, was auf dem Spiel steht: die Erinnerung an meine Tochter. Wissen Sie nichts?

MUTTER Also – ja und nein. Was soll ich sagen?

HARDACHE Die Wahrheit, Frau! Das ist ein christliches Land, oder?

MUTTER Na ja – wenn Seine Lordschaft sie umgebracht hat – was nutzt es dann, wenn ich was sage.

HARDACHE Was es nutzt? Zählt die Gerechtigkeit in diesen Breiten nichts? Wenn ich an den unschuldigen jungen Mann denke – du hast gesagt, er ist unschuldig, Rose? – allein in seiner Zelle, das träfe mich nicht weniger als bei meiner eigenen Tochter. Also, Mrs. Hedges?

MUTTER Ich glaub – wenn es so ist – ich muß Mr. Hardache sagen, daß mein Sohn mir gesagt hat, er hat es nich getan.

HARDACHE Und auch bezeugt, daß Are ihn beschwatzt hat, sein eigenes Verbrechen zu decken? Was für ein feiger Schuft!

MUTTER *hört mit der Wiederholung seiner Worte auf:* ... Verbrechen zu decken, was für ein feiger Schuft!

Legende von Fortuna

MUTTER Die Menschen lebten frei und froh
Die Welt war so jung wie der Tag
Da kam ein Gott vom Himmel
Nahm die guten Dinge und floh

Er legte sie alle in einen Korb
Und stieg hinauf in seine Höhle
Er schob den Korb sich unter'n Kopf
Und schlief wie ein müder Tropf

Auf der Erde verging die Zeit mit Krieg
Die Menschen stöhnten und lebten wie tot
Da rührte im Schlaf sich der träumende Gott
Der Korb fiel hinunter aus seinem Bett

Vom Himmel regneten auf die Menschen
Die Gaben froh und frei
Brot und Honig und Obst und Wein
Das Goldene Zeitalter brach herein

Langsam erwachte der Gott aus dem Schlummer
Kam herunter, stahl, machte Kummer
Die Menschen wollten behalten, was sie hatten
Und erschlugen den Gott, den Nimmersatten

Bitte die Weisen, mit dir Brot zu brechen
Nimm die Schönen in dein Bett
Wird dieser Gott in deinem Lande geseh'n
Nimm was er hat und brich ihm den Hals.

Szene acht

Peterborough. Holme Cottage. Tisch. Stühle. Bob und der Pfarrer. Bobs Beine sind gefesselt; er kratzt mit einer Feder auf Papier.

BOB Ich bin begabt zum Lernen, hab vorher nur keine Gelegenheit gehabt. Hab furchtbare Schwierigkeiten mit dem S. Schnörkliges Igitt von einem Buchstaben. Buchstaben sind'n Wunder! Tanzen dir vor den Augen und kommen plötzlich zusammen wie 'ne Kerze, die aufflackert, und dann sieht 'n Kerl alles, was er anguckt. Are sagt, ich soll die Schreibarbeit übernehmen. Briefe und Rechnungen schreiben. 'n Kerl, der in 'ner Kate geboren wird, hofft nicht, es so weit zu bringen.

PFARRER Bob, hoffe auf eine Begnadigung, ja, aber vielleicht kommt sie nicht. Hoffe auf Erlösung.

BOB Pfarrer, seien Sie nicht so trübsinnig. Im Augenblick müssen wir aus 'ner schlechten Lage das Beste machen. Unsere Begnadigung wird kommen, und wenn nich, was soll's, dann hängen se mich mit Frank, und der is so ein pfiffiger Dieb, der stiehlt den Strang, und wir kommen alle zwei davon. Da, das is kein schlechter Witz für 'nen Kerl in meiner Lage! Kommen Sie, alter Freund, ich seh Sie nicht gern so traurig. Ein bißchen munterer! Lächeln Sie.

PFARRER Du bist zum Tode verurteilt. Versuche, daraus etwas Gutes zu ziehen. Sicher lehrt Gott dich eine größere Lektion, als ich es vermag?

BOB 's is natürlich, daß Sie sich quälen, ich versteh, wie Sie sich fühlen: aber es hilft nichts. Jetzt sehen Sie die gute Seite, oder ich werd böse.

PFARRER *beiseite:* Das Kind ist ein Simpel. Lord Are verspricht ihm eine Begnadigung, um ihn zu trösten, sammelt aber feurige Kohlen auf seinem Haupt. – Bob, tu so – nein, tu so, sag ich – als würdest du deine Begnadigung nicht kriegen. Stell es dir vor, deiner Seele zuliebe.

BOB Kann ich mir nich vorstellen. Unterbrechen Se 'nen Kerl nicht. Ich lern meine Buchstaben, damit ich meine Begnadigung lesen kann. Stellen Sie sich *das* vor.

PFARRER *beiseite:* Na gut, überlassen wir ihn seinem Buch. Wenn er in den Himmel kommt mit einem Hirn, das lesen kann, beweist er Gott, daß er sich bemüht hat, etwas Licht in seine natürliche Dunkelheit zu bringen.

BOB (d-e-r) M-e-n-s-c-h-i-s-t-w-a-s-wahas-

PFARRER Was.

BOB E-r-w-e-i-ß-erweiß.

PFARRER Weiß.

BOB Wenn Sie mich fragen, der Mensch, der das Buchstabieren erfunden hat, wußte nicht, was Schreiben ist. Das solltet ihr da oben mal auseinandersortieren.

Mrs. Wilson kommt herein.

MRS. WILSON Spritz nicht mit deiner Tinte an meine Decke. Deine Mutter ist hier. Guck dir den Dreck auf meinem Fußboden an.

BOB Sind im Schlamm geschleift, als ich im Hof Wasser gepumpt hab.

MRS. WILSON Hättest sie mit abwischen können, als du dir die Füße abgeputzt hast.

Mrs. Wilson zieht ein Staubtuch aus der Tasche, Bob säubert seine Fesseln damit. Mrs. Wilson geht hinaus.

PFARRER Vor langer Zeit wurde ein Mann namens Sokrates – ein Heide, aber sonst ohne Tadel – zum Tode durch Gift verurteilt, nach der Sitte jener Tage. Dieser weise Mann hat nicht um Begnadigung nachgesucht. Er sagte: ›Wer die Weisheit liebt, gehorcht den Gesetzen seines Landes mit frohem Herzen‹ und trank den Becher bis zur Neige. Von diesem weisen Heiden sollten wir lernen.

BOB *putzend:* Hat er geschrieben?

PFARRER Seine Worte wurden niedergeschrieben.

BOB Ich schlag's nach, wenn ich nach Hause komme.

PFARRER *seufzt:* Die Bibel wird deine Bedürfnisse befriedigen.

Mrs. Wilson kommt herein und wischt den Boden um Bob und den Pfarrer.

Gott sprach das Wort, und es ward Licht. Mann und Frau sind ihm nachgebildet. Und die Vögel und Tiere dieses unbeschreiblichen Gartens. Die Sterne am Himmel und die größeren und kleineren Lichter –

BOB *wirft den Putzlappen hin:* Fertig.

PFARRER – und die Wasser, die über den Meeresboden rollen. Und das Gesetz des Lebens. Seht darum zu, daß ihr weise sprecht und lehrt: denn der Mensch ist, was er weiß.

Die Mutter kommt herein.

BOB Mutter. Halt die Ohren steif, Mädel.

MUTTER Bob.

Sie umarmen sich nicht, weil sie ihre Einkäufe absetzen muß.

MRS. WILSON Wasser kocht. *Sie geht hinaus.*

BOB Wo ist Rose?

MUTTER Darf nicht rein.

BOB Warum nicht?

MUTTER Hab das Gesetz nicht gemacht.

BOB *zum Pfarrer:* Warum nicht?

PFARRER Vielleicht eine Anordnung.

MUTTER Sie ist draußen. *Zuckt die Achseln.* Wollte kommen.

BOB *geht zur Tür, ruft:* Rose! Rose!

PFARRER Ich geh' zu ihr. Denk an dein Versprechen: das beste Benehmen.

BOB Ich will sie hier haben!

Der Pfarrer geht.

MUTTER Also, wenn das die einzige Begrüßung ist, die ich kriege, geh' ich nach Hause. Ich dachte, alles hätt sich schon gelegt. Hätt dich wieder bei der Arbeit.

Es klopft an der Decke.

BOB Saukerl.

Bob geht. Mutter sieht sich verwirrt und müde um. Mrs. Wilson kommt mit den Teesachen herein.

MRS. WILSON Wo ist Bob?

MUTTER *sieht zur Decke, vage:* 's hat geklopft.

MRS. WILSON Mr. Wilson, mein Mann. Setzen Sie sich. Sie sehen total erledigt aus. *Deckt den Tisch.* Ich sorg dafür, daß er sich die Haare wäscht und kämmt. Manche verlieren gegen Ende das Interesse. Keine Probleme mit seinem Appetit. Ich gönne ihm, was ich ihm auf den Teller tue. Ich werde was aus der eigenen Tasche dazulegen müssen. Ich war überrascht, wie wenig Lord Are bezahlen wollte. Es ist so viel schöner hier als in der Zelle nebenan. *Schenkt eine Tasse ein.* Wenn er davonkommt. Oh, ich bin sicher, er wird's, verliert Mr. Wilson das Henkersgeld. Das sollte den Verlust wettmachen – was bedeutet, er wird noch größer.

MUTTER Dankeschön.

MRS. WILSON Mr. Wilson kränkelt. Sie sagen, es ist nichts, aber ich weiß es besser. Die zwei sind wie Vater und Sohn. Bob hat seinen Stock neben das Bett gestellt. Sobald er das Tappen hört, ist er rassel, rassel, die Treppe rauf. Wie ich weiß nicht was. Mögen Sie Knasterkuchen? Ich hab diese kleinen selbst gemacht. Hier, ich bin nicht die Sorte, die zählt, was sie auf den Teller tut. Fünf.

MUTTER Dankschön.

MRS. WILSON Seine Anfälle werden schlimmer. Zu alt, um draußen zu arbeiten. Für sie sind's Ferien, aber für ihn ist es eben Arbeit.

Bob kommt herein.

Versuch, nicht so ein Geklirr zu machen, Lieber. Mein Kopf liegt den ganzen Morgen mit mir in Streit. Jetzt sind's nur noch drei. Ich glaube nicht, daß wir die alle essen. Warum hast du deiner Mutter keinen Stuhl angeboten, du ungehobelter Junge? Mir ist es gleich, wer drauf sitzt.

Bob schreibt auf einer Ecke des Tischs.

Mr. Wilson sagt, sein Gehilfe könnte nicht mal ein Bonbon aus 'ner geöffneten Tüte nehmen. Wir trauen uns nicht, den Job aufzugeben, nicht mal ich komme mit dem aus, was er nebenan verdient. Ich hab gern Sachen um mich rum, was soll man sonst vorzeigen! Vorhänge zum Wechseln. Ordentliches Teegeschirr, aber der Deckel hat einen Sprung. Ein Teppich oben. Verschiedene Paar Sonntagshandschuhe. Die fallen enorm auf, wenn beim Beten alle die Hände in die Höhe halten. Sie kommen sich doch vor wie ein Asozialer, wenn Sie die Farbe nicht wechseln können.

MUTTER Dankschön.

MRS. WILSON Ich stell die Büchse neben den Teller. Was wir nicht essen, kann dann zurückhopsen. Bedienen Sie sich. *Sie schiebt den Teller weiter weg.* Sie sollten es drinnen machen. Sie reden immer drüber, aber es tut sich nichts. Bei jedem Wetter draußen. Einmal war das Eis auf dem Strick so dick, daß sie abwechselnd drauf atmen mußten. Jetzt bindet Mr. Wilson ihn dem Pferd um den Bauch, um ihn warm zu halten. Ihm sind schon mal die Knöpfe am Mantel festgefroren. Einmal haben sie 'ne tote Katze nach ihm geworfen. Kein Wunder, daß er Anfälle kriegt. Und die Beschimpfungen, wenn sie jemanden mögen! Man sollte glauben, es passierte alles nur seinetwegen. Ich habe gesagt: ›Die würden's schon kapieren, wenn sie alle laufen ließen.‹ ›Ich glaube, das tun sie demnächst auch‹, sagt er. Das war nach der Katze. Aber alles hat zwei Seiten, nicht? Die Besseren geben Trinkgeld. Aber selbst auf die kann man sich nicht verlassen. Manchmal schütteln sie einem nur die Hand. Selbst wenn ich weiß, daß er in der kommenden Woche gut zu tun hat, kann ich nicht sagen ›Ich kaufe mir die neue Teekanne.‹ *Zu Bob.* Was war's diesmal?

BOB *beim Schreiben:* Hand hat gezittert, und 's Hemd bekleckert. Mußte seine Tasse halten.

MRS. WILSON Hach, nich wieder so was. Eß deinen Knasterkuchen.

BOB Hab keinen Hunger.

MRS. WILSON Ach, launisch, eh?

BOB Nein.

MRS. WILSON In meinem Haus gibt es keine Launen. Wir lassen die Katze drauf los. Also, wenn du dann möchtest, ist's zu spät.

Ißt seinen Kuchen.

Es klopft an der Decke.

BOB Verflucht! Hab seine Bibel vergessen.

MRS. WILSON Was soll aus unseren jungen Leuten werden? Eine Bibel vergessen! Unter seinem Stuhl. *Ruft.* Bibel ist unterwegs. – Manchmal bist du ein komischer Junge. *Zur Mutter.* Das hält ihn beschäftigt, wenn er so ist. Er schreibt alle Geburten und Taufen und Hochzeiten vorne rein –

Bob geht mit der Bibel hinaus.

MRS. WILSON – und seine Arbeit hinten. Klebt extra Seiten rein. Blättert sie durch, um sich zu beruhigen. Erinnert ihn an alles mögliche, was er vergessen hat. 's Gedächtnis spielt einem komisch mit. Ich räum mal weg, hier gibt's Herren mit langen Fingern. Ich pack den angebissenen Kuchen ein. Ich glaube, das war Ihrer. Das reicht für den Nachhauseweg.

MUTTER *zupft Mrs. Wilson vorsichtig am Ärmel:* Seine Frau ist draußen. Das geht ihm nicht aus dem Sinn.

Mr. Hardache kommt herein.

HARDACHE Mrs. Hedges. Madam. Seine Lordschaft ist da.

Bob kommt herein.

HARDACHE Sag nichts, Bob. Ich kann es dir vom Gesicht ablesen. Ein harmloser Scherz, und du warst das Werkzeug des Schicksals. Hier ist eine halbe Guinee.

MRS. WILSON Eine halbe Guinee.

BOB Danke. *Gibt sie seiner Mutter.* Rose soll sie haben.

MRS. WILSON Mr. Hedges, Sie sind genauso gedankenlos wie

meine Gäste nebenan! Wieviel geben Sie nun als Trinkgeld?

Lord Are und der Pfarrer kommen herein.

ARE Bob, das sind bessere –

BOB Rose darf nicht herein.

ARE Du wirst sie bald sehen.

BOB Möcht sie lieber jetzt sehn. Wenn's nötig is, geh ich zurück in die Zelle.

ARE Nicht so ungehalten, Bob, mißbrauch mein Vertrauen nicht.

BOB Will nicht, daß sie auf der Straße steht.

ARE *beiseite:* Er kann sich bewegen wie er will, der Strang zieht sich fester. – Du machst es deinen Freunden verdammt schwer, Bob. Ich habe die Anordnungen gebrochen, als ich dich als Vorzeichen deiner Freiheit aus der Zelle holte. Soll die Schuld wieder auf mich fallen. Holen Sie sie, Pfarrer. Als wir vorbeikamen, stand sie an der Ecke.

Pfarrer geht.

BOB Haben Sie meine Begnadigung, Sir? Lassen Sie mich sehen.

ARE Ich habe sie nicht bei mir, aber sie ist sicher. Diese Dinge müssen einen gewissen Stil haben, Bob. Die Herrschaft des Gesetzes, die Majestät des Amtes und so weiter. Es ist vorgekommen, daß sie zurückgehalten wurde, bis der Mann zum Galgen kam. Gib die Hoffnung nie auf. Wenn du denkst, der Henker greift nach deinem Hals, überreicht er dir vielleicht die Begnadigung.

HARDACHE *nimmt Are beiseite:* Wir haben ein kleines Geschäft zu regeln.

ARE Was Mr. Hardache?

HARDACHE Ihr Mord an meiner Tochter.

ARE Bob, zeig deiner Mutter deine Buchstaben. Ich lasse ihm die Buchstaben beibringen, Mrs. Hedges.

MUTTER So was! Ich werd 'nen Sohn haben, der lesen und schreiben kann.

Mutter und Bob setzen sich an den Tisch.

BOB Ich hab Rose geschrieben. Der Pfarrer kann die Buchstaben mischen, dann heißt es Eros – un das, sagt er, is die niedere Form der Liebe.

ARE *zu Hardache:* Die schwarze Schlampe? – Schwiegervater, Sie haben Ihr Imperium nicht aufgebaut, indem Sie auf Tratsch hörten.

HARDACHE Falsch, mein Junge, ich habe ihm sehr wohl zugehört. Ich nenn dich Junge, weil mir auffällt, daß du angefangen hast, mich Vater zu nennen. Ich misch mich nicht gern ein – aber sie war meine Tochter, und sie hätte gern den Richtigen hängen sehen.

ARE *ruhig und präzise:* Warum hier, zu dieser Zeit?

HARDACHE Wo sonst? Alle Beteiligten sind zur Stelle. Wenn Fragen gestellt werden müssen, können sie die direkt beantworten. Und wenn man nebenan im Gefängnis Quartier nehmen muß – spart man sich eine zusätzliche Reise.

ARE Sir. Mein Trinkgenosse, der Lord Lieutenant – dessen Herzen meine Hand näher ist, als die des geliebten Jüngers es je bei Christus war – wird nicht zulassen, daß Sie mich ins Gefängnis werfen. Für morgen bin ich beim Rennen angesagt, und das würde seine Gesellschaft durcheinanderbringen.

HARDACHE Schwiegersohn. Ihnen besorgt Ihr Titel Bekanntschaften, mir das Geld. Ich bezahle die Kutsche, die Ihren mächtigen Freund zum Rennen bringt. Hier ist ein Rätsel: warum läßt ein vernünftiger Mensch wie ich seine Tochter einen Gecken wie Sie heiraten?

ARE Geck? Ein Kerl gibt ja nicht an, aber –

HARDACHE Kohle.

ARE Ich habe mich verhört.

HARDACHE Nein. Unter Ihrem Land.

ARE Ich bin geneppt worden.

HARDACHE Ihr Titel hat mich 'ne Menge gekostet, aber ich hatte vor, ihn mit Ihrer Kohle zu bezahlen. Die Heirat brachte sie mir. Oder meinem Enkelsohn – ich plane vor, zum Wohle der Firma. Die Firma hätte von Ihnen und mir profitieren sollen. Jetzt hat dies Mißgeschick meine grandiosen Pläne durcheinandergeworfen.

ARE Warum hat mein Verwalter mir nicht gesagt, daß ich Kohle habe?

HARDACHE Ich habe ihn dafür bezahlt. Aber Sie dürfen keine ungetreuen Gefolgsleute um sich haben, mein Junge, deshalb habe ich ihn auf dem Weg hierher gefeuert und durch einen von meinen Männern ersetzt.

ARE Schwiegervater, Sie sind Vater Satan.

HARDACHE Nun ja, Sie haben das als Kompliment gemeint, aber wenn Sie mich besser kennen, werden Sie merken, daß es verdient ist. *Dokument.* Hier ist eine einfache Absichtserklärung. Unsere Anwälte werden die Einzelheiten später ausarbeiten. Alles, was über Ihrem Land ist, gehört Ihnen: das gilt auch fürs Vermögen der verstorbenen Lady Are. Alles, was darunter ist, gehört mir: abgesehen von den Familiengebeinen. Unterschreiben Sie, und meine Tochter kann lange in Frieden ruhen.

ARE Bob, leih mir deine Feder.

BOB Vermute, so sieht ein Begnadigungsschreiben aus.

HARDACHE Für manche ja.

ARE *unterschreibt:* Heute unterschreibe ich ein Bündnis mit dem Teufel.

Rose kommt herein. Bob umarmt sie.

BOB Macht nichts, wenn die Leute unsere Freude sehen, sind alles Freunde hier.

MUTTER Können nicht lange bleiben, Rose. Verpassen den Karren zurück.

ROSE Mr. Hardache, sind Sie zum Gericht gegangen?

HARDACHE Mädel, ich hab drüber nachgedacht, aber es bringt nichts.

Are geht. Die Mutter sammelt ihre Siebensachen zusammen und geht zur Tür.

HARDACHE Du hast keine Beweise. Hör auf mich: sag nichts. Bob kann mir seine Begnadigung zeigen, wenn sie kommt. Ich sorge dafür, daß er gut versorgt ist.

Hurra!

ALLE AUF DER BÜHNE ANWESENDEN

Als England die halbe Welt gehörte
Da waren die Engländer tapfer
Und jeder Engländer war frei
Verdammte laut den fremden Knecht
Der sich beugte vor Tyrannei
Als England über die Meere gebot
Lernte jedes Kind auf der Mutter Schoß
Daß England das Land der Freiheit sei

Seine Kerker waren Totenhäuser
An seinen Galgen mußte hängen,
Wer Brotdiebstahl begangen
Warum stehlen, wenn man frei ist?
Sie ließen ihn in Lumpen laufen

Steckten ihn in Soldatenrot
Und lehrten ihn den Dienst am Tod
Hurra! Denn jeder Engländer ist frei
Schreit, daß England das Land der Freiheit sei ·

Sie trieben ihn zur Fabrik wie einen Sklaven
Oder fesselten ihn wie ein wildes Tier
Er kriecht im Dunkeln bis zum Grab
Seine Qualen lassen nicht nach
Bis seine verstümmelten Glieder singen
Hingemetzelt in Königskriegen
Hurra! Denn jeder Engländer ist frei
Schreit, daß England das Land der Freiheit sei

Und Generationen vergeh'n
In Feuer und Weh'n
In Gräben und Blut
Brüllen von Brüderlichkeit und brechen
Auf Befehl ihren Brüdern die Knochen
Sie glauben, sie laufen frei herum
Und sind schon verkauft an den Schlächter

Laufen und holen Seil und Haken
Schreiben sich selbst ins Rechnungsbuch
Wetzen die Klinge und reichen das Messer
Halten den Kopf hin und geben ihr Leben
Hurra! Denn jeder Engländer ist frei
Schreit, daß England das Land der Freiheit sei.

HARDACHE Lassen wir die jungen Leute in Frieden.
Alle gehen, außer Bob und Rose.

ROSE Ich habe versucht, ihn dazu zu bringen, uns zu helfen. Ein Hund beißt den anderen nicht, wenn sie sich um einen Knochen streiten können. Ich geh raus, klettere auf die Gefängnismauer und schreie: Are ist ein Mörder.

BOB Rose, er hat versprochen –

ROSE Er hat versprochen, sie würden dich nicht schuldig sprechen.

BOB Er hat's erklärt. Kann nicht alle Geschworenen kaufen. War ein Methodist dabei. Paß auf, die alte Lady Are war die Hure des

Königs oder so was. Auf jeden Fall, sie hat die Begnadigung in der Tasche.

ROSE Warum hast du sie dann nicht?

BOB Können sie nicht einfach rausgeben. Müssen sie doch richtig machen.

ROSE Ich hab Geld. Wir könnten die Kette loswerden –

BOB *zieht Bein aus der Fessel:* Das is nur so als ob.

ROSE Gott! Dann können wir weg! Es gibt eine Schnellkutsche nach Lynn! Heute abend sind wir auf dem Boot!

BOB Das ist verrückt! Werd ich geschnappt, werd ich gehängt.

ROSE Du bist geschnappt!

BOB Was für'n Boot? Wohin?

ROSE Afrika! Liberia!

BOB Was soll ich im Urwald?

ROSE Was ich hier tu!

BOB Für Männer is das anders. Liberia! Is da, wo Essen auf'n Bäumen wächst? Brichst 'nen Stein, un Milch kommt raus?

ROSE Bob, die Tür ist auf. Das Fenster ist auf. Steig durch. Wenn's zu wär, könntest du's eintreten. Du könntest die Wand wegdrücken. Du bist stark. Du bist ein Riese. Aber du sitzt da und wartest darauf, gehängt zu werden.

BOB Wie lieb ich dich hab, Rose. 's 'is noch nich alles verloren. Wenn ich die Begnadigung nich krieg, dann sag ich was!

ROSE Zu spät.

BOB Ich bin Engländer, ein frei geborener Engländer. Ich hab ein Recht, zu sprechen – so zu schreien, daß alle es hören! Das steht in unserm Gesetz. Steh auf – vor Gericht, an der Straßenecke, auf'm Dach – un schrei die Wahrheit raus. Das muß so sein!

ROSE Du bist ein Sklave, doch weißt es nicht. Meine Mutter hat ihre Ketten *gesehen,* sie hatte ihr Leben lang Spuren davon am Handgelenk. An *dir* sind keine Spuren zu sehen, bis du tot bist. Wie kannst du um Freiheit kämpfen, wenn du glaubst, du hast sie schon? Was passiert mit Leuten wie dir? Es ist ein Zirkus! Der Clown tritt den Köter, und der leckt ihm die Stiefel. Der Clown tritt fester, und der Köter rollt sich auf den Rücken und wackelt mit dem Schwanz – und die Hunde lachen alle. Du gehst nicht, selbst wenn dir blüht, daß er dich eine Meile unter die Erde bringt und dich an der Wand ankettet. Dann wärest du frei: du wüßtest, was du bist. *Sie geht hinaus.*

BOB Mein ganzes Leben hab ich gekämpft. Bob der Witzbold. Bob der Kumpel. Geh die Straße lang, die Sonne scheint, esse, arbeite – kämpfe, um Leib und Seele zusammenzuhalten. Du bist stark, Bob, du kannst alles. Wo hab ich mich vertan? Ich weiß es schon. Ich weiß, was du mir jetzt sagst. Schon lange hätt ich denen den Stiefel zwischen die Zähne schieben sollen, jedesmal, wo die Schweinehunde mich angelächelt haben. Aber ich hab die Chance verpaßt. Jetzt is es dunkel. Schwarz. Schwarz. Schwarz. Ich muß vorsichtig vorgehn oder ich schieß 'nen schrecklichen Bock. Ich muß dem Clown vertrauen, un auf meine Belohnung hoffen.

Lied vom Zauberer

ROSE UND BOB Der Zauberer band seine Hände mit einem Seil, das nicht da war
Er band seine Füße mit einer Kette, die niemand je sah
Er schloß sich in einen Sack, den es nicht gab
Und verschloß ihn mit einem unsichtbaren Dreh
Er hing an einem Haken über'm tiefen dunklen See
Die Leute lachten, als er in der Luft strampelte
Sie sahen ihn zittern und zappeln
Mit einem Tusch ist er frei!

Der Zauberer war das Idol der Leute
Bei jedem Fest im Lande heute
Hoch über'm Kirchturm hing er
Wand sich, drehte sich, wippte auf und ab
Er strampelte nach dem unsichtbaren Schlüssel
Die Leute belachten seine flinken Finger
Mit einem Tusch ist er frei

Eines Tages, als er sich drehte in seinem Sack
Kam er nicht frei
Schrie wie ein Mann auf der Folter
Die niemand je sah
Sein Mund geknebelt mit Lappen, die es nicht gab
Weiter weiter! schrien die Leute und schwenkten die Fähnchen
Als er sich in der Luft krümmte
Und ums Leben kämpfte in seiner Falle, die nicht da war

Sie hielten die Luft an, als er fiel – das Aufklatschen
Machte das Wasser weiß
Sie schrien, als sie ihm zusahen beim Strampeln und
Umsichschlagen
Mit Entsetzen sahen sie ihn sinken
Standen am Ufer und sah'n ihn ertrinken.

Szene neun

London. Haus der alten Lady Are. Salon. Rose und die alte Lady Are. Die alte Lady Are in einem Sessel. Auf der anderen Seite des Raums eine Karaffe am Boden.

ROSE Sie sagen, mein Mann hat Ihre Schwiegertochter umgebracht.

LADY ARE Ich werde ihm eine Guinee geben. Ich hab die Schlampe nie geseh'n. Man sagt, ihr Vater hat Kohle in Manchester verhökert und sie wäre neben ihm getrabt und hätte die Waren ausgerufen. Eine passende Ausbildung für eine, die bestimmt ist, sich mit meinem Sohn zu unterhalten.

ROSE Mein Mann hat sie nicht umgebracht.

LADY ARE Magst du Fisch? Er zieht mich an mit der Leidenschaft, die die Jugend zu ihren Torheiten treibt. Ich habe beim Diner zuviel gegessen. *Zeigt.* Mein Glas, Kind. Meine Zofe Dorothea, das Aas, stellt es mir außer Reichweite.

ROSE *reicht ihr das Glas:* Ihr Sohn hat sie umgebracht.

LADY ARE Mein Sohn? Oh, ich hab mich verschluckt! *Würgt.* Du liebe Güte. Hau mir auf den Rücken, Kind.

Rose klopft ihr sanft den Rücken.

LADY ARE Hau, hab ich gesagt! Fester! Hach, das tut gut! Der Anfall rafft mich noch dahin. *Wischt sich die Augen.* Schwör, daß es wahr ist! Ich muß beim Morgengrauen meine Kutsche haben, um es der ganzen Stadt zu erzählen.

ROSE Vielen Dank Madam. Ich hatte Angst, Sie würden mir nicht glauben.

LADY ARE Nicht glauben? Nichts ist leichter zu glauben, seit die Frau des Bischofs von London ein Kind mit der Nase seines Kaplans zur Welt brachte. Deinen Mann kann ich nicht bezahlen – doch du sollst die Guinee haben.

ROSE Lord Are sagt, Sie haben uns eine Begnadigung verschafft.

LADY ARE Zum Teufel mit dem Schurken. Ich habe ihn nicht mehr gesehn seit dem Tag, an dem sein Vater starb. Er zog ihm das Kissen unterm Kopf weg, sprang die Treppe herunter (eine Stufe nach der anderen, er hatte hohe Absätze an), warf es auf mich, jaulte Hurra! und jagte mich aus dem Haus. *Trinkt.* Komm, schau. *Zieht eine Menge Papiere aus dem Busen.* Aktien, Wertbriefe, Schuldscheine. Alles seins. *Keucht, während sie die Papiere liebkost.* Guck, vierzigtausend Pfund. *Papier.* Ein halber Anteil an Jamaika. *Papier.* Damit könnte er seine Tripperpillen bezahlen. *Papier.* Eine Burg in Schottland. *Sie küßt die Papiere und steckt sie ins Kleid zurück.* Heim ans Herz, ihr Lieblinge. *Papier.* Ein Brief des Ministerpräsidenten an den Primas von England. Damit könnte man ihn erpressen, bis er die Einkommensteuer erhöhen müßte, um zu bezahlen – und man hätte immer noch die Antwort des Primas. *Papier.* Und das – ein Angriff auf seinen alten Widersacher Lester. *Lacht und verstaut die Papiere.* Zurück an die Brust, die ihn nährte (einmal an einem Mittwoch, als die Amme sich verspätet hatte), sich jetzt aber rächt, indem sie ihn aushungert. *Glättet ihr Kleid.* Die gehen mit mir ins Grab, und kein Engel liegt auf weicheren Daunen.

ROSE Er sagt, die Begnadigung ist schon –

LADY ARE Begnadigung, Begnadigung – hör auf mit deinen Begnadigungen! Mein Glas. Es gibt kein Pardon!

ROSE Aber Sie können eine besorgen?

LADY ARE 's ist wahr, meine Figur setzt Maßstäbe, die nur wenige erreichen könnten – aber der Prinz mochte schon immer eine Dame mit Haltung. Er würde mich immer noch legen, aber sein Fleisch ist von Farbe ausgelaugt. Seine Diener schmieren sie drauf, wenn sie betrunken sind, und er ist zu blind, sie abzuwischen. Letzte Woche war sein Schnurrbart mit Cold Cream an die Backen geklebt. Sie tragen ihn in einer Sänfte durch den Palast. Er linst aus dem Fenster wie ein Affe, der aus seinem Urwald hervorguckt. Eine Begnadigung? – nichts wäre leichter. Es wäre, als würde der Affe hinauflangen, eine Banane vom Baum pflücken und sie mir in den Schoß schmeißen. Aber ich werde nicht darum bitten.

ROSE Aber Lady Are, mein Mann ist unschuldig!

LADY ARE Stimmt, aber er hat ausgesagt, er ist es nicht. Soll er als Prahlhans hängen. Kind, wer wäre dann noch sicher? Charles, mein Lakai, würde mich bei Tisch erwürgen wegen eines Lekkerbissens auf meinem Teller. Dorothea würde mir mit meiner Flasche über den Kopf hauen und sie austrinken, und Trevor, mein Kammerdiener, würde mich die Treppe hinunterstoßen. Begnadigung? Du könntest mich genausogut bitten, einen Aufstand anzuzetteln oder eine Revolution zu beginnen.

ROSE Mein Mann ist unschuldig.

LADY ARE Dann soll er in den Himmel fahren. Wenn er auf dieser Welt bleibt, wird er in die Hölle kommen, mit den anderen Lakaien. Wenn die vornehme Gesellschaft jedesmal protestiert, wenn das Gesetz den Esel abgibt, respektiert es keiner mehr. Ich habe zugesehen, wie Lämmer, unschuldig wie Schneeflocken, zum Galgen gegangen sind, und mein Haar ist davon nicht weißer geworden. Tröste dich. Mein Sohn wird hängen. Er wird Lester beim Kartenspiel erstechen oder beim Gehopse auf den Fuß treten. Sie werden sich in die Haare kriegen, und der eine wird erstochen und der andere gehängt.

ROSE Mein Mann ist edel und gut und –

LADY ARE Er gefällt mir mehr und mehr.

ROSE *kniet:* Ich bitte Sie.

LADY ARE Steh auf, Kind. Eine Sache wird nicht eindrucksvoller, wenn sie von einem Zwerg gesagt wird. Vom Boden haben wir uns erhoben. Auf! Du hast eine alte Dame mit einer Farce fröhlich gemacht, und jetzt verdirbst du alles mit einem Rührstück!

ROSE Sie Hündin! Ich hoffe, Sie fallen die Treppe runter! Erstikken! Sterben am Gin! Kriegen den Kopf mit 'ner Flasche eingeschlagen – und Tripper von Ihrem Affen! *Sie geht.*

LADY ARE Die Person hat eine Zunge wie Dorothea, aber die wäre für ihre Guinee geblieben. Ich hab vergessen, die Einzelheiten rauszukriegen! *Ruft.* Dorothea! Paart sich wieder mit dem Küchenjungen? Trevor! – Der Lump ist besoffen! Psch, ich erfinde die Einzelheiten. In den Zeitungen stand, es geschah bei Tisch. Sie schüttet ihm seinen Teller über den Kopf, Erbsen und Kartoffeln strömen runter, über sein Gesicht und den französischen Rock und er sticht ihr den Degen durch den Leib und rutscht auf einem Pudding aus und macht einen Salto, während sie – Oh! Ha! Ha! *Lacht und gackert.* – sie – sie – Oh! Ich werd 'ne Woche lang im Bett liegen müssen! Ruhig Blut, denk an was anderes – sie mit ihrem letzten Atemzug Blasen in die Suppe pustet. *Sie lacht.* Oh! Hoo! Ha! *Hört auf.* Der kalte Wind um mein Herz ... Der Steinbutt. Der Arzt hat ihn mir verboten. *Wischt sich den Mund.* Die Sahnesauce ... Ich bin eine alte Frau mit einem leeren Glas, und ich kann an nichts denken, was mich nicht mit Bedauern über die Vergangenheit packt, vor den Narrheiten der Gegenwart zusammenzucken oder vor dem, was noch kommt, erzittern läßt. Ich habe nicht immer nach den Geboten gelebt. Es könnte nicht schaden, sich auf den Himmel vorzubereiten. Pah! ein morbider Gedanke. Das würde meinen Sohn zur Raserei treiben – das ist der Himmel, und ich werde der *deus ex machina* darin sein. Wie in den alten Romanzen soll er unterm Baum noch begnadigt werden. Vielleicht sende ich eine Kopie direkt an den Schurken, meinen Sohn, und gönne ihm das Elend, sie zu lesen.

Der schöne Baum der Freiheit

ROSE UND FRANK Am schönen Baum der Freiheit
Biegen die Äste sich unter der Last
Die Früchte! Und schaut! Die Früchte sind Augen
Beim leisesten Schritt gehen sie auf und sehen
Den Räuber, der kommt, den Baum zu plündern
Er dreht sich um und rennt unbesonnen
Die Augen sind heller als hundert Sonnen

Am schönen Baum der Freiheit
Biegen die Äste sich unter der Last
Der Früchte! Und schaut! Die Früchte sind Augen
Beim Marschschritt gehen sie auf und sehen
Den Mann mit der Axt, der kommt, den Baum zu fällen
Er dreht sich um und rennt unbesonnen
Die Augen sind heller als hundert Sonnen

Am schönen Baum der Freiheit
Biegen die Äste sich unter der Last
Der Früchte! Und schaut! Die Früchte sind Augen
Beim schweren Schritt gehen sie auf und sehen
Den Henker, der kommt, den Baum zu verbrennen
Er dreht sich um und rennt unbesonnen
Die Augen sind heller als hundert Sonnen

Tief im Stamm brummen die Bienen
Hoch oben im Wipfel rufen die Vögel
Und nennen die Leute beim Namen
Die Augen sehen sie näherkommen
Und manchmal schlagen die Zweige sie nieder wie
Donnerkeile

Und so wächst der schöne Baum
Hoch wie die Fichte und stark wie die Eiche
Bekränzt von rankendem Geißblatt
Der wilden Rose und hängendem Wein
Wie unsere Väter erzählten

Szene zehn

Hilgay. Herrenhaus. Frühstückszimmer. Are. Zum ersten Mal sieht man ihn in Hemd und Hose und ohne Perücke.

ARE Soll ein Mann doch bei seiner Hinrichtung schönes Wetter haben. Etwas anderes zu sagen, wäre grämlich. Ein leeres Haus, alle haben sich um die besten Plätze bemüht. Wie angenehm die Sonne durch meine Fenster scheint, um mich zu segnen. Heute morgen habe ich nach einem Geräusch gefragt. Es war eine Lerche. Ich hätte auch gesungen, mir fehlte aber das Orchester. Blumen nickten. Lämmer blökten. Peter Seufz, der Dichter hätte –

Mutter kommt herein.

MUTTER Herr.

ARE Nicht so niedergeschlagen, Hedges. Ich hab's versucht. Das Gesetz ist ein schwerer Stein, wenn ein einzelner es bewegen soll.

MUTTER Sagt, 's 'is dringend. Hat 'nen Brief.

ARE Ach, soll er ihn abgeben. 's ist 'ne kleine Wolke, sie wird vorbeiziehen.

Mutter geht.

ARE Nun zum Tagesgeschäft: Kleidung. *Seufzt.* Ein Anzug, so schlicht, als kaufte ich in einem Kloster ein. Ich sag die Wahrheit: ich bin froh, wenn der Tag vorbei ist, wenn die, die leiden müssen, gelitten haben, und der Rest sich vergnügt wie die Welt es wünscht, ohne diese Jammermiene, mit der ein Christ bei dieser Gelegenheit seinen Hut verdirbt.

Mutter kommt mit dem Boten herein. Sie geht.

BOTE Mylord, Ihre Mutter läßt grüßen.

ARE Verdammt, die Ziege bereut! Die Hexe steht am Rand des Grabes!

BOTE Mylord, mein Auftrag ist dringend.

Der Bote überreicht Are ein Dokument. Are liest es.

ARE Hübsch. Dann hat Bob endlich seine frohe Botschaft. Der Gedanke, daß er in seinen Schmerzen liegt und ich seine endgültige und vollkommene Freiheit in der Hand halte. Das paßt mir wie einem Vogel sein Gefieder. Wie menschliche Geschäfte sich manchmal zerschlagen.

BOTE Ich muß zum Gefängnis.

ARE Gefängnis?

BOTE Das ist eine Abschrift. Ich bin beauftragt, das Original dem Gouverneur auszuhändigen.

ARE So ist das – sonst würde es dem armen Bob schlecht ergehen. Passen Sie auf, auf den Straßen treibt sich viel Volk herum. Ich nehme Sie in meiner Kutsche mit.

BOTE *zu freundlich:* Mylord, aber ich habe den Auftrag –

ARE Papperlapapp, Ihr Auftrag! Mißgönnen Sie mir das Vergnügen?

BOTE Doch, Sir. Ich bin aber beauftragt, das –

ARE Aber jetzt, wo ich darüber nachdenke, kann ich Sie nicht mitnehmen. Ich habe die Lady Oxy, die neben mir sitzen muß, und ihre Mutter, die Herzogin von Blare gegenüber, und die Herzogin wird Lucille, ihre Zofe, dabei haben. Nun ist Lucille ein absoluter Zankteufel, eine Hysterikerin, die über die Herzogin mit eiserner Knute herrscht und keinen Mann in ihrer Nähe duldet. Fast hätte die Herzogin gesagt, ich müßte hinterherlaufen und mich am Gepäckriemen festhalten. Die Zofe hat sich nur auf einen Kompromiß eingelassen, weil es sich um eine Hinrichtung handelt. Bei einer Hochzeit oder einem Erntedankfest hätte ich mir die Sohlen beim Hinterhertraben abgelaufen. Sie sehen, Sir, Sie können nicht in meiner Kutsche mitfahren, selbst wenn Platz wäre. *Er hat zwei Tassen Kaffee eingeschenkt. Eine gibt er dem Boten, die andere trinkt er selbst.* Nein, Sir, fragen Sie nicht: Sie dürfen *nicht* auf dem Dach sitzen. Das ist für Lady Oxys Knaben und deren Kumpel reserviert – denn die Jungs gehen zu allen Hinrichtungen. Wenn wir durch die Gassen rasen, werden wir so ein Hallo und Hurra erleben, so ein Fußgetrappel auf dem Dach, und der Hut des Kutschers wird so oft in die Ententeiche geworfen (laß die nur erwachsen werden, dann gehen wir zu *ihrer* Hinrichtung),

Bote lacht.

daß Lucille einen Anfall haben wird, zwei Flaschen Riechsalz leerriechen und sich hinlegen muß. Sie wird die Hinrichtung verpassen, und die Herzogin muß ihr fächeln (die arme Dame wird tyrannisiert, daß es zum Himmel schreit – und man tuschelt von Erpressung), so daß wir auf dem Nachhauseweg nichts hören werden als die Klagen der Zofe. Dabei möchte die übrige Gesellschaft (im ungezwungenen Freundeskreis) das runter- und wegdiskutieren und jeder seine Version der letzten Beichte geben, wobei er in einer beteuern wird, unschuldig wie ein Lamm zu sein und in einer anderen behaupten, seit dem Alter von zehn ein Wegelagerer gewesen zu sein. Nein, Sir, ich nehme Sie nicht mit in der Kutsche, denn die Hinfahrt wird so sehr einer Höllenfahrt ähneln, daß Sie lieber mit Bob tauschen würden, als die Kutsche für die Rückfahrt noch einmal zu betreten.

BOTE *setzt die Tasse auf dem Tisch ab:* Es macht nichts, Sir... Mein Auftrag verlangt, daß ich –

ARE Doch mein Gewissen fürchtet, daß Sie nicht durch den Mob durchkommen.

BOTE Was das betrifft, Sir, da rufe ich, ›Macht Platz im Namen des Königs!‹

ARE Tun Sie das bloß nie! Nein, wenn Sie das rufen, kann ich Sie nicht aus der Tür lassen.

BOTE Wird der König hier nicht in Ehren gehalten, Sir?

ARE Die werden vermuten, Sie bringen eine Begnadigung und Sie vom Pferd ziehen. Es würde Ihnen den Tag kaputtmachen. Die sind seit dem Morgengrauen unterwegs, haben für 'nen Penny Pasteten und für zwei Penny Bier gekauft und ihre Lieder probiert. Wird ein Mann gehängt, gehört der Rest des Tages ihnen, zum Austoben oder nüchternen Nachdenken. Wird er nicht gehängt, arbeiten sie.

BOTE Für die Warnung bin ich dankbar, Sir. Ich reite schnell und halte den Mund. Jetzt muß mein Auftrag –

ARE Moment! *Beiseite.* Muß ich noch jemanden vor dem Frühstück in diesem Raum umbringen? Mir werden die Bobs ausgehen.

BOTE Guten Tag Sir –

ARE Ich hab's! Ich hab's! Es würde Ihnen schlecht bekommen, wenn Sie bei Ihrem Auftrag scheiterten – ich möchte Sie und die Ihren nicht deswegen leiden sehen. Ich kann Sie in meiner Kutsche nicht mitnehmen – doch ich könnte die Begnadigung mitnehmen.

BOTE Nein, Sir, mein Auftrag lautet –

ARE Sir, Sie überraschen mich! Sie haben lang genug getrödelt. Noch mehr Verspätung, und ich muß mich bei Ihrem Offizier beschweren. Hier sind dreißig Guineen in Gold. Der Übermittler guter Nachrichten wird belohnt.

BOTE Dreißig Guineen!

ARE Eine Kleinigkeit. Eilen Sie in die Taverne und trinken Sie auf meine Gesundheit. Das ist ein Auftrag, Gott segne Sie. Ich muß mich ankleiden und herumhüpfen.

BOTE Ich danke Ihrer Lordschaft. *Er gibt Are die Begnadigung und geht.*

ARE Also, über mich wacht bestimmt ein Schutzengel – wenn ich auch nicht weiß, von wo. Ich habe seine Begnadigung in der Hand. Ich gebe sie nicht weiter. Was, kein Blitz? Kein Donner? Die Sonne bleibt auf ihrer Bahn nicht stehen? Paß auf, Are: du bist eine seltsame Seele. Du fängst an, mir zu gefallen, und ich könnte dich vielleicht anbeten. Du hast Talente, nein Kräfte, von denen ich nichts ahnte! Warum lebst du in Armut und heiratest die Tochter eines Aschenkratzers? Du kümmerst dich nicht genug um dich. Warum hast du nicht zwanzig Häuser? Eine Armee? Hundert Frauen? Du fürchtest dich vor Lord Soundso und schwänzelst um Lady Dingsbums herum, du schlägst dir auf der Straße den Weg mit dem Stock frei – anstatt auf dem Rücken des Pöbels darüber getragen zu werden! Das wird sich alles ändern. Es wird eine neue Welt geben. *Ruft.* Hedges! Legen Sie meinen blauen Überrock und den gelben Hut heraus. Nein, den rosanen mit dem purpurnen Federbusch. Wir wollen Bobs Leiden nicht vergrößern: er soll einen schönen Hut sehen, wenn er aufgehängt wird. Meiner Treu, der ist so spektakulär, daß er ihn vom Strang ablenken wird. Ich werde ihn vor dem Henker ziehen – aber Bob mag das als höfliche Geste für sich ansehen. Soll der dämliche Dussel hängen, um zu beweisen, daß die Welt noch bei Verstand ist. Außerdem, es ist herzlos dem Pöbel etwas zu versagen. Noblesse oblige: Hängt ihn!
Doch ich werde verrückt. Zu denken, daß ich nicht mit der Begnadigung anreiten kann! Auf das Hängen verzichten muß! Ich nehme nicht die Kutsche. Ich sage, ich reite, um schneller zu sein. Unterwegs falle ich. Rasend und mit Freudengebrüll über die frohe Botschaft, rüber geht's, holterdipolter – außer Gefecht gesetzt. Wenn ich wieder auf die Füße komme, ist die Mähre auf und davon. (Ich treib sie mit der Peitsche weg. Es ist ein treues Tier und wird bei mir bleiben – aber ich zerbreche meine Peitsche an ihr, und wenn das nichts nützt, werfe ich mit Steinen.) Dann hab ich mein Hinken. *Übt.* Nein schlimmer. *Übt beim Sprechen.* Ich hinke (ich habe einen Stock aus der Hecke ge-

schnitten) zu einem Bauernhof in der Nähe. Verlassen. Alles bei der Hinrichtung. Seit der Pest haben wir eine solche Öde nicht mehr erlebt. Ich schleppe mich weiter. Bis die Zeit um ist und Bob, der dämliche Dussel, unter den Baum geführt wird. Er schaut zum Himmel auf – in die Richtung, in die der Finger des Pfarrers weist – zum willkommen heißenden Antlitz Gottes: und das einzige, was er sieht, ist der schwarze Balken über ihm. Ich sitze unter der Hecke und weine. Wahrlich, ich entblöße mein Haupt und knie mich in die Nesseln und bete: daß das Seil reißt.

O du große flammende Sonne! Großes Feuer des ewigwährenden Tages! Mein Leben! Mein helfender Stern! Strahle, strahle, strahle, strahle! Heil dir, große Sonne. Licht der Welt, in dem ich schreiten werde! ... O meine Freunde –

Mutter kommt herein.

MUTTER Blau un Rosa sin rausgelegt.

ARE Hedges. Ruhen Sie sich in Ihrer Kammer aus.

MUTTER Halt mich beschäftigt. Hab letzte Nacht für ihn geweint, weine nachher.

ARE Mütter wissen's am besten. Wissen Sie was, machen Sie ein Feuer für meine Rückkehr. Der Tag könnte noch kalt werden. Wärmen Sie ihre alten Hände an den Flammen. Hier ist ein Papier, um es anzuzünden. *Er gibt ihr das Begnadigungsschreiben und geht.*

MUTTER Nett von ihm. Spart mir, die Kienspäne zu holen. Was Offizielles. Hübsche Krone drüber. Schneid ich als Weihnachtsschmuck aus. *Schüttelt den Kopf.* Am besten tu, was dir gesagt wird. Bob war grad beim Lesen lernen. *Zerreißt die Papiere.* Fang bloß nicht damit an, sonst kriegst du die Arbeit nicht getan. *Sie zündet Feuer an.*

ARE *off:* Hedges!

MUTTER *vor sich hin seufzend, während sie sich bückt – sie ist viel älter geworden:* Was ist jetzt?

Are kommt brüllend herein.

ARE Das geht zu weit! Hedges, wollen Sie mich zum Idioten machen! Mich in ein Narrenkostüm stecken? Mich als Clown herrichten?

MUTTER Sir, was issen bloß –

ARE Verdammte Unverschämtheit! Kann ein Mensch sich auf nichts verlassen! Ich habe ihren Mann behalten, als es meinem

Titel zur Ehre gereicht hätte, ihn zu feuern. Sind Sie so blind wie er?

MUTTER *ruhig, tonlos:* Nun, Sir, ich bin sicher, 's gibt keinen Grund –

ARE Nein, Sie haben es absichtlich getan! Kleinliche Rache! *Hält ihr seinen blauen Rock hin.* Wo ist der Knopf! Sehen Sie ihn? Nein. Er ist weg! *Wirft den blauen Rock auf den Boden.* Hier, hier. *Klopft sich auf die Brust.* Wo jeder Idiot es sehen kann. Sie alte Hexe, muß ich ihn selbst annähen? Ich gebe Ihnen das Dach über dem Kopf, den Boden unter den Füßen, das Essen auf dem Teller – für ein klaffendes Loch mit zwei schwarzen Stellen und einem weißen Faden wie der Unterleib einer Maus! Kennzeichen eines Idioten!

MUTTER Geben Sie's her. Ich kümmere mich –

ARE Jetzt? Wo er im Dreck liegt? (Der Boden muß dreckig sein, denn *ich* habe ihn heute nicht gefegt.) Ich muß mich anziehen wie ein Landstreicher! O, jetzt will sie den Knopf annähen, wo man den Rock nicht mehr tragen kann. *Gibt dem Rock einen Tritt.* Madam, nähen Sie ihn an und schmeißen Sie den Rock in den Hundezwinger, damit meine Hündin darauf werfen kann. Erweisen Sie ihr zumindest die Ehre einer vollständigen Knopfreihe. *Plötzlich wird er wieder er selbst.* Jetzt muß ich meinen grünen anziehen. Also kann ich meinen rosa Hut nicht tragen. Das sähe ja aus wie ein Maibaum. Ich muß meinen gelben tragen – den ich schon zweimal beim Rennen anhatte. *Beiseite:* 's ist wahr, ich kann nicht zur Hinrichtung gehen. Aber nun wird das ganze Land sagen, es war, weil ich mir keinen neuen Hut leisten konnte! *Er geht.*

Mutter murmelt vor sich hin, als sie zum Feuer zurückkehrt.

MUTTER Kann ich nicht annähen. Hat mir den Knopf nicht gegeben.

Plötzlich

BOB Es kam plötzlich wie eine Bombe
Sie starben nicht mit Todesgebärden
Sie bedeckten nicht ängstlich den Kopf
Sie erhoben nicht flehend die Hände
Sie starben mit den Gesten des Lebens

Es kam plötzlich wie eine Bombe
Münder standen offen, kein Laut kam heraus
Salz wurde gehoben, aber nicht gestreut
Sie starben mit den Gebärden des Lebens
Finger luden ein, Hände streckten sich aus
Köpfe neigten sich gespannt nach vorn
Zu Worten, die sie nie hörten

So plötzlich kam die Katastrophe
So schnell der Schicksalsaugenblick
Zur Zeit der Mittagsstund'
Als die Gabel in der Luft war
Zwischen Teller und Mund

Zur Zeit des Mittagsmahls
Als die Gabel unterwegs zwischen
Mund und Teller war

Peterborough. Holme Cottage. Ein Bierfaß. Mrs. Wilson und Bob. Bob in Hemdsärmeln und ohne Fesseln. Er trinkt am Tisch.

BOB Wann, Frau? *Mrs. Wilson füllt sein Glas. Er packt ihren Arm.* Sie ist 'ne ganz Schlaue.

MRS. WILSON Benimm dich, oder ich sag es Mr. Wilson.

BOB *läßt ihren Arm los:* Der hohe Herr is ruhig. Er muß für meine Begnadigung runterkommen.

MRS. WILSON Laß ihn schlafen. Ich hab ihm die Tür zugemacht, damit er nicht gestört wird.

BOB *brüllt zur Decke hoch:* Wer belauscht die Matratze? Schsch!

MRS. WILSON Ich nehm dir dein Glas weg.

BOB Pah. Genug gehabt. Starkes Zeugs.

MRS. WILSON Auf die Füße. Zieh deine Jacke an. Sitzt da in Hemdsärmeln.

BOB *steht auf, schwankt ein bißchen, stützt sich mit einer Hand auf den Tisch:* Uups!

MRS. WILSON *knöpfend:* Knöpf dich ein.

BOB Schütteln uns die Hand. Vielen Dank, Sir. Hoffe, Sie kriegen eines Tages dasselbe. *Kichert.* Wenn die sehen, wie schick ich bin, geben sie mir, glaub ich, zwei Begnadigungen.

MRS. WILSON Ich füll dir noch mal auf.

BOB *legt die Hand übers Glas:* Neenee, ich trink nichts mehr. *Pfarrer und Rose kommen herein.*

BOB Rose! Mein Mädel, wie ich dich vermißt hab! *Kuß.* Da – jetzt geht's besser. Alles ist gut gegangen. Die schrecklichen Zeiten sin vorbei. *Flüstert Rose zu:* Mrs. Wilson sagt, heut ist's gekommen. Schsch! – Pfarrer, Sie lassen Ihren Glauben schwanken, aber Sie werden 'ne Überraschung erleben. Mrs. Wilson, erweisen Sie dem Mann die Ehre und gießen Sie ihm ein Glas ein. *Wischt das Glas am Ärmel sauber.* Teufel, hab mir den Rock versaut. *Gibt Mrs. Wilson das Glas.* Die Buchstaben verschwimmen mir im Kopf, als wär er 'n Schiffswrack.

PFARRER *leise:* Mrs. Wilson, ein Gläschen zur Aufmunterung ist eine Sache. Aber so etwas zu so einer Zeit ist grausam. Falsch. Erschwert seine Last unnötig.

MRS. WILSON Ich brauch keine Predigt darüber, wie ich ein Gefängnis zu führen habe. Der Verdienst, den ich damit mache, lohnt kaum das Einkaufen. *Reicht ihm das Glas.* Sie nehmen doch sicher Ihr Glas, Pfarrer?

PFARRER *etwas verlegen:* Ja, ja, danke schön. Sein und mein Weg verlaufen heute anders.

Mrs. Wilson zählt nach, wieviel Bier getrunken wird. Sie schreibt es mit Kreide auf eine Schiefertafel.

BOB Rose, is was nich in Ordnung?

Sie hat ihm den Rücken zugewandt. Er dreht sie um. Ihr Gesicht ist tränenüberströmt. Er tritt zurück.

BOB Das ... sind keine Freudentränen ... *(vage)* Warum hab' ich meine beste Jacke an? Meine Begnadigung is heut gekommen ...

PFARRER *gibt ihm ein aufgeschlagenes Gebetbuch:* Lies mir deine Gebete vor.

BOB Will keinen Unterricht!

MRS. WILSON *zu Rose:* Gib mir sein Glas.

BOB Jawohl! Laßt uns trinken! Tut mir leid, Pfarrer. Warum ist die Stimmung plötzlich so düster geworden? Rose, mach mir nich das Herz krank, wenn ich dich weinen seh. Rose, ich hab Seiner Lordschaft nur den Namen geborgt.

Der Pfarrer hat drei Gebetbücher bei der Totenmesse aufgeschlagen. Er liest und sagt in einem fort den Psalm 39 auf (unterbricht sich dabei nur einmal), während die Szene um ihn herum weitergeht. Er hört erst auf, wenn er sagt: ›Endlich. Besser. Er kommt zu dir.‹ *Danach betet er schweigend.*

Der Pfarrer liest aus seinem Buch und bietet Bob das an der Stelle geöffnete zweite an. Bob schnappt es sich und wirft es zu Boden.

BOB Bet mich nich an! Werd nich gehängt!

Der Pfarrer hebt das Buch auf, während er in seinem weiterliest.

BOB Besoffen! *Er leert das Glas auf den Boden aus, aber wirft es nicht hinterher.*

MRS. WILSON O ich seh schon, so ein Tag wird's sein. – Man hätte es ihm richtig sagen sollen. Es ist nicht anständig, ihn so zu behandeln. – Bobby, setz dich. Weinen hilft nichts.

BOB *starrt Mrs. Wilson an:* Frau, was hast du getan? ... Du hast mir gesagt, meine Begnadigung ... *Plötzlicher Einfall.* Ah! *Er taumelt hin.*

Mrs. Wilson geht in die Knie und wischt das Bier auf.

MRS. WILSON Mrs. Hedges, stehen Sie ihm bei oder gehen Sie raus.

ROSE Er ist unschuldig.

MRS. WILSON Das sind sie alle, wenn man lange genug zuhört.

Oben kracht etwas.

MRS. WILSON Das war die Tür. Das muß jemand blechen. Das ganze Theater! Ihr kommt her und benehmt euch, als hätte ich nichts Besseres zu tun.

Oben kracht etwas.

MRS. WILSON *brüllt hinauf:* Benimm dich da oben! *Zu den anderen.* Das ist der Beruf meines Mannes. Er erwartet, daß sein Essen fertig ist, wenn er nach Hause kommt. Ich wünsch, ihr würdet aufhören, meine Küche durcheinanderzubringen.

BOB *off:* Ah!

MRS. WILSON Der Teufel wird los sein!

BOB *off:* 's Bett is gemacht. Kalt.

Wärter kommt mit Frank herein. Frank ist betrunken.

WÄRTER Der Karren ist draußen, Madam. Müssen bloß noch das Pferd einspannen.

FRANK *mürrisch, fast unverständlich:* Der alte Samson hatte ne Tochter, die hieß Isabelle. Blume im Tal und Stern am Himmel. Wenn sie ging spazieren, durft ich sie begleiten, drunten am Fluß beobachteten wir die Fisch' zuzeiten. *Sieht Bob durch die Tür.* Zweimal Bob. Muß zweimal hängen.

BOB *kommt herein:* Soll also hängen. Bei lebendigem Leib gehäutet werden. Rose, was soll'n wir machen? *Versucht nachzudenken, wendet sich an den Pfarrer.* Der soll die Klappe halten oder ich geb ihm eins über den Kopf!

Der Pfarrer betet weiter, ohne sich unterbrechen zu lassen.

WÄRTER Hältst die Klappe oder wirst gefesselt, du hast die Wahl. *Er gießt etwas zu trinken ein und erhebt sein Glas.* Ich trinke auf beide Herren. Wünsche, ich könnt auf bessere Zeiten trinken. *Trinkt.*

BOB Verflucht! Daß ein Mensch so stirbt! Schafft den Are her! Dieser Lump! Warum macht er das? War ich je böse auf ihn? Hab ich ne Faust gezeigt? Hab an die Mütze getippt – ruhig gearbeitet – mich verbeugt – nich genug? Jetzt will er meinen Kopf!

FRANK Kaum waren drei Monate vergangen,
Verlor das Mädel das Rot ihrer Wangen
Ihre Schönheit begann zu verblüh'n
Vorbei war es mit der Augen Glüh'n.

PFARRER *zu Bob:* O verwehre dir nicht den Trost seines Wortes.
BOB Ja, Frank, sing! Küß mich, Rose! Du schämst dich nich für mich. Wie lieb ich dich hab! Die Welt vermiß ich nich: vermiß dich. *Springt auf einen Stuhl.* Sollen wir hängen? Dann hängen wir so hoch! *Zeigt nach oben.*
Frank versucht, mit ihm auf den Tisch zu klettern.
BOB UND FRANK Die nächsten neun Monate waren auf und davon
Und sie gebar mir einen Sohn
Schnell schickte man nach mir
Zu sehen, was sich ließ machen hier.
FRANK *singt alleine weiter:* Ich trug ihr die Ehe an
Doch da traf mich der Bann.
PFARRER *klopft Frank auf den Rücken:* Mein Freund, öffne dein Herz –
FRANK Hau ab, du sündiger alter Bock! Ich öffne dich gleich!
Frank schnappt sich die Gebetbücher und wirft sie von sich. Der Wärter kommt hinzu. Der Pfarrer winkt ihn zurück. Er schließt die Augen und sagt sein Gebet laut auswendig auf. Bob bemerkt davon nichts, steigt aber von seinem Tisch herab.
MRS. WILSON *schenkt Bier ein:* Vier. Ich führe Buch, damit keiner zuviel bezahlen muß. *Zu Rose.* Eins dürfen sie im Karren trinken. Ich würd's spendieren, aber jetzt ist da die Tür zu bezahlen... *Schenkt jedem zu trinken ein.*

Lied von der Trommel

BOB Ein Trommler schlug auf seine Trommel
Und kein Ton kam
Er traf das Fell
Er schlug das Fell
Und kein Ton kam
Wild in seiner Wut
Verrückt, er schwitzt schon Blut
Schlug, hämmerte, klopfte er
Und kein Ton kam
Er prügelte und peitschte die ganze Nacht
Bis die Welt erwacht
Bis seine Hände bluteten
Bis seine Augen bluteten
Bis Blut aus seinen Ohren lief

Bis die Zähne in seinem Kopf wackelten
Bis die Knochen wie Würfel klapperten
Und immer noch kein Ton
Er schlug mit Schlegeln aus Eisen
Mit Schlegeln aus Knochen
Mit Schlegeln aus Stahl
Er schwankte
Er begann sich zu drehen
Vor Schmerz
Er hämmerte weiter
Noch mal! Noch mal!
Er kroch auf dem Boden
Er drosch auf die Trommel an seiner Seite
Und kein Ton kam
Von dem geschundenen Fell
Er hörte nicht auf, bis er tot war
Auch andere Männer schweigen
Wenn man ihren Kopf bearbeitet.

BOB Die Begnadigung trifft auf dem Platz ein. Ich kann nich so belogen werden. Rose, ich hab Angst zu sterben. *Hält sie.*

PFARRER Endlich. Besser. Er kommt zu dir. *Kniet sich nieder und betet schweigend.*

FRANK Gott laß dich verrecken, Bobby Hedges! Ich bezahl dafür, daß ich als zweiter dran komm und dich baumeln seh. Das ist Gerechtigkeit! Du hast mich an den Galgen gebracht, du Heuchler! Erinnerst dich an den Morgen? Wenn ich mit der Gabel, dem Messer und Löffel gegangen wär, hätt ich den Rest nicht genommen. Zwölf Messer. Zehn Löffel. Achtzehn Gabeln. Dann wär ich vorsichtig gewesen. Kein Saufen und Huren. Wär wie ein vernünftiger Mann nach London gekommen. Wär für immer um die Ecke verschwunden. Sicher. Zu Hause. So weit reicht der Strang nicht. Ich hoffe, du baumelst lange. Daß du lang genug lebst, den Strang um Gnade anzuflehn und keine kriegst. *Er fällt hin.*

WÄRTER *ruft nach draußen:* Macht's dir Ärger?

ROSE Trink. *Nimmt das Glas.* Bobby.

Bob nimmt das Glas und kippt es hinunter. Frank tut dasselbe. Mrs. Wilson füllt Bobs Glas auf und hält ihn, während Rose es ihm einflößt.

PFARRER Mrs. Wilson, ich werde mich beschweren.

Wärter hebt Frank hoch und legt ihn übers Faß.

ROSE *zieht Bobs Kopf zurück und gießt ihm noch ein Glas die Kehle hinunter:* Trink. Trink. Trink.

PFARRER Nein! Er soll den Schmerz fühlen, oder Gottes Zorn ist nicht gestillt.

MRS. WILSON *zu Bob:* Mr. Wilson wird dir helfen. Du warst nett zu ihm. Er wird dir nicht weh tun. Es dauert nicht lange.

WÄRTER *ruft nach draußen:* Fertig?

BOB *stößt das Glas beiseite:* Nein. Laß. Klaren Kopf. Sprechen. Auf dem Platz. Unschuldig. Engländer. Are der Mörder. Mordet mich. Englisch.

PFARRER Nein! Wer kann einem Menschen glauben, der so barsch spricht? Ich verbiete dir, den Namen Seiner Lordschaft zu erwähnen. Kennst du keine Dankbarkeit?

BOB Was? Was? Dankbarkeit wollen die? ... Was soll ich sagen? ... Wer soll hören, was ich alles sagen kann?

WÄRTER Achten Sie nicht darauf, Pfarrer. Sie sagen alles mögliche. *Zu Bob.* Und da draußen hört keiner zu. Bald geben sie dir Grund zu wünschen, du hättest dir die Luft gespart.

STIMME *off:* 's ist eingespannt.

BOB *schüttelt den Kopf, um ihn klar zu bekommen, dann beiseite, ans Publikum gewandt:* Ich kann's nicht glauben.

Wärter führt Bob und Frank hinaus. Frank singt. Der Pfarrer sammelt die drei Gebetbücher ein und legt seine oberste Soutane an, während er den anderen hinausfolgt.

MRS. WILSON *zu Rose:* Du kannst dich oben hinlegen, das Bett ist gemacht. *Mehr zu sich selbst.* Räum den Dreck hier weg. Ich wünsche, Mr. Wilson brauchte heute nicht rauszugehen. Wenn er einen Anfall gehabt hat, wird er nervös. Der junge Mann wartet bloß darauf, daß was schiefgeht. Dann springt er in die Bresche. Einige von denen würden dich in den Fluß stoßen, um deine Stelle zu kriegen.

Rose ist den anderen hinausgefolgt. Mrs. Wilson überprüft, wieviel sie verkauft hat.

London Bridge. Rose.

ROSE Ich steh auf der London Bridge. Körper schweben am Himmel und versinken im Horizont. Krokodile treiben in der Themse. Am Ufer rascheln die Platanen mit ihren Fingern. Über die Straßen gehen Männer, denen Ketten aus dem Mund hängen. Schwarze Rauchsäulen erheben sich zwischen den Türmen und Tempeln. Die Sterne werden aufgehen wie Schorf am Himmel. Es weht eine leichte Brise.
Was habe ich gelernt? Wenn nichts, dann bin *ich* gehängt worden.

Der Mensch ist, was er weiß

ROSE Sagt der Richter
Ich schicke heute deine Arme ins Gefängnis
Doch deinen Füßen steht es frei
Fortzugehen?

Kauft der Chef
Den Apfelkern am Marktstand
Und läßt die Schale liegen?
Er kauft alles

Schießen die Soldaten
Um deinen Bauch zu töten, nicht aber deinen Kopf?
Sie schießen, um zu töten
Du fällst tot um

Einst streifte Satan über die Erde
Um Seelen zu finden, zum Kaufen
Heute kommt er, um deinen Geist zu stehlen
Heute wartet er nicht, bis du stirbst

Brennen die Häuser am Rande der Stadt
»Es ist nur der Sonnenaufgang – wir wissen's«
Wenn dein Haus drankommt, kämpfst du
Wie die Häftlinge in ihren Zellen

Der Mensch ist, was er weiß – oder nicht weiß
Leere Menschen ernten Tod und säen
Hunger, wo sie marschieren
Aber ihnen gehört nicht die Erde
Glaub eher, ich könnt ihr einen Schlag versetzen
Mit der Faust und sie nicht treffen

Gänse fliegen über den Mond und wissen nicht
Daß sie einen Augenblick die Welt mit Schönheit füllen
Schneeflocken wissen nicht, wohin sie treiben im Sturm
Aber jede Flocke fällt auf die Erde herab
Und glitzert am Morgen in der verschneiten Welt
Wind und Regen wissen nicht, wohin sie wehen
Aber wir können wissen, wer wir
sind und wohin wir gehen.

Diese Dinge sage ich für mich und Bob Hedges. Ich muß eine Hand aus Eisen haben und eine aus Stahl. Es weht eine leichte Brise von der Stadt. Ich überquere die Brücke und geh in die Straßen.

Psalm 39: Die Nichtigkeit des Menschen vor Gott
(Dem Chormeister; von Jedutun; ein Psalm von David.)
Ich sprach: meine Wege will ich bewahren,
daß ich nicht schuldig werde durch meine Zunge.

Ich lege an meine Zunge einen Zaum,
solange der Gottlose weilt vor mir.
Still ward ich und stumm, und ich schwieg;
ob seines Glückes wühlte in mir der Schmerz.

Das Herz in meinem Innern erglühte mir heiß,
über meinem Sinnen entflammte ein Feuer;
da ward gelöst meine Zunge:

Jahwe, laß mich wissen mein Ende,
tu mir kund das Maß meiner Tage,
und wissen werde ich, wie vergänglich ich bin.

Sieh, nur wenige Spannen breit hast du gemacht meine Tage,
mein Leben ist vor dir wie ein Nichts;
jeder Mensch ist nur wie ein Hauch.

Der Mensch, er geht vorüber gleich einem Schatten,
einem Hauche gleich sind die Reichtümer, die er speichert;
wer sie erhält, er weiß es nicht.

Und nun – was habe ich zu erwarten, o Herr!
Mein Hoffen ruht einzig in dir.
Von all meinen Sünden erlöse mich,
gibt mich nicht preis dem Spott des Toren.

Ich schweige nun, tu nimmer auf meinen Mund;
denn du hast es also gefügt.

Nimm hinweg von mir deine Tage,
ich erliege der Gewalt deiner Hand.

Du züchtigst den Menschen, du strafest die Schuld;
was ihm kostbar, du läßt es zerfallen wie vom Fraße der Motten;
jedweder Mensch, er ist nur ein Hauch.

Höre, Jahwe, mein Gebet,
habe acht auf mein Rufen,
meinem Weinen verschließe dich nicht.

Ich bin vor dir nur ein Fremdling,
ein Pilger wie all meine Väter.

Blicke hinweg von mir, daß ich noch einmal eratme,
bevor ich gehe und nicht mehr bin.

(hier endet der dt. Text, zitiert nach der Herder-Ausgabe der Bibel)

Ehre sei dem Vater und dem Sohn und dem Heiligen Geist;
wie zu Anfang so auch jetzt und in alle Ewigkeit:
Welt ohne Ende.
Amen.

Sommer

Deutsch von Christian Enzensberger

Personen:

MARTHE
XENIA
ANN
DAVID
DEUTSCHER
STIMMEN VON DRAUSSEN

Gegenwart
Osteuropa

Terrasse eines in den Fels gebauten Hauses mit Blick auf das Meer. Vorn rechts eine Tür zur Straße hinunter. Hinten rechts eine Tür zum höher gelegenen Teil des Hauses. In der Rückwand links eine Tür zu einem Zimmer. Links ein Geländer vor dem Meer.

Eins

Das Haus. Nacht.
David kommt mit Xenia und Ann herein. Er trägt Koffer. Xenia und Ann tragen Handgepäck.

DAVID Du wohnst in deinem alten Zimmer. Tut mir leid, daß ich nicht am Flugplatz sein konnte.
XENIA Das macht nichts.
DAVID *lächelt:* Ich hatte mit einem Kollegen Dienst getauscht, um den Vormittag freizubekommen.
XENIA Du kannst nichts dafür, daß das Flugzeug Verspätung hatte. Wir haben den ganzen Tag in Heathrow gesessen.
DAVID Ich bringe die Sachen hoch und hole dann den Rest herauf.
ANN Ich kann dir helfen.
DAVID Nein, nein, ich komme schon zurecht. Du mußt müde sein.
David geht hinaus.
XENIA *ruft ihm nach:* Wo ist Marthe?
ANN *schaut sich um:* Alles wie immer.
XENIA Du kennst es nicht so gut wie ich. Dieses grauenvolle neue Hotel. Wie ein scheußliches Ferienlager hochkant. Dabei sollte ich nicht klagen. Die Leute müssen Urlaub machen. Morgen bin ich wieder in Ordnung. Auf dem Flugplatz warten macht mich immer deprimiert. Es ist so uneffektiv. Wenigstens haben sie das Meer gelassen, wo es war. Gottlob, daß das Hotel von hier aus nicht zu sehen ist. Aber unten bestimmt.
David kommt mit zwei Koffern herein. Er nickt zu einem Koffer hin, der schon dasteht.
DAVID Den hole ich gleich nach.
XENIA Wo ist deine Mutter?
DAVID Ruht aus.
XENIA Sicher hat euer neues Hotel eine Diskothek.
DAVID Mittwochs und samstags.
David geht nach oben. Xenia folgt ihm. Sie nimmt ihr Handgepäck mit. Ann ist allein. Sie geht ans Geländer und schaut aufs Meer. David kommt zurück.
DAVID *zeigt auf den Koffer:* Soll ich ihn dir auf dein Zimmer bringen?

ANN Ja.

DAVID Ich bin froh, daß du wieder da bist.

ANN Danke.

DAVID Bist du müde?

ANN Ein bißchen.

DAVID Ich muß vormittags arbeiten. Morgen nachmittag habe ich frei. Ich kann dich zum Schwimmen mitnehmen.

ANN Danke.

DAVID Ich habe dafür gesorgt, daß ich die meiste Zeit dienstfrei bin, solange du hier bist. Manchmal muß ich vormittags rein und nach einem kranken Kind sehen.

XENIA *ruft von draußen:* Ann.

ANN *ruft:* Ich komme. *Zu David.* Du mußt deinen Kollegen keine Umstände machen wegen mir.

DAVID Es zählt als Urlaub.

Ann geht hinaus. David ist allein. Er klopft an die hintere Tür.

DAVID *leise:* Sie ist nach oben gegangen.

David setzt sich. Er streckt die Beine aus und versinkt ins Grübeln. Ein paar Augenblicke danach geht die Tür auf und Marthe kommt heraus.

MARTHE Wenn ich ihre Stimme höre, bin ich wieder in der Vergangenheit.

DAVID Wieso darf sie kommen?

MARTHE Ich kann es ihr nicht verbieten. Die Gästezimmer kann jeder reservieren.

DAVID Sag, sie sind schon reserviert.

MARTHE Sei nicht kindisch. Ich habe nichts gegen sie.

DAVID Sie verstört dich. Laß sie mich wieder fortschicken.

MARTHE Das wäre herzlos, jetzt. Alles soll weitergehen wie bisher.

DAVID Wie du meinst. Aber ihr solltet euch heute abend nicht mehr sehen. Das hat bis morgen Zeit.

MARTHE Ja, das ist wohl das beste.

Ann kommt herein.

ANN Hallo.

MARTHE Liebe Ann. *Küßt sie.* War die Reise scheußlich?

ANN Wir sind verspätet abgeflogen. Wir mußten auf dem Flughafen warten. Fort konnten wir nicht, der Aufruf hätte jeden Moment kommen können.

XENIA *ruft von draußen:* Ann, Liebes.

ANN Entschuldige. *Ruft.* Ja?

XENIA *ruft von draußen:* Bring mir meine Schlüssel. Ich will meine Koffer auspacken.

ANN *ruft:* Ich habe sie nicht.

XENIA *ruft von draußen:* Ich habe sie dir gegeben, wie wir aus dem Haus gegangen sind.

ANN *ruft:* Sie sind in deiner Handtasche.

XENIA *ruft von draußen:* O nein, du hast sie liegenlassen. Das ist die Höhe.

ANN *ruft:* Schau in deiner Handtasche nach.

MARTHE *geht auf ihr Zimmer zu:* Wollt ihr etwas essen?

ANN Nein, gegessen haben wir den ganzen Tag.

MARTHE Du siehst gut aus.

ANN Danke.

MARTHE Ein bißchen blaß. Hier wirst du schnell Farbe bekommen. Bis morgen. Wir frühstücken zusammen.

Marthe geht in ihr Zimmer und schließt die Tür.

DAVID Hat sie ihre Schlüssel verloren?

ANN Ich weiß nicht. Notfalls hat sie genug Sachen in meinen Koffern.

DAVID Was macht dein Vater?

ANN Immer das gleiche. Er hält Diät. Schon seit Jahren hält er Diät. Er ist froh, das Haus für sich zu haben, solange wir fort sind.

DAVID Ich dachte, ihr seid eine glückliche Familie.

ANN Sind wir auch. Wir streiten nie. Ich meinte, es muß schön sein, wenn man nicht dauernd über jemanden stolpert.

DAVID Soll ich später zu dir aufs Zimmer kommen?

ANN Nein, wenn es dir recht ist. Ich bin müde von der Reise.

DAVID Schon gut. Wenn du geschlafen hast, geht es dir besser. Will deine Mutter etwas zu trinken?

ANN Ich frage sie, wenn ich hinaufgehe.

DAVID Ist irgend etwas?

ANN David, bitte. Ich bin den ganzen Tag mit fremden Leuten unterwegs gewesen. Da ist es doch natürlich, daß ich keine Lust zum Reden habe. Das heißt doch nicht, daß ich krank bin, oder? Warum mußt du dich immer so – aufdrängen?

DAVID Du bist in diesem Jahr sehr schön geworden.

Xenia kommt herein.

XENIA Ich stand in der Diele unten an der Treppe. Wir wollten gerade aus dem Haus gehen. Vater hatte das Auto vor den Eingang gefahren. Ich habe sie dir zum Halten gegeben und ging zurück, um nachzusehen, ob Timmy auch in der Küche eingesperrt war. Erinnerst du dich?

ANN Nein.

XENIA Es ist die Höhe. Nach allem nun auch das noch. Manchmal kann man sich einfach nicht auf dich verlassen. Hast du wenigstens nachgeschaut?

ANN Ich habe sie nicht.

XENIA Gib mir die Tasche. *Sie schaut in Anns Reisetasche. Sie findet Schlüssel darin.* Das sind deine.

ANN Ja.

XENIA Wie grotesk. Ich muß die Schlösser aufbrechen. Die drei Koffer sind hin. Kein Geschäft tauscht einem die Schlösser mehr aus. David, hast du irgendwelche Kofferschlüssel?

DAVID Ja, in meinem Zimmer.

XENIA Sind deine Koffer aus dem Westen?

DAVID Nein.

XENIA Dann passen deine Schlüssel auch nicht in meine Schlösser. Bitte hole mir einen Hammer und einen kräftigen Schraubenzieher.

DAVID Nein. Sie aufzubrechen ist dumm. Morgen früh besorge ich dir Schlüssel zum Ausprobieren. Ann oder meine Mutter können dir solange leihen, was du brauchst.

XENIA Ich will mich aber hier zu Hause fühlen – meine Sachen auspacken und an ihren Platz hängen. Und jetzt dieses ganze Kuddelmuddel. Ich könnte geradesogut in einem Hotel sein.

DAVID Du hast einen schlimmen Tag hinter dir.

XENIA Na, wenigstens hat Ann ihre eigenen Schlüssel mitgenommen. Wir können Gott danken, daß sie sie nicht mit den meinen liegengelassen hat. Es wird mir gut tun, mit dem Ärger fertig zu werden. Ich bin auf Reisen unerträglich. Ich weiß nicht, warum Ann mit mir fährt. Wenn wir dasselbe Gepäck hätten, würden deine Schlüssel passen. Hast du in deiner Jacke nachgesehen?

ANN Du hast mir deine Schlüssel nicht gegeben.

XENIA Na, wenn du sie in die Jackentasche gesteckt hast, sind sie dir auf dem Flugplatz oder im Taxi bestimmt herausgefallen – also hoffentlich nicht.

DAVID Möchtest du etwas trinken?

XENIA Mich wundert nur, daß sie das Hotel nicht auf eine von den

Inseln gebaut haben. Ja, ich weiß, die Inseln sind ein Nationaldenkmal. Das hätte die nicht gestört. Kann man noch auf die Felsen dort zum Baden gehen?

DAVID Warum nicht?

XENIA Treibt da nicht der Hotelmüll vorbei?

DAVID Ab und zu ein Eiskremkarton.

XENIA Morgen früh rufe ich Vater an und bitte ihn, auf dem Garderobentisch nach meinen Schlüsseln zu schauen. Hoffentlich findet er sie nicht schon vorher.

DAVID Als Offizier wird er den Schock überleben.

XENIA Es geht nicht um den Schock. Es würde ihn bedrücken zu wissen, daß es mir nach einer ermüdenden Reise unmöglich war, meine Koffer zu öffnen. Daher will ich ihn beruhigen, daß mich das nicht verstört hat. Es geht um zwei Menschen, die umeinander besorgt sind.

ANN Ich verstehe nicht, was du davon hast, wenn du weißt, daß sie auf dem Garderobentisch liegen.

XENIA Wenn ich es weiß, brauche ich mich nicht die ganzen Ferien lang zu beunruhigen. Funktionieren die Telefone?

DAVID Ja.

XENIA Vor zwei Jahren aber nicht.

DAVID Das war nach dem Orkan.

XENIA Ach richtig. Wo ist Marthe?

DAVID In ihrem Zimmer.

XENIA Fühlt sie sich unwohl?

DAVID Sie wohnt jetzt hier unten.

XENIA Warum?

DAVID Damit sie es nicht so weit zur Terrasse hat. Sie sitzt hier tagsüber.

XENIA Was ist los? Sie ist krank.

DAVID Ja.

XENIA Ernsthaft? Ich muß zu ihr.

DAVID Du kannst sie morgen früh sehen. Sie braucht Ruhe.

XENIA Aber was hat sie denn? Warum hast du mir das nicht gleich gesagt?

DAVID Ich bin nicht dazu gekommen.

XENIA Unsinn. Du hättest es mir unten auf der Straße sagen können.

DAVID Sie hat Retikulose.

XENIA Was ist das? Bitte ohne verwirrenden medizinischen Fachjargon.

DAVID Eine Erkrankung der Lymphdrüsen.

XENIA Ist es ernst?

DAVID Ja, letal.

XENIA Aber sie wird wieder gesund?

DAVID Nein.

XENIA Du glaubst, sie ...?

DAVID Ja.

XENIA David, was redest du da? Es ist doch bestimmt heilbar? *Entsetztes Flüstern.* Mein Gott, kann sie uns hören? Wirklich, David, ich finde, das hättest du mir früher sagen können. Dieses lächerliche Theater mit meinen Schlüsseln.

DAVID Es macht nichts. Bitte beunruhige dich nicht.

XENIA Natürlich bin ich beunruhigt. Es ist ein furchtbarer Schock.

DAVID Ja.

XENIA Es ist nicht heilbar?

DAVID Nein.

XENIA O Gott. Hat sie Schmerzen? Aus unseren Ferien wird nichts. Du hättest es mir schreiben sollen.

DAVID Sie wollte nicht, daß ich schreibe. Du wärst trotzdem gekommen.

XENIA Sicherlich, um sie zu pflegen – oder um sonstwie zu helfen. Du mußt mir sagen, was ich tun kann.

DAVID Strenge sie nicht an. Benimm dich wie sonst auch.

XENIA Natürlich, natürlich. Wie lange wird es noch gehen? Das kannst du unmöglich wissen. Sag mir das Schlimmste, damit ich darauf gefaßt bin. Hat sie Schmerzen? Kann sie laufen?

DAVID Du wirst sie bis jetzt kaum verändert finden. Sie hat keine Schmerzen. Wir wissen seit sechs Wochen, daß sie stirbt. Wie lange sie noch lebt, weiß ich nicht. Sie ist über den Schock hinweg. Sie weiß, daß es so ist.

XENIA Du behandelst sie?

DAVID Ja.

XENIA David, es tut mir so leid.

DAVID Ja, es ist sehr traurig.

XENIA Ein Glück, daß sie dich hat. Du sagst mir doch, was ich tun kann? Pflege, Wäsche, egal was.

DAVID Danke, aber es gibt nichts zu tun.

XENIA Und dir, wenn wir dir irgendwie helfen können. Für dich ist es furchtbar. Ihr seid einander so nah. Wir dürfen hier nicht länger schwatzen. Sie muß Ruhe und Frieden haben.

DAVID Du hast vergessen, was ich noch gesagt habe. Bitte benimm dich wie sonst auch. Du machst ihr sonst Angst und verschlimmerst ihren Zustand.

XENIA Ja natürlich, David, gute Nacht. Ann, komm mit mir.

DAVID Gute Nacht.

Xenia geht hinaus. Ann schaut David an und folgt dann ihrer Mutter. Er sitzt zusammengekauert im Stuhl und denkt an nichts.

Zwei

Das Haus. Morgen.
Marthe sitzt in ihrem Stuhl hinten links.
Xenia kommt herein.

XENIA Marthe.

MARTHE Hallo. Wie geht's dir?

Xenia küßt sie.

XENIA Solltest du nicht besser liegen? Sonderbar, daß David dich hier draußen sitzen läßt.

MARTHE Hast du gut geschlafen?

XENIA Fragst du im Ernst? Ich war so müde, als ich ankam. Wir hatten den ganzen Tag in Heathrow gesessen. Nachdem David mir von deiner Krankheit erzählt hatte, schlief ich so gut wie gar nicht. Er sieht diese Lymphdrüsengeschichte anscheinend sehr pessimistisch. Ärzte klingen manchmal fast stolz auf die Krankheiten, die sie behandeln. Sie kehren die schwarze Seite heraus, damit sie dann als Wunderheiler dastehen. Das tut ihrem Ruf gut, auch wenn es ihren Patienten schlecht bekommt. Ich gehe dir einen Schal holen.

MARTHE Davon wird mir viel zu heiß.

XENIA Meine Mutter zog immer in dieses Zimmer um, wenn sie krank war.

MARTHE Ach richtig. Das hatte ich vergessen.

XENIA Zum Glück kann ich heuer dableiben, bis es dir wieder besser geht. Die Boutique kann Ann solang führen. Es wird Zeit, daß sie auf eigenen Beinen stehen lernt. Ich kann ja telefonisch mit ihr in Verbindung bleiben. Zum Frühjahrseinkauf muß ich zurück sein, aber das wird wohl nicht –

MARTHE Ich darf dir dein Leben nicht so durcheinanderbringen.

XENIA Trotzdem, ich hab's dir angeboten. Ich hoffe, du änderst deine Meinung noch.

MARTHE Danke. Warten wir ab.

XENIA Was tust du den Tag über?

MARTHE Ein paar Arbeiten kann ich noch machen. Meistens sitze ich da und schaue aufs Meer.

XENIA Es gefällt mir nicht, daß du so resigniert bist. Es sieht aus, als hättest du aufgegeben. Du bist noch jung, dein Leben ist es wert, gerettet zu werden. Wie kannst du so sicher sein, daß man nichts machen kann? David ist dein Sohn, deshalb fällt es dir wahrscheinlich schwer zu glauben, daß er nicht recht hat. Ärzte irren sich – noch öfter als wir. Wer hat die Diagnose gestellt? Habt ihr einen zweiten Arzt konsultiert? Hat David die Therapie mit einem Spezialisten abgesprochen?

MARTHE Es hat alles seine Ordnung gehabt.

XENIA Die Medizin macht heute so rasche Fortschritte. Sie bringen jetzt Dinge fertig, die vor ein paar Jahren noch als Wunder gegolten hätten. Wenn du mich angerufen hättest, hätte ich aus England Arzneimittel mitgebracht. Ich weiß nicht, wie modern Davids Krankenhaus ist und ob sie technische Einrichtungen haben. Er wäre ärgerlich, wenn ich fragte.

MARTHE Er tut alles, was für mich getan werden kann. Was nicht weiter schwer ist – es ist sehr wenig. Hast du deine Schlüssel gefunden?

XENIA Ich wußte, daß dich meine Schreierei gestern nacht aufgeweckt hat.

MARTHE Ich habe nicht geschlafen.

XENIA David hat versprochen, mir heute früh ein paar Schlüssel zu besorgen. Ach, wir wollen uns über die albernen Dinger keine Gedanken machen. Hast du Schmerzen?

MARTHE Nein. Ich werde müde, aber mehr im Kopf als körperlich. Die Belastung.

XENIA Komm nach England. David hat Geld. Auch Bertie und ich würden helfen. Ein Geschenk – oder ein Darlehen, wenn dir das lieber ist. Du könntest dich in einer Privatklinik durchchecken lassen. David würde dich doch sicher nicht hindern. Ich habe schon andere in deiner Lage erlebt. Du schiebst es hinaus und entschließt dich, wenn es zu spät ist. Dann müssen sie dich im Rollstuhl nach drüben bringen. Noch ein Vorwand für sie, nichts zu tun: die Reise wäre zu anstrengend.

MARTHE David sagt, man kann nichts machen.

XENIA Er kann es nicht wissen. Ich soll dich nicht ermüden, also will ich mich vorsichtig ausdrücken. Aber ich kann dich doch bitten, unvoreingenommen zu sein. Das kann nichts schaden! Kämpfe. Sitze nicht in deinem Stuhl und warte. Ich bin froh, daß ich von deiner Krankheit nichts wußte, bis ich herkam. Ich kann unvoreingenommen erkennen, was vor sich geht. Ihr seid alle so apathisch. Du hast resigniert, als wärst du dem Schicksal persönlich begegnet. Sonst bist du nicht so. Das Wort eines Arztes ist nicht Gesetz.

MARTHE Ich möchte nicht sterben.

XENIA Wenigstens redest du noch vernünftig. Es tut mir leid, aber du benimmst dich unverantwortlich. Es ist kriminell, hier zu bleiben. Wenn du weggingst, hättest du eine Chance.

Ann kommt herein.

ANN *zeigt zwei große Schlüsselringe vor:* Schau. *Sie küßt Xenia.*

MARTHE *mit halber Aufmerksamkeit:* So was, das müssen ja Hunderte sein.

ANN *küßt Marthe:* Hallo. Ich habe sie im Hotel ausgeliehen.

XENIA Offenbar kennen sie dein Verhältnis zu Schlüsseln noch nicht.

ANN David war mit dabei. Ich will sie gleich ausprobieren. Haltet mir die Daumen.

XENIA Überdreh die Schlösser nicht.

Ann geht hinaus.

XENIA Dieses ganze Theater. Wenn sie hin sind, sind sie hin. Ich besorge mir in der Stadt ein paar billige neue, die bis nach Hause halten. Die alten kannst du haben. Vielleicht wechseln sie hier noch Schlösser aus. Wenn nicht, können sie zu was andrem nützlich sein. Sie hat letztes Jahr mit David geschlafen. Er hat inzwischen natürlich andere Sachen im Kopf. Hat er eine feste Freundin? Junge Ärzte haben anscheinend meistens mehrere unfeste. Ann würde niemals hier leben.

MARTHE Hat sie das gesagt?

XENIA Oh, dafür weiß sie zuviel aus der Vergangenheit. Es wäre schrecklich unrecht, von seinem Kind zu verlangen, es soll die Schlachten seiner Eltern schlagen. Wir schaden ihnen auch so genug. Ich habe ihr nie meine Ansichten aufgezwungen. Ich habe ihr einfach die Wahrheit erzählt. Kinder haben ein Recht darauf zu wissen, in was für einer Welt sie leben. Ich habe ihr die Stelle gezeigt, wo früher die Bibliothek war, in der man ihren Großvater verhaftet hat. Die Gefängnismauern gezeigt, hinter denen er gestorben ist. Ich zeigte ihr, wo seine Bilder in diesem Haus früher hingen. Man kann immer noch die helleren Stellen erkennen, wenn man weiß, wo man suchen muß. Sogar wenn getüncht wird, kommen sie nach ein paar Monaten wieder heraus. Sie kennt die Geschichte von jedem Stein in diesem Haus.

MARTHE Warum kommst du jedes Jahr hierher? Es gibt andere

Orte, wo du sonnenbaden kannst. Du bist verheiratet, du hast Geld, ein eigenes Geschäft. Du hast ein neues Leben.

XENIA Es ist ein natürlicher Wunsch, an den Ort zurückzukehren, an dem man geboren ist. Auch wenn er in einer anderen Welt liegt. In diesem Haus war ich zwanzig Jahre lang daheim. Noch immer wohnen Freunde von mir in der Stadt. Ich spreche gern meine eigene Sprache.

MARTHE Schüttle unsern Staub von deinen Füßen. Ich rate dir gut. Du bist hier nicht mehr daheim. Du bist eine Fremde. Manche Wohnungen haben acht- oder neunmal die Besitzer gewechselt, seit du fort bist. Die meisten Mieter haben deinen Familiennamen noch nie gehört.

XENIA Die Bäume im Garten sind dieselben. Die Eidechsen müssen entfernte Nachkommen von denen sein, die ich als Kind fütterte. Es ist dasselbe Meer, auch wenn es schmutziger ist. Es gibt noch immer zwei Inseln. Von den Kakteen, die ich auf meinen Besuchen gepflanzt habe, sind noch ein paar am Leben. Ich bin gekommen, sie zu gießen. Die Leute stecken Zigarettenstummel in die Erde. Lehnen sich seitwärts aus den Liegestühlen und drücken darin ihre Zigaretten aus. Das ist eine so häßliche Unart. Es entweiht die Erde. Man kann reden, soviel man will.

Ann kommt herein.

ANN Der dritte. Ich habe deine Sachen in den Schrank gehängt.

XENIA Wie lieb von dir. Schreib dir die Schlüsselnummern auf. Heute abend rufe ich Vater an und bitte ihn, Nachschlüssel zu schicken. Wir wollen hoffen, daß die Post sie noch vor unserer Abreise zustellt. Die hier verlier nicht, bevor du sie im Hotel zurückgegeben hast.

ANN Marthe, möchtest du, daß wir abreisen?

MARTHE Nein. Außer das Hierbleiben deprimiert euch.

ANN Es ist nur, daß wir mit nichts helfen können.

MARTHE Das ist nicht wahr. Du mußt mich nicht bedauern. Weil David mich pflegt, kann ich zum Sterben hierbleiben. Ich habe am Meer gewohnt, seit ich ein Kind war. Ich wäre unglücklich, wenn es mir jetzt weggenommen würde. David sagt, er kann garantieren, daß ich keine Schmerzen bekomme.

ANN Wie ist es, wenn sie es einem sagen?

XENIA *vorwurfsvoll:* Ann.

MARTHE Zuerst wurde mir schlecht. Aus Angst wahrscheinlich. Früher, wenn die Leute wußten, daß sie starben, beteten sie und beichteten und winselten wie ein Hund nach seinem verlorenen Knochen. Sie haben die wenige Zeit, die ihnen blieb, damit vertan, sich das Versprechen auf ein ewiges Leben zu ergattern. Lächerlich. Sie erfuhren noch nicht einmal, daß es das Versprechen gar nicht gab. Der Tod ist von allen Dingen das sicherste, und doch versuchen die Leute, daran am meisten zu zweifeln. Wenn man stirbt, ist man tot. Man wacht nicht mehr auf. Es kommt nichts mehr. Meine letzte Chance, glücklich zu sein, ist jetzt. Jeder von uns hat am Leben der anderen teil. Wenn euer Leben weitergeht wie sonst auch, dann, für eine kleine Weile, auch das meine. Wenn nicht, habe ich schon angefangen zu sterben. Das will ich nicht, solange ich nicht muß. Leben wir also weiter wie zuvor. So könnt ihr mir helfen.

XENIA Das kann ich nicht. David sagt, du stirbst. Das ändert alles. Ich weiß noch nicht, was ich tun – oder was ich denken soll.

MARTHE Du gewöhnst dich schon dran.

XENIA Du hast sechs Wochen Zeit gehabt. Ich brauche mehr als einen Tag.

ANN David nimmt mich heute nachmittag in seinem Boot mit. Wir wollen auf große Fahrt gehen und im tiefen Wasser baden. Weit draußen, wo die Küste hinter den Wellen wegschaukelt. Ich weiß, daß es dir dort gefällt. Komm mit uns.

XENIA Ich käme mir vor, als planschte ich in einer Pfütze herum.

David kommt herein.

DAVID Haben sie gepaßt?

ANN Ja.

XENIA Danke, David.

DAVID Das Problem hätten wir also. Ich leihe sie mir noch mal aus, wenn ihr abreist. Jetzt habt ihr das Ganze vom Hals und könnt euch schöne Ferien machen. Ihr seid still. Habt ihr gestritten?

XENIA Du solltest längst in der Arbeit sein.

DAVID Meine Mutter hat Retikulose. Genauer gesagt ein Lymphosarkom. Die Diagnose steht fest, aber die Prognose im einzelnen noch nicht. Es könnte sein, daß meine Mutter, vom Ausbruch der Krankheit an gerechnet, nur noch wenige Monate zu leben hat. Es stehen eine Reihe neuer Mittel zur Verfügung, hier und im Ausland. Ein typisches Beispiel ist cis-Platinium. Es wird als Infusion verabreicht und verursacht beim Patienten mehrtägiges Erbrechen. Die lebensverlängernde Wirkung ist unerheblich. Ich behandle meine Mutter mit Chlorambucil. Die Ärzte verwenden es seit zwanzig Jahren. Lymphozyten sind weiße Blutzellen. Es gibt noch andere weiße Blutzellen, die polymorphkernigen Neutrophile. Bei Lymphosarkom steigt die Zahl der Lymphozyten stark an, von einer Norm von ein- oder zweitausend pro Kubikmillimeter auf fünfzig- oder sogar hunderttausend. Sie übernehmen die Macht, sozusagen. Wenn das erfolgt, zirkulieren in den Randblutgefäßen keine ausgereiften, sondern nur noch unreife Lymphozyten – oder noch schlimmer, ihre Vorstufen, die Lymphoblasten. Der Untergang beschleunigt sich, als hätte eine kriegverlierende Nation angefangen, ihre Kinder in Uniform zu stecken. Dann beginnen die tödlichen Verheerungen. Um die LZK – Leukozytenkonzentration – bei meiner Mutter herabzusetzen, gebe ich ihr täglich sechs Milligramm Chlorambucil. Ihre Gesamt-LZK sollte zwischen fünf- und fünfzehntausend pro Kubikmillimeter betragen. Letzte Woche stand sie auf zwölftausendfünfhundert. Gegenwärtig liegt sie bei elftausend. Leider greift Chlorambucil auch die anderen weißen Zellen an, die polymorphkernigen Neutrophile, die unser Hauptschutz gegen Infektionen sind. Das heißt, die Behandlung baut die Abwehrkräfte ab. Trotzdem müssen wir behandeln. Es gibt also keinen Ausweg. Äußerstenfalls wird der Tod sozusagen zu einer schädlichen Nebenwirkung des Heilmittels. Es wird euch beschäftigt haben, welche Art von Tod meiner Mutter bevorsteht. Normalerweise leiden Krebspatienten an fortschreitender Schwäche und Auszehrung. Nach einiger Zeit werden sie bettlägerig. Am Ende steht ein Koma, manchmal mit einer Lungenentzündung als Komplikation. Bei Retikulose besteht in der Endphase eine Tendenz zur Blutung. Etwa aus den oberen Atemwegen. Nasenbluten. Was die guten Aussichten betrifft, so können wir hoffen, daß meine Mutter vorher und *(Ann geht hinaus)* also schneller stirbt. Zweierlei könnte ihr dazu verhelfen: eine Koronarthrombose oder eine Lungenembolie. Für beides hat sie Chancen. Bei der Koronarthrombose verstopft sich eine Herzkranzarterie und der Teil des Herzmuskels, den diese Arterie mit Blut versorgt, stirbt ab. Wenn eine Hauptader und folglich eine große Herzmasse davon betroffen ist, bleibt das Herz sofort stehen. Es kommt zum Kollaps, einige röchelnde Atemzüge – ein Geräusch, sagten wir als Studenten, wie das von Füßen, die sich aus Treibsand herausstrampeln wollen – und dann der Tod. Meine Mutter ist fünfundsechzig. In ihrem Alter sind Partien der Herzkranzarterien von Atheromablagerungen eingeengt. Ein winziger Bluterguß in der Tiefenschicht dieser Ablagerungen würde sie anschwellen lassen und zum Arterienverschluß führen. Koronarthrombose ist die Folge. Die mögliche Alternative dazu ist eine Lungenembolie. Bei der Lungenembolie bildet sich ein Gerinnsel oder Thrombus in einer Vene, reißt sich los – wonach es als Embolus bezeichnet wird – und geht auf seine lange Schwimmfahrt bis zur regietechnisch gesprochen rechten Herzvorkammer. Einige Sekunden darauf blockiert es eine Lungenschlagader. Ab einer bestimmten Größe des Gerinnsels erfolgt der Tod praktisch sofort. Marthe ist in ihrer Bewegungsfähigkeit eingeschränkt und hat leichten Wassermangel. Zusammen begünstigen diese Faktoren die Bildung eines Gerinnsels in einem Bein oder im Bekken. Eine solche TBT – tiefe Beinvenenthrombose – kann der Lungenembolie um Stunden oder Tage vorausgehen. Sie macht sich kenntlich an einem Anschwellen der Wade und des Fußes – wenn eine Wadenvene im Spiel ist – oder des ganzen Beins, wenn es sich um eine iliofemorale Vene aus der Beckengegend handelt. Wie bei der Herzthrombose erfolgt der Tod augenblicklich. Würde meine Mutter auf eine dieser zwei Arten sterben, wäre das insoweit ihr Glück. Der Körper *(Ann kommt mit einem Glas Wasser zurück)* hat noch keine Mittel entwickelt, sein Leben wirksam bei allen Gelegenheiten zu beenden, wo das vom Standpunkt des Patienten aus zu wünschen wäre.

Ann gibt Xenia das Glas.

XENIA *zu Ann:* Danke. *Zu David.* Wie interessant. *Sie trinkt.*

Draußen singt ein Betrunkener.

DAVID Ein Betrunkener.

XENIA Aus dem Hotel?

DAVID Er kraxelt über die Felsen. So früh schon. Auf allen vieren. Wie Vater Neptun. Letzten Juni wurde einer direkt vor dem Hotel überfahren. Vier Beine gegen vier Räder.

XENIA Ann hat mir erzählt, du hättest uns eingeladen, nachmittags mit dir schwimmen zu gehen. Danke. Ich freue mich darauf. Entschuldigt mich. Meine Koffer sind offen und ich kann mich umziehen.

Xenia geht hinaus. Ann sitzt am Boden gegen die Rückwand gekauert.

MARTHE Das war nicht nötig.

DAVID Es war nötig für dich, nicht für sie. Sie wird dich versuchen, Marthe. Komm nicht zu Fall. Du wirst sterben. Hätte ich es dir nicht gesagt, dann könntest du so tun als ob. Aber du weißt es. Solange du am Leben bist, mußt du wählen, wie du leben willst – auch wenn das Ende unvermeidlich ist. Du mußt mit dem Tod einverstanden sein. Sonst kannst du nicht in Frieden sterben. Es kommt die Zeit, wo du dir nichts mehr vormachen kannst. Aber dann bist du darauf nicht gefaßt. Wem das zustößt, der stirbt in Bitterkeit. Ich habe das erlebt. Ich will nicht, daß du so stirbst.
David geht nach links, lehnt sich ans Geländer und schaut aufs Meer.

MARTHE Bitterkeit? Ich sterbe gern. Es wird mir willkommen sein. Wozu muß ich warten? Das ist nicht mehr mein Körper. Ein schreckliches Bündel, das ich mit mir herumtrage. Es löst sich auf. Gott weiß, was herausfällt. *Geht zu David.* Gib mir etwas, David. Laß mich nicht so leiden. David. David. Etwas, womit ich mich umbringen kann. Aus meiner Nase kommt Blut.

DAVID *ruhig, ohne sich umzudrehen:* Die Frau hat alles verdorben.

MARTHE Warum ist mein Sohn grausam?

DAVID *wie vorher:* Als Priamus zu Achilles ging und um die Leiche seines ermordeten Sohnes bat, sagte Achilles: ›Das ist das Schicksal, das die Götter den unseligen Menschen bereiten: zu leiden, während sie frei von Sorge sind.‹

MARTHE *geht zu Ann und zeigt ihr das Blut in ihrem Gesicht:* Ann, bitte du ihn für mich. Für dich tut er es vielleicht.
Ann weicht an der Wand vor ihr zurück.

DAVID *wie vorher:* Ich muß zur Tankstelle und Benzin fürs Boot kaufen. Kommt nicht mit. Die Touristen stehen dort Schlange. Von der Sonne und den Motoren wird es dort stickig und heiß wie in einem Ofen.

MARTHE Soll ich warten, bis ihr alle sterbt? Es wird nicht lange dauern, bis ihr euch selbst in Brand steckt. Eurer Generation wird kein Denkmal gesetzt. Das Sausen eines Wirbelsturms, der Name eines Totenschädels: Hiroshima, Nagasaki. Leute, auf ihrer Schwelle in Schatten verwandelt. Menschliche Negative. Lebendige Tote.

DAVID Wir machen ein Picknick auf dem Boot.

MARTHE *zu sich:* Pfäh. Menschlicher Abfall, der aus Mülleimern überquillt. Wie das stinkt. Hunde, die ihn in der Gosse zerbeißen. Ha, darüber weinen!

ANN Ich komme nicht mit.

DAVID *wie vorher:* Wir fahren in einer Stunde. Wir kommen zurück, wenn es dunkel ist. Die auslaufenden Fischerboote kommen einem entgegen und man kann die Männer im Lampenlicht auf Deck arbeiten sehen. Es wäre besser, wenn Mutter ihre Tablette jeden Tag zur gleichen Zeit nimmt. Ich kann mich in der Klinik nicht immer freimachen, wenn ich will. Du kannst das dann übernehmen. Du mußt darauf achten, daß sie sie nimmt.

Ann geht hinaus. David wendet sich um, geht zu Marthe und reicht ihr Papiertaschentücher.

MARTHE Ich bin allein zurechtgekommen.

David will ihr helfen.

MARTHE Faß mich nicht an. Die Hilfe brauche ich nicht.

David geht hinaus. Marthe geht in ihr Zimmer und macht die Tür zu.

Drei

Das Haus. Nachmittag.
Marthe schläft in ihrem Stuhl. Ann liest ein Buch.
David kommt herein.

DAVID *leise zu Marthe:* Ich muß fort in die Klinik.
ANN Sie schläft.
DAVID Es macht dir nichts aus, daß niemand da ist?
ANN Ich sage dir doch, daß ich ab und zu gern allein bin.
DAVID Ja. Sicher hast du zu Haus viel zu tun.
ANN Wahrscheinlich. Arbeit, Konzerte, Kino. Wir haben eine Menge Freunde. Vater bringt Offiziere aus seinem Regiment nach Haus, die Mutter verköstigen muß. Sie ist berühmt für ihre Küche. Für ihre ausländische, in England.
DAVID Warum schläfst du nicht mehr mit mir?
ANN Was kann dabei herauskommen? Ich muß bald wieder heim.
DAVID Wir waren glücklich letztes Jahr. Bei deiner Abreise hattest du noch vor, mit mir zu schlafen. Warum hast du dich umentschlossen?
ANN Letztes Jahr war ich noch ein Kind.
DAVID Hast du in England einen Freund?
ANN Ja.
DAVID Mit ihm schläfst du?
ANN Ja.
DAVID Und darum nicht mit mir?
ANN Nein.
DAVID Heiratest du diesen Mann?
ANN Ich weiß nicht.
DAVID Hat er dich darum gebeten?
ANN Nein.
DAVID Wie heißt er?
ANN David, diese Fragerei ist sinnlos.
DAVID Schlaf heute nacht mit mir.
ANN Nein.
STIMME *ruft von draußen:* Ivan.
DAVID Warum nicht? Weil Mutter stirbt? In vielen Städten sind Kreißsäle und Sterbezimmer in derselben Anstalt untergebracht. Bevor du wußtest, daß Mutter stirbt, wolltest du da mit

mir schlafen?

ANN Nein. Ich habe es mir im Flugzeug überlegt.

DAVID Wenigstens war es ein später Entschluß.

MARTHE *wacht erschreckt auf:* David!

Er geht zu ihr.

Wie spät ist es?

DAVID Zwanzig nach zwei. Ich müßte schon in der Klinik sein. Geht es dir gut?

MARTHE Ja.

DAVID *küßt Marthe:* Wiedersehn.

MARTHE Wiedersehn.

David geht.

MARTHE Dein Kleid ist hübsch.

ANN Mutters Boutique. Sie hat viel Geschmack.

MARTHE Ist sie noch in der Stadt?

ANN Ja. Sie geht mit einer Freundin Mittag essen.

MARTHE David hat sich gefreut auf deinen Besuch. Er hat viel von dir gesprochen – bis auf die letzten paar Wochen. Gestern habe ich mich an etwas aus seiner Kindheit erinnert. Solche Sachen fallen mir ein, weil ich den ganzen Tag in meinem Stuhl sitze. David kann von hier nicht fort, Ann. Er wäre nicht glücklich ohne die Klinik. Würdest du hier leben wollen?

ANN Er hat mich nicht darum gebeten. Und wenn, hätte ich nein gesagt. Dies ist Mutters Haus – ich weiß, daß man uns vor die Tür gesetzt hat. Aber in meiner Vorstellung ist es noch das ihre.

MARTHE Du müßtest nicht in diesem Haus wohnen.

ANN Sie kommt mir vor, als wäre sie im Mittelalter geboren. Wie war sie, als sie so alt war wie ich?

MARTHE Sehr freundlich. Wie alle in der Familie. Ihnen gehörte die halbe Stadt. Nicht nur sozusagen. Fabriken, eine Bank, die Lokalzeitung, die Gutshöfe auf den Hügeln. Deine Großeltern waren fast Könige. Sie erwarteten, daß man sich auf der Straße vor ihnen verbeugte.

ANN Waren sie verhaßt?

MARTHE Gelegentlich. Sie waren auch geliebt und geachtet, und das war schlimmer.

ANN Warum?

MARTHE Manche liebten sie für das, was sie waren, andere für das, wofür sie sie hielten. Aber es war gleich, wie sie waren.

ANN Warum?

MARTHE Wenn man soviel Macht hat, kann man ebensogut niemand sein. Dann herrscht die Notwendigkeit. Fabriken und Banken funktionieren nicht durch Freundlichkeit. Sie funktionieren nach ihren eigenen Gesetzen. Wer besitzt und wer dem Besitz unterliegt, muß ihnen gehorchen. Daß ein Mensch zum andern freundlich ist, kann daran nichts ändern. Sonst ginge es besser zu in der Welt. Wir meinen es ja alle nur gut. Wie die Besitzenden geartet sind, ist für unser Leben nicht entscheidend. Sie dürfen nie die wenigen Auserwählten sein – und wenn es die besten sind. Wer deine Familie geachtet und geliebt hat, den hat sie dazu gebracht, Freundlichkeit und Gerechtigkeit zu verwechseln. Das verdirbt. Man kann ohne Freundlichkeit leben, aber nicht ohne Gerechtigkeit – oder den Kampf um sie. Wer das versucht, ist verrückt. Er versteht weder sich noch die Welt. Und dann geht alles schief. Er und alle andern müssen unter den Folgen seiner Verrücktheit leiden. Ganze Generationen zahlen mit Blut dafür. Der Zustand der Ungerechtigkeit ist immer ein Zustand von Wahnsinn.

ANN Du bist streng.

MARTHE In manchen Dingen muß diese Strenge sein.

Xenia kommt herein.

XENIA Wie geht es dir?

MARTHE Sehr gut.

ANN Hat der Besuch Spaß gemacht?

Xenia geht hinaus und kommt fast sofort mit einem Stuhl und einer Flasche zurück.

XENIA Schau, Cognac aus dem zollfreien Laden. Nicht der hiesige Fusel. Ich habe mir schon ein Gläschen genehmigt. Darfst du davon etwas trinken?

MARTHE Ja bitte.

XENIA Sicher? Ich möchte von den medizinischen Amtsträgern nicht abgekanzelt werden.

ANN Ich hole uns Gläser.

Ann geht hinaus.

XENIA Der Besuch hat mich erschöpft. Ich saß da und mußte mir drei Stunden lang Klagen anhören. Was kann ich ändern? Ich bin machtlos. Die Nachbarkinder lärmten. Ich habe sie angefahren. Sie rannten weg und lachten. Zehn Minuten später waren sie wieder da und lärmten noch lauter. Sie hat keine Freunde. Niemand besucht sie. Alle ihre Bekannten sind tot oder im Ausland. Jeden Morgen nach dem Aufstehen kämmt sie sich die Haare zu demselben Dutt, den sie seit fünfzig Jahren trägt – und der seit zwanzig grau ist.

Ann kommt mit drei Gläsern zurück.

Dann sitzt sie im Stuhl, bis das Licht mitleidig zu dämmern anfängt und sie durchs Zimmer in ihr Bett schlurfen kann. Schenk du ein.

Ann gießt ein.

Mich hat das aufgebracht. Weiterleben müssen, wenn einem die Welt weggenommen worden ist.

Ann gibt ihr ein Glas.

Danke. Zum Wohl. *Sie trinkt.* Die alte Frau wird schändlich vernachlässigt.

MARTHE Ich bitte David, daß er sie besuchen soll.

XENIA Sie braucht keinen Arzt. Sie ist zäh wie ein Pferd, sonst hätte sie nicht überlebt. Sie braucht Gesellschaft.

MARTHE Ich weiß. Ich besuchte sie früher. Es ist mir zu anstrengend geworden. Sie haßt so vieles. Sie hat ihr Leben weggeworfen.

XENIA Ah, ich war einkaufen. *Holt ein Päckchen aus einer Tüte.* Da.

MARTHE *wickelt das Päckchen aus:* Was ist das?

XENIA Eine Tischbürste. Wie sie die Kellner früher benutzten.

MARTHE Für mich?

XENIA Für die Vögel. Du streust ihnen deine Krümel. Jetzt hast du es bequemer und es geht nichts verloren. Hoffentlich singen sie lauter. Meine Großmutter hat sie immer zu Weihnachten verschenkt.

ANN Wo hast du sie gekriegt?

XENIA In der alten Eisenwarenhandlung. Sie hatten noch eine Schachtel voll hinten im Lagerraum. Wenn man genug Wirbel macht, treiben sie alles auf. *Sie nimmt einen Schluck.* Der ist gut. Als ich ein Mädchen war, fuhren wir im Sommer fast jeden Tag auf die Inseln. Oft haben wir dort gezeltet. Mutter und Vater kamen dann untertags mit ihren Freunden herüber. Irgendwie war immer ein junger Mann dabei, der Mandoline spielen konnte. Die Frauen saßen unter Sonnensegeln aus Seide, und die Männer krempelten sich die Hosenbeine hoch und stellten sich ins flache Wasser zum Angeln. Mir war dann, als käme gleich ein alter Chinese aus einer Höhle, um sich zum Beten hinzuknien oder eine Himmelskarte in den Sand zu zeichnen. Nachts sprangen wir von den Felsen ins Meer, ließen uns im Wasser treiben und schauten zu den Sternen. Entschuldigt. Das Wiedersehen mit der alten Frau hat mich verstört. Sie war eine Freundin meines Vaters. Sie kam zu uns zum Abendessen hierher. Nach dem Essen setzten sich die Erwachsenen hier auf die Terrasse heraus. Wenn ich brav war, durfte ich mich dazusetzen. Die Familie und die Gäste unterhielten sich leise wie aus Scheu vor dem Mond, so hoch stand der. Hier über der Terrasse. Und drunten im Garten. Damals war da ein Garten. Oft kam eine Brise vom Meer und wehte den Geruch von Blumen und Sträuchern über uns weg. Ich saß meinem Vater auf dem Schoß und horchte auf sein Herz und seine eilige Uhr. Er kaufte seine Zigarren in Paris. Dann sangen in den Hügeln die Bauern. Wahrscheinlich hat Vater sie für ihre Lieder bezahlt. Wir hörten schweigend zu. Die Bauern arbeiteten schwer, und doch brachten sie diese Schönheit zustande. Ich schlief auf Vaters Schoß ein und erwachte in meinem Bett. Mein Glück machte mir Angst in diesen Tagen – es war so groß, daß ich glaubte, ich müßte sterben daran. Damals, vor langer Zeit. Ich wußte nicht, daß Männer, die so schön singen, so tief hassen können. Ich glaube es immer noch nicht. So lebten wir, bis die Fanatiker kamen. Die Menge jubelte und winkte und marschierte, als wäre die Stadt von einem Zirkus erobert. Und nach ihnen kam der Krieg. Granaten. Seeminen. Fremde Uniformen. Die häßlichen kleinen Baracken auf den Inseln. Leute gehetzt, gefoltert und erschossen. Und als der Krieg aus war, haben sie die Götter und Göttinnen von den Terrassen hinuntergestürzt. Zeus, Hera und Aphrodite lagen ohne Arme und Köpfe auf den Felsen. Unsere Schuld. Es ist alles vorbei. Wir waren gedankenlos. Es wird uns nie mehr gehören. Ich hoffe, die es jetzt haben, sind glücklich. Was nutzt es, das alles zu sagen?

ANN Noch was?

XENIA Einen Schluck.

Ann gießt ein.

Danke.

MARTHE Ich möchte Ann etwas erzählen.

XENIA Mein Gott, jetzt habe ich Marthe verstört. Wie dumm von mir, in der Vergangenheit zu wühlen. Wie idiotisch.

MARTHE Du weißt, daß ich einmal erschossen werden sollte.

ANN Erschossen? Nein! Von uns?

MARTHE Du hast es ihr nicht gesagt?

XENIA *zuckt die Achseln:* Wozu auch. *Sie nimmt einen Schluck.* Der ist gut.

MARTHE Es waren die Deutschen. Ein deutscher Soldat war auf dem Motorrad angeschossen worden. Das Motorrad verunglückte, und der Fahrer und der Offizier im Beiwagen waren beide tot. Die Deutschen nahmen Geiseln. Zweihundert für den Offizier und hundert für den Fahrer. Wenn man damals Deutsche sah, versteckte man sich oder rannte fort. Ich wurde in einer Nebenstraße aufgegriffen und auf die Inseln gebracht.

ANN Auf diese Inseln hier?

MARTHE Ja. Sie gehörten damals noch deiner Familie.

XENIA Es war furchtbar. Die Deutschen beschlagnahmten sie für ein Konzentrationslager. Sie bestanden darauf, Pacht dafür zu zahlen.

MARTHE Deine Mutter brachte den deutschen Kommandanten dazu, mich laufenzulassen.

ANN Du hast Marthe das Leben gerettet! Warum hast du mir das nie erzählt?

XENIA Was gab es da zu erzählen? Unter der Besatzung haben wir alle einander geholfen. Ich wollte sie alle retten, aber ich konnte nur um Marthe bitten: Sie war unser Dienstmädchen. Der Kommandant dachte wahrscheinlich, wenn sie erschossen würde, könnte das peinlich werden, wenn er das nächste Mal zum Abendessen kam. Die andern ließ er erschießen. Wir waren damals an Erschießungen schon gewöhnt. Auf den Inseln wurden jeden Tag Leute erschossen. Monatelang. Man konnte es hier von der Terrasse aus hören. Die Ironie dabei war, daß Vater über Marthe Informationen an die Partisanen weitergab. Deswegen haben wir die Deutschen eingeladen. Sie vertrauten uns und so kamen uns viele Dinge zu Ohren, die den Partisanen nützten. Siehst du, was für einen mutigen Großvater du gehabt hast. Wenn die Deutschen ihm dahintergekommen wären, hätten sie ihn und seine Familie erschossen. Nicht, daß ihm das nach dem Krieg etwas geholfen hätte.

MARTHE Wir waren anderthalb Tage lang in eine Baracke eingesperrt. Das vergitterte Fenster war mit Brettern zugenagelt. Die meisten von uns saßen auf einer Holzbank, die die Innenwände entlanglief. Nicht alle hatten darauf Platz. Einige saßen in der

Mitte auf dem Boden. Wir waren nur Frauen. Die Männer und Kinder waren in anderen Baracken.

ANN Kinder?

MARTHE Die Deutschen fingen an, die Männer zu erschießen. Wir hörten Gewehrsalven. Ich weiß nicht, warum wir nicht wahnsinnig geworden sind. Menschen können anscheinend fast alles ertragen. Ein paar beteten. Einige weinten. Andere haben geflucht. Keine drehte sich zur Wand. Wir sahen einander an. Natürlich wußte ich, daß ich erschossen werden könnte. Aber ich wußte nicht, wie sterben. Was macht man, wenn das Ende da ist.

XENIA Genug jetzt. *Sie nimmt einen Schluck.*

MARTHE *als hätte sie vergessen, daß Xenia und Ann da sind:* Wenn ein Deutscher erschossen wurde, nahm man ihm alles ab. Ausweise, Uniform, Stiefel, Waffen – alles, was brauchbar war. Einmal – nach meiner Entlassung – fand ich bei einem seine Brieftasche. Es war ein Foto von seinen Eltern drin. Dann eins von seiner Freundin. Und hinten zwei aus dem Krieg. Auf dem einen standen sechs oder sieben nackte Frauen aneinandergedrängt auf einem Acker. Der Abzug war verschwommen. Kriegsmaterial. Man konnte den Ort nicht erkennen. Im Hintergrund ein paar Bäume und ein dunkler Fleck, eine Scheune vielleicht. Von der einen Seite richtete eine graue Gestalt ein Gewehr auf sie. Sehr proper und adrett. Ich glaube, seine Stiefel waren geputzt. Ein Spielzeugsoldat. Es müssen noch andere Soldaten mit dabeigewesen sein, aber sie waren nicht zu sehen. Auf dem anderen Foto waren auch Frauen. Zwei Nachbarinnen oder eine Mutter und Tochter. Sie waren in Kleider eingemummt und hatten die Köpfe mit Schals verhüllt. Sie wandten sich ab, so daß ihre Köpfe im Schatten lagen. Der Ort war neblig, oder vielleicht war der Film schlecht. Kriegsqualität. Der kleine Erdhügel unter ihren Füßen hätte auch eine Wolke sein können. Es waren keine Soldaten auf dem Bild. Nichts wies darauf hin, daß sie erschossen würden. Aber ich wußte es trotzdem. Sofort. Aus der Geste ihrer Köpfe und Schultern. Es war die Geste von dem anderen Foto. Sie umklammerten sich und drehten sich weg, als hätte es angefangen zu regnen. So starb man also. Als liefe man einfach aus dem Leben hinaus. *Sie wendet sich den andern zu.* Einige Frauen in der Baracke kannte ich vom Sehen. Ich war ihnen in der Stadt öfter begegnet. Eine fing an, uns ihr

Leben zu erzählen. Sie hatte einen älteren Bauern geheiratet. Ihr Sohn war im Krieg gefallen. Sie war in der Stadt gewesen, um seine Kleider zu verkaufen, und in die Razzia geraten. Wir sagten uns der Reihe nach, wer wir waren und wie wir gelebt hatten. Wir nannten unsere Namen zum Weitersagen, falls eine von uns überlebte. Es war wie in einem Klassenzimmer, und dabei sollten wir sterben. Eine alte Frau saß neben mir auf der Bank. Sie ging so tief gebückt, daß die Kugel sie in den Rücken treffen mußte, wenn sie vor den Gewehrläufen stand. Sie hatte alles verloren – ihre Familie und ihr Zimmer. Als ich ihr den Namen der Frau sagte, bei der ich angestellt war, sagte sie: ›Wenn ich ihr in meinem Leben noch ins Gesicht spucken könnte‹, und spuckte dabei in den Dreck. Später kam ein Soldat herein. Die meisten Frauen rannten nach hinten in die Baracke und jammerten. Der Soldat rief über den Lärm hinweg meinen Namen. Ich folgte ihm nach draußen. Als er die Kette wieder vor die Tür legte, drehte er sich um und grinste mir zu. Er hielt einen Daumen nach oben, als hätte ich das große Los gezogen. Er führte mich seitlich an der Baracke entlang. Du standest neben einem Offizier. Du hieltest den Riemen deiner Lacktasche mit beiden Händen fest. Der Soldat salutierte. Du nicktest.

XENIA *sich rechtfertigend:* Um dich zu identifizieren.

MARTHE Der Offizier schlug die Hacken zusammen und salutierte vor dir. Ich ging hinter dir zur Anlegestelle und stieg in das Militärboot.

XENIA *verwirrt:* Es war windig und rauher Seegang. Wir sagten nichts. Wenn du mir gedankt hättest, hätte ich gelacht.

MARTHE Den nächsten Tag blieb ich auf meinem Zimmer. Von dort aus hörte ich die Erschießungen. Zwei Stunden lang. Ich dachte darüber nach, bei welcher Salve ich mit dabeigewesen wäre. Ein paarmal glaubte ich, es wäre vorbei, aber es ging wieder los.

XENIA Nach dem Krieg wurden die Wachen auf den Inseln ausgetauscht. Mein Vater wurde als Ausbeuter verhaftet. Vielleicht haben sie ihn in dieselbe Baracke wie Marthe gesteckt. Er wurde zu zehn Jahren Zwangsarbeit verurteilt. Er entkam dadurch, daß er nach zweien starb. Meine Mutter war schon im Krieg gestorben. Nach Vaters Verhaftung nahmen mich Freunde auf. Ich wurde in einem Armeelastwagen außer Landes geschmuggelt. Bei der Gelegenheit habe ich deinen Vater kennengelernt.

Sie nimmt einen Schluck. Unter denen, die ihn festnahmen, waren auch ein paar, denen er Informationen weitergegeben hatte. Als sie aus dem Haus gingen, geschah etwas, was zur Familienlegende geworden ist. Ein Diener hielt die Tür auf, und mein Vater sagte ›Danke‹. Einer aus der Abordnung sagte: ›Er soll lernen, wie man Türen aufmacht‹, und ein anderer antwortete: ›Seine Tür wird verschlossen sein.‹ Sie führten ihn durch den Garten weg. Die Bäume hätten voller Obst hängen sollen. Eine Schar von Leuten hatte es zu früh abgerissen. Sie waren zu hungrig, um zu merken, daß sie saure Früchte aßen. *Sie nimmt einen Schluck.* Ich verstehe nicht, warum ihr ihn bestraft habt. Ich verstehe, warum ihr ihm sein Haus weggenommen habt, das Geld, die Kleider, das Vieh, das Land, die Bücher, die Bilder, seinen Regenschirm – aber wozu ihn bestrafen? Er war ein alter Mann, Handarbeit war er nicht gewohnt. Es war ein Todesurteil. Er hatte Fehler. Er war jähzornig. Einmal hat er meine Mutter geschlagen. Aber er hat sich seine Wiege nicht ausgesucht. Er hat sich benommen wie jeder andere in seiner Stellung. Jemand muß dafür sorgen, daß die Welt funktioniert. Wenn ihr es besser könnt, gut. Aber wozu ihn bestrafen? Nichts war zu kleinlich für seine Verurteilung. Jedesmal, wenn er einen Taxifahrer angeherrscht oder einen ewigen Zuspätkommer entlassen hatte – alles wurde aufgetischt. Sie haben ihm nichts verziehen. Sogar du hast gegen ihn ausgesagt.

MARTHE Ich beschrieb, wie er lebte. Die Gesellschaften und das Roulette. Viele im Gerichtssaal hatten gehungert. Es war gefährlich, in der Welt deines Vaters zu leben.

ANN Streitet nicht. Laßt mich nachdenken über das, was ihr mir beide erzählt habt.

XENIA Ja, denke nach. Und lerne, was die Leute anrichten in dieser Welt. Diese Inseln waren einmal ein einziger Felsblock. Dann hat sie das Meer in zwei Stücke gespalten. Ich habe Männer und Frauen gesehen, die hätten sie mit bloßen Händen auseinandergerissen, so groß war ihr Haß. Wie kannst du dasitzen und sie den ganzen Tag anschauen?

MARTHE Ich habe vierzig Jahre lang ein zweites Leben gelebt. Jetzt bin ich bei meinem zweiten Tod angekommen. Es ist ein wunderbarer Sommer. Sehr alte Leute sagen, der schönste, an den sie sich erinnern können. Ich habe Glück gehabt, aber ich kann nicht erwarten, neunmal leben zu dürfen. Die Inseln wechseln immerzu die Farbe. Abends sind sie dunkel. Man nennt sie Meeresaugen. Was sollte mich an ihnen stören? Sie sind nicht mein Leben. Dieses Haus ist mein Leben. Meine Mutter war die erste Haushälterin darin, und ich wäre die zweite geworden. Ich kam als Dienstmädchen hierher. Jetzt ist es mein Recht, hier zu wohnen. Ich hätte auf der Insel sterben können. Ich bin gerettet worden – nicht einmal von einer Freundin, sondern von einer Feindin. Soviel Glück habe ich gehabt! Als das Haus in Wohnungen aufgeteilt wurde, wollten sie mich zur Hausmeisterin machen. Ich ging in den Stadtrat und war dort bis zum Sommer im Amt. Wir haben eine Klinik und eine Schule und Wohnhäuser gebaut. Jetzt sitze ich auf der Terrasse und schaue aufs Meer. Untertags, wenn der Schatten über die Fliesen wandert, rücke ich meinen Stuhl in die Sonne. Als David studierte, stellte er seinen Tisch vors Fenster, damit er in der Sonne stand. Er rückte seinen Stuhl nach, damit er in der Sonne lesen und sich Notizen machen konnte. Wenn ich auf die Nachbarskinder aufpasse und sie auf die Fliesen setze, krabbeln sie in die Sonne. Sie weinen über das Dunkel, aber keiner weint über das Licht. Das habe ich gelernt. Ich habe keine Erinnerung an die Inseln, die mich aus der Sonne in meine Höhle treibt und weinen macht.

XENIA Du hast recht. Keine Angst vorm schwarzen Mann. *Schaut automatisch in ihr leeres Glas.* Nein, es ist noch zu früh. *Zu Ann.* Ich bin jahrelang nicht auf der Insel gewesen. Bitte David, daß er uns in seinem Boot hinüberfährt.

STIMME *ruft von draußen:* Ivan.

ANN Wer ist Ivan?

XENIA Alle Männer heißen hier Ivan.

Xenia geht hinaus.

MARTHE Zwei eingehakte Mädchen rufen einen jungen Mann im Ruderboot.

ZWEI STIMMEN *rufen von draußen:* Ivan.

ANN Hat er sie gehört?

MARTHE Ja. Sie winken einander zu. *Sie stellt sich hinter Ann, legt ihr die Hände auf die Schultern und hebt sie dann über ihren Kopf mit der Geste, mit der man ein kleines Kind hält.* In unserer Jugend trugen Eltern ihre Neugeborenen an einem sonnigen Tag zu den Felsen hinunter, hoben sie über ihre Köpfe und riefen ihre Namen aufs Meer hinaus. Das war ein Brauch.

Vier

Die Insel. Spätnachmittag. Ein Stück Sandboden vor einer Felswand. Xenia sitzt allein da.
Ein Deutscher kommt.

DEUTSCHER Sie sprechen deutsch?
XENIA Ja.
DEUTSCHER Gut. Ihr Boot liegt am Ankerplatz. Bitte bringen Sie mich zum Hotel zurück.
XENIA Ist Ihr Boot weg?
DEUTSCHER Mein Sohn und meine Schwiegertochter haben mich auf der Insel abgesetzt und sind die Küste hinuntergefahren. Sie hätten vor zwei Stunden zurück sein sollen. Ich kann ihr Boot nicht auf dem Meer sehen. Ich komme ihretwegen zu spät zum Abendessen. Wenn man Vollpension wohnt, muß man bis halb neun im Restaurant zum Abendessen sein. Besser man kommt schon um halb acht. Man hat dann Zeit, einen Nachschlag zu verlangen.
XENIA Ihr Sohn und Ihre Schwiegertochter kommen bestimmt zurück. Sie werden sich Sorgen machen, wenn Sie nicht da sind.
DEUTSCHER Das wird sie lehren, ihre Eltern warten zu lassen. Wenn ich mich verspäte, bekomme ich kein Abendessen mehr serviert. Die Kellner sind mit Zuspätkommern streng. Sie wollen nach Hause.
XENIA Mein Freund wird Sie in seinem Boot mitnehmen. Warten Sie am Landesteg. Nein, setzen Sie sich ins Boot unter das Sonnensegel.
DEUTSCHER Sie haben Sie allein zurückgelassen? Unsere Jugend! Ich beklage mich nicht. Mein Sohn Sigi könnte nicht pflichtbewußter sein. Seine Heidi ist wie eine Tochter zu mir. Seit dem Tod meiner Frau wäre ich einsam ohne die beiden. Sie nehmen mich jedes Jahr in den Urlaub mit. Ich habe Sie im Hotel noch nicht gesehen.
XENIA Ich wohne bei Freunden.
DEUTSCHER Ah, Freunde, das ist besser als im Hotel. Die jungen Leute sind nicht verheiratet?
XENIA Nein.
DEUTSCHER Ich sehe sie oft. Neulich bemerkte ich sie auf den Fel-

sen. Der junge Mann redete mit dem Mädchen und wollte sie bedrängen. Unsere Jugend!

XENIA Wenn Sie so gut sein wollen, im Boot zu warten.

DEUTSCHER Ach, ich habe Schockierendes gesagt. Sie haben keinen Grund, sich über die junge Dame zu beklagen. Eine gute Tochter. Sie hat den jungen Mann weggestoßen.

XENIA Danke. Ich möchte gern für mich –

DEUTSCHER Sie haben recht. Es ist falsch, wenn Ältere der Jugend vorschreiben, was sie tun soll. Manchmal gehen sie uns mit gutem Beispiel voran. Sie erinnern uns daran, daß wir noch jung und auf Urlaub sind! Ich habe sie eben noch vom Ausgang der Munitionshöhle aus gesehen. Sie sind die andere Seite der Insel hinuntergegangen. Von der Höhle aus kann man nicht so weit sehen. Wenn Sie der jungen Dame wegen besorgt sind, kann ich hinunterschlendern und so tun, als hätte ich etwas verloren.

XENIA Sie waren im Krieg hier.

DEUTSCHER Ja. Ich habe Munitionshöhle gesagt. Das hat mich verraten. Sie wissen, was im Krieg hier geschehen ist?

XENIA Ja, ich wohnte hier.

DEUTSCHER Ah, dieser Krieg. Schrecklich. Schrecklich. Schrecklich. So viele Tote. *Er ruft.* Sigi! Heidi! *Zu Xenia.* Heidi ist ein vernünftiges Mädchen und Sigi hat eine gute Taucheruhr. Aber sie verlieren jedes Zeitgefühl. Sie sind nicht weggefahren, um sich ohne mich zu amüsieren. Sie dachten, ich wollte eine Weile allein sein. Das ist ihre Art von Freundlichkeit. Es wäre schön gewesen, mit Kameraden hierher zu kommen und von den alten Zeiten zu reden. Die Inseln waren ein Lager. Gefangene wurden hierher geleitet. Furchtbare Zeiten. Tja. Man muß eben das Beste draus machen. Sogar am Schluß – in den allerletzten Tagen noch – sind wir abends auf ein Glas Wein in die Bars gegangen und haben die alten Lieder gesungen. Ich habe mein Schifferklavier durch den ganzen Krieg geschleppt, bis ich zurück in Deutschland war. Ich habe Essen dafür eintauschen müssen. Trümmer und Schwarzmarkt, sonst war nichts übriggeblieben. In meinem Leben hat es jahrelang keine Musik mehr gegeben. Aber wir sind neu erstarkt. Der innere Geist war ungebrochen. Das allein zählt. Sie tragen uns noch etwas nach?

XENIA Sie haben unser Leben zerstört.

DEUTSCHER Nein, nein, mit der alten Ordnung war es vorbei. Niemand war stark genug, sie zu erhalten. Jetzt müssen wir lernen, in einer neuen Welt zu leben. Als ich zurückkam, waren die Meinen alle tot. Die Eltern, Tanten, mein Bruder, sogar meine Verlobte. Meine Familie nahm sie auf, als sie ausgebombt wurde. Sie starben alle in einem Haus. Nach dem Krieg heiratete ich ihre Schwester. Ich habe einen guten Beruf. Ich bin Vertreter für Kühlschränke. Ich könnte Ihnen einen Rabatt einräumen. Sie könnten ihn über die Grenze bringen.

XENIA Ich lebe in England.

DEUTSCHER Ach, Sie haben einen Engländer geheiratet? Es ist traurig, wenn man nicht im eigenen Land lebt. Ich will Ihnen ein Geheimnis verraten. Wissen Sie, wo wir sind? Raten Sie. Die Stelle hier. Das war die Erschießungsmauer.

XENIA Ach.

DEUTSCHER In Deutschland würden wir hier ein Denkmal aufstellen. Wir haben viele Künstler. Wenn die Gefangenen erschossen wurden, sprangen die Eidechsen in die Spalten und blieben drin, bis wir abzogen. Dann krochen sie wieder heraus an die Sonne. Haben Sie in Ihrer Tasche etwas zu essen?

XENIA Ja.

DEUTSCHER Es sind Fettflecken auf dem Papier. Wir haben heute früher Mittag gegessen, damit die Kinder das Boot auch ausnützen können. Man muß es für den ganzen Tag mieten. Nicht gerade billig. Wenn man hier nichts ißt, wird man krank von der Sonne. Das habe ich im Krieg gelernt.

XENIA *bietet an:* Bitte essen Sie das. Es ist beim Lunch übriggeblieben.

DEUTSCHER Ah, Sandwich. Wie englisch. *Er ißt.* Gut. Danke. Freundlichkeit ist besser als schreckliche Kriege. Aber es mußte sein.

XENIA Waren Sie lange hier?

DEUTSCHER Solang es gedauert hat. Es gibt nichts zu verheimlichen. Nach dem Krieg wurden wir verhört. Von den Hillbillies. Das hier war kein Konzentrationslager. Wir waren einfache Soldaten: keine Offiziere, keine Gestapo, nicht schuldig. Wir waren Stadtbesatzung, Straßenbewachung und Gefangenenwärter. Wenn wir sie zum Verhör brachten, übergaben wir sie an der Tür. Es mußte sein. Zivilisten brachten uns und unsere Offiziere um. Aus dem Hinterhalt wohlgemerkt. Sie schlichen sich nachts an unsere Wachposten heran und schnitten ihnen mit einem Messer die Kehle durch. Solche Leute müssen ausgeschaltet werden. Arme Schweine. Sie taten mir leid. Ich tat ihnen nichts, was sie nicht auch mit mir gemacht hätten. Wer nackt seine Brötchen ißt, dem fallen auch Krümel ins Haar. *Er lacht und wischt sich Krümel von der Brust.*

XENIA Sie haben niemand umgebracht.

DEUTSCHER Oh, doch. Manchmal. Wenn es eilig war. Es war verboten, Gefangene hier auf der Insel zu verhören oder zu erschießen. Dazu wurden sie auf die kleine Insel gebracht. Anfangs wurde auf die Einhaltung der Vorschriften streng geachtet. Aber was tun, wenn die Gefangenen im Boot sitzen und es ist kein Benzin für die Motoren da? Man kann sie hinüberrudern, aber das ist Schwerarbeit. Und so viele Gefangene. Die Organisation brach zusammen, und die Disziplin wurde lasch: Wir wußten, daß es bald aus war. Wir fingen an, Gefangene hier zu erschießen. Es war eine solche Mißwirtschaft, daß sogar die Munition ausgehen konnte. Das Hauptquartier gab den Befehl aus: Geiseln. Wir haben keine andere Wahl. Geiseln ist leicht gesagt, aber Munition ist nicht so leicht gesagt. Oft mußte unser Kommandant schnorren gehen. Sie haben ihn Schnorrer genannt, als hätte er Zigaretten abgestaubt. Nein, er war ein großzügiger Mensch. Aber die Offiziere zerstritten sich und fluchten aufeinander. Kein Benehmen für gebildete Leute. Böses Blut zwischen Kameraden. Die Ordonnanzen und die Schreiber haben uns alles erzählt. Kommandeur Lauber sagte: ›Wenn Sie den Helden spielen und für die Erschießungen ausgezeichnet werden wollen, nehmen Sie gefälligst Ihre eigene Munition.‹ So sah es damals aus. Kann man so einen Krieg gewinnen? Man wollte sie in Schiffen versenken. Aber die Schiffe gingen uns aus. Die Fischer versenkten die ihren schneller, als wir sie beschlagnahmen konnten. Unsere eigenen brauchten wir zur Küstenbewachung. Also wurde die Sache abgeblasen. Ja, es tut gut, sich zu erinnern, wie hart es war. Eine Zeitlang wurden viele hier auf der Insel begraben. Sie waren hier getötet worden, also wo sollten wir sie hintun? In einem Krieg sind Leichen sogar für Deutsche ein Problem. Sie aufs Festland bringen? Noch mehr Arbeit, mehr Träger, Boote, Lastwagen, um sie vom Kai in die Hügel zu fahren. Ins Meer werfen? Keine Gezeiten. Die Strände sind verseucht. Die Stadt kann ihren Geschäften nicht nachgehen. Es hätte die Teufelsinsel sein können, so schwer hatte es unser Adjutant mit der Leitung. Jetzt erzähle ich Ihnen vom Ende. Als wir in die Heimat abrücken mußten. Inzwischen war die Insel voll mit Leichen. Sie waren in Höhlen eingemauert und in Felsspalten geworfen worden. Die Soldaten sagten, wenn die Insel ein Mantel wäre, würden ihr die Taschen platzen! Es kam der Befehl: die Leichen ausgraben und ins Meer werfen. Wir wurden zornig. Das würde so aussehen, als hätten wir etwas zu verheimlichen. Unsere Feinde waren mit Lügen über uns schnell zur Hand. Wir waren keine Verbrecher. Es war alles ganz offen geschehen. Dem Kriegsrecht gemäß. Hart – aber Krieg ist hart. Jetzt mußten wir die Gräber öffnen. Die Leichen aus den Felsen herausgraben. Befehl ist Befehl. Wir standen Wache, und die Gefangenen gruben und schleppten. Können Sie sich den Gestank vorstellen? Drei Tage lang. Die Leichen wurden ins Meer geworfen. Aber es gibt keine Gezeiten. Die Leichen gehen nicht weg. Das Meer will sie nicht haben. Als wäre es gegen uns. Sie trieben rings um die Insel. Erst manche waren Skelette. Bei den übrigen hatte sich im Sand die Haut erhalten. Sie schwammen auf dem Wasser oder knapp unter der Oberfläche. Manche hielten sich an den Händen – so, wie sie gestorben waren. Wenn wir aufs Festland fuhren, um Nachschub zu holen – ja, mit den Liederabenden in den Bars war es vorbei –, zogen unsere Boote die Leichen im Kielwasser hinter sich her, als würden sie uns nachschwimmen und mit ausgestreckten Händen auf uns zeigen – so, wie sie gestorben waren. Eine tote Frau hatte ein Kind in der Armbeuge umklammert und schaukelte auf dem Meer, als hielte sie das Kind über Wasser, damit es uns sah. Über die öffentlichen Lautsprecher wurden Tanzweisen abgespielt, damit die Stimmung nicht sank. Wir kamen mit Märschen und gingen mit Walzern. *Er geht ein Stück weg.* Wo bleiben diese ungezogenen Kinder? Ich habe Glück gehabt, jemanden zu finden, der deutsch spricht. Ich bin seit dem Krieg zum ersten Mal in Ihrem Land. Heide und Sigi wollten mir damit eine Überraschung machen. Sonst sind wir nach Mallorca gefahren. Malta. Spanien. Zweimal Italien. Sechsmal Mallorca. Mallorca ist für den Urlaub am besten. Das Hotel Cruzadero ist vorzüglich. Vernünftige Preise. Wie hier das Hotel. Und es ist neu. Noch gut in Schuß. Nächstes Jahr funktioniert nichts mehr. Ja, ich erinnere mich gut an diese Zeiten. Wir haben unsere Namen und unsere Feldnummern in den Felsen gekratzt. Jetzt sind sie weg. Mit einer Handvoll Sand schleift der Wind sie ab. Aber nicht so schnell.

Dazu hat er nicht die Kraft. Rowdies sind das gewesen. Und haben dafür ihre eigenen Namen eingeritzt. Sie sind still, gnädige Frau. Ist es die Sonne? Habe ich Ihnen alles weggegessen? Ich glaube, meine Geschichten haben Sie verstört. Es war keins von den schlimmen Lagern. In den schlimmeren Lagern wurden die Leute verbrannt. Manche Aufseher sind vor Erschöpfung zusammengebrochen. Sie wurden zu uns überstellt. Ein guter Standort am Meer. Sie sagten, in der Luft sei soviel Fett gehangen, daß man den Kaffee zuhielt und unter der Hand heraus trank. Es zog sogar in ihre Haut ein, bis sie nicht mehr nach sich selbst rochen. Sie rochen nach anderen Leuten. Oder wie die Toten. Wenn sie Urlaub hatten, dachten ihre Frauen, sie schliefen mit einem Fremden. Hohoo! Da sehen Sie, was eine Armee ist! Nimmt dir die Kleider und steckt dich in Uniform. Nimmt dir den Namen und verpaßt dir eine Nummer. Nimmt deinen Kopf und stopft ihn dir mit Befehlen voll. Nimmt deine Haut – und am Schluß riechst du auch noch wie ein anderer. *Er deutet.* Ist das Brot? Reden macht hungrig. Ich darf nicht so gierig sein. Sogar wenn Sigi jetzt käme, wäre es fürs Restaurant schon zu spät. Nur eine Minute darüber, und sie schicken uns weg. Die Kinder verwöhnen mich. Ich kann an der Bar bestellen, was ich will. Ich sage nein, solche Extrawürste sind Verschwendung. Warum bezahlen, was man nicht ißt? Zusammen ist das ein Verlust von drei Mahlzeiten. Das Hotel verliert nichts. Morgen bekommen wir unsere Steaks als Gulasch serviert.

XENIA *bietet an:* Bitte nehmen Sie es.

DEUTSCHER *ißt:* Gut. Danke. Schlichen sich mit einem Messer an unsere Wachtposten an. Ratsch.

XENIA Wir töteten so viele von euch, wie wir konnten.

DEUTSCHER Natürlich, natürlich. Verständlich nach den Gerüchten, die über uns umliefen. Die Menschen glauben immer das Schlechteste.

XENIA Ich weiß, was geschah. *Sie deutet.* Ich wohnte dort drüben.

DEUTSCHER *lacht:* So nah sind wir einander gewesen? An den Klippen bin ich viele Male vorbeigefahren. Sehen Sie das große Haus? Unsere Offiziere waren dort zum Abendessen. Im Krieg wohnte ein junges Mädchen da, die Tochter des Hauses. Wir nannten sie das Mädchen in Weiß. Sie stand auf der Terrasse und tat so, als starrte sie aufs Meer hinaus. Stunde um Stunde, ganze Tage lang. Wir sangen zu ihr hinauf, beim Schwimmen oder wenn wir unten vorbeifuhren. Wir beobachteten sie mit dem Feldstecher. Unseren Kameraden wurden die Kehlen durchgeschnitten. Sie behaupteten, das wäre leiser als Schüsse – aber so hat es ihnen mehr Spaß gemacht. Wir liebten das Mädchen, wir waren junge Soldaten. Sie hat nie gelächelt oder gewunken. Das wagte sie nicht. Die Partisanen hätten sie erschossen. Aber sie war unsere Freundin. Sie stand da als Zeichen. Mehr konnte sie nicht tun.

XENIA Ich verstehe nicht!

DEUTSCHER Wir kamen nicht als Feinde. Wir waren zur Verteidigung hier. Hätten wir das aus Haß tun können? Nein, unsere Offiziere sagten, wir handelten ehrenhaft. Um euch vor dem Abschaum zu retten.

XENIA So ein Unsinn!

DEUTSCHER Sehen Sie! Unsere Offiziere hatten recht: soviel Blut und Leiden, aber nichts wird gelernt daraus. Europa war bedroht. Die Zivilisation, Beethoven, die Kunst. Was gibt es sonst noch? Amerikaner und Buschmänner.

XENIA Sie stand nicht euretwegen da! Wahrscheinlich war sie einsam! So viele junge Männer wurden getötet! Sie fragte sich, wie lange sie noch zu leben hätte.

DEUTSCHER Die Menschen sind Tiere. Die Frau oder das Geld eines anderen sind nie vor uns sicher. Nicht einmal die eigenen Töchter. Nachts auf unseren Straßen ist jeder in Gefahr. Wenn wir nichts zu futtern kriegen, jammern wir. Was rettet uns vor uns selbst? Die Kultur. Das Niveau unserer Väter. Sie haben jahrhundertelang gekämpft, um es hochzuhalten. Aber es ist so gebrechlich wie das Mädchen in Weiß. Immer. Das Tier will nach oben. Wenn das geschieht, sind wir verloren. Die Affen schwärmen aus dem Dschungel. Deswegen zogen wir in den Krieg.

XENIA Sie reden Unsinn!

DEUTSCHER Das Mädchen in Weiß wüßte es besser.

XENIA Ihr fallt bei uns ein, bombardiert uns, raubt uns aus – zu unserem Besten!

DEUTSCHER Nur weil ihr auf den Abschaum gehört habt. Hätten wir auch auf ihn gehört, Europa wäre ein Arbeitslager. Wenn ihr uns beigestanden hättet, gäbe es mehr Hoffnung für die Welt. Ihr werdet erleben, was statt dessen geschieht. Schon tut sich der Dschungel auf.

XENIA Gehen Sie fort.

DEUTSCHER Es ist wahr. Ich kann es Ihnen beweisen. Da war eine Frau, die für das Mädchen auf der Terrasse arbeitete: Dienstbotin. Sie wurde als Geisel genommen: wieder waren Kehlen durchgeschnitten worden. Das Mädchen bat unseren Kommandanten, sie freizulassen. Dabei hatten Eltern auf offener Straße bei uns um ihre Kinder gebettelt. Hatten an ihrer Stelle auf die Lastwagen klettern wollen. Wir stießen sie hinunter. Aber diesem Mädchen gab unser Kommandant die Dienstbotin zurück. Wir waren nicht zornig wegen unserer toten Kameraden. Manchen von uns standen Tränen in den Augen. Das Mädchen hatte das Recht, um alles zu bitten. Für sie führten wir Krieg. Was soll mit unserer Kultur geschehen, mit unserer Lebensart, wenn es Leute wie sie nicht mehr gibt? Sie kam aus der Klasse unserer Offiziere. Sie wußte das – und was das hieß. Der Beweis war, daß sie kam und um die Frau bat. Sie hätte nicht zu bitten brauchen, sie hätte befehlen können! Ich wollte, ich könnte ihr begegnen und für alles danken, was sie für uns getan hat. Es hat nicht sein sollen. Nach unserem Rückzug wurde ihre Klasse erschossen oder verjagt. Manche von ihnen wurden in unsere alten Baracken gesteckt.

XENIA Was fällt Ihnen ein! Wer sind Sie? Wer hat Sie angestiftet, mir diese Dinge zu sagen? Jemand hat Sie bezahlt!

DEUTSCHER Ach, Sie haben von der Hinterlassenschaft profitiert, eine von denen sind Sie. Sie haben aus dem Kriegsende Nutzen gezogen, und sehen es also von dieser Warte aus.

XENIA *hebt ihre Tasche auf:* Gehen Sie fort!

DEUTSCHER Ach liebe Dame, seien Sie nicht böse. Ich danke Ihnen für Ihr Sandwich. Die Hitze. Mein leerer Magen. Ich habe vor mich hingeplappert. Ja, aber ich lasse mich nicht demütigen, und wenn ich die ganze Nacht hier auf der Insel bleiben muß – in meinem Alter fällt das nicht mehr leicht. Ich kam in meinen besten Jahren hierher. Ich setzte mein Leben ein. Das Opfer junger Manneskraft verlangt Respekt. Von unserer Jugend wäre dasselbe Opfer gefordert, wenn diese Zeiten wiederkommen. Es müßte sein.

XENIA Warten Sie hier. Der Freund von meiner Tochter wird Sie in seinem Boot mitnehmen.

DEUTSCHER Es ist besser, ich warte im Boot. Sie sagten unter dem Sonnenschutz.

XENIA Laufen Sie mir nicht nach!

DEUTSCHER Ihr Freund kann es eilig haben und fährt ohne mich los.

XENIA Hören Sie auf, mir nachzustellen! Ich melde Sie der Polizei!

Xenia geht hinaus.

DEUTSCHER *ruft ihr nach:* Beste Dame, ich habe Sie nicht angefaßt! Du lieber Gott, Sigi und Heidi sind ertrunken! *Er geht Xenia ein Stück nach.* Heide ließe ihn nichts Unüberlegtes tun –

XENIA *von draußen:* Gehen Sie fort!

DEUTSCHER – aber er kennt das Meer hier nicht. Die Felsen sind gefährlich. Es wäre furchtbar, allein nach Hause zu kommen.

Der Deutsche geht hinaus. Ann und David kommen herein. Sie sind in Badekleidung. Ann hat einen hellblauen Umhang an.

DAVID Die Insel soll uns heilig bleiben. Ich werde hier kein anderes Mädchen lieben. Warum bin ich so glücklich? Von jetzt an haben wir eine geheime Kraft: Im Zorn oder in der Trauer erinnern wir uns daran, und es wird uns glücklich machen. Wir lieben uns. Du wirst nicht hierbleiben. Dafür pflanze ich eine Kiefer an dem Platz, wo wir heute waren, und gieße sie, bis sie groß und stark geworden ist. Ich streue Samen darunter aus, daß Scharen von Vögeln sich hier niederlassen. *Ruhig.* Das ist die Wand, an der meine Mutter erschossen werden sollte. Schau die Versteinerungen und die Quarzadern und die Geschoßspuren im Fels. Wenn sie einfache Leute erschossen – keine Scharfschützen oder abgebrühte Politiker, sondern Kinder und alte Frauen –, zerrten sie die Toten außer Sichtweite, so daß die Opfer nicht merkten, wo sie waren, und wegrannten. Es war Blut am Boden – aber auf der Insel war auf allen Felswänden und Häusermauern Blut. Deswegen glaubten sie, es wäre immer noch Zeit für ein Flugzeug aus dem Himmel, für eine Hand – oder ein rettendes Boot aus dem Meer. Das war Anfang des Kriegs. Später zwangen sie auch die einfachen Leute, über die Leichen an die Wand zu klettern. Wenn sie stolperten, schlugen sie mit den Gewehrkolben zu. Der Assyrer sprach, ich mache ihn toter als er war. Der Spanier sprach, ich werde die Toten zweimal töten.

Der Deutsche kommt herein.

DEUTSCHER Sie sprechen deutsch?

DAVID Ja.

DEUTSCHER Gott sei Dank. Das ist Ihr Boot. Guten Tag, Fräulein. Bitte bringen Sie mich zum Hotel.

DAVID Sitzen Sie hier fest?

DEUTSCHER Sigi hat ein Boot geliehen, um Heidi eine Überraschung zu machen. Jetzt sind sie verschollen. Ich muß zum Abendessen zurück sein. Die Tür zum Restaurant wird Punkt halb neun geschlossen. Wenn man an das Türglas klopft, schauen die Kellner weg, und die Gäste halten sich die vollen Gabeln vor den Mund und lachen. Der Geschäftsführer ist nicht zu sprechen, er säubert den Swimmingpool.

DAVID Sie können mit uns fahren.

DEUTSCHER Danke, danke. Ich schwitze vor Angst. Sie dürfen nicht zulassen, daß die Dame mich attackiert. Ich habe sie nicht angefaßt. Sigi und Heidi werden ärgerlich sein. Die Dame in Ibiza hatte zuviel Sonnenöl am Bein. Der Sand hatte sich in der Falte festgesetzt. Ich habe ihn abgewischt. Ich möchte keinen Skandal. Für einen Deutschen der älteren Generation ist das natürlich.

DAVID Ich nehme Sie in meinem Boot mit.

DEUTSCHER Wir müssen für unseren Urlaub arbeiten. Sie auch. Ein Lied und ein Glas Wein am Abend. Ich wollte, daß heute alles gutgeht. Drei Wochen sind so schnell vorbei. Morgen fahren wir zurück nach Steinbach. Heute abend wollte ich einen edlen Tropfen spendieren. Gestern waren Sigi und Heidi an der Reihe. So feiern wir das Ende des Urlaubs. Ein Hoch auf nächstes Jahr.

DAVID Beunruhigen Sie sich nicht. Warten Sie im Boot.

DEUTSCHER Die Dame ist zornig. Ich werde auf dem Pfad warten. Nicht vor Ihnen ins Boot gehen. Wenn Sie an mir vorbeikommen, gehe ich Ihnen nach. Die Dame darf solche Dinge nicht behaupten. Ich belästige keine Damen.

Der Deutsche geht hinaus.

DAVID Ann. Der Tod weckt die Begierde. Die Lust. Die Dummen halten das für pervers. Nein. Die Lust wird vom Tod nicht angezogen. Wenn das Leben den Tod sieht, wird es selber stark, mit *Willen* stark. Wenn wir weinen, reckt sich unser verzerrter Mund nach einem, der lächelt. Wir wollen jede Nacht miteinander schlafen, bis du fortgehst. Ich pflanze einen großen Schatz von Samen in dich ein, damit du ihn in dein Land fortträgst. *Dort* wirst du ein Kind gebären! Das Kind und diese Kiefer sind das einzige, was wir Mutter geben können – und all denen, die sterben.

ANN Eine aufgebrachte Frau, die hochgereckt hinten in einem Boot sitzt. Ein hungriger alter Mann, der auf halbem Weg zum Landesteg im Staub hockt. Beide in ihren eigenen Gedanken. Zornig, beleidigt, warten sie auf Flugzeuge, verdächtigen Kellner, starren auf ihre Uhren. Der Fremde sollte froh sein, daß er uns begegnet ist. Meine Mutter ist zornig, weil wir sie warten ließen bei unserem Gang über die Insel. Ich will sie nicht zornig machen, aber wenn sie es ist, macht es auch nichts. ›Die Götter lieben das weit verstreute Geschlecht der glücklichen Menschen und gern verlängern sie die Tage ihres flüchtigen Lebens, um mit ihnen den freudvollen Anblick aus ihrem unverrückbaren Himmel zu teilen, um eine kurze Frist.‹ Sie sitzen am Rand der Insel und warten auf die Abfahrt. Wir sind frei und dazu angehalten, glücklich zu sein. Laß uns noch eine Weile hier sitzen.

Fünf

Das Haus. Nacht.
Niemand.
Xenia kommt herein. Sie klopft an Marthes Tür.

XENIA Kann ich dich sprechen? *Kleine Pause.* Du schläfst nicht. Ich habe vom Garten aus in dein Zimmer geschaut.
Xenia geht von der Tür weg. Einen Augenblick später kommt Marthe heraus.

MARTHE Ja?

XENIA Ich muß dich sprechen.

MARTHE Hat das nicht Zeit bis morgen? *Keine Antwort.* Rück mir den Stuhl zurecht. Es weht.
Xenia rückt den Stuhl in die Bühnenmitte. Marthe setzt sich hinein.

DAVID David und Ann sind ausgegangen.

MARTHE Ins Hotel, tanzen. Bist du schockiert?

XENIA Das ist nicht meine Sorge. Er würde gewiß nicht tanzen gehen, wenn er dächte, es macht dir was aus. Soll ich weiter hierher kommen, wenn du tot bist?

MARTHE Darum sorge ich mich nicht.

XENIA Ich tue, was du willst.

MARTHE Lebe dein eigenes Leben.

XENIA Vielleicht ist dir mein Kommen erwünscht. Ich könnte die Erinnerung an dich lebendig halten: Ich habe dich so gut gekannt.

MARTHE Tu, was dir gefällt.

XENIA Habe ich dir jemals etwas nachgetragen?

MARTHE Ich bin jetzt müde.

XENIA Ich war ein Einzelkind. Nach dem Tod meines Vaters hätte dieses Haus – alles, was er besaß – mir gehört. Es wurde mir weggenommen, noch bevor er gestorben war. Manche von denen, die es nahmen, hatten jahrelang bei uns gearbeitet. Dein Sohn glaubt, wenn ich hier wohne, müßte er Stiefel putzen. Man sieht es ihm an, sogar wenn er lächelt. Mein Vater schickte kluge Kinder zur Universität, gleich wo sie herkamen. Bezahlte ihre Hörgelder, kaufte ihnen Bücher, manche kleidete er ein, gab ihnen Kostgeld –

MARTHE Was willst du sagen?

XENIA – aber ich habe niemals etwas verübelt.

MARTHE Nein.

XENIA Warum verachtest du mich dann?

MARTHE Das tue ich nicht.

XENIA So wie dein Sohn. Er ist nur noch ausfallender, weil er keine Entschuldigung hat. Ich habe es satt, beschimpft und angegriffen zu werden.

MARTHE Wenn du dich über David beklagen willst, tu es bei ihm. Es tut mir leid, wenn er unhöflich zu dir war. Er ist jung und unbedacht.

XENIA Er glaubt, ich will hierher zurückkommen. Ich wußte, daß wir nicht weiterleben können wie zuvor. Ich wurde gehaßt und fortgewünscht, schon als ich klein war. Wenn ich so hätte leben müssen, wäre ich jetzt alt und verbittert. Statt dessen habe ich einen guten Mann, meine Tochter und liebevolle Freunde. Und mein Geschäft. Ich verkaufe die besten Kleider so billig ich kann und freue mich über den Anblick von jungen Menschen, die ihr Leben genießen. In ihrem Alter hätten wir erschossen werden können. Viele unserer Freunde sind auch umgekommen. Glaubst du im Ernst, zu alldem wollte ich zurück? Das Leben hat mich gut behandelt. Und es gibt nichts, was ich mir vorzuwerfen hätte. Was meine Familie auch getan hat, Marthe, ich war jung, als ich fortging – für *damals* wenig mehr als ein Kind. Und doch verachtest du mich.

MARTHE Nein.

XENIA Ja, weißt du das gar nicht? Dein Zustand ist schlimmer, als ich dachte. Du hast eine Krankheit, von der du überhaupt nichts gemerkt hast. Deswegen hast du sie deinem Sohn weitervererbt. Muß er damit leben, wenn du tot bist? Willst du sein Leben zerstören? Können wir die Vergangenheit auch jetzt noch nicht loswerden? Wir wollen schweigen und hier sitzen, bis er kommt, und dann zu dritt miteinander reden.

MARTHE Worüber?

XENIA Ach, Marthe, du setzt dich selbst ins Unrecht! Du weißt es. Meine Tochter hat dir erzählt, wieviel ich verschweige. Ich erzähle ihr nie etwas, was einen Bekannten von ihr beschämen könnte. Aber wenn das dein letzter Sommer sein soll, dann müssen wenigstens wir zwei zueinander ehrlich sein. Ich habe dir das Leben gerettet. Und doch hast du gegen uns ausgesagt.

Nicht aus Angst. Man hat dich nicht gezwungen. Mein Vater hätte erschossen werden können. Wie unrecht. Eine solche Schuld ist fast nicht zu vergeben.

MARTHE Welche Schuld? Wir wollen von uns reden. Die Menschen meiner Generation hingen von deiner Familie ab, um leben zu können. Aber warum hat das so sein müssen? Eure Freundlichkeit hat uns zu Bettlern gemacht. Manche sind davon dankbar geworden, und das war schlimmer. Noch soviel Freundlichkeit reicht nicht aus, um die Welt menschlich zu machen. Und wenn du dein ganzes Leben damit zubringst, freundlich zu sein, sterben immmer noch Leute an Unkenntnis und Nachlässigkeit. Es braucht viel mehr. Lassen wir das bis morgen früh. Vor Jahren überfiel jemand die Bank deines Vaters und erschoß eine junge Kassiererin. Der Täter versteckte sich auf der Insel. Dein Vater erkannte ihn durch den Feldstecher und fuhr mit dem Motorboot los. Ein Trupp Männer stand neben ihm am Steuer. Der junge Mann sah sie und wußte, daß er entdeckt war. Er sprang ins Wasser und schwamm auf die Küste zu. Dein Vater jagte ihn. Er wendete und schwamm ins offene Meer hinaus. So verzweifelt war er. Als ihn die Männer deines Vaters an Bord zerrten, schlug er wie ein Wahnsinniger um sich, um wieder ins Wasser zu kommen. Sie mußten ihn verschnüren und wie eine Leiche unten ins Boot legen. Hat dein Vater ihn vorm Ertrinken gerettet oder sich einen Fisch zum Abendessen geangelt? Deine Mutter saß währenddessen mit ihren Damen beim Tee auf der Terrasse. Sie waren kein ordinärer Haufen, sie haben sich nicht ans Geländer gedrängelt und bravo geschrien. Sie tranken ruhig ihren Tee. Hätte dein Vater den Mann dorthin gebracht, deine Mutter hätte ihm Tee gegeben und ihm ihre Stola umgelegt. Hätte ihm das seine Strafe erleichtert? Die Grundfesten eurer Welt standen so verquer, daß alles verquer war. Eure Freundlichkeit, Rücksicht, Prinzipientreue waren sinnlos. Jede eurer guten Taten war sinnlos. In eurer Welt hat das Gute Böses angerichtet. Was könnte schlimmer sein? Die meisten von uns sind ihr ganzes Leben lang aufs offene Meer hinausgeschwommen. In der Verwirrung und dem Gerangel breitete sich eine so besinnungslose Angst aus, daß es schließlich zum Krieg kam. Die Soldaten auf der Insel konnten sich kaum damit entschuldigen, daß sie das Blut, das sie vergossen, nicht gesehen hätten. Mit euch stand es schlimmer. Ihr hattet für alles die beste Entschuldigung: eure Hände waren sauber! Eure Welt war ein Puppentheater. Ihr dachtet, die Puppen würden von den kleinen Holzstücken unter ihren bunten Mänteln bewegt. Aber sie hingen an Drähten: an den Fabriken, Banken, Geschäften, Regierungen, die unser Leben steuern. Was wir tun, was wir sind, hängt von den Beziehungen zwischen uns und ihnen ab. Dagegen ist Freundlichkeit wie ein Pusten, das einen Sturm vertreiben soll. Wenn diese Beziehungen einmal gerecht sind, werden wir auch gerecht leben. Freundlichkeit bekommt wieder ihren Sinn. Gerechtigkeit und Gnade werden eins.

XENIA Du erinnerst dich an das, was dir beliebt! Mein Vater war ein freisinniger Mensch. Als dieser Dieb zum Tod verurteilt wurde, hat er seine Zeitung dazu eingesetzt, daß er begnadigt wurde. Die Familie der Toten kam hierher, ihn zu beschimpfen. Man mußte mich spazierenführen, damit ich ihre gemeinen Reden nicht hörte. Die Faschisten demonstrierten. Ihre Mitgliederzahl verdoppelte sich. Vater gab ihnen nicht nach. Wir waren glücklich, als der Mann gerettet war!

MARTHE Ich kann nichts mehr sagen. Dein Vater war so freundlich wie du. Er konnte sich seinen Heiligenschein leisten. Der junge Mann war ihm dankbar. Bei Kriegsausbruch zog er freiwillig in den Kampf für die Welt deines Vaters und wurde erschossen. Leute wie ihr lebt rückwärts, denke ich oft. Ihr lernt nichts. Ihr wühlt euch euer Leben lang unter der Erde zu euren Gräbern durch. Aber – ihr habt keine Macht mehr. Darauf kommt es an.

XENIA Jetzt gibst du zu, daß du mich verachtest.

MARTHE *als wäre Xenia nicht da:* Wie lebt man in den letzten Augenblicken? Die letzte Stunde im Krankenhaus. Der Gang aus der Zelle. Vielleicht hätte ich in der Baracke bleiben sollen, als du kamst. Ich hätte den andern helfen können. Die Arme um die alte Frau legen oder den Mädchen aufhelfen, wenn sie stolperten. Ich hätte sogar singen können. Ich wollte in den Lichtspalt unter der Tür fliehen. Dann ging die Tür auf. Ich hatte heimlich um mein Leben gebettelt. Nicht gehofft, sondern darauf gerechnet. *Lächelt zu Xenia.* Ich wußte, du würdest kommen. Ich ging, und sie starben allein – wie ich jetzt. Sie sind tot, die Baracken sind niedergebrannt, die Insel ist frei. Für mich hat sie sich nicht verändert. Ich habe ein Foto von meinem Tod gesehen. Ich habe mein zweites Leben neu gelebt. Ich höre auf sie, nicht auf dich.

XENIA Das solltest du nicht. Sie sind tot und du nicht. Als ich Studentin war, warst du Dienstmädchen. Ich beneide dich. Du hattest mehr Würde, mehr Klugheit als wir alle. Jetzt haben sich unsere Rollen verkehrt. Ich kam davon – aber dich hat die Vergangenheit verdorben.

Xenia geht hinaus. In der Ferne fängt Musik an zu spielen. Marthe reagiert nicht darauf. Xenia kommt zurück.

Die Diskothek. Jetzt werde ich nicht schlafen können.

MARTHE Sie hören nach Mitternacht auf.

XENIA Ich bringe dich besser in dein Zimmer.

MARTHE Ich fühle mich gut.

XENIA Ich komme nicht mehr hierher. Mein Mann hat mir immer davon abgeraten. Hier ist mein Grab. Im Gefängnis soll mein Vater in einer Woche weiße Haare bekommen haben. Ich habe ihn nicht mehr gesehen. Ich hätte mich ertränken sollen, als sie ihn wegführten. Im Dunkeln die Felsen hinuntersteigen und mich ins Meer gleiten lassen. Jetzt ist es zu spät. ›Eine verbitterte alte Frau‹, hieße es dann. Das bin ich nicht. Es ist nur, daß du mir alles genommen hast – und immer noch mehr willst!

MARTHE Was könnte ich wollen? Geh auf dein Zimmer. Nach deiner Seite hinaus ist es ruhiger. *Zu sich.* Ich habe so viel in meinem Leben gekämpft. So viele Freunde verloren. Neue Kleider werden alt, wenn ich sie anziehe. Ich bin aufgebraucht. Ich höre der Luft zu, wie sie bei meinem Körper hinein- und hinausgeht. Wie Schritte in einem Korridor. Es ist nicht leicht: Es ist, als müßten viele auf einmal sterben.

XENIA *zu sich:* Mir hat man die Welt weggenommen. Sie warfen die Möbel aus dem Haus und ließen mich in der Leere zurück. Ich kann nicht noch einmal anfangen. Ich habe jahrelang auf meinen toten Körper gezeigt – und keiner sieht es.

MARTHE Ja, du kannst nicht anfangen. Du gehörst zu einer Familie, die in Gefängnissen stirbt. Die alte Frau neben mir. Hielt die Bank mit beiden Händen umklammert. Ihre Knöchel weiß wie die von einem Kind. ›Wenn ich ihr in meinem Leben noch ins Gesicht spucken könnte.‹ *Marthe stemmt sich halb aus dem Stuhl, spuckt Xenia ins Gesicht und fällt bis auf Fußbodenhöhe zurück.* Es ist vorbei.

XENIA Was fällt dir ein! Du meinst, weil du stirbst, kannst du zum Ungeheuer werden! Ah, mußt du erleichtert sein! Du hast die

Spucke einer Toten vierzig Jahre lang im Mund herumgetragen! Ich schlafe nicht hier. Ich gehe ins Hotel. Schicke mir am Morgen meine Sachen nach. Ich will dir nicht die Mühe machen, meiner Tochter etwas auszurichten. Ich schreibe ihr einen Zettel.

Xenia geht hinaus. Marthe bewegt sich nicht. Xenia kommt zurück.

Bist du in Ordnung? Wenn du willst, bringe ich dich auf dein Zimmer.

MARTHE Geh weg.

XENIA Es ist klar, daß es dir nicht gut geht. Die Drogen, die du nimmst, haben dich angegriffen. Ich möchte nicht dafür angezeigt werden, daß ich dich hilflos sterben ließ. Dein Sohn würde gewiß gegen mich aussagen.

Xenia geht zu Marthe.

MARTHE Hinaus.

XENIA Wie du meinst. Die Folgen deines Starrsinns hast du selbst zu tragen.

Xenia geht hinaus. Marthe geht zu ihrem Zimmer und probiert den Türknauf. Sie kann ihn nicht aufdrehen. Sie lehnt sich einen Augenblick an die Wand. Sie probiert wieder den Türknauf. Die Tür öffnet sich. Marthe geht in ihr Zimmer und schließt die Tür hinter sich.

Sechs

Das Haus. Morgen.
Marthe kommt mit einem Petunientopf von der Straße herauf. Sie stellt ihn auf den Boden. Sie geht hinaus. Sie kommt mit einem Klapptisch zurück. Sie klappt ihn auf. Sie geht hinaus. Sie kommt mit einem Stuhl zurück. Auf dem Stuhl ein Tischtuch und Frühstücksgeschirr. Sie fängt an, den Tisch fürs Frühstück zu decken. Ann kommt herein.

ANN Guten Morgen.
MARTHE Guten Morgen. Wie gehts?
ANN Gut. Und dir? Ich habe Mutters Zettel gefunden. Ihr zwei habt gestritten.
MARTHE Es war nichts.
ANN Worüber?
MARTHE Es ist vorbei.
ANN Wirklich, ihr führt euch wie Kinder auf. Mutter ist schwierig, aber ohne Grund wäre sie nicht ausgezogen.
MARTHE Bitte frage sie.
ANN Ach Marthe! *Sie seufzt.* Wahrscheinlich bist du immer noch verstört. War es wegen David und mir?
MARTHE Die Marmelade habe ich gekocht. Eine Nachbarin hat mir Pflaumen von ihrem Baum geschenkt. Die Dicke. Du hast sie beim Wäscheaufhängen gesehen, als ihr Kind mit ihrer Schürze spielte.
ANN Ich decke den Tisch.
MARTHE Das mache ich.
ANN Nichts wie Unsinn. Du machst mich böse. Streitest du jetzt mit mir?
MARTHE Sei nicht ungezogen. Tischdecken ist eine der wenigen Sachen, die ich noch kann. Ich habe ein sauberes Tuch aufgelegt und einen Petunientopf vom Dachgarten geholt. Gib mir die Teller.
Sie decken zusammen den Tisch.
War heute nacht ein Sturm?
ANN Nein.
MARTHE Ich träumte, ich schliefe ein und nachts krachte im Wind eine Tür zu. Ich wachte auf und hörte auf das Meer. Ich muß die

ganze Zeit geschlafen haben. Heute früh schaut alles aus, als wäre ein Sturm drüber weggegangen. Staub und Papierfetzen und Müll fortgeblasen. Kartons und Büchsen an die Häuserwände geweht. Das Laub steht noch verquer vom Wind. Die Stadt sieht so durchgeschüttelt und neu aus wie ein Kind, das sich in den Schlaf geweint hat.

ANN Es war kein Sturm.

MARTHE Nein, ich habe ihn geträumt. Gib mir die Messer.

Marthe deckt den Tisch.

Ich decke für deine Mutter mit. Ich glaube nicht, daß sie kommt, aber es könnte sein, und dann wäre es besser, wenn ein Teller für sie dasteht. Vielleicht kommt sie morgen zum Frühstück. Oder vielleicht nicht. Hole den Kaffee und die Milch aus der Küche. Die Petunie braucht Wasser.

ANN Ich habe Hunger.

MARTHE Warte auf David.

ANN Er schläft.

MARTHE Weck ihn auf. Ist er ein guter Liebhaber?

ANN Ja.

MARTHE Wir drei wollen zusammen essen. Ich schneide das Brot.

ANN Marthe. Dein Knöchel ist geschwollen.

MARTHE Es hat nachts angefangen. Als ich aufwachte, war es schon so.

ANN Es muß weh tun.

MARTHE Nein. Ich habe zu lange gestanden. Ich lege das Bein später hoch. Sag es nicht David. Er gibt mir sonst noch mehr Tabletten. Reich mir meinen Umhang herüber.

Ann gibt ihr ihren Umhang.

Sie schaut aufs Meer. Das Meer ist ruhig und das Wasser steht aufgetürmt, als wäre ein Sturm drüber weggegangen. Alles ist offen und neu. *Nimmt eine Tasse.* Die Tasse hat einen Fleck. Trag sie in die Küche und spüle sie.

ANN Das macht nichts. Ich trinke daraus.

MARTHE Nein. Spüle sie. Achte die Dinge. Benutze sie gewissenhaft.

Ann geht hinaus. Marthe wickelt sich in den Umhang und schneidet Brot.

Was machst du, wenn deine Mutter sagt, du sollst ins Hotel ziehen. Es ist einsam, wenn man niemand hat. Das wäre mir sehr zuwider.

ANN *von draußen:* So scheußlich warst du doch nicht zu ihr. Ihr zwei habt den Streit.

MARTHE *leicht belustigt:* Sie wird sagen, ich hätte ihr die Tochter gestohlen.

Ann kommt zurück mit Kaffee, Milch, der Tasse Wasser für die Petunie.

ANN Sie weiß, daß ich nur bleibe, wenn ich will.

MARTHE Gieß die Milch in eine Kanne. *Sie gießt ein.* Mit einer Kanne wird der Tisch schöner.

ANN Wir werden viel zu spülen kriegen.

MARTHE Gut. Ich werde nicht mehr viele schöne Dinge sehen. Du wirst ein paar Tage traurig sein und dann wird dein Leben weitergehen. Es wird schön werden. Du wirst liebevoll an mich denken. Stell einen Stuhl vor jeden Platz.

ANN Woher weißt du, daß es schön werden wird?

Ann geht hinaus.

MARTHE *richtet den Tisch:* Was ist nutzloser als der Tod? Ein Leben ohne Tod – wenn es das gäbe. Wie könntest du etwas schön finden, was du ewig anschaust? Es würde dir über. Wozu einander lieben, wenn es ewig dauert? Wenn ihr euch tausendmal verziehen hättet, bekämt ihr das Verzeihen satt. Ihr wärt es müde, die Leute auszuwechseln, die ihr liebt.

Ann kommt mit drei Klappstühlen zurück und stellt sie am Tisch auf.

Wenn du in Ewigkeit weiteressen könntest, wozu lange auf den Geschmack achten. Du könntest bei der nächsten Mahlzeit hinschmecken. Wenn du über einen Fehler geweint hättest – über den nächsten nicht mehr. Du hättest die Ewigkeit, ihn wiedergutzumachen. Bald wären deine Augen voller Schlaf. Du würdest taub. Du hörtest keine Stimme mehr, weil sie dir die Mühe einer Antwort macht. Wozu horchen? Das Wissen wäre nutzlos, ob es ein Spatz oder ein Wasserfall war. Im ewigen Leben gäbe es keine Zukunft. Du säßest am Boden und würdest zu Stein. Staub türmte sich auf, um dich zu begraben. Wenn wir nicht sterben könnten, müßten wir wie die Toten leben. Ohne den Tod gibt es kein Leben. Keine Schönheit, keine Liebe und kein Glück. Keiner kann länger als ein paar Stunden lachen, oder ein paar Tage weinen. Niemand könnte mehr als ein Leben aushalten. Nur die Hölle könnte ewig sein. Manchmal ist das Leben grausam und der Tod kommt plötzlich – das ist der Preis dafür, daß wir nicht Steine sind. Laß dich nicht vom Blitz erschlagen und den Wahnsinnigen nicht dein Haus anzünden. Ergib dich nicht deinen Feinden und übergehe keinen in der Not. Kämpfe. Aber am Ende ist der Tod ein Freund, der ein Geschenk mitbringt: Leben. Nicht dir, aber den andern. Ich sterbe, damit du leben kannst. Hast du David geweckt? Das Frühstück ist fertig.

ANN Ich habe die Tasse nicht abgetrocknet.

MARTHE Gib sie mir.

Ann geht hinaus und Marthe trocknet die Tasse. Sie glättet eine Tischdecke, geht zu einem Stuhl am Tisch, wickelt sich den Umhang um die Beine und schläft ein. Der Deutsche kommt von der Straße herauf. Der Blumenstrauß, den er in der Hand hält, ist in Zellophan verpackt und mit einem gelben Band verschnürt.

DEUTSCHER Sie spechen deutsch? Beste Dame. *Er hustet.* Wir sind mit dem Taxi unterwegs zum Flughafen. Wenn wir die Maschine verpassen ... Der Flug ist inklusive. *Er faßt Marthe ans Handgelenk. Keine Reaktion. Er läuft unschlüssig auf der Terrasse herum. Ruft lauter ins Haus.* Hallo. *Zu Marthe.* Pst! *Zu sich.* Ob die Dame zornig wird, wenn ich sie wecke?

STIMME *ruft von draußen:* Vati!

DEUTSCHER *ruft:* Gleich! Benimm dich doch, Heidi! *Er klatscht in die Hände, wie um ein Kind zu tadeln, und ruft.* Still doch! *Er wendet sich Marthe zu.* Die Kinder sind ärgerlich. Ich wollte unbedingt heraufkommen. Drunten tickt das Taxi. Der Fahrer will sicher einen Zuschlag. Dann macht Sigi im Flugzeug wieder sein Gesicht. *Etwas weinerlich.* Nur, um ihr die Hand zu drükken ... *Er geht geistesabwesend zum Tisch, streicht sich Marmelade auf ein Brot und ißt es. Draußen eine Hupe. Er legt die Blumen hin und geht.*

David kommt herein. Er ist im Schlafmantel. Er geht zum Geländer und schaut aufs Meer. Ann kommt herein.

ANN Ich meine, jemand hätte gerufen.

DAVID *brummig:* Wer?

ANN *zu Marthe:* Marthe.

DAVID Laß sie schlafen.

ANN Sie wollte mit uns frühstücken.

DAVID *geht zum Tisch und setzt sich:* Sie hat ein Brot gegessen. Ihre Tablette nicht genommen.

Ann setzt sich. David schenkt Kaffee ein.

ANN Sie wollte mir nicht sagen, worüber sie gestritten haben.
DAVID *schaut auf die Armbanduhr:* Deine Mutter sagts dir schon.
ANN Kommst du zu spät?
DAVID Nein.
ANN *nimmt die Tasse:* Danke.
DAVID Geh nicht ins Hotel.
ANN Ich muß sehen, wie es meiner –
DAVID Nicht für ganz.
ANN Nein nein, wieso das denn?
DAVID Ich will mich nicht zwischen euch stellen. Sie hat dich immer, wenn du hier fort bist.
ANN Sie ist kein Drache. Sie ist freundlich, solange man sie läßt.
DAVID Alles unter der Sonne wirft einen Schatten. Deine Mutter wirft ihren ins Licht.
ANN Blumen. *Sie hebt den Strauß auf.* Ein Bote. Den habe ich gehört.
DAVID Sind sie für dich?
ANN Auf dem Umschlag steht etwas Deutsches. *Sie gibt ihn David.*
DAVID *liest. Schaut auf:* Für dich. ›An das schönste Fräulein in Weiß‹.
ANN Wie sonderbar.
DAVID Du trägst Weiß.
ANN Manchmal.
DAVID Aufwendig.
Ann macht den Umschlag auf, zieht einen Brief heraus und gibt ihn David.
DAVID *liest:* Gnädige Frau, ich konnte unseren Urlaub in Ihrer herrlichen Heimat nicht beenden, ohne Ihnen zu schreiben. Erst nach dem Abendessen wurde mir an jenem denkwürdigen Tage klar, daß ich das schöne Fräulein in Weiß wiedergetroffen hatte – *Ann will ihm den Brief wegschnappen. David rennt um den Tisch und liest weiter. Ann jagt lachend hinter ihm her* – das wir vor so langer Zeit angestaunt hatten. Glauben Sie einem alten, aber immer noch rüstigen Mann, wenn er von Herzen bekennt, tief in Ihrer Schuld zu stehen. Gnädige Frau, ich begreife, warum Sie im Boot nicht mit mir sprachen. Zum Glück verstehen Sie jetzt den Grund meiner mangelnden Ehrerbietung. Wenn ich Ihnen diese Blumen überbringe, werde ich Ihnen schweigend die Hand drücken und sie für mich sprechen lassen.

David hält Ann mit einer Geste zurück. Es wird Sie freuen zu erfahren, daß Sigi und Heidi in Sicherheit sind. Ihnen war das Benzin für das Boot ausgegangen. Freundliche Fischer haben sie im Schlepptau heimgebracht. Leider fehlt die Zeit, sie Ihnen vorzustellen. Ich habe ihnen von unserer denkwürdigen Begegnung berichtet und werde in künftigen Jahren noch oft davon erzählen. Dem schönen Fräulein in Weiß auf dem Balkon von dazumal mit der ergebensten Hochachtung Ihres gehorsamen Heinrich Hemmel. P.S. Ich bin unschuldig. *Er hört auf zu lesen.* Darunter eine Adresse.

ANN Sie sind für meine Mutter. Irgendein alter Verehrer. Der Balkon von dazumal. Was kann das heißen?

DAVID Der Deutsche, den wir im Boot mitgenommen haben. Stell sie ins Wasser.

Ann geht hinaus. David trägt ein Glas Wasser und eine Tablette zu Marthe hin. Er stellt das Glas auf den Boden, legt die Tablette daneben. Er fühlt ihren Puls. Er kniet sich vor sie hin. Xenia kommt herein. Sie trägt eine leichte Jacke.

XENIA David.

David drückt Marthes Hände an sein Gesicht, küßt sie und bedeckt seine Hände mit den ihren.

DAVID Sie ist warm. Ihre Hände sind noch warm.

Ann kommt mit einer großen blauen Vase zurück. David fängt an zu weinen. Noch warm. Gebt mir etwas, damit ich ihre Hände zudecken kann. Daß die Wärme in ihr bleibt. Sie darf nicht weggehen! Ich will ihre Wärme spüren!

XENIA *zu Ann:* Ist sie –?

DAVID Helft mir! Etwas! Irgend etwas! Ihre Wärme geht weg!

Ann nimmt Xenia die Jacke ab und gibt sie David. Er deckt Marthes Hände damit zu und drückt den Kopf darauf.

XENIA Es tut mir leid. – Wir haben gestritten. Nach einem furchtbaren Tag auf der Insel.

ANN Geh zurück ins Hotel.

XENIA Nein nein, ich muß bleiben. Es gibt viel zu erledigen. Ihr braucht mich.

ANN Warte dort. Ich komme nach. Deine Blumen. *Sie gibt sie ihr.*

XENIA Dräng mich nicht so!

ANN Bitte, Mutter!

XENIA Wie du willst. Ich lasse meine Sachen abholen. Die Mühe will ich euch nicht machen. Ihr habt genug zu tun.

ANN Geh geh. Ich bin bald da. Es dauert nicht lange.

XENIA Bleib hier. Ich brauche dich nicht. Ich habe gestern abend Vater angerufen. Ich sagte ihm, ich käme heute zurück. Ich bleibe natürlich bis zum Begräbnis. Was sind das für häßliche Blumen? *Sie gibt Ann die Blumen zurück.* Es tut mir leid, daß sie tot ist. Ich bin gekommen, um ihr zu sagen, daß ich nicht zornig bin. Meine Anwesenheit hat sie mit großem Zorn erfüllt. Das war schlecht für jemand in ihrem Zustand. Wenn ich davon gewußt hätte, wäre ich nie gekommen.

Xenia geht hinaus. David hebt Marthe aus dem Stuhl. Ihre Füße baumeln über dem Boden. Ann schaut einen Augenblick lang zu und geht dann hinaus. David drückt Marthes Hände an seinen Kopf.

DAVID Segne mich. Segne mich. Noch warm... *David läßt Marthe auf die Knie gleiten und kniet sich vor sie hin. Er drückt ihre Hände an seine Augen und weint.*

Sieben
Das Abkommen

Das Haus. Tag.
Marthes Stuhl ist weggeräumt.
Ann sitzt am Tisch und trinkt mechanisch Kaffee. David kommt herein.

ANN Solltest du dich nicht hinlegen?

DAVID Nein.

ANN Ich komme und halte dich.

DAVID Mir fehlt nichts. *Er setzt sich an den Tisch.* Ich habe so viele sterben sehen. Heute früh hab ich für sie alle geweint.

ANN Ich muß bald nach England zurück. Ich muß mir eine neue Stelle suchen.

DAVID Vielleicht haben wir uns geirrt. Vielleicht bekommst du kein Kind.

Ann schenkt Kaffee ein. Er nimmt ihn, trinkt aber nicht.

ANN Ich weiß es noch nicht.

DAVID Wenn du eins bekommst, behältst du es?

ANN Ja.

DAVID Allein?

ANN Wenn es sein muß.

DAVID Du mußt ihm sagen, daß ich sein Vater bin.

ANN Wenn es groß wird, bringe ich es dir. Mutter muß zum Begräbnis kommen.

DAVID *trinkt Kaffee:* Wenn du nicht hier wärst, hätte ich es verboten. Wie du meinst.

ANN Hat sie gesagt, wo ihre Asche verstreut werden soll?

DAVID *lächelt:* Im Garten.

[illegible]

Der Automat

[illegible]

[illegible] hast du dich nicht [illegible]

[illegible]

[illegible]

[illegible]

[illegible]

es 1340
edition suhrkamp
Neue Folge Band 340

Seit der deutschen Erstaufführung von *Gerettet,* die Peter Stein 1967 an den Münchner Kammerspielen inszenierte, gilt Edward Bond als einer der wichtigsten zeitgenössischen Autoren des deutschen Theaters. Ja, des deutschen Theaters, obwohl Bond Engländer ist. Bond, der aus dem Arbeitermilieu stammt, hat sich stets dem politischen Theater verpflichtet gefühlt.

Die Spannweite seiner Themen ist erstaunlich, die formale Vielfalt ihrer Behandlung ebenfalls. Zwischen seinem ersten Stück, *Die Hochzeit des Papstes,* und seinem vorläufig letzten, *Restauration,* scheinen Welten zu liegen, und doch ist der inhaltliche Impetus derselbe geblieben. Ist das proletarische Milieu der frühen Stücke vorgezeichnet durch persönliche Erfahrungen, nutzt Bond in *Restauration* den historischen Typus der Comedy of Manners, um so mittels ironischer Distanz die Ruchlosigkeit eines Mächtigen vorzuführen. Die Schärfe und Heftigkeit, mit der Bond seine Anklagen hervorbringt, erinnern an Brecht. Und mehr: die dramaturgische Entwicklung, die beide Autoren genommen haben, ist ähnlich. Vom atmosphärisch bestimmten Realismus der frühen Stücke bis zum parabelhaften Kalkül historischer Stoffe.

Edward Bond
Gesammelte Stücke

Erster Band

Suhrkamp

edition suhrkamp 1340
Neue Folge Band 340
Erste Auflage 1987

Satz: Hümmer, Waldbüttelbrunn
Druck: Nomos Verlagsgesellschaft, Baden-Baden
Umschlagentwurf: Willy Fleckhaus
Printed in Germany

1 2 3 4 5 6 – 92 91 90 89 88 87

Inhalt

Gerettet

Deutsch von Klaus Reichert

Vorbemerkung des Autors

Saved ist fast unverantwortlich optimistisch. Len, die Hauptfigur, ist von Natur aus gut, trotz seiner Erziehung und Umgebung, und er bleibt auch gut, trotz allem Druck, dem er in dem Stück ausgesetzt ist. Doch ist er nicht ganz und gar gut oder ohne Anstrengung gut, denn dann wäre sein Gutsein bedeutungslos, wenigstens für ihn selber. Deutlich gemacht werden ihm seine Fehler teilweise durch die zwiespältige Einstellung dem Tod des Babys gegenüber und später durch die morbide Faszination, die dieser Tod auf ihn ausübt.

Es stimmt, daß Len am Ende des Stückes nicht weiß, was er als nächstes tun wird, aber das hat er ja nie gewußt. Andererseits hat er die Möglichkeit zu einer Freundschaft mit dem Vater geschaffen, und allerdings hat man ihn gezüchtigt, doch hat er nicht seine Spannkraft eingebüßt (er repariert den Stuhl). Das Stück endet in einer stummen gesellschaftlichen Sackgasse, doch wenn der Zuschauer dies für pessimistisch hält, dann weil er nicht gelernt hat, sich an Strohhalme zu klammern. Sich an Strohhalme klammern ist das einzige Realistische, was man tun kann. Die Alternative, abgesehen von der Hemmungslosigkeit des Pessimismus, wäre ein einfältiger Optimismus, der sich auf eine Oberflächlichkeit sowohl des Fühlens wie des Beobachtens gründet. Die andere Backe hinzuhalten ist eine Geste, die oft die Weigerung bedeutet, den Tatsachen ins Gesicht zu sehen – doch dies stimmt nicht für Len. Er lebt mit Menschen zusammen, die sich im denkbar übelsten und hoffnungslosesten Zustand befinden (das soll die Schlußszene zeigen), und wendet sich nicht von ihnen ab. Einen hartnäckigeren, disziplinierteren und ehrlicheren Optimismus als seinen kann ich mir nicht vorstellen.

Seltsamerweise dürfen die meisten Theaterkritiker sagen, Len habe davonlaufen müssen, damit das Stück optimistisch wäre. Vor fünfzig Jahren, als die moralischen Ansprüche, wie dieselben Kritiker wahrscheinlich sagen würden, höher waren, hätten sie ihn gepriesen wegen der Loyalität und Ergebenheit, mit denen er auf seinem Posten blieb.

Da Len seine traditionelle Rolle im tragischen Ödipuskonzept des Stückes nicht spielt, macht er es formal zu einer Komödie. Die erste Szene baut sich auf der sexuellen Unsicherheit des jungen Mannes auf – entweder erfindet er selber Unterbrechungen, oder er wird von dem alten Mann unterbrochen. Len muß ihn herausfordern und erst aus dem Haus haben, bevor er fortfahren kann. Später hilft er der Frau des Alten, und dies wird von denen, die dabeistehen, sexuell interpretiert. Noch später findet ihn der Alte in einer deutlicher sexuellen Situation mit seiner Frau. Das Ödipus-Ergebnis müßte Streit und Tod sein. Es *gibt* einen Streit, und sogar einen Kampf mit dem Messer – doch Len beharrt darauf, daß er helfen will. Die nächste Szene beginnt damit, daß er mit einem Messer in der Hand auf dem Boden ausgestreckt liegt, und der Alte kommt wie ein Geist gekleidet herein – doch keiner von beiden ist tot. Sie unterhalten sich, und zum erstenmal in dem Stück ist ein anderer als Len so ehrlich und freundlich, wie es ihm möglich ist. Der Alte kann nur ein Scherflein geben, doch im Kontext ist es ein Sieg – und zwar ein Sieg, an dem der andere *teilhat*. Es ist banal, in diesem Zusammenhang von Niederlage zu sprechen. Das einzige vernünftige Ziel, das man haben kann, wenn man einen Feind schlagen will, ist, sich ihn zum Freund zu machen. Das geschieht in diesem Stück, obwohl die meisten sozialen und persönlichen Probleme allerdings durch Entfremdung oder Tötung gelöst werden.

Ich schalte Len auch von der Beziehung zwischen Pam und Fred aus, weil mich dies (unter anderem) die ödipale Atmosphäre auf anderen Stufen untersuchen ließ. Besonders die Ermordung des Babys zeigt die ödipale, atavistische Wut in voller Entfesselung. Die Szene ist typisch für das, was manche Menschen tun, wenn sie hemmungslos handeln, und stimmt nicht bloß für diese bestimmten Menschen und diese bestimmte Situation. Jeder weiß von schlimmeren Geschehnissen. Diese Art Wut ist es, die von anderen Personen im Stück qualvoll unter Kontrolle gehalten wird, und zum Teil trägt dies an der Korruption ihres Lebens die Schuld.

Es ist klar, daß die Steinigung eines Babys in einem Londoner Park ein typisches englisches Understatement ist. Verglichen mit dem ›strategischen‹ Bombardement deutscher Städte* ist dies eine geringfügige Greueltat, verglichen mit der kulturellen und emotionalen Verarmung der meisten unserer Kinder sind die Konsequenzen belanglos.

* Im Bewußtsein der Engländer nimmt das »›strategische‹ Bombardement deutscher Städte« eine ähnliche Stelle ein, wie die planmäßige Ausrottung des Judentums im Bewußtsein der Deutschen sie einnimmt. A. d. Ü.

Wie die meisten Menschen bin ich Pessimist aus Erfahrung, doch Optimist von Natur aus, und ich habe keinen Zweifel, daß ich auch in Zukunft meiner Natur treu sein werde. Die Erfahrung ist deprimierend, und es wäre falsch, aus ihr lernen zu wollen.

Ich habe das Stück nicht bloß als Ödipus-Komödie geschrieben. Andere Dinge in ihm – wie etwa die Stellungnahme zu Problemen der Gesellschaft – sind äußerst wichtig, doch habe ich sie hier nicht im Detail aufgeführt, weil sie offener zu Tage liegen.

Es gibt jedoch noch etwas Abschließendes. Wenn wir das Verhalten der Menschen verbessern sollen, müssen wir zunächst ihr moralisches Verständnis erweitern, und das heißt, man muß Kinder Moral auf eine Weise lehren, die sie überzeugt. Obschon ich annehme, daß die meisten Engländer nicht bewußt die Existenz Gottes leugnen, so glauben doch nicht mehr als ein paar hundert wirklich an seine Existenz. Doch beinah alle Moral, die unseren Kindern gelehrt wird, gründet sich auf die Religion. Diese Tatsache an sich macht Kinder moralisch schon konfus – die Religion hat nichts zu tun mit dem Privatleben ihrer Eltern oder unserem wirtschaftlichen, industriellen und politischen Leben und steht zu Wissenschaft und Rationalismus, die man ihnen zu anderer Zeit beibringt, in Widerspruch. In den Augen der Kinder diskreditiert die Religion die Moral, die sie bestärken sollte.

Die Probleme, die sich ihnen beim Studium der Naturwissenschaften und der Kunst stellen, sind Probleme des Verstehens – bei einer auf Religion bezogenen Moral hingegen stellt sich das Problem des Glaubens. Die meisten Kinder können, wenn sie älter werden, an die Religion nicht glauben. Wir glauben selber nicht mehr daran, und es ist darum töricht, Kinder dazu anzuhalten. Das Ergebnis ist, daß sie als moralische Analphabeten aufwachsen und nicht verstehen können, weil man sie in gar keiner Weise die Natur einer moralischen Überlegung oder den Wert selbstloser Moral wirklich gelehrt hat.

Man merkt das nicht immer, weil wir Wörter benutzen, die immer noch einen moralischen Beiklang haben, doch dieser geht allmählich verloren, und bald könnten wir gut und gern moralisch bankrott sein. Die herrschende Moral kann man als opportunistischen Prudentialismus bezeichnen, und gewöhnlich wird sie mit einer widerlichen Sentimentalität zum Ausdruck gebracht, die ich in diesem Stück vermieden habe, weil sie wie Parodie klingt.

Es wird immer Menschen geben, die spitzfindig genug sind, die geistige Gymnastik zu betreiben, die man braucht, um die Wissenschaft mit der Religion zu versöhnen. Doch die Masse der Menschen wird dazu nie imstande sein, und da wir in einer Industriegesellschaft leben, werden sie in der szientifischen Tradition erzogen sein. Das heißt, daß in Zukunft die Religion nie mehr sein wird als Opium für die Intellektuellen.

Aus mehreren Gründen läßt sich die Moral nicht als soziales Schmiermittel oberflächlich abtun. Sie muß eine gemeinsame Basis mit dem gesellschaftlichen Aufbau haben und im Einklang mit dem allgemein anerkannten Wissen der Zeit stehen. Man kann schließlich nicht die Rosinen ohne den Kuchen haben. Die meisten Menschen fragen bloß, wenn sie darüber nachdenken, was *sie* glauben, oder vielleicht, was ihnen offenbart worden ist. Doch wenn sie am Wohlergehen anderer interessiert sind, sollten sie fragen: ›Was ist für die meisten Menschen zu glauben möglich?‹ Und dies bedeutet, so seltsam es klingt, daß man moralischen Skeptizismus und moralische Analyse lehren muß, und nicht Glauben.

Vorbemerkung des Übersetzers

London besteht südlich der Themse aus einer Zusammenballung von Arbeiterbezirken, wie sie in dieser Konzentration und Eintönigkeit wahrscheinlich in ganz Europa nicht ihresgleichen hat. Von Wandsworth, dem größten Verwaltungsbezirk Londons, wo man in den Jahren zwischen den beiden Weltkriegen im Verhältnis zur Bevölkerung die meisten Fälle von Lungenschwindsucht in ganz Großbritannien feststellte, erstreckt sich dieses Gebiet im Süden bis Mitcham und im Osten bis Lewisham und, wenn man Greenwich ausnimmt, sogar bis Woolwich und Plumstead.

Edward Bonds *Saved* ist in diesem von der Geschichte und den Städteplanern vernachlässigten Gebiet angesiedelt und in dem dort üblichen Idiom geschrieben. Würde das Stück im Londoner Norden spielen, so wäre seine Sprache in Nuancen anders.

Es ist klar, daß sich ein solches Stück nicht *ins Deutsche* übersetzen läßt. Möglich wäre nur die Übertragung in einen entsprechenden deutschen Großstadtjargon, wenn auch die soziologische Differenz zwischen, sagen wir, Kreuzberg und Battersea, Ottakring und Lambeth, eine zusätzliche Schwierigkeit böte. Dies hätte aber für jedes deutsche Theater eine eigene Übersetzung verlangt.

Die vorliegende Übersetzung, die für ganz Deutschland brauchbar sein soll, ist eine Art Modell. Sie versucht, das spezifische Südlondoner Idiom durch eine allgemeine deutsche Umgangssprache, die auf der untersten Stufe der soziologischen Leiter angesiedelt ist, wiederzugeben. Es empfiehlt sich, daß die Schauspieler den Text entsprechend dem ortsüblichen Dialekt einfärben und einzelne Wörter (Schimpfwörter, Kraftausdrücke, die Bezeichnungen für ›Mädchen‹ usw.) der jeweiligen ordinären Milieusprache anpassen. Diese Bemerkung bezieht sich auf die *Tonlage* des Stücks; man muß sich hüten, ein *Dialektstück* aus ihm zu machen. Übrigens ist nichts leichter, als dieses Stück in einen Dialekt zu übersetzen. Er bietet sich geradezu an. Das hängt damit zusammen, daß es eine allgemeine deutsche Umgangssprache kaum gibt. Häufig stellt sich heraus, daß Wendungen (einzelne Wörter, Idiome, syntaktische Fügungen), die man für umgangssprachlich hält, nur regional gebräuchlich sind. Die Übersetzung, ohnehin Eiertänzerei, bedurfte also der genauen Kontrolle durch solche, die in einem anderen Dialektklima aufgewachsen waren als der Übersetzer. Vermieden werden sollte außerdem die Verwendung des künstlichen Beat-Vokabulars vom Typ ›Wuchtbrumme‹, ›steiler Zahn‹, das das Klima, das es meint, nur vortäuscht.

Der deutsche Text verdankt sehr viel der Hilfe, den Vorschlägen und den Einfällen Karlheinz Brauns und Martin Walsers. Viele unbekannte Vokabeln oder Wendungen des Originals hat Michael Stone aufgeklärt.

Personen:

LEN einundzwanzig. Groß, schlank, ruhig, knochig. Große Hände. Hohe, hervortretende Backenknochen. Angenehme blasse Haut – nicht grau. Blaue Augen, dichtes, blondes, ein wenig öliges Haar, gescheitelt und an die Seiten gekämmt. Sehr große Füße.

FRED einundzwanzig. Blondes, sehr lockiges Haar. Mittelgroß. Gut gebauter, stabiler, mächtiger Körper. Helle Tenorstimme.

HARRY achtundsechzig. Groß. Lange dünne Arme. Lange Hände. Schwerer knochiger Kopf mit großen Augenhöhlen und kleinen Augen. Lockeres Kinn. Grau.

PETE fünfundzwanzig. Groß wirkend. Gut gebaut, mit rotem Gesicht. Gestikuliert sehr wenig. Weiches Haar, das gelegentlich etwas hochsteht.

COLIN wirkt klein. Ein bißchen dünn. Schlaffer (doch nicht großer) Mund. Glänzende Ohren, rundes, ausdrucksloses Gesicht. Ein paar Pickel. Brüllt um gehört zu werden. Achtzehn.

MIKE groß. Gut gebaut. Starke, ungezwungene, ausladende Bewegungen. Angenehm. Dunkles Haar. Zwanzig.

BARRY zwanzig. Ein bißchen kleiner als mittelgroß. Dick.

PAM dreiundzwanzig. Dünn, spitzbrüstig. Schwere, geschwungene Hüften. Dunkles Haar. Langes, schmales Gesicht. Helle Augen. Kleiner Mund. Sieht aus der Entfernung größer aus, ist aber kleiner, als sie aussieht.

MARY dreiundfünfzig. Untersetzt. Runde schwere Schultern. Großes Hinterquartier. Ausladende Brüste, ohne Leben, doch immer noch hoch. Mächtige Schenkel und schmale Fesseln. Gelocktes graues Haar, das aussieht, als wäre es in einem Haarnetz. Gemütlich.

LIZ genau wie ihr Name klingt.

Der Ort der Handlung ist Süd-London. Die Bühne ist so kahl wie möglich – manchmal völlig kahl.

Pause nach der siebten Szene.

Erste Szene

Das Wohnzimmer. Die Vorderfront und die beiden Seitenwände bilden ein Dreieck, das auf eine Tür in der Mitte hinten zuläuft.
Mobiliar: Tisch hinten rechts, Sofa links, Fernsehapparat links vorn, Sessel Mitte hinten rechts, zwei Stühle am Tisch. Es ist niemand im Zimmer.

Die Tür geht auf. Len kommt herein. Er geht sofort wieder hinaus.

PAM *draußen:* Da drin.
Len kommt herein. Er geht nach hinten zum Sofa. Er starrt es an.
Okay?
Pause. Pam kommt herein.

LEN Das ist doch nicht's Schlafzimmer.
PAM Da ist das Bett nicht gemacht.
LEN Wem machtn das was?
PAM Sieht wüst aus. Hier ist schön.
LEN Wie du willst. Hast du was dagegen, wenn ich die Schuh ausziehe?
Er schleudert sie von sich.
Keiner zuhaus?
PAM Nee.
LEN Wohnst du allein hier?
PAM Nee.
LEN So.
Pause. Er lehnt sich auf der Couch zurück.
Hast du was? Komm doch her.
PAM Augenblick.
LEN Wie heißtn du eigentlich?
PAM Neugierig bist du gar nicht.
LEN Ist was?
PAM Ich darf mir doch wohl noch die Nase putzen.
Sie steckt ihr Taschentuch in die Handtasche zurück und stellt sie auf den Tisch.
So.
Sie setzt sich auf die Couch.

LEN Wie heißtn du?
PAM Und du?
LEN Len.
PAM Pam.
LEN Aha.
Er fühlt mit der Hand die Couch in seinem Rücken ab.
Ist die breit genug?
PAM Ich weiß nicht, was du willst.
LEN Dich nicht runterschmeißen. Schieb mal das Kissen rauf.
PAM Laß dir Zeit, Junge.
LEN Wieviel Mal hastn du schon?
PAM Kann *dir* doch egal sein.
LEN Zieh die Schuh aus.
PAM Moment!
LEN Rück doch mal mit deim – so ist besser.
PAM Du bist ganz schön nervös.
LEN Jetzt gehts mir prima.
PAM So!
LEN Lassen wirs Licht an?
PAM Wie du willst.
LEN Mir machts nichts aus.
PAM Mhm!
LEN Man könnte vielleicht die Vorhänge zumachen?
Pam geht nach links zu den Vorhängen.
LEN Dein Hintern ist Klasse.
PAM Dein Maul auch.
LEN Soll ich dir mal was sagen? – Ich hab seit Wochen keine mehr gehabt.
PAM Na und?
LEN Du hast leicht reden.
Pam setzt sich auf die Couch, auf den Rand. Len zieht sie enger an sich und zieht ihr die Schuhe aus.
Son Schwein.
PAM Was?
LEN Daß du mir übern Weg gelaufen bist.
PAM Ja.
LEN Hast du was gegen mich?
PAM Nee.
LEN Bestimmt nicht?
PAM Jetzt mach schon.

LEN Du mußt sagen, wenn ich was mach, was dir nicht paßt.
PAM Worauf du dich verlassen kannst!
LEN Ich könnt auf dir stehn, weißt du das?
Pause.
Das ist das Leben.
PAM Au!
LEN Scht! Sei jetzt still.
PAM Ah!
LEN Scht!
PAM Du hast doch gesagt, ich soll sagen –
Die Tür geht auf. Harry kommt herein. Er geht sofort wieder hinaus.
LEN *hebt den Kopf*: Hej!
PAM Was denn?
LEN Wer istn das?
PAM Mein Alter.
LEN *setzt sich auf*: Was willn der?
PAM Das Kissen drückt mich im Rücken.
LEN Ich hab gedacht, du bist allein, hast du gesagt.
PAM Der müßt schon längst weg sein.
LEN Ach. Wieso?
PAM Was heißt wieso?
LEN Na ja.
PAM Weiß ich doch nicht.
LEN Ob der was gemerkt hat?
PAM Wundern täts mich nicht.
LEN Braucht der noch lang?
PAM Frag ihn doch selbst.
LEN Hm. Na ja.
Sie legen sich wieder hin. Kleine Pause. Len hebt den Kopf.
Hast du das gehört?
PAM Nee.
LEN Ich hab was gehört.
Er geht zur Tür. Er lauscht. Er geht zurück zur Couch und setzt sich auf den Rand.
PAM Na und?
LEN Besser wir warten noch.
PAM Wieso?
LEN Ist besser.
PAM Hältst dus noch solange aus?

LEN Nicht, wenn du so rumliegst.
PAM Wie: so?
LEN Du könntest dich setzen.
PAM Jetzt hab ich mirs grad bequem gemacht.
LEN Kann ich von mir nicht behaupten. Mensch.
Er fühlt in seiner Tasche.
Rauchst du?
PAM In meiner Tasche.
LEN Wo istn die?
Pam zeigt mit dem Kopf auf den Tisch. Er geht zur Tasche und nimmt eine Zigarette heraus. Er steckt sie an. Er will die Zigaretten wieder zurücktun.
Ach, tschuldige.
Er hält ihr das Päckchen hin.
PAM Nee. Danke.
LEN *Er steckt die Zigaretten weg. Er setzt sich auf den Rand der Couch. Pause. Er klopft drei- oder viermal mit dem Fuß.*
Was hatn der vor?
PAM Willst du ne Tasse Tee?
LEN Hinterher.
PAM Der ist gleich weg.
LEN Möcht ich ihm auch geraten haben. Willst du mal ziehn?
PAM Nee.
LEN Zieh dein Kleid runter.
PAM Tschuldige.
LEN Man kann nie wissen, wer reinkommt.
Er geht zur Tür und macht sie auf.
PAM Gehst du weg?
LEN Ich hätt geschworen, da schnauft jemand.
PAM Das warst du.
LEN Wer schleichtn sonst noch hier rum? Hast du vielleicht noch deine Oma unterm Sofa?
PAM Die ist tot.
LEN Pech. – Aber was will ern eigentlich?
Er setzt sich auf einen Stuhl.
Muß mir passiern.
Er steht auf und geht herum.
Der kommt noch zu spät, ich sag dirs! Hoffentlich ziehn sies ihm vom Lohn ab.
Er lauscht an der Tür.

Kein Mucks.

PAM Er ist aber noch nicht raus hinten, ausm Klo.

LEN Der alte Schnüffler.

Pam lacht.

Was ist denn da so komisch?

PAM Du.

LEN *amüsiert*: Ja. Ich. 'n richtiger alter Schnüffler ist das! Sag mal, kann ich nicht über Nacht bleiben?

PAM Hast du nichts andres?

LEN Schon! – Na und?

PAM Nee.

LEN Da schneidst du dir ins eigne Fleisch. – Weißt du bestimmt, daß er geht? – Und warum kann ich nicht?

PAM Mensch! Ich hab dich doch grad erst kennengelernt.

LEN Und was sagst du, wenn er dableibt? Hat sichn Schnupfen geholt oder sowas. Ich bin doch nicht blöd! – Du kämst schon auf deine Kosten.

PAM Angeber.

LEN Wieviel Männer hast du denn schon gehabt diese Woche?

PAM Es ist ja noch nicht mal der Montag vorbei!

LEN Das ziehn wir in Betracht.

PAM Freches Schwein!

Sie lachen.

Und wieviel Mal hast du die Woche?

LEN Ich habs dir doch schon gesagt! Wieviel hast du gehabt, alles in allem?

Sie lachen.

PAM Und du? Wieviel Mädchen?

LEN Über sechzig komm ich nicht raus.

Sie lachen.

PAM Scht!

LEN Soll ers doch hören. – Los, erzähl schon!

PAM Wieviel Mal hast du in einer Nacht hintereinander?

Sie lachen.

LEN Warum hat sich die Frau mit den drei Titten erschossen?

PAM Na?

LEN Weil sie nur zwei Dinger dran gehabt hat.

Sie lachen.

PAM Kapier ich nicht.

Sie lacht.

Was sagte die Hebamme zur Nonne?
LEN Weiß ich nicht. *Sie flüstert in sein Ohr. Sie lachen.*
Klasse! Und die Frau mit den drei Titten, die Vierlinge kriegt?
PAM Na?
LEN Das kommt davon, wenn man mit siamesischen Zwillingen schläft!
Sie lachen. Er flüstert in ihr Ohr.
PAM Du gehörst hinter Schloß und Riegel.
LEN Ich steh nicht auf dem Essen, wos da gibt!
PAM Scht. – Das ist die Hintertür. Jetzt ist er ausm Klo raus.
LEN Jetzt wolln wir ihm mal was bieten.
Er springt geräuschvoll auf die Couch.
Mensch!
PAM Du bist unmöglich!
Er nimmt Bonbons aus ihrer Tasche.
Das sind meine Bonbons.
LEN Eins krieg ich doch ab.
Laut: Ist es groß genug?
PAM Was schreist du denn so?
LEN *steckt ihr ein Bonbon in den Mund:* Laß dir Zeit! Daß es länger dauert.
Sie lacht. Er zerbeißt ein Bonbon in zwei Teile und sieht es an.
Huuuh, du bist aber prima weich da drin.
Leise zu Pam: Das erste Mal, daß ich eine mit Schokolade drum seh!
Er springt aufs Sofa.
PAM *schrill:* Du bist fürchterlich!
LEN Ist es noch hart?
PAM *lacht:* Hör auf!
LEN Was denn? Ist noch reichlich Nachschub da.
Er steckt ihr ein Bonbon in den Mund.
PAM *prustend:* Mehr geht nicht rein!
LEN Hej – mach auf. Ein bißchen geht schon noch!
PAM Au!
LEN Du bist Klasse!
Es kitzelt sie. Sie verschluckt sich.
Davon kriegst du Haare auf die Brust!
Sie versuchen, leise zu lachen. Die Tür geht auf. Harry steckt seinen Kopf herein. Er geht wieder hinaus. Er schließt die Tür. Len ruft:

Willstn Karamell?

PAM Hej! – wie wärs denn mitm Karamell?

LEN Schon mal den Pfefferminz mitm Loch drin probiert?

PAM Nimm dochn Karamell!

LEN Oder wie wärs mit der Sahnemischung? – Verhaut der dich nachher?

PAM Der hat doch kein Mumm.

LEN *ruft:* Neugieriger alter Bock!

Sie lachen.

Wetten, dem läuft schons Wasser ausm Maul?

PAM Der holt sich nur sein Freßpaket aus der Küche.

LEN *ruft:* Überarbeit dich bloß nicht, Chef!

PAM Sei still, sonst bleibt er doch noch.

LEN *ruft:* Nimm dirn Lutschbonbon für die Frühstückspause mit, Pappa! – Ich würd ganz gern hier schlafen. Da hättst dus schön warm morgen früh.

PAM Du bist doch bloß geil!

LEN Du kriegst auch die Hälfte Bonbons!

PAM Die gehörn mir sowieso. Und außerdem kommt die Alte heim.

LEN Hm. War das die Haustür?

PAM Ja.

Sie geht zu den Vorhängen.

Er ist weg.

LEN So lang wars ja nicht.

PAM Hab ich gleich gesagt.

LEN Hoffentlich hat sichs Warten gelohnt.

PAM Kommt ganz auf dich an.

LEN Dann ist ja alles okay.

Sie geht zum Sofa und beginnt, seinen Gürtel aufzumachen.

So ist das Leben.

Zweite Szene

Park.
Pam und Len in einem Ruderboot. Bühne sonst leer.

LEN Kalt?
PAM Nee.
LEN Hast du noch Hunger?
PAM Ja.
LEN Da ist nochn bißchen Schokolade. Hier!
PAM Nee.
LEN Nimm schon.
PAM Danke.
LEN Das ist alles.
PAM Wieso?
LEN Mehr ist nicht.
Schweigen.
Und die Miete hab ich auch noch nicht bezahlt, diese Woche.
PAM Da wird die Mutter aber schön sauer sein.
LEN Ich bin nicht dazu gekommen.
PAM Komisch daß sie sich nicht gerührt hat.
Kleine Pause.
LEN Hat sie mal was gesagt?
PAM Wegen uns?
LEN Ja.
PAM Nee.
LEN Hat sie was dagegen?
PAM Woher denn. Dein Geld kommt ihr grade recht.
Schweigen.
LEN Meinst du, daß ich ihr gefalle?
PAM Hab sie nicht gefragt.
LEN Hätt ja sein können, sie hat was gesagt.
PAM Ich hör nicht mehr hin.
LEN Ach so.
PAM Du hasts doch nicht aufn Kopf gehaun?
LEN Die Miete?
PAM Ja.
LEN Nee!
PAM Hätt ja sein können.

LEN Traust mir wohl nicht?
PAM Ich strick dirn Pullover.
LEN Mir?
PAM Ich bin aber nicht die Schnellste.
LEN Ist mir nie aufgefallen.
PAM Aber die Wolle mußt du kaufen.
LEN Hab ja gewußt, da istn Haken dabei.
PAM Ich habn duftes Muster.
LEN Hast du Angst wegen der Miete?
PAM Wär mir lieber, wir hättens gezahlt.
LEN Jetzt fang bloß nicht an, an mir rumzumeckern.
PAM Was für ne Farbe steht dir am besten?
LEN Das ist ungefähr das einzige, was deine alte Dame *nicht* macht.
PAM Was?
LEN An ihrm Alten rummeckern.
PAM Welche Farbe steht dir am besten?
LEN Stehn mir alle.
PAM Ich fänd was Rotes schön. Oder was Blaues.
LEN Was Helles eben.

Kleine Pause.

PAM Muß abern einfaches Muster sein.
LEN Wird er denn fertig für die Hochzeitsreise?
PAM Hochzeitsreise gibts doch nicht.
LEN Wer zahlts denn?
PAM Du.
LEN Bei dir muß man aufpassen, seh ich.

Pause.

PAM Wieviel Uhr?
LEN Weiß nicht.
PAM Immer später.
LEN Das sowieso.
PAM Wo ist die Schokolade?
LEN Aufgegessen.
PAM Ach so.
LEN Tja.
PAM War ja nicht viel.
LEN Nachher kauf ich dir welche.
PAM War auf jeden Fall ein gewaltiges Mahl.
LEN Wenn du mich fragst, kriegst dun Kind.

PAM Krieg ich nicht.
LEN Kann nie wissen, wanns eingeschlagen hat.
PAM Da hättst du früher aufstehn müssen.
LEN Ich hab mein Bestes gegeben.
PAM Du hast ne dreckige Phantasie.
Kleine Pause.
LEN Ich stell schon was auf die Beine. Du weißt schon, ne Wohnung herrichten und so undn paar Sachen zusammenhaun. Ja. Wir werdens hübsch haben. Saustall ist bei mir nicht drin.
PAM Klingt nicht schlecht.
LEN Leicht sauberzuhalten und alles. Wirst dich prima fühlen.
PAM Hoffen wirs.
Er legt den Kopf in ihren Schoß. Kleine Pause.
LEN Schön hier.
Pause.
Pam.
PAM Was?
LEN Warum hast du grade mich genommen?
PAM Warum?
LEN Ja.
PAM Bedauerst dus?
LEN Sag schon.
PAM Wieviel Mädchen hastn du schon gehabt?
LEN Ich hab dir doch alles erzählt.
PAM Halt still.
LEN Was?
PAM Du hastn Pickel.
LEN Wo?
PAM Halt still.
LEN Ist er groß?
PAM Halt still.
LEN Paß auf!
PAM Ich hab ihn!
LEN Au!
Sie drückt den Pickel an seinem Hals aus.
PAM Gib mals Taschentuch.
LEN Hast du ihn?
PAM Ja.
LEN Au! Hat aber ganz schön wehgetan.
Er gibt ihr sein Taschentuch. Sie taucht ihre Hand ins Wasser

und trocknet sie am Taschentuch ab. Sie gibt es ihm zurück.

PAM Könntest dich auch manchmal waschen.

LEN Freches Biest!

Kleine Pause. Sie legen sich beide hin.

Würdst du jeden mitnehmen, der vorbeikommt?

PAM Du bist gemein.

LEN Tschuldige. Pam?

PAM Du drückst mirs Bein ab.

LEN Tschuldige.

PAM Nee.

LEN Wann fängst du mit dem Pullover an?

PAM *noch böse*: Warum mußt du sowas sagen?

LEN Sag doch was vom Pullover.

PAM Hab keine Wolle.

LEN Ich kauf sie morgen. Und nach ner Wohnung tun wir uns morgen auch um.

PAM Hier rum gibts nichts.

LEN Dann weiter draußen. Sowieso schöner, draußen.

PAM Wenn du Glück hast.

LEN Hab ja Glück mit dir.

Sein Kopf liegt in ihrem Schoß. Er dreht sich so, daß er seine Arme um sie legen kann.

Oder hab ich kein Glück mit dir?

PAM Verdienen tust dus nicht.

LEN Ich hab doch gesagt Tschuldigung – ich frag ja auch nicht mehr. Weil ich so Klasse ausseh – das wars.

PAM Du warsts eben. Niemand anders.

LEN Heut gehn wir früh ins Bett.

PAM Wenn wir noch früher ins Bett gehn, brauchen wir gar nicht mehr aufstehn.

LEN Prima. Wolln wir was singen?

PAM Nee.

LEN *singt*: Sei nett zu den vierbeinigen Freunden.
Vielleicht ist die Ente dein Bruder.
Du denkst wohl hier ists zu Ende.
Das ist es auch.

Kleine Pause.

Die haben uns vergessen. Wir sind doch schon Stunden hier.

PAM Mach weiter.

LEN Mütter gibts!

Pause.
Son Leben muß dich ja fertig machen.
PAM Bin dran gewöhnt.
LEN Erschießen müßte man die.
PAM Warum?
LEN Macht dir das nichts aus?
PAM Wieso?
LEN Wenn du auch so wirst. Angenommen?
PAM Nee.
LEN Wie hatn das angefangen?
PAM Hab nie gefragt.
LEN Hat keiner was gesagt?
PAM Ich hör nie hin. Ist ihr Bier.
LEN Aber –
PAM Kannst ja doch nichts machen. Dankt eim ja keiner.
LEN Wie lange geht das denn schon so?
PAM Länger als ich denken kann.
Pause. Er setzt sich und lehnt sich an sie.
LEN Muß scheußlich gewesen sein, wie du klein warst.
PAM Ich kenns nicht anders. Im Krieg hatten sie'n Jungen.
LEN 'n eignen?
PAM Ja.
LEN Ist mir nie begegnet.
PAM Tot.
LEN Hm.
PAM Bombe in eim Park.
LEN Und davon sind sie so geworden?
PAM Nee. Ich bin später gekommen.
LEN Ein Leben ist das.
PAM Ich habs auch schon anders gehabt.
LEN Ich werd mal nicht so. Ich werde dich doch nicht rausholn, wenn ich nicht was Beßres weiß. Aber so weitermachen geht nicht.
PAM Weiß ich.
LEN Wir werdens anders machen. Ein Wunder, daß du nicht längst übergeschnappt bist.
PAM Das merkst du nur nicht.
LEN Jetzt dauerts nicht mehr lang. Warum platzt dir nicht mal der Kragen und bumst ihre Schädel zusammen?
PAM *zuckt die Achseln:* Ich will sie nie mehr sehn. Das ist alles.

Kleine Pause. Len schaut sich um.

LEN Ich hab kein einzigen vernünftigen Pullover.

Pause.

Wie machen die's bloß?

PAM Was?

LEN Schreiben sich Zettel oder so?

PAM Nee.

LEN Wie denn sonst?

PAM Die brauchens nicht.

LEN Die müssen doch irgendwie.

PAM Nee.

LEN Warum?

PAM Haben sich nichts zu sagen. Er legt ihr freitags die Piepen aufn Tisch und fertig ist die Laube. Red von was anders.

LEN Was sagt denn sie über ihn?

PAM Nichts.

LEN Aber –

PAM Sie sagt kein Wort über ihn und er kein Wort über sie. Ich will nichts davon wissen.

LEN Die sagen nie mal was, einer übern andern?

PAM Ich hab nie was gehört.

LEN Nicht einmal?

PAM *Nein!*

LEN Naß hier unten.

Pause.

Mit dein Alten wohn ich jedenfalls nicht zusammen.

FRED *hinter der Bühne:* Vier!

LEN Ich hab nie gewußt wo ich dich hintun soll, bis ich deine Alten gesehn hab.

PAM Ich hab sie mir auch nicht ausgesucht!

LEN So hab ichs nicht gemeint! –

PAM Kannst du nicht mal von was anders reden!

LEN – Ich mach dir doch keinen Vorwurf!

Fred kommt vorn rechts auf die Bühne, Rücken zum Publikum.

FRED Nummer-vier-knall-an-die-Tür!

LEN Da sind wir.

FRED Na, immer rein!

LEN Nee. Wir bleiben noch!

PAM Wieso?

FRED Hm?

PAM *zu Len:* Komm schon.
LEN Wir sind Seeräuber.
FRED *geht drauf ein:* Hundesohn!
PAM Du mußt noch nachzahlen.
LEN Schnapp uns doch!
FRED Was ist denn, Süße? Kriegt ers Ruder nicht mehr raus?
PAM *zu Len:* Ich hab Hunger.
LEN Warum hast du nichts gesagt?
Len steuert zur Anlegestelle. Fred geht auf sie zu.
FRED Prima. Hilf ihm, Schatz. So ist prima. Die geht schon damit um wie die Gräfin mit der Spitzhacke.
LEN Okay?
FRED Prima.
Er beugt sich vor und macht das Boot fest. Pam steht hilflos da.
LEN Langsam.
FRED Festhalten, Puppe.
Er hebt sie heraus.
Sieh dir bloß den Käpten Blutdolch an. Sehr schön.
LEN Gehts?
PAM Danke.
FRED Ganz nach dem Motto: ›Wie gehts zuhause‹.
LEN *aus dem Boot steigend:* Durchwachsen.
PAM *zu Len:* War schön.
FRED Sehr verbunden.
LEN Machen wir wieder.
FRED Immer zu Diensten.
PAM *zu Len:* Hast du alles?
FRED *zu Pam:* Hast *du* doch.
LEN *feixend:* Gib nicht so an!
FRED Wer hat auf mein Planken gegeigt?
PAM *zu Len:* Gib mir die Tasche.
FRED Geigen kost extra.
PAM Besorg dir mal lieber nen richtigen Job.
FRED Hab ein!
PAM Bootsverleih!
FRED Dich würd ich lieber verleihn, Süße.
LEN *im Spaß:* Gib bloß nicht so an!
PAM *zu Len:* Bist du soweit?
LEN Ja.
Len und Pam gehen nach rechts.

FRED Hast du vielleicht ein Job für mich? Für dich würd ich mirn Bein ausreißen.

PAM Da mußt du erst in die Gewerkschaft.

FRED Bin ich, Kleine. Bis hier.

Handbewegung zum Kinn.

LEN *im Spaß:* Gleich fliegst du in die Brühe.

Len und Pam gehen links ab.

FRED *zu sich selbst:* Bis hier. Wie du, Süße.

Dritte Szene

Park. Kahle Bühne.
Pete, Barry, Mike, Colin. Pete trägt einen braunen Anzug und Wildlederschuhe. Die Jacke ist hinten zu kurz und an den Schultern zu eng. Sein Schlips ist schwarz. Die anderen tragen Jeans und Hemden.

MIKE Wann kommt denn der Kerl unter die Erde?
PETE Keine Ahnung.
COLIN Willst du etwa nicht hin?
PETE Wollen! Und wer zahlt mirn Arbeitsausfall?
COLIN Wieso gehst du denn dann hin?
PETE Die Alte dreht durch, wenn ich mich drück.
MIKE Ja. Bei sowas kennen die nichts.
COLIN Direkt krankhaft.
MIKE Steht ihm gut, son schwarzer Schlips, findt ihr nicht?
Sie lachen.
PETE Das war ein Theater! Er kommt hinterm Bus rausgeschossen. Son Knirps. Wie der Blitz denk ich, dir geb ichs, du dummer Hund. Höchstens zehn oder zwölf. Ichs Gas aufgedreht und bums hab ich ihn von der Seite und er, zack, fliegt untern Laster, der von vorn kommt.
MIKE Matsch!
COLIN Der ganze Laden *eine* Soße.
MIKE Der Untergang des römischen Reiches.
PETE Der Laster kommt mit Karacho im dicksten Gewühl.
BARRY Mensch, du hast ihn doch gar nicht gesehn.
PETE Nee?
BARRY Nimmst ihn auf die Hörner, bevor du merkst, daß einer kommt.
PETE *steckt seine Pfeife an:* Denkst du vielleicht ich kann nicht fahrn?
COLIN Das ist ne Wucht.
MIKE Unfälle sind immer drin.
COLIN Dir kann doch keiner was.
PETE Der Untersuchungsrichter sagt, tut ihm leid, daß er mich belästigt.
MIKE Das Gericht ist ihm dankbar für seine Hilfe.

PETE Haben sogar was geblecht, daß ich komm.
MIKE Und sogar die Mutter von dem Knirps sagt, er kann nichts dafür.
COLIN Bei der Beerdigung wird sie aufkreuzen.
PETE RRruummmmmmmmmmmms!
COLIN Schlecht fürn Lack.
MIKE Zahlt die Versicherung nichts?
PETE Nee.
MIKE Zum Heulen!
COLIN Die Farbe ist im Eimer!
BARRY Der nimmt dich hoch!
MIKE Du Arsch!
COLIN Selber Arsch!
PETE Laß ihn. Der weiß es nicht besser.
COLIN Der weiß überhaupt nichts.
MIKE Blöder Arsch!
COLIN Du hättst doch kein Mumm.
BARRY Kein Mumm?
MIKE Ja.
BARRY Ich?
COLIN Deine Großmutter vielleicht?
BARRY Ich hab schon ganz andere fertig gemacht.
MIKE Dann mal ran.
BARRY Mehr als du Haare aufm Kopf hast. Im Urwald. Schwarze abknallen. So Waschlappen. Und hinterher aufschlitzen mitm alten Fahrtenmesser. Ja.
MIKE *spöttelt.*
COLIN Hört auf!
BARRY Ihr wißt ja nicht mal, was ne Leiche ist, auch wenn sie aufsteht und euch die Hand gibt.
MIKE Klar! Stinkende Schwarze abknallen!
COLIN Waren wohl Verwandte von dir.
BARRY Halts Maul!
PETE *zu allen:* Hört auf! Ja??
COLIN Stinkende Schwarze hat er gesagt! Warum kratzt du dich denn?
MIKE Der hat sich doch die Gießkanne verbogen.
PETE Wundert mich nicht.
COLIN Ist ihm sein Schwanz noch nicht abgefallen?
MIKE Mit ner Kordel hat ern festgebunden.

COLIN Es war sein Mädchen.
MIKE Sein was?
PETE Sein ausgeleierter Stiefel.
COLIN Gestern abend da hat er hinten im Auto ne Nummer gedreht –
MIKE Hinten wo?
PETE In der Blechkiste von Auto.
MIKE Sollt man ausm Verkehr ziehn.
COLIN Der macht also hinten seine Nummer und –
MIKE Ich habs gehört!
PETE Und was?
MIKE – da hauts ihm die Stoßstange ab.
PETE Und?
COLIN Tatsache!
PETE Da legste dich hin!
MIKE Und was hat sie gesagt?
COLIN Du hast was fallen lassen.
BARRY Rindvieh!
Er lacht über sich.
MIKE Ja!
COLIN Hast du Kummer mit deim Kolben?
BARRY Es war gar nicht die Stoßstange! Die Nebellampe hats abgehaun.
MIKE Seine Nebellampe!
Sie brüllen vor Lachen.
COLIN Ich hab doch gewußt, daß es dir was abgehaun hat.
MIKE Scheißnebellampe!
PETE So kann mans auch nennen.
COLIN Komisch, daß es ihm noch nicht den Motor rausgehaun hat.
BARRY Besser als keiner.
MIKE Mit dem könntst du sowieso keinen umlegen.
PETE Da wärs gleich aus.
MIKE Stinkende Schwarze abknallen!
BARRY Mensch! Ihr habt wirklich keine Ahnung!
Len kommt von rechts nach vorn.
PETE Meine Mutter hatn zackigen Kranz gestiftet.
MIKE Toll!
COLIN Hast du was dazubezahlt?
PETE Bin ich bescheuert?

COLIN Hej – du da!
LEN Hm?
COLIN Der ist doch der Lenny – stimmts oder hab ich recht?
LEN Ja. – Oh! Wie gehts, Chef?
COLIN Und selber?
LEN Man lebt. Lang her.
COLIN Ich und der sind zusammen in die Schule gegangen.
MIKE Aha.
COLIN Was machst du denn so?
BARRY Besserungsanstalt?
MIKE Laß dich nicht für dumm verkaufen von dem.
COLIN Schalt ab. Blödmann! – – –Arbeitst du?
LEN Leider.
COLIN Ich hab dich erst gar nicht erkannt.
Kleine Pause.
Ja.
LEN Du hast dich kaum verändert.
BARRY Was machstn jetzt?
LEN Warten.
MIKE Ei – ei!
COLIN Es war im Park gewesen, Euer Gnaden!
MIKE Das Mädchen geht einfach auf mich los.
COLIN Und zieht mich in die Büsche.
BARRY Euer Gnaden.
Er lacht.
COLIN Ich hab gewußt, daß sie dreizehn war.
MIKE Aber sie hat mirn Arm rumgedreht.
COLIN Der ihr Alter hat sie gut angelernt.
BARRY Euer Gnaden.
Er lacht.
COLIN Hat dir *was* umgedreht?
MIKE Du weißt nie, wanns eingeschlagen hat.
COLIN Verheiratet?
LEN Bin dabei.
BARRY Gegen wen?
LEN Wir warten –
COLIN Willst du mich auf die Schippe nehmen?
MIKE Wieso?
PETE Bis sie die Brut geworfen hat.
COLIN Sonst siehts blöd aus vorm Altar.

MIKE Sie kanns ja hinter die Blumen verstecken.
BARRY Ach deshalb haben die die bei sich.
COLIN Man lernt nie aus.
MIKE Sachen gibts.
Mary kommt, hinten rechts.
LEN Da ist sie ja.
COLIN Die?
Len geht zu Mary.
PETE Die Geschmäcker sind verschieden.
MIKE Mancher frißt, was übrigbleibt.
BARRY Schon bißchen abgestanden, was?
PETE Die Startlöcher werden schon noch stimmen.
MIKE Gewußt wo. Sachen gibts!
LEN *zu Mary:* Komm, laß mich mal.
MARY Puh! Danke.
Sie gibt ihm die Einkaufstaschen.
LEN Gehts?
MARY Gleich hätt ich sie fallen lassen.
MIKE Hör dir das an!
BARRY Gleich fallen lassen!
COLIN Im Park?
MIKE Um halb zwölf?
PETE *lacht:* Der alte Schrubber.
Len und Mary gehen nach links.
BARRY *zu Colin:* Habt ihr das in der Schule gelernt?
Colin pfeift.
LEN *im Spaß:* Halt die Luft an.
BARRY Was hast du denn zwischen den Beinen? Wieviel Uhr ist Frühstück?
MARY Sind das deine Kollegen?
LEN Die machen bloß Spaß.
MARY Gehts mit den Taschen?
LEN Ja.
COLIN Dieter der Mieter der hustet so laut.
MIKE Und rotzt daß es kracht.
COLIN Bis es die Tür heraushaut.
BARRY Da sagte die Wirtin, ich kurier dich, du Schlingel.
COLIN Sie zieht sich nämlich die Hosen aus.
MIKE Und wichst ihm die Klingel!
MARY Gesocks.

Len und Mary gehen links ab.

PETE Die bringt einen aufn Trichter.

COLIN Wieso?

PETE Du weißt nie, was du versäumst im Leben.

MIKE Stimmt.

PETE Ich hab mal ein gekannt, der hat geglaubt, er hätt seine Großmutter –

COLIN Und?

PETE Warn Irrtum.

COLIN Wieso?

PETE Es hatt nämlich gradn Kurzschluß gegeben und –

BARRY – da hat er die Schwester beim Wickel gehabt.

PETE Schlauer Kopf!

MIKE Wer auf die Gewerkschaft baut –!

COLIN Man macht sich trotzdem Gedanken.

Barry schneidet eine Grimasse.

PETE *raucht seine Pfeife:* Man weiß nie, was es alles gibt.

MIKE In dem Alter leckt man sich alle zehn Finger danach.

PETE Steckt alles rein, was man kriegen kann, bevors zu spät ist.

COLIN Ja.

Kleine Pause.

PETE Brrr! Ich glaub, ich muß heut abend ein Vögelchen zurichten. Wie spät istn jetzt.

COLIN Zurück zur Arbeit, es ist soweit.

Sie stöhnen.

MIKE *zu Pete:* Bis es zur Hochzeit kommt, haben sien schon im Loch oder durchn Schornstein oder sonstwo.

PETE Am besten sie stecken ihn ins Klo und ziehn.

Vierte Szene

Das Wohnzimmer. Dunkel.
Die Tür geht auf. Mary kommt herein. Sie macht das Licht an. Harry sitzt im Sessel. Er ist fast eingeschlafen. Mary stellt Soßenflasche, Salz und Pfeffer auf den Tisch und geht wieder hinaus. Harry steht auf. Er geht zur Tür und macht das Licht aus. Er geht zum Sessel zurück.
Pause.
Die Tür geht auf. Mary kommt herein. Sie macht das Licht an. Sie trägt Messer, Gabel, Löffel und Serviette zum Tisch. Sie breitet die Serviette als Tischtuch aus. Die Tür geht auf. Pam kommt herein. Sie ist im Unterrock und hat Haarbürste und kosmetische Artikel in der Hand. Sie macht das Fernsehen an. Mary geht hinaus. Ohne zu warten, bis sie das Fernsehen scharf einstellen kann, geht Pam zur Couch und setzt sich. Sie schminkt sich. Die Tür geht auf, Mary kommt mit einem Teller Essen herein.

MARY *ruft:* Es steht aufm Tisch.
Sie geht zum Tisch. Zu Pam.
Ich hab dir doch gesagt, du sollst nicht so rumlaufen.
Mary stellt das Essen auf den Tisch und geht hinaus. Pam geht zum Fernsehapparat und stellt ihn ein. Sie geht zur Couch zurück und setzt sich. Sie schminkt sich weiter. Mary kommt herein.
MARY *an der Tür:* Es steht aufm Tisch! Muß man alles zweimal sagen!
Sie geht zum Fernsehapparat.
Die Nerven möcht ich haben, sowas anstellen.
Sie schaltet auf eine andere Station. Sie tritt einen Schritt zurück, um sich das Bild anzusehen. Sie tritt vor, um es scharf einzustellen. Tritt wieder einen Schritt zurück.
Hm.
Sie geht vor und stellt wieder ein.
Wenn mans aufwärmen muß, wirds hart wie Stein.
Sie macht einen Schritt zurück und sieht auf den Apparat. Sie geht zur Couch, setzt sich und sieht fern. Pause.
PAM Das ist eher wie die Spiegel aufm Juxplatz, wo man dick und dünn von wird.

MARY Müssen mal ein kommen lassen, dern repariert.
Sie geht zum Fernsehapparat und dreht daran herum.
Du stellst ihn nie richtig ein. Wenn ichs mach, gehts immer.
Len kommt herein.
LEN Riecht prima.
MARY Du hast es kalt werden lassen.
LEN Na – –.
MARY Kalt wie Weihnachten.
LEN Für mich gut genug.
Er setzt sich an den Tisch und ißt.
MARY *geht zum Fernsehapparat und stellt ihn ein:* Ich weiß wirklich nicht –. Hast dus Licht ausgemacht in der Küche?
LEN Ja.
MARY Wir brauchen'n neuen. Das ist der ganze Witz.
Sie geht zur Couch zurück und setzt sich. Sie schaut schweigend zu. Pause.
PAM Sieht aus wien weißgepuderter Neger.
MARY Dann mach dus doch, anstatt daß du Löcher in die Luft guckst.
PAM Ich guck sowieso nicht hin.
MARY Scheint mir auch so.
Len ißt. Mary schaut zu. Pam schminkt sich. Harry ist ruhig. Das Fernsehen ist ziemlich laut. Eine sehr lange Pause. Ein Baby fängt an zu schreien. Es schreit ohne Unterbrechung bis zum Ende der Szene. Nichts passiert. Lange Zeit. Dann Mary.
Kannst du sehn?
LEN Ja.
MARY Rück doch rum.
LEN Ich seh genug.
Pause.
Kochen kannst du.
MARY Es war längst kalt. Hast ja auch nicht zweimal genommen.
Pause. Das Baby schreit wütend. Nach einer Weile hebt Mary den Kopf in die Richtung, aus der das Weinen kommt.
Pam – laa!
Kleine Pause. Pam steht auf und packt ihre kosmetischen Artikel in ein kleines Täschchen. Sie geht zum Fernsehapparat. Sie dreht ihn lauter. Sie geht zurück zur Couch und setzt sich.
Soviel übrig.
LEN Bis oben voll.

MARY Es gibt auch noch Rhabarber und Vanillesoße.
LEN So.
Pause. Das Baby schnappt nach Luft.
PAM Zu faul ums reinzuholen.
MARY Fang nicht schon wieder an. Man will doch auch mal seine Ruhe.
Pause.
PAM Seine letzte Bedienung hat sich zu Tod geschuftet.
LEN Bin ja noch gar nicht fertig, du Klugscheißerin.
MARY Stell doch endlich das Kind ab.
PAM Kann ich doch nicht.
MARY Du versuchsts ja gar nicht.
PAM Wenn ich hinkomm, schreits noch lauter.
MARY *während sie fernsieht:* Ich geh nicht rauf für dich.
Noch fernsehend:
Höchste Zeit, daß es'n Vater kriegt.
Zu Len:
In der Kanne ist noch Tee.
LEN *während er fernsieht:* Ja.
MARY *während sie fernsieht*: Das ist es, was es braucht. Kein Wunder, daß es schreit.
Pause. Zu Len:
Viel Arbeit?
LEN Jede Menge!
MARY *während sie fernsieht:* Das Wetter ist auch nicht grad danach.
LEN *während er immer noch fernsieht:* Hm?
Das Baby wimmert erbärmlich. Pause. Er sieht immer noch fern.
Jeh!
Pause. Pam nimmt ihre Sachen und geht hinaus.
MARY Es wird auch Zeit.
LEN Willst du ne Tasse?
MARY Nee. An der Vanillesoße ist Milch. Die wird nur schlecht.
LEN *steht auf:* Ich platze.
Er geht hinaus.
MARY *ruft:* Im obersten Fach!
LEN *draußen:* Was?
MARY Es steht im obersten Fach!
Pause. Len kommt herein. Er trägt einen Teller zum Tisch.

Hast dus gefunden?

LEN Ja. *Er setzt sich.*

MARY Mach die Tür zu, Len. Mein Kopf macht wieder mal nicht mit.

LEN Nimm doch ne Tablette.

MARY Ich hab heut schon zuviel genommen. Davon wirds nur schlimmer.

Len geht zur Tür zurück und schließt sie. Er geht zum Tisch und ißt.

Hast dun Ofen ausgemacht?

LEN Unds Licht.

MARY Ich hab ja kein Geldscheißer.

Plötzlich schreit das Baby sehr viel lauter.

Mach doch Zucker drauf.

Len streut sich mit einem Teelöffel Zucker darüber.

Die Leute schicken uns noch die Polizei aufn Hals.

LEN Es schreit sich in Schlaf.

Pam kommt herein. Sie trägt ein Kleid.

MARY Es schreit immer noch.

PAM Und ich hab gedacht, es wär die Katze, die sichn Schwanz eingeklemmt hat.

Sie setzt sich auf die Couch und zieht ihre Strümpfe an.

Hast du alles gesehn? – Es stinkt mir, daß der mich immer so anguckt.

MARY Ich hab dir doch gesagt, du sollst dich in der Küche anziehn, wie jeder anständige Mensch.

PAM Ich kann mich anziehn, wo ich will – ich bin ja daheim.

LEN *zu sich selbst:* Mensch, Mensch!

PAM Hast du was gesagt?

LEN *ruhig:* Ja – halts Maul.

PAM Ein Benehmen hast du –.

Pause.

Wann ziehstn du endlich hier aus? Wird mir bald zu dumm zu fragen.

MARY Fangt heut abend nicht schon wieder damit an.

PAM Er geht mir auf die Nerven.

LEN Ich laß das Kind nicht im Stich.

PAM Wieso?

LEN Bei dir?

PAM Ist ja nicht dein Kind.

LEN Was?

PAM Ich werds doch wissen.

LEN Du weißt nicht mal, wenn du lügst.

Pause. Das Baby schreit.

PAM Ich begreif dich nicht. Hast für keine fünf Pfennig Stolz.

LEN Den hast *du* dafür.

PAM Einer mitm bißchen Stolz im Leib wär längst abgehaun.

Len gießt sich Tee ein.

Einmal mußt du doch fort. Kannst nicht hier rumhängen, bis du schimmlig bist.

MARY Hört beide auf! Kein Wunder, wenn das Balg schreit!

PAM Warum sagst du ihm denn nicht, daß er abzischen soll? Ist doch deine Sache. Jede Nacht trampelt der mir aufm Nerv rum. Wenn das so weitergeht, schnapp ich noch über.

MARY Das hast du davon, wenn du die Kerle mitbringst.

PAM *zu Harry:* Warum sagst *du* denn nichts? Ist doch schließlich dein Haus. Es hat nichts als Stunk gegeben, seit der da is. Ich habs satt jetzt.

Kleine Pause.

Vater!

HARRY Ich misch mich nicht ein. Ich mach sowieso alles falsch.

PAM *zu Len:* Ich versteh dich nicht. Dir macht das vielleicht noch Spaß hier?

Len trinkt seinen Tee.

Schlimm genug, wenn man son Balg am Hals hat – da kann ich dich nicht auch noch brauchen. Die ganze Straße lacht schon hinter dir her.

LEN Ich laß das Kind nicht im Stich.

PAM Nimms doch mit.

LEN Ich?

PAM Wer denn sonst?

MARY Wie soll er denn?

PAM Sein Bier.

MARY Der kann sich doch nicht um'n Kind kümmern.

PAM Kanns ja zur Fürsorge bringen.

MARY *zuckt die Achseln:* Schön blöd, wenn sies nehmen.

Das Baby schreit.

PAM Na?

LEN Kinder brauchen ein richtiges Zuhause.

PAM Da siehst dus!

LEN *schaut in die Teekanne:* Leer!

Er geht hinaus.

MARY Täts dir nicht leid.

PAM Bei dem Krach dens macht?

Das Baby wimmert. Es klingelt. Pam geht hinaus. Mary bringt rasch die Couch in Ordnung. Len kommt mit der Teekanne zurück.

MARY Hats geklingelt?

LEN *nickt:* Im Moment.

FRED *draußen:* Ja, ja. Ich hab mich doch entschuldigt, oder?

Pam ist nur undeutlich zu verstehen.

Sagen wir doch erst mal Gutenabend!

Fred kommt herein.

Tach. Tach, Mamma.

MARY Wir sitzen grad beim Fernsehn.

FRED Was Intressantes?

MARY Komm nur rein.

FRED Tach, Len. Wie gehts?

LEN Wie solls schon gehn. Wie gehts Geschäft?

FRED Reden wir von was anderm.

Pam kommt herein.

PAM Trotzdem kein Grund zu spät zu kommen.

FRED Laß gut sein.

PAM Das letzte Mal wars genauso.

MARY Zieh dein Mantel aus.

PAM Sag mirs wenigstens vorher, wenn du so spät kommst.

FRED Wie denn? Tut mir leid, Süße. In Zukunft müssen wir halt später sagen.

PAM *zu Mary:* Kann ichs Kind in dein Zimmer stellen?

MARY Kein Wunder, daß es nicht schlafen kann. Wird rumgeschubst wien Fußabtreter.

PAM Gehts oder gehts nicht? Ich hör mir doch nicht dauernd dein Gequatsche an.

MARY Mach was du willst.

FRED *zu Pam:* Hast du genug Zigaretten?

MARY Machst du ja sowieso.

PAM *zu Fred:* Kommst du?

FRED Bis dann, Lenny.

LEN Ja.

PAM Ich könnt auch auf der Straße auf dich warten. Du würdst mich in der Kälte genauso stehn lassen.

FRED *der Pam zur Tür folgt:* Hast du Zigaretten? Ich hab meine vergessen.

Pam und Fred gehen hinaus. Len stellt die Sachen auf dem Tisch zusammen und trägt einige hinaus. Das Schreien des Babys wird plötzlich lauter. Len kommt wieder herein. Er nimmt Soße und Serviette und geht hinaus. Mary stellt das Fernsehgerät ab und geht hinaus. Harry geht zum Tisch und gießt sich Tee ein. Len kommt zurück.

LEN Oh.

HARRY Fertig?

LEN Na ja.

Pause.

Ich möcht verdammt nochmal das Kind hier rausholen.

HARRY *trinkt:* Jetzt gehts mir besser.

LEN Ist doch kein Leben. Hier aufwachsen!

HARRY *wischt sich den Mund mit seinem Handrücken:* Ah.

LEN Ich möcht verdammt nochmal wissen, wo ich hinkönnt.

HARRY Mach wenigstens deine Tür zu.

LEN Was?

HARRY Heut nacht.

LEN Meine Tür?

HARRY Immer läßt du deine Tür auf, wenn er mit ihr schläft.

LEN Ich muß hörn, obs Kind schreit. Die lassen sich doch nicht störn.

MARY *draußen:* Nacht, Len.

LEN *ruft:* Nacht.

Zu Harry:

Willst du noch?

HARRY Nee.

LEN Noch viel da.

HARRY *wischt sich den Mund mit den Handrücken:* Du erkältst dich noch mit der offnen Tür.

LEN *hält die Teekanne in der Hand:* Also, Nacht.

Er geht zur Tür.

HARRY *setzt sich in den Sessel:* Machs Licht aus.

Len macht das Licht aus und geht. Das Schreien des Babys verebbt langsam.

Fünfte Szene

Lens Schlafzimmer. Es hat dieselbe Form wie das Wohnzimmer. Mobiliar: ein Bett hinten rechts, daneben ein Holzstuhl. Pam liegt im Bett. Len steht in der Mitte der Bühne, von ihr abgewandt.

LEN Hast du die Medizin genommen?
Pause.
Gehts dir besser?
PAM Ich zieh morgen wieder runter in mein Zimmer. Dann mußt du wieder hier rauf.
LEN Hier oben ists ruhig.
PAM Wie im Sarg.
LEN Warum *willst* du denn nicht den Fernseher rauf?
PAM Nee.
LEN Steckdose ist kein Problem.
PAM Hast dun Fred gesehn?
LEN Du hast ja die Medizin gar nicht genommen.
Er gießt ihre Medizin in ein Glas und gibt sie ihr.
Da.
Pam nimmt sie.
Danke sagt man.
Sie trinkt und schüttelt sich.
Hast du die Illustrierten gelesen?
PAM Hat der Fred was gesagt?
MARY *draußen:* Pam-laa! Steht sie auf, Len?
PAM *zu sich:* Lieber Himmel.
MARY *draußen:* Der Doktor hat gesagt, du könntst genauso gut aufstehn. Du bist so gesund wie ich.
Len schließt die Tür, doch die Stimme ist noch zu hören.
Pam-laa! Das Essen steht aufm Tisch.
LEN Besser wenn du hier oben bleibst. Bist ihr ausm Weg.
PAM Die Kuh.
Len zieht das Bett grade.
Hör auf.
LEN Es ist verwurschtelt.
PAM Hör auf.
LEN Es ist alles –

PAM Ich hab gesagt, hör auf!
LEN *macht weiter:* Muß sich doch jemand um dich kümmern.
PAM Ich laß mich doch nicht vor dir rumkommandiern.
LEN *geht weg vom Bett:* Warum setzt du dich nicht mal ne halbe Stunde aufn Stuhl?
PAM Kümmer dich um dein Dreck.
LEN Vom Rumliegen wirds auch nicht besser.
MARY *draußen:* Steht sie auf?
LEN Ich will dir ja nur helfen.
PAM Brauch deine Hilfe nicht.
LEN Als wenn du dir selbst helfen könntst.
PAM Hau ab.
LEN Jemand –
PAM Himmel Herrgott!
LEN Jemand muß doch für dich da sein.
Kleine Pause.
Wie Dreck hast du mich behandelt. Aber lang mach ich das nicht mehr mit.
MARY *draußen:* Pam-laa!
PAM *ruft:* Halts Maul! Ich hab euch alle bis hier.
Kleine Pause.
Halts Maul!
Len geht hinaus.
Gott seis gedankt!
MARY *draußen:* Ist sie endlich auf?
Len antwortet unverständlich. Pause. Pam reißt die Decken heraus, die Len um die Matratze gesteckt hat. Len kommt mit dem Baby zurück.
LEN *zum Baby:* Ja, wo sind wir denn, wo sind wir denn?
PAM Auch das noch.
LEN Guck mal da. Ist das die Mammi?
PAM Sie hats Essen aufm Tisch.
LEN Das läuft nicht weg.
PAM Wegen ihrem Fraß kriegt die mich nicht ausm Bett.
LEN Nimms mal.
PAM Tus weg.
LEN Du mußts nehmen.
PAM Sag mir nicht immer, was ich tun muß.
LEN Du hasts seit Wochen noch nicht mal angeguckt.
PAM Wird sich auch nicht ändern.

LEN Tät dir aber gut.

Pause.

Ja, wo sind wir denn?

PAM Hast du ihm mein Brief gegeben?

LEN Er hat zu tun, sagt er. Hochsaison.

PAM Hm!

LEN Soll ich dir deins aufm Tablett bringen?

PAM Wenn du willst.

LEN Es kennt deine Stimme.

PAM Schaffs fort, bevors wieder anfängt.

LEN Gut für die Lunge.

PAM Jetzt reichts mir aber, Len.

LEN Ich weiß.

PAM Warum mußt du mir ständig aufm Nerv rumtrampeln?

LEN Einer muß sich doch um dich kümmern.

PAM Da bitte! Jetzt fängst du schon wieder an!

Sie setzt sich auf.

Dieses Loch macht mich noch fertig. Schaffs weg.

LEN Man kanns doch nicht den ganzen Tag so liegen lassen. Einer muß es doch mal aufn Arm nehmen.

PAM *lehnt sich zurück:*

Und warum ich? Sein Vater ist es scheißegal. Ich könnt verrekken, und der hätt keine zehn Minuten Zeit.

LEN Ich bin ganz schön blöd, mach mich kaputt für dich und dir ist alles egal.

Er versucht, ihr das Baby in die Arme zu legen.

PAM Ich hab dir doch gesagt, du sollsts wegtun! Bleib mir vom Leib! Du ahnungsloser Irrer. Du saublöder Sack.

Ruft:

Mamma!

LEN Jetzt bist du dran!

Er legt ihr das Baby aufs Bett.

PAM Bist du übergeschnappt? Es fällt runter! Halts fest!

Len legt das Baby so hin, daß es nicht herunterfallen kann.

LEN Ich bin doch nicht dein Kindermädchen.

PAM *ruft:* Mamma! – Ich weiß, warum der Fred nicht kommt – du hast meine Briefe einfach weggeschmissen.

LEN Er hat sie weggeschmissen.

PAM Du bist ein ganz mieser Typ, du!

Sie dreht sich vom Baby weg.

Ich rührs nicht an.

LEN Dann bleibts die ganze Nacht da liegen!

PAM Das heißt bei dir, du kümmerst dich um mich.

Pause. Len nimmt wieder das Kind.

Siehst du!

LEN Ich kann sichs ja nicht erkälten lassen, bloß weil wir Krach haben.

Er geht auf die Tür zu. Er bleibt stehen.

Er hat gesagt, er kommt mal vorbei.

PAM *dreht sich um:* Wann?

Sie dreht sich zur Wand zurück.

Was hat er gesagt?

LEN Ich hab gesagt, daß du ihn sehn willst. Aber er sagt, er ist bis übern Hals eingedeckt. Da hab ich gesagt, ich hätt Karten fürn Fußball. Jetzt will er früher aufhörn.

PAM Samstag?

LEN Heut abend.

PAM *dreht sich um:* Vielleicht ist er schon unten!

LEN Nee.

PAM *ruft:* Mamma – ist der Fred da? – Vielleicht kommt er früher.

LEN Ist noch ne gute halbe Stunde hin.

PAM *aufgeregt:* Hoffentlich gewinnt sein Verein.

LEN Vielleicht kommt er später.

PAM Nicht zum Fußball. Du kannst ja sagen, sie ist oben, wenn du weg willst. So kannst du sagen.

LEN *sieht das Kind an:* Eingeschlafen.

PAM Seit ich im Bett lieg, hab ich meine Nägel nicht geschnitten.

MARY *draußen:* Lennie!

LEN Soll ich die Schere holen?

PAM Geh runter, sonst hört sie nicht auf. Ich habe meine eigne.

MARY *draußen:* Leonard! Hörst du mich nicht?

Vor der Tür:

Wie lang soll ich denn noch rufen.

Sie kommt herein.

Ich ruf dich schon ne halbe Stunde. ’s Essen ist längst kalt.

LEN Ich besorg nur noch das Kleine.

MARY Das ist das letzte Mal, daß ichn warmes Essen gekocht hab. Da könnt ihr euch drauf verlassen.

Zu Pam:

Und du kannst morgen dein Bett selber machen.

Zu Len:
Ich schwitz mich noch kaputt am heißen Herd. Kauft mir sowieso keinern neuen.
Zu Pam:
Ich schuft mich doch nicht krumm und dämlich für dich, bei *dem* Krankengeld. Wenn einer ins Bett gehört, dann ich.
Mary geht ab.

PAM Ich hab richtige Ringe untern Augen.

LEN Überhaupt nicht.

PAM Ich fühl mich scheußlich.

LEN Siehst aber gut aus.

PAM Ich muß mich wenigstens waschen.

LEN Ja.

Sechste Szene

Der Park. Leere Bühne. Fred hält eine Angel in den Zuschauerraum. Er trägt Jeans und eine alte, stumpfe Lederjacke. Len sitzt neben ihm auf einer kleinen Blechdose. Auf dem Boden stehen und liegen Büchsen mit Ködern, Schwimmern, anderem Zubehör, Milch- und Feldflasche, ein Netz.

LEN Kommst du heut abend vorbei?
FRED Nee.
LEN Es ist Samstag.
FRED Na und?
LEN Die wird schön sauer sein.
FRED Ja. *Pause.*
Du müßtst dir mal ne gute Angel anschaffen.
LEN Kann ich mir nicht leisten.
FRED Mußts ja wissen.
LEN Leih mir doch mal deine.
FRED Hast wohl ne Meise.
Kleine Pause.
LEN Paßt dir wohl nicht?
FRED Was?
LEN Daß ich hier rumsitz.
FRED Ist dochn freies Land.
LEN Denkste.
FRED Kühl.
LEN Leih mir mal deine Jacke.
FRED Geh doch ins Wasser.
LEN Was kostn die?
FRED Sowas kriegst du auf Raten.
LEN Schönes Stück.
FRED *fährt mit der Hand die Angel entlang:* Die liegt gut in der Hand.
Pause.
LEN Sie hat gesagt, du kommst zum Fernsehn.
FRED Ist mir neu.
LEN Ich weiß nicht, was es gibt.
FRED Mir doch egal.
LEN Hab nicht nachgeguckt.

Kleine Pause.

Interessiert mich auch nicht. Kann man aber leicht rauskriegen aus der Zeitung, wenn du –

FRED Hör auf jetzt.

LEN Na ja –

FRED Hör jetzt endlich auf damit.

LEN Wie du willst.

Kleine Pause.

Mir ist ja recht. Ich hat nur gedacht –

FRED Mensch – Len, ich bin zum Fischen hier. Laß mich in Ruh mit deim Quatsch.

Kleine Pause. Len dreht seinen Kopf nach rechts und starrt auf den Fluß.

Wirklich wahr, Len – allmählich reichts.

LEN Ich hab bloß gesagt, mir ist recht. Verdammt nochmal, wenn du nicht kannst –

Er unterbricht sich. Pause.

FRED Mist!

LEN Wasn los?

FRED Der Wurm ist weg.

LEN Weg? Dann haben sien abgefressen.

FRED Vonwegen.

LEN Müssen doch.

FRED Abgemacht hat er sich.

LEN Ich hab ihn aber draufgesteckt, wie dus gesagt hast.

FRED *zieht die Schnur hoch:* Komm her. Guck.

Er nimmt einen Wurm aus der Dose.

Also. Du nimmst dein Wurm. Quetscht ihn in den Fingern, daß er kaputtgeht. Das kommt zuerst. Dann reißt dun Stück ab. Da – halt mal fest.

Er gibt Len ein Stück von dem Wurm.

LEN Danke.

FRED Jetzt ziehstn auf dein Haken auf. Schiebstn hoch auf die Schnur. Laß mal. – Gib mir das Stück da. Danke. Dann ziehst du *das* hier aufn Haken, läßt abern gutes Stückchen runterhängen, so hier, und warum, damits im Wasser zappeln kann. Dann schiebst du dein Stück oben wieder runter von der Schnur und tarnst dein Haken. Kapiert?

LEN So hab ichs doch gemacht.

FRED Ja. Aber es kommt drauf an, wie.

Er wirft die Angel aus. Die Schnur surrt.
Prima.
Langes Schweigen.
Son Leben.
Schweigen.
LEN Montag stehn wir wieder vorm Arbeitsamt.
Fred knurrt.
Man müßt was machen.
Schweigen.
Ist doch kein Leben, ist ne Krankheit.
FRED Genau.
Schweigen. Len stochert in der Wurmdose mit einem Stöckchen.
Die mußt du mit Milch füttern.
LEN Ehrlich?
Schweigen.
Dann sag ich ihr also, du kommst nicht.
FRED Len!
LEN Man muß ihr ja schließlich Bescheid sagen.
FRED Wer sagtn das.
LEN Du kannst sie doch nicht einfach –
FRED Was kann ich sie nicht einfach?
LEN Laß mich doch mal ausreden.
FRED Hör mal zu, Chef, du hältst jetzts Maul und gibst mir ne Zigarette.
LEN Nee.
FRED Du hast doch die Taschen voll.
LEN Abstauber! Rauch doch *dein* Kraut. – Die bleibt die ganze Nacht auf. Das wird lustig. – Du hast Nerven: meine Zigaretten rauchen, wo du genau weißt, ich bin blank. Scheints dein Trick, sie drauf warten zu lassen.
Kleine Pause.
FRED Früher hast *du* sie doch umgelegt, oder?
LEN Einmal.
FRED Na also.
LEN Was?
FRED Bedien dich doch.
LEN Wenn sie aber nicht will –
FRED Wieso?
LEN Seit du sie gehabt hast.
FRED Was denkstn du? Nee du – die sind so. Wenn die mal nicht

mehr wollen, wollen sie überhaupt nicht mehr.

LEN Darf sie nicht mal anrührn.

FRED Passiert doch jeden Tag. Gib mir ne Zigarette.

LEN Nee.

FRED Geizknochen.

Kleine Pause.

LEN Chef?

FRED Ja?

LEN Was findstn du an ihr?

FRED Im Bett?

LEN Ja.

FRED Na ja. Hängt vom Mann ab.

LEN Und?

FRED Nee du – ich krieg das am laufenden Band.

Schweigen.

LEN Es wird dunkel.

Schweigen.

FRED Hörn wir auf.

LEN Gleich.

FRED Ich weiß nicht wie dus da noch aushältst.

LEN Schlimmere gesehn.

FRED Ich nicht.

Kleine Pause.

LEN Chef?

FRED Was istn jetzt?

LEN Wieso stehtn die so auf dir?

FRED Das tun sie alle, Freund.

LEN Nee, ich mein – wieso ist sie so – krank danach?

FRED Red doch nicht. Die Grippe hat sie sich geholt.

LEN Ich weiß. Aber wieso ist sie so?

FRED Mir doch egal.

LEN Die wolln doch alle das gleiche, oder? Also mußt du was mehr haben.

FRED Stimmt! Hej!

LEN Was denn?

FRED Ruhig.

Pause.

Glaub, da hat was angebissen.

Pause.

Doch nicht.

Die Spannung löst sich. Fred schaut zum Himmel.
Packen wir ein.
LEN Jedenfalls, das ist es wo sie drauf aus sind.
FRED Hm?
LEN Die wolln doch alle das gleiche.
FRED Mein Gott –
LEN Ich glaub, du machst mir was vor.
FRED Ich?
LEN Wie mit dem Fisch, der abgehaun ist.
FRED Ich versteh immer nur Bahnhof.
Er schüttelt seinen Kopf.
LEN So groß!
Er hält seine Hände 50 cm weit auseinander.
FRED *lacht:* Dann schon eher so!
Er hält seine Hände einen Meter weit auseinander.
LEN Haha! Das ist es also, wovons ihr schlecht ist.
FRED Jetzt rück mal ne Kippe raus.
LEN Nee.
FRED *spuckt aus:* Muß ich mir eine von mein eignen anstecken.
Er nimmt sich eine Zigarette aus einem Päckchen in seiner Brusttasche. Das Päckchen nimmt er dabei nicht aus der Tasche.
LEN Paß auf, daß sie dir die Motten nicht zerfressen.
FRED Hat dir schon einer mal Würmer in die Nase, in die Ohrn und in den Hals gesteckt?
LEN In letzter Zeit nicht.
FRED Passiert aber gleich.
LEN Na, laß endlich'n Glimmstengel rüberwachsen.
FRED Zuhälter!
Er gibt Len eine Zigarette.
Len gibt Fred Feuer.
LEN Ich hab übrigens zugehört, weißt du das?
FRED Wo zugehört? – Der red sichn Stiefel daher.
LEN Bei dir und ihr.
FRED Mir und wer?
LEN Beim Draufmachen.
FRED Was machen?
LEN Immer drauf.
FRED Mensch.
LEN Ja.
FRED Mach kein Witz.

LEN Ehrenwort. Ich hab kein Auge zugemacht. Ihr müßt für die Weltmeisterschaft trainiert haben.

FRED *zieht an seiner Zigarette:* Warum hastn dich nicht gerührt?

LEN Nee, ist doch alles bloß Spaß, oder?

FRED *zuckt die Achseln:* Ja? Da kriegst du noch hinterhers große Kotzen.

Er läßt seine Zigarette auf den Boden fallen und tritt darauf.

Mensch. Wenn das kein Grund ist, daß ich sie abhäng.

LEN Fang ja nicht an, *mir* Vorwürfe zu machen.

FRED Und du hast zugehört.

LEN Ging nicht anders.

FRED Hm.

Er legt seine Angel auf den Boden und beginnt hockend, seine Sachen zusammenzupacken.

Hats dich gestört, daß ich bei ihr immer abgestiegen bin?

LEN Als wenn dasn Unterschied gemacht hätt.

FRED Ich hab doch keine Ahnung gehabt.

LEN Du hast nie von was ne Ahnung. Na ja, ist ja auch egal.

FRED Ich hab gedacht, die ist solo.

LEN Soll ich dir helfen?

FRED Nee. Gib mal die Büchse.

Er packt schweigend zusammen.

Hättst ja auchs Maul aufmachen können. Wozu hast du denn eins.

Schweigen. Mike tritt auf. Von der einen Schulter hat er einen Brotbeutel hängen, in der Hand trägt er eine Angel. Einen kleinen Hut in grellen Farben hat er auf dem Kopf.

FRED Nichts gefangen?

MIKE Für ne Katze zu wenig.

LEN Schad für die Zeit.

MIKE Bei euch auch.

FRED War son Wind.

MIKE Was hastn vor?

FRED Jetzt?

MIKE Ja, heut abend.

FRED Weißt du was?

MIKE Machen wir ein drauf.

FRED Mir ists recht.

MIKE Dann komm doch mit.

FRED Weiter weg?

MIKE Wie stehn die Finanzen?
FRED Ebbe. Und du?
MIKE Ich nehm die Alte noch mal aus.
FRED Für mich gleich mit.
LEN Das reicht grad fürn Bus.
MIKE Ich hol dich bei dir ab.
FRED Nicht zu früh. Ich will noch baden.
MIKE Man kann ja nie wissen, mit wem man ins Bett steigt.
FRED Nach acht.
MIKE Es juckt mich richtig.
LEN Was?
MIKE Eine aufreißen.
FRED *macht ein Geschoß nach:* Tschummmmmm!
MIKE Der schnappt sie sich noch hundert Meter gegen Wind.
FRED Ich hab haltn Starkstrommagnet.

Pam tritt auf. Sie schiebt den Kinderwagen. Das Dach ist hochgestellt. Ein länglicher blauer Luftballon ist an einer Ecke des Dachs befestigt.

PAM Tach.
FRED Was machstn du hier?
PAM Ich geh spaziern.
MIKE *zeigt mit dem Kopf auf den Kinderwagen:* Bißchen spät dafür, was?
PAM *zu Fred:* Was hastn du?
FRED Nichts.
PAM *will sehen:* Laß mich doch mal gucken.
FRED Nichts für dich!
PAM Mach dir nicht ins Hemd.
MIKE Wir waren schon so gut wie weg.
PAM *zu Fred:* Was stellstn dich so an?
FRED Wieso schiebstn das mit dir rum?
PAM Mir war nach Spaziergehn.
FRED Bißchen spät.
PAM Wieso?
FRED Das gehört ins Bett.
PAM Frische Luft macht ihm nichts.
FRED Du hättst früher gehn müssen.
PAM Ich hab keine Zeit gehabt. Warum bistn du nicht?
FRED Das weißt du ganz genau.
PAM Wann kommstn vorbei?

FRED Ich guck mal rein.
PAM Wann?
FRED Weiß ich nicht.
PAM Nur ungefähr?
FRED Später.
PAM Soll ich was zum Essen machen?
FRED Nee.
PAM Macht mir nichts aus.
FRED Meine Alte hats sowieso schon fertig.
PAM Ich hab zwei schöne Kotletts.
FRED Schade.
PAM Na ja, dann eben wenns dir danach ist. Jetzt ist grad keiner zu Haus. Ich hab sie abgehängt.
FRED Hättst du früher sagen sollen.
PAM Also wann?
FRED Ich komm schon.
PAM Bestimmt?
FRED Ja.
PAM Sags doch, wenn du nicht willst.
FRED Ich komm schon.
PAM Das heißt also nein.
FRED Wie du willst.
PAM Wieso sagst dus dann nicht gleich?
FRED *hebt seine Sachen auf. Zu Mike:* Das ist alles.
PAM Ist nicht grad lustig, die ganze Nacht für nichts zu warten.
MIKE Fertig?
FRED *sieht sich um:* Ja.
PAM Warum kannst du nicht einmal die Wahrheit sagen?
FRED Also gut. Ich komm nicht.
LEN Pam –
PAM Du hast überhaupt nie dran gedacht zu kommen.
LEN Du hast wieder die Bremse nicht gestellt.
MIKE *zu Fred:* Alles klar?
PAM *zu Len:* Stell du sie doch, wen du alles besser weißt.
FRED *zu Mike:* Ja.
PAM *zu Fred:* Ich habs immer gewußt.
FRED Na komm, Pam. Geh heim.
PAM Fred.
FRED Ich weiß.
PAM Ich wollte dir wirklich nicht dumm kommen. Ich wollte nett

sein zu dir. Ich kann einfach nicht anders.

FRED Geh heim, wos warm ist. Ist schon spät.

LEN *stellt die Bremse fest:* Du mußt besser aufpassen.

PAM *zu Fred:* Ich bin ja selbst schuld. Ich denk immer zu spät.

FRED Du denkst zuviel über dich selbst, das weiß ich.

PAM Das kommt von den Tabletten, die ich krieg.

MIKE *zu Fred:* Kommst du jetzt oder kommst du nicht.

FRED Ja.

PAM Nein.

FRED Ich komm nächste Woche maln Abend vorbei.

PAM Nein.

FRED Montag abend. Ist dirs recht?

PAM Du überlegst dirs doch wieder anders.

FRED Gleich nach der Arbeit.

PAM Das hast du schon mal gesagt.

FRED Mehr kann ich nicht tun für dich.

PAM So kann ich nicht nachhaus jetzt.

FRED Wirst dich schon wieder aufrappeln.

PAM Wenn ich nochn Abend allein in dem Zimmer sitz, dreh ich durch.

FRED Du hast doch das Kind.

PAM Grad heute. Ich habs allein einfach nicht mehr ausgehalten. Ich hab rausgemußt. Ich weiß nicht mehr, was ich tu. Das Kind muß ins Bett. Komm, wir bringens heim, Fred. Es hat schon mal ne Lungenentzündung gehabt.

FRED Bring dus heim.

PAM Nur einmal noch? Mehr will ich ja nicht. Das nächste Mal krieg ich die Mutter dazu, daß sie bei mir bleibt.

FRED Hat doch kein Zweck.

PAM Lang her, daß dus das letzte Mal gesehn hast, hm?
Sie dreht den Kinderwagen herum.
Es hat zugenommen.

FRED Hm?

PAM Es schreit auch nicht mehr soviel. Nicht mehr andauernd.

MIKE Was geht das uns an?

PAM Duu-dii-duu-dii. Sag Pa-pa.

FRED Ja, süß. *Er sieht fort.*

LEN *sieht das Baby an:* Still.

PAM *zu Len:* Wien Fisch.

FRED Was gibst du ihm denn?

PAM Aspirin.
FRED Verträgts das?
PAM Wacht vor morgen früh nicht mehr auf. Es wird dich nicht stören. Wieviel Uhr hast du gesagt?
FRED Ich guck rein. Ich kann nichts versprechen.
PAM Ist egal. Solang ich weiß, daß du kommst.
FRED Also gut.
PAM Schad um die Kotletts. Ich glaub ich brat sie doch noch, falls –
FRED Jaa, ist schon recht. Hängt davon ab, ob –
PAM Ich wart schon.
FRED Es kann aber spät werden.
PAM Das macht nichts.
FRED Pam.
PAM Ich krieg die Zeit solang rum mit ner Tafel Schokolade.
FRED Da laufen doch Typen rum wie Sand am Meer. Warum ziehstn dir nichtn andern an Land.
PAM Nein.
MIKE Nimm mich doch, Süße. Du mußt nur lernen, wer die Hosen anhat.
PAM Was kann ich denn machen, mit dem Balg da am Hals? Wer guckt mich noch an?
FRED Die alte Dame wird dirs schon abnehmen.
MIKE Gibst ihrn Groschen.
FRED Du probierststs ja nicht mal.
FRED Ich kanns nicht.
FRED Wirst aber müssen.
PAM Ich kanns nicht! Und ich wills auch nicht!
FRED Mich siehst du jedenfalls nicht mehr bei dir.
PAM Nein.
FRED Mal muß Schluß sein.
PAM Du hasts versprochen!
FRED Ist doch nur Zeitverschwendung!
PAM Die habens gehört!
FRED Nee.
MIKE Komm, los, Chef.
FRED Es ist aus.
MIKE Gott seis gelobt. Komm wechseln wirs Lokal!
PAM Nur heut abend. Mir ist egal, wenn du erst mit deinen Weibern gehst. Komm heim danach. Nur einmal. Ich stör dich

nicht. Ich laß dich schlafen. Bitte.

FRED Himmelsakra.

PAM Dir ist das ja alles wurscht. Drei scheiß Wochen hab ich auf der Nase gelegen! Wer hat auch nurn Finger krumm gemacht? Ich hätt krepiern können! Niemand!

Sie beginnt, den Kinderwagen zu schieben.

MIKE Aus, dein treuer Vater.

PAM *bleibt stehen:* Du bist dem Ding sein Vater. Ja! Darum kannst du dich nicht rumdrücken!

FRED Kannst dus beweisen?

PAM Ich *weiß* es!

FRED Du *weißts?*

MIKE Doll.

FRED Das halbe Viertel ist durch dich durchmarschiert.

PAM Du lügst!

FRED Ja?

Zu Mike:

Hast du sie nicht gehabt?

MIKE Noch nicht.

FRED Dann bist du der nächste.

Weist auf Len:

Und der?

Zu Len:

Hm?

Zu Mike:

Du bist, scheints, der einzige Steife, außer die aufm Friedhof, den sie noch nicht weich gekriegt hat.

PAM Ich hasse dich!

FRED Na endlich!

PAM Sau!

FRED Schon besser. Jetzt mach dich dünn!

PAM Da kannst du Gift drauf nehmen.

MIKE Tschüß!

PAM Und dein drecks Ableger kannst du deiner Zicke mitbringen. Mitm schönen Gruß von mir!

Pam geht ab.

Sie läßt den Kinderwagen stehen.

MIKE Der Abend fängt ja schön an.

FRED *ruft:* Ich nehms nicht mit! Ich laß es stehn wos steht!

MIKE Was läßt du sie auch abhaun.

FRED Fang du nur nicht auch noch an! Ich hab mit der genug gehabt!
LEN Am besten ich geh ihr nach.
FRED Bring sie zurück.
LEN Ich guck mal, was sie macht.
Len geht Pam nach.
FRED *ruft:* Laß ihrn Balg nicht da. Nimm ihn mit.
Mike pfeift ihr nach.
Fred wirft seine Sachen auf den Boden.
Da haben wir die Scheiße!
MIKE Der holt sie schon zurück.
FRED Der hat doch Angst vor der eignen Courage. Wir lieferns ab aufm Weg nach Haus.
MIKE Laß da stehn. Bis wir fertig sind, rentiert sichs nicht mehr fortzugehn.
FRED Warten wir fünf Minuten.
MIKE Die hast du zum letztenmal gesehn.
FRED Wär nichts Schlimmste, was mir passiern könnt.
MIKE Kann deine Liz nicht drauf aufpassen?
FRED Die kratzt mir eher die Augen aus.
Pause. Sie setzen sich.
MIKE An der Ecke haben sie ne neue Kirche aufgemacht.
FRED Was?
MIKE Da gibtsn Klub.
FRED So.
MIKE Da könnten wir mal ne Runde vorbeidrehn.
FRED Heut abend?
MIKE Ja.
FRED Laß dich einsalzen.
MIKE Bis oben hin.
FRED Denk dir was anders aus.
MIKE Der beste Platz dens gibt, wenn wir auf die Schnelle –
FRED Schon lang?
MIKE Ich bin schon mal hingegangen. Der ganze Laden voll von strammen Koffern. Brauchst nur hingreifen.
FRED Tatsache?
MIKE Der alte Geier macht die Augen zu fürs Beten und da kannst du greifen wohin du willst. Dann hat die Polente da ne Razzia gemacht und da haben sie ne Zeitlang zugemacht.
FRED Komm, halt die Luft an.

Pete und Colin kommen von rechts.

PETE Wie stehts?

MIKE Beschissen.

COLIN Wie dein Arsch.

MIKE Und deine Schnauze, wenn du sie nicht zumachst.

PETE Hört – hört!

COLIN Und was läuft heut?

MIKE Faule Witze.

Barry kommt hinter Pete und Colin her.

BARRY Bist du am Angeln?

FRED Nee, ich putzn Christbaum.

BARRY Wer schmeißtn hier mit Kippen durch die Gegend?

MIKE Wo?

BARRY Die sind kaum angeraucht.

PETE Der wart ja bloß, daß wir verduften, damit er sie sich holen kann.

FRED *hält ihm seine Zigarettenschachtel hin:* Auf meine Rechnung.

MIKE Hat er denn auch ne kleine Blechbüchse?

COLIN Wien alter Penner?

BARRY Oi jeh – wer paßt denn aufs Kind auf?

COLIN *sieht den Kinderwagen:* Wozu istn das da?

MIKE Um Kartoffeln drin zu fahren.

FRED *wirft Barry die Kippe zu:* Da, fang!

COLIN Wer hatn das hier stehn lassen?

BARRY Er fährts spaziern.

PETE Nett.

FRED Zisch ab.

BARRY Solche Wörter sind für die Ohrn von dem Wurm! Hej, kommt mal.

Colin und Pete gehen zum Kinderwagen.

Wem sieht das ähnlich?

Sie lachen.

MIKE Halt dem nicht deine dreckige Visage ins Gesicht!

PETE Es hat Angst vorm schwarzen Mann.

BARRY Der Pappa muß ihm dann die Windeln wechseln.

COLIN *amüsiert:* Kleiner Lahmarsch!

FRED Ihr weckts auf und dann könnt ihr sehn wie ihrs wieder einschläfert.

Colin und Pete lachen.

BARRY Einschläfern?
COLIN Das erledigt *der* ein für allemal.
PETE Mitm Backstein.
MIKE Ihm ist scheißegal, obs die ganze Nacht wach ist.
BARRY Wem denn nicht? Wenn mir Kinder in Weg laufen, bin ich immer der gute Onkel.
Er stößt den Kinderwagen.
Duu-dii-duu-dii-duu-dii.
MIKE *zu Fred:* Wolln wirs aufstecken?
FRED Geben wir ihr noch ne Minute.
MIKE Der Len hätt doch dabeibleiben können.
FRED Unser Fehler. Wien Furz verduftet.
MIKE Der hats hintern Ohren.
FRED Ich weiß nicht – Scheißweiber!
MIKE Weißt du was Beßres?
Fred und Mike setzen sich vorn links hin. Pete und Colin sind rechts. Barry stößt den Kinderwagen hin und her.
BARRY Hoppe hoppe Reiter,
wenn er fällt dann schreit er.
Fällt er in den Graben,
fressen ihn die Raben.
Fällt er in den Sumpf,
dann macht er einen Plumps
und spritzt sein bißchen Hirn raus und der Pappi kommt und sammelts ein und hat wieder Köder zum Fischen.
Sie lachen.
FRED Da spart er Geld.
Barry nimmt den Ballon. Er stellt sich mit ihm in Positur.
COLIN Ich denk die sind jetzt rosa.
BARRY *tastet nach Colins Kopf:* Gehst du heute abend mit ins Kino, Süßer?
Mit dem Ballon in obszöner Haltung.
Der hatn Knick drin.
MIKE Im Gegensatz zu seim Vater.
BARRY *bläst ihn auf:* Und wie ist das?
COLIN Mach langsam.
BARRY *bläst wieder:* So ist es schon besser.
Bläst wieder.
COLIN Gibs auf.
MIKE Dabei fällt mir ein, ich hab gesagt, ich würd mich mit der Sü-

ßen heut abend treffen.

Barry bläst. Der Ballon zerplatzt.

COLIN Getroffen!

Er fällt tot um. Barry schiebt den Kinderwagen über ihn.

COLIN Hau ab! Sonst kannst du mirn neuen Anzug blechen.

BARRY *schiebt den Wagen herum:* Vom selben Kleiderkarren?

PETE Dich hab ich hier noch gar nicht gesehn, Süße.

BARRY Laß die Finger weg.

PETE Wolln wir uns seitwärts in die Büsche schlagen?

COLIN Schaffst du auch zwei?

BARRY Wie wärs denn mit dem Kleinchen?

PETE Zu klein für mich.

Er ›faßt‹ Barry ›an‹.

BARRY He! Du Drecksau!

Er zielt mit dem Wagen böse auf Colin. Der Wagen trifft Pete.

PETE Schwein!

Pete und Barry sehen sich an. Pete will den Wagen zurückschieben – spielt aber mit Barry, der nicht weiß, wann er ihn tatsächlich zurückstoßen will. Man hört Mike und Fred sich in ihrer Ecke unterhalten.

MIKE Wenn in der Kirche nichts läuft – weißt du was wir dann machen?

FRED Nee.

MIKE Dann klappern wir die Tag-und-Nacht-Waschsalons ab.

FRED Du gibst nicht auf, das muß man dir lassen.

MIKE Da hast du doch ne ganze Batterie Hausfraun.

FRED Die sind schon'n bißchen drüber weg.

MIKE Ja, die gehn aber noch ganz gut.

Pete stößt den Wagen kräftig auf Barry zu. Der fängt ihn mit der Schuhsohle auf und stößt ihn mit einem äußerst heftigen Tritt zurück. Pete springt zur Seite. Colin hält den Wagen an.

PETE Blöder Hammel!

COLIN Was hatn der?

BARRY Faß mich nicht an mit dein dreckigen Fingern!

PETE Der haut den kleinen Drecksack noch in Klump!

BARRY Ach ja? Und wer fährt mitm Motorrad kleine Kinder in Klump?

PETE Das war was anders.

BARRY Ja – da hat dich keiner gesehn.

Pete entreißt Colin den Wagen, wirbelt ihn herum und stößt ihn heftig auf Barry zu. Barry tritt zur Seite und fängt ihn am Griff, als er vorübersaust.

BARRY He! – he!

Er sieht in den Kinderwagen.

COLIN Was ist denn?

Colin und Pete gehen zum Wagen.

COLIN Es kann die Augen nicht aufmachen.

BARRY Du hasts aufgeweckt.

PETE Guck dir mal die Fäustchen an.

COLIN Ja.

PETE Der gibt ihm gleichn Kinnhaken.

COLIN Kann man ihm nicht mal übelnehmen.

PETE Der wird maln Boxer.

BARRY Ist es nichtn Mädchen?

PETE Du kennst sowieso kein Unterschied.

BARRY Wie kriegt man denn die wieder zum Einschlafen?

PETE Mußt sie am Haar ziehn.

COLIN Hm?

PETE So!

Er zieht das Baby am Haar.

COLIN Das tut weh.

Sie lachen.

MIKE Was macht der?

COLIN Ziehts am Haar.

FRED Der kriegt dem Wurm seine Alte aufn Hals.

MIKE Dann gute Nacht.

BARRY Der gibt doch nur an.

MIKE *geht zum Wagen:* Zeig mal wies geht.

Pete zieht das Baby am Haar.

Ah ja.

BARRY Es sagt kein Pieps.

COLIN Der kleine Scheißer ist halb tot vor Angst.

MIKE Immer noch wach.

PETE Der hilft uns aber auch überhaupt nicht.

BARRY Versuchs mal mit Zwicken.

MIKE Das müßt wirken.

BARRY So zum Beispiel.

Er zwickt das Baby.

COLIN Guck dir nur den Mund an.

BARRY Es gähnt wien Scheunentor.

PETE Tut wenigstens so.
MIKE Zieh ihm die Hosen aus.
COLIN Ja!
MIKE Aber langsam, im Fall daß sie beschissen sind.
PETE Ha!
BARRY He!
Er wirft die Windel in die Luft.
Jippie!
COLIN Sieh dir das an.
Sie lachen.
MIKE Guck dir mal die kleinen Beine an, wie die strampeln.
COLIN Mensch, sind die häßlich.
BARRY Puuh!
MIKE Kann es die nicht stillhalten?
PETE Es hatn Anfall.
BARRY Vollgeschissen ist es.
Sie stöhnen.
COLIN Halt ihm mal die Nase zu.
MIKE Das ist gegen den Schlucker.
BARRY Rotz ihm mal aufs Fahrgestell.
Er spuckt.
MIKE Ja!
COLIN Ha!
Er spuckt.
MIKE Mitten rein!
PETE Hau mal drauf.
MIKE Immer sachte!
COLIN Sieht doch keiner!
Pete schlägt es.
Puh! Man will ihm ja nicht weh tun.
MIKE Das kannst du sowieso nicht.
BARRY Nicht in dem Alter.
MIKE Klar – hat ja noch kein Gefühl.
PETE Wie die Tiere.
MIKE Hau's nochmal.
COLIN Ich seh ja nichts!
BARRY Fester.
PETE Ja.
BARRY So!
Er schlägt es.

COLIN Und so!

Er schlägt es auch.

MIKE Macht nicht son Terror!

PETE Schläge sind gut für die. Das hab ich gelesen.

BARRY *zu Fred:* Warum haust du denn nicht drauf?

FRED Es gehört nicht mir.

PETE Drückeberger. Man muß seine Pflicht tun.

FRED Mich gehts nichts an. Aber ihr geschiehts recht.

BARRY Hier, kann ich mal draufpissen?

COLIN Schweinepriester!

MIKE Hast du Streichhölzer?

Sie lachen.

PETE Die kleinen Fingerchen müßt man doch leicht brechen können.

COLIN Krack!

PETE Weißt du, was man früher gemacht hat?

MIKE Ja.

PETE Erstickt hat man sie.

BARRY Ja. Das wär mal was.

COLIN Sieht aus wien Chines.

BARRY Zinken wien Jud.

FRED Laßts in Ruh.

PETE Wieso?

FRED Suchst du Streit?

PETE Was für Streit?

MIKE Was fürn Kind?

COLIN Ich hab kein Kind gesehn.

BARRY Denkst du ich?

PETE Du wirst doch nicht gegen deine Kumpels anstinken?

FRED Zieh Leine.

BARRY Das sieht schon krank genug aus. Son Kümmerling.

Er ruckt heftig den Kinderwagen.

PETE Das ist wie beim Hängen – du kriegstn Ruck.

MIKE Und was sagst du, wenn aus dem'n Idiot wird?

PETE Odern Krüppel?

BARRY Brauchst dir nur die Eltern ansehn.

PETE Mistvieh!

Er ruckt kräftig den Kinderwagen.

Davon verlernt ers Grinsen.

MIKE Guck mal! Puh!

BARRY Guck!
COLIN Was?
Sie schütteln sich vor Ekel.
PETE Schmiers ihm ins Gesicht!
BARRY Ja!
PETE Komm mal her!
Er beschmiert das Baby. Sie winden sich alle.
BARRY Laß mich mal. Danach hab ich mir schon immer die Finger geleckt!
PETE Hast du sowas noch nie gemacht?
Barry beschmiert das Baby. Er lacht.
COLIN Die ganzen Augen sind voll.
Schweigen.
FRED Gleich krachts.
MIKE Es kann ja nicht reden.
PETE Und wenn?
FRED Ich hab dich gewarnt.
COLIN Halts Maul.
BARRY Ich kann beschwörn, daß ders nicht angerührt hat.
COLIN Zuviel Schiß.
FRED Ja?
PETE Dann mach mal.
BARRY Ja.
PETE Hast du Angst, daß sie dich verhaut?
FRED Ha!
Er blickt in den Wagen.
Mensch.
PETE Zeig mal, was du kannst.
Pete wirft Fred einen Stein zu. Fred versucht nicht, ihn zu fangen. Er fällt auf den Boden. Colin hebt ihn auf und gibt ihn Fred.
MIKE *ruhig:* Meint ihr, das können wir machen?
COLIN *ruhig:* Ist ja keiner da.
PETE *ruhig:* Weiß doch keiner, daß wirs warn.
MIKE *ruhig:* Sie hats stehngelassen.
BARRY Jetzt ist es passiert.
PETE *ruhig:* Du kannst machen, was du willst.
BARRY Wir wolln ja auch mal unsern Spaß haben.
PETE *ruhig:* So ne Gelegenheit kriegst du nicht jeden Tag.
Fred wirft den Stein.

COLIN Vorbei.

PETE Der aber nicht!

Er wirft einen Stein.

BARRY Und der!

Er wirft einen Stein.

MIKE Ja!

COLIN *rennt herum:* Wo sind'n die ganzen Steine?

MIKE *rennt auch herum:* Hol sie dir aufm Jahrmarkt.

PETE Aufm Jahrmarkt! Drei Wurf eine Mark! Im Dutzend billiger.

MIKE *wirft einen Stein:* Autsch!

COLIN Hast du das gehört?

BARRY Gib maln paar her.

Er nimmt Steine von Colin.

COLIN *wirft einen Stein:* Genau ins Ohr.

Fred sucht nach einem Stein.

PETE Und jetzt ins Maul!

BARRY Und ins Pipi!

FRED *hebt einen Stein auf, spuckt drauf:* Bringt Glück. Die Sau.

Er wirft.

BARRY Huhuuuuu!

MIKE Wie das bummst!

Eine Glocke läutet.

MIKE Wer hatn Streichhölzer?

Er findet welche in seiner Tasche.

BARRY Was willstn machen?

COLIN Mußt dich ranhalten!

MIKE Paß auf, wenn einer kommt.

Er wirft brennende Streichhölzer in den Kinderwagen. Barry wirft einen Stein. Er verfehlt Mike um ein Haar.

Paß auf, hast wohln Arsch offen!

PETE Du Idiot! Mach das aus.

MIKE Nee! Jetzt hast du was du willst!

PETE Wir kriegen gleich den ganzen Park aufn Hals!

Eine Glocke läutet.

BARRY Piß doch drauf! Piß drauf!

COLIN Schwein.

MIKE Ruf den Tierschutzverein an.

Eine Glocke läutet.

FRED Die machens Tor zu.

PETE *im Gehen:* Wir finden schon'n Loch im Zaun.

BARRY Wart mal.

Er sucht nach einem Stein.

PETE Hör jetzt auf!

BARRY Nur noch den!

Er wirft einen Stein, während Pete ihn anstößt. Der Stein fliegt weitab.

Scheiße!

Zu Pete: Du hast mich gestoßen!

PETE Ich dreh dir gleichn Hals um!

BARRY Einmal muß ichs noch schaffen!

Die anderen sind nach links hinten gegangen. Er nimmt einen Stein aus dem Wagen und wirft ihn ohne zu zielen. Trifft.

Jaah!

COLIN Wo istn das Loch?

MIKE Dein Scheißzeug!

FRED Mensch.

Er rennt hinunter zum Angelzeug. Er hebt es auf.

BARRY Du kleine Drecksau!

Er schlägt in den Wagen. Er geht nach hinten links.

PETE Komm schon!

Eine Glocke läutet. Fred hat Schwierigkeiten mit der Angel und den Büchsen. Er wirft eine Büchse fort.

FRED Wart doch!

Er geht nach links hinten.

Alle gehen hinten links ab und machen dabei ein seltsames summendes Geräusch. Eine lange Pause. Pam kommt von links.

PAM Ich hätt mirs denken können, daß die dich einfach stehen lassen. Hast Glück, daß jemand da ist, der sich um dich kümmert. Die Mamma ist da.

Sie schiebt den Wagen. Sie blickt nicht hinein. Sie spricht mit singender Stimme, laut, aber zu sich selbst:

Wer hat dir den Ballon weggenommen? Den hat dir doch die Oma geschenkt. Wirst du mich wieder die ganze Nacht wachhalten? Komm schlaf, schlaf ein. Gleich sind wir zu Haus. Schön warm ist es dann. Keiner will dich. Schön warm. Gleich sind wir zu Haus.

Siebte Szene

Eine Zelle. Links Mitte eine Kiste zum Sitzen. Die Bühne ist sonst leer.
Eine Eisentür knallt. Fred kommt von links. Er hat einen Regenmantel über den Kopf gezogen. Er setzt sich auf die Kiste. Nach einer kleinen Pause nimmt er den Mantel herunter. Schweigen. Eine Eisentür knallt. Pam kommt von links.

PAM Was istn passiert?
FRED Hast du sie nicht gesehn?
PAM Gehört hab ich sie.
FRED Elendes Pack. Gewumst und getreten haben sie die Minna.
PAM Wer denn?
FRED Hausfrauen, elende! Wern sonst! An die Wand stelln müßt man die und erschießen!
PAM Fehlt dir was?
FRED Ja. Dem Polypen hab ich gesagt, mach die Tür nicht auf. Und der, da sind wir, sagt er, das fette Schwein, und läßt sie rein. Getreten und geschlagen haben sie.
Er hält den Mantel hoch.
Guck dir das an! Alles vollgespuckt.
Er wirft den Mantel von sich.
'türlich fehlt mir was!
Äfft sie nach:
›Fehlt dir was?‹
PAM Ich dürft eigentlich gar nicht hier sein, haben sie gesagt. Aber der ist so nett zu mir gewesen. Auf fünf Minuten käms nicht an, hat er gesagt.
FRED Verdammte Scheiße.
PAM Hier können sie doch nicht rein.
FRED Und ich kann hier nicht raus!
PAM Ich mach dir keine Vorwürfe.
FRED Vorwürfe, mir? Ein Scheißdreck kannst du mir vorwerfen, Mensch. Mein Leben hast du ruiniert, das ist alles!
PAM Ich hab doch nicht gewollt –
FRED Warum mußt du auch so spät nachts den Balg herumzerrn, verdammtnochmal?
PAM *kaut an den Nägeln:*

Ich wollte doch nur –

FRED Du hast kein Recht, mitm Kinderwagen hinter mir herzulaufen! Hast mich reinrasseln lassen.

PAM Ich hab doch so ne Angst gekriegt und da –

FRED Ich versteh sowieso nicht, wieso du das Wurm überhaupt gekriegt hast. Du weißt überhaupt nicht was du tust. Du bist ne Gefahr für die Menschheit, das ist es was du bist!

PAM Was istn das?

FRED Sie sollten dich einsperrn, dann wirst dus schon merken. Hast du was zum Rauchen dabei?

PAM Nee.

FRED Du denkst auch an gar nichts! Hast du nicht wenigstens eine?

PAM Nee.

FRED Zu nichts bist du zu gebrauchen.

PAM Was wird denn passiern?

FRED Was weiß ich? Ich bin der letzte, ders weiß. Die ganze Sache warn Unfall. Eine ganze Schlägerbande. Vorher nie gesehn. Frag mich nicht. So Kerle gibts überall. Ich wollt sie wegtreiben.

PAM Ob die dir das glauben?

FRED Nee. Wenn ich zehn Jahre älter wär, bekäm ichs Verdienstkreuz. Aber in so nem Staat wie unserm müssen sie halt ein haben, auf den sie einschlagen können.

Er geht nach rechts.

Verdammte Scheiße.

PAM Du bist doch noch nie in der Klemme gewesen. Höchstens ein oder zwei Schlägereien oder so.

FRED Beinah umgebracht hätten sie mich mit ihrn Handtaschen!

PAM Die müssen dir dochn Arzt schicken.

FRED Arzt! Der dürft bei denen nicht mal ne tote Ratte mitm Paddel anfassen.

Er geht ein paar Schritte.

Sowas nennt sich Essen. Ein halbverhungerter Hund würds nicht anrührn.

Er geht noch ein paar Schritte.

Was ist denn gewesen?

PAM Keine Ahnung.

FRED Bist du allein da?

PAM Was ist denn mit den andern?

FRED Was solln sein?

PAM Ich könnt sagen, daß ich sie gesehn hab.

FRED Davon würds nur schlimmer. Keine Angst. Ich denk mir schon was aus. Da kommen sie nie drauf, was wirklich passiert ist. Eigentlich. Warum sollt ich denn nicht versucht haben, dem Balg zu helfen? Ich hatte doch kein Grund ihm was zu tun.

Er setzt sich auf die Kiste.

PAM Das hab ich ihnen ja auch gesagt.

FRED *legt seine Arme um ihre Taille und lehnt seinen Kopf an sie:* Du mußt Briefe an mich schreiben.

PAM Ich kauf mirn Block aufm Heimweg.

FRED Pam. Ich hab keine Ahnung was passiert. So verdammte Schläger treiben sich hier überall rum. Und die verdammte Polizei tut ihre Pflicht nicht.

PAM Ich bring mich um, wenn sie dir was tun.

Eine Eisentür knallt. Len kommt von links.

PAM Ich hab dir doch gesagt, du sollst draußen warten.

LEN Ich hab ihm'n paar Zigaretten geholt.

Zu Fred:

Ich hab die Hälfte abgeben müssen.

PAM Der läßt mich immer noch nicht in Ruh, Fred.

LEN Ich darf sowieso nur ne Minute rein. Du, die verlangen ne Untersuchung.

FRED Mensch! Ist die Meute immer noch draußen!

LEN Sie haben ne Absperrung gemacht auf der Straße.

FRED Bißchen spät.

PAM Sag ihm, er soll gehn.

LEN Wir müssen beide gehn. Der Inspektor will mit dir sprechen.

FRED Wo ist das Kraut?

LEN Ich habs dir in die Tasche gesteckt.

FRED *zu Pam:* Also bis dann.

Sie legt ihren Arm um ihn, bevor er die Zigaretten nehmen kann.

PAM Ich wart auf dich.

FRED *tätschelt ihren Rücken:* Ja, ja. Das fehlt grad noch.

LEN *zu Pam:* Du bringst den noch in Schererein, wenn du nicht gehst.

Fred nickt Pam zu. Sie geht weinend hinaus.

FRED Wieviel hastn gebracht?

LEN Sechzig. Die Hälfte hab ich hergeben müssen.

FRED Und damit hat sichs?

LEN Gib ihnen dann noch maln paar, und laß sie nicht rumliegen.

FRED Sie hat nämlich keine mitgebracht. – Ich werf dir auch maln Stein in Garten.
LEN Steck sie in die Tasche.
FRED Was meinstn was ich krieg?
LEN Totschlag.
Zuckt die Achseln.
Alles drin.
FRED Es war doch nurn Kind.
LEN Ich habs gesehn.
FRED Was?
LEN Ich bin zurückgekommen, wie ich sie nicht gefunden hab.
FRED Hast du dicht gehalten?
LEN Ja.
FRED Mhm.
LEN Ich bin aufn Baum geklettert. Hab den Wagen gesehn.
FRED Ja.
LEN Ich hab alles gesehn.
FRED Ja.
LEN Ich hab nicht gewußt, was ich machen soll. Ich hätt euch stoppen müssen.
FRED Ist jetzt zu spät.
LEN Ich habs aber gesehn.
FRED Gesehn! Gesehn! Was nützt denn das? Da hab ich nichts von. In fünf Minuten sitz ich da drin auf der Bank!
LEN Nix. Den Kinderwagen haben sie im Gerichtssaal.
FRED Schon gut, schon gut. Meinst du, wir können noch schnell eine rauchen?
LEN Grad noch.
Er gibt Fred Feuer.

Pause.

Das Wohnzimmer.
Harry bügelt. Len sitzt dabei.

LEN Das kannst du, als hättst dus gelernt.
Pause.
Platzt dir da nie der Kragen?
HARRY Warum?
LEN Jeden Freitag abend bügeln.
HARRY Einer muß doch Ordnung halten.
LEN Jaja.
Pause.
Man gewöhnt sich dran.
HARRY Hab ich beim Barras gelernt.
LEN Aha.
HARRY Da machen sie'n Mann aus dir.
Mary kommt herein. Sie sieht sich um.
MARY *zu Len:* Du brauchst auch nicht immer in deim Arbeitsdreß und den Schuhn rumzusitzen. Wozu hastn so schöne Pantoffeln.
Mary geht hinaus.
LEN Die Pam läßt sie nicht.
HARRY Was?
LEN Die Pam läßt sies nicht für dich machen.
HARRY Ich brauch nicht lang.
Lange Pause.
LEN Du könntst ihr dochs Geld streichen.
Kleine Pause.
Sie könnte nichts machen.
HARRY Dauert nicht lang. Wenn man mal angefangen hat.
LEN Warum versuchst dus nicht mal so?
HARRY Die Pam kann nicht bügeln. Die würd nur alles kaputt machen.
LEN Und ausziehn? Schon mal dadran gedacht?
HARRY Das Zeug wird so schnell trocken.
LEN Du müßtst dirs wirklich mal überlegen.
HARRY Du weißt nicht was du redst, Junge.
LEN Nee. Weiß ich nicht.

HARRY Es ist genau wie alles andre.
LEN Wielang wohnt ihr denn schon hier?
HARRY Weiß ich nicht.
Er streckt seinen Rücken. Er bügelt weiter.
Dein Kumpel kommt auch bald raus.
LEN Ja. Und?
HARRY Der Pam ihr Typ.
Er spuckt aufs Bügeleisen.
Ist alles nicht so leicht.
LEN Dir istn kleiner Bub umgekommen, hm?
HARRY Nächste Woche, oder?
LEN Ich hab auch nochn Hemd für dich.
Lacht.
Wie ist es?
HARRY Holt sie ihn ab?
LEN Hab nicht gefragt.
HARRY Du?
LEN *zuckt die Schulter:* Ich müßt mir freigeben lassen.
HARRY Hm.
LEN Was macht die Arbeit?
HARRY *sieht auf:* Genug zu tun.
LEN Ich meine: kommst du aus mit deinen Kollegen?
HARRY *bügelt:* Die sind in Ordnung.
LEN Lustig sowas, Nachtarbeit.
Pam kommt herein. Das Haar hat sie in ein Handtuch gewikkelt. Sie hat ein Kofferradio in der Hand. Jemand spricht. Sie setzt sich auf die Couch und sucht ein Unterhaltungsprogramm. Sie stellt es schlecht ein. Sie unterbricht sich zwischendurch und frottiert ihre Haare.
LEN *zu Harry:* Wie wärs denn mit meim Hemd?
Er lacht. Pam hört auf, das Radio einzustellen. Sie blickt sich um.
PAM Wer hat meine Radiozeitung? Hast du sie gehabt?
Harry antwortet nicht. Sie wendet sich an Len.
PAM Du?
LEN *murmelt:* Fang nicht schon wieder an.
PAM Redst du mit mir?
LEN Mir stinkt deine scheiß Radiozeitung.
PAM Einer muß sie doch gehabt haben.
Sie frottiert energisch ihr Haar.

Ich kauf sie nicht mehr. Das passiert mir nicht nochmal. Ich bestell sie ab. Das wars letzte Mal, daß ich sie in dieses Haus gebracht hab. Ich seh nicht ein, warum grad immer ich dafür blechen soll. Ihr glaubt wohl, ich kann Geld scheißen. Nie ist sie da, wenn ich sie brauch. Nicht einmal. Es ist immer wieder dasselbe.

Sie frottiert ihr Haar.

Es will sie also keiner von euch kaufen. Ich bin doch nicht euer Hanswurscht. Mir stehts allmählich hier.

LEN Jede Woche dasselbe!

PAM *zu Harry:* Hast du sie bestimmt nicht?

HARRY Vor mehr wie acht Jahren hab ich das Hemd gekauft.

PAM Fünfzig Pfennig die Woche kostet mich das. Rechnets euch aus, was das im Jahr macht. Ihr glaubt anscheinend, ich komm vom Mond.

Pause. Sie frottiert ihr Haar.

Letzte Woche war sie nicht da. Nie ist sie da. Hat doch keine Beine bekommen.

Sie geht zur Tür und brüllt:

Mamma! – Die hat mich ganz genau gehört.

Sie geht zur Couch zurück und setzt sich. Sie frottiert ihr Haar.

Einer muß sie doch haben. Ich kann mir nicht vorstelln, daß die Leute von nebenan reinkommen und sie mitgehn lassen. Jeder hat sein Vorteil davon, bloß ich nicht. Es ist immer dasselbe. Ich weiß, was ich in Zukunft mach. Ich spiel nicht mehr mit, da gehörn zwei dazu. Ich bin doch nicht bescheuert.

Sie frottiert ihr Haar.

Von mir aus kann sie sich pumpen wer will, aber man kann doch wenigstens erwarten, daß er weiß was sich gehört und sie wieder zurückbringt.

Pause. Sie frottiert ihr Haar.

Jeder denkt, mit der kann ers ja machen. Na, mir passiert das nicht nochmal. Die behandeln einen wien Fußabtreter. Jeder nimmt sich was er braucht, keiner gibt. Aber faß mal was von den ihren Sachen an und sie gehn gleich an die Decke. Es ist immer dasselbe gewesen, seitdem der –

LEN Ich hab dir doch gesagt, sollst sie in deim Zimmer lassen!

PAM Soll man noch im eignen Haus alles abschließen?

LEN Warum müssen wir uns das jede Woche anhörn, nur weil du zu –

PAM Du weißt ja, was du tun kannst.

LEN Was anders fällt dir nie ein.

PAM Weißt du was Bessers?

Pause.

HARRY Erst warns zwei. Hab pro Stück zehn Mark gespart. Oben aufm Markt. Eins ist kaputt gegangen, Manschetten durch. Zehn Mark weg.

LEN Mensch.

Pause.

PAM Diesmal mein ichs ernst. Samstag morgen geh ich als erstes in das Geschäft und bestell sie ab. Ich schmeiß doch mein Geld nicht zum Fenster raus, bloß damit –

LEN Zieh Leine!

PAM Sag du mir nicht, was ich tun soll!

LEN Zieh Leine!

PAM Das ist wieder typisch für dich.

Sie geht zur Tür und ruft: Mamma!

Zu Len:

Ich bin doch nicht blöd. Ich weiß genau, wer sie hat.

Sie ruft:

Mamma! – Hat die keine Ohren?

HARRY Steht sowieso nichts Gescheites drin.

LEN Hör auf, sonst fängt sie wieder an.

PAM *zu Len:* Du sitzt bestimmt drauf!

LEN Nee.

PAM Du hast gar nicht nachgeguckt.

LEN Ich guck auch nicht.

PAM Und wie willst du wissen, daß du nicht drauf sitzt?

LEN Ich sitz nicht drauf.

PAM *zu Harry:* Sag ihm, er soll aufstehn!

HARRY Reine Geldverschwendung.

PAM *zu Len:* Das wird dir noch leid tun.

LEN Mir wird noch viel leid tun.

HARRY Die Manschetten sind auch bald durch hier.

PAM *an Lens Stuhl:* Ich geh nicht eher weg, bis du aufstehst.

HARRY Nur Lügen und Fotos von Schwulen.

PAM Du kannst richtig gemein sein, wenn du willst.

LEN Genau.

PAM *geht zur Couch zurück, frottiert ihr Haar:* Wer zuletzt lacht. Der Fred kommt auch heim nächste Woche.

LEN Heim?
PAM Aber seine alte Dame will ihn nicht im Haus haben.
LEN Und wo geht er dann hin?
PAM Das wirst du schon sehn.
LEN Mein Zimmer kriegt er jedenfalls nicht.
PAM Und wer sagt das?
LEN Als wenn deine Alte das erlaubt.
PAM Das werden wir ja sehn.
LEN Du hast sie noch nicht einmal gefragt.
PAM Ach nee?
LEN Nee.
PAM *frottiert ihr Haar:* Das werden wir schon sehn.
LEN Ich hab hier auchn bißchen was zu sagen. Du bist nur zufrieden, wenn du die Leute rumstoßen kannst.
PAM Kann ich nur von dir haben.
LEN Ich hab gedacht, der zieht mit in *dein* Zimmer.
PAM Ich will kein Streit. Irgendwas muß er doch haben, wo er hinkann. Mensch, weißt du vielleicht, was es heißt, wenn man da so wo eingesperrt ist? Hier hat ers nett und sauber, wenn du erst mal fort bist.
LEN Hast du schon mit ihm gesprochen?
PAM Ich will kein Streit. Wenn der wieder anfängt so rumzuhängen, dann ist er bald wieder in der Klemme. Ich laß mir da jedenfalls von keim mehr was reinreden! Wir werden auch nicht jünger. Er *muß* doch jetzt anders sein.
Sie frottiert ihr Haar.
Im Brief kann man ja nichts sagen. Das kannst du nicht von ihm erwarten.
LEN Hast du mit ihm gesprochen?
PAM Ich will nicht drüber reden.
LEN Holst dun ab?
PAM Wieso? – Du gehst jedenfalls nicht mit!
LEN Wer sagtn das?
PAM Er will nicht, daß du kommst!
LEN Woher weißtn das?
PAM Ach laß mich doch in Frieden!
LEN Ist er mein Freund oder nicht?
PAM Es kotzt mich an wie du dich immer an mich hängst. Hast du denn keine Freunde, wo du hinkannst! Und deine Leute? Wolln die dich auch nicht bei sich haben?

LEN Du stellst manchmal blöde Fragen.

PAM Stolz hast du überhaupt kein. Mich könntst du nicht wo finden, wo mich keiner will.

LEN Und wer will mich nicht?

PAM Ich will dich nicht! Die wolln dich nicht! Das ist doch nur logisch! Ich versteh nicht, daß du das nicht merkst. Nur Krach und Stunk gibts, sonst nichts.

LEN Und wer ist schuld dran?

PAM Kein andrer würd bleiben, auch wenn ers bezahlt bekäm. Du bist an allem schuld gewesen.

LEN Ich hab gewußt, daß das jetzt kommt.

PAM Überhaupt nichts wär passiert, wenn du nicht dagewesen wärst. Du gibst ihm nie ne Chance.

LEN Ja, ja.

PAM Du lebst von Schererein!

LEN Er ist andrer Meinung.

PAM Wieder die alten Lügen.

LEN Ach, das mußt du sagen!

PAM Erst sorgst du dafür, daß sie ihn einstecken –

LEN Sei nicht so blöd!

PAM Eifersüchtig! Und jetzt, wo sie ihn rauslassen, kannst du ihn immer noch nicht in Ruh lassen!

LEN *Du* kannstn nicht in Ruh lassen, meinst du wohl!

PAM Kaputtgelacht hast du dich, wie sie ihn eingesteckt haben.

LEN Saublöd! Frag ihn doch!

PAM Kommt her und will mich fertig machen!

LEN Wenn du dich nur manchmal hören könntst!

PAM Und du dich!

LEN Rumschrein –

PAM Wer schreit rum?

LEN Du!

PAM Mit dir kann man ja nur schrein!

LEN Nur weiter so!

PAM Du bist vielleicht vernagelt!

LEN Nur weiter!

PAM Da kann man nur schrein!

LEN Du bist eine ganz blöde Kuh!

PAM Rumschrein, sagt er! Hör dir das an! Hör dir das an!

LEN Halts Maul!

PAM So gehts jedenfalls nicht weiter! Nacht für Nacht bringst du mich auf die Palme!

LEN Du fängst ja immer an!

PAM Das hört jetzt auf! Es kommt doch nichts raus! Dreht sich immer im Kreis.

Eine sehr lange Stille.

Jetzt kannst du nicht mehr sagen, daß es das Kind ist, was dich hält.

Eine lange Stille.

Und ich schon gar nicht. Das ist längst vorbei.

Stille.

Sitzt da rum in seim dreckigem Arbeitsdreß.

Zu Harry:

Warum setzt *du* ihn nicht an die Luft? Pappa.

HARRY Er zahlt seine Miete.

PAM Die zahlt der Fred auch.

HARRY Hat der Arbeit?

PAM Der kriegt eine.

HARRY Hält ders auch aus?

PAM Das ist allerhand!

LEN Und wer fängt jetzt an?

PAM Du.

LEN Ich hab kein Wort gesagt.

PAM Nee – aber dagesessen hast du!

LEN Ich hab auch gewisse Rechte, weißt du das?

PAM Du bist wien Kind.

LEN Zum Glück nicht deins.

PAM Ich möcht nicht dein bösartigen Charakter haben.

LEN Und ich dein schon gar nicht!

PAM Sehr gut! Ich weiß, warum du da sitzt!

LEN Was weißt du nicht alles!

PAM Ich weiß, wo meine Radiozeitung ist!

LEN Scheiß doch auf deine Radiozeitung!

PAM Ich weiß, warum du da sitzt!

LEN Die scheiß Zeitung!

PAM Warum stehstn nicht mal auf?

LEN Es geht dir ja überhaupt nicht um die Zeitung!

PAM Solang wie du Terror machst!

LEN Du suchst bloß Streit!

PAM Dann bist du glücklich!

LEN Wenn du sie gefunden hättst, würd dir was anders fehlen!

PAM *geht zu Lens Stuhl:* Dann steh doch auf!
LEN Nein!
PAM Kann sie denn nicht zufällig da sein?
LEN Nein!
PAM Siehst du!
LEN Ich laß mich nicht rumkommandiern!
PAM Siehst du!
LEN Ich krieg langsam zuviel!
PAM Du würdst lieber krepiern, statt daß du aufstehst!
LEN Ein kleines bißchen zuviel!
PAM Und rumstreiten!
LEN Halts Maul!
PAM Ausgezeichnet!
LEN Ich hab gesagt, halts Maul!
PAM Nur weiter so!
LEN Oder ich stopfs dir zu!
PAM Ach ja!
LEN Du müßtst mal richtig Dresche kriegen!
PAM Versuchs doch!
LEN Du hast damit angefangen!
PAM Na weiter!
LEN *wendet sich ab:*
Mir wird schlecht von dir!
PAM Jaah – siehst du. Mir wird schlecht von *dir*!
Sie geht zur Tür.
Ich laß mich doch nicht rumkommandiern von'm elenden Knilch wie du!
Ruft:
Mamma!
Sie kommt zurück.
Wenn ich bloß ne Platte hätt von damals, wie du zuerst gekommen bist. In der Hand bist du mir zerschmolzen.
Ruft:
Mamma!
HARRY *hört mit Bügeln auf:* Das wär geschafft, Gott sei Dank!
PAM *ruft:* Mamma! – Hat die keine Ohren?
Sie ruft:
Hörst du nicht?
HARRY Hast du kein Schalldämpfer dabei?
LEN Ich würd ja gern mal wissen, was die Nachbarn über uns re-

den.

PAM Laß sie reden!

LEN Die ganze Nachbarschaft muß doch alles gehört haben!

PAM Gut – die können ruhig hören, was du für einer bist!

LEN Und wer hat angefangen von Stolz und so?

PAM *ruft durch die Tür:* Ich weiß doch, daß du mich hörst.

MARY *draußen:* Hast du gerufen, Pam?

PAM *zu Len:* Nur eins: wenn noch was schief geht, dann weiß ich, wer schuld ist.

MARY *draußen:* Pam!

PAM Jetzt kann sie warten.

MARY *draußen:* Pam!

LEN *ruft:* Ist schon gut! Sie hat wieder ihrn Rappel!

PAM *ruft:* Er sitzt aufm Stuhl!

MARY *draußen:* Was?

PAM *ruft:* Er hat meine Zeitung!

MARY *ruft:* Was fürn Stuhl?

PAM *ruft:* Er hat sie!

MARY *draußen:* Ich hab deine Zeitung nicht.

PAM *ruft:* Ist jetzt auch egal!

MARY *draußen:* Was für ne Zeitung denn?

PAM *ruft:* Ist egal! Sitzt du auf den Ohren?

LEN Jetzt fängst du mit der an!

HARRY *schichtet die Wäschestücke sorgfältig übereinander:* Hat nicht lang gedauert.

PAM *zu Len:* Du bist so furchtbar schlau!

LEN Wenn ich dich so auf die Palme bring, warum gehst *du* denn nicht?

PAM Das könnt dir so passen.

LEN *zuckt die Achseln:* Du willst, daß *ich* geh!

PAM Ich laß mich von niemand auf die Straße setzen.

LEN Ich will nur helfen.

PAM Du würdst nicht malm Baby helfen, das schreit.

LEN Du bist die letzte, die so was sagen kann!

PAM Helfen? – Nachdem wie du dich heut abend aufgeführt hast.

LEN Ich hab mein Job verloren, weil ich zu Haus geblieben bin und dir geholfen hab, wie du krank warst!

PAM Gefeuert haben sie dich – wegen Faulheit!

LEN *steht auf:* Zufrieden?

PAM *ohne auf den Stuhl zu blicken:* Du hast sie zerrissen oder verbrannt! Dazu wärst du fähig!

Pam geht hinaus. Schweigen. Harry ist fertig mit dem Wäscheaufschichten.

MARY *draußen:* Hast du sie?

Pause.

HARRY Willst dus noch?

LEN Nee.

Harry klappt das Bügelbrett zusammen.

Neunte Szene

Das Wohnzimmer.
Len hat eine Zeitung auf dem Boden ausgebreitet. Er putzt darauf seine Schuhe. Mary kommt herein. Sie ist im Unterrock. Sie läuft herum und macht sich fertig.

MARY Ich hoff es stört dich nicht, daß ich so rumlauf.
LEN Wie kommstn du dadrauf?
MARY Ist so ne Hetzjagd. Eigentlich will ich gar nicht gehn.
LEN Dann bleib doch hier.
MARY Jetzt hab ich aber versprochen, daß ich geh.
LEN Sag doch, du fühlst dich nicht wohl.
MARY Ja.
Sie macht sich weiter fertig.
Man braucht manchmal ne Abwechslung.
LEN Kann nie wissen, vielleicht wirds ja ganz lustig.
MARY Man muß auch mal was zu seim Vergnügen tun.
Pause.
Hoffentlich ist das nicht ihre Radiozeitung.
LEN Hm!
MARY Sie hat einfach keine Geduld. Das bringt sie noch mal ins Unglück. Wie wars denn mit dem Kinderwagen. Ich hab ihr gesagt, sie soll warten. 2000 hätt sie dafür kriegen können.
LEN Mit Leichtigkeit.
MARY *blickt auf ihre Schuhe:* Die sind auch nicht grad sauber. Nee, sie mußn natürlich für 500 hergeben, gleichs erste Angebot. Läßt sich nichts sagen. Könntst du hier nicht mal schnell drüberfahrn?
LEN Wirf sie her.
MARY Dankeschön.
LEN Was kommtn da drauf?
MARY Das weiße Zeugs da.
Len putzt schweigend ihre Schuhe.
Denkst du nach?
LEN Nee.
MARY Was istn?
LEN Nichts.
MARY Du bist, glaub ich, wie ich. Du liebst die Ruhe. Mir macht

der ganze Krach hier auch kein Spaß.

LEN Hat sie was wegen meim Zimmer gesagt?

MARY *amüsiert:* Wieso?

LEN Was hat sie gesagt?

MARY Hast du deshalb überlegt?

LEN Ich hab nicht überlegt.

MARY Sie hat mir in meim eignen Haus nichts zu befehlen.

Sie zieht ihre Strümpfe an.

LEN Hm.

Er hält ihre Schuhe hoch:

Gehts so?

MARY Prima. Fahr grad noch mal übern Absatz. Ich bin gern auch von hinten anständig. Ich hab ihr gesagt, es gibt genug Sorgen auf der Welt, da braucht man nicht noch welche dazuzumachen.

LEN Besser so?

MARY Ja. Von *den* zwei hab ich vom letztenmal noch genug.

Sie schlüpft in einen Schuh.

Erst einmal sitzen wir alle im gleichen Boot. Draußen kann sie machen was sie Lust hat.

LEN *gibt ihr den anderen Schuh:*

Jetzt haben wirs.

MARY Lebenslänglich Zuchthaus müßt der kriegen. Dankeschön. Man kann nicht verlangen, daß du das in dem Alter alles verstehst, aber so beschissen ist das Leben auch wieder nicht. Es gibt immer ein, dems noch dreckiger geht.

LEN *räumt das Schuhputzzeug zusammen:* Und der eine kannst du immer selber sein.

MARY Sie ist mein Fleisch und Blut, aber sie hat gar nichts von mir. Nicht ein einzigen Gedanken hat sie im Kopf. Aber es ist ihr ja auch dreckig genug gegangen. Mir tut sie leid wegen dem Kind –

LEN Na ja, sowas gibts. Man darf aber nicht zuviel draus machen.

MARY Wär nie passiert, wenn sie sich ruhig drum gekümmert hätt. Das hast du aber prima gemacht. Was machstn du heut abend?

LEN *näht einen Knopf an sein Hemd:*

Ich mach mich fertig für die Arbeit.

MARY Du gehst gar nicht viel aus.

LEN Ich war erst am Dienstag.

MARY Du solltest jeden Abend weggehn.

LEN Kann ich mir nicht leisten.

MARY Es gibt doch so viel nette Mädchen hier.

LEN Ich hab einfach keine Energie mehr die letzte Zeit. Die wolln – immer was Besonderes.

MARY Mir brauchst du nicht zu sagen, was sie wolln. Ich war genauso in dem Alter.

LEN Die Hälfte von denen geht mir sowieso aufn Wecker. Die wissen nicht mal wozu sie da sind.

MARY Ich hab immer gedacht, das ist es, wo ihr Männer hinterher seid.

LEN Bei der Hälfte zahlt sichs nicht aus, daß man sich überhaupt hinbewegt. Ehrlich.

MARY Und bei der andern Hälfte?

LEN Hm!

MARY *hat Schwierigkeiten mit ihrem Strumpfhalter:* Du mußts auch richtig anpacken. Kannst nicht einfach mit som Mädchen in ner nassen Straßenecke rumstehn und dann auch noch glauben, du tätst ihr wunder was fürn Gefallen. Du hast doch oben dein eignes Zimmer. Das istn schönes Zimmer. Wundert mich sowieso, daß du das nicht ausnützt. Mir ist egal, was hier los ist, das weißt du. Solangs nicht laut wird.

LEN Danke.

MARY Es steckt doch in jedem Mann. Muß doch mal rauskommen. *Pause.*
Bei uns gings ja nicht so, wie ich in deim Alter war.

LEN Das kannst du deiner Großmutter erzählen.

MARY Erst wenn du in der Kirche gewesen warst. Jedenfalls, verlobt hast du sein müssen. Ist auch schöner in der Öffentlichkeit. Das ist meine Meinung.

LEN Ich wette, du hast auch in'n paar Ecken gestanden.

MARY Jetzt amüsier dich mal. Ich wüßt schon was ich tät, wenn ich du wär.

LEN Triffst du dich mit eim?

MARY Nee! Ich geh mit der Mrs. Lee aus.

LEN Zeitverschwendung.

MARY Werd nicht frech.

LEN Schön siehst du aus, wenn du dich so aufgemacht hast.

MARY Was istn mit dir los? Hast du meine Miete durchgebracht?

LEN Was wird denn gespielt?

MARY Weiß nicht. Was Verrücktes.

LEN Soll ich mal nachgucken?

MARY Ist doch immers selbe. Sex. Mädchen, die aus ihrn Kleidern raushängen, und Männer, die sich drüberschmeißen.

LEN Ja, ist son Nacktfilm. Die Kollegen haben davon geredet.

MARY Da geh ich lieber doch nicht hin.

LEN Dann versäumst du was.

MARY Für Männer ist das was anders.

LEN Immer voll mit Mädchen, wie ich da war.

MARY Da bringst du also dein Geld hin.

LEN Ganz toll. Massive Titten hopsen auf Sinnemaskop.

MARY Das ist sicher nicht der Mrs. Lee ihr Geschmack.

LEN Ich muß dich da mal mit hinnehmen.

MARY Ich seh ja lieber Tarzan.

LEN Kannst du haben. Komm mal rauf, wenn ichs nächstemal bade.

MARY Damit ich dir die Haare auf der Brust zähl?

LEN Damit fängts an.

MARY Hört sich an wien Horrorfilm.

LEN Ich habs gern wenn man mich bürstet. Aufm Rücken.

MARY In China ist das doch ganz normal.

LEN Nichts dabei.

MARY Nee.

Kleine Pause.

Die Pam ist ja leicht rumzukriegen, fürn gut aussehendes Mädchen. So was fehlt dir jetzt.

LEN Man muß sich halt umstellen.

MARY Und wie machst du das?

LEN Hast dun Vorschlag?

Kleine Pause.

MARY Verdammt!

LEN Hm?

MARY Zerrissen ist er!

LEN Wasn los?

MARY Zum Kotzen! Mitm Strumpf bin ich hängengeblieben.

LEN Ach.

MARY Das mußte ja passiern.

LEN Und wie ist es passiert?

MARY Immer, wenn ich spät dran bin. Verdammt nochmal.

Sie sieht in die Tischschublade.

Lohnt sich überhaupt nicht mehr wegzugehn. Entschuldige

meine Ausdrucksweise. Hier findt man auch nie was, wenn mans braucht.

LEN Was suchstn?

MARY Es ist das einzige anständige Paar, was ich hab.

LEN Son Pech.

MARY Gibt ne Laufmasche.

LEN Laß mich mal gucken.

MARY Hängengeblieben an dem blöden Stuhl. Solang ich denken kann, ist der schon so.

LEN Ojeh. Das ist abern großes.

MARY Überall läßt die Pam ihrn Nagellack rumliegen, nur wenn du ihn mal brauchst –

LEN *hält ihr die Nadel hin:* Ich leih dir die solang.

MARY Es läuft schon, siehst du.

LEN Ziehs doch zusammen.

MARY Die Woche kann ich mir bestimmt keine neuen leisten.

LEN *fädelt die Nadel ein:* Nur die Ruhe.

MARY Sowas geht mir völlig ab.

LEN Nimm maln Anlauf.

MARY Es wird nur noch schlimmer.

LEN Bestimmt nicht.

MARY *stellt ihren Fuß auf den Stuhl:* Mach dus.

LEN Ich?

MARY Ich hab nie mit Nadeln umgehn können. Ich müßt schon da sein.

LEN Ich weiß nicht, ob ich –

MARY Nun mach schon. Tust mir wirklichn Gefallen.

LEN Das ist es nicht. Ich –

MARY Die Mrs. Lee wartet. Ich kann sie jetzt nicht ausziehn. Ich habs furchtbar eilig. Und gleich läuft sie.

LEN Ja. Ist gar nicht einfach. Ich will dich nicht stechen –

MARY Für dein Alter hast du ne ruhige Hand.

LEN *kniet sich vor sie und beginnt zu stopfen:* Ja.
Er läßt die Nadel fallen:
Oh.

MARY Gehts?

LEN Sie ist runtergefallen.

MARY Was?

LEN Die Nadel.

MARY Du hältst mich aber ganz schön auf!

LEN *auf allen vieren:* Augenblick.
MARY Hast du sie?
LEN Nee.
MARY *hilft ihm suchen:* Kann doch nicht weit sein.
LEN Sie ist weg.
MARY Was istn das da?
LEN Wo?
MARY Das ist sie. Da.
LEN Ach ja. Danke.
MARY *stellt ihren Fuß wieder auf den Stuhl*: Ich hab nicht die ganze Nacht Zeit.
LEN Ich muß meine Hand mal reinstecken.
MARY Paß auf, wo du hinfaßt. Du bist noch nicht auf der Hochzeitsreise. Deine Hand ist kalt!
LEN Halt still, sonst stech ich dich.
MARY Paß ja auf.
LEN Ich muß esn bißchen weiten.
MARY Gehts?
LEN Schöne Beine.
MARY Mach schon.
LEN Schön und weich.
MARY Kümmer dich nicht um meine Beine.
LEN Wirklich.
MARY Ich kenn Leute, die würden dir was erzählen, wenn sie das gehört hätten. Du weißt ja, wie sie sind.
LEN Verklemmt.
MARY Ich könnte deine Mutter sein.
Harry kommt herein. Er geht direkt zum Tisch.
Mach nur weiter.
LEN Tschuldige.
MARY Paß auf, wo du hinstichst. Das hat wehgetan.
LEN Ich hab dir ja gesagt, halt still.
MARY Du machsts nur größer, anstatt kleiner.
Harry nimmt Tinte und einen Totoschein aus der Tischschublade. Er legt beides auf den Tisch.
LEN Für heut abend wirds gehn.
Er macht einen Knoten in den Faden.
MARY Was istn *jetzt* los?
LEN Schere.
MARY Hm?

LEN Ich hab sie doch grad noch gehabt.
MARY Beißn ab.
LEN Hm?
MARY Mach schon.
LEN *beugt sich vor:* Halt still.
MARY Ich kann doch nicht die ganze Nacht so stehn.
Len beißt den Faden ab. Harry geht hinaus.
Das hat aber gedauert.
LEN *steht auf*: Puh! Ich bin ganz steif!
MARY *sieht sich das Gestopfte an:* Danke, prima.
LEN Lohnt sich jetzt nicht mehr, daß du gehst.
MARY Hab ich meine Zigaretten?
LEN Vielleicht ist was im Fernsehn.
MARY Ich kann die Mrs. Lee nicht enttäuschen.
LEN Ich hab ja im Gefühl gehabt, daß er reinkommt.
MARY Bis ich nach Haus komm liegst du schon im Bett.
LEN So lang wartet die bestimmt nicht.
MARY Ich sag schon Gutnacht. Und danke, daß du mir geholfen hast.
LEN Bleib da und machs dir gemütlich. Ich mach uns ne Tasse Tee.
MARY Man kann seine Freunde doch nicht sitzenlassen. Cheerio.
LEN Okay.
Mary geht. Len nimmt ein Taschentuch aus seiner Tasche. Er macht das Licht aus und geht zur Couch.

Zehnte Szene

Ein Café.
Mobiliar: Stühle und drei Tische, einer hinten rechts, einer rechts und einer vorn links. Im übrigen ist die Bühne leer. Len und Pam sitzen an dem Tisch hinten rechts.

LEN *trinkt Tee:* Wärmt einen auf.
Pause.
Das Frühaufstehn macht mich fertig. Noch ne Tasse?
Pause.
PAM Wie spät istn?
LEN Viertel nach.
PAM Warum haben die hier keine Uhr?
Pause.
LEN Trink doch noch eine.
PAM Das sagst du jetzt schon zum viertenmal.
LEN Wärmt dich auf.
PAM Setz dich lieber an'n eignen Tisch.
Pause.
LEN Hast du auch bestimmt den Namen richtig geschrieben?
PAM Wir gucken blöd aus der Wäsche, wenn der dich hier findt. Was wirdn der sagen?
LEN Tach.
Pause.
Ich guck mal, ob ich ihn find.
PAM Nee.
LEN Hat doch kein Zweck –
PAM Nee!
LEN Wie du willst.
PAM Muß man alles zweimal sagen?
LEN Brauchst trotzdem nicht gleich zu schrein.
PAM Ich schrei nicht.
LEN Man kann dich hören bis zum –
PAM Interessiert mich nicht.
LEN Dich intressiert nie was.
Schweigen.
PAM Len. Ich will nicht immer an dir rummachen. Ich weiß auch nicht, was mit mir los ist. Die solln doch mal die Heizung anma-

chen. Ist ja zum Eingehn. Mit ner andern kommst du doch bestimmt viel besser aus.

LEN Vielleicht kommt er gar nicht.

PAM Wer weiß, wie lang die die Fenster aufgehabt haben. Das ist doch kein Leben. Du bist doch nicht der Schlechtste.

LEN Ja. Ich komm bestimmt wieder zu spät.

PAM Dann geh doch nicht.

LEN Zahlst du mir den Ausfall?

PAM *nach einer kleinen Pause:* Warum gehst du nicht irgendwo anders hin.

LEN Wohin?

PAM Gibt doch genug wo du hinkannst.

LEN Leicht gesagt.

PAM Ich find dir was.

LEN Ich hau doch nicht ab, bloß daß du dich verlustiern kannst.

PAM Du bist vielleicht stur, du! Aber mach mir keine Vorwürfe wie ich mit dir umgeh! Mit dir hab ich nichts mehr vor.

LEN Ich hab gewußt, daß es nicht lang dauert!

PAM Du hängst mir zum Hals raus! Hau ab!

Sie geht zum Tisch vorn links und setzt sich. Len geht links hinaus. Pause. Er kommt mit einer Tasse Tee zurück. Er stellt sie vor Pam auf den Tisch. Er bleibt bei dem Tisch stehen.

LEN Es wird kalt.

Pause.

Hat er gesagt, daß er kommt?

Pause.

Hat er auch nur ein Brief von dir beantwortet?

Sie reagiert.

Ich hab ja nur gefragt.

PAM Ich habs dir doch schon gesagt.

LEN Ist schon gut.

Pause.

PAM Wie im Eiskeller hier drin.

Von draußen rechts hört man Stimmen. Jemand brüllt. Eine Tür fliegt auf. Mike, Colin, Pete, Barry, Fred und Liz kommen herein.

COLIN Da sind wir wieder.

BARRY Schuh abtreten.

MIKE An dir!

BARRY Wo wolln wir sitzen?

MIKE Auf deim Kopf.
BARRY Auf mein Arsch!
LIZ Wo istn dan Unterschied.
Sie lacht.
FRED Hier können wir.
PETE Ja?
LIZ Kann ich mich hier hinsetzen?
MIKE Setz dich hin, wo du willst, Kindchen.
BARRY Und was bestelln wir?
PETE *zu Fred:* Was willstn du?
FRED Was gibtsn?
PETE *sieht nach links:* Zwei Eier, Speck, Schinken, Würstchen, Frankfurter, Sparr-ghetti –
BARRY Chips.
FRED Einmal die Karte durch.
PETE Heh, laß dir Zeit.
FRED Und vier Tassen Tee.
PETE Das geht auf mich!
FRED Dann nochmal das Ganze!
BARRY Für mich auch!
PETE *zu Liz:* Und was willst du, Süße?
FRED Jetzt oder nachher?
PETE Jetzt, fürn Anfang.
BARRY Tee mit Hörnchen.
LIZ Könnt ichn Kaffee haben?
FRED Was du willst, Süße.
BARRY Für mich nurn Tee!
COLIN Und was will sie später?
LIZ Mittagessen.
MIKE Tee für alle also.
BARRY Okay.
MIKE *zu Fred:* Setz dich, das machen wir schon.
Pete, Mike und Colin gehen links ab.
FRED Hat keiner was zu rauchen?
LIZ Ich hab nur noch eine.
FRED *ruft:* Bringt auch Zigaretten mit.
MIKE Große oder kleine Packung?
Fred macht eine unflätige Geste. Liz bietet ihm ihre Zigarette an.
FRED Behalt sie, Süße. Ich halts noch aus.

Er wendet sich zu Len und Pam:
Hej, Tach zusammen. Wie gehts denn so?
Er steht auf und geht zu ihrem Tisch. Len hat sich inzwischen gesetzt.

PAM Tach.

FRED Ach ja, du hast ja gesagt, daß du kommst.
Ruft:
Gibts bald was?
Zu Pam:
Ja.

BARRY *zu Fred:* Freßsack!

COLIN Wir können ja nicht hexen!

PETE *draußen:* Manieren haben sie dir drin auch keine beigebracht.

FRED Willst du Streit? Aber vorläufig will ich noch nicht wieder rein.

PAM Gehts dir gut?

FRED Ja. Siehst gut aus.

LIZ Findst du nicht, er ist dünn geworden?

PAM Ich kann nicht –

LIZ Wien Wüstling. Ich habs dir ja gleich gesagt. Mußt jetzt wiedern bißchen was ansetzen.

FRED Passiert gleich, wenn das Zeug kommt.
Barry und Liz sitzen an dem Tisch hinten rechts. Barry schlägt auf den Tisch.

BARRY Bedienung!

COLIN *draußen:* Machs halblang, du Raudi!

BARRY *ruft:* Bring noch zwei Kaffee mit.
Mit affektierter Stimme:
Ich fühle mich danach.

LIZ Ist der immer so direkt?

PETE *draußen:* Stopft ihms Maul!
Barry macht eine Geste.

FRED Warum hat die Polizistin den Scharfrichter geheiratet?

LIZ Hm?

FRED Weil er so schön scharf ist.
Sie lachen.

PETE *draußen:* Warum wurde der Leichenbestatter lebendig begraben?

LIZ Sein Geschäft ist ihm übern Kopf gewachsen.

Sie lachen.

BARRY Warum hat die Frau mit den drei Titten Vierlinge gekriegt?

MIKE Den kennen wir schon!

Die anderen stöhnen.

COLIN *draußen:* Und der Matrose, der in der Badewanne ersoffen ist?

FRED Hatn Bruder bei der Feuerwehr, der sich in Rauch aufgelöst hat.

Sie lachen.

FRED *draußen:* Hab gar nicht gewußt, daß man da drin Witze macht.

LIZ Wie wars'n –

FRED Da drin?

LIZ Ja.

FRED *zuckt die Achseln. Zu Len:* Was macht die Arbeit?

LEN Stinkt mir.

FRED Immer dasselbe.

Er setzt sich an ihren Tisch.

Lang her.

LIZ Hast du Feuer?

FRED *zu Pam:* Ich hab deine Briefe gekriegt.

PAM Ja.

FRED Ich bin kein Briefschreiber.

Pete, Colin und Mike brüllen und lachen draußen.

PAM Was machstn jetzt?

FRED Ich steck mir das größte Essen meines Lebens in den Hals.

BARRY *zu Fred:* Warst du auch schön brav drin?

PAM *zu Fred:* Nee, ich mein hinterher.

FRED Na irgendwas.

PAM Weißt du wo du hingehst?

FRED Was?

PAM Ich nehm dich mit zu uns.

FRED Oh –

LEN Du kannst mit mir in mein Zimmer fürn paar Nächte. Da kannst du langsam wieder zu dir kommen.

FRED Danke, ich will euch nicht –

LEN Du bist wirklich nicht im Weg fürn paar Tage.

PAM Die Mamma hält schons Maul. Es wird schön ruhig sein. Das ist es doch, was du brauchst.

FRED Mach kein Witz!

BARRY *zu Liz:* Frag ihn mal, ob er auch schön brav war.
LIZ *zu Fred:* Hast du gehört?
FRED Kennst mich doch.
BARRY Kann man wohl sagen.
FRED Einmal –
LIZ Ja.
FRED – kriegt mich der Pope dran.
BARRY Ach du Schreck.
FRED Will mich beschwätzen. Nichts was ausm Mensch rauskommt, sagt er, kann ganz schlecht sein.
BARRY Was solln das sein?
FRED Dann muß er mal raus und ich schiff mal kurz in sein Tee.
Liz und Barry lachen – Liz sehr laut.
LIZ Und dann?
FRED Hat er gedacht, er hätt vergessen, Zucker reinzutun.
Sie lachen.
Und dann gabs'n Kumpel –
LIZ Ja.
FRED – der glotzt mich an. Glotzt mich immer an. Den ganzen Tag. Er warn ersten Tag drin.
BARRY Und?
FRED Da schnapp ich mirn am Geländer und hau ihn zusammen.
BARRY Boing!
FRED Und dann stellt sich raus, daß er bloß schielt!
Sie lachen.
LIZ Wie ist es denn drin?
FRED Die haben mich vielleicht fertig gemacht für die Schlägerei, Wasser und Brot!
BARRY Ganz allein.
FRED Das einzige Gute, daß eim da keiners Essen klaut.
BARRY Hasts denen aber wenigstens gezeigt.
FRED Mein Geschmack ist es jedenfalls nicht. Bin froh, daß ichs mal kennengelernt hab, aber jetzt reichts. Das nächstemal machen die das nicht nochmal mit mir.
LIZ Wie ist es denn?
FRED Drin?
LIZ Ja.
FRED Kalt.
LIZ Hm?
FRED Kalt.

Schweigen. Mike kommt ein paar Schritte von links herein.

MIKE Dauert keine halbe Minute mehr.

FRED Wird auch Zeit.

COLIN *draußen:* Stöhnt der immer noch?

Colin kommt herein und stellt sich neben Mike.

FRED Hm?

COLIN Ich wette, da drin konntst du nicht so weit aufdrehn.

FRED Gibt viel, was ich da drin nicht gekonnt hab, wenn du dich dafür intressierst.

MIKE Jeden Tag können wir dich nicht einladen.

FRED Ich zahls mir schon selbst.

Zu Liz:

Gib mal fünf Mark.

Pete kommt herein.

PETE Wer hat gesagt, du sollst selbst bezahlen?

FRED Ein mieses Essen wirds euch doch wert gewesen sein.

PETE Du hast vom Bezahlen angefangen, oder?

BARRY *kommt dazu:* Wasn los?

PETE Wir kriechen dir doch nicht in Arsch.

COLIN Es riecht, als obs gut wär, wolln wir –

PETE Augenblick, Col.

MIKE *zu Pete:* Komm, das ist sein erster Tag draußen, Pete. Der muß doch erst wieder normal werden.

COLIN Komm los.

Er geht nach links.

PETE Mit mir macht er das nicht.

Pete und Colin gehen links ab.

MIKE *zu Fred:* Der ist mitm linken Fuß aufgestanden.

Mike folgt ihnen hinaus. Kleine Pause.

FRED *lacht:* Der alte Knastbruder kommt aus mir raus!

Schreit:

Jippie!

BARRY Ha – ha! Jippie!

FRED Des Tormanns Tochter wollt sich binden
An den Mittelstürmer Max,
Doch der bolzte am besten von hinten
Und war in der Mitte – eher lax.

Er lacht.

Auf der Pritsche hab ich immer da dran gedacht.

COLIN *draußen:* Was?

FRED Nichts.
LIZ Ist das alles?
FRED Und da dran, wo bei dir die Beine aufhörn.
LIZ Ich mals dir mal auf. Gib mal Feuer.
FRED *zu Pam:* Gib ihr Feuer.
Er gibt ihr eine Schachtel Streichhölzer. Sie bringt sie zu Liz. Zu Len:
Was hatn die vor?
LEN Ich will nichts damit zu tun haben, Genosse.
FRED Ach nee. Hättst du mal die verrückten Briefe gelesen, die sie mir immer geschickt hat. Mich fängt sie jedenfalls nicht, daß ich mitgeh zu ihr nach Haus.
LEN Nee. Und wie wars?
FRED Komm, red von was anders.
LEN Nee, vorher.
FRED Hastn Prozeß ja gehört.
Pam kommt zum Tisch zurück.
Pam, hau ab.
PAM Ich will mein Tee trinken.
LEN Der ist kalt.
FRED Bist du schwer von Begriff? Nimm dein Tee doch mit.
PAM Was istn hier los?
LEN Nichts!
FRED Von dir red hier keiner.
PAM *will sich an den Tisch setzen:* Ich würd lieber –
FRED Mensch Pam!
Sie geht zu dem freien Tisch und beobachtet sie.
Leben der ihre Alten noch? Wenn man sowas leben nennen kann.
LEN Ja.
FRED Du wohnst doch nicht mehr da?
LEN Ich zieh bald aus.
FRED Du bist genau wie die. Und wenn der Monat nur Sonntage hätt, mich bringen keine zehn Pferde hin.
LEN Wie wars denn?
FRED Ich hab dirs doch gesagt –
LEN Nee, vorher.
FRED Was, vorher?
LEN Im Park.
FRED Hasts ja gesehn.

LEN Was hastn gedacht dabei?
FRED Weiß ich nicht.
LEN Wie dus umgebracht hast.
FRED Wie ich was?
LEN Was du dabei gedacht hast, wie dus umgebracht hast?
BARRY *zu Liz:* Wie wärs mit ner Platte?
LIZ Nichts dagegen.
BARRY Dann gib mal zwei Groschen.
LIZ Du bist geizig wien Fliegenarsch.
BARRY Und halb so schön. Ich weiß. – Kein Kleingeld.

Liz gibt ihm zwei Groschen. Er geht hinten rechts ab. Mike bringt zwei Tassen.

MIKE Jetzt kommts gleich.
FRED Was du nicht sagst.
BARRY *draußen:* Wie wärn ›I Broke my Heart‹?
LIZ Ja. Das ist toll.
BARRY *draußen:* Nicht da.
LIZ Komisch! Und ›My Heart is Broken‹?
MIKE *zu Liz:* Ein Kaffee.
BARRY *draußen:* Das haben sie.
LIZ *zu Mike:* Ist schon Zucker drin?
MIKE Probier mal.

Mike geht links ab.

LEN Wie war das, Fred?
FRED *trinkt:* Anders wie hier.
LEN Fred.
FRED Ich hab dirs ja gesagt.
LEN Nichts hast du gesagt.
FRED Ich habs vergessen.
LEN Ich hätt gedacht, du wärst voll davon. Ich wär –
FRED Len!
LEN Komisch, ist das alles, was man spürt, wenn man –
FRED Nein.

Er schlägt mit der Faust auf den Tisch.

LEN Okay.
FRED Es ist vorbei.
LEN Ja.
FRED *steht auf:* Was hastn du vor?

Die Musik-Box beginnt zu spielen.

LEN Nichts.

FRED Und worauf willst du raus?

LEN Es ist vorbei.

Pete, Mike, Colin und Barry kommen. Pam steht auf. Liz sitzt noch. Die Musik fängt an.

FRED Ich war nicht der einzige.

LEN Ich mach dir kein Vorwurf, Boß.

PETE Was ist los?

FRED Nichts was dich angeht.

PAM Er hat Krach angefangen.

FRED Es ist nichts. Wo ist das Essen?

PAM Ich hab doch gewußt, daß er was anfängt.

FRED Vergiß es.

PAM Ich hab ihm gesagt, er soll nicht kommen.

FRED Wo bleibt denn nur das scheiß Essen? Bewegt euch!

Colin und Mike gehen links ab.

PAM Er läßt mich nicht in Ruh.

FRED Ich bin am Verhungern. Das ist das einzige was ich weiß.

PAM Er geht überall mit mir mit.

FRED Da kannst du von Glück sagen.

PAM Sag dus ihm doch! Gib ihm eins drauf! Gib ihm!

FRED Ich hab nichts damit zu tun!

PAM Doch! Doch!

BARRY Sie hat angefangen.

FRED Jetzt gehts schon wieder los!

Er setzt sich und vergräbt den Kopf in seinen Händen.

PAM *zu Len:* Siehst du, was du gemacht hast?

FRED Lang hat sie nicht gebraucht.

PAM Du mußt doch jetzt zu mir halten, Freddy. Nach dem was ich alles für dich durchgemacht hab! Einer muß mich doch vor dem da retten.

FRED Danke. Vielen Dank. Ich wills mir merken.

Er steht auf und geht zu seinem Tisch zurück.

LIZ *klopft mit den Fingern:* Ich hör die Musik nicht!

PAM *zu Len:* Sitz nicht so blöd da rum! Hast genug Unheil angerichtet.

PETE Wer hatn die angeschleppt?

FRED Weiß der Himmel!

PAM *zeigt auf Len:* Der hat angefangen!

FRED Ist mir scheißegal, wer angefangen hat. *Du* kannst jedenfalls aufhörn!

PAM *zu Len:* Das wirst du mir büßen!

FRED Zisch ab!

PAM *geht zu Fred, der an seinem Tisch sitzt:* Es tut mir leid. Fred, der geht jetzt. Es wird alles gut sein, wenn er weg ist.

Len rührt sich nicht.

FRED In Ordnung.

PAM *sieht sich um:* Wo ist sein Essen? Der verhungert hier noch.

Sie berührt seinen Arm:

Ich komm so in Fahrt, wenn der –

FRED Faß mich ja nicht an! Sonst leg ich dich so aufs Parkett, daß sie mich lebenslänglich einlochen!

PETE *kommt herein:* Okay. Schieben wir mal besser ab.

Colin kommt von links herein.

PAM Es macht nichts. Ich hab mich nur so aufgeregt.

Sie ruft:

Wo istn sein Frühstück? Es wird langsam Zeit, daß –

FRED Frühstück? Ich eß in dem scheiß Lokal nichts, und wenn sies mir in eim Pariser serviern.

PETE Komm!

Sie ruft:

Mike!

FRED Nach allem was ich für die getan hab, kommt die her und stänkert herum!

PETE Komm los, ab gehts.

BARRY Der müßt man die Luft abstellen.

Mike kommt von links. Colin und Fred gehen rechts ab. Die Tür knallt.

LIZ Ich hab mein Kaffee noch nicht getrunken.

PETE Ich hab gesagt, ab!

MIKE Verdammtes Irrnhaus.

Mike geht rechts ab. Die Tür knallt.

LIZ Wir haben ihn doch bezahlt!

PETE Ab!

Liz und Barry gehen rechts ab. Die Tür knallt.

PETE Komm dem noch einmal in die Nähe und ich mach dich kalt. Paß ja auf.

Pete geht rechts ab. Die Tür knallt. Len sitzt noch. Pam steht. Pause.

LEN Ich bring dich heim. Ich komm sowieso zu spät zur Arbeit. Ich weiß ja, daß ich im Weg bin. Aber so kann man dich nicht

auf die Straße lassen.
Er zögert.
Das ist ihm nicht bekommen. Jetzt ist er wien Kind. Du kannst von Glück sagen, daß du da raus bist.
Er steht auf.
Ich hab ja gewußt, daß der abhaut! Können wir nicht weitermachen wie vorher?
Er blickt um sich.
Keiner mehr da. Du lebst nur einmal.

Elfte Szene

Das Wohnzimmer.
Auf dem Tisch: Brot, Butter, Brotmesser, Tasse, Untertasse und Milch.
Mary sitzt auf der Couch.
Harry kommt mit einer Teekanne herein. Er geht zum Tisch. Er schneidet und schmiert sich Brot. Pause, während er sich damit beschäftigt.
Mary geht hinaus. Harry macht weiter. Mary kommt zurück mit Tasse und Untertasse. Sie gießt sich Tee ein. Sie nimmt die Tasse mit zur Couch und setzt sich. Sie nippt.
Harry dreht sich so, daß er ihr den Rücken zukehrt. Er stellt die umgestülpte Tasse richtig herum auf die Untertasse. Er gießt Milch in die Tasse. Er streckt die Hand nach der Teekanne aus. Mary steht auf, geht zum Tisch und rückt die Kanne aus seiner Reichweite. Sie geht zur Couch zurück. Setzt sich. Nippt am Tee.

MARY Meine Kanne.
Nippt. Pause.
HARRY Mein Tee.
Er gießt Tee in seine Tasse. Mary steht auf und geht zum Tisch. Sie leert seine Tasse auf den Boden aus.
Unsre. Ein Hochzeitsgeschenk.
MARY *geht zur Couch und setzt sich:* Von *meiner* Mutter.
HARRY Für uns zusammen.
MARY Untersteh dich und sprich mit mir!
Harry geht hinaus.
MARY *laut:* Manche Leute muß man mit Salmiak waschen. Seife ist reine Verschwendung.
Kleine Pause.
Dreckschwein! Und noch mehr! Ha!
Sie geht zur Tür und ruft:
Untersteh dich und sprich mit mir!
Sie geht zur Couch und setzt sich. Harry kommt herein.
HARRY Ich sag dir nur eins. Ich hab dich gesehn mit deim Rock. Und zu mir sagst du Schwein?
Harry geht hinaus. Kleine Pause. Mary geht zum Tisch und

wirft seine Brote auf den Boden. Sie geht zurück zur Couch und trinkt ihren Tee.

MARY Ne dreckige Phantasie hat der! Ich laß mich doch von so eim Jüngelchen nicht anrührn, auch wenn er dafür bezahlt!

Harry kommt herein. Er geht direkt zum Tisch.

HARRY Ich will nichts hörn.

MARY Dreckschwein!

HARRY In dem Haus hats genug Schererein gegeben. Jetzt fängst du auch mit dem noch an!

MARY Sprich nicht mit mir! Du!

HARRY *sieht seine Brote auf dem Boden:* Du willst nur Schererein anfangen, wie wir schon mal gehabt haben!

Er bückt sich und hebt die Brote auf.

Frau über fünfzig – geht mitm Verflossenen von ihrer eignen Tochter – ist doppelt so alt – macht sich lächerlich – das soll sich einer angucken – keine Selbstbeherrschung.

MARY Dreckschwein!

HARRY Wien Kind – mir tut der Junge leid – bei dem ist ne Schraube locker.

MARY In dem Haus wird sich allerhand ändern. Ab heute laß ich mir das nicht mehr gefallen. Erstens einmal werden meine Sachen nicht mehr angefaßt. Das ganze Zeugs ist aus meiner Tasche gekommen. Ich hab dafür gearbeitet! Und meine Küche machst du mir auch nicht mehr dreckig. Erstens einmal kannst du dir neue Handtücher kaufen! Und Teller! Und Messer! Und Tassen! Du wirst den Unterschied schon spürn!

HARRY Willst du mir drohn –?

MARY Und mein Herd! Und meine Vorhänge! Und meine Betttücher!

HARRY Gleich sagst du was, was dir noch leid tut!

Er kommt auf sie zu. Ein Stuhl ist im Weg. Er stolpert darüber. Das Bein geht ab.

MARY Faß mich nur nicht an!

HARRY Zu dem Spiel gehören zwei! Ja! Ich kann dir morgen's Geld streichen.

MARY Laß ja die Hände unten!

Harry geht zurück zum Tisch. Er beginnt Brot zu schneiden. Pause.

MARY Ich hab gewußt, daß du draußen stehst, wie der hier war. Ich hab dich durch die Tür gehört. Ich hätt mein Kopf gewettet, daß du reinkommst!

HARRY Du könntst seine Mutter sein. Bei dir ist der Notstand ausgebrochen!

MARY Du bist vertrocknet hier. Du kriegst keine mehr.

HARRY Eine hat gereicht.

MARY Mit dir hätts keine andre ausgehalten!

HARRY Ich kann auch ohne! Du bists nicht wert!

MARY Ha! Ich hab dein Gesicht gesehn, wie du durch die Tür gekommen bist. Die ganze Woche hab ich dich beobachtet. Ich kenn dich doch von früher, Harry!

HARRY Du wirst nochmal überschnappen!

MARY Dreckschwein!

HARRY Mir reichts jetzt mit dir! Ich laß mir dein Quatsch nicht länger gefalln. Ich bin zu alt. Ich willn bißchen Ruh und Frieden.

MARY Und warum bist du dann reingekommen?

HARRY Mein Totoschein war in dem Tisch.

MARY Spioniert hast du! Und seit da schnüffelst du überall herum! Ich laß mir deine Schweinerein nicht gefallen! *Sie nimmt die Teekanne in die Hand:*
Du kannst in deim eignen Zimmer bleiben, verdammt nochmal!
Pam kommt herein.

PAM Mensch.
Sie ruft:
Die sinds!

HARRY *Brot schneidend:* So tief bin ich noch nicht gesunken, daß ich von dir was will!

MARY Eifersüchtiges altes Schwein!

HARRY Wegen nem Schrubber wie dir?

MARY Der denkt anders darüber! Ich hätt mit dem ins Bett gehn können und ich werds auch, das nächste Mal, wenn er mich fragt!

HARRY Wenn der einmal an dir riecht, zieht ern Schwanz ein und geht stiften.
Sie schlägt ihn mit der Teekanne. Der Tee fließt über ihn. Pam rührt sich nicht aus Angst.

HARRY Ah!

MARY Hoffentlich krepierst du!

HARRY Blut!

MARY Sprich anständig mit mir!

HARRY Blut!
PAM Mamma!
HARRY Ah!
LEN *draußen:* Wasn los?
HARRY Ein Arzt.
MARY Zerschmeißt mein Hochzeitsgeschenk. Der.
Len kommt herein.
LEN Lieber Himmel!
HARRY Verbrüht!
PAM Wasn passiert?
HARRY Die wollte mich umbringen!
MARY Du elender Lügner!
PAM Fehlt dir was?
HARRY Du hast sie gesehn.
MARY Der ist übergeschnappt!
LEN Ist bloß ne Schramme.
PAM *zu Mary:* Wieso?
MARY Mit was für Ausdrücken der um sich geschmissen hat.
LEN Du wirsts überleben.
HARRY Blut.
PAM *zu Mary:* Was hat ern gemacht?
LEN Er ist ganz naß.
MARY Mich beschimpft.
PAM Wieso?
HARRY Ein Arzt.
MARY Dem fehlt gar nichts.
HARRY Verbrüht.
MARY Ich habn kaum berührt. Dem gehört mal eins übergezogen!
LEN *zu Pam:* Holn Handtuch.
HARRY Ich darf die Handtücher nicht anfassen.
MARY Dreiundzwanzig Jahr hab ichs aufgehoben. Guckt euch an, wie ers kaputt gemacht hat!
PAM Was istn passiert?
LEN Nichts. Die haben sich gestritten.
PAM Schrubber hat er sie genannt.
LEN Das ist doch nichts. Ich geh besser zur Arbeit. Sonst krieg ich noch meine Papiere zurück. Wir haben übrigens grad den Fred gesehn. Er sieht gut aus, jedenfalls nicht schlecht. Ist natürlich kein Urlaub.
Zu Pam:

Bring ihn ins Bett. Setz Wasser auf. Ein Tee könnt ihr alle brauchen.

PAM *zu Mary:* Wieso hastn überhaupt mit ihm gesprochen.

MARY Hast doch gehört, wie er mich Schrubber genannt hat.

Zu Len:

Der ist verrückt geworden, weil er dich letzte Woche erwischt hat.

LEN *sieht sich Harrys Kopf an:*

Den Schnitt muß man auswaschen. Sind Teeblätter drin.

Harry betupft die Wunde mit seinem Hemdzipfel.

PAM Wen hat er erwischt, letzte Woche?

MARY *zeigt auf Harry:* Mit seiner dreckigen Phantasie.

Zeigt auf Len: Frag *ihn* doch!

PAM *zu Len:* Was ist passiert?

LEN Nichts.

HARRY Ich hab mir Brot abgeschnitten.

Er hebt sein Messer auf.

Auf mich losgegangen ist sie!

PAM *zu Len:* Ich hab gleich gewußt, daß dus warst!

Zu Harry:

Was hat er gemacht?

LEN Nichts.

MARY *zu Harry:* Dreckschwein!

HARRY Ich hab sie beide erwischt.

Er zeigt mit dem Messer auf die Stelle.

LEN *zerrt an Harry:* Nein!

HARRY Die kanns ruhig wissen.

LEN *zerrt an ihm:* Nein!

HARRY Sie hat ihrn Rock hochgehabt.

PAM Nein!

LEN Du dummer Hund! Du dummer, blöder Hund!

Len schüttelt Harry. Das Messer schwingt durch die Luft.

HARRY Ah!

PAM Das Messer!

MARY Dreckschwein!

PAM Er bringtn noch um!

LEN Blöder Hund.

PAM *schreit:* Nein! Nein! – Daß bei uns *das* noch passieren muß!

Sie setzt sich auf die Couch und weint. Pause.

HARRY Der und die.

PAM *leise weinend:* Warum geht er nicht weg? Warum geht er denn nicht weg? Meine ganzen Freunde sind fort. Das Baby ist fort. Nichts mehr da wie Streit. Tag für Tag. Mit Messern kämpfen sie.

HARRY Mir ist schwindlig.

PAM *weinend:* Die bringen sich noch um.

LEN *zu Pam:* Für die kannst du mich nicht auch noch verantwortlich machen!

PAM *weinend:* Warum kann er nicht weggehn!

HARRY *zieht sein Hemd aus:* Naß.

PAM *weinend:* Guck mich an. Ich kann schon nicht mehr schlafen vor lauter Kummer.

MARY Mein Heim kaputtzumachen.

PAM *weinend:* Mein Kind hat er umgebracht. Mir die Freunde genommen. Mein Heim kaputtgemacht.

HARRY Blutet immer noch.

MARY Ich räum dem nicht hinterher. Der kann sein Dreck selber wegmachen.

PAM *weinend:* Ich kann so nicht weitermachen.

LEN *zu Pam:* Es war überhaupt nichts dabei!

PAM *weinend:* Ich werf mich wo drunter. Das ist die einzige Rettung.

HARRY Kalt.

Len geht zu Harry.

PAM *sitzt und weint:* Halt ihn fest. Die bringen sich um.

LEN *bleibt stehen:* Ich wollt ihm helfen.

PAM *weinend:* Nimm das Messer weg. Das Kind ist tot. Alle sind fort. Es ist die einzige Rettung. Ich kann nicht mehr.

MARY Das nächstemal kommt er nicht so davon.

PAM *weinend:* Das ist doch kein Leben so. Der zerreißt mich in Stücke. Nichts wie Aufregung.

LEN Ich will doch helfen! Wer hilft denn sonst schon? Wenn ich geh, kommen sie dann wieder? Kommt das Kind wieder? Kommt *er* wieder? Ich bin der einzige, der geblieben ist, und mich willst du loswerden.

PAM *weinend:* Ich halts nicht mehr aus. Das Kind ist tot. Keine Freunde.

LEN Dann geh ich eben.

PAM *weinend:* Keiner hört zu. Warum geht er nicht? Warum sagen die ihm nicht, er soll gehn?

MARY Ab heute kann er in seim eignen Zimmer bleiben.
LEN Bis heut abend find ich was.
HARRY Es schlägt mir im Hals.
PAM *weinend:* Kein Zuhaus. Keine Freunde. Das Kind ist tot. Fort. Fred fort.

Zwölfte Szene

Lens Schlafzimmer.
Len liegt mit dem Gesicht auf dem Boden. Die Seite seines Gesichts ist gegen die Dielen gepreßt. Er hat ein Messer in der Hand. Auf dem Bett steht ein geöffneter Koffer. Darin sind ein paar Sachen. Pause. Die Tür geht auf. Harry kommt herein. Er trägt lange weiße Unterhosen. Graue Socken. Keine Schuhe. Sein Kopf steckt in Bandagen. Er geht, bis er hinter Len steht. Len bemerkt ihn allmählich.

HARRY Abend.
LEN Abend.
HARRY Steh auf. Da unten erkältst du dich doch.
LEN Wie gehts deim Kopf?
HARRY *faßt seinen Kopf an:* Weiß ich nicht.
LEN Das istn gutes Zeichen.
HARRY Bist du wieder okay?
LEN Ich hab gehorcht.
Er steckt das Messer zwischen zwei Dielenbretter.
Da wird der Ritz größer. Kann man besser hören.
HARRY Das istn prima Messer.
LEN Die hat jemand bei sich.
HARRY Ich hab gedacht, dich würds freun, wenn dir einer Gutnacht sagt.
LEN Du kannst ihre Stimme hören.
HARRY Nee.
LEN Sie hat sich ein mitgebracht. Ich bin mitm Packen überhaupt nicht weitergekommen.
HARRY Nee, ich hab sie heimkommen sehn.
LEN Ich könnt schwörn, ich hätt jemand gehört.
HARRY Nicht bei der!
LEN Sie sieht immer noch dufte aus.
HARRY Von ihrer Sorte kriegst du zwei fürs selbe Geld. So wie die sich benimmt, das läßt sich heute keiner mehr gefalln.
LEN Früher hab ich immer den Fred und sie da unten gehört.
HARRY Das ist vorbei.
LEN Da konnt ich nie einschlafen.
HARRY *setzt sich aufs Bett:* Müde. Schön hier.

LEN Könnte schlimmer sein.
HARRY Ruhig.
LEN Manchmal.
Pause.
HARRY Die heult.
LEN So.
HARRY Im Bett. Ich bin an ihrer Tür vorbei.
LEN Ich hab doch gewußt, daß ich was gehört hab.
HARRY Das wars, was du gehört hast.
Len legt ein paar Socken in den Koffer.
Wird nicht das letztemal sein.
LEN Hm?
HARRY Daß sie im Bett heult.
LEN Ja.
HARRY Sie muß bezahln dafür.
LEN Für was?
HARRY Ihr Leben. Es schlägt alles auf ein zurück.
LEN Ich hab die Kofferschlüssel verlorn.
HARRY Wirst schon sehn.
LEN Lang her, daß ich sie das letztemal gehabt hab.
HARRY Wo gehstn hin?
LEN Mir hats gereicht.
HARRY Wo anders ist genauso.
LEN Das hab ich alles schon mal gehört.
Pause.
HARRY Ich hab gedacht, es freut dich, wenn einer Gutnacht sagt.
LEN Ja. Danke.
HARRY Die sind alle im Bett.
LEN Ich bin doch im Weg, oder?
HARRY Hör einfach weg.
LEN Ich hab die Streiterein satt.
HARRY Die haben sich mal Luft gemacht. Jetzt halten sie Ruh.
LEN Ich bring alles durch – ...
HARRY Wenn du gehst, wirds auch nicht anders. Die hören doch nicht auf.
LEN Bei mir ist das anders.
Er legt ein Hemd in den Koffer.
Ich hab deine Alte kein bißchen angerührt. Ich hab ihr bloß geholfen.
HARRY Ich kenn sie länger wie du.

LEN Sie hat gemeint, sie kommt zu spät.
HARRY Interessiert mich nicht.
LEN Aber du hast Stunk gemacht.
HARRY Sie hat Stunk gemacht.
LEN Du hast gebrüllt.
HARRY So wars ja gar nicht.
LEN Ich hab dich doch gehört.
HARRY Es reinigt die Luft. Manchmal. Es ist vorbei. – Du hast gebrüllt.
Pause.
LEN Ich muß den Schlüssel suchen.
HARRY Einmal bin ich ihr davongelaufen.
LEN Du?
HARRY Bin aber wiedergekommen.
LEN Wieso?
HARRY Hab mirs ausgerechnet. Wieso soll ich mir die Hände dreckig machen mit Waschen und Kochen? Soll sies doch machen. Ist ihre Sache.
LEN Du wäschst dir doch die Wäsche selbst.
HARRY Hm?
LEN Und kochst.
HARRY Ja, *jetzt*.
Pause.
LEN Es geht auch ohne Schlüssel. Ich geh nicht weit.
HARRY Warst du beim Militär?
LEN Nee.
HARRY Das sieht man. Weißt du schon, wo du hingehst?
LEN Wos bequem ist. Für die Arbeit.
HARRY Beim Fred in der Nähe?
LEN Nee.
HARRY Den sieht sie auch nicht wieder.
LEN Ist auch das Beste. Du hast nicht gesehn, was aus dem geworden ist. Er ist wien Kind. Der endet nochmal im Knast oder als Säufer. Muß er ja. Und zwar bald. Wirst du sehn.
Er schiebt den Koffer auf dem Bett hoch.
Das laß ich jetzt bis morgen.
HARRY Es ist schad.
LEN Heut bin ich zu müd. Was ist schad?
HARRY Den ganzen Zirkus hast du überstanden. Und jetzt beruhigt sichs und da –

LEN Für mich war das der letzte Krach, das weiß ich.

HARRY Setz dich hin.

LEN *setzt sich aufs Bett:* Warn harter Tag.

HARRY Ist vorbei.

Eine lange Pause.

LEN Wenn ich morgen früh aufsteh möcht ich gern gleich raus. Es gibt nichts, was mich hier hält. Was hab ich davon? Sag doch selbst. Auswandern.

HARRY Du bist zu jung zum Auswandern. Das kannst du machen, wenn du über fünfzig bist.

LEN Ist mir scheißegal, ob sie mit eim reden oder nicht, aber die hörn dir ja nicht mal zu. Warum soll ich mir um die Gedanken machen, verdammtnochmal?

HARRY Man muß es nur durchstehn. Wir haben uns auch erst reinfinden müssen, wie du zu uns gekommen bist. Aber jetzt hast du dich doch eingefügt. Es wird sich alles beruhigen.

LEN Keiner sagt eim wirklich mal was.

Kleine Pause.

War die gut?

HARRY Hm?

LEN Im Bett.

HARRY Weißt du doch.

LEN Nee.

HARRY Hängt vom Mann ab.

LEN Und?

HARRY Ich hab gehabt, was ich wollte.

LEN Ja und?

HARRY *ruhig:* Bei mir hat sie gequietscht wien Ferkel.

LEN Ja.

HARRY Erst haben wirn kleinen Jungen gehabt.

LEN Im Krieg.

HARRY Dann das Mädchen.

LEN Auf Urlaub.

HARRY Und zurück an die Front.

LEN Weiter.

HARRY Ich kenn die Welt.

LEN Und wie wars?

HARRY Im Krieg?

Kleine Pause.

Ich kann mich eigentlich nur erinnern, wie still und friedlichs war. Ein oder zweimal ist die ganze Chose in die Luft gegangen. Dann wars wieder still. Alles still. So still findst dus heutzutag nicht mehr.

LEN Hier jedenfalls nicht.

HARRY Nirgends.

LEN Hast du ein erschossen?

HARRY Schon. Du hast die Kerle nie gesehn, außer als Gefangene oder tot. Na ja, einmal hab ich. Ich war in eim Zimmer. Da steht so einer an der Tür. Abgeschnitten, nehm ich an. Da hab ich geschossen. Er ist umgefalln. Wien Mantel vom Bügel fällt, sag ich immer. Kein Mucks.

Pause.

Du hast nie ein umgebracht. Da fehlt dir was. Da lernst du, Dinge mit Abstand sehn. Ich gehör zu den Glücklichen.

Pause.

LEN Wer hat dirn Kopf verbunden?

HARRY Ich allein. Die frag ich nie um was.

LEN Ich kann sowas gut.

HARRY Nicht nötig.

Pause.

Gleich zwölf.

LEN Schon drüber.

Er zieht seine Schuhe aus und steht auf. Er läßt seine Hosen fallen.

HARRY Du brauchst nicht zu gehn.

LEN Hm?

HARRY Geh nicht. Hat doch kein Sinn.

LEN *mit den Hosen an den Knöcheln:* Wieso?

HARRY Würdst doch wiederkommen.

LEN Hat kein Zweck heut nacht irgendwas zu Ende zu reden.

HARRY Laß dich von denen nicht wegjagen.

LEN Hängt davon ab, wie ich mich morgen fühl.

Er setzt sich aufs Bett und zieht die Hosen aus.

HARRY Geh doch, wann *du* willst. Nicht wanns denen paßt.

LEN Heut abend weiß ich gar nichts mehr.

HARRY Ich fänds schön, wenn du bleibst. Wenn du eine Möglichkeit finden könntst.

LEN Wieso?

HARRY *nach einer kleinen Pause:* Ich bleib nicht da.

LEN Was?

HARRY Nicht mehr immer.

LEN Ach ja. *Er stellt den Koffer auf den Boden.*

HARRY Wirst schon sehn. Wenn ich jetzt geh, würd sie mich auslachen. Und bald hätt sie ein andern in meim Bett. Die weiß schon, wie sies machen muß, wenn sie will. Kochen kann sie auch.

LEN Ja, ja.

Er schiebt den Koffer unters Bett und setzt sich aufs Bett.

HARRY Ich geh, wenn ich soweit bin. Wenn sie ihre Rente kriegt. Dann findt sie kein mehr, der ihr nachläuft. Und ich bin *draußen*. Dann paß mal auf, was sie macht.

LEN Lohnt sich nicht, Pappa.

HARRY Es ist nur gerecht. Wenn sich jemand aufführt wie die, muß er auch dafür bezahln. Mörder kann man doch nicht laufen lassen. Wo solln das hinführn?

LEN Frag mich nicht.

HARRY Die denkt, sie hat gewonnen. Ich mußn bißchen zurückstecken – paar Sachen kaufen und mehr in meim Zimmer bleiben. Ich kann warten.

LEN Tut der Kopf noch weh?

HARRY Sie wirds schon merken.

LEN Ich kann dirn paar Aspirin geben.

HARRY Hm?

LEN Bringen dich wieder auf die Beine.

Harry steht auf.

Nee, so hab ichs nicht gemeint.

HARRY Du müßtst auch ins Bett. Wir brauchen kein Licht zu verschwenden.

LEN Ich behalts für mich, was du gesagt hast.

HARRY Hm?

LEN Daß du gehst.

HARRY Das weiß sie.

LEN Hast dus ihr gesagt?

HARRY Wir haben keine Geheimnisse. Die machen nur Ärger.

Er geht zur Tür.

Red überhaupt nicht mit denen. Das gibt nur Mißverständnisse.

LEN Mhm!

HARRY Morgen früh gehts dir wieder besser.

LEN Gehst du nicht zur Arbeit heut nacht?

HARRY Samstag.

LEN Hab ich ganz vergessen.
HARRY Nacht.
LEN Komisch, daß wir uns nie unterhalten haben.
HARRY Die hören ja immer zu.
LEN Kommst du nächsten Samstag wieder rauf?
HARRY Nee, nee. Gibt nur Ärger. Da haben sie gleich wieder was zu meckern.
LEN Ich sags ihr gern nochmal, daß sie sich raushalten soll.
HARRY Später. Reg sie nicht auf. Ist ungerecht. So ists für uns alle am besten.
LEN *sieht sich um:* Hast recht.
HARRY Hör mal!
LEN Was?
Harry hält seine Hand hoch. Schweigen.
LEN Heult sie immer noch?
HARRY Jetzt ist sie still.
Schweigen.
Da – sie hat sich bewegt.
Schweigen.
LEN Sie hat uns gehört.
HARRY Siehst du, am besten man hält sich heraus. Gutnacht.
LEN Aber –
HARRY Scht!
Er hält wieder seine Hand hoch. Sie lauschen. Schweigen. Pause.
HARRY Gutnacht.
LEN Nacht.
Harry geht.

Dreizehnte Szene

Das Wohnzimmer.
Pam sitzt auf der Couch. Sie liest die Radiozeitung. Mary nimmt Sachen vom Tisch und geht hinaus. Pause. Sie kommt zurück. Sie geht zum Tisch. Sie stellt die Teller zusammen und trägt sie hinaus.
Pause. Die Tür geht auf. Harry kommt herein. Er geht zum Tisch und öffnet die Schublade. Er sucht darin.
Pam dreht eine Seite herum.
Mary kommt herein. Sie geht zum Tisch und sucht die letzten Sachen zusammen. Sie geht hinaus.
Harrys Jacke hängt über einer Stuhllehne am Tisch. Er sucht in den Taschen.
Pam dreht eine Seite um.
Man hört einen lauten Knall (draußen).
Schweigen.
Harry geht zum Tisch und sucht in der Schublade.
Mary kommt herein. Sie wischt die Tischfläche mit einem feuchten Tuch ab.
Man hört einen lauten Knall (draußen).
Mary geht hinaus.
Harry nimmt Tinte und Briefumschlag aus der Schublade. Er legt beides auf den Tisch. Er setzt sich auf den Stuhl. Er greift nach hinten und nimmt einen Stift aus der Innentasche seiner Jacke. Er fängt an, seinen Totoschein auszufüllen.
Ein kurzes Schweigen.
Pam dreht zwei Seiten um.
Im selben Augenblick geht die Tür auf und Len kommt herein. Er trägt den Stuhl, den Harry zerbrochen hatte, als er darüber gestolpert war. Er trägt ihn nach rechts hinten und stellt ihn auf den Fußboden. Er hockt sich hin. Sein Kopf ist tiefer als die Sitzfläche. Er blickt unter den Stuhl. Er dreht ihn um. Er wackelt an dem losen Bein.
Mary kommt herein. Sie glättet die Couch. Sie nimmt die Schürze ab und legt sie sorgfältig zusammen. Sie setzt sich auf die Couch und schiebt die Schürze an der Seite der Couch auf den Boden. Schweigen.
Stop.

Len stellt den Stuhl wieder aufrecht. Er hockt immer noch. Er stützt sein linkes Handgelenk über sich auf die Stuhllehne und seinen rechten Ellbogen auf die Sitzfläche. Seine rechte Hand hängt frei herunter. Er hat den Rücken zum Publikum. Sein Kopf ist zwischen den Schultern versunken. Er überlegt einen Augenblick.

Pam steht auf und geht zur Tür.

LEN Hol maln Hammer.

Pam geht hinaus. Harry schreibt. Mary sitzt. Len preßt seine Hand fest auf den Sitz und der Stuhl wackelt. Mary nimmt sich die Radiozeitung und wirft einen Blick auf die Rückseite.

Harry nimmt eine kleine Lederbrieftasche aus der Innentasche seiner Jacke. Er legt die Brieftasche auf den Tisch.

Pam kommt herein und setzt sich auf die Couch.

Len dreht den Stuhl wieder um und sieht ihn an.

Mary legt die Radiozeitung auf die Couch zurück. Sie klopft das Kissen zurecht. Pam nimmt die Radiozeitung. Mit einer einzigen Bewegung dreht Len den Stuhl wieder herum und reckt sich zu seiner vollen Größe. Er hält die Sitzfläche an zwei sich diagonal gegenüberliegenden Ecken gefaßt, und zwar so, daß die Diagonale zur Front seines Körpers parallel verläuft. Er stellt den Stuhl mit einem Ruck zu Boden, wobei das Stuhlbein, das am weitesten von ihm entfernt ist, zuerst auf dem Boden aufschlägt. Das gibt einen lauten Schlag. Immer noch aufrecht stehend dreht er den Stuhl wieder herum und besieht sich das Bein. Er befühlt es. Er dreht den Stuhl wieder herum und setzt ihn nieder. Er hockt sich hin. Er legt seine flache Hand auf die Sitzfläche. Der Stuhl wackelt immer noch ein wenig.

Pam faltet die Radiozeitung zusammen und legt sie hin.

Harry nimmt eine Briefmarke aus der Brieftasche. Len setzt sich auf den Stuhl mit dem Gesicht zum Publikum. Sie steckt den Kopf zwischen die Knie, um unter den Stuhl zu blicken. Harry leckt die Marke an und frankiert schweigend den Umschlag. Er greift hinter sich und steckt die Brieftasche und den unbenutzten Totoschein in die Innentasche seiner Jacke.

Len steht vom Stuhl auf und hockt sich neben ihn. Sein Rücken ist zum Publikum. Er beugt sich über den Stuhl, so daß sein Bauch oder seine Brust auf die Sitzfläche zu liegen kommt. Er greift mit seiner linken Hand hinunter und zerrt das lockere Hinterbein in die Öffnung.

Harry greift hinter sich und steckt den Stift in die Brusttasche seiner Jacke. Er stellt die Tinte in die Tischschublade. Len greift mit dem linken Arm um die Stuhllehne herum. Seine Brust ist gegen den Seitenrand der Sitzfläche gepreßt. Die Finger seiner rechten Hand berühren den Boden. Sein Kopf liegt seitwärts auf der Sitzfläche.
Mary sitzt. Pam sitzt.
Harry beleckt die Lasche des Umschlags und klebt ihn langsam zu. Der Vorhang fällt rasch.

Trauer zu früh

Deutsch von Christian Enzensberger

Personen:

Prinz ARTHUR, 20 Jahre
GEORGE, Prinz von Wales, 20 Jahre
ALBERT, Prinzgemahl, 45 Jahre
DISRAELI, Premierminister, 45 Jahre
GLADSTONE, Premierminister, 45 Jahre
LORDKÄMMERER, alt
Lord MENNINGS, jung
LEN, Freund von Joyce, 18 Jahre
Gefreiter JONES, 35 Jahre
Soldat GRISS, 19 Jahre
ARZT, 50 Jahre
NED, ein Trommlerjunge, 16 Jahre
Königin VIKTORIA, 45 Jahre
FLORENCE NIGHTINGALE, 20 Jahre
JOYCE, Freundin von Len, 47 Jahre
Volksmenge, Höflinge, ein Lakai, Offiziere, Soldaten, Verwundete, ein Exekutionskommando, Geister, Geschworene, Leichen usw.
Die meisten Nebenfiguren können als Doppelrollen besetzt und von den Darstellern der Volksmenge usw. gespielt werden. Das Stück hat 20 Szenen. Es ist in drei Teilen zu spielen, mit Pausen nach den Szenen 6 und 14.
Die Ereignisse in diesem Stück sind wahr.

Erste Szene

Ein Korridor auf Schloß Windsor.

Prinz Albert und Disraeli treten auf.

ALBERT *blickt sich um:* Hier sind wir unbewacht.

DISRAELI Viktoria wird in Kürze die Verlobung des Prinzen von Wales bekanntgeben. Viktoria ist nicht beliebt, und sie weiß von unserer Verschwörung. Sie hat Angst. Sie weiß, daß eine königliche Verlobung das Volk besänftigt, wir müssen also jetzt zuschlagen.

ALBERT Genau.

DISRAELI Seit fünf Jahren höre ich von Ihnen »genau«.

ALBERT Ich denke an meine Söhne. Weniger an George – nach Viktorias Ermordung wird er klein beigeben, er ist ja nur ihr Werkzeug – aber an Arthur. Ich möchte, daß er sich uns anschließt.

DISRAELI Darauf hatte ich gehofft. Er ist Thronerbe nach Prinz George. Er hätte unserem Putsch den Anschein von Legalität verschafft. Jetzt ist es dafür zu spät.

ALBERT Ich rede mit ihm.

DISRAELI Noch einmal?

ALBERT Heute nacht. Ich verrate ihm die Verlobung. Das wird ihn aufrütteln.

DISRAELI Gut, aber morgen ordne ich die geheime Mobilmachung an. Heute abend werde ich noch einmal die Schwarze Liste durchgehen. Ich hatte zuerst an Erschießung gedacht – damit klar wird, daß wir die Armee hinter uns haben, verstehen Sie. Inzwischen bin ich für Erhängen – es wirkt solider. Ich werde die Zahlen niedrig halten.

ALBERT Wie viele?

DISRAELI Alle unsere Feinde kennen wir erst, wenn es losgeht. Bis jetzt sind es achthundertdreizehn.

ALBERT Vielleicht besser vierzehn. Die Leute sind abergläubisch. *Er späht nach draußen. Laut:* Ich wäre nicht überrascht, wenn es nun doch nicht regnen sollte.
Sie gehen ab.

Zweite Szene

Schloß Windsor. Das Schlafzimmer der Prinzen. Dunkel.

George und Arthur im Bett, jedoch bleibt George bis zu seinem Erwachen unsichtbar. Albert tritt ein. Er trägt eine Kerze.

ARTHUR Georg schläft.

ALBERT Ich kann dich nicht sehen.

ARTHUR Mach rasch.

ALBERT Wenn ich nur einmal mit dir alleine sprechen könnte – bloß fünf Minuten – dann wären all unsere Mißverständnisse aufgeklärt.

ARTHUR Schnell.

ALBERT Es fällt mir nicht leicht, Arthur. Hilf mir. Versuche –

ARTHUR Sch!

Albert will fortgehen.

Nein, er schläft noch.

ALBERT Er hat etwas gesagt.

ARTHUR Er will Wasser. Er glaubt, er sei in der Wüste. Das träumt er immer, wenn er Angst hat.

ALBERT Wovor hat er Angst?

ARTHUR Er soll heiraten.

ALBERT *ärgerlich:* Von wem weißt du das?

ARTHUR Wer ist die Frau?

ALBERT Wir wissen es nicht. Disraeli macht mobil. Ich kann ihn nicht länger hinhalten.

ARTHUR Er will sich zum Diktator aufwerfen.

ALBERT Natürlich. Aber wir können ihn eine Weile für uns einspannen. Deine Mutter ist die größte Gefahr. Wir müssen sie aufhalten. Sonst setzt sie die falsche Revolution in Gang. Sie hätte Gefängnisdirektorin werden sollen. Sie hat Angst vor Leuten. Sie hält sie für verworfen. Sie begreift nicht, wieviel Kraft in ihnen steckt. Sie unterdrückt sie.

ARTHUR Wenn du Disraeli seinen Willen läßt, stellt er uns zum Schluß alle an die Wand.

ALBERT Nein. Er soll nur zuerst die neue Verfassung durchsetzen, danach kann man ihm Gewaltanwendung vorwerfen – denn Gewalt wird schließlich notwendig sein, wir wollen doch realistisch bleiben – und eine Gegenrevolution aufziehen. Aber du müßtest von Anfang an dabeisein.

ARTHUR Mit gebundenen Händen.

ALBERT Nein, nein. Du mußt von Beginn an Verantwortung übernehmen. Ich meine persönliche Verantwortung, als einer von uns. Das möchte ich von dir.

ARTHUR Wie viele wollt ihr hinrichten?

ALBERT Ein paar. Wenn man eine Brücke einweiht, weiß man, daß sich einige hinunterstürzen werden.

ARTHUR Eine Säuberung.

ALBERT Nein.

ARTHUR Mutter?

ALBERT Ein ruhiger Landsitz.

ARTHUR Und George?

ALBERT Das liegt an dir.

ARTHUR Er müßte sich fügen.

ALBERT Gut.

ARTHUR Meinetwegen. Mach eine Revolution, setze Disraeli außer Gefecht, wenn er die schmutzige Arbeit getan hat, und übernehme die Regentschaft. Ich lege dir nichts in den Weg.

ALBERT Nein, du verstehst mich falsch. Ich tue das nicht aus Haß gegen deine Mutter. Haß zerstört, ich will aufbauen. Das Volk ist stark. Es will *genutzt* werden – um Reiche zu bauen und Eisenbahnen und Fabriken, um Handel zu treiben, um Glauben, Gesetz und Ordnung aufzurichten. Verbrechen, ich weiß es, werden geschehen, doch können wir sie bestrafen. Schließlich werden die Guten die Schlechten überwinden – vielleicht, daß es zuletzt keine Schlechten mehr gibt – aber das glaube ich nicht. Arthur, allein vollbringe ich das nicht. Das wäre tragisch. Versprich mir, daß du mein Werk weiterführst.

ARTHUR Das Schlimme an der Welt ist, daß sie von Politikern regiert wird.

ALBERT Ich werde Disraeli sagen, daß du auf unserer Seite stehst. Dann hast du besser Zeit zum Nachdenken, und wenn du dich dann entschlossen hast – wir brauchen einen Geheimcode –, mußt du sagen, du hättest das Rätsel gelöst.

George setzt sich im Bett auf. Er trinkt Wasser.

GEORGE Ich glaubte, ich wäre in der Wüste. *Er sieht Albert.* Wer ist das?

ALBERT Ich binde mir nur den Schuh.

GEORGE Du hast Pantoffeln an.

ALBERT Sie drücken. Gute Nacht. *Geht hinaus.*

GEORGE Ich werde Mutter davon berichten müssen.

ARTHUR Er braucht diese kleinen Plauderein, weil er auf dich und Mutter eifersüchtig ist. Sie sollte dir nicht dauernd diese Zettel zustecken.

GEORGE Es sind Staatsgeheimnisse. Gute Nacht. *Er legt sich hin.*

ARTHUR Ich möchte dir etwas sagen ... Wir sollten uns nicht streiten. Es kann ja nicht nur an mir liegen, und –

GEORGE Ich versuche es, ich werde es immer wieder versuchen, aber nie wirst du auf mich hören.

ARTHUR Das ist nicht wahr! Ich gebe immer nach, wenn etwas dabei herauskommt. Ich versetze mich dann in deine Lage: es ist nicht leicht, Prinz von Wales zu sein ... Eines Tages wirst du heiraten müssen.

GEORGE Ja.

ARTHUR Ich werde keine Einwände machen.

GEORGE Danke!

ARTHUR Ich kann nicht heiraten. Hast du daran schon einmal gedacht?

GEORGE Das kannst du halten, wie du willst.

ARTHUR *zornig:* Nein, eben nicht. Wie könnte ich je eine Frau in diese Sache hineinziehen, ohne Zwang? *Kleine Pause.*
Wenn du heiratest, müssen wir aufhören zu streiten, oder sie wird wahnsinnig. Sie muß mit sehr viel fertig werden, auch ohne daß –

GEORGE *in plötzlicher Einsicht:* Du weißt es! Du weißt es also.

ARTHUR Du hast im Schlaf geredet.

GEORGE Ganz sicher nicht. Ich habe mich darin geübt, nicht im Schlaf zu reden.
Er hat es dir gesagt.

ARTHUR Wer ist sie?

GEORGE Das geht dich nichts an.

ARTHUR Das ist die Höhe!

GEORGE Gute Nacht.

ARTHUR *zornig:* Ich bin rechtlos – nicht einmal nachgeben darf ich mehr. Ich habe alle Geheimnisse und Zänkereien satt. Ich möchte glücklich sein – möchte einmal wissen, wie das ist. Mehr nicht. Und wenn du das auch wolltest, wäre alles gut. Statt dessen sitze ich in der Falle.

GEORGE ... Wasser ...

Dritte Szene

Der Thronsaal von Schloß Windsor.

Der Lordkämmerer, Lord Mennings, ein Lakai. Andere Lords usf.

MENNINGS Der Prozeß wird ganz große Klasse. Die Frau soll sehr viel älter sein als er, stimmt das?

LORDKÄMMERER Jawohl.

MENNINGS Karten sind nicht mehr zu kriegen. Der schwarze Markt ist ausverkauft.

LORDKÄMMERER Ich bin gewiß ein fortschrittlicher Mensch, aber ich finde doch, Prozesse sollten geheim sein und Hinrichtungen öffentlich. Das vereinfacht die Regierungsgeschäfte und stellt das Volk zufrieden. Wir hätten den Galgen niemals abschaffen dürfen. Dazu ließ sich doch noch aufblicken.

Albert tritt ein. Verbeugungen.

LAKAI Der Prinzgemahl. *Disraeli tritt ein.*

LORDKÄMMERER *im Hereinkommen:* Es war dunkel im Zimmer. Meine Frau und ich unterhalten uns nicht während der Beiwohnung, abgesehen von einer gelegentlichen Bemerkung über das Wetter. Ich entdeckte erst hinterher, daß sie nicht meine Frau war.

Lord Mennings lacht.

In Wirklichkeit habe ich sie für meinen arabischen Kameltreiber gehalten. Ich habe ihn in Gomorra aufgelesen, damit mein anderer aus Sodom Gesellschaft hat; er bekam langsam Heimweh. Sch! Ihre Majestät wird sogleich hier sein.

LAKAI Der Premierminister.

ALBERT *leise zu Disraeli:* Warum hat sie uns rufen lassen?

DISRAELI Ich weiß nicht.

LAKAI Der Prinz von Wales und Prinz Arthur.

Arthur und George treten auf. Es zeigt sich, daß sie siamesische Zwillinge sind. Verbeugungen.

ALBERT Hast du das Rätsel gelöst?

GEORGE Welches Rätsel? *Zu Arthur.* Nun?

ARTHUR Was ist das: es brennt im Wasser, ertrinkt im Feuer, fliegt durch die Erde und legt sich in den Himmel?

GEORGE Was denn?

ARTHUR Ich weiß es nicht.
LAKAI Die Königin.

Viktoria tritt ein. Verbeugungen.

VIKTORIA Albert, Liebster, wo bist du seit dem Frühstück gewesen?

ALBERT *küßt sie auf die Wange:* Mein Liebes.

VIKTORIA Ich danke dir. Du hast mein Kopfweh geheilt. *Sie hält eine formelle Ansprache.* Unser Königreich ist im Niedergang. Unser Volk kann nicht mehr in Frieden über Unsere Landstraßen ziehen, nicht mehr gefahrlos sein Geld zählen, obschon Unser Kopf darauf ist. Das meiste von dem, was Unser Englisch genannt wird, verstehen Wir nicht mehr. Unsere Gefängnisse sind überfüllt. Anstatt gegen Unsere Feinde zu kämpfen, müssen Unsere Armeen Streiks niederschlagen und Unsere Richter beschützen. Unser Friede ist gebrochen.

Wie Sie wissen, stellen sich mit dem Prinzen von Wales gewisse konstitutionelle Fragen. Darum behaupten die Anarchisten und Immoralisten, die Monarchie müsse mit Unserem Tod erlöschen, und darum schießen sie auf Uns. Sie irren. Unser Sohn wird in Unsere Fußstapfen treten, seinen Bruder zur Seite, und später einmal wird sein Sohn auf ihn folgen. Unsere Dynastie ist mit Stonehenge erstanden, und erst mit Stonehenge wird sie untergehen. Wir werden dies Königreich nicht der Anarchie anheimfallen lassen. Und daher geht nun Unser Sohn einen ganz normalen Ehebund ein. Seine Braut ist Miss Florence Nightingale.

Florence Nightingale tritt ein. Sie macht einen Knicks vor Viktoria und dann vor George. Viktoria reicht ihr und George ein Blatt Papier.

GEORGE *liest ab:* Liebe Miss Nightingale, ich heiße Sie auf Windsor willkommen und hoffe, Sie werden hier glücklich sein.

FLORENCE *liest ab:* Ich danke Ihnen.

ARTHUR Warum hat man mir davon vorher nichts gesagt?

GEORGE Er hat es gewußt.

ARTHUR Ich habe nicht gewußt, warum wir hier zusammenkommen!

VIKTORIA Vorher sagen ist undiplomatisch. Meine Herren, Sie können gehen.

MENNINGS Darf ich sagen, mit welcher Freude –

VIKTORIA Ich danke Ihnen.

Die Herren gehen ab. Zurück bleiben Viktoria, Albert, George, Arthur, Disraeli und Florence.

Familienhader in der Öffentlichkeit! Das dulde ich nicht. *Zu Arthur.* Natürlich werden jetzt kleinere persönliche Umstellungen nötig. Aber zuerst kommt immer die Nation. *Zu Disraeli.* Er wird das Leben dieser jungen Frau zu einer Tragödie machen – und eines Tages wird sie mich hassen, das arme Kind.

DISRAELI *während er mit Viktoria hinausgeht:* Ma'am, Ihre Krone ist aus Dornen geflochten.

Disraeli und Viktoria ab. Albert folgt ihnen. Kleine Pause.

GEORGE Ich sollte Ihnen vielleicht das Schloß zeigen.

ARTHUR Manchmal hat er höhere Eingebungen.

FLORENCE Kann man nicht durch einen Schnitt –

ARTHUR Das geht nicht. Ich habe das Herz – er hat keins.

GEORGE Es sind Fehler gemacht worden. Ich zeige Ihnen das Schloß.

ARTHUR Nein.

GEORGE Florence hätte gern –

ARTHUR Ich bin nicht in Stimmung für Besichtigungen.

GEORGE Wir aber! *Er will Arthur mit sich fortzerren. Kurzer stummer Kampf. Er gibt auf.* Du ... – er will Ihnen beweisen, daß ich mich ohne ihn nicht bewegen kann. Er will, daß Sie denken, ich bin impotent!

FLORENCE Ist es nicht hübsch hier?

ARTHUR Ich setze mich jetzt. Setzt euch doch auch. Unterhaltet euch. Ich werde nicht hinhören. Ihr solltet euch überlegen, wie viele Kinder ihr haben wollt. Ihr könnt es mir dann vorher sagen.

GEORGE Schuft.

ARTHUR Daß er flucht, hat Mutter Ihnen gesagt?

FLORENCE Wenn ich vielleicht störe, dann –

GEORGE Mutter wird ihm das Nötige beibringen.

FLORENCE Ich bin so froh, daß ich hier sein kann. Ich sollte Ihnen etwas sagen ... Ich liebe Sie.

ARTHUR Wieder ein Zettel.

FLORENCE Ich war elf, als ich Sie zum ersten Mal sah. Sie fuhren in einer großen Kutsche auf der Straße vorbei. Einen Matrosenanzug hatten Sie an. Sie sahen sehr ... sauber und freundlich und einsam aus. Ich betete für Sie. Ich träume von Ihnen ... Verzeihung.

ARTHUR *zu George:* Keine übermäßige Erregung! Das tut meinem Herz nicht gut.

GEORGE *faßt ihre Hände:* Mutter ist klug. Ich wußte, sie würde die beste Wahl treffen.

ARTHUR Sag es mir vorher, wenn du niederknien willst.

FLORENCE *zu Arthur:* Hoffentlich werde ich Sie nicht allzusehr stören.

ARTHUR Lösen Sie die Verlobung. Einen besseren Rat hat Ihnen keiner gegeben, seit Sie verlobt sind. Sie wissen nicht, auf was Sie sich eingelassen haben.

FLORENCE Doch. Ich bin Krankenschwester. Könnten wir uns das Schloß ansehen?

ARTHUR *nach kurzer Pause, ohne zu lächeln:* Wenn Sie wollen.

Sie gehen hinaus.

Vierte Szene

Der Thronsaal von Schloß Windsor. Die Bühne ist leer bis auf einige Stühle oder eine Bank hinten. Im Vordergrund zwei Stühle oder eine kleinere Bühne neben einer offenen Falltür.

Disraeli und Albert allein.

DISRAELI Am Montag findet im Großen Park ein Picknick statt. Ich werde meine Soldaten als Diener verkleiden. Während der Erfrischungen wird die Königin erschossen. Desgleichen jeder, der ihre Partei ergreift. Ich hoffe, Prinz Arthur wird –

ALBERT Ich habe neulich abend etwas an ihm entdeckt. Er sieht sich als gerissenen Politiker. Er wird erst mitmachen, nachdem wir die Macht ergriffen haben. Von allem aber wird er sich nie damit abfinden, daß wir mit der Ermordung etwas zu tun haben. Er ist sehr eigen, was seine Mutter angeht. Es muß so aussehen, als hätte sie ein fanatischer Einzelgänger umgebracht. Wir greifen dann ein, um den Frieden wiederherzustellen. Wir schließen die Häfen und Flugplätze, übernehmen die Kraftwerke, senden leichte klassische Musik und rufen das Standrecht aus. Entscheidend ist, daß sie nicht überlebt. Der Schuß muß sitzen.

DISRAELI Nun, dann mehrere Schüsse. Wer ist der Attentäter? Sie wollten ihn aussuchen.

Albert legt die Hände auf die Lehne des einen Stuhls bei der Falltür.

Ich gratuliere.

ALBERT Seltsam, daß auch Arthur von ihm sprach. Er sagte, dieser Mann würde für fünf Groschen seine Mutter ermorden – vielleicht habe er es auch schon getan, nur um herauszubringen, wie das ist. Viktoria wird ihn heute in Stücke reißen – und ich sage ihm dann die Freilassung zu. Damit haben wir ein Motiv – Rache – und eine Garantie für saubere Arbeit.

Der Lordkämmerer kommt herein. Er trägt ein Bündel alter Kleider, die als Beweisstücke numeriert sind. Er legt sie auf den Boden.

LORDKÄMMERER *ruft:* Bringt den Gefangenen herauf.

Len und Joyce werden von Jones und Griss die Falltür heraufgeführt.

MENNINGS Da ist er!

LORDKÄMMERER Erheben Sie sich.

Viktoria, Florence, George, Arthur, der Arzt treten auf. Sie setzen sich.

VIKTORIA *zu Florence:* Geben Sie mir den Hut dort, liebes Kind. *Florence reicht ihr die schwarze Kapuze. Sie setzt sie auf.* Hier zieht es. Schwarz ist meine Glücksfarbe. *Zum Lordkämmerer:* Verlesen Sie die Anklage. Ort?

LORDKÄMMERER Vor den Alhambra-Lichtspielen, Kilburn High Street.

VIKTORIA Tag?

LORDKÄMMERER Dienstag vor einer Woche.

VIKTORIA Zeit?

LORDKÄMMERER Abends.

VIKTORIA Was geschah?

LORDKÄMMERER Der Angeklagte tötete Joseph Hobson und aß ihn auf.

JOYCE Wenn sich der vordrängelt beim Anstehn.

LEN Ich –

VIKTORIA Ruhe.

JOYCE *zu Len:* Was hab ich dir gesagt? Abwarten hab ich gesagt. Mit so eim kannste nirgends hingehn.

VIKTORIA Wenn er sich danach gerichtet hätte, stünde er nicht hier.

JOYCE Dankeschön, Lady. Aber ich kriegn schon still. *Zu Len.* Halts Maul jetzt. – Wenn du mich fragst, mein Tip wäre ne gesonderte Verhandlung.

LEN Ich –

VIKTORIA Ruhe.

JOYCE Geben Sies ihm nur. *Zu Len.* Daß mir die Klappe zubleibt.

VIKTORIA Ich schreite jetzt zum Urteilsspruch.

LEN *zu Joyce:* He, vorher hats doch geheißen, ich könnt auch mein Senf dreingeben.

JOYCE Du gehst ihr doch bloß aufn Wecker, merkstn das nicht?

VIKTORIA Vereidigt ihn, aber daß er mir dabei nicht die Bibel anrührt. Schließlich hat King James sie übersetzen lassen.

Der Lordkämmerer hält ihm die Bibel vor.

LEN Ich schwöre die Wahrheit zu sagn dieganzewahrheitundnichtsalsdiewahrheit.

LORDKÄMMERER Amen.

JOYCE Los jetzt.

LEN also wir –
JOYCE Lauter.
LEN & JOYCE Also wir haben anstehn müssen vorm Alhambra.
LEN »Lebendig im Sarg« ist gelaufen.
JOYCE Ach wo, »Der Polizist im schwarzen Dessous«. »Lebendig im Sarg« war doch erst demnächst.
LEN Also schön. Wir haben also angestanden für –
LEN & JOYCE »Der Polizist im schwarzen Dessous«. –
JOYCE – und bei der Gelegenheit möcht ich gern mal wissen, warums beim Anstehn eigentlich nie was zum Hinsetzn gibt. Die behandeln dich bei uns wie den letzten Dreck. Und dann wundern sie sich, wenns Krach gibt. Zahlen darfste. Nicht daß ich zahln müßt. Wenn ich maln schönen Abend haben will, das kost mich gar nichts. Wär ja auch gelacht. Also ich schau hin, und auf einmal steht da dieser Kerl vor uns. Und der hat doch vorher nicht dagestanden, oder?
LEN Hab nicht hingeguckt.
JOYCE Wo ich dir immer sag, zähl nach wie viele vor uns dran sind. Dafür kannste hängen, Mensch.
LEN Also der –
JOYCE Also der stecktn Kopf in die Zeitung und mogelt sich vor uns rein.
VIKTORIA Diese hier?
Der Lordkämmerer hält eine blutbefleckte Zeitung hoch.
LEN Foto von Manchester United auf Seite sechs?
JOYCE Sieben.
VIKTORIA Die Seite spielt keine Rolle.
LEN Wieso keine Rolle wenn United drauf ist.
LORDKÄMMERER Eine Fußballmannschaft ist auf Seite acht abgebildet.
JOYCE Ich hab die Morgenausgabe gemeint.
VIKTORIA Kann er das Blut wiedererkennen?
JOYCE *schnuppert:* Dem seins.
VIKTORIA Weiter.
LEN Also wir stehn da stundenlang an, und auf einmal merk ich wie mir der Bauch knurrt. Naja, ich geb nicht weiter drauf acht. Und da muß sie ausgerechnet sagen »Du, ich hab vielleicht Kohldampf«.
JOYCE Da sieht mans wieder wie du bist. Wo ich doch dein Bauch hör.

LEN Ich hab schon öfters maln leeren Bauch gehabt. Das heißt noch lang nicht, daß ich durchdreh. Aber wie du anfängst und jammerst mir was vor von Kohldampf, da –

JOYCE Zieh mich bloß nicht mit rein, Schatz.

LEN Sagen, wies war, ist nicht reinziehn, Schatz.

JOYCE Ach, und das hier ist wohl nurn kleiner Morgenplausch oder was? Jedenfalls, die ganze Schlange dreht sich um und stiert. Woher solln die wissen, daß das nicht mein Bauch war? Nein, ich bin nämlich keine –

LEN Fang bloß nicht damit an.

JOYCE Das hör ich gar nicht.

LEN Du bist ein blöder alter Jammerknochen. Daß dus weißt.

JOYCE O, aber wenn ers Licht ausmacht, hat er andere Namen.

VIKTORIA Das hat Zeit bis zum ärztlichen Gutachten.

LEN Also wir stehn an vorm Alhambra für »Lebendig im Sarg« – klar? Mir knurrt der Bauch, und vor uns steht auf einmal diese verdrückte Type mitm Kopf in der Zeitung – klar? Ich grapsch mir den also bei den Ohren und hol ihn nach hinten, sie knallt ihm kurz mit der Kante von ihrer Tasche übern Hals, und der geht zu Boden wien ausgelaufener Sack – klar? Sie nichts wie drüber mitm Pfennigabsatz, Einstich rumdrehn rausziehn, klasse Nahkampfarbeit, nicht daß sie bei der Armee war, bei der ist das Natur, und er sagt grade noch »He, das mein Platz« und blubbert dann bloß noch wien Baby wenns absäuft, und ich besorg mirn Kanaldeckel ausm Rinnstein und laß ihn auf sein Kopf runter – klar? – und die Schlange geht eins weiter.

JOYCE »Der Polizist im schwarzen Dessous«. Ich weiß das noch ganz genau, weil michn guter Musikfilm immer anspricht.

LEN Bei der kriegste nie recht.

JOYCE Das Schloß von der Tasche war hin. Die machen ja bloß noch lauter Murks. Hat mich schön was gekostet.

VIKTORIA Wer hat ihn zerstückelt?

LEN Könnt ich jetzt nicht mehr sagen. *Zu Joyce.* Weißt du noch wer? Das Messer war meins. Sie hatn Ziehknochen abgekriegt.

JOYCE Ausgezogen habn ich. Die Unterhosen hab ichm drangelassen. Ich bin nicht so für die Sauereien, dies jetzt überall gibt. Toten soll man nichts Schlechtes nachreden, aber bei dem hats wirklich nicht dafürgestanden. Aber ne Abwechslung wars trotzdem. Weißt ja als Hausfrau langsam nicht mehr, wie mal was andres aufn Tisch bringen. Aber Sie brauchen sich ja nicht rumschlagen mitm Wochengeld. Und er mußn natürlich noch überall groß anbieten.

LEN Geht ja auch nicht, dich selber vollfressen, und die andern schaun in Mond, oder? In der Schlange waren ein paar, die haben mit hingefaßt, und das Beil hat mir eine Alte gepumpt, die immer nicht über die Straße gekonnt hat. Da hastn doch anbieten müssen.

JOYCE Wer sagtn was von der Schlange und der Alten. Ich mißgönn keiner Rentnerin was. Ich mein nur, zuerst hatn Bein dagelegen, und bis ich mich rumdreh, ist da keins mehr. Da hat sich einer rangemacht und ist abgehauen damit. Das ist, was ich mein. Noch nicht maln Eintritt hat der gezahlt.

LEN Dann pfeift der Dienstmann, und die Schlange geht weiter.

JOYCE N alter Klaubruder ist das. Braucht mir niemand erklären, wer sich da fettgemopst hat, wie wir drinwaren. Aber drangekriegt hab ichn doch. Ich schieb mir schön was in die Handtasche rein, und wies Licht ausgeht, haben wir nochmal ordentlich zugelangt. Ich steh nicht auf das Zeugs am Stecken, was die dir da immer andrehn wollen. Sitzt am Schluß im Finstern mitm Mund voll Splitter.

LORDKÄMMERER So liegt der Fall.

VIKTORIA Ich fasse zusammen.

ARTHUR Und wo bleibt die Verteidigung?

VIKTORIA Schweig.

ALBERT Es würde sich besser machen.

VIKTORIA Du hast wie immer recht, Albert. *Sie wendet sich an Arthur.* Du verteidigst sie.

ARTHUR Nein, ich dachte, irgend jemand ... *Er zögert.*

VIKTORIA Ich schreite somit zum –

ARTHUR Sind sie von einem Arzt untersucht worden?

ALBERT Ja.

Der Arzt wird angestoßen. Er steht auf. Er hat ein Stethoskop in den Ohren stecken. Pause.

ARTHUR Haben Sie sich die beiden angesehen?

Jemand entfernt das Stethoskop.

Haben Sie sie untersucht?

ARZT Ich habe die Angeklagten einer Untersuchung unterzogen. Ungenau gesprochen, handelt es sich dabei um einen männlichen Angeklagten und einen – ich habe mir seinerzeit Notizen dazu gemacht – *Er findet das Papier in der Tasche und starrt es an. Er merkt, daß er es verkehrt hält. Er dreht es um* – eine Skizze vielmehr – weiblichen.

VIKTORIA So erklären sich die meisten Verbrechen.

Zustimmendes Gelächter.

MENNINGS Es gibt auch andere.

Ein frostiges Schweigen.

ARTHUR Aber haben Sie etwas entdeckt, was uns weiterbringen könnte?

ARZT Gewiß doch. Beide Angeklagte besitzen Mägen.

ARTHUR Und?

ARZT Daraus könnte sich schließen lassen – ich möchte mich nur ungern genauer festlegen – die Angeklagten könnten gelegentlich Dings bekommen – *Zum Stethoskop.* Wie bitte? Verzeihung, ich dachte, es würde gesprochen – äh Bauchgrimmen.

VIKTORIA Eben.

ARZT Ich protestiere! Ich bin mit physischer Gewalt an einer Autopsie gehindert worden. Wäre mir volle akademische Freiheit zugestanden worden, meine Beweise hätten sie an den Galgen gebracht! *Er setzt sich.*

VIKTORIA Ich fasse zusammen: schuldig.

LEN Lege Berufung ein.

VIKTORIA Gewährt.

LEN Ich hab den Kanaldeckel wieder zurückgetan.

JOYCE »Der Polizist im schwarzen Dessous« ist gelaufen. Ich weiß das noch ganz genau, weil ers zuerst mit diesem Richter hat, und dann zieht er sein Dessous aus und erwürgtn damit.

VIKTORIA Die Berufung ist verworfen. Das Urteil des Gerichts lautet: Lebenslängliches Zuchthaus mit anschließender Auslieferung des Leibes an die Ärzte und der Seele an den königlichen Schriftstellerinnenverband.

PFARRER *leise:* Heureka.

LEN & JOYCE *singen:*

Lord George hat meinen Vater gehenkt
Und Paps fiel hinunter ins Loch
Doch er hat sich nur hin und her geschwenkt
Und sein Hals hat sich einfach nicht ausgerenkt.
Da schaut der Lord George hinunter ins Loch
Und sagt, Na Junge was wartest du noch
Doch der hat sich nur hin und her geschwenkt
Ihr henkt meinen Paps nicht so schnell wie ihr denkt.

Es entsteht ein Tumult.

VIKTORIA Bringt sie auseinander.

Len und Joyce werden getrennt. Man erkennt, daß sie mit Handschellen aneinandergeschlossen sind.

ARTHUR Nein. *Er geht auf sie zu. George folgt ihm widerstrebend. Arthur bleibt vor dem Kleiderstoß stehen.* Sie sind aneinandergefesselt!

LEN Sie sieht mich eben gern aus der Nähe.

ARTHUR Warum haben Sie ihn umgebracht?

LEN Wenn der sich vordrängelt beim Anstehn.

ARTHUR Warum?

LEN Istn Hobby von ihm.

FLORENCE George steht zu nahe dabei.

VIKTORIA Seien Sie unbesorgt, Florence. Ich kümmere mich um Sie.

ARTHUR Warum haben Sie ihn umgebracht?

LEN Was solln die Fragerei? Ich laß mich doch hier nicht anöden!

ARTHUR Sind das auch sicher seine Kleider?

LEN Klar doch.

JOYCE Mister Hobson seine.

ARTHUR Schuhe. Socken. Hosen. Unterhosen. Unterhemd. Hemd. Trenchcoat. Keine Krawatte.

LEN Wie er dasteht.

ARTHUR Warum haben Sie ihn umgebracht?

LEN Wie oft soll ichs denn noch sagen! Schuhe sind seine! Hosen sind seine! Hemd ist seins! *Er fußballt die Kleider zu Arthur hin.* Ich habs eben gemacht! Ende!

ARTHUR Die Manschettenknöpfe fehlen.

LEN Kapier doch, Mensch! Seine Sachen sind das! Seine! Ich kann genausogut wie du ein Ding drehn! Mit dir nämlich auch, Kollege! Dich krieg ich noch zweimal!

GEORGE *zu Arthur:* Hoffentlich ist deine Neugier jetzt gestillt.

ARTHUR *zu Len:* Warum haben Sie ihn umgebracht?

FLORENCE George!

VIKTORIA Sie zittern ja. Sie sind noch so jung. Kommen Sie, ich bringe Sie fort.

JOYCE Hör jetzt mit dem Gequassel auf. Du kriegst noch mal Scherereien damit.

FLORENCE Mein Arm!

VIKTORIA Aber Liebste, ich werde Ihnen doch nicht weh tun.

Viktoria geht mit Florence hinaus. Len und Joyce werden die Falltür hinuntergeschafft. Len singt im Abgehen ›Lord George‹. Arthur, George und Albert bleiben zurück.

GEORGE *zeigt auf Arthur:* Typisch.

ARTHUR *hält den Trenchcoat hoch:* Kann ich das noch eine Weile behalten?

ALBERT Von mir aus.

ARTHUR Jetzt wird Mutter das Schlangestehen verbieten.

ALBERT Und Filme auch. *Er wendet sich zur Falltür.*

ARTHUR Ich habe das Rätsel gelöst.

ALBERT *überrascht:* Das dachte ich mir.

FLORENCE *draußen:* George!

GEORGE *ruft:* Ja!

ALBERT Komm nicht zu dem Picknick.

GEORGE Ich gehe hin!

ARTHUR *zu Albert:* Warum nicht?

ALBERT Laß nur. Ich wollte nichts weiter damit sagen ... *Geht ab durch die Falltür.*

FLORENCE *draußen:* Oh!

ARTHUR Ich komme mir vor, als hätte ich zuviel gegessen.

GEORGE Ich will davon nichts hören! *Er will hinaus. Ruft:* Florence?

Sie gehen ab.

Fünfte Szene

Der Große Park von Windsor. Ein Korbstuhl. Ein Eßkorb mit Decke. Die Herren tragen Hosen und bunte Jacken aus Flanell und Kreissägen. Nur die Diener und der Lordkämmerer sind anders gekleidet, dieser in Amtstracht oder Uniform.

Florence kommt langsam herein.

FLORENCE *aufgelöst:* Ich bin umgewandelt. Königin Viktoria hat mich vergewaltigt. Ich hätte nicht im Traum gedacht, daß das geschehen kann. George wird es erfahren. Er wird sich vor mir ekeln ... Mich überkommen böse Gedanken. Ihre Beine sind voller glänzender schwarzer Haare.

Lord Mennings tritt auf. Er hat eine silberne Hüftflasche in der Hand.

MENNINGS Allein?

Schüsse von fern.

FLORENCE Was war das?

MENNINGS Schüsse. Fehlt Ihnen etwas?

FLORENCE Nein, nein.

MENNINGS Ich finde Picknicks schön. *Lacht.* Auch ein Schluck?

FLORENCE Nein. Nein.

MENNINGS *gießt sich aus der Hüftflasche ein:* Prösterchen!

FLORENCE *bevor er trinken kann:* Ich wünsche den Stuhl dort.

MENNINGS *überrascht:* Jawohl. *Er bringt ihr den Stuhl. Sie setzt sich.* Sie sind müde?

FLORENCE Geben Sie mir das.

Er gibt ihr den Becher. Sie zieht sich einen Schuh aus und schüttet den Inhalt hinein.

MENNINGS *auf den Knien:* Ich wußte es! *Er küßt ihr den Schuh am anderen Fuß.* Gebieterin!

FLORENCE Sie wagen mich ohne Erlaubnis zu berühren. Mir gehören alle Schuhe der Welt!

MENNINGS Ich bin schlecht.

FLORENCE Keine Entschuldigungen! Sie sind ein verkorkster kleiner Perverser. Ich werde Ihre Lippen ausbrennen lassen, wo sie mich berührten.

MENNINGS Ah, Schuh-Marschallin!

FLORENCE Legen Sie meine Marschwaffe zur Erde nieder.

Er gehorcht.

Trinken Sie.

Er fängt an, wie ein Hund zu trinken. Sofort.

Haben Sie Ihre Danksagung gesprochen?

MENNINGS Ich habe mich versündigt.

FLORENCE Ich entziehe Ihnen alle Schuhe.

MENNINGS Nein. Nein. Mehr! Noch einen Tropfen.

FLORENCE Ein halber Tropfen kann Ihnen vielleicht noch zugestanden werden.

MENNINGS O gnädigste Boss-Herrin!

Viktoria und der Lordkämmerer treten im Hintergrund ein.

Darf – darf –

FLORENCE Sie stottern?

MENNINGS Darf-ich-aus-der-Schuhspitze-schlürfen?

FLORENCE Aber erst auf drei. *Sie hält ihm den Schuh über den Mund, die Spitze nach unten.* Eins – zwei – dr . . .

Es tröpfelt ihm in den Mund. Er windet sich.

VIKTORIA Das bringt mich darauf, wie durstig ich bin.

Florence ist aufgestanden. Lord Mennings liegt am Boden. Viktoria kommt nach vorn und nimmt Florence den Schuh ab. Zu Florence: Bitte gießen Sie mir ein.

FLORENCE Ich möchte nach Hause. Ich habe einen Schwächeanfall gehabt.

VIKTORIA Ich bin durstig.

Florence gießt den Schuh voll.

LORDKÄMMERER Ma'm, ich könnte einen Becher besorgen.

VIKTORIA Lordkämmerer, Sie sind wie der Bischof, der jedesmal Amen sagte, wenn er bei seiner Frau gelegen hatte. Sie ist frigide geworden. *Zu Florence.* Prost. *Sie trinkt aus und wirft den Schuh über die Schulter.*

FLORENCE Mein Schuh . . . *Sie geht nach hinten und sucht.*

MENNINGS *hebt sich auf alle viere und beobachtet Florence:* Mein Schuh . . .

VIKTORIA Lord Mennings, man kommt. Ich werde Sie auspeitschen lassen.

MENNINGS Danke, Ma'am-Herr-Herr. Von der Schuh-Trägerin . . .

VIKTORIA Unglaublich. *Sie schlägt mit einer Klappe eine Fliege tot.* Achtzehn.

Albert, George und Arthur treten auf. Albert trägt ein Gewehr,

George zusammengebundene tote Vögel.

ALBERT Hast du auch genug Schatten, Liebes?

VIKTORIA Gerade richtig.

Len, Jones und Griss treten in ländlicher Verkleidung auf. Viktoria drückt Alberts Hände an die Brust.

Was für hübsche Kostüme!

Die Verkleideten breiten das Picknick aus.

ARTHUR Warum hinkt Florence? Sie ist doch erst seit einer Woche bei uns.

VIKTORIA Sie hat einen Schuh verloren.

ARTHUR Möchten Sie tanzen?

FLORENCE Tanzen?

ARTHUR *sarkastisch:* Sie tanzen mit einem Schuh und ich mit vier Beinen. Man nennt das ein Hinkerchen.

FLORENCE Davon habe ich noch nie gehört.

ARTHUR Ein neuer Tanz zu Ehren eurer Verlobung. Sie ist sehr gut erzogen. Sie tanzt nur auf Hymnen.

FLORENCE Warum ist er so unhöflich zu mir?

ARTHUR *überrascht:* Unhöflich?

FLORENCE Ich kann meinen Schuh nicht mehr finden. *Sie geht nach hinten.*

Arthur und George stellen sich zu Albert neben den Korb. George legt die Vögel weg.

VIKTORIA *laut:* Ich glaube, dorthin ist er geflogen ... *Sie nimmt Florence beiseite.* Freddy –

FLORENCE George wird denken –

VIKTORIA Liebling.

FLORENCE Nein.

VIKTORIA Sag Viktor zu mir.

FLORENCE Nicht hier.

VIKTORIA Heute nacht.

FLORENCE Nein.

VIKTORIA Ich hatte noch nie ein Mädchen mit so tiefen Gefühlen. Meine Ehrenjungfrauen hast du ja gesehen. Du weintest, als es kam.

FLORENCE Viktor.

VIKTORIA Der Augenblick wird mir immer teuer bleiben, als ich spürte, daß du noch Jungfrau warst. Willst du etwas mir zuliebe tun?

FLORENCE Ja, ja.

VIKTORIA Töte meinen Mann.

FLORENCE Warum?

VIKTORIA Er will mich umbringen.

FLORENCE Das ist gemein.

VIKTORIA Ach, bei einem Ehemann ist man darauf gefaßt. *Sie schlägt eine Fliege tot.* Zwanzig. Er wird jetzt gleich den Treuetrunk ausbringen – eine seiner pompösen Angewohnheiten. Du reichst ihm das Glas – und schüttest das Pulver aus diesem Ohrring hinein. *Sie nimmt den Ohrring ab und gibt ihn Florence.* Niemand wird dich verdächtigen. Du siehst viel zu unschuldig aus.

FLORENCE Hübsch ist der.

VIKTORIA Trag ihn, und ich trage den anderen. Dann sind wir Blutsbrüder.

FLORENCE Viktor, ich kann dir nichts abschlagen. Aber ist es denn nicht unrecht, jemand zu töten?

VIKTORIA Du wirst nie deinen Charme verlieren, weil du innerlich so sauber bist.

GEORGE *ruft:* Florence, was treibst du?

VIKTORIA *ruft zurück:* Frauensachen. *Zu Florence.* Bis heut nacht. *Viktoria und Florence gehen zu den übrigen. Laut.* Eine Hitze ist das! Sie müssen alle sehr durstig sein.

GEORGE Florence, dir fehlt doch nichts?

FLORENCE Nein.

GEORGE Die Gerichtsverhandlung war zuviel für dich.

FLORENCE Ja.

GEORGE Hat Mutter dich darum hinausgeführt?

FLORENCE Ja. Ich bin ohnmächtig geworden.

GEORGE Aber warum hast du geschrien?

VIKTORIA *schlägt zu, um George zu unterbrechen:* Einundzwanzig! Ach, nur zwanzigeinhalb. Einmal habe ich es auf 187 gebracht. *Schlägt zu.* Einundzwanzig.

ALBERT Ich möchte einen Trinkspruch ausbringen. *Er hat ein volles Glas in der Hand.*

VIKTORIA Liebster, trink doch aus Florries Schuh.

GEORGE Nein!

ALBERT Aber selbstverständlich! Ihr jungen Leute habt keinen Sinn mehr für romantische Bräuche.

Florence hält den Schuh. Einer der Verkleideten gießt ein.

VIKTORIA Voll.

Der Verkleidete gießt nach. Florence schüttet das Gift hinein und bringt den Schuh Albert. Viktoria schlägt mit der Klappe zu. Dreiundzwanzig! Zwei auf einen Streich!

ALBERT Meine Damen und Herren, gewöhnlich bringe ich Ihnen einen Treuetrunk aus. Statt dessen bringe ich Ihnen heute – Florence. Und dann wollen wir den Schuh reihum gehen lassen wie einen Liebeskelch.

Viktoria bekommt einen Hustenanfall.

Er trinkt. Viktoria. *Er bietet ihr den Schuh an.*

VIKTORIA Ich habe das Gelübde abgelegt. Ich trinke nicht. Ich bin Abstinenzlerin. Trunksucht ist der Ruin meines Landes.

ALBERT Aber du wirst doch auf unsere Schwiegertochter trinken!

Lord Mennings steht auf und rennt auf Albert zu. Wie er an dem Verkleideten vorbeikommt, zieht Len rasch eine Pistole heraus. Lord Mennings greift nach dem Schuh und trinkt.

MENNINGS Nachtigallen! Adler! Kondorvögel!

FLORENCE Er hat alles ausgetrunken.

Gelächter. Len will die Pistole wieder verstecken.

GEORGE Der Mann dort ist bewaffnet!

LEN Halt doch mal still.

VIKTORIA Verrat!

ALBERT *geht zu Len:* Bitte geben Sie mir diese Pistole. *Beiseite.* Erschießen Sie sie, Idiot!

LEN Also was jetzt.

Arthur stellt sich vor Viktoria.

JONES Hauptquartier anpeilen, Sir?

ALBERT Hauptquartier?

GRISS Anweisung verstanden. *Er verwandelt den Eßkorb in ein Sprechfunkgerät, indem er eine Antenne herauszieht und Kopfhörer anschließt.*

Tote Königin an Hauptquartier. Hören Sie mich? Bitte kommen.

LORDKÄMMERER Das ist ja erstklassig vorbereitet.

JONES *zu Griss:* Kriegst du was rein?

GRISS Tote Königin an Hauptquartier.

LEN *zu Arthur:* Geh da mal weg, Kleiner.

ARTHUR *zu Albert:* Du hast gesagt, sie wird nicht umgebracht!

ALBERT Aber ich habe keine Ahnung, was hier vorgeht! Du hast selbst gesehen, wie ich ihm die Pistole abnehmen wollte. Er ist außer sich vor Rachedurst.

VIKTORIA Lügner! Das ist dein Werk!

GRISS Tote Königin an –

ALBERT Räumen Sie doch das verdammte Ding weg!

JONES Er muß doch die Funkverbindung herstellen, Sir.

GRISS Die warten sich dort alle schon blau.

VIKTORIA *leise:* George, sieh zu, daß er weiterredet.

ALBERT *leise zu Len:* Schießen Sie, oder ich bringe Sie vors Standgericht!

LEN Wie soll ichn das anstellen, wenn sich der genau vor sie hinpflanzt? Sie haben gesagt, alle nur den nicht.

VIKTORIA Ich bin bereit zu sterben. Ich werde eine Abschiedsrede halten. Ich brauche dreißig Minuten, um meine Gedanken zu ordnen.

ALBERT Arthur, ich bin dein Vater. Hilf mir!

ARTHUR Ein Lügner bist du!

ALBERT Ich führe eine Revolution an. Da muß man lügen. *Er schaut auf die Uhr.* Mir wird übel.

VIKTORIA Endlich! Du bist vergiftet.

MENNINGS Der Schuh!

FLORENCE Das kann nicht sein.

ALBERT *schwankt:* Es tut weh.

GRISS Tote Königin an Hauptquartier.

JONES Probier den andern Kanal.

Albert fällt um.

VIKTORIA Nehmt ihm das Hosenband ab.

LORDKÄMMERER *geht zu Albert:* Ich bitte um Verzeihung. *Er versucht das Ordensband abzumachen. Albert wehrt sich. Der Lordkämmerer schlägt mit seinem Hut auf ihn ein.* Ich will es nur für Sie in Verwahrung nehmen, Sir. *Er nimmt das Ordensband ab.*

GRISS Jetzt krieg ich was rein.

VIKTORIA *schlägt zu:* Vierundzwanzig.

Lord Mennings fällt um.

Ich schlage heute noch meinen Rekord.

Albert will fortkriechen.

LORDKÄMMERER Soll ich den Fuß auf ihn stellen, Ma'am?

VIKTORIA Lassen Sie ihn weiterkriechen, das Gift zirkuliert dann schneller. Aus Totenbetten kriecht man nicht.

GRISS *zu Len:* Kennst du dich mit den Dingern aus?

Len hält sich einen Kopfhörer ans Ohr.

ALBERT *noch immer kriechend:* So schießen Sie doch, Sie –
LEN *horcht weiter:* Du Knallkopf! Du hast Radio Luxemburg drin!
VIKTORIA *tritt hinter Arthur hervor:* Ich bin Schirmherrin des königlichen Tierschutzvereins. Ich kann sie nicht leiden sehen. *Sie erwürgt Albert mit dem Hosenband.*
ARTHUR *will Viktoria wegzerren. George will ihn daran hindern:* Nein! Nein! Hör auf!
LEN *horcht weiter. Schnalzt mit den Fingern:* Das ist meine Lieblingsplatte!
ALBERT Ach ja. *Stirbt.*
VIKTORIA Laß es dir eine Lehre sein. *Sie betrachtet ihre Klappe.* Er hat mir meine Klappe kaputtgemacht!
Arthur kniet neben Albert nieder. Disraeli kommt herein und bleibt hinter Len und den zwei Soldaten stehen.
GRISS *nimmt wieder die Kopfhörer:* Tote Königin an Hauptquartier!
DISRAELI Sie lebt noch!
GRISS Ich hab sie! Ich hab sie drin! *Ins Mikrofon:* Kleine technische Störung, Sir. Verzögerung bei der –
DISRAELI Ich bin hier!
Len und die Soldaten drehen sich zu Disraeli um. Sie nehmen Haltung an. Griss salutiert. Viktoria hebt Alberts Gewehr auf. Sie zielt damit auf Disraelis Rücken. Sie kommt mit der Sicherung nicht zurecht. Len sieht sie, läßt seine Pistole fallen und hebt die Hände hoch. Es gibt keine weiteren Waffen auf der Bühne.
LEN Bitte sprechen zu dürfen, Sir.
DISRAELI Abteilung Stillstann!
ARTHUR *löst das Ordensband von Alberts Hals:* Armer Narr.
LEN Bitte sprechen zu –
DISRAELI *zu Jones:* Meldung!
JONES Tote Königin meldet vollzählig angetreten und –
DISRAELI Sie ist doch gar nicht tot!
JONES Funkgerät ist baden gegangen, Sir!
LEN Bitte sprechen zu –
JONES Kein Saft mehr, Sir!
DISRAELI Ich muß hier anscheinend –
LEN Tschuldigung Sir, aber sie zielt mitm Gewehr auf Sie.
DISRAELI *dreht sich zu Viktoria um:* Ein Gegenangriff. Ich hole

Verstärkung. *Ab.*

VIKTORIA *zeigt auf Lens Pistole am Boden:* Er hat die Pistole fallenlassen! Hebt sie auf!

Len und George stürzen sich gleichzeitig darauf. Viktoria drückt auf Len ab. Das Gewehr klickt.

GEORGE Du mußt entsichern!

Len und George erreichen die Pistole gleichzeitig. Sie geraten zusammen mit Arthur in ein unübersichtliches Handgemenge am Boden.

VIKTORIA Wo entsichert man es?

Viktoria und Florence betrachten das Gewehr. Die Soldaten packen das Funkgerät ein.

FLORENCE Da vielleicht?

VIKTORIA Ja. *Sie drückt ab. Der Schuß geht über den Köpfen der Soldaten los.*

GRISS Sie kommen immer näher ran.

JONES Besser wir melden das. *Jones und Griss gehen ab.*

George, Arthur und Len wälzen sich langsam am Boden. Viktoria umkreist sie und versucht, mit dem Gewehr auf Len zu zielen. Florence will ihm mit der zerbrochenen Fliegenklappe eins draufgeben.

LORDKÄMMERER *bürstet sich die Amtstracht mit einer kleinen Handbürste ab:* Ich stehe sogleich wieder zur Verfügung. Als ich dem hohen Verblichenen mit künstlicher Atmung behilflich war, hat er ohne Absicht meine Kleidung beschmutzt. Wer nicht schmuck und rein zu Felde zieht, wird niemals siegen. Ein Wachsoldat mit gewichsten Stiefeln ist fünfzig amerikanische Raketen wert.

Draußen ertönt eine Trillerpfeife.

VIKTORIA *stößt mit dem Fuß:* Bist du das, George?

Im Gemenge am Boden fällt ein Schuß. Sie hören auf zu ringen. Sie fallen auseinander.

ARTHUR *stöhnt:* Schmerzen.

FLORENCE Arthur ist getroffen!

LEN *schaut sich nach den Soldaten um:* Die sind doch verdammt abgehauen. *Er geht hinaus.*

VIKTORIA George ist doch nichts passiert?

George hält sich den Kopf. Arthur hebt ihn hoch. Er ist blutüberströmt. Draußen ertönt eine Trillerpfeife.

ARTHUR Er hat die Kugel abbekommen. Ich kann seine Schmerzen spüren.

DISRAELI *draußen:* Im Laufschritt marsch!

VIKTORIA Ich dachte mir doch, daß alles zu glatt geht.

Arthur krümmt sich heftig zusammen. Zu Florence. Wir müssen fliehen.

FLORENCE Ich kann George nicht allein lassen.

VIKTORIA *drängt Florence hinaus:* Schnell. Sonst werden wir erschossen.

Draußen ertönt eine Trillerpfeife. Viktoria und Florence gehen ab.

MENNINGS *hebt den Schuh an den Mund:* Wenn schon sterben, dann wenigstens ein schöner Tod. Der letzte Tropfen!

LORDKÄMMERER Mir obliegt es, dem Staatsoberhaupt zu dienen. Aber wer ist das Staatsoberhaupt? Ungewißheit führt stets zu schlechter Amtsausübung. Ich werde mich einige Wochen zu Bett legen. Bis dahin sind meine Pflichten wieder klar. *Er verbeugt sich vor George und geht hinaus.*

George ist vor Schmerz ohnmächtig. Sein Kopf liegt an Arthurs Brust. Arthur hat die Augen geschlossen. Einige Soldaten kommen herein. Sie tragen Gewehre. Disraeli tritt auf.

MENNINGS *mit leiser werdender Stimme:* Schuh. Schuuh. Schuuuh. *Er stirbt.*

DISRAELI Die Jagdstrecke heute?

Sechste Szene

Ein Zimmer im Schloß Windsor.

Disraeli, der Arzt, George und Arthur. Der Arzt hat einen Verbandskoffer mit dem Roten Kreuz bei sich. George und Arthur sitzen.

ARZT Der Prinz von Wales liegt im Sterben.
DISRAELI Und Prinz Arthur?
ARZT Ich werde ihn durch einen Schnitt befreien.
ARTHUR *schaut George an:* Dann stirbt er sicher.
ARZT Ja. Mein Wort darauf.
ARTHUR Und ich lebe weiter?
Disraeli gibt dem Arzt einen Wink.
DISRAELI Ja?
Ein Offizier kommt herein.
OFFIZIER Sir, draußen sammelt sich der Mob.
DISRAELI Gut.
OFFIZIER Soll ich das Feuer eröffnen, Sir?
DISRAELI Nein. Man bindet den Sack erst zu, wenn er voll ist. Ich komme gleich hinunter.
Der Offizier will gehen.
Ist die Königin gefunden?
OFFIZIER Noch nicht, Sir.
ARZT Er kommt zu sich.
Disraeli entläßt den Offizier mit einer Handbewegung.
OFFIZIER Sir! *Er geht ab.*
ARZT Achten Sie auf meinen Finger. *Er bewegt den Finger vor George hin und her.*
GEORGE *schnappt nach dem Finger. Er beißt daneben:* Knochen.
ARZT Das Gehirn macht nicht mehr mit.
DISRAELI Gut. Dann muß er sein Elend nicht weiter miterleben. *Zu Arthur.* Damit sind Sie König. Der Mob steht vor den Türen. Ich werde den Erlaß gegen Öffentlichen Aufruhr in Ihrem Namen verlesen.
Man hört die Volksmenge von fern.
ARTHUR Ich lasse die Rechte meines Bruders nicht beschneiden.
DISRAELI *nach einer zornigen Pause:* Wie Sie wünschen. *Ruft.* Offizier! *Zu Arthur.* Bisher sagten Sie immer, Sie wollten ihn los

sein.

Der Offizier kommt herein.

DISRAELI Wie steht es?

OFFIZIER Sie werfen mit Steinen.

DISRAELI Ich komme hinunter. Doktor, Sie bleiben hier und behandeln Ihre Patienten weiter. *Zum Offizier.* Verstärken Sie die Wachen vor dieser Tür. Wir müssen Ihre Hoheiten beschützen.

OFFIZIER Sir.

Disraeli und der Offizier gehen ab. Der Arzt öffnet seinen Koffer.

ARZT Ich gebe Ihnen eine Spritze.

ARTHUR Nein.

ARZT Sie haben Schmerzen.

ARTHUR Jetzt nicht mehr.

ARZT Als behandelnder Arzt muß ich –

Zerbrechendes Glas. Die Volksmenge klingt weniger weit entfernt.

Was ist das?

ARTHUR Glas.

ARZT O.

ARTHUR Als Nächstes brechen sie die Türen auf.

ARZT Sie klingen wie Tiere.

ARTHUR Sie beruhigen sich wieder, sobald sie jemanden gelyncht haben.

ARZT Nach dem Lynchen brauchen sie Totenscheine. Gibt es einen Hinterausgang?

ARTHUR Am Ende des Korridors.

ARZT Die Wache wird sich um Sie kümmern. *Er geht ab.*

GEORGE *ängstlich:* Schnitt.

ARTHUR Nein.

GEORGE Brotbrett.

ARTHUR Komm.

GEORGE Messerbrett.

ARTHUR Wir fliehen durch den Geheimgang.

GEORGE Schnitt.

ARTHUR *macht die Falltür auf:* Bald gehts dir wieder gut. Es ist nicht schwer. *Er setzt sich auf die Kante der Falltür. Er stöhnt auf.* Verdammt. *Er klettert hinunter.*

GEORGE *im Hinuntergehen:* Schnitt ... Schnitt ... Schnitt.

Arthur stützt ihn. Sie gehen ab.

Siebte Szene

Der Große Park von Windsor.

Eine Lynchmeute tritt auf. Gladstone, Joyce, Jones, Griss und Len. Len hat die Arme auf den Rücken gefesselt. Er trägt Beinschellen. Er humpelt und hüpft hinein.

GRISS Für was ist er dran?

JONES Fertigmachen.

JOYCE Fertig mit Zubehör.

JONES Wer hatn die Schnurrolle?

GLADSTONE Moment, Kameraden. Erst die Verhandlung.

GRISS Pfeif doch auf die Verhandlung.

GLADSTONE Ohne Verhandlung wirds ungesetzlich. Ihr wollt euch doch hier nicht aufführen wie gewöhnliche Kriminelle. Zuerst verhandeln, dann vollstrecken; ihr braucht bloß in euer Buch reinzuschauen. Also, was liegt gegen ihn vor?

JONES Er – *Er gibt Len einen Stoß* – hat das Luder laufen lassen – *Er gibt Len einen Stoß* – und dabei haben wir sie grade –

GRISS Jawohl.

JONES – richtig vor ihn hinbugsiert gehabt. *Er gibt Len einen Stoß.*

GLADSTONE So, Kleiner, laß mal hören, was du dazu meinst. Kannst dich ruhig aussprechen, bei uns hier gibts keine totalitären Mätzchen. Aber faß dich kurz. Wir wollen nicht, daß unsere Kameraden Überstunden machen, wie? Die haben ihre Freizeit genauso nötig wie du.

JOYCE Ich war eine unberührte neunfache Mutter und der hat mich verführt. Er hats bei mir klingeln lassen und da hab ich auf meine Mutterschaft vergessen. Fünf sind gestorben. Ich will meine Kinder wieder!

GLADSTONE Ein altes Lied.

JOYCE Kastriert gehört er.

GRISS Kastriert außerdem noch.

JOYCE Und zwar von der Geschädigten.

JONES Das muß ich sehen.

GLADSTONE Steht das auch im Buch, Kameraden?

GRISS Pfeif doch auf das Buch!

GLADSTONE Immer mit der Ruhe, Kameraden. Vorschriften sind zum Einhalten da. Ein Fingerbreit vom graden Pfad, und du weißt nicht, wo du reintrittst. Wir gehen richtig vor und stimmen ab über eine Zusatzvorschrift. Wer ist für Kastrieren?

Alle heben die Hände.

GRISS Eine Stimme ist so gut wie die andere.

JOYCE Gleiches Stimmrecht für die Frau.

GLADSTONE *zählt stumm die Hände ab:* Kastrieren ist angenommen. Vorschrift 98.

JOYCE Und zwar von der Geschädigten.

GLADSTONE *zählt stumm die Hände ab:* Angenommen. Untervorschrift 98 Absatz eins. Okay, Kinder. Vom Buch her haben wir damit klare Verhältnisse. *Zu Len.* Jetzt vertritt du mal deine Sache.

GRISS Und dann tritt dich gleich was anderes.

GLADSTONE Langsam, Kamerad. Jetzt übertreibst du – das verdirbt doch bloß den Spaß. Reg dich ab. *Zu Len.* Also. Kleiner?

Len spuckt ihn an. Jones schlägt ihn nieder und stellt ihm den Stiefel auf den Mund.

JONES Jetzt spuck da drauf. Kanns Putzen vertragen.

GLADSTONE Danke, Kamerad. Das Spucken macht mir nichts aus – kann ja vorkommen im Zorn – aber du hast recht, wo bleibt sonst die Würde des Gerichts. Aber am Wickel hat er uns trotzdem. Bevor er uns keine Darstellung aus seiner Sicht gibt, wirds nichts mit dem Aufhängen. Vorschrift 53. *Er wendet sich an Len.* Kamerad – *Len spuckt ihn wieder an.*

Du spuckst noch aus den Fingernägeln, bis ich mit dir fertig bin. *Zu Jones.* Mach ihm mal die rechtliche Lage klar, Kamerad.

JONES Machen wir, Alter. *Er stellt Len wieder auf und tritt ihm gegen die Schienbeine.*

GLADSTONE *geht auf der Bühne auf und ab:* Das Leben! Das Leben! Der Sperling stirbt, der Berg zerfällt zu Staub, wir spucken in den Wind und der weht uns die Asche zurück ins eigene Gesicht.

Griss gibt Len einen Tritt.

Was seh ich da mit meinen Blinkerchen? Das kannst du doch nicht machen, Kamerad. Denk an deine Uniform!

GRISS Wieso Uniform? Ich kann meine Pflicht genauso tun wie der. Dann macht eben eine neue Vorschrift.

GLADSTONE Nicht zweimal am selben Tag, Kamerad. Vorschrift neunzehn. Fahr langsam, und wenn du umdrehst, stößt du nicht mit dir zusammen. Wer hat hier so was wie ein Schneuztuch?

Joyce gibt ihm ein Taschentuch.

Danke, mein Schatz. Ich habs gern, wenn sich meine Frauenzimmer sauberhalten. *Er bindet Griss das Taschentuch um den Arm.* Mit einer Armbinde ist das schon was andres, Kamerad.

GRISS Dank auch schön, Alter. *Er salutiert.*

GLADSTONE Jetzt seht aber auch zu, daß ihr ein bißchen Gruppenarbeit auf die Beine stellt. Vier Füße sind besser als drei.

Die Soldaten fangen wieder an, Len zu treten. Gladstone geht auf der Bühne auf und ab.

Die Zeit! Die Zeit! Auf einmal sind die Vögel da, es lenzt, auf einmal bauen sie ihr Nest, auf einmal brüten sie, die Jungen werden flügge, ein paar Tage nur und sie sind fort, die Sense rauscht durchs Korn, die Birne reift und der alte Bauer lehnt auf seiner Harke, auf einmal schaut er auf und da, es wintert, der Schädel steht schon auf dem Fenstersims.

JOYCE Der müßt beim Fernsehen sein. Der wär ideal für das Wort zum Sonntag. *Len stöhnt.*

GLADSTONE Hat er was gesagt?

GRISS Nee. Was gebrochen.

GLADSTONE Ich bin bestimmt der letzte, der andere bei der Arbeit kritisiert. Ihr kennt mich ja, Kameraden. Aber ihr seid mir zu schnell aus dem Häuschen. Ihr baut das nicht richtig auf. Laßt euch mal was von einem alten Hasen zeigen – oder soll ich sagen, von einem alten Trampeltier.

JOYCE Der ist zum Wimmern.

GLADSTONE Also der Trick ist der: du arbeitest aus dem Schenkel heraus und läßt die Spitze durch den eigenen Schwung reinhauen. Auf die Weise pumpst du dich nicht so aus und hältst dann länger durch. *Er macht es vor, ohne Len wirklich zu treten.* Paßt mal auf meine Zehen auf. Immer schön im rechten Winkel zum Ziel bleiben. Das andere sieht vielleicht besser aus, aber das ist äußerlich, innen bleibt dir dabei alles heil. Dann die Atmung: ein, wenn du reinhaust, aus, wenn du rausgehst. Klar? *Er holt mit dem Stiefel aus.* Raus – Schenkel – Zehen – rein! *Er tritt Len einmal.* Kinderspiel.

GRISS Von gestern ist der auch nicht.

JOYCE Ich helf mit.

GLADSTONE Du hältst dich mal schön zurück, mein Schatz.

JOYCE Gleiche Rechte für die –

GLADSTONE *erklärt es ihr:* Ich kann nichts dafür, aber die Uniform.

JOYCE Ich hab keine Armbinde, aber eine Beinbinde hab ich. *Sie zeigt ihm den Strumpfgummi.*

GLADSTONE Ein bißchen frei ausgelegt, aber für den Notfall kanns durchgehen.

JONES Für meinen Notfall bestimmt.

GLADSTONE Läßt du sie eine kleine Einlage machen?

JONES Ich kann ihr selber ne Einlage machen.

JOYCE *stellt sich in die Reihe:* Ich find das zum Kugeln.

GLADSTONE Eins, zwei, drei!

Sie treten Len.

GLADSTONE Halt!

JOYCE *tritt Len:* Du fettköpfiger, widerlicher Totmacher! Von dir wird gleich nichts mehr übrig sein zum Kastrieren.

GLADSTONE Später, mein Schatz.

Sie hören mit den Fußtritten auf.

Zuerst muß ein Baum her. Soll alles seine Ordnung haben.

Sie treten Len im Hinausgehen.

Achte Szene

Eine Waldlichtung. Die Bühne ist leer bis auf einen großen flachen Grabstein.

George und Arthur treten auf. George sieht fahl aus.

GEORGE Essen.

ARTHUR Da war eine Schlacht. Peng-Bum, weißt du noch? Wir müssen weiter.

GEORGE Essen. *Er bleibt stehen.*

ARTHUR Nein.

George rührt sich nicht. Arthur ist zu erschöpft, um ihn noch viel herumzuzerren.

Also gut. Seit einer Stunde höre ich keine Kanonen mehr. Setz dich.

Sie setzen sich auf den Grabstein. Arthur zieht einen kleinen Kuchen aus der Tasche. George greift hastig danach.

Halt! *Arthur bricht den Kuchen entzwei und gibt George etwas davon.* Langsam! *George schlingt das Stück in sich hinein. Sogleich erschlafft sein Mund. Der Kuchen bröckelt ihm auf die Brust.*

Iß.

GEORGE Schlafen.

ARTHUR Du warst doch hungrig!

GEORGE Schlafen.

ARTHUR Wenn du nichts ißt, kannst du nicht laufen. Du lebst von meinem Herzen – und jetzt auch noch von meinem Magen! *Er hebt die Kuchenstücke auf, die George zu Boden hat fallen lassen, und ißt sie auf.* Der Kuchen schmeckt gut. Viele Leute haben nichts.

GEORGE Schlafen.

ARTHUR *sieht sich um:* ... Ich bin selber müde. *Er bohrt George den Kuchen wieder aus dem Mund und nimmt ihn in die Hand. George legt sich hin.* Gute Nacht. Hier ist es wenigstens still. *Er deckt George mit einem Mantel zu. Er ißt den Kuchen aus der Hand. Er starrt vor sich hin und kaut dabei beiläufig.*

GEORGE Hic... *Pause.* Müde. Kalt. Weh. Schlafen. Essen. Krank. Schnitt. Tot. Hic. Jacet...

ARTHUR Hic jacet... *Er liest die Inschrift auf dem Grabstein.*

Hier liegt unser Vater begraben. *Er richtet sich halb auf, aber George rührt sich nicht.* Wir sind im Kreis gelaufen. *Er will aufstehen.*

GEORGE Kalt. Kalt!

Albert steigt aus dem Grab. Er ist in ein braunes Leichentuch gehüllt.

GEORGE ... Wa ... *Er sieht Albert.* Der Tod ist da! Der Tod läuft rum! Fort!

ALBERT Sei still. – Keine Blumen, Arthur? Ich habe lange gewartet.

GEORGE Fort!

ALBERT Hör es dir an! *Er winkt Arthur zum offenen Grab her.*

ALBERT Das ist die Grube. Dort liege ich, und ihr stampft über mich hinweg ohne Ende. Niemals ist Frieden. Die Lebendigen suchen die Toten heim. Du wirst es noch sehen. *Er hebt die Arme. Es sind schwere Ketten daran befestigt, die im Grab enden.* Die schleppe ich hinter mir her. Hilf mir.

ARTHUR Wie? Wie?

ALBERT Töte die Königin. Werde du König. Laß mich in Frieden sterben.

ARTHUR George ist König.

ALBERT Töte auch ihn.

ARTHUR Nein!

ALBERT Dazu bist du doch hierhergekommen.

ARTHUR Nein! Es war ein Versehen. Wir sind im Kreis gelaufen –

ALBERT Es war Absicht. Du wolltest, daß ich ihn von dir abschneide!

George wimmert. Albert steigt während der folgenden Rede langsam vom Grabstein herab. Man hat mir ein Staatsbegräbnis gegeben. Die Königin hat mein Testament geändert, ohne daß ich etwas davon wußte. Sie schrieb hinein, daß man mir die Hände über dem Bauch falten und eine Bibel dazwischenlegen sollte. So haben sie mich auch aufgebahrt, aber als sie die Augen schlossen beim Beten, habe ich die Hand ausgestreckt und mir mein Schwert geholt. Mit einer Bibel in der Hand richtest du im Himmel nichts aus! *Er zieht aus dem Leichentuch sein Schwert hervor. Es hat keine Scheide.*

ARTHUR Nein.

ALBERT Du warst der erste im Schoß deiner Mutter. Sie schrie und wand sich, bis sich dein Bruder vor dir den Weg ins Freie erkämpft hat.

GEORGE Fort!

Albert stöhnt, schüttelt sich im Leichentuch frei und führt einen Hieb. Die Ketten, die noch immer bis ins Grab reichen, behindern ihn dabei. Er stampft und haut nochmals zu.

ARTHUR *zu George:* Mein Arm! Zerr nicht so!

GEORGE *schreit:* Schnitt! Schnitt!

Albert haut an George vorbei. Einige Hiebe scheinen ihn zu treffen.

ALBERT Stirb! Stirb! Stirb!

GEORGE Kikeriki!

ALBERT Tod!

GEORGE Kikeriki!

ALBERT *stellt sich wieder aufs Grab. Er schlingt das Leichentuch enger um sich.*

Hahnenschrei!

ARTHUR Er wars!

ALBERT Hahnenschrei! *Er schlägt wild um sich.*

GEORGE Bimbam. Bimbam.

ALBERT Glockenschlag!

George kichert vor Angst.

Glockenschlag! Glockenschlag! Mein Schwert ... Mein Schwert will nicht ... *Es entsinkt seiner Hand.*

ARTHUR Er wars! Geh nicht fort, Vater!

GEORGE Kick-kick-erii!

Albert versinkt im Grab. George schaut ihm nach. Bimbam Glockenstrang, hängt der Mesner an der –

Alberts Arm kommt langsam aus dem Grab. Er faßt nach George.

ALBERT *unsichtbar:* Ich werde ihn zu Tode ängstigen! *Sein Arm verschwindet.*

George will weglaufen.

ARTHUR Bleib hier! Er ist fort.

GEORGE *will Arthur wegziehen. Keuchend:* Nein!

ARTHUR Zerr mich nicht!

GEORGE *strebt weg:* Du!

ARTHUR Er ist fort!

GEORGE *strebt weg:* Tötest!

ARTHUR Nein!

GEORGE Laß – laß los!

ARTHUR *äfft ihn schreiend nach:* Laß los! Laß los!

GEORGE Ich weiß – in deinem Kopf – du warst – froh – Doktor – mich umbringt – aber Angst – Dis – Disra – sagt ihm – dich auch – umbringen – läufst weg – dich selber – retten – nicht mich – du – voller Haß – immer.

ARTHUR Sei still! Ich hör nicht zu! Vater kann dir nichts mehr tun! Er ist tot! Gedacht habe ich es schon – aber ich bin nicht deshalb weggelaufen. Sei still!

GEORGE Tot. *Er stirbt. Pause.*

ARTHUR *schaut auf:* ... Wie lange bin ich schon hier? Ich muß ihn von mir abschneiden. Dein Blut ist wie Eis. Ich bin frei. Ich bin müde. Ich muß schlafen.

Gladstone, Joyce, Jones und Griss treiben Len mit Fußtritten herein.

GLADSTONE Die Zehen! Paß auf die Zehen auf! Ihr habt den Bogen doch schon rausgehabt! Nicht nachlassen jetzt!

Sie sehen Arthur und George und hören auf.

ARTHUR Was fehlt ihm?

JONES Bis jetzt noch nichts.

GRISS Totschlagen tun wir ihn.

GLADSTONE Gestatten Sie, William Ewart Gladstone. Sie sind wegen Kriegsverbrechens verhaftet.

ARTHUR Rühren Sie mich nicht an. Ich bin krank – mit Bakterien für biologische Kriegführung angesteckt.

GLADSTONE *weicht zurück:* Das sagen Sie nur.

ARTHUR Ich habe es mir auf einem Ihrer Schlachtfelder geholt. Mein Bruder ist daran gestorben.

GLADSTONE Ach, hören Sie doch auf.

JOYCE Nein, sie schauen dann echt so aus. Ich wollte mal neulich zu nem Werbeabend, und da hab ich drei Kleine von mir unters Sofakissen stecken müssen. War einfach keine Zeit mehr, sie ins Bett zu kriegen. Die haben genauso ausgesehen, wie ich die Woche drauf wieder heimkomm. Ich hol mal den Doktor. *Sie geht ab.*

JONES Ich paß auf sie auf.

GLADSTONE Du bleibst, wo du bist.

JONES *schnallt den Gürtel ab:* Kannst eine Frau nicht schutzlos durch die Gegend laufen lassen. Vorschrift zweiundzwanzig. Bei dem Gesocks, was sich jetzt überall rumtreibt. *Er wirft Griss den Gürtel zu.* Halt mal solang. *Er geht ab und knöpft sich dabei die Hose auf.*

GRISS Ich glaub ich helf ihm lieber. *Er geht ab.*

GLADSTONE *ruft:* Ihr kommt vors Standgericht, alle miteinander!

ARTHUR Helfen Sie ihm auf.

GLADSTONE Lassen Sien liegen. Ist mein Sohn, das. Hätt nicht jeder ausgehalten, was der gerade abgekriegt hat. Wenn er stirbt, bin ich der erste, der weint. Ich schäm mich nicht zu heulen. Aber vorläufig bleibt er noch am Leben. Vorschrift 5. Ich und der Kamerad Disraeli, wir haben eine Nationalregierung aufgestellt. Wir haben Sie auf unserer Liste – also hören Sie aufn guten Rat und hauen Sie ab. Auf eigene Faust kann ich Sie nicht einlochen, aber ich bin gleich wieder mit den andern da. Und dann ziehen Sie sich mal lieber ein Paar Spikes an, wenn ich Sie nicht erwischen soll. Bis gleich. *Er geht ab.*

ARTHUR Stehen Sie auf.

LEN *steht schwankend auf den Beinen:* Son Gericht ist wohl wie beim Fußball, was? Nicht schießen, solang sich der Schiedsrichter untenrum kratzt. *Versucht in Boxerstellung zu gehen.* Los, komm her. *Schwankt. Schaut sich um.* Wo sindn die ganzen Schläger hin? ... *Die Arme fallen ihm herunter.* Herrgott, worauf wartstn noch. Mach Schluß, Meister. Für mich reichts. Machs kurz.

ARTHUR Gut, daß Sie es sind. Ich wollte Sie etwas fragen. *Er denkt nach* ... ja, warum Sie den Mann in der Schlange umgebracht haben.

LEN Was fürn Mann?

ARTHUR Gehen Sie nach Hause.

LEN Nach Hause?

ARTHUR Beeilen Sie sich. Er holt die Truppe.

LEN Ich dreh mich um und habs Messer hinten drin. Ich kenn euch doch – könnt eim noch nicht mal ins Gesicht schauen, wenn ihr ein umlegt.

ARTHUR *zu George:* Wir müssen etwas zum Übernachten suchen.

LEN *erkennt die Lage:* Du bistn prima Kerl, Mensch. Das vergeß ich dir nicht so schnell, Chef. *Er tippt an seine Mütze.* Und wenn du mal ein brauchst, hoffentlich bin ich dann nicht weit vom Schuß. Machs gut, Meister.

Arthur geht hinaus. Er stützt George.

LEN *hustet Blut:* Ich glaub, ich könnt da was für mich rausholen. Wenn ich zur Königin geh und ihr sag, ich weiß wo Ihre Jungs sind – zwei Pfund wärn da immer drin! Drei Pfund, wenn ichs richtig hindreh! Vier Pfund, wenn ich Glück hab! Jawohl! *Pfiffig* ... Und dann wenn ich da hingeh – *Er weist nach links* ... Ja ... Und dann da hingeh – *Er weist nach rechts.* ... Da könnt ich richtig was für mich rausholn! – wenn die Bluterei da drin solang mitmacht – *Er schlägt sich* – alter Blödmann! *Er geht hinter Arthur und George hinaus.*

Neunte Szene

Eine Höhle in der Nähe von Bagshot.

George, Arthur, Disraeli, Soldaten, ein Offizier. George und Arthur sitzen auf einer Kiste. Die Haut von George ist naß und zeigt Flecken, er sitzt schief und zusammengefallen da. Ihnen gegenüber sind die Soldaten zu einem Exekutionskommando aufgestellt. Die Gewehre sind auf Arthur gerichtet, die Verschlüsse offen. Der Offizier geht die Reihe entlang und legt in jedes Gewehr eine Kugel ein. Die Soldaten laden daraufhin jeweils durch. Bis auf dieses Geräusch ist es still.

DISRAELI Ich werde Ihren Namen für die Nachwelt rein erhalten. Sie sind von den Mördern Ihrer Mutter erschossen worden. Ihre letzten Worte waren »Mit dem heiligen George und Disraeli für England«.

Das Peloton legt an.

ARTHUR *zu George:* Du mußt nicht auf sie achten, dann gehen sie fort.

GRISS *horcht auf eine Stimme im Kopfhörer:* Vorhut hat Königin gesichtet.

DISRAELI Gut. Mein Plan funktioniert. *Zu Griss.* Schärfen Sie den Leuten ein, in Deckung zu bleiben. Sobald sie im Innern ist, schlagen wir aus dem Hinterhalt zu. *Er deutet auf Arthur und George.* Damit hat es Zeit. Wir verwenden lebende Köder. *Zu Arthur.* Ein Wort der Warnung, und ich schieße Ihrem Bruder eine Kugel durch den Kopf.

Arthur erschauert. Disraeli eilt mit seinen Leuten hinaus. Arthur und George sind allein. Gleich darauf kommen Viktoria, Florence und der Lordkämmerer rasch herein.

VIKTORIA So hast du meinen Erben endlich doch getötet.

ARTHUR Er hat das königliche Übel.

FLORENCE Was ist das?

ARTHUR Eine alte Krankheit. Früher haben Königinnen heilen können. Jetzt töten sie.

FLORENCE *zu Viktoria:* Kannst du es nicht versuchen?

VIKTORIA Soweit es die Medizin betrifft, bin ich konstitutionelle Monarchin.

ARTHUR Versuch es.

VIKTORIA Wie soll ich das anstellen? *Sie tippt George auf die Schulter.* Stehe auf, mein Sohn? Er ist tot.

ARTHUR Und jetzt wirst du mich töten.

VIKTORIA Nicht ich, das Gesetz.

ARTHUR Ich habe eine letzte Bitte. Heile ihn.

VIKTORIA Du bist vorlaut.

ARTHUR Versuch es. Aber es ist zwecklos. Du hast ja nie –

VIKTORIA Das ist nicht wahr! Du haßt mich, und darum hältst du mich für herzlos. Er war der Erstgeborene, aber sie sagten, er müßte sterben. Den armen kleinen Jungen töten? Das habe ich nicht zugelassen, und dafür hast du mir nie verziehen. Du hast deine Stellung ausgenutzt, uns zu entzweien. Du hast Albert gegen mich aufgehetzt. Ich habe mein Glück dort suchen müssen, wo es zu haben war: glaubst du, das hätte mir Spaß gemacht?

ARTHUR *zu George:* Ich gebe dir jetzt ein Rätsel auf. Es ertrinkt im Wasser, brennt im Feuer, liegt am Boden und fällt aus dem Himmel – was ist das?

VIKTORIA Ich versuche es. George, Mutter spricht zu dir. Ich möchte, daß du zurückkehrst. *Kleine Pause.* Auch gut. Dein Prozeß ist zu Ende und dein Gnadengesuch abgewiesen.

ARTHUR Verbindet ihm die Augen. *Er bindet George das Halstuch um den Kopf.*

Len tritt auf.

LEN Sind wir soweit?

Viktoria nickt. Er winkt nach draußen. Der Offizier kommt mit dem Peloton zurückmarschiert.

OFFIZIER Abteilung halt. Rechts um. Gewehr ab.

ARTHUR *gleichzeitig:* Sie weiß alle Rätsel. Wer war zuerst da, der Mensch oder sein Schatten? Der Schatten natürlich. Ich habe einmal einen Schatten ausgezogen. Er war weiß unter den Kleidern und hat geweint.

GEORGE Wo bin ich?

FLORENCE Nehmt die Binde ab. *Sie löst das Halstuch.*

GEORGE Wer sind Sie?

FLORENCE Ich bin Florence! Florence! Du warst tot.

VIKTORIA George, ich gratuliere dir. Ich wußte, daß schließlich alles gut wird. Deinen Vater hast du hoffentlich geschnitten.

ARTHUR Wie war es dort?

VIKTORIA Sei ruhig. Er will mir danken.

FLORENCE Ich bin ja wieder so glücklich!

GEORGE *faßt sich an den Kopf:* Mein Kopf.
FLORENCE Er blutet.
ARTHUR Die Wunde ist wieder aufgegangen.
GEORGE *will aufstehen. Erinnert sich:* O. Das habe ich vergessen.
ARTHUR Wir können beide aufstehen.
GEORGE *ohne Nachdruck:* Warum hast du mich nicht losgeschnitten?
VIKTORIA Damit erhebt sich ein schwieriges politisches Problem. Arthur ist zum Tod verurteilt und seine Begnadigung ist abgewiesen worden.
GEORGE *zu Viktoria:* Hast du das gemacht?
VIKTORIA Ja.
GEORGE Dazu hattest du kein Recht!
VIKTORIA Arthur sagte –
GEORGE Natürlich! Du! Niemand sonst hätte mich in dieses Elend zurückgezerrt!
ARTHUR Elend?
GEORGE Ja, Elend! Das hast du mir beigebracht. Warum willst du es jetzt nicht einsehen und mich in Frieden sterben lassen?
ARTHUR Ich habe dir nur helfen wollen.
GEORGE *zu Viktoria:* Du hättest dafür sorgen müssen, daß er mich von sich losschneidet. *Zu Arthur.* Helfen wollen! – Schau dir meinen Kopf an! Das ist Blut!
FLORENCE Ich werde es stillen.
GEORGE Ich will es nicht gestillt haben! Sterben will ich!
VIKTORIA Das reicht. Du hast aus deinem Erlebnis keinen inneren Nutzen gezogen. *Sie wendet sich ab.* Die Regierungsarbeit muß weitergehen. Arthur muß erschossen werden.
FLORENCE Nicht jetzt mehr!
VIKTORIA Das Gericht hat festgestellt, daß er Alberts Champagner vergiftete. Kannst du das Gegenteil beweisen?
FLORENCE Nein.
VIKTORIA Ich hätte ihn gern begnadigt, aber dafür ist es zu spät. Regierungen müssen zu ihrem Wort stehen. Offizier! *Sie nimmt Florence beiseite.* Hör zu, Florence, ich werde ihm sagen, daß George nicht getroffen werden darf.
FLORENCE Wenn Arthur stirbt, stirbt er auch!
VIKTORIA Glaubst du? Die Ärzte sagen ja – und das bedeutet wahrscheinlich nein. Notfalls erwecke ich ihn noch mal zum Leben.

FLORENCE Er hat kein eigenes Herz!

VIKTORIA Er hat deines.

FLORENCE Ja. Ich werde dich immer lieben – aber ihn liebe ich auch noch.

VIKTORIA Gut, daß du mir das sagst. *Sie wendet sich ab und geht zum Peloton.*

ARTHUR Wie war es dort?

GEORGE Laß mich in Frieden. Ich will sterben.

ARTHUR Wieso? Wie ist es dort?

Schweigen. Florence kommt zu George herüber.

Soviel besser als hier?

VIKTORIA *beendigt die Inspektion des Kommandos:* Tadellos in Schuß. Mrs. Smith ist wohlauf?

OFFIZIER Mrs. Jenkins, Ma'am?

VIKTORIA Das wollte ich sagen, Major Jenkins.

OFFIZIER Hauptmann, Ma'am.

VIKTORIA Nein, Major, ich habe sie eben befördert. Ich möchte Sie dafür um einen Gefallen bitten. Erschießen Sie beide. *Beiseite.* Ich werde ihn nicht wiedererwecken. Ich sage einfach, ich hätte meine Gabe verloren. Florence hat sich dafür selbst zu tadeln. Ich kann sie mit niemandem teilen, am wenigsten mit meinem Sohn. Das wäre schlimmer als Blutschande, und ich bin Oberhaupt der Kirche.

LEN Kann ich mal kurz die Pistole kriegen, Ma'am?

VIKTORIA Wozu?

LEN Ihm die letzte Ölung ins Genick verpassen.

VIKTORIA Ja, Sie können für die fünf Pfund ruhig auch was tun.

Sie lacht mit geschlossenem Mund. Sie gibt Len die Pistole.

Kommando Achtung.

Das Peloton zielt auf Arthur.

Legt an. Feuer.

Das Peloton zielt auf Viktoria.

... Ich warne euch: der letzte Schuß kommt von mir.

Disraeli tritt auf.

DISRAELI Guten Morgen, Ma'am.

VIKTORIA Soldat Jenkins, Sie sind entlassen.

DISRAELI *gibt Len Geld:* Saubere Arbeit. Sie bekommen dafür einen Adelstitel auf Lebenszeit.

LEN Danke. Ich hätt lieber ne Nummer geschoben bei der.

LORDKÄMMERER Unerhört!

LEN *zum Lordkämmerer, begütigend:* Tot mein ich. Mit ner Königin hab ichs nämlich noch nie gemacht. Mit keiner toten jedenfalls. Aber lebendig möcht ich nichts von der.

DISRAELI Sie müssen mit den anderen darum losen. Stellen Sie sie jetzt in einer Reihe auf. Ma'am, ich hoffe, wir scheiden als Freunde. Sie starren dem Tod königlich ins Auge. Er wird sich nicht sehr wohl fühlen.

Die Soldaten führen Viktoria, George, Arthur und Florence nach hinten.

LORDKÄMMERER Ich soll mich nicht im Freien aufhalten. Ich hole mein ärztliches Attest. Ich bin im Augenblick –

JONES Da rauf. *Er führt den Lordkämmerer zu den anderen.*

FLORENCE *zu George:* Ich habe Angst. *Zu Arthur.* Arthur, helfen Sie uns.

ARTHUR *schaut sie an:* Versuchen Sie, nicht zu schreien.

VIKTORIA *zu den Mitgefangenen:* Wir müssen Zeit gewinnen. Ein Ausweg findet sich immer. *Zu Disraeli.* Ich habe das Recht, als Königin zu sterben. Ich gebe das Kommando selbst. Achtung. *Pause.* Legt an. *Pause.* Gott schütze die Königin. *Pause.* Herrsche Britannia. *Pause.* Ungewohnt wie es mir sein mag. *Pause.* In Zeiten der Krise. *Pause. Sie zuckt die Achseln.* Feuer! *Stille.* Auch jetzt noch Meuterei!

JONES Bei der wird dir die Schiffe kalt.

DISRAELI Achtung. Legt an. Feuer!

Sie erschießen ihn.

Verrat!

Er fällt tot um.

Gladstone tritt auf.

GLADSTONE Morgen allerseits. Morgen, Ma'am.

VIKTORIA We are not amused.

GLADSTONE Die Gewaltherrschaft wird Staub fressen. Seht euch vor, was eure Linke tut bei Nacht.

LEN Kommando Stillstann!

GLADSTONE Dank dir, mein Sohn, ich habs gewußt, daß du auf deinen alten Pappa aufpaßt. *Er schüttelt Len die Hand.*

LEN Es lebe der William des Volkes! Hipp – Hipp!

Sie rufen hurra.

GLADSTONE Einmal reichts. Nach der Sperrstunde feiern wir dann.

VIKTORIA Liebster Mr. Gladstone –

GLADSTONE Daß er ein Korsett trägt, haben Sie doch gewußt, Ma'am? Ich will nichts von mir hermachen, aber wenns nach mir geht, dann ist so einer im Korsett und mit Lockenwicklern für England einfach nicht gut genug. Nicht mal für die Opposition.

VIKTORIA William – wir können doch William sagen? – verbünden Sie sich mit uns, und dann fahren wir zusammen zur Paulskathedrale –

GLADSTONE Mit Fahren wirds nichts, Lady. Jetzt ist das Hackebeil dran.

VIKTORIA Dann muß die letzte Karte stechen: Beten. *Sie kniet nieder.*

LORDKÄMMERER Bill – Bill ist doch richtig? – mein Arzt hat mir frische Luft verboten, ich gehe also nur rasch –

GLADSTONE Bei uns wirst du auskuriert, Kamerad. Ich halte jetzt eine Rede an meine Armee. *Er wendet sich an das Kommando.* Kameraden, ihr gehört jetzt dem William des Volkes. Der hat sich aus der Gosse selber heraufgeschafft und glänzt wie ein neuer Penny. Mein Rezept heißt: langsam. Immer mit der Ruhe. Nehmt alles, wie es kommt. Wer langsam fährt, ist um so schneller dort.

VIKTORIA Amen.

Kleine Pause, während die Gefangenen Gladstone anschauen.

Ach so.

ARTHUR Schade, daß ihre Gabe nur in einer Richtung wirkt. Umgekehrt wäre sie nützlicher in der Politik.

VIKTORIA Ich werde meinen Gott nicht verlassen. *Sie betet.*

GLADSTONE *zum Peloton:* Vergeßt nicht meinen Wahlspruch: nicht so hastig. Was ihr fürs Bier ausgebt, das kriegen die Weiber nicht, aber wenn ihr euch Zeit laßt, klappts zum Schluß trotzdem. Der William kennt sich aus.

Das Peloton lacht.

LEN Es lebe der William des Volkes! Hipp – Hipp!

Sie rufen hurra.

Hipp – Hipp!

Sie rufen hurra.

GLADSTONE Zweimal reicht, Kinderchen. Immer mit der Ruhe. Also, dann wollen wir mal. Nur keine Aufregung. Rennt mir die Tür nicht ein, am Ende ist sie zugesperrt ... Ruhig das Ziel ... Fest der Griff ... Aufgepaßt auf mein Kommando ... Eins ... Zwei ... Zweieinhalb – *Er fällt tot um.*

LEN *läuft zu Gladstone:* Er hats am Herz. *Er legt seine Pistole zu Boden und sucht in Gladstones Taschen.* Wo hastn wieder deine Pillen, du alter Depp? Pappa? Ich habs ihm gleich gesagt, daß ihm die Hurra-Schreierei zuviel wird. – Jetzt sitzen wir schön blöd da.

VIKTORIA *geht zu Gladstone:* Das Recht wird wieder hoch zu Stuhl sitzen. Über den Toten Gottes geht die Sonne auf.

George hebt Lens Pistole auf.

JONES Paßt auf. Der hat sich die Pistole abgestaubt.

GRISS Wir sind eingeschlossen.

LEN Wir sagen lieber den andern Bescheid.

Die zwei Soldaten, das übrige Kommando und Len gehen ab.

FLORENCE Tus nicht, George, bitte!

ARTHUR *hält Florence von George fern:* Lassen Sie ihn! Er will es so!

George erschießt sich.

FLORENCE O Gott.

GEORGE Noch einmal der Tod. *Er sackt zusammen.*

FLORENCE Es ist geschehen! Es ist geschehen!

VIKTORIA Zum Weinen ist keine Zeit. Sie kommen gleich zurück.

FLORENCE *schluchzt:* George! Keine Hoffnung mehr! Ein Leben ohne Sinn!

VIKTORIA Komm, komm – bedenk, wieviel uns geblieben ist.

Viktoria will Florence wegführen. Florence reißt sich los und läuft vor ihr hinaus. Viktoria folgt ihr rasch.

GEORGE *sterbend:* Ja, jetzt weiß ich wieder ... Wir waren dort nicht zusammengewachsen, wir waren frei ... Wenn du stirbst, wirst du auch frei sein ... frei und glücklich ... wenn du stirbst. *Er stirbt.*

Zehnte Szene

Eine Lichtung. Die Bühne ist leer bis auf einen unbestimmten Gegenstand vorne links, der wie ein altes Kleiderbündel aussieht.

Arthur kommt herein. Er ist nach wie vor mit George verbunden, doch ist dieser jetzt ein Skelett. Arthur und George setzen sich auf eine Kiste, oder einen Kanister, und unterhalten sich.

ARTHUR Ich habe deinen Fuß dem Hund nicht gegeben! – Naja, warum behauptest du es dann. Der Hund hat ihn sich einfach geschnappt. – Ich habe ihn nicht hergegeben! Du willst schon wieder Streit anfangen. Wenn schon, hätte ich das ganze Bein genommen! *Pause.* Also gut, es tut mir leid. Ich war unbeherrscht. Ich bin müde. Du bist ziemlich schwer zum Herumtragen. Natürlich ist es nicht leicht, auf einem Fuß zu gehen. Versuch es mal mit einem Stock ... Du ißt nichts. Das ist, was dir fehlt. Wenigstens kannst du schlafen. Darin bist du ganz groß. Und mit dem Hund, das stimmt nicht. *Pause. Plötzlich:* Ja, ich habe deine Kleider verschenkt! Das waren Bettler! Sie kamen aus der Schlacht! Sie froren! – Nein, das habe ich nicht getan. *Pause.*

Der Kopf von George hängt nach vorne links herunter. Was starrst du denn an? *Arthur steht auf, geht nach vorne links, bleibt stehen, schaut, dreht sich um, geht zur Kiste zurück und setzt sich. Ruhig.* Eine Leiche. *Kleine Pause.* Schlafen wir lieber abwechselnd. Ich will nicht schuld sein, wenn du den andern Fuß auch noch verlierst. *Sanft.* Starr ihn nicht immer an. Dir gefiele das auch nicht, wenn du dort lägst ... Kennen wir ihn? *Arthur geht zu dem Toten. Er bückt sich und schaut ihn von nah an.* Der. Das dachte ich mir, daß sie ihn noch kriegen. Knöpf ihm die Hose auf.

Er tut es.

Sie hat also ihr Andenken. Das wär ihm nicht recht.

Er deckt aus Versehen Lens Gesicht auf. Lens Züge sind verquollen. Sein Haar ist verklebt. Er grinst nicht. Seine Augen sind geschlossen. Arthur dreht sich um und will zur Kiste zurück. Er bleibt stehen. Len hat etwas zu ihm gesagt.

Entschuldigung. *Er geht zu Len und knöpft ihm die Hose wieder zu.* Ich dachte, es wäre dir egal.– Es war aufdringlich, ich weiß. Ist es jetzt gut? – Können wir uns zu dir setzen? Danke. *Er setzt sich. Pause.* Ach, meistens unterwegs. Es tut gut, wenn man sich wieder einmal vernünftig unterhalten kann. *Er schaut George an. Er weint bitterlich.* So viele Knochen sind entzweigegangen ... *Zu Len.* Er hört nichts. Ich tue nur so, weil ich immer allein bin. – Hast du das gemerkt? Sch, ich habe ihn einem Hund gegeben. Ich bin aufgewacht und sah diesen Köter, mit dem Schwanz zwischen den Beinen und zurückgelegten Ohren, wie er sich mit dem Fuß davongemacht hat. Ich warf ihm einen Stein nach und da ließ er ihn fallen ... Dann habe ich mirs anders überlegt. Ich habe ihn zurückgerufen und ihm den Fuß gegeben. Ich habe meine Grenzen. Ich kann kein hungriges Kind mehr sehen, keinen Mann mit einem Bein, keine fliehende Frau, kein leeres Haus. Ich gehe an keinen Fluß mehr, wo die Brücken abgebrannt sind. Sie sahen aus wie Knochen von einem verkohlten Nilpferd. Ich mag keine versehrten Kühe, keine toten Pferde, keine verstümmelten Schafe. Ich habe meine Grenzen. *Er schaut George an.* Er wird ihn nicht vermissen. *Längere Pause.* Ich rede zuviel. – Träumst du manchmal? Ich auch. Träumst du auch von der Mühle? Da sind Männer und Frauen und Kinder und Ochsen und Vögel und Pferde und drehen eine Mühle im Kreis. Sie zermahlen andere Ochsen und Leute und Kinder: sie stoßen einander hinein. Manche fallen von selber. Das zermahlt dann die Knochen, verstehst du. Und die, die das Rad schieben, auch die Tiere, schauen immer geradeaus zum Horizont. Dann stolpern sie. Sie bleiben mit den Füßen in den Lumpen und dem Verbandszeug hängen, die von ihren Wunden heruntergerutscht sind. Immer rund herum gehen sie, rund herum. Zum Schluß laufen sie sehr schnell. Sie rufen. Die Hälfte läuft im Schlaf. Einige werden zertrampelt. Sie glauben ganz fest, daß sie bald den Horizont ereichen ... Später komme ich zurück. Dann ist ein Sandsturm. Alles ist voll mit weißem Staub. Ich finde die Mühle wieder, sie steht still. Der Letzte ist zur Hälfte drin gestorben. Eine von den Holzspeichen ist abgebrochen, ein Toter liegt darunter. *Er schaut nach rechts.* Jemand beobachtet uns. *Kleine Pause.* Ich habe auch bessere Träume. In einem schlägt jeder erwachsene Mann seine Familie und sein Vieh tot, und dann bringt er sich um.

Der Arzt kommt herein. Er ist voller Öl- und Rußflecken. Seine

Kleider haben Risse. Sein Koffer ist verschmutzt und leer. Der Deckel steht offen.

ARTHUR Doktor.

ARZT *im Weitergehen:* Kein Nachschub. Halten Sie sich still. Versuchen Sie zu schlafen.

ARTHUR Kommt man hier nach Windsor?

ARZT *deutet:* Dort.

ARTHUR Wer hat gesiegt?

ARZT Wir nehmen Truppenumstellungen vor. *Er geht auf der Bühne umher und schaut nach außen.*

ARTHUR Ist Napoleon dabeigewesen?

ARZT Ich habe ihn nicht gesehen.

ARTHUR Hitler? Einstein?

ARZT Versuchen Sie zu schlafen.

ARTHUR Doktor, Sie haben Medizin studiert. Warum hassen die Menschen das Leben? Liegt es am Licht? Hat man es besser, wenn man nur noch Lehm und Asche ist?

Der Arzt geht auf die andere Seite und schaut nach außen.

Warum arbeiten die Guten den Schlechten in die Hände? Doktor? *Er dreht sich um zu Len.* Nicht viele werden so groß wie Hitler. Die meisten nähren in sich nur einen kleinen Haß. Sie töten nur mit Erlaubnis. Doktor, Hitler war ein Seher. Er hat gewußt, wie wir hassen, uns selbst und einander, und hat in seiner Barmherzigkeit erlaubt, daß wir töten und getötet werden.

ARZT Kein Nachschub! *Er geht auf die andere Seite und schaut nach außen.*

ARTHUR Heil Hitler! Heil Einstein! Hitler hat sich einen schlechten Namen gemacht und Einstein einen guten. Das ist gleichgültig. Die Guten töten auch. Und die Zivilisierten töten mehr als die Wilden. Das ist der Zweck der Wissenschaft, auch wo sie Gutes tut. Zivilisation heißt nur größere Leichenhaufen. Zählen Sie nach.

ARZT *geht auf die andere Seite:* Versuchen Sie zu schlafen.

ARTHUR Man ist gegen Hitler ungerecht. Bei seiner Einsicht hätte er sich mit zwanzig umbringen können. Aber er blieb am Leben und hat seine Pflicht getan. Sicher hat er gewußt, daß man ihn falsch verstehen wird. Nun ja, Heilige warten aufs Kreuz. Doktor, warum fragen Sie mich nicht etwas? Fragen Sie mich, warum nicht jeder sich selbst umbringt. Das wäre das Einfachste. Aber sehen Sie, sie hassen nicht nur das eigene Leben – sie hassen das Leben überhaupt. Mit einer Art von Gewissenhaftigkeit, von eingefleischter Pflicht leben sie weiter – um andre umzubringen. Sie können nicht in Frieden sterben, solang sie nicht die Welt tot zu ihren Füßen sehen. Und deswegen haben sie Ärzte und Medikamente und Kampagnen gegen die Hungersnot und Wissenschaftler und Fabriken und Wohnkomfort, um sich länger am Leben zu erhalten – wo doch ihr Glück schon lange tot ist. Eine Tragödie. Aber sie dauert nicht mehr lange. Sie sind klug. Sie kommen schon noch darauf, wie sich ihre Wünsche erfüllen lassen. *Er merkt, daß der Arzt fortgegangen ist.* Schade. Ich hätte ihm gern gesagt, warum ich zurück nach Windsor gehe. Die Welt hat bisher Glück gehabt. Es hat immer genug Gewaltherrscher gegeben, die ihr Elend erleichterten. Aber selbst Hitler hatte seine Grenzen. Er hat immer so getan – und in dunklen Augenblicken fürchte ich, sogar sich selbst gegenüber –, als tötete er um einer andern Sache willen. Ich aber habe den nächsten logischen Schritt entdeckt, den der Mensch tun muß, den wahren Fortschritt der Menschheit. Zum erstenmal in meinem Leben kann ich von Nutzen sein. Hitler hat sein eigenes Volk geschützt. Was jetzt gebraucht wird, ist der große Verräter, der auf beiden Seiten tötet, die eigenen und die anderen. Es wundert mich, daß noch keiner darauf gekommen ist. Dadurch kann man doppelt so viele umbringen. Er will mir gratulieren. *Er faßt George bei der Hand.* Zuerst mache ich mir das Volk gefügig. Das ist jetzt leicht, wo seine Anführer tot sind. Und dann gehen wir nach Windsor. Die Hand darauf. *Er schüttelt die Hand von George.*

Elfte Szene

Die große Ausfahrt von Windsor. Im Hintergrund hängen drei Tote an einem Doppelgalgen. Ein zweiter Toter ist an dem einen, zwei andere an dem anderen Galgenpfosten festgebunden. Diese letzten drei sind mit verbundenen Augen erschossen worden.

Viktoria und Florence.

FLORENCE *schaut nach außen:* ... Was will Arthur hier?

VIKTORIA Wir werden es bald erfahren. Ich habe der Wache befohlen, ihn gleich heraufzuführen.

FLORENCE *betrachtet die Leichen:* Heute war ich besser. Man darf nur nicht aufgeregt sein und muß sich vorher alles schön zurechtlegen. Wie beim Kochen.

VIKTORIA Ich bin stolz auf dich.

Arthur tritt ein. George hängt noch immer an ihm, aber ein Bein, ein Arm und die Hälfte der Rippen fehlen ihm.

Ich habe deinen Brief bekommen. Ich pflege Kriegsverbrecher gewöhnlich nicht zu empfangen.

ARTHUR *schaut auf den Galgen:* Wer waren die?

VIKTORIA Sie hießen alle Albert. Ich darf nichts riskieren.

FLORENCE Die Angebundenen habe ich nicht erschossen, aber die anderen habe ich selbst gehenkt.

ARTHUR *schaut zu ihnen hinüber:* Gut, gut.

FLORENCE Ich bin die erste Henkerin der Geschichte – öffentliche Henkerin, meine ich. Einer unserer Beiträge zum Endsieg. Wenn wir uns emanzipieren wollen, müssen wir auch konsequent sein. Wir übernehmen daher jeden passenden Männerberuf.

ARTHUR *Ihnen* wird es bestimmt auch lieber sein.

FLORENCE Viktoria strickt die Kapuzen.

VIKTORIA Ich lade wöchentlich zu einem Stricktee ein. Die Damen machen sich gern nützlich.

FLORENCE Ich benutze jedesmal eine frische Kapuze. Es gibt dem Ganzen einen Hauch weiblicher Feinfühligkeit. Das ist in einem Krieg sehr kostbar.

ARTHUR Wie hoch ist Ihr Tarif?

FLORENCE Nur Nadelgeld.

Arthur geht zum Galgen. Er nimmt einem der Erschossenen die Augenbinde ab. Er betrachtet ihn. Lange stille Pause. Florence geht auf Zehenspitzen zum Galgen. Sie faßt einen der Gehängten bei den Füßen und schaukelt ihn so, daß Arthur einen Tritt bekommt.

FLORENCE Einen Groschen für den da.

ARTHUR Ich will sie nur anschauen...

VIKTORIA Du nennst dich König.

ARTHUR Ja.

VIKTORIA Und sagst deinen Leuten, sie würden siegen.

ARTHUR Ich will sie verraten.

VIKTORIA Warum?

ARTHUR Du hattest recht und ich unrecht.

VIKTORIA Sehr unrecht.

ARTHUR Weil ich ohne politische Erfahrung war. Inzwischen weiß ich, daß es ohne Gesetz und Ordnung keine Gerechtigkeit gibt. Leider. Aber das Volk ist blutdürstig, gewalttätig, gemein, ziellos, gefährlich, mordlustig, verräterisch, hinterhältig, roh, treulos, schmutzig, zerstörerisch, blutdürstig –

FLORENCE Das sagten Sie schon.

VIKTORIA Es führt unsaubere Reden.

ARTHUR Ja.

VIKTORIA Und wäscht sich nicht. Ich bin von dir entzückt. Es geht nichts über politische Verantwortung, um einen Menschen zu bilden.

ARTHUR Die Tiere müßten schamrot werden, wenn sie ihn Bruder nennen sollten. Die Erde gehört ihm nicht – er hat sie gestohlen und einen Schweinestall aus ihr gemacht. Sogar die Läuse kriechen von ihm fort, wie Ratten von einem verlorenen Schiff. Er kennt kein Mitleid. Er sieht nicht weiter, als sein eigener Schatten reicht. Er ißt den eigenen Dreck und schafft sich eine eigene Nacht, in der er sich verbirgt. Das ist das Schlimmste an der Welt: daß sie bewohnt ist. Leben! Leben heißt, von der Wiege nach rückwärts zum Grab gezerrt und eingescharrt werden, bevor man sehen kann, wohin es geht!

VIKTORIA Ja. Wir müssen uns den Sinn fürs rechte Maß bewahren. Haß ist keine Antwort auf... Der Tod ist keine Antwort auf... Ich bin gutherzig, wo ich es sein kann. Man macht sich damit beliebt. Du schreibst von einem Plan.

ARTHUR Ich habe mir ein langes Seil besorgt. Ich will zwischen unseren zwei Armeen ein Tauziehen veranstalten. Wir deklarieren das zur letzten großen Anstrengung vor dem Endsieg. Jeder kommt ans Seil – alle Männer, Frauen, Kinder, Pferde, Hunde, Katzen, Vögel – auch die Kranken. Ich suche eine geeignete Stelle aus und stelle meine Partei vor einem Abgrund auf. Wir fangen mit dem Tauziehen an wie üblich, und wenn alle tief im Seil liegen, gebe ich – oder du – ein Zeichen. Auf dieses Zeichen hin läßt deine Seite los. Die meinen ziehen weiter, stolpern rückwärts über die Klippe und sind tot. Der Abgrund ist sehr tief.

VIKTORIA Das klingt vernünftig.

ARTHUR Ich habe gesagt, ich wollte ein wenig frische Luft holen. Sie werden schon nach mir suchen. Die Einzelheiten schicke ich dir später. *Plötzlich, zu Florence.* Warum starren Sie ihn so an? Haben Sie ihn denn nicht gern gemocht?

FLORENCE Doch.

ARTHUR *zögernd:* Er spricht dauernd von Ihnen. Das ist unangenehm. *Er geht hinaus.*

VIKTORIA Wie habe ich dafür gebetet! Er ist wahnsinnig. Das macht aber nichts. Wenn wir sie erst zusammen haben, können wir sie schlagen. Und vielleicht will er sie wirklich loswerden – und dann werden wir auch ihn los. Davon habe ich geträumt: vom Frieden.

FLORENCE Ich gehe an die Front.

VIKTORIA Nein.

FLORENCE Deswegen bin ich so unglücklich gewesen. Ich erkannte es, als ich diese Knochen sah. Draußen sterben unsere Männer. Sie brauchen mich.

VIKTORIA Ich brauche dich auch.

Florence bricht auf.

Florrie! Fred! Sie werden dich töten! Du bist alles, wofür ich lebe.

Florence geht hinaus.

Wieder, und wieder ... Zuerst sieht es aus, als ginge alles gut, und dann verliere ich alles. Freddie, verlaß mich nicht! Tus nicht! Tus nicht! *Sie folgt Florence nach draußen.*

Zwölfte Szene

Slough. Ein Krankenzimmer in einem Lazarett. Die Bühne ist leer. Auf dem Boden liegen Männer in Decken gehüllt.

Der Trommlerjunge Ned, Jones und andere Soldaten. Griss wird hereingetragen.

JONES Wo hatsn dich erwischt, Mann?

GRISS Bein ab.

NED Bloß das eine?

GRISS Ja.

NED Bis jetzt.

GRISS Stimmt das?

JONES Mit dem Lazarett hier?

GRISS Naja.

NED Stimmen tuts schon. Aber sie läßt dich erst dran, wenn du am Krepieren bist.

GRISS Was für ein Abgang.

NED Ich bin erst sechzehn, aber so sterb ich zufrieden.

GRISS Was fehltn dem?

JONES Seine Unschuld hat er verloren.

NED Bei dir jedenfalls nicht, du schmieriger alter Spinner. *Er rührt die Trommel.* Habs hier gut gehabt. Daheim hätt ich doch bloß mein rechtes Handgelenk weitertrainiert. Aber hier hab ich mehr gebumst als der Alte, und der feiert mit seiner Alten schon bald die silberne Wippe. *Er rührt die Trommel.*

Florence kommt herein. Sie trägt eine Lampe.

STIMMEN Gott zum Gruß, Mum. Gottes Segen, Mum. Engel von Mons. Engel der Barmherzigkeit. »Vor der Kaserne, la-lala-lala.«

FLORENCE Schönen Abend, Jungs. *Zu Griss.* Du bist der Neue?

GRISS Kann ich Ihr Kleid anfassen, Lady?

NED He! Bei denen ist auch langsam Feierabend – jetzt ziehn sie schon die Fetischisten ein. Gleich stellt sich der auf ihren Schatten drauf und macht sich einen ab.

FLORENCE Ned.

NED Es tut immer noch weh.

FLORENCE Wo?

NED Brauchen mir bloß die Hand geben, dann machen wir eine

Besichtigungstour.

FLORENCE Die Königin hat einen Brief geschrieben.

NED Verlangen Sie bloß nicht, daß ich mich neben mein Bett stell. Da wär ganz schön was los.

JONES Wir tätens gar nicht merken, Kleiner.

FLORENCE *liest vor:* Liebe Krieger, ich möchte euch sagen, daß ich in Gedanken immer bei euch bin, bei Tag und Nacht. Auch ich habe in diesem Krieg meine Opfer gebracht, und ich weiß, was Leiden heißt. *Sie hält den Brief näher an die Lampe.* Ich kann nichts sehen.

NED Ich wüßt nen dickeren Docht.

FLORENCE Ich habe mit dem Feind ein Tauziehen um den Sieg vereinbart. Ihr alle werdet daran teilnehmen.

Stöhnen ringsum.

Krücken und Rollstühle stehen zur Verfügung. Nach dem Sieg könnt Ihr nach Hause gehen.

Hochrufe, Gelächter, Pfiffe.

Ich habe einen großen Vorrat an Gestricktem zurücklegen können, aus dem jetzt Bettjacken für euch genäht werden.

Ein Bewunderungspfiff.

Bei Miss Nightingale seid ihr in guten Händen.

Stöhnen ringsum.

Gott segne euch alle, Viktoria Regina Imperatrix.

GRISS Könnt ich den wohl behalten, Mum.

Florence gibt ihm den Brief.

NED Sag bloß, bei dem stecken noch Gefühle unter seim Dreck.

JONES Schnauze.

NED Vorsichtig, sonst komm ich rüber und steck dir meine Trommelstöcke rein, wo du sonst die Brieftasche hintust. Zwei Stück davon. *Er rührt die Trommel.*

JONES *sofort:* Das dauert aber lang.

GRISS Und ich geh wohl leer aus?

NED *zu Griss:* Paß bloß auf. Der steht auf Leichen mit eim Bein. Gehört schon längst in die Isolierstation. *Er rührt die Trommel.* Vergeßt den Trommler nicht! *Zu Florence.* Komm Schatz, zieh die Namen ausm Hut. *Er gibt ihr eine Feldmütze.* Wer die erste Tour hat heute abend. Schüttels nur ordentlich durch. *Er rührt die Trommel, während Florence ein Papier herausnimmt und auseinanderfaltet. Dann hört er auf, und sie liest den Namen vor.*

FLORENCE Ned.

JONES Mich hauts hin.

NED Ihr paßts aber. Wird auch gut sein. Die Schärfe macht mich würzig, sprach der Hering.

JONES Ich versteh nicht, Süße, was Sie mit dem wollen. Wo Sie doch mich haben.

NED Ich verscheuch ihr eben ihre düsteren Erinnerungen.

FLORENCE Er ist der reinste Mensch, den ich kenne. Er hat die meisten Tugenden von Christus und keins von seinen Lastern.

NED Und das alles schieb ich auf einer Kugel. Die andere hat mir die Leichte Brigade weggeputzt. Hätt noch schlimmer kommen können. Hätt ja auch die Schwere Brigade sein können. Macht mal das Licht aus.

JONES Halt, sie muß erst noch die anderen Namen vorlesen.

FLORENCE *liest:* Ned, Ned, Ned.

GRISS Der hat seinen blöden Servus auf alle blöden Zettel draufgeschmiert, der schäbige kleine –

JONES *zu Griss:* Laßn doch. Morgen schreiben wir die Namen drauf.

Jones schraubt die Lampe herunter, während Florence zu Ned hinübergeht. Sie bleibt neben ihm stehen. Es wird fast dunkel. Sie geht zu Jones zurück.

FLORENCE Gib mir die Lampe. *Er gibt sie ihr. Sie dreht sie ganz auf und geht damit zu Ned zurück. Sie betrachtet ihn.* Er ist tot...

Schweigen.

GRISS Machs halblang.

JONES Der blöde kleine Rumtreiber ... Die ganze Zeit hab ich ihm gesagt, er soll langsam machen...

FLORENCE Ich sage draußen lieber, sie sollen –

JONES Nein. Laß ihn nur. Der liegt da ganz gut. Es ist kalt auf dem Gang.

Dreizehnte Szene

Steilküste bei Beachy Head. Die Bühne ist leer.

Die zwei Parteien stellen sich am Seil auf. Einige haben geschiente Gliedmaßen und gehen auf Krücken. George hängt immer noch an Arthur, aber er besteht jetzt nur noch aus einem Schädel und einigen Knochen, eine struppige Epaulette an Arthurs Schulter.

VIKTORIA Wir wollen Gott danken, daß er uns den Sieg gewährt hat.

IHRE PARTEI: Amen.

JONES Bis jetzt hat er noch nicht.

ARTHUR *vorn. Er spricht mit dem Schädel:* Hast du es erraten? Diesmal ist das Rätsel nicht schwer. Wenn meine Leute die Klippe herunterstürzen, was tun dann ihre? Was denkst du dir? Was ist das einzige Natürliche, Normale, Menschliche? Sie laufen zum Rand und schauen zu, wie die anderen sterben. Ihre ganze Armee wird sich auf diesem Rand aufstellen. Deswegen habe ich die Stelle ausgesucht. Der Rand ist morsch, er wird herunterbrechen, und dann fallen ihre Leute auf meine Leute und alle sind auf einmal tot. Grins nicht, sonst merkt sie etwas. *Zu Viktoria.* Sie kennen das Zeichen.

VIKTORIA Ja. Wenn ich ›Frieden‹ rufe, lassen sie los.

ARTHUR Gut. Eins – zwei – zieht!

VIKTORIA Zieht!

Viktoria und Arthur schreien weiter ›zieht‹, während sich die Parteien ins Seil legen.

V.-PARTEI Zieht.

A.-PARTEI Zerrt.

V.-PARTEI Stöhnt.

A.-PARTEI Ächzt.

V.-PARTEI Weiter!

A.-PARTEI Vorwärts!

V.-PARTEI Aufwärts!

A.-PARTEI In die Zukunft!

V.-PARTEI Auf zum Licht!

A.-PARTEI Freiheit! Gerechtigkeit!

V.-PARTEI Bildung! Demokratie!

A.-PARTEI Wissenschaft! Kultur!
V.-PARTEI Unsere Zukunft! Unsere Herkunft!
A.-PARTEI Unsere Kinder! Unsere Heimat!
V.-PARTEI Versöhnung! Bruderschaft! Liebe! Menschheit!
VIKTORIA Frieden!

Viktorias Partei läßt das Seil los. Die Partei von Arthur rennt rückwärts über die Klippe. Die Gegenpartei bleibt einen Augenblick lang stumm stehen. Dann laufen alle jubelnd zum Rand der Klippe und reihen sich dort auf. Sie schauen hinunter, lachen, winken, die Klippe sackt donnernd ab. Sie fallen hinunter.

Vierzehnte Szene

Am Fuß der Klippe. Die Bühne ist mit Leichen übersät, darunter sind ein paar auseinandergebrochene Menschenpuppen. Das Seil ringelt sich auf dem Boden über, unter und zwischen den Toten hindurch.

Arthur kommt herunter. Er hat den Schädel verloren, aber die Knochen hängen noch an seiner Schulter.

ARTHUR Es ist vorbei. Schluß. Jetzt kann ich in Frieden sterben. *Er zieht eine Pistole heraus.*

Florence kommt herein. Sie ist schmutzig und aufgelöst. Sie hat den Verbandskoffer mit dem Roten Kreuz bei sich.

ARTHUR Wieso sind Sie nicht mit herabgestürzt?

FLORENCE Viktoria ist zum Rand gelaufen, also blieb ich stehen.

ARTHUR Von Rechts wegen müßte ich Sie umbringen. Es ist ungerecht, Sie übrigzulassen. George würde meinen, ich haßte Sie. Aber für ein Leben habe ich Gutes genug getan. Wollen Sie etwas für mich tun?

FLORENCE Was?

ARTHUR Mir die Augen schließen.

FLORENCE Wozu?

ARTHUR Ich habe auch meine Schwächen.

Hinten erhebt sich eine Reihe von Geistern. Sie sind in schwarze Leichentücher gehüllt und stehen eng beieinander.

ARTHUR Schauen Sie. Geister.

Die Geister kommen ein paar Schritte nach vorn. Sie bleiben stehen.

Kommt nur näher. Ich habe keine Angst. Seht her. *Er erschießt sich.* Ah! Das ist Blut. Fast genau am richtigen Fleck. Es kann nicht lang dauern ... *Zu den Geistern.* ... Jetzt ist mir wohler. Stellt euch hierher. Hopp! Hopp! Salute! Ich bin stolz! Ich habe mein Leben gut gelebt! Arthur der Gute! Ich habe euch befreit! Jetzt seid ihr für immer frei!

Die Geister treten auseinander. Sie sind wie eine Reihe von Scherenschnitten mit einem Streifen untereinander verbunden.

Nein. Das ist nicht wahr. Lüge! Nein! Ich habe euch umgebracht! Ihr seid frei! – Es stimmt schon alles, mein Verstand läßt nach, ich bilde mir etwas ein ... Ihr habt kein Recht, so hierher zu kommen! Florence, halte sie auf!

FLORENCE Wen?

ARTHUR Sie!

FLORENCE Sie sind doch tot!

ARTHUR Nein, nein. Hilf ihnen.

FLORENCE Es ist Rauch von den Öltanks.

ARTHUR *außer sich:* Gott im Himmel! Die Grube! Die Grube! Den Lebenskuß! Dem! Dem da. *Er atmet in den Mund eines Toten.*

George tritt aus dem Reigen der Geister vor.

Mein Blut! Ich muß ihnen mein Blut geben! *Er netzt seine Hand am Kopf.* Mein – *Er erblickt George. Er schrickt zurück. Er fällt hin.*

FLORENCE Er ist tot.

George geht zu Arthur. Er bückt sich und macht sich wieder an ihm fest. Arthur erschauert und stöhnt auf.

ARTHUR *ächzend:* Nein. Nein. Nein. Nein. Nein.

Fünfzehnte Szene

Im Himmel. Die Bühne ist leer. Der Korbwagen, der im folgenden öfters vorkommt, besteht aus einem großen, auf Rädern montierten Eßkorb. Er hat je einen Griff zum Schieben und zum Ziehen.

Alle, bis auf Viktoria und Florence. Arthur und George sitzen vorn. Sie sind zusammengewachsen wie zu Anfang. Die übrigen sitzen hinten unter einem Flaschenzug.

ARTHUR *wiederholt ungläubig:* Wo?

GEORGE Im Himmel.

ARTHUR Was macht ihr hier?

GEORGE Nichts.

ARTHUR Das klingt langweilig.

GEORGE Langeweile ist eine Gewohnheit. Hier vergißt man alle Gewohnheiten. Sogar Schmerz ist eine Gewohnheit, wir fühlen keinen. Im Himmel ist jeder glücklich.

ARTHUR Sex?

GEORGE Nein.

ARTHUR Wir sind noch immer zusammengewachsen.

GEORGE Bis zum Prozeß.

ARTHUR Was für ein Prozeß?

GEORGE Jeder kommt vor Gericht. Dann schneiden sie uns voneinander los.

ARTHUR Ich sah einige, die zusammengekettet waren.

GEORGE Das dachtest du nur. Einbildung! Auch nur eine Gewohnheit!

Albert und Viktoria treten auf.

ALBERT Arthur! Das ist aber nett.

VIKTORIA Ja, ich bin wieder im Schoß meiner Familie. Du kommst reichlich spät – wir sind schon lange hier. Beginnen wir gleich mit dem Prozeß.

ALBERT *zu Arthur:* Der Vater übernimmt die Anklage, die Mutter die Verteidigung. Das ist so üblich.

VIKTORIA In Sachen Arthur gegen Gott.

Während des Prozesses schlendern viele, darunter auch die Geschworenen, zwischen dem Gerichtshof und dem Flaschenzug hin und her. Einmal sind alle Geschworenen unter dem Fla-

schenzug. Von dort ist Lärm und Gelächter zu hören.

ARTHUR *deutet auf den Flaschenzug:* Was ist das?

VIKTORIA Du bist sicher hungrig. Aber du kannst erst essen, wenn der Prozeß vorbei ist. Wie lautet die Anklage?

Der Lordkämmerer flüstert Viktoria ins Ohr.

VIKTORIA Ah. Nun, wir haben eine unangreifbare Verteidigung.

Sie zieht einen riesigen Stoß von Papieren heraus.

ALBERT Vereidigt die Geschworenen.

Die Geschworenen heben nacheinander die Hand und sprechen eine der folgenden Zeilen. Einige sprechen mehr als eine Zeile, doch nie zwei aufeinanderfolgende. Sie lächeln und nicken Arthur beim Reden zu. Einer winkt mit der Hand.

Er notzüchtigt kleine Mädchen.
Er notzüchtigt kleine Jungen.
Er notzüchtigt weißhaarige Omas.
Er notzüchtigt weißhaarige Opas.
Er notzüchtigt Hunde.
Er notzüchtigt alles.
Er notzüchtigt sich selber.
Er peitscht gern.
Er steckt Babys mit Syphilis an.
Er säuft vor dem Frühstück.
Er verwendet Strom.
Er ist ein Geizhals.
Er steckt den Tripper mit Syphilis an.
Er ist ein Totmacher.
Er bohrt in der Nase.
Er schaut schmutzige Bilder an.
Er bohrt in der Nase und schaut dabei schmutzige Bilder an.
Er ist ein Totmacher.
Er kann seine natürlichen Bedürfnisse nicht beherrschen.
Er hat nur unnatürliche Bedürfnisse.
Er ist ein Totmacher.
Er frißt Dreck.
Er träumt vom Totmachen.
Man sollte eine Geschlechtskrankheit nach ihm taufen.

VIKTORIA Keine Einwände.

JOYCE Erster Zeuge.

Len kommt aus der Gruppe um den Flaschenzug nach vorn.

LEN Soviel geb ich zu, wie sein Bruder sich hat umbringen wollen, hat ern gelassen. Hat ihm sogar noch Gift in sein Kuchen getan. *Die Geschworenen klatschen.*

Aber wie er dann glücklich tot war, da hat ern wieder zurück ins Leben gezerrt! – Ich bin erster. *Er geht nach hinten zum Flaschenzug.*

ARTHUR Ich wollte ihn glücklich machen.

Die Geschworenen lachen.

Ich war durcheinander.

VORSITZENDER DER GESCHWORENEN Der Angeklagte darf nicht dazwischenreden.

VIKTORIA *zu Arthur:* Still doch. – Keine Fragen. *Zu Arthur.* Bitte misch dich nicht ein. *Sie ordnet ihre Papiere.*

ALBERT Ein abschließendes Wort. Ich kann seine Fingerabdrücke bis hierher riechen.

VIKTORIA Wir rufen keine Zeugen. *Sie rafft ihre Papiere zusammen.* Verehrte Geschworene, wir appellieren an die Mütter unter ihnen. *Es sind lauter Männer.* Mein Sohn hat mich bisher immer enttäuscht. Jetzt aber hat er uns alle umgebracht. Zum ersten Mal kann ich ihn meinen Sohn nennen. Mit voller Zuversicht bittet Sie die Verteidigung um einen Schuldspruch. *Sie räumt ihre Papiere weg.*

ALBERT Meine Herren Geschworenen, Ihr Urteil.

Die Geschworenen stecken die Köpfe zusammen.

VORSITZENDER Wir ordnen die Erprobung im Gottesurteil an.

ARTHUR Das ist –

VIKTORIA Die übliche Formalität.

Der Lordkämmerer kommt vom Flaschenzug nach vorn. Er hat Alberts Schwert in der Hand. Der Vorsitzende prüft die Schneide.

VORSITZENDER Weißglühend.

ALBERT Ich mache dir das Hemd auf. *Er knöpft Arthurs Hemd auf. Die Menge unter dem Flaschenzug hat schon längere Zeit ein regelmäßiges Geräusch von sich gegeben, das jetzt in einen Singsang übergeht: »Zieht-zieht-zieht«. Albert durchbohrt Arthur mit dem Schwert. Arthur zeigt keine Reaktion. Eine kleine Pause. Albert zieht das Schwert wieder heraus.*

VIKTORIA *schnuppert:* Riecht es hier angebrannt?

ALBERT Das Urteil?

VORSITZENDER Schuldig, und zugelassen zum Himmel.

Albert schneidet Arthur mit dem Schwert von George los. Laute

Rufe aus der Menge beim Flaschenzug. Len kommt nach vorn gerannt, ein Bein in der Hand. Es ist an der Hüfte abgerissen und noch mit Schuh und Socke bekleidet. Der Stumpf ist zerfetzt und blutig. Len nagt daran. Die Menge balgt sich wie ein Spatzenschwarm um ihn.

MENGE Ich! Ich! Ich!

LEN *wehrt sie ab, indem er nach ihnen tritt und das Bein im Kreis schwingt:* Weg da! Bleibt droben! Holt euch das andere! *Er kaut.*

ALBERT Sie stören eine Gerichtsverhandlung.

VIKTORIA Es ist unerhört. Wenn Sie Lärm machen müssen, machen Sie ihn anderswo.

MENGE Ich! Ich! Abgeben!

LEN Weg da, hört auf. *Er wendet sich an Arthur.* Du hast mir mal wo rausgeholfen. Schön, daß du da bist im Himmel. Das kriegst du von mir. *Er reißt noch einen Bissen mit den Zähnen los.* Was noch übrig ist. *Er übergibt Arthur das Bein und tritt verlegen zurück. Er wischt sich verlegen die Hände am Hosenboden ab. Verlegen und freundlich.* Hoffentlich erstickst du dran.

JOYCE Schau einer an – hätt ich nicht geglaubt, daß er das fertigbringt.

Einige aus der Menge klopfen ihm auf die Schulter.

ALBERT Im Himmel essen wir einander auf.

VIKTORIA Es tut nicht weh.

ALBERT Und es wächst wieder nach.

GEORGE Wie Krebse.

VIKTORIA Hier bleibt alles ohne Folgen. Deswegen gibt es keine Schmerzen. Stell dir vor – keine Schmerzen! Bon appetit. *Sie schnuppert, argwöhnisch.* Ich könnte schwören, daß es hier angebrannt riecht.

Ein Einbeiniger steht unter dem Flaschenzug auf. Er hat einen Strick um den Hals, der oben durch den Flaschenzug geschlungen ist. Er zieht ihn heraus.

VIKTORIA *schnuppert:* Schwören könnte ich.

Der Einbeinige will hinaushüpfen. Das Seil hängt ihm vom Hals und schlängelt sich hinter ihm her.

LEN Der reißt aus.

LORDKÄMMERER Holt ihn ein!

GEORGE Halali – oh!

Sie schreien und jagen dem Einbeinigen nach. Arthur ist allein.

Seit er das Bein in der Hand hält, hat er sich nicht bewegt. Er trägt es senkrecht, den Stumpf nach oben. Sein Gesicht ist ausdruckslos geblieben. Kleine Pause. Es scheint, daß er flüstert. Dann spricht er mühsam.

ARTHUR Ich bin nicht tot. Lieber Gott, laß mich sterben.

Sechzehnte Szene

Im Himmel.

George windet sich mit angezogenen Knien am Boden. Viktoria führt Albert herein.

VIKTORIA Das ist sein zweiter Anfall heute.

ALBERT Vielleicht hat er etwas Falsches gegessen.

VIKTORIA Ich hatte auf ein vernünftiges Wort von dir gehofft! – Ich weiß, was hinter dem Ganzen steckt. *Sie wendet sich ab.* Wo ist Arthur? Ich habe ihn seit dem Prozeß nicht mehr gesehen, und das ist Wochen her.

Florence tritt auf.

ALBERT Florence! Wie nett!

VIKTORIA Eben sprachen wir von dir. Wie kamst du hierher?

FLORENCE Ach, ein ausgerutschter Büchsenöffner.

GEORGE Hunger.

FLORENCE Geht es George nicht gut?

VIKTORIA Nein. George, du kannst im Himmel keine Schmerzen haben. *Sie nimmt Florence beiseite.* Du kommst gerade recht, meine Liebe. Ich gebe eine kleine Gartenparty – ich bin mir das schuldig. Die anderen Gäste werden gleich dasein. Ich habe etwas Speise zurücklegen können, aber ich habe George nichts davon gesagt.

Arthur tritt auf und geht hinten über die Bühne. George steht sogleich auf und stellt sich neben ihn.

VIKTORIA Arthur.

ARTHUR *wendet sich beiläufig um:* Florence ... *Er kommt zu ihr nach vorn.* Bist du tot?

FLORENCE Ja. *Pause.*

ARTHUR Du siehst nicht so aus ...

VIKTORIA Arthur. *Er dreht sich zu ihr um.* George geht es nicht gut. Er hat Hunger. Und du? *Kleine Pause.* Arthur, Lieber?

ARTHUR Nein.

VIKTORIA Ich habe noch ein paar Bonbons aus meinen Lebzeiten.

ARTHUR *seine Hand schnellt nach vorn:* Ja!

Alle starren ihn an. George stöhnt.

VIKTORIA Du ißt also nichts. Deshalb hat George Hunger.

GEORGE *steht noch immer neben Arthur:* Ganz schwach ist mir.

VIKTORIA Bist du hier nicht glücklich?

ALBERT Selbstverständlich ist er glücklich. Wir sind hier im Himmel. Herauskommen kann er ohnehin nicht. Man stirbt nur einmal. Er kann sich nicht zu Tode hungern.

GEORGE Um Himmels willen iß! Du könntest diese Qual nicht aushalten.

ARTHUR Ich spüre sie wie du.

VIKTORIA Arthur, fehlt dir irgend etwas? Etwas, was dir nicht zusagt? Woran wir nicht gedacht haben? Liegt es an mir? Du darfst es ruhig sagen.

Arthur geht hinaus.

GEORGE *bleibt Arthur dicht auf den Fersen:* Iß! Iß! *Er geht hinaus.*

VIKTORIA Gut – sie hätten mir nur meine Party verdorben. Albert, geh und paß auf sie auf. Sie dürfen nicht zurückkommen, bis es vorbei ist.

ALBERT Aber ich sollte doch –

Die Menge tritt nach und nach auf. Albert geht hinaus. Viktoria begrüßt sie, aber sie reagieren nicht darauf.

VIKTORIA Wie schön, daß Sie gekommen sind.

LEN Gern geschehen.

VIKTORIA Wie schön, daß Sie gekommen sind.

GRISS Wo stehtn das Essen?

FLORENCE *zu Viktoria:* Du bist verstört. Du hättest absagen sollen.

VIKTORIA Ich bin im Kampf gestorben. Ich gebe auch jetzt nicht nach. – Wie schön, daß Sie gekommen sind.

LEN Was fürn Gartendings soll das werden?

JOYCE N Picknick halt.

GRISS *beim Korbwagen:* Ist da's Essen drin? *Macht die Körbe auf. Überrascht.* Mensch, die muß ihre eigene Zucht haben. Muffelt ganz schön.

LEN *schnuppert:* Das is hinüber.

VIKTORIA Es ist Wildbret.

GRISS Wasn Ding?

VIKTORIA Es ist abgehangen – damit es Geschmack bekommt.

JOYCE Muß ja auch. *Zu Len:* Abgehangen, verstehste? *Zu Viktoria.* Vielen Dank auch. *Sie ißt.* Is aber doch kein Schmu dabei, oder? Is doch menschlich?

VIKTORIA O gewiß.

GRISS Englisch.

VIKTORIA Nun, britisch.

GRISS Son eingeführten gelben oder schwarzen Dreck würd ich auch nicht anrührn.

LEN Kost ja nichts. *Er ißt.* Schmeckt auch danach. *Er ißt.*

GRISS Nase zuhalten und schnell runterschlucken, dann gehts.

Arthur tritt auf.

VIKTORIA Ihr solltet doch wegbleiben!

ARTHUR *hat Schmerzen:* Wegbleiben?

JOYCE Wasn los?

GEORGE Bitte tu es, Arthur. Was kann an Fleisch schlecht sein?

ARTHUR *hat Schmerzen:* Verdammt.

LEN Was führtn sich der so auf?

GEORGE *sieht die anderen essen:* Essen! *Er rennt zum Wagen und nimmt sich.* Ah!

GRISS Dir geb ich gleich schubsn.

Während er ißt, beginnt Arthur zu würgen, und steckt George damit gegen dessen Willen an. George wälzt sich am Boden. Er ißt und würgt gleichzeitig. Die Umstehenden starren ihn an.

JOYCE Der is vergiftet.

GRISS Was isser?

JOYCE Ich hab gleich gesagt, das schmeckt komisch.

GRISS Soll wohln Witz sein.

JOYCE Gar nicht. Daheim die Oma hat mal angefangen Polka tanzen, grade wie ich fernsehen will. Ich hab ihr zum Schluß n Entkalkungsmittel inn Schnaps tun müssn. Zur Benebligung. Die hat damals genauso auf der Stiege rumgezuckelt.

GEORGE *ißt und würgt:* Arthur hör auf! Laß mich essen!

LEN *läßt seinen Happen fallen:* Wenn die das sagt, stimmts auch.

GRISS *läßt seinen Happen fallen:* Ich kriegs im Bauch.

VIKTORIA Vergiftungen gibts im Himmel nicht.

GEORGE Ahh! Arthur!

ARTHUR *hat Schmerzen:* Ich kann nichts essen! Ich kann nichts essen!

GRISS Kann nichts essen!

JOYCE Da habt ihrn besten Beweis.

Sie stöhnen und krümmen sich.

Viktoria und Florence laufen hinaus.

JOYCE *ängstlich:* Und was passiert mit uns?

LEN Das is schlimmer wien doppelter Wadenkrampf.

JOYCE Solln wir jetzt nochmal krepiern? Die können uns doch hier nicht rausschmeißen? Und wir stehn dann ohne was da.

Albert kommt herein. Er sieht George und Arthur.

ALBERT Da seid ihr. Und wo ist Viktoria? *Er nimmt sich ein Stück Fleisch aus dem Korb.*

JOYCE Der gehört auch dazu!

Die Menge steht still. Kurze Pause.

GRISS Alles dieselbe Bagasche.

Die Menge umringt Albert.

ARTHUR *hat Schmerzen:* Nein! Nein!

JOYCE Nehmt ihm den Knochen weg!

Griss nimmt Albert das Stück Fleisch ab.

ALBERT Ich dachte, meine Frau sei hier. Ich will doch lieber –

GRISS Los, den ziehn wir! *Er nimmt sich eine Seilrolle von der Schulter.*

Die Menge stößt Albert in den Korb und macht das Seil an ihm fest. Griss entfernt sich und zieht dabei am Seil. Die Menge drängt sich um den Korb und hält Albert darin fest. Griss zieht weiter. George rennt zwischen Griss und der Menge anfeuernd hin und her und will mithelfen.

GEORGE Essen! Essen!

ARTHUR *hat Schmerzen. Rasch:* Nein! Nein! Keine Schmerzen mehr, kein Krieg mehr, kein Leiden mehr – wir sind im Himmel!

JOYCE *ruft zu Arthur herüber:* Schon gut, Kleiner, wir besorgen das schon mit dem!

ARTHUR Warum kann ich sie nicht in Frieden lassen!

LEN *ruft zu Arthur herüber:* Dir gehörtn Verdienstkreuz, daß du den aufgespürt hast!

ARTHUR *rasch:* Ich will tot sein! Ich will brennen! Das ist diese Qual nicht wert! Ich zerstöre den Himmel damit!

Die Menge schreit. Das Seil erschlafft und Griss fällt mit einem Plumps auf den Hintern.

Halt! Nicht weiter! Ich esse! Ich esse!

George rennt vom Korb weg und ißt ein Stück von Albert. Arthur nimmt auch ein Stück aus dem Korb. Er beißt etwas davon ab.

Ich werde essen und gut sein! Gut sein! Gut sein! Von jetzt ab will ich gut sein!

JOYCE *beim Korb:* Zieht ihn auf unsre Seite rüber.

LEN *hilft ihr:* Was machtn dein Bauch?

JOYCE Bißchen besser.

LEN Nächstes Mal essen wir die Alte. Die treibt durch.

Sie ziehen den Korb hinaus. Der Wagen bleibt auf der Bühne stehen. George sitzt allein da und ißt.

ARTHUR *ißt:* Iß und tu Gutes. Tu Gutes und stirb. Stirb und sei glücklich.

Sie kauen eine Weile schweigend.

Lieber Gott, laß mich sterben. Laß mich sterben. Laß mich sterben – und alle werden glücklich sein.

Siebzehnte Szene

Im Himmel.

Viktoria und Florence treten auf. Florence späht nach hinten. Viktoria hat ein blutunterlaufenes Auge. Sie ist ungekämmt.

VIKTORIA *bleibt stehen:* Laß uns fünf Minuten rasten.

FLORENCE *späht nach hinten:* Sie werden uns einholen. Es ist gefährlich. *Ruft.* George!

VIKTORIA Wenn es im Himmel Schmerzen gibt, warum dann keine Liebe? *Sie denkt nach.* Ich könnte nicht sagen, daß ich dich liebe. Liebst du mich?

FLORENCE Nein.

VIKTORIA Hast du Schmerzen?

FLORENCE Nein.

VIKTORIA Ich auch nicht. Und auch nicht die Meute dort. Das Volk läßt sich alles einreden.

George rollt Albert auf dem Wagen herein. Albert hat keine Beine.

GEORGE *stöhnt:* Verflucht. *Er hört auf zu schieben.* Ich kann nicht mehr. Es wird immer schlimmer. Ich dachte, es geht weg, als er anfing zu essen.

VIKTORIA Er muß wieder aufgehört haben. Wir können nicht immer weiterfliehen. Zum Schluß fangen sie uns ja doch ein. Wir müssen handeln.

ALBERT Ja.

VIKTORIA Bis Arthur kam, war Frieden im Himmel. Ich kann destruktive Menschen nicht ausstehen. Er gehört nicht hierher. Er hat kein Talent zum Glücklichsein. Wir müssen ihn loswerden.

George stöhnt.

ALBERT *mutlos:* Im Himmel kann man niemand umbringen.

VIKTORIA Wir könnten ihn aufessen.

ALBERT *zuckt die Achseln:* Dann wächst er wieder nach.

VIKTORIA Wir könnten ihn noch einmal aufessen. Wir heben seine Knochen auf, und alles Leben, das sich darin zeigt, nagen wir gleich wieder ab.

ALBERT Das ist ein glänzender Einfall!

VIKTORIA Aber er hilft nichts.

ALBERT Warum?

VIKTORIA Weil wir ihn niemals zu fassen kriegen. Die Meute schützt ihn. Er hat sie mit seinem Irrsinn angesteckt – jetzt meinen sie *alle*, sie hätten Schmerzen. Er ist ihr Messias.

GEORGE Nehmt doch Florence.

VIKTORIA Was?

GEORGE Sie könnte ihm sogar einen Ring durch die Nase stecken und ihn auf den Knien hierherziehen.

FLORENCE Meinst du?

VIKTORIA Ach so. Mir ist eben ein Licht aufgegangen. *Zu George.* Ich habe dich unterschätzt. *Zu Florence.* Hole ihn aus der Meute heraus. Geh mit ihm spazieren. Dann sind wir vier gegen einen.

FLORENCE Nein.

VIKTORIA Nun ist mir noch ein Licht aufgegangen. Das zweite heute.

FLORENCE Ich fürchte mich vor der Meute.

GEORGE Er wird nicht zulassen, daß sie dir etwas antun. *Er stöhnt.*

VIKTORIA Du hättest zumindest eine Chance. Wenn wir so weitermachen, fangen sie uns noch alle ein. Und denk daran, was das bedeutet: Frieden.

FLORENCE Ich will es versuchen.

VIKTORIA *im Gehen:* Wir gehen zurück.

FLORENCE Jetzt?

VIKTORIA Jetzt. Ich spüre es, mein Glück kehrt wieder.

George stöhnt. Sie gehen hinaus.

Achtzehnte Szene

Im Himmel.

Arthur sitzt hinten. Etwas von ihm entfernt sitzen Len, Joyce, Jones und Griss. Sie stöhnen leise. Arthur hat langes Haar und einen langen Bart, beide schmutzig. Florence steht vorn. Sie schaut Arthur an.

ARTHUR Ja?

FLORENCE Ich war mir nicht so sicher, ob du es bist.

LEN *steht auf:* Was gehtn hier vor?

ARTHUR Setz dich.

Len setzt sich.

FLORENCE Ich habe dich gesucht.

ARTHUR Was macht mein Bruder?

FLORENCE *zuckt die Achseln:* Er hat Schmerzen. Können wir woanders hingehen?

LEN Der soll in Ruhe gelassen werden.

GRISS Mir tut schon alles weh.

JOYCE Das istn Gefängnis und kein Himmel.

JONES Wir wollen was Anständiges zu fressen kriegen.

ARTHUR Ich ginge ganz gern spazieren.

LEN *zuckt die Achseln:* Na, dann wolln wir mal. *Er hilft Arthur auf.*

ARTHUR Ich bin gleich wieder da.

Arthur und Florence kommen nach vorn. Alle andern ab.

ARTHUR Setz dich. *Er setzt sich nieder.*

FLORENCE Nicht hier.

ARTHUR Ich bin müde.

Florence setzt sich. Arthur fährt sich mit dem Unterarm in einer sonderbar wischenden Bewegung über den Mund.

Du hast mich gesucht.

FLORENCE Warum bist du nicht glücklich?

ARTHUR Ich habe Schmerzen.

FLORENCE Entschuldige, aber das kann nicht sein. Nicht im Himmel.

ARTHUR Du spürst keine Schmerzen.

FLORENCE Manchmal bin ich hungrig. Weiter nichts. – Sie haben meinen Arm aufgegessen. Es hat nicht weh getan.

ARTHUR Nein.

FLORENCE Iß mich, einen Teil von mir.

ARTHUR Nein.

FLORENCE Du ißt aber doch. Manchmal lassen bei George die Schmerzen nach.

ARTHUR Ich esse mich selbst.

FLORENCE Ach.

ARTHUR Wenn es zu schlimm wird. Ich esse meinen Arm. *Er wischt sich mit dem Unterarm über den Mund, aber ohne zu essen.*

FLORENCE Tut das weh?

ARTHUR Weniger als der Hunger.

FLORENCE Es klingt ungerecht. *Pause.* Du bist alt.

ARTHUR Der Bart ist mir über Nacht gewachsen. In der Nacht, als mein Vater aufgegessen wurde. Ich habe auch von ihm gegessen. Was, weiß ich nicht. Als ich aufwachte, war ich alt. Ich hatte weiße Haare und einen Bart. Der war von Anfang an weiß, und naß. Ich muß geweint haben. Ich war sehr müde, als wäre ich mit einem Bart zur Welt gekommen.

Eine kleine Pause.

FLORENCE George glaubt, du hättest mich gern.

ARTHUR Warum bist du hierhergekommen?

FLORENCE Ich weiß nicht genau.

ARTHUR Ich will dich um etwas bitten. Aber zuvor – ich bleibe nicht im Himmel.

FLORENCE Es gibt nichts anderes.

ARTHUR Hier bleibe ich nicht. *Er greift nach ihrer Hand.*

Sie steht auf und blickt sich um.

Was ist?

FLORENCE Nichts. Ich bin hungrig.

ARTHUR Iß meinen Arm.

FLORENCE Nein! Es tut dir weh. – Ich kann nichts für meinen Hunger! Man bekommt ihn eben! – Was wolltest du mich bitten?

ARTHUR Iß nicht mehr.

FLORENCE Ich –

ARTHUR Die meisten Leute sterben, bevor sie zehn sind. Sie sterben als Babys und kleine Kinder. Manche werden vierzehn oder fünfzehn. Fast niemand lebt länger als bis dreißig.

FLORENCE Gott sei Dank.

ARTHUR Es heißt immer, daß der Leib stirbt und die Seele weiterlebt. Das stimmt nicht. Zuerst sterben die Seelen, und die Leiber leben fort. Sie irren umher wie Geister, sie rempeln sich an, treten sich auf die Füße, suchen einander heim. Auch deswegen ist es besser, daß man stirbt und hierherkommt – wenn man tot ist, *muß* doch Frieden sein. Nur – ich bin nicht tot.

FLORENCE Natürlich bist du tot! Du mußt nur an dich glauben!

ARTHUR Nein. Nicht ganz. Ich habe es versucht, aber ich kann nicht sterben. Nicht einmal das Essen hat mich umgebracht. Es gibt etwas, was ich nicht abtöten kann, was mir niemand abtöten kann. Schade. Es muß schön sein, wenn man tot ist. Aber wenn ich nicht sterben kann, muß ich leben. Ich habe mich abgefunden mit meinem Fluch – ich nehme ihn auf mich. Wahrscheinlich werde ich am Ende noch glücklich sein.

Florence macht eine Bewegung.

Um Gottes willen, geh nicht fort.

Florence bleibt stehen.

Du suchst etwas.

FLORENCE Ich bin hungrig! Ich bin hungrig!

ARTHUR Geh nicht zurück zur Familie!

FLORENCE Ich muß aber.

ARTHUR Geh mit mir.

FLORENCE Wohin?

ARTHUR Anderswohin.

FLORENCE Es gibt kein Anderswo!

ARTHUR *verzweifelt:* Wir finden eins.

FLORENCE Und wozu? Du wirst dort auch nicht essen.

ARTHUR Wir essen uns selbst.

FLORENCE Nein.

ARTHUR Einer den anderen.

FLORENCE Du hast gesagt, du tust es nicht.

ARTHUR Also gut – gut – wenn du bleibst.

FLORENCE Du tust es nicht. Du weißt, daß du es nicht tun wirst. Du wirst es dir anders überlegen. Wenn du vom Leben redest, meinst du Schmerzen. Deswegen machst du alle unruhig. Du kannst sie nicht in Frieden sterben lassen. Der große Haufe, deine Mutter – immer wird irgend jemand töten wollen, und kann es nicht, und so geht es ewig weiter. Ich bin hungrig! Sie sind hungrig! Du bist hungrig! Wir sind alle tot und hungrig! Überall, wohin du auch gehst.

ARTHUR Du hältst mich am Leben.

FLORENCE Du bist nicht am Leben! Wir sind im Himmel! Du kannst nicht mehr leben und lachen und schreien und Schmerzen haben. Du kannst nicht mehr lieben! Und andere Leute quälen! Laß mich in Frieden! Du bist ein Gespenst! Ein Gespenst! Ein Gespenst! Du machst mir Alpträume – hör auf!

ARTHUR Du weinst ja.

FLORENCE Nein, nein, nein, nein.

ARTHUR Aber meine Hand ist naß.

FLORENCE Es gibt nichts zu weinen mehr. Es ist zu spät dazu. Warum hast du mir nichts gesagt? Was, glaubst du, habe ich getan, solang ich auf dich wartete? Ich weine nicht. Vielleicht bin ich am Leben, vielleicht müssen wir wirklich nicht so sein. Wenn ich doch nur nachdenken könnte ... *Schweigen.*

Viktoria kommt hereingerannt.

VIKTORIA *ruft:* Albert! Ich habe sie gefunden!

FLORENCE *will Viktoria zum Fortgehen bewegen:* Wir müssen fort. Die Meute ist hier.

VIKTORIA Nein. Er war kaum fort, da sind sie schon auf Jagd nach Essen gegangen. *Albert und George kommen herein. Albert hat wieder Beine. Er hinkt.*

VIKTORIA *ergreift einen Arm von Arthur. Zu Albert:* Nimm den anderen Arm.

GEORGE *reibt sich die Hände:* Jetzt hast du es.

VIKTORIA *zu George:* Geh und paß auf.

George geht nach hinten. Albert hinkt zu Arthur hin.

ARTHUR Hilf mir, Florence!

GEORGE Ich bin hungrig.

VIKTORIA Albert, steh nicht hier herum.

GEORGE *geht zu Arthur:* Essen!

VIKTORIA *zu George:* Hier können wir ihn nicht essen. Geh und paß auf, ob jemand kommt.

GEORGE *geht nach hinten:* Beeilt euch!

VIKTORIA Albert, wir müssen ihn jetzt –

ARTHUR *zu Florence:* Hilf mir!

ALBERT Sie hören uns noch!

FLORENCE Wir können ihn nicht essen! Es tut ihm weh!

VIKTORIA *zu Albert:* Kneble ihn!

ALBERT Aber ich habe doch kein –

ARTHUR Florence!

VIKTORIA Würg ihn!

ALBERT Aber ich habe doch kein –

VIKTORIA Mit seinem Bart!

ALBERT Seinem –

VIKTORIA Bart! So! *Sie schlingt Arthur den Bart um die Kehle.* Und so. Zwei. Drei. *Zu Arthur.* Es ist zu deinem eigenen Besten. Sechs. Sieben. Acht.

GEORGE *hinten. Er späht nach draußen:* Macht schnell!

VIKTORIA Neun. Zehn. *Sie läßt los.* Jetzt ist er gute zehn Minuten lang bewußtlos.

GEORGE *kommt zu den anderen zurück:* Sie müssen etwas gehört haben!

VIKTORIA Bleib ruhig! Ruhig. *Zu Albert.* Lade ihn dir auf den Rücken. *Sie hebt Arthur zusammen mit George auf Alberts Rücken.*

FLORENCE *geht unruhig umher:* Er kann Schmerzen nämlich spüren, müßt ihr wissen.

VIKTORIA Du mußt gehen. Nicht rennen.

Albert macht sich mit der Last auf den Weg.

GEORGE stöhnt: Ich bin am Verhungern.

Albert, George und Viktoria gehen hinaus.

FLORENCE Ach ja. Warum hat er mir nur nichts gesagt? Wer wartet, muß dafür bezahlen. *Sie folgt den anderen.*

Neunzehnte Szene

Im Himmel.

Viktoria, Albert und Florence auf der Rast. Florence sitzt auf dem Wagen.

ALBERT Wo ist George?

FLORENCE Er sammelt die Knochen ein.

VIKTORIA Er hat eine ganze Spur davon auf unserem Weg verstreut. Er hofft, er findet noch Fleisch daran.

ALBERT *schleckt sich die Finger:* Viel kann es nicht sein.

George kommt herein. Er nagt an einem Knochen und hat ein Knochenbündel unter den Arm geklemmt.

GEORGE Ich habe immer noch Hunger.

VIKTORIA Das hätte aufhören müssen, als wir ihn aßen.

GEORGE *nagt und stöhnt:* Hat es aber nicht.

VIKTORIA Gib mir die Knochen da.

Er gibt sie ihr, behält aber den einen, den er benagt.

Den auch.

GEORGE Ich bin noch hungrig.

VIKTORIA Den auch.

Er gibt ihr den Knochen.

Wir müssen sie beisammenhalten. *Sie stellt sie in einen großen Blechkübel und ordnet sie wie einen Blumenstrauß.* Wo ist sein Kopf?

GEORGE Ich habe ihn nicht. *Er stochert in den Zähnen und kaut hungrig.*

VIKTORIA Florence?

FLORENCE Nein.

VIKTORIA Albert?

ALBERT Nein.

VIKTORIA Man verliert nicht einfach einen Kopf.

ALBERT Ach du lieber Gott.

VIKTORIA *verärgert:* Deswegen hast du auch noch deine Schmerzen.

GEORGE *stellt sich neben die Knochen und betrachtet sie gierig:* Weit kann er nicht sein.

VIKTORIA *zu Florence:* Du sitzt nicht etwa drauf, mein Kind?

FLORENCE Nein.

VIKTORIA Also wer kann sich erinnern, daß er ihn gegessen hat?

GEORGE Ich nicht.

VIKTORIA Wie solltest du auch.

GEORGE *stöhnt:* Das ist ungerecht! Hungrig sein reicht wirklich, auch ohne daß –

VIKTORIA Gut, dann müssen wir ihn eben suchen. Der Kopf muß her. Er wächst sich sonst zu einem neuen Körper aus!

FLORENCE Kann er das?

VIKTORIA Etwas derartig Perverses würde ihm ähnlich sehen. Zum Schluß haben wir es noch mit zwei Arthurs zu tun. Das wäre zuviel für mich. *Zu Albert und George.* Kommt jetzt – Florence.

FLORENCE Ich bleibe hier zum Knochenhüten.

VIKTORIA Gut. *Im Abgehen.* Man verliert nicht einfach einen Kopf.

George stöhnt. George, Albert und Viktoria gehen hinaus. Florence wartet eine Weile. Dann deckt sie ihren Schoß auf. Arthurs Kopf liegt darin.

FLORENCE Ach ja.

ARTHUR Was denn? Ich liebe dich.

FLORENCE Sie suchen nach dir.

ARTHUR Ich weiß.

FLORENCE *schaudert:* Ach ja.

ARTHUR Was ist?

FLORENCE Du hast geschrien.

ARTHUR Das tut mir leid.

Florence deckt seinen Kopf zu. George kommt herein.

GEORGE Du lieber Gott. *Er geht zu den Knochen, wählt sich einen aus und nagt daran.* Ich werde sonst noch schwach. *Er geht nagend hinaus.*

Florence wartet eine Weile. Dann deckt sie Arthurs Kopf auf.

ARTHUR Zum ersten Mal bin ich glücklich. Ich habe keinen Hunger mehr.

FLORENCE Dir fällt gleich etwas ins Auge. *Sie entfernt es.*

ARTHUR Es muß ein Haar sein.

FLORENCE Bleib ruhig.

ARTHUR Mein Bart. Mutter hat ihn mir ausgerissen, als sie mich würgte.

FLORENCE Warum lächelst du?

ARTHUR Es ist schön hier.

FLORENCE Was?

ARTHUR In deinem Schoß.

FLORENCE Ah.

ARTHUR Wenn sie einem ein Bein amputieren, dann spürt man es trotzdem noch. Mir geht es auch so. Sie haben mir den Leib abgeschnitten, aber ich bin lebendig. Ich könnte jetzt mit dir schlafen. Ich kann es spüren. Hart. Deswegen liege ich so gern in deinem Schoß.

FLORENCE *lacht. In Verwirrung:* Ich weiß nicht, was ich tun soll.

ARTHUR Du machst dir immer noch Vorwürfe, weil du mich gegessen hast.

FLORENCE Viktoria hat aufgepaßt.

ARTHUR Und weil du auf dem Spaziergang gelogen hast.

FLORENCE Ja. Aber nicht die ganze Zeit.

ARTHUR Dann macht es nichts. Ich liebe dich.

FLORENCE Aber was kann ich machen?

ARTHUR Nicht essen.

FLORENCE Das sagst du immer!

ARTHUR Sage Viktoria, daß du mich liebst. Das wird sie nicht dulden – es ist Verrat. Sie wird dafür sorgen, daß sie dich aufessen, und dann bist du wie ich.

FLORENCE Was nützt das?

ARTHUR Du lebst.

FLORENCE Wo? Wie?

ARTHUR Mit mir.

FLORENCE Aber du bist nichts! Sie haben dich gegessen!

ARTHUR Ich lebe trotzdem. Oder fange an zu leben.

FLORENCE Wo? Wie?

ARTHUR Ich weiß nicht. Ich kann es dir nicht sagen. Du mußt es selbst herausbringen. Ich bin wie ein Feuer im Meer, oder wie die Sonne unter der Erde. Ich lebe. Du liebst mich.

FLORENCE Es ist zu spät. Lieben, lieben – ich weiß nicht, was das jetzt heißt. Du redest von Sonne und Feuer – und ich bin hungrig.

ARTHUR Natürlich bist du hungrig. Die Toten sind immer hungrig.

FLORENCE Ich kann dich nicht verstehen.

ARTHUR Du verstehst mich gut.

FLORENCE Ich möchte, aber ich kann nicht.

ARTHUR Warum hast du mich dann versteckt?

FLORENCE Ich weiß nicht warum!

ARTHUR Ich liege in deinem Schoß! Das ist der Beweis!

FLORENCE Vielleicht. Ich werde es versuchen. Ich werde es versuchen.

ARTHUR Küß mich.

FLORENCE Jetzt nicht. Ich muß nachdenken.

ARTHUR Küß mich! Ich kann es nicht. Heb meinen Kopf mit deinen Händen hoch und halte ihn an deinen Mund. Dann ist es gut. Dann sind wir allein, und glücklich.

FLORENCE Ja ... Ja. *Sie zögert. Sie beugt den Kopf leicht zu ihm hinunter. Sie nimmt seinen Kopf in die Hände und will ihn hochheben.*

VIKTORIA *draußen:* Man verliert nicht einfach einen Kopf.

Florence deckt Arthurs Kopf zu. Viktoria kommt herein.

FLORENCE Habt ihr ihn gefunden?

VIKTORIA Ich finde ihn noch.

Albert und George treten auf. Albert hat die Hände in den Taschen. Die Schmerzen von George sind sichtlich schlimmer geworden. Er nagt an einem Knochen. Albert schnalzt mit der Zunge.

GEORGE Verdammt! *Er läßt den Knochen in den Kübel fallen.* Davon wird keine Mikrobe satt. *Er sucht unter den übrigen Knochen.* Wenn wir ein Feuer hätten, könnten wir Suppe kochen.

VIKTORIA Man verliert nicht einfach einen Kopf.

FLORENCE Er wird irgendwohin gerollt sein. Es macht doch nichts.

VIKTORIA *zu George:* Tu die Knochen zurück. *Sie stellt den Kübel von ihm weg.* Es geht mir nicht noch etwas verloren. Albert, mit den Händen in den Taschen kannst du nicht nachdenken. Kein Wunder, daß sein Kopf weg ist.

ALBERT Du lieber lieber Himmel.

GEORGE *plötzlich:* Ich halte es nicht mehr aus! Ah! *Er wälzt sich am Boden. Albert schaut ihm zu.*

ARTHUR Er will sich nur wichtig machen. Florence, wir gehen spazieren.

FLORENCE Es ist ganz schön hier.

VIKTORIA Ein Spaziergang ist noch schöner.

ALBERT *betrachtet George:* Viktoria, diesmal ist es ernst. Ich wußte nicht, daß er so schlecht dran war.

VIKTORIA *betrachtet George:* Hm. – Florence, komm her und sieh ihn dir an.

FLORENCE Ich glaube kaum, daß ich ihm helfen kann.

VIKTORIA Unsinn, du bist Krankenschwester. *Sie bückt sich und betrachtet George. Florence geht schwerfällig auf sie zu.*

VIKTORIA *zu Albert:* Zähl seinen Puls. George, sag doch einmal die Nationalhymne rückwärts her. Das beruhigt.

Viktoria und Albert zählen ihm, jeder auf seiner Seite, den Puls. Florence langt bei ihnen an.

VIKTORIA Hast du einen Knochen mitgenommen?

FLORENCE Einen Knochen?

VIKTORIA Damit er etwas zwischen die Zähne bekommt!

Florence dreht sich um und geht zum Korb zurück.

VIKTORIA *zu George:* Bist du schon bei Königin die schütze Gott angelangt?

FLORENCE *bleibt stehen und schlägt Arthur unter ihrem Rock:* Hör auf!

Viktoria und Albert drehen sich um und schauen sie an.

VIKTORIA Was ist, mein Kind?

FLORENCE Ich habe mir den Rücken verknackst. *Sie macht noch einen Schritt.*

VIKTORIA Was hast du denn mit deinen Beinen?

FLORENCE Sie sind mir eingeschlafen.

VIKTORIA Versuch es mit Hüpfen.

FLORENCE Das wird mir kaum –

VIKTORIA Es beschleunigt den Kreislauf –

FLORENCE Ich habe Kopfweh.

VIKTORIA – heilt Kopfweh und hilft unfehlbar bei verknackstem Rücken. Hüpf!

Florence hüpft.

Das ist doch nicht gehüpft. Hüpf hüpf hüpf! Höher!

Florence hüpft noch mal.

Komm, ich massiere dir die Beine.

FLORENCE Nein, nein. Es hat nachgelassen. *Sie geht schnell zum Kübel und nimmt einen Knochen heraus.*

ALBERT Ich glaube, es geht ihm wieder besser.

VIKTORIA George, Florence holt dir gerade einen Knochen.

GEORGE Knochen? Knochen? *Er setzt sich auf und sieht Florence mit dem Knochen in der Hand. Er steht auf, geht schwankend auf sie zu und reißt ihr den Knochen aus der Hand. Er will hineinbeißen, hält dann aber inne. Er schaut sich um. Er beginnt zu schnüffeln. Er wendet sich von Florence ab und dann wieder zu ihr zurück. Er schnüffelt heftiger. Er schnüffelt an ihrem Kleid entlang nach unten. Er läßt sich auf die Knie fallen. Er beschnüffelt laut ihren Rock.* Fleisch! *Er hebt den Rock hoch und zieht rasch darunter Arthurs Kopf hervor.* Arthur!

Stille. Florence tut einen kleinen Schrei.

VIKTORIA Bitte. Man verliert nicht einfach einen Kopf.

George beißt den Kopf an. Arthur lacht laut.

GEORGE *hält inne:* Er hat gelacht!

VIKTORIA George, gib diesen Kopf her!

GEORGE Nein! *Er steckt sich den Kopf unter die Jacke.*

VIKTORIA Albert, sprich du mit ihm.

ALBERT George –

George rennt nach hinten. Er beißt den Kopf an. Arthur lacht laut.

GEORGE Oh! *Er läuft mit dem Kopf hinaus. Schweigen.*

FLORENCE Warum hat Arthur gelacht?

VIKTORIA *zu Albert:* Sammle die Knochen ein.

ALBERT *zu Viktoria:* Du mußt deswegen nicht bitter werden. Der Tag war für uns alle nicht leicht.

George kommt mit dem Kopf zurückgelaufen. Er ist halb abgenagt.

GEORGE *kaut:* Ein Wunder! Meine Schmerzen gehen weg!

VIKTORIA Albert!

ALBERT George, ich bin sehr böse auf –

George geht ab.

FLORENCE Warum hat er gelacht, als George ihn aufaß?

George kommt zurückgerannt. Er hat einen Schädel in der Hand.

GEORGE Meine Schmerzen sind weg! Weg! Ganz und gar weg!

ALBERT *nimmt George den Schädel ab:* Und wenn er nachgewachsen ist, bekommst du auch nicht einen Bissen.

GEORGE Ich bin frei! Ich bin frei! *Er läuft hinaus.*

VIKTORIA Er wird nicht mehr nachwachsen.

ALBERT Warum denn nicht?

VIKTORIA Er ist tot.

ALBERT Wie meinst du das?

VIKTORIA Wenn die Schmerzen von George weg sind, ist Arthur auch weg.

ALBERT Wo soll er sein?

VIKTORIA Das weiß ich nicht. Ich will es auch nicht wissen. Er ist tot – das genügt mir. Gib mir seinen Schädel.

Albert gibt ihn ihr. Sie legt ihn in den Kübel auf die übrigen Knochen.

Jetzt haben wir einen kompletten Satz.

GEORGE *draußen:* Hurra!

ALBERT Was geschieht jetzt?

VIKTORIA Wir werden ja sehen.

FLORENCE Ob er nicht doch nachwächst?

VIKTORIA Vielleicht. Aber es wird totes Fleisch sein. Für menschlichen Genuß ungeeignet. Und auch Schmerzen wird es nicht mehr geben.

GEORGE *draußen:* Hurra!

VIKTORIA Er darf nicht soviel Lärm machen. Ich möchte nicht vor der Meute ohne eine Leiche dastehen müssen.

Sie gehen alle hinaus. Die Knochen im Kübel bleiben auf der Bühne stehen.

Zwanzigste Szene

Im Himmel.

Arthur liegt am Boden. Er hat einen Fuß im Kübel. Die Knochen sind verschwunden. Joyce liegt in seiner Nähe und schläft. Viktoria, Albert, George und Florence treten auf.

ALBERT Er ist nachgewachsen.

VIKTORIA *stupst Arthur:* Aber tot. *Zu George.* Hast du noch Schmerzen?

GEORGE Nein.

VIKTORIA Gut. Dann holt einen Sarg.

George und Florence gehen hinaus. Sie rütteln Joyce.

Liegen Sie schon lange hier, mein Kind?

JOYCE Ihr habt den Meister totgemacht.

VIKTORIA Er hat vorausgesehen, daß man das sagen würde. Laufen Sie und holen Sie Ihre Freunde, mein Kind.

JOYCE Aber sicher! *Sie rennt hinaus.*

ALBERT Was hast du vor?

VIKTORIA Die Sache erledigen.

George und Florence kommen mit einem Sarg herein. Sie stellen ihn neben Arthur ab.

VIKTORIA *zu Albert:* Hole das Essen, aber bringe es erst herein, wenn ich so mache. *Sie gibt ihm ein Zeichen.*

JOYCE draußen: Lulululu!

VIKTORIA *zu Florence:* Hammer?

Florence geht hinaus.

Ich muß an alles selber denken. Ich bin gespannt, ob sie die Nägel mitbringt.

Joyce, Len, Jones und Griss treten mit der restlichen Menge auf.

LEN *zu Joyce im Hereinkommen:* Du meinst, sie habn ihm Gift verpaßt?

JOYCE Genug fürn Pferd.

VIKTORIA *geht ihnen entgegen:* Im Himmel kann man niemand umbringen. Man kann sich nur selber töten.

GRISS Kein Gequatsch jetzt.

VIKTORIA Ihr seid hungrig.

LEN Wer sagtn das?

VIKTORIA Er selbst. Deswegen hat er sich getötet.

LEN Hat was?

VIKTORIA Er hat euch verboten, einander aufzuessen.

LEN Stimmt.

VIKTORIA Aber er wußte auch, daß dieses Verbot unnatürlich und unmöglich war. Von Grund auf unmöglich. Und weil er euch liebte – denn nur aus Liebe war er so streng mit euch – wollte er nicht von euch verlangen, daß ihr euch selber eßt, wie er.

Len versteckt den Arm hinter dem Rücken.

Und so starb er, damit ihr einander in Frieden essen könnt.

GRISS Tatsache?

LEN Nie.

VIKTORIA Seine letzten Worte zu mir waren »Nähre sie«. *Sie gibt Albert das Zeichen.*

GRISS Ach geh!

Albert kommt mit dem Korb herein. Florence ist bei ihm.

GRISS Is da zu Essn drin?

VIKTORIA Ja.

JOYCE Augenblick mal.

JONES Was?

JOYCE Beim Prozeß damals.

GRISS Hm.

JOYCE Er hat sich angesengt wies Messer reinging. Es hat nach Angebrannt gerochen.

JONES Stimmt auch.

GRISS Hab ich gleich gesagt.

JOYCE Hat nie hier reingehört, versteht ihr?

LEN Gibts bald was?

VIKTORIA Erst wenn er im Sarg liegt.

Albert und George legen Arthur in den Sarg.

Deckel.

Len legt den Deckel auf.

Hammer.

Florence reicht ihr den Hammer.

Nägel.

Florence läßt die Hände sinken.

Ich nehme meine Zähne. *Sie zieht sich einen Zahn aus und betrachtet ihn.* Das hält besser. *Sie schlägt ihn in den Sarg.* Eins. *Sie zieht sich einen zweiten Zahn aus und schlägt ihn ein.* Zwei. Tragen besser schon das Essen auf. *Sie zieht sich einen dritten Zahn aus.*

LEN Nichts Importiertes dabei, Ma'am?
VIKTORIA *hämmert:* Nein.
JOYCE Schade. Mir schmeckt das ausländische Zeugs. Die Leute wissen nicht, was gut ist.
VIKTORIA Einen noch.
GRISS Lassen Sie nochn paar drin.
VIKTORIA Sie wachsen nach. *Hämmert.* Mein Zahnfleisch schafft es schon solange.
LEN Die ist richtig!
ALBERT *beiseite zu Viktoria:* Wird es gutgehen?
VIKTORIA *zu Albert:* Natürlich. Ich schmeichle mir eines rechten Tones mit dem Volk. – Haut den Fraß ruhig schon auf den Dekkel, Jungs.
Sie stellen das Essen auf den Sargdeckel und setzen sich um den Sarg. Nur Florence sitzt etwas abseits und blickt nach vorn.
VIKTORIA Bitte Ruhe. Für das, was wir nun empfangen sollen.
ZWEI STIMMEN Amen.
Sie essen alle, außer Florence.
LEN Das Stück wär was für mich.
JOYCE *zu Len:* Du hast doch vorhin schon eins gekriegt, Freßsack.
Arthur tritt aus dem Sarg hervor. Er stellt sich auf den Sargdekkel. Er sieht jetzt etwas sauberer aus, aber das Haar und der Bart sind noch immer wirr und schmutzig. Er ist in ein langes weißes Hemd oder einen Schal gehüllt. Er ordnet das Hemd, so daß es glatter fällt. Die anderen sehen ihn nicht. Sie essen und unterhalten sich.
GRISS Warn ordentlicher Kerl. Bloß hat er sich immer in alles einmischen müssen. Soll man nicht. Aber Verbrechen isses auch keins.
VIKTORIA Er wird mir fehlen. Und doch bin ich froh, daß er nicht mehr da ist. Er hat sich niemals von mir helfen lassen. Sonst wäre manches anders ausgegangen. Ich arbeite gerade einen Plan aus für die Reihenfolge, in der wir gegessen werden. Dann kann es keinen Streit geben. Mein Name steht an erster Stelle.
Arthur steigt durch die Luft nach oben. Seine Hände sind halb zur Brust erhoben. Der Schal hängt ihm hinten herunter. Seine Füße sind sichtbar. Florence sieht ihn nicht. Sie weint leise.
VIKTORIA Florence? *Sie bietet ihr zu Essen an.*
FLORENCE Mir ist etwas ins Auge gekommen.
VIKTORIA Wisch es aus.

JONES Wirdn Stück Dreck sein.

VIKTORIA Es gibt im Himmel keinen Dreck. Es gibt im Himmel nur Frieden und Glück, Gesetz und Ordnung, Einverständnis und Zusammenhalt. Mein Lebenswerk hat Früchte getragen. Es ist alles erledigt.

LEN *zu Joyce:* Gib mal den Schenkel rüber.

Anhang

Der Anhang enthält die Farce aus der Neunzehnten Szene in einer früheren Fassung. Die überarbeitete Fassung ist leichter spielbar.

ALBERT *betrachtet George:* Viktoria, diesmal ist es ernst. Ich wußte nicht, daß er so schlecht daran ist!

VIKTORIA *betrachtet George:* Hm. Florence, komm und sieh ihn dir an.

FLORENCE Ich glaube kaum, daß ich ihm helfen kann.

VIKTORIA Unsinn, du bist Krankenschwester. *Sie bückt sich, um George zu betrachten. Florence geht schwerfällig auf sie zu.*

ALBERT Soll ich ihm die Handgelenke massieren?

VIKTORIA Nein.

ALBERT Etwas müssen wir doch tun.

VIKTORIA Schiebt ihm etwas zwischen die Zähne. George, wir schieben dir jetzt etwas zwischen die Zähne. *Zu Florence, die gerade bei ihnen angelangt ist.* Hole es ihm, Florence.

FLORENCE Was?

VIKTORIA Einen Knochen.

FLORENCE Ja. *Sie macht sich auf den Weg zum Wagen.*

VIKTORIA George, sag doch einmal die Nationalhymne von rückwärts auf. Ich tue das immer, wenn ich mich beruhigen muß.

Florence bleibt stehen. Zu Arthur unter ihrem Rock. Hör auf damit! *Sie gibt ihm einen Klaps.*

VIKTORIA Was ist, mein Kind?

FLORENCE Ich habe mir den Rücken verknackst.

VIKTORIA Das tut mir leid.

Florence geht weiter.

Geht es dir wieder gut, Liebste?

FLORENCE *geht weiter:* Sehr gut.

VIKTORIA Was hast du mit deinen Beinen?

FLORENCE Sie sind mir eingeschlafen.

VIKTORIA Du hättest doch mit mir spazierengehen sollen.

FLORENCE *kommt zu dem Kübel mit den Knochen. Sie nimmt einen davon heraus und macht sich wieder auf den Rückweg zu Viktoria. Viktoria murmelt die Nationalhymne rückwärts.*

VIKTORIA Zieht ihm die Schuhe aus.
ALBERT Warum?
VIKTORIA Einem Kranken zieht man immer die Schuhe aus.
Albert fängt an, George die Schuhe auszuziehen. George stöhnt. Florence ist bei ihnen angelangt. Viktoria nimmt den Knochen entgegen.
Vielen Dank. *Sie steckt George den Knochen in den Mund. Sein Stöhnen wird leiser. Florence wendet sich wieder zum Gehen. Viktoria nimmt Albert einen Schuh ab und gibt ihn Florence.*
Halte das Liebste.
FLORENCE Vielen Dank.
VIKTORIA Und das auch. *Sie gibt Florence den zweiten Schuh in die andere Hand.*
FLORENCE Ja.
VIKTORIA *zu Albert:* Und jetzt die Jacke.
FLORENCE Nein, nein. Bei der Kälte – *Sie gibt Arthurs Kopf unter dem Rock einen Klaps. Sie windet sich und schneidet Gesichter.*
VIKTORIA Was macht das Bein?
FLORENCE Mein Bein?
VIKTORIA Es war dir eingeschlafen.
FLORENCE Es wird schlimmer. Ich muß mich setzen. *Sie will fortgehen.*
VIKTORIA Du mußt hüpfen.
FLORENCE Das wird mir kaum –
VIKTORIA Es fördert den Kreislauf.
FLORENCE Ich habe Kopfweh.
VIKTORIA Es wirkt Wunder bei Kopfweh. Ich empfehle es stets bei verknackstem Rücken. Hüpfe!
Florence hüpft einmal.
Noch mal. Höher.
FLORENCE *hält ihr die Schuhe hin:* Könntest du solange –
VIKTORIA Das war nicht hoch. Fest!
Florence hüpft einmal.
Krankenschwestern pflegen sich immer schlecht. Komm, ich massiere dir das Bein.
FLORENCE *weicht rasch zurück:* Es ist vorbei. *Zu Arthur unter dem Rock.* Hör auf!
VIKTORIA Siehst du wohl. Hüpfen heilt alles.
ALBERT Sollen wir ihn auf den Korb setzen?

VIKTORIA Das wollte ich eben sagen. Hebe ihn bei den Beinen hoch. Florence, nimm ihn du bei den Schultern.

FLORENCE Mein Rücken ist glaube ich noch nicht –

VIKTORIA Etwas Bewegung kann dir nur guttun. Ich dirigiere dich.

Florence faßt George bei den Schultern. Sie tragen ihn langsam zum Korb. Florence geht rückwärts.

VIKTORIA Mehr nach links ... Du hast etwas fallen lassen.

FLORENCE Oh. *Sie schaut nach. Sie läßt George los. Sie hat die Schuhe von George fallen lassen.*

George fällt der Knochen aus dem Mund. Er stöhnt laut auf. Sie hebt einen Schuh auf.

GEORGE Der Knochen.

FLORENCE Der Knochen. *Sie hebt den zweiten Schuh auf und bückt sich nach dem Knochen.*

Man hört Arthur kichern. Sie gibt ihm einen Klaps unter dem Rock.

VIKTORIA George, lache jetzt nicht. Du bist doch angeblich krank.

GEORGE Ich habe nicht gelacht. Es war –

Florence steckt ihm einen Schuh in den Mund.

Er spricht hinter dem Schuh hervor.

– ga ga ga.

VIKTORIA Und sprich nicht mit vollem Mund. *Sie nimmt ihm den Schuh aus dem Mund und steckt dafür den Knochen hinein.*

FLORENCE *hebt George wieder auf. Sie möchte schneller gehen:* Gehe ich gerade?

VIKTORIA Ja, ich dirigiere dich doch.

FLORENCE Es kam mir so vor, als wäre ich –

VIKTORIA Du gehst genau richtig.

Florence tritt in den Kübel mit den Knochen. Ihr Fuß bleibt darin stecken. Sie läßt George fallen.

VIKTORIA Paß doch auf! Und mach dir diesen Kübel ab.

FLORENCE *hüpft und will den Kübel losmachen:* Entschuldige vielmals.

VIKTORIA Du machst mir meinen Korb kaputt.

Florence tritt zurück. Sie stolpert über den Korb. Sie fällt hin und streckt die Beine in die Luft. Viktoria sieht den Kopf. Sie packt Florence bei den Beinen und hält sie hoch. Sie reckt den Kopf bis vor Arthurs Gesicht.

Arthur! Nun? Man verliert nicht einfach einen Kopf.
George nimmt den Kopf fort.
Gib das her.

GEORGE Nein! *Er steckt sich den Kopf unter die Jacke.*
Usw.

Lear

Deutsch von Christian Enzensberger

Mit einem Nachwort des Autors

Lear lebte ungefähr um das Jahr 3100. Er war 60 Jahre lang König. Er erbaute die Stadt Leicester und wurde unter dem Fluß Soar begraben. Sein Vater kam um bei dem Versuch, über London zu fliegen. Seine jüngste Tochter nahm sich das Leben, als sie die Macht verlor.

Holinshed und Geoffrey von Monmouth

Personen:

LEAR
HERZOG VON NORTH
HERZOG VON CORNWALL
LORD WARRINGTON
ALTER STAATSRAT
ALTER MATROSE
ALTER KALFAKTOR
VORARBEITER
BAUER
TOTENGRÄBERSOHN
THOMAS
JOHN
BEN
SCHREINER } *junge Männer*
BAUERNSOHN
SIMPSON, *ein kleiner Mann*
BODICE
FONTANELLE } *Lears Töchter*
BAUERSFRAU
FRAU DES TOTENGRÄBERS
SUSAN } *junge Frauen*

RICHTER, BISCHOF, GEFÄNGNISKOMMANDANT, INGENIEUR, JUNGE, OFFIZIERE, SOLDATEN, ARBEITER, GEFANGENE, FREMDE, AUFSTÄNDISCHE, GERICHTSBEAMTE

Erster Akt

Erste Szene

In der Nähe der Mauer.

Gestapeltes Bauwerkzeug – Schaufeln, Pickel, Pfosten, eine Segeltuchplane.
Stille. Dann hinter der Bühne ein plötzlicher undeutlicher Schrei, ein Aufprall, Rufe. Ein Vorarbeiter und zwei Arbeiter tragen einen toten Arbeiter herein und legen ihn hin. Ein Soldat folgt ihnen.

1. ARBEITER Holt Wasser! Er muß Wasser haben.

VORARBEITER Er ist tot.

SOLDAT Dann schafft ihn weg!

VORARBEITER Nimm die Beine.

SOLDAT *zum Vorarbeiter:*
Kann man sie sehen? Geh nachschauen! Sie kommen drüben aus dem Graben hoch.
Der Vorarbeiter geht nach hinten und schaut. Der 3. und 4. Arbeiter kommen zusammen herein.

3. ARBEITER *im Hereinkommen:*
Ich hab noch geschrien: weg!

VORARBEITER *nach vorn kommend:*
Verschwindet! Arbeiten!
Der 4. Arbeiter geht wieder hinaus.

3. ARBEITER Du hast doch gehört, wie ich schrei.

1. ARBEITER Er sagt, er ist tot.

VORARBEITER Arbeiten!

SOLDAT *zum 1. Arbeiter:*
Du! – kümmer dich drum, daß sein Pickel ins Magazin zurückgeht.
Er sieht plötzlich etwas draußen und rennt nach vorn zu den andern.
Deckt ihn zu! Schnell!

VORARBEITER *zeigt auf die Plane:*
Nehmt das da!
Sie decken die Leiche mit der Plane zu. Lear, Lord Warrington,

ein alter Staatsrat, ein Offizier, ein Ingenieur und Lears Töchter – Bodice und Fontanelle – kommen herein. Der Soldat, der Vorarbeiter und die Arbeiter stehen stramm. Warrington gibt ihnen ein Zeichen, und sie arbeiten weiter an der Plane.

BODICE *zu Fontanelle:*
Wir können stehenbleiben. Das Ende ist von hier aus zu sehen.

INGENIEUR Hier hört der Kalkboden auf. Von jetzt ab kommen wir schneller voran.

STAATSRAT *schaut auf seine Landkarte:*
Ist da nicht ein Sumpf eingezeichnet?

FONTANELLE *zu Bodice:*
Ich habe nasse Füße.

LEAR *zeigt auf die Plane:*
Was ist das?

INGENIEUR Geräte für die –

WARRINGTON *zum Vorarbeiter:*
Wer ist es?

VORARBEITER Arbeiter.

WARRINGTON Was?

VORARBEITER Unfall, Sir.

LEAR Wer hat das Holz da im Dreck liegenlassen?

INGENIEUR Es ist gerade angeliefert worden. Wir bringen es gleich zum –

LEAR Das fault hier schon wochenlang.
Zu Warrington:
So werden wir nie fertig. Setzen Sie mehr Leute ein. Die Offiziere müssen die Leute zum Arbeiten bringen!

BODICE *schüttelt dem Ingenieur die Hand.*
Die Besichtigung ist sehr unterhaltsam und lehrreich für uns gewesen.

FONTANELLE Ein hochinteressanter Tag.

WARRINGTON Wir können keine Leute mehr abziehen. Auf dem Land verfällt sonst alles, und wir bekommen Hungersnöte in den Städten.

LEAR Zeigt mir die Leiche.
Warrington und der Soldat ziehen die Plane weg.

LEAR Ein Schlag auf den Kopf.

VORARBEITER Hacke.

LEAR Was?

VORARBEITER Eine Hacke, Sir. Auf ihn draufgefallen.

LEAR Auf Arbeitsbehinderung steht Auspeitschung.
Zu Warrington:
Sie müssen mit diesem Fieber fertig werden. Sie behandeln Ihre Leute wie Vieh. Sie müssen nach Arbeitsschluß in trockene Baracken eingewiesen werden. Diese ganzen Baracken sind feucht. Sie vergeuden Ihre Leute.

STAATSRAT *notiert sich etwas.*
Ich werde einen Barackeninspektor ernennen.

LEAR Heute nacht ist die Mauer wieder aufgegraben worden.

OFFIZIER Bauern aus der Gegend. Wir erwischen sie nie, sie verkrümeln sich zu schnell in ihre Häuser.

LEAR Stellen Sie Tellereisen auf.
Zum Vorarbeiter:
Wer hat die Hacke fallen lassen?

WARRINGTON *zum Vorarbeiter:*
Machen Sie schon!
Der Vorarbeiter und der Soldat stoßen den 3. Arbeiter nach vorn.

LEAR Er kommt vors Kriegsgericht. Stellen Sie ein Erschießungskommando ab. Ein Standgerichtsverfahren wegen Sabotage.
Leises Überraschungsgemurmel. Der Offizier geht hinaus.

FONTANELLE Ich habe nasse Füße.

BODICE Sie erkältet sich noch, Vater.

LEAR Wer war Zeuge?

WARRINGTON *zeigt auf den Vorarbeiter.*
Sie!

VORARBEITER Er hat ihm eine Spitzhacke auf den Kopf fallen lassen. Er ist mir schon länger aufgefallen, Sir. Immer arbeitsscheu und –

LEAR *zum 3. Arbeiter:*
Kriegsgefangener?

VORARBEITER Nein. Einer von den unsern. Ein Bauer.

LEAR Aha. Er hat etwas gegen uns. Ich habe ihn von seinem Land weggeholt.
Der Offizier und das Erschießungskommando marschieren auf.

OFFIZIER Abteilung – halt!

LEAR Ich stelle fest, was gegen ihn vorliegt. Er hat einen Arbeiter an der Mauer getötet. Das allein stempelt ihn zum Verräter. Aber er hat auch sonst etwas Verdächtiges an sich. Haben Sie heute nacht die Mauer aufgegraben?

BODICE *seufzt.*

Es läßt sich leicht nachprüfen, ob er bei den Nachtappellen gefehlt hat.

LEAR Ich habe mit dieser Mauer begonnen, als ich jung war. Ich habe meine Feinde auf dem Schlachtfeld aufhalten können, aber sie wurden immer mehr. Wie konnten wir da jemals frei sein? Also baue ich diese Mauer, um unsere Feinde abzuwehren. Mein Volk wird im Schutz dieser Mauer leben. Auch wenn euch Dummköpfe regieren, ihr werdet immer in Frieden leben. Meine Mauer wird euch befreien. Deswegen wollen die Feinde an unseren Grenzen – der Herzog von Cornwall und der Herzog von North – den Bau hintertreiben. Ich frage ihn gar nicht, für welchen von beiden er arbeitet. Sie stecken unter derselben Decke. Lassen Sie ihn erschießen.

3. ARBEITER Sir.

FONTANELLE *beiseite zu Bodice:*
Gut, daß wir vorgesorgt haben.

OFFIZIER Abteilung in Feuerstellung – marsch!

LEAR *zeigt aufs Erschießungskommando.*
Sie müssen zur Arbeit an der Mauer zurück, es geht ohnehin langsam genug.
Zu Warrington:
Erledigen Sie das hier. Ich gehe hinunter zum Sumpf.

BODICE Vater, wenn du diesen Mann erschießen läßt, begehst du ein Unrecht.

LEAR Mein Kind, du willst mir helfen, aber die Dinge, die ich besser verstehe, mußt du mir überlassen. Hör zu und lerne daraus.

BODICE Was heißt lernen? Es ist dumm, Kleinigkeiten aufzubauschen. Es ist ein Unfall passiert. Nichts weiter.

LEAR *halb beiseite zu ihr:*
Natürlich war es ein Unfall. Aber die Arbeit geht zu langsam. Ich muß die Offiziere irgendwie auf Trab bringen. Dazu bin ich hier, sonst ist die ganze Besichtigung umsonst gewesen. Und es GIBT Saboteure, und an dem Mann IST etwas Verdächtiges –

BODICE Aber denk ans Volk! Es heißt jetzt schon, du führst dich auf wie ein Schuljunge oder wie eine alte Jungfer –

LEAR Worauf warten sie? Es ist grausam, ihn warten zu lassen.

OFFIZIER } Sir, Sie stehen –
WARRINGTON } Gehen Sie zur Seite, Sir.

Lear geht aus der Schußlinie.

BODICE *laut:*

Man höre mir zu. Ich bitte zur Kenntnis zu nehmen, daß ich mich von diesem Willkürakt distanziere.

LEAR Sei still, Bodice. Du kannst so nicht reden von mir.

FONTANELLE Und ich pflichte meiner Schwester bei.

LEAR Ach meine armen Kinder, ihr seid zu gut für diese Welt.
Zu den andern:
Ihr seht, wie gut sie euch regieren werden, wenn ich einmal tot bin. Bodice, es ist recht von dir, daß du gütig und barmherzig sein willst, und das kannst du auch, nach meinem Tod – weil du die Mauer hast. Du wirst in einer Festung wohnen. Nur ich kann mir Güte und Barmherzigkeit nicht leisten. Ich muß die Festung erst bauen.

BODICE Wie kleinlich, wegen einer Nichtigkeit so starrköpfig zu sein.

LEAR Ich habe es erklärt, und du mußt es jetzt begreifen.

BODICE Es ist schäbig und kleinlich, wegen –

LEAR Ich habe es erklärt.

BODICE Schäbig und kleinlich! Es ist alles nur in deinem Kopf. Der Herzog von Cornwall ist kein Ungeheuer. Der Herzog von North hat nicht geschworen, dich zu vernichten. Ich habe Beweise dafür.

LEAR Sie sind meine geschworenen Feinde. Ich habe die Väter getötet, also müssen mich die Söhne hassen. Und als ich die Väter tötete, stand ich im Feld zwischen unseren Toten auf und schwor, auch die Söhne zu töten! Jetzt bin ich zu alt dazu, sie haben mich überlistet. Aber sie werden nicht mein Land erobern und meine Knochen aus dem Grab reißen, wenn ich tot bin. Nie.

FONTANELLE *zu Bodice:*
Jetzt sollten wir es ihm sagen.

BODICE Ich werde den Herzog von North heiraten, und meine Schwester den Herzog von Cornwall.

FONTANELLE Er ist gut und zuverlässig und ehrlich, und ich traue ihm so sehr, als wären wir zusammen aufgewachsen.

BODICE Lieber Himmel! – wie sollten sie sich freundschaftlich zeigen, wenn du sie wie Feinde behandelst? Deswegen haben sie dir gedroht: es ist politisch notwendig gewesen. Na ja, das alles war einmal! Jetzt haben wir sie dir deiner Familie zugeführt, und du kannst deine sinnlose Mauer wieder abreißen. Siehst du?
Kleines Lachen.
Du brauchst dein Volk nicht zu versklaven, um dich vor deinen

Schwiegersöhnen zu schützen.

LEAR Meinen Schwiegersöhnen?

FONTANELLE Gratuliere uns, Vater, gib uns deinen Segen.

BODICE Ich heirate North.

FONTANELLE Und ich heirate Cornwall.

LEAR *zeigt auf den 3. Arbeiter.*

Macht ihn fest! Er fällt um!

BODICE Und also brauchst du ihn jetzt auch nicht erschießen zu lassen. Das könnten dir unsere Ehemänner außerdem auch niemals gestatten.

FONTANELLE Mit meinem Mann kommst du bestimmt gut aus. Er ist sehr rücksichtsvoll, er weiß, wie man mit alten Leuten umgeht.

LEAR Fester!

BODICE Du wirst sie bald achten lernen wie deine Söhne.

LEAR Ich habe keine Söhne! Ich habe keine Töchter!

Er ringt um Fassung.

Sagt mir –

schweigt verwirrt

du heiratest North und du heiratest – Nein, nein! Sie haben euch getäuscht. Ihr kennt sie gar nicht. Wann habt ihr sie kennengelernt? Hinter meinem Rücken?

FONTANELLE Wir haben uns gegenseitig Fotografien und Briefe geschickt. Ich kann jeden Mann nach seinem Gesichtsausdruck beurteilen.

LEAR Ach, jetzt verstehe ich! Ihr kennt sie gar nicht. Ihr seid wie blinde Kinder. Seht ihr denn nicht, daß sie nur über die Mauer wollen? Sie werden hier hausen wie die Wölfe im Schafspferch.

BODICE Mauer, Mauer, Mauer! Die Mauer muß abgerissen werden!

FONTANELLE Natürlich. Mein Mann macht das zur Bedingung im Heiratsvertrag.

BODICE *zum Offizier:*

Ich befehle Ihnen, diesen Mann nicht zu erschießen. Unsere Männer werden jeden erschießen, der ihn erschießt. Sie bieten uns Frieden an, wir können nicht Unschuldige füsilieren, nur weil wir sie für ihre Spione halten!

LEAR Erschießt ihn!

BODICE Nein!

LEAR Das ist unerträglich! Man muß mir gehorchen!

WARRINGTON Sir, die Sache gerät außer Kontrolle. Mit Härte in kleinen Dingen ist nichts gewonnen. Stellen Sie ihn unter Arrest. Der Kronrat wird tagen. Es gibt Wichtigeres zu besprechen.

LEAR Meine Befehle sind keine kleinen Dinge. Welchen Herzog heiraten Sie? An wen haben Sie mich verkauft?

BODICE Wenn der König nicht mehr vernünftig handelt, ist es Ihre Amtspflicht, sich ihm zu widersetzen.

WARRINGTON Ma'm, Sie verschlimmern die Lage. Ich darf –

LEAR *nimmt dem Offizier die Pistole ab und bedroht damit das Erschießungskommando.*

Erschießt ihn!

BODICE Da, jetzt ist es passiert. Nun, die Ärzte haben uns ja gewarnt.

Laut:

Meinem Vater ist unwohl. Warrington, bringen Sie den König in sein Quartier zurück.

FONTANELLE Er hätte heute nicht hier herauskommen sollen. Der Schlamm war zuviel für ihn. Ich habe patschnasse Füße.

LEAR Meine Feinde werden mein Werk nicht zerstören. Ich habe diesem Volk mein Leben geopfert. Ich habe Armeen auf allen vieren in Blut robben sehen, wahnsinnige Frauen, die ihre toten Kinder an leeren Brüsten säugten, sterbende Männer, die mir mit ihrem letzten Atem Blut entgegenspuckten, unsere tapferen jungen Männer in Tränen. – Aber ich habe das alles ertragen können. Wenn ich tot bin, wird mein Volk in Freiheit und Frieden leben und meinen Namen in Erinnerung behalten – nein, verehren! ... Sie sind meine Lämmer, und wenn eins verlorengeht, will ich Feuer in die Hölle tragen, wenn es nur wieder loskommt. Ich habe alle meine Kinder geliebt und gehegt, und ihr habt sie jetzt an ihre Feinde verkauft!

Er erschießt den 3. Arbeiter, seine Leiche fällt in einer tiefen Verbeugung vornüber.

Die Zeit ist abgelaufen, es ist zu spät, jetzt noch zu lernen.

BODICE Ja, du richtest dich selbst zugrunde. Unsere Männer können nicht zulassen, daß du dieses Volk terrorisierst – es wird bald IHR Volk sein. Sie müssen es vor deinem Wahnsinn schützen.

LEAR Arbeiten! Schicken Sie Ihre Leute an die Arbeit! Schicken Sie sie an die Mauer!

Die Arbeiter, Soldaten und der Vorarbeiter gehen hinaus. Sie nehmen die zwei Leichen mit.

Ich wußte, daß es soweit kommen wird. Ich wußte, daß ihr bösartig seid. Ich habe meine Mauer gegen EUCH gebaut so gut wie gegen meine übrigen Feinde. Ihr redet von Heirat? Ihr habt eure Familie ermordet. Es werden keine Kinder mehr zur Welt kommen. Eure Männer sind impotent. Das ist keine leere Beschimpfung. Briefe habt ihr einander geschrieben? Meine Spione wissen mehr. Dieses Verbrechen wird euch nichts einbringen. Ihr habt perverse Lüste. Niemand wird sie befriedigen. Es IST pervers, seine Lust zu suchen, wo man andere leiden macht. Ich bemitleide die Männer, die euer Bett mit euch teilen. Ich habe euch zugesehen, wie ihr Pläne geschmiedet und intrigiert habt – sie werden neben euch liegen, wenn ihr träumt. Wo wird euer Ehrgeiz enden? Ihr werdet alte Männer aus ihren Särgen werfen, Kindern die Beine brechen, alten Frauen die Haare ausreißen, junge Männer frierend und bettelnd auf die Straße jagen, und ihre Frauen werden leer und verzweifeln – Ich schäme mich für meine Tränen! Das habt ihr mir angetan. Das Volk wird richten zwischen euch und mir.

Lear geht hinaus. Der Ingenieur und der alte Staatsrat folgen ihm.

WARRINGTON Es tut mir leid, Ma'm. Hätten Sie es ihm irgendwann sonst gesagt –

FONTANELLE Sie hätten ihn wegbringen sollen, als es Ihnen befohlen wurde –

BODICE Sie waren nicht auf Ihrer Hut. Nun gut, lernen Sie daraus. Übrigens ist ja nichts Schlimmes passiert. Gehen Sie und halten Sie sich in seiner Nähe. Wir benachrichtigen Sie, was weiter zu geschehen hat.

Warrington und die übrigen gehen hinaus. Bodice und Fontanelle bleiben allein zurück.

Wir müssen heute nacht zu unseren Männern.

FONTANELLE Endlich das Glück! Ich habe immer Angst vor Vater gehabt.

BODICE Wir müssen angreifen, bevor die Mauer fertig ist. Ich spreche mit meinem Mann und du mit deinem. Wir werden zu viert Kriegsrat halten. Wir müssen einander helfen. Adieu.

FONTANELLE Adieu.

Die Töchter gehen hinaus.

Zweite Szene

Paradeplatz.

Eine Prominententribüne. Lear, der alte Staatsrat, Warrington, ein Bischof, Adjutanten, Marschtritt, Marschmusik und Paradekommandos während der Szene. Lear steht, mit ausgebreiteten Armen grüßend und segnend.

LEAR Ich grüße das achte Regiment!
Weiter grüßend, zu Warrington:
Sie werden den rechten Flügel befehligen und sie von rechts einkreisen. Ich greife dann in der Mitte an. So habe ich die Väter zerschlagen.
Grüßt weiter.
Ich grüße meine treuen Kameraden!

WARRINGTON Wir bräuchten diesen Krieg nicht anzunehmen. Wir sind alt, Sir. Wir könnten unsern Abschied nehmen und diese jungen Leute ihren eigenen Weg gehen lassen. Fordern Sie von Ihren Töchtern einen ruhigen Sitz auf dem Lande.

LEAR *grüßt weiter.*
Wie kann ich mich ihnen überantworten? Meine Töchter sind öffentlich verbannt, sie genießen kein Kriegsrecht mehr. Jeder kann sie vergewaltigen – oder ermorden. Warum sollten sie einen Prozeß bekommen? Ihre Verbrechen sind in meinen Gesetzen nicht vorgesehen. Woher kommt ihre Niedertracht?

WARRINGTON Es war meine Pflicht, Ihnen diesen Rat zu geben. Aber ich bin stolz, daß Sie ihn nicht angenommen haben.

LEAR *grüßt weiter.*
Ich grüße mein ruhmreiches Neuntes!

WARRINGTON Ich habe zwei Briefe von Ihren Töchtern bekommen. Sie schreiben beide geheim und wünschen, daß niemand davon erfährt, am wenigsten die andere Schwester.

LEAR Geben Sie her.

WARRINGTON Nein, Sir. Sie möchten, daß ich Sie verrate und dann die beiden aneinander. Sie wollen mich beide zum Armeechef machen und ihr Bett mit mir teilen.

LEAR Sie leben in ihren eigenen Hirngespinsten! Sie haben sich ihre Männer gut ausgesucht, es ist richtig, daß sie mit meinen Feinden verheiratet sind. Haben die Hochzeiten stattgefunden?

Es ist nicht wichtig.

Nimmt Warrington die Briefe ab. Er liest den einen teilweise durch.

»Er ist wahnsinnig. Welche Sicherheit haben Sie, wenn er siegt?«

Er liest im anderen Brief.

»Er wird sich gegen Sie wenden, wie er sich gegen uns gewendet hat.«

Grüßt wie vorher.

Ich grüße meine Freunde vom Neunten!

Grüßt weiter.

Warrington, wenn ich umkomme oder ihnen in die Hände falle, müssen Sie an meine Stelle treten und die Mauer zu Ende bauen.

WARRINGTON Sir. Diese Bande wird mit ihnen nicht fertig werden. Ihre Armee ist kampfbereit.

BISCHOF Unsere Gebete werden Sie ins Feld begleiten. Gott segnet die Gerechten. Von Kriegshetzerinnen wendet er sich ab.

STAATSRAT Ich fühle mich zuversichtlich bis in die Knochen. Darauf habe ich mich noch immer verlassen können. Wenn ich noch ein junger Mann wäre!

LEAR Die Trompete! Ich rieche Sieg!

Hurrageschrei und Trompetenstoß. Sie gehen hinaus.

Dritte Szene

Kriegsrat der Töchter.

Tisch, Stühle, Landkarte, Bodice, Fontanelle, North, Cornwall. Bodice strickt.

NORTH Den Oberbefehl übernehmen wir gemeinsam.

CORNWALL Ja.

NORTH Wir müssen erraten, wie Lear seinen Angriff führt.

BODICE *strickt.*

Er wird Warrington nach rechts ausschicken und in der Mitte selbst angreifen.

CORNWALL Bist du sicher, Schwester?

BODICE So hat er es immer gemacht, und er hat feste Gewohnheiten.

Cornwall, North und Bodice beugen sich über die Landkarte. Bodice strickt dabei weiter.

FONTANELLE *beiseite:*

Ich bin von meinem Mann bitter enttäuscht. Diese Frechheit! Ein Beamter hat ihm die Briefe geschrieben, und für die Fotos hat ein Schauspieler gesessen. Wenn er sich auf mich drauflegt, werde ich so zornig, daß ich bis zehn zählen muß. Und schon das wird mir lang. Dann warte ich, bis er schläft, und mache mich allein fertig. Aber lange lasse ich mich nicht mehr so abspeisen. Ich habe an Warrington geschrieben, er soll alle seine Truppen gegen Bodice einsetzen und meine Armee in Ruhe lassen – dann ist sie erledigt –, und dann habe ich mir einen jungen blonden Leutnant vom Stab meines Mannes eingekauft, daß er ihn während der Kämpfe erschießt. Danach heirate ich Warrington und lasse ihn das Land regieren für mich.

NORTH *über die Landkarte gebeugt:*

Um diese Berge kommen sie nicht herum.

CORNWALL Nein.

BODICE *beiseite:*

Ich bin von meinem Mann nicht enttäuscht. Ich habe mir nichts von ihm erwartet. Ich höre ihm sogar ganz gern zu, wenn er auf mir herumquiekt, weil er sein kleines Paddel nicht gleich reinkriegt. Ich liege still und lasse ihn jaulen, und denke mir, das bezahlst du noch, mein Junge. Er sieht, wie ich lächle und zufrieden bin, und glaubt, das kommt von seiner Männlichkeit. Männlichkeit! Blut aus einem Stein quetschen ginge leichter, und schneller außerdem. Ich habe einen Major von seinem Stab bestochen, daß er ihn in der Schlacht erschießt – korrupt sind sie alle –, und an Warrington geschrieben, er soll alle seine Streitkräfte gegen die ihren einsetzen. Sie wird aufgerieben werden, und danach heirate ich Warrington und regiere durch ihn das Land. Ich werde über drei Länder herrschen: das von meinem Vater, von meinem Mann, und von meiner Schwester.

NORTH Bis morgen.

CORNWALL Ja.

Geht zu Fontanelle.

Wir wollen zu Bett gehen. Ich brauche deinen Körper, bevor ich mein Leben aufs Spiel setze.

FONTANELLE Mein Liebling.

Beiseite:

Ich werde ihn betrunken machen. Er ist ein verschreckter kleiner Junge, vorm Kämpfen hat er eine Heidenangst. Sicher zukkelt und rammelt er wieder die ganze Nacht. Seine Kotze aufwischen wäre mir lieber.

NORTH *zu Bodice:*

Ich will dich zu Bett bringen, meine Liebe. Ich muß dich auf mir spüren, wenn ich ins Feld ziehe.

BODICE Ja, North.

Beiseite:

Er muß sich beweisen, daß er ein Mann ist, bevor er mit seinen Soldaten spielt. Sicher strampelt und reibt er wieder die ganze Nacht, aber seine Fahne kriegt er nicht hoch. Ich helfe ihm dabei, dann geht es noch schlechter. Bis zum Morgen wird er nicht mehr wissen, auf welcher Seite er kämpft. Und der Major hat leichteres Spiel.

FONTANELLE Schlaft gut.

BODICE Ihr auch.

Sie gehen alle hinaus.

Vierte Szene

Gefängnisareal.

Hinten drei Soldaten, A, B und C.

SOLDAT A Wie lang wolln uns die denn noch rumschikaniern? Der Krieg is aus. Jetzt müssn sie uns heimlassen.

SOLDAT B Die findn schon n Weg.
Deutet nach draußen.
Hastn schon austretn lassen?

SOLDAT A Steht nicht mehr dafür.
Bodice, Fontanelle und ein Offizier kommen vorn schnell herein.

BODICE Ist unser Vater schon gefaßt?

OFFIZIER Er ist entkommen.

FONTANELLE *stampft auf.*
Verdammt! Jetzt ist alles verpatzt!
Cornwall kommt herein.
Beiseite:
Mein Mann! Verdammt! Verdammt! Verdammt! Hat der Leutnant gewagt, mich zu verraten?

CORNWALL *küßt Fontanelle.*
Ein großer Sieg! Sie haben gekämpft wie die Teufel, aber wir haben sie geschlagen!

BODICE *beiseite:*
Wenn ich ihm Vaters Schlachtplan nicht verraten hätte, läge er jetzt tot unter seinem Heer.
North kommt herein.
Beiseite:
Verdammt noch mal! Mein Mann!

NORTH *küßt Bodice.*
Deine Feinde sind davongejagt!

FONTANELLE *zu Cornwall, forschend:*
Wie hoch sind unsere Verluste? Ist dein Stab in Sicherheit?

NORTH Ich habe einen Major verloren. Er sprach vor der Schlacht gerade noch mit einem von Cornwalls Leutnants.

CORNWALL Ein blonder junger Mann namens Crag.

FONTANELLE Ja, den kannte ich.

CORNWALL – und die erste Granate hat zwischen sie eingeschlagen und ihnen die Köpfe weggeblasen.

BODICE *beiseite:*

Man kann nicht alles einkalkulieren.

NORTH Warrington sitzt im Käfig.

BODICE *beiseite:*

Jetzt muß ich mich vorsehen. Er hat die Truppen meiner Schwester nicht angegriffen, und die Gefahr war zu groß, daß er von meinem Brief schwatzt. Ich habe ihm die Zunge herausschneiden lassen.

CORNWALL Wir wollen sehen, was er zu seiner Verteidigung zu sagen hat.

FONTANELLE Wartet ...

North und Cornwall bleiben stehen.

Er hat Beleidigungen über euch geschrien, und ich wollte nicht, daß die Truppe nervös wird. Ich habe ihnen erlaubt, ihm die Zunge herauszuschneiden. Ich hielt das für das beste.

CORNWALL Ach, meine Leute hätten ihn nur ausgelacht.

BODICE *beiseite:*

Meine Schwester denkt wie ich, ich darf ihr niemals trauen.

NORTH Es macht nichts, er wird ohnehin getötet.

BODICE Ich nehme das für dich in die Hand. Geh und danke unseren Heeren.

Beiseite:

Er könnte noch Zeichen machen. Es ist besser, er stirbt im stillen.

NORTH Ja, Cornwall gehen wir zusammen.

Cornwall und North gehen mit dem Offizier hinaus.

BODICE Gut, daß sie fort sind. Nach einem Krieg sind Männer zimperlich.

Zu Soldat A:

Gefreiter, Sie sehen kräftig und fähig aus, möchten Sie es gern zu etwas bringen?

SOLDAT A Jawoll, Ma'm.

FONTANELLE Gute Zähne außerdem.

BODICE Schicken Sie sie weg.

Soldat A winkt mit dem Kopf, und die Soldaten B und C gehen hinaus.

Holen Sie ihn heraus.

Soldat A holt Warrington auf die Bühne. Er ist abgerissen, schmutzig und gefesselt.

SOLDAT A Soll ich ihn bloß so hinmachen oder hättn Sie gern was

Ausgefallnes? Das wird ab und zu verlangt. Ich hab schon mal ne Gurgel abgeschnittn fürn paar Damen, damit die sehn, wie das geht.

FONTANELLE Mir fällt die Wahl so schwer.

BODICE *setzt sich auf ihren Reitstock und nimmt ihr Strickzeug zur Hand.*

Laß ihn wählen.

Strickt.

SOLDAT A Lebendig abhäutn, hab ich auch mal mitgeholfen. Wär ich allein nicht zurechtgekommen. Brauchste mindestens zwei dazu. Soll ichn zusammenschlagn?

FONTANELLE Nichts wie Gerede! Luft und Pisse!

SOLDAT A Ich fang doch erst an. Nehmen Sie mirs nicht krumm, aber ich fang doch erst an. Wenn wir erst mal abgefahrn sind, werdn Sie schon sehen.

FONTANELLE Aber ich möchte irgendwas –

BODICE *strickt.*

Ach sei doch still und laß ihn machen.

Nickt Soldat A aufmunternd zu.

SOLDAT A Danke, Ma'm. Ja, dann wolln wir mal sehn, wie schnell wir dich umgekrempelt habn.

FONTANELLE Im Ernst?

SOLDAT A *schlägt Warrington.*

Ach, der brauchts auf die harte Tour.

Schlägt ihn.

Schau bloß, wie der den Offizier raushängen läßt!

Schlägt ihn.

Bei mir nicht, Kleiner!

FONTANELLE Nehmen Sie den Stiefel!

Soldat A tritt ihn.

Springen Sie auf ihn drauf!

Sie gibt Soldat A einen Stoß.

Springen Sie ihm auf den Kopf!

SOLDAT A Nu mal langsam, Fräulein, langsam! Wer soll den jetzt umbringen, ich oder Sie?

BODICE *strickt.*

Eins rechts, zwei links, eins rechts.

FONTANELLE Werfen Sie ihn hoch und lassen Sie ihn herunterfallen. Ich will hören, wie er fällt.

SOLDAT A Das is nicht so einfach, zum Fallenlassen is Spezialgerät nötig –

FONTANELLE Machen Sie doch was! Er muß seine Strafe haben. Ach verdammt, warum habe ich ihm nur die Zunge herausgeschnitten? Ich will hören, wie er schreit!

SOLDAT A *reißt Warrington den Kopf hoch.*
Schaun Sie die Augn, Fräulein. Grantiert echt gelittn.

FONTANELLE Ja richtig, Tränen und Blut. Wenn doch mein Vater hier wäre. Wenn er ihn doch sehen könnte. Schaut, seine Hände! Schaut, wie sie herumfahren! Was, betet er oder klammert er sich fest? Zerquetscht ihm die Hände!
Soldat A und Fontanelle springen Warrington auf die Hände.
Mach ihm die Hände kaputt! Mach ihm die Füße kaputt! Spring drauf – auf alles! Der tut uns nichts mehr. Schaut seine Hände, wie Krebse beim Kochen! Kaputtmachen! Kaputtmachen! Mach ihn innen kaputt! Mach ihn tot! Vater! Vater! Ich will mich auf seine Lungen setzen!

BODICE *strickt.*
Rechts, links, rechts. In der Schule war sie genauso.

FONTANELLE Ich habe mich immer schon einem auf die Lunge setzen wollen. Laßt mich jetzt. Gebt mir seine Lungen.

BODICE *zu Soldat A:*
Runter auf die Knie.

SOLDAT A Ich?

BODICE Runter.
Soldat A kniet sich hin.
Bitten Sie um sein Leben.

SOLDAT A *verwirrt:*
Dem seins?
Beiseite:
Das isn Paar! – Ach laßt ihn am Leben, Ma'm.

BODICE *strickt.*
Nein.

SOLDAT A Wenns nur irgendwie möglich wär. Er isn armer alter Herr, hat niemand mehr, der arme Hund.

BODICE Doch nicht links? Da muß das Strickmusterheft falsch sein.

FONTANELLE Ach laßt mich auf seinen Lungen sitzen. Holt sie ihm raus für mich.

BODICE Ich werde seine Begnadigung ablehnen. Das befriedigt mich immer am tiefsten. Setzen Sie ihn auf.

Soldat A setzt Warrington auf.

FONTANELLE Schaut seinen Mund! Er will etwas sagen. Das hätte ich zum Sterben gern gehört. Ach, warum habe ich ihm nur die Zunge herausgeschnitten?

SOLDAT A Er will wissen, was jetzt kommt. Das kann man dran sehen, wie er guckt.

BODICE *zieht die Nadeln aus dem Strickzeug und gibt es Fontanelle zum Halten.*

Nimm das und gib acht damit.

SOLDAT A Schaut, wie er guckt!

BODICE Ich muß Ihnen mitteilen –

SOLDAT A Halt dich ruhig! Schau die Dame an, wenn sie mit dir redet.

BODICE – daß Ihre Begnadigung abgelehnt worden ist. Sprechen und schreiben kann er nicht mehr, aber er ist schlau – irgendwie verbreitet er doch noch seine Lügen. Wir müssen ihn in sich selber einsperren.

Sie sticht Warrington die Nadeln in die Ohren.

Ich fahre nur eben noch ein bißchen darin hin und her. Dadie, dadie, dadie, da.

FONTANELLE Er kann mein Gesicht sehen, aber nicht hören, wie ich lache!

BODICE Stell dir vor! Wie wenn man in einen stillen Sturm starrt.

FONTANELLE Und jetzt die Augen.

BODICE Nein ... Ich glaube nicht.

Zu Soldat A:

Fahren Sie ihn mit einem Lastwagen weg und lassen Sie ihn laufen. Die Leute sollen wissen, was passiert, wenn man meinem Vater helfen will.

Zu Fontanelle:

Laßt mich auf seinen Lungen sitzen! Du alter Geier! Geh doch und flattere auf dem Schlachtfeld rum.

FONTANELLE Mach dich nicht lustig über mich. Du bist dumm. Du verstehst nie etwas.

BODICE Ich glaube, ich möchte dich auch nicht verstehen.

Nimmt ihr das Strickzeug ab.

Du hast die Maschen laufen lassen!

Bricht auf.

Komm jetzt, wir haben den Krieg gewonnen, aber wir dürfen nicht trödeln, der Tag ist noch nicht aus. Ich muß nachsehn, was mein Mann anstellt.

Bodice und Fontanelle gehen hinaus. Soldat A führt Warrington langsam hinaus.

SOLDAT A Jetzt isses ausgestandn. Gehäcksel auf Beinen! Mir darfst dus nicht ankreiden, ich mach auch nur mein Job. Wenns morgen ne Schlacht gibt, kann sein, ich beneid dich noch. Komm jetzt, auf mit dir. Wenn du willst, lebst du schon weiter.

Sie gehen hinaus.

Fünfte Szene

Wald.

Ein großer leerer Teller mit Krug auf der sonst leeren Bühne. Weiter vorn ein Stück Brot.
Lear und der alte Staatsrat kommen herein. Sie sind zerlumpt, müde, schmutzig und verängstigt.

STAATSRAT Ich habe Menschenkenntnis, Sir. Ihre Töchter sind nicht schlecht. Liefern Sie sich ihnen aus. Sie werden Ihr Vertrauen erwidern.

LEAR Niemals.
Bleibt stehen.
Ein Teller und ein Krug. Leer!

STAATSRAT Wenigstens sind Leute in der Nähe! Ich dachte schon, wir sind am Ende der Welt. Warten Sie hier, Sir, ich gehe mich umsehen.

LEAR Nein, lassen Sie mich nicht allein!

STAATSRAT Vielleicht ist ein Dorf in der Nähe, und ich kann etwas zu essen besorgen. Ich passe schon auf, Sir. Setzen Sie sich hin und ruhen Sie aus.
Der alte Staatsrat geht hinaus. Lear findet das Brot am Boden.

LEAR Brot! Jemand hat hier gegessen, und hat es dann fallen lassen und ist weggerannt.
Er ißt es auf.
Mehr ist nicht da.
Lear setzt sich hin. Er ist sehr müde. Warrington kommt hinten herein. Er ist verkrüppelt, und sein Gesicht ist verunstaltet wie von vielen mißglückten kosmetischen Eingriffen. Er hält ein Messer ungeschickt in der Hand. Er hat Lear gesehen und kommt auf ihn von hinten zugeschlichen.
Meine Töchter haben mir das Brot vom Mund genommen. Sie zermahlen es mit meinen Tränen und den Schreien verhungernder Kinder – und essen. Die Nacht ist ein schwarzes Tuch auf ihrem Tisch, und die Sterne sind Krümel, und ich bin ein darbender Hund, der auf der Erde sitzt und heult. Ich mache den Mund auf und sie legen mir eine alte Münze auf die Zunge. Sie versperren die Tür an meinem Sarg und sagen mir, ich soll sterben. Mein Blut sickert heraus und sie schreiben darin mit einem Finger. Ich bin alt

und zu schwach, um noch einmal aus diesem Grab zu klettern.
Warrington sieht jemanden herlaufen und geht hinaus.
Lear schaut nach draußen.
Kommt der von meinen Töchtern?
Der Totengräbersohn kommt herein. Er hat Brot und Wasser dabei.
Nein, er ist nicht voll Blut. – Wer sind Sie?

SOHN Ich wohne in der Nähe.

LEAR Ist das Brot?

SOHN Ja.

LEAR Ist es vergiftet?

SOHN Nein.

LEAR Dann ist er nicht von meinen Töchtern geschickt. Sie hätten es sich nicht entgehen lassen, ein gutes Brot zu vergiften. Für wen ist es?

SOHN Für einen, der hier herumläuft. Er lebt wild. Er ist im Krieg verwundet worden, heißt es.

LEAR Ich bin hungrig. Mitleid werden Sie keins zu verkaufen haben, das wird immer knapp im Krieg, aber vielleicht Brot. Ich kann zahlen.
Sieht sich um.
Mein Freund bewahrt mein Gold für mich auf.

SOHN Nimm es. Es ist nicht viel.
Lear ißt.
Kommst du von weit her?

LEAR Nein.

SOHN Wohin willst du?

LEAR Das weiß ich erst, wenn ich dort bin.

SOHN War das dein Freund, mit dem Stock? Er hat dich sitzenlassen, er wollte ein Pferd, und damit in die Stadt reiten.

LEAR Der Verräter! Gebt ihm ein schlechtes Pferd, daß er sich den Hals bricht!

SOHN Ich kann dich nicht allein hier draußen lassen. Besser, du kommst mit zu mir zum Übernachten. Dann kannst du überlegen, was du tun willst.

LEAR Mit zu dir? Hast du Töchter?

SOHN Nein.

LEAR Dann gehe ich mit. Keine Töchter! Wo er wohnt, kann der Regen nicht naß sein und der Wind nicht kalt, und die Löcher rufen, daß du nicht in sie trittst.
Der Totengräbersohn führt Lear hinaus.

Sechste Szene

Beim Haus des Totengräbersohns.

Hinten ein Holzhaus. Einige Stufen vor der Haustür. Ein Brunnen. Eine Bank mit Bettzeug.
Lear und der Totengräbersohn sitzen am Boden.

SOHN Mein Vater war der Dorftotengräber. Ich habe ihm als Junge gern geholfen, und er hat mir das Handwerk beigebracht. Er wollte nicht im Friedhof begraben sein – niemand wird gern begraben, wo er arbeitet.
Die Frau des Totengräbersohns kommt mit drei Suppenschalen aus dem Haus. Sie verteilt die Schalen und setzt sich neben ihren Mann. Sie essen.
Wie er dann gestorben ist, habe ich diesen Platz gefunden und angefangen, sein Grab zu schaufeln. Und als ich unten war, bin ich auf eine Quelle gestoßen. Ich dachte mir, es gibt Wasser hier, und Land auch, warum soll ich mein Leben lang Gräber schaufeln? Seitdem lebe ich hier und habe mir den Hof gebaut.
Nickt zur Schale hin.
Schmeckt gut.

LEAR *ißt. Für sich. Die Frau starrt ihn an.*
Die Maus kommt aus ihrem Loch und äugt. Der Riese will den Drachen aufessen, aber der Drache hat das Bratenmesser gepackt.

SOHN Meine Frau hält Schweine. Ich habe zwei Äcker und stelle Wildfallen auf. Hier draußen hat niemand was dagegen. Noch mehr?
Lear schüttelt den Kopf. Die Frau trägt die Schalen hinein.
Jetzt wo es nachts heiß ist, schlafen wir immer draußen. Du kannst drinnen schlafen, wenn du willst.

LEAR Ich kann nicht mehr allein schlafen, seit ich mein Heer verloren habe.

SOHN Dann schlaf hier draußen.
Deutet auf den Brunnen.
Der Brunnen ist im Sommer ausgetrocknet. Ich habe noch mal nachgraben müssen. Jetzt fehlt nichts mehr, ich bin ganz unten an der Quelle.

LEAR *für sich:*

Meine Töchter haben einen Hund aus seiner Hütte gejagt, weil ihm sein Sack liebgeworden war.

SOHN Die Schweine kosten mich nichts, ich lasse sie den ganzen Tag herumwühlen und nachts sperre ich sie ein. Sie mästen sich selber, ich muß sie dann bloß noch schlachten. Willst du ein Stück gehen? Ich zeig dir, wo wir sie halten. Und dann müssen wir schlafen. Ich stehe früh auf.

Sie stehen auf. Er ruft ins Haus:

Wir sind gleich wieder da. Holst du noch die Extradecke?

Zu Lear:

Häng dich bei mir ein.

LEAR Nein. Ich kannte einmal einen Mann, der ist bei einer Überschwemmung auf der Brücke ertrunken.

Lear und der Totengräbersohn gehen hinaus. Einen Augenblick später kommt Warrington herein. Er hält noch immer das Messer. Er hat Lear beobachtet und starrt ihm jetzt nach. Er sieht eine Bewegung im Hauseingang und versteckt sich. Die Frau kommt mit einer Decke aus dem Haus. Sie weint leise, unstill und gleichmäßig, wie aus Gewohnheit. Sie sieht Warrington.

FRAU Geh weg!

Sie wirft die Decke nach ihm.

Bettler, Herumtreiber, dreckige alte Männer!

Sie sieht sich nach einem Wurfgeschoß um. Sie läuft laut weinend ins Haus zurück. Warrington blickt voller Schrecken um sich. Er versteckt sich im Brunnen. Die Frau kommt mit einer Suppenschale aus dem Haus und will sie nach ihm werfen. Sie sieht Warrington nirgends mehr. Sie setzt sich hin und weint laut und bitterlich.

Der Totengräbersohn kommt hereingerannt.

SOHN Was ist? Ist dir was passiert?

FRAU *weint.*

Dein Wilder ist dagewesen!

SOHN Was hat er angestellt? Ist dir was passiert?

Lear kommt hereingegangen.

LEAR Es ist niemand da.

FRAU *weint.*

Natürlich nicht! Er ist weggelaufen.

SOHN Hör auf zu weinen.

FRAU *weint.*

Ich will ja.

SOHN Er wollte bloß sein Essen. Ich geh morgen früh hinauf und brings ihm. Komm, leg dich hin. Du zitterst ganz.

Er richtet ihr Decke und Kissen.

Da, ich deck dich zu.

Sie legt sich hin. Ihr Weinen wird ruhiger.

Siehst du.

Zu Lear:

Sie ist nämlich schwanger.

LEAR Arme Frau.

SOHN *führt Lear auf die andere Seite.*

Wir schlafen lieber auch, sie braucht ihre Ruhe. Du kannst da schlafen.

Er richtet ihm Decke und Kissen.

Da bist du gut aufgehoben. Gute Nacht.

Der Totengräbersohn geht zu seiner Frau und legt sich neben sie. Lear setzt sich auf sein Bett.

LEAR *für sich:*

Es ist Nacht. Meine Töchter leeren ihre Gefängnisse und verfüttern die Menschen an die Toten in ihren Friedhöfen. Der Wolf verkriecht sich vor Angst und versteckt sich bei den Ratten. Hopp Prinz! Hopp Harro! Zeigt, was ihr könnt für Menschenfleisch! Wenn die Toten satt sind, gehen sie heim in ihre Grube und schlafen.

Er legt sich ungeschickt nieder und schläft.

FRAU *weint.*

Halt mich fest. Mach, daß ich nicht mehr weine.

SOHN *umarmt sie.*

Du mußt dich jetzt schonen. Du arbeitest zu schwer.

FRAU Sag das nicht! Das ist nicht wahr!

SOHN Gut, ich sags nicht.

FRAU Aber du glaubst mir nicht.

SOHN Doch, doch.

FRAU Nein. Das sehe ich doch. Warum kann ich dich nicht glücklich machen?

SOHN Ich bin glücklich.

FRAU Nein. Ich weiß es. Du machst mich glücklich – obwohl mein Vater damals gesagt hat, ich würde unglücklich hier, aber das stimmt nicht, du hast mich sehr glücklich gemacht – warum kann ich dich dann nicht glücklich machen? Schau, wie du wieder diesen Mann hier angebracht hast! Den ersten besten! Warum? Ich habe so Angst, daß etwas passiert.

SOHN Stört er dich?

FRAU Natürlich stört er mich! Und dann noch ein Landstreicher!

SOHN Ich sage ihm, er muß sich waschen.

FRAU Siehst du! Du verstehst mich nicht. Wer ist er denn?

SOHN Ich weiß nicht. Er hat mir erzählt, er wäre Offizier gewesen, aber das ist nicht wahr. Von dem läßt sich keiner befehlen.

FRAU Und er redet mit sich selber. Ich habe Angst vor ihm.

SOHN Das ist bloß eine Eigenart. Er hat eben niemand. Er tut dir nichts, ich dachte, du hättest gern jemand, der dir hilft. Er kann die Schweine hüten.

FRAU Ich habs gewußt! Du erlaubst ihm, daß er dableibt.

SOHN Was soll ich denn sonst machen? Er kommt nicht allein zurecht. Ein armer alter Mann – ich kann ihn doch nicht davonjagen! Wer soll dann auf ihn aufpassen? Das tu ich nicht.

FRAU Ach, du bist verrückt! Kann denn jeder hier wohnen, der will? Hast du denn gar kein Pflichtgefühl?

SOHN Pflichtgefühl!

LEAR ... Als er grüßte, sah ich Blut an seiner Hand ...

FRAU Horch!

LEAR ... Ich verschlief am Morgen, weil die Vögel alle tot waren ...

FRAU ... Jetzt ist er still.

SOHN Komm, schlaf jetzt. Bitte. Wegen dem Kind.

Stille. Alle schlafen. Warrington steigt aus dem Brunnen. Er hält noch immer das Messer. Er geht zum Totengräbersohn und der Frau und beugt sich über sie, um zu sehen, wer sie sind. Er geht auf die andere Seite zu Lear und bleibt stehen. Er beugt sich über ihn, um zu sehen. Er wirft sich auf Lear, brüllt, und sticht auf ihn mit dem Messer ein. Lear springt auf.

LEAR *noch im Traum.*

Meine Töchter – helft mir! Da! Wache!

Er bekommt Warrington zu fassen und starrt ihm ins Gesicht.

Was ist das? ... Nein! Nein!

Der Totengräbersohn rennt zu Lear, und Warrington läuft hinaus.

Ein Geist!

SOHN Er ist fort! Er ist weggerannt!

LEAR Ein Geist!

FRAU Der Wilde wars! Ich habe ihn gesehen!

SOHN Ein Licht!

Die Frau rennt ins Haus.

Er blutet! Wasser! Ein Tuch!

Zu Lear:

Dein Arm! Er hat einen Schnitt.

LEAR Er ist tot. Ich habe sein Gesicht gesehen! Es war wie ein Stein! Ich muß sterben.

Die Frau kommt mit einem Licht aus dem Haus.

SOHN Wasser –

FRAU Führ ihn hinein! Es ist gefährlich hier draußen!

SOHN *führt Lear ins Haus.*

Ja. Hol die Decke. Schnell. Er blutet.

LEAR Ich sterbe. Ich habe einen Geist gesehen. Ich werde sterben. Deswegen ist er zurückgekommen. Ich sterbe.

SOHN Die Stufen.

Der Totengräbersohn führt Lear hinein. Die Frau rafft die Dekken zusammen und geht ihnen nach.

Wie vorher.

Am folgenden Nachmittag. Es ist niemand auf der Bühne. Der Totengräbersohn kommt herein. Er nimmt den Hut ab und hängt ihn seitlich am Haus auf. Seine Frau kommt von der anderen Seite herein. Sie hat einen Schweinestock und einen leeren Schweinekübel in der Hand.

FRAU Schläft er noch?

SOHN Ich weiß nicht. Ich bin grade zurück.

FRAU Du hast ihn nicht gefragt wegen gestern nacht.

SOHN Noch nicht.
Er küßt sie.
Es geht dir besser.

FRAU Ja.
Sie trägt den Stock und den Kübel neben das Haus.
Der Brunnen ist dreckig, ich habe es heute früh beim Wäschewaschen gemerkt.

SOHN Ach du lieber Gott! Ich steige später runter.
Der Schreiner kommt herein. Er ist groß und dunkel und trägt eine Holzkiste.
Grüß dich.

SCHREINER Grüß dich.

SOHN Wie gehts?

SCHREINER Gut. Bißchen viel Arbeit.

SOHN *zeigt auf die Kiste:*
Was ist das?

SCHREINER Ich hab was geschreinert.

SOHN Es ist noch früh, aber ich gehe schon und sperre die Schweine ein.
Der Totengräbersohn geht hinaus.

FRAU Was ist es?

SCHREINER Eine Wiege.
Er gibt sie ihr.

FRAU Ach.

SCHREINER Er hat nichts dagegen.

FRAU Schön ist sie.
Der Schreiner setzt sich und schaut die Frau an. Kleine Pause.

Er hat einen hier aufgenommen. Einen alten Mann. Du hast ihn nicht schon im Dorf gesehen?

SCHREINER Nein. Wer ist es? Ich höre mich um.

FRAU Er hat ihn einfach mitgebracht, zum Schweinehüten. Warum? Er ist so dumm, so dumm...

SCHREINER *nach einer zweiten kleinen Pause:*

Habt Ihr was zu reparieren?

FRAU An der Tür fehlt was, aber das macht er selber.

SCHREINER Nein, ich habe mein Werkzeug auf dem Karren, ein Stück die Straße runter. Ich bessers aus.

SOHN *draußen:*

I-ju! I-ju! I-ju!

Zwei, drei Schweine quieken.

Lear kommt aus dem Haus.

LEAR *verwundert:*

Ich habe den ganzen Tag verschlafen. Es ist abends.

Sieht den Schreiner.

Wer ist das?

FRAU Einer aus dem Dorf.

LEAR Ach.

Er setzt sich auf die Wiege.

SCHREINER } Nicht da drauf!
FRAU } Sie machen es kaputt!

LEAR *steht auf.*

Wo ist Ihr Mann?

FRAU Er kommt gleich. Sie gehen jetzt sicher fort nach heute nacht.

LEAR *verwirrt:*

Ich weiß nicht. Ich habe geträumt –

Der Totengräbersohn kommt herein.

SOHN Wie gehts dir? Ich dachte doch, daß du auf bist. Laß deinen Arm sehen.

FRAU John hat was mitgebracht.

SOHN *schaut die Wiege an.*

Ach, das ist aber gut ausgedacht. Für das Kind. Danke.

Der Schreiner steht auf.

Deswegen mußt du nicht fort.

SCHREINER Deine Frau hätte gern ihre Tür repariert.

Der Schreiner geht hinaus. Der Totengräbersohn schaut sich Lears Schnittwunde an.

FRAU *hebt die Wiege auf.*
Es ist nicht tief.
SOHN Es gehört ausgewaschen.
Die Frau geht mit der Wiege ins Haus.
LEAR Wer ist er?
SOHN Dorfschreiner. Er macht Särge und Wiegen und repariert Stühle und so. Er ist sehr geschickt. Mach dir keine Gedanken wegen ihm, er kommt dauernd hierher. Er ist in meine Frau verliebt.
LEAR Ich habe heute nacht einen Geist gesehen.
SOHN *belustigt:*
Mein Vater hat gesagt, Geister gibts nicht, und er hat es wissen müssen. Es war der Wilde.
LEAR Ach so, ach so ... Dann war das alles nur mein Traum.
Kleine Pause.
Ich hätte immer hier leben müssen.
SOHN *schaut sich die Schnittwunde an.*
Es tut mir leid für dich.
LEAR *noch verwirrt und ratlos:*
Ich habe mich schon öfter geschnitten. Es ist fast vorbei. Als ich hierherkam, war ich schlechter dran. Du hast gut für mich gesorgt. Es ist so still hier, ich habe den ganzen Tag geschlafen wie ein Kind. Ich habe zu lang nicht mehr so geschlafen, ich wußte gar nicht mehr ... Und jetzt werde ich wieder gesund. Alles geht so einfach und leicht hier.
Zornig werdend:
Aber wohin soll ich jetzt, wovon kann ich leben, was soll aus mir werden?
SOHN Bleib hier. Du kannst meine Schweine hüten. Ich kann dir nichts bezahlen, aber du kannst bei uns essen und schlafen.
LEAR Nein. Ihr hättet nur Scherereien mit mir. Nein, nein. Ich muß fort.
SOHN Sag mal, wieviel Mann hast du befehligt?
LEAR Ein paar.
SOHN Na die werden sich doch nicht den weiten Weg machen, bloß wegen einem alten Mann, der ein paar andere Mann befehligt hat. Also bleib.
LEAR Ich könnte ein neues Leben anfangen hier. Ich könnte alles vergessen, was mir Angst macht – die Jahre, die ich vertan habe, meine Feinde, meinen Zorn, meine Fehler. Ich habe zuviel Ver-

trauen gehabt, zuviel Nachsicht! Immerzu quält mich die Reue – ich muß das alles vergessen, wegwerfen! Ja! – laß mich hier wohnen und für dich arbeiten.

SOHN Gut. Du kannst mir sehr viel helfen, wenn du einmal eingewöhnt bist. Ich kann dann noch ein paar Äcker dazupflügen. Wegen der Soldaten mach dir keine Sorgen. Die sind viel zu beschäftigt, den König zu suchen. Weißt du schon, daß sie seine Mauer wieder einreißen?

LEAR Die Mauer?

SOHN Aufbaun, einreißen, aufbaun, einreißen. Der König war verrückt. Er hat alle Männer vom Dorf weggeholt. Aber ich habe mich versteckt. Sie waren ihr Leben lang Handarbeit gewohnt, aber als sie an der Mauer anfingen, haben ihnen die Hände eine Woche lang geblutet.

LEAR Nein.

SOHN Du bist entweder an der Arbeit gestorben, oder sie haben dich wegen Arbeitsunwilligkeit erschossen. Es gab eine Krankheit –

LEAR Sie haben alles dagegen versucht.

SOHN – der »Mauertod«. Die Füße sind ihnen vom Schlamm angeschwollen. Den Gestank hast du noch im Schlaf gerochen! Lebendig begraben! Der soll sich hier nur blicken lassen – dann fange ich mein altes Handwerk noch mal an und schaufle ihm ein Grab! Solang der Bau hier in der Nähe war, haben wir seine Mauer nachts immer wieder aufgegraben.

Seufzt.

Reden wir von was andrem.

Lear hört ihm nicht mehr zu.

Mit meiner Frau, das wird schon. Sie braucht eine Weile, bis sie auftaut, aber dann ist sie bestimmt froh, daß du da bist und mithilfst . . . Wir passen nicht zueinander, angeblich. Ihr Vater war gegen die Heirat jedenfalls. Er hat uns noch nie besucht. Ich habe ihn eingeladen. Ich mag so was nicht, es drückt einen. Er ist Pfarrer, sie hat alles von ihm gelernt. Sie ist sehr gescheit, aber wie ich lebe, kann sie nicht verstehen. Ich habe mein Haus, meinen Hof, meine Frau – und jede Nacht sage ich ihr, ich liebe sie. Wie soll ich da unglücklich sein? Aber sie hat Angst, es wird alles anders, sie möchte am liebsten einen Zaun um uns ziehen und alle andern hinaussperren.

Seine Frau kommt mit einem langen Seil aus dem Haus. Sie

spannt es hinten zu einer langen Wäscheleine auf. Kurze Stille.

LEAR Mir fällt von meinem Traum wieder etwas ein. Es war ein König, und der hatte einen Springbrunnen im Garten. Er war so groß wie das Meer. Einmal nachts hat der Springbrunnen geheult, und am Morgen ist der König hingegangen und hat nachgeschaut. Der Brunnen war rot. Die Diener haben ihn leergeschöpft und unter dem Meer eine Wüste gefunden. Der König hat in den Sand geschaut, und da lag ein Helm und ein Schwert.

Die Frau geht ins Haus.

Dann hat der König –

SOHN Ich weiß. Das hat uns ein Clown auf dem Jahrmarkt schon erzählt.

Lear starrt ihn an. Die Frau kommt mit einem Korb Wäsche aus dem Haus.

FRAU Ich brauche noch mal Wasser, aber es ist dreckig.

SOHN *steht auf.*

Ich steige hinunter.

Die Frau nimmt ein paar Wäscheklammern von der Wand und beginnt eine Reihe von weißen Laken aufzuhängen. Der Totengräbersohn steigt in den Brunnen und verschwindet darin.

LEAR *zur Frau:*

Ich mache das. Sie sollen nicht zu schwer arbeiten.

Sie gibt keine Antwort, aber Lear hilft ihr. Sie hängen die Laken so auf, daß sie fast bis auf den Boden reichen.

FRAU *steckt ein Laken fest.*

Wer ist der Wilde? Sie haben ihn heute nacht erkannt.

LEAR *hält ein Laken hoch.*

Nein. Ich habe geträumt.

FRAU *nimmt ihm das Laken ab.*

Wann gehen Sie?

LEAR *bückt sich nach Wäscheklammern.*

Ihr Mann will, daß ich für ihn arbeite.

FRAU *steckt das Laken fest.*

Sie bleiben nicht hier. Ich erlaube es Ihnen nicht.

LEAR *reicht ihr die Klammern.*

Er braucht mich. Er hat es selbst gesagt.

FRAU *nimmt die Klammern.*

Ich will keine dreckigen alten Penner im Haus. Ich bin schwanger, ich darf mich nicht aufregen.

LEAR *rückt ein Laken zurecht. Zornig werdend:*

Sie hängen sie nicht gerade auf.

FRAU *steckt ein Laken fest.*

Ich könnte ihn leicht überreden, daß er Sie wegschickt.

LEAR Gerade.

FRAU *steckt ein Laken fest.*

Aber ich möchte lieber nicht. Ich will nicht mehr mit ihm streiten und schreien, es regt ihn zu sehr auf. Bitte gehen Sie – und sagen Sie ihm nicht, daß es wegen mir ist.

LEAR *hält ein Laken hoch.*

Wo kann ich hingehen?

FRAU *nimmt ihm das Laken ab.*

Irgendwohin. Sie sind frei. Sie können in die ganze Welt.

LEAR Er will, daß ich bleibe! Nein, ich gehe nicht!

Er geht auf die andere Seite zum Brunnen.

Er hat gesagt, ich kann bleiben. Er wird Wort halten. Ich bin zu alt, ich komme nicht mehr allein zurecht. Ich kann nicht in Straßengräben und Scheunen schlafen und um Reste betteln und bei den Bauern um Lohn arbeiten. Nein, ich lasse mich nicht herumstoßen! Sie sind von meinen Töchtern geschickt! Gehen SIE doch! SIE zerstören den Hof hier! Wir müssen Sie loswerden –

Er verstummt und starrt den Eimer an.

FRAU Was ist?

LEAR Blut.

FRAU Was?

LEAR Blut. Das ist Blut im Wasser. Ich weiß, wie das aussieht.

Ruft in den Brunnen:

Was machst du? Wo bist du?

SOHN *drunten:*

Was?

FRAU Da hat er sich versteckt!

Ruft in den Brunnen:

Er hat sich da unten versteckt heute nacht –

Zu Lear:

und dann ist er herausgestiegen und wollte Sie umbringen und ist weggerannt!

LEAR *ängstlich:*

Nein. Da ist zuviel Blut ... Er ist zurückgekommen und jetzt ist er da unten ...

Stille. Ein Feldwebel und drei Soldaten, D, E und F, kommen herein. Sie tragen alle Gewehre.

SOLDAT D Stehenbleibn. Ich möcht keine Frauenbeine brechn.

FELDWEBEL Stellt das Haus aufn Kopf.

Soldaten D und E gehen ins Haus.

Wen habt ihrn sonst noch rumkrebsn?

LEAR Niemand. Ich bin der Gesuchte. Wir können jetzt gehen.

Er will gehen. Soldat F hält ihn auf.

Nein, nein! Wir müssen gehen.

SOLDAT F Wer sonst noch? In dem Alter die Leute verkohln? Könntst du langsam besser wissn.

FELDWEBEL Los, Mädchen, einer muß dir doch den Weckn reingeschoben habn.

SOLDAT F Der bestimmt nicht.

Soldat D kommt aus dem Haus.

SOLDAT D Hätt ne Steckrübe dazu nehmen müssn.

SOLDAT F Tät ihm gleichsehn, dem alten Schmierlappen.

FRAU Gehen Sie –

SOLDAT D *zum Feldwebel:*

Niemand.

FRAU – er ist davongelaufen.

FELDWEBEL Son nettes kleines Bumsloch wie dich, wer wirdn sowas sitzenlassn?

Soldat E kommt von hinter dem Haus zurück.

SOLDAT E Hintn sind Schweine.

LEAR Die hüte ich!

FELDWEBEL Wir wissn, es is nochn Junger da.

LEAR Nein, niemand sonst. Führen Sie mich fort.

SOHN *drunten:*

Er ist da! Ich hab ihn!

Die Soldaten starren sich an.

LEAR Wir können gehen. Die Frau hat nicht gewußt, wer ich bin. Ich werde Sie melden wegen –

Soldat F hält ihm den Mund zu. Stille.

SOHN *drunten:*

Er hat sich das Genick gebrochen.

Soldat D zeigt auf den Brunnen.

FELDWEBEL *droht Lear mit dem Gewehr.*

Sag ihm was.

LEAR *spricht in den Brunnen:*

Ja.

SOHN *drunten:*

Er ist tot. Ich bring ihn rauf. Zieh das Seil hoch.
Der Feldwebel zieht am Seil. Die Soldaten nehmen die Frau und verstecken sich mit ihr hinter den Laken.
Drunten. Näher:
Vorsichtig.
Lear geht nach hinten, setzt sich auf die Stufen oder die Bank und schaut zu. Der Feldwebel geht hinter die Laken. Der Totengräbersohn kommt aus dem Brunnen. Er trägt Warrington. Warrington ist tropfnaß.
Er ist hineingefallen. Er muß gleich tot gewesen sein. Moment mal! – er atmet. Er hat Blasen vor dem Mund! Schau! Hilf mir!
Er legt Warrington auf den Boden. Eine Pfütze bildet sich um ihn. Der Totengräbersohn schaut zu Lear hin. Plötzlich ist er außer sich vor Schrecken und ruft:
Cordelia!
Der Feldwebel und die Soldaten E und F kommen hinter den Laken hervor.
Cordelia!
Soldat E erschießt ihn. Er stolpert nach hinten auf die Laken zu. Sein Kopf ist gesenkt. Er faßt ein Laken und zieht es von der Leine. Cordelia steht dahinter. Sie hat den Kopf gesenkt und hält sich die Hände vors Gesicht. Soldat D macht sich gerade daran, sie zu vergewaltigen. Der Totengräbersohn dreht sich langsam weg und umwickelt sich dabei mit dem Laken. Er steht einen Augenblick stumm in das Laken eingehüllt da. Nur der Kopf ist zu sehen, hochgeworfen im Schock, die Augen und der Mund offen. Er steht erstarrt. Plötzlich breitet sich auf dem Laken ein riesiger roter Fleck aus.

FELDWEBEL Stecht die Schweine ab.
Soldat E rennt hinaus.

SOLDAT F *beugt sich über Warrington.*
Mensch, schau dir das an!

FELDWEBEL *zu Soldat D:*
Mach das drinnen.

LEAR Sie ist schwanger.

SOLDAT D Das kann mitm Schwanzende spielen.

SOLDAT F *stochert mit der Gewehrmündung Warrington in den Mund.*
Schau, was der Blasen läßt!
Von draußen Schweinegequiek bei der Abschlachtung. Soldat D

zieht die Frau ins Haus. Der Totengräbersohn fällt plötzlich tot um.

FELDWEBEL Schmeiß ihn ins Loch runter.

Der Feldwebel und Soldat F werfen Warrington in den Brunnen.

SOLDAT F Da ist noch einer.

FELDWEBEL Hopp!

Sie werfen den Totengräbersohn in den Brunnen. Der Feldwebel zeigt auf Lear.

Und den bringst du zum LKW runter.

Der Feldwebel geht ins Haus.

SOLDAT F Und die feinen Hunde stoßen sich solang gesund. Mitm altn Opa mag ich auch nicht.

Das Quieken draußen hört auf.

LEAR *steht auf.*

Verbrennt auch das Haus! Ihr habt den Mann ermordet, das Vieh erschlagen, den Brunnen vergiftet, die Mutter geschändet, das Kind umgebracht – ihr müßt das Haus verbrennen! Ihr seid Soldaten – ihr müßt eure Pflicht tun! Meine Töchter verlangen das! Verbrennt auch das Haus! Verbrennt das Haus! Verbrennt das Haus!

SOLDAT F Halts Maul und beweg dich.

Soldat F führt Lear hinaus. Soldat E von hinter dem Haus zurück.

Im Hinausgehen:

Brennt es nieder! Verbrennt es!

Soldat E hat Blut im Gesicht, am Hals, an den Händen, Kleidern und Stiefeln. Cordelia gibt im Haus einen hohen, kurzen, nach innen geholten Schrei von sich.

SOLDAT E *zufrieden vor sich hin murmelnd:*

Die schnapp ich mir vollgesaut mit Schweineblut. Gibtn intressantn Brief ans Mütterchen.

Der Schreiner kommt hinter ihm herein. Er hat seinen Werkzeugkasten dabei. Er nimmt einen Schrotmeißel heraus.

Sieht den Schreiner.

Ja?

Eine Sekunde später ruft er zum Haus:

Feldwebel!

Der Schreiner tötet ihn mit einem Hieb mit dem Schrotmeißel.

SCHREINER *schaut zum Haus.*

Seid ihr noch mehr?

Der Schreiner hebt das Gewehr von Soldat D auf und geht ins Haus. Kleine Pause. Drei Gewehrschüsse im Haus. Stille.

Pause.

Zweiter Akt

Erste Szene

Gerichtssaal.

North und Cornwall kommen herein und unterhalten sich leise, während das Gericht zusammentritt. Es erscheinen ein Richter, ein Gerichtsdiener, ein Schreiber und andere Beamte.

CORNWALL Unsere Frauen werden ihn verurteilen und seinen Tod verlangen.

NORTH Ja.

CORNWALL Ich finde, wir sollten ihnen nicht zuviel durchgehen lassen.

NORTH Bodice ist eine gute Frau. Aber sie hat zu lang mit allem allein fertig werden müssen. Jetzt kann sie vielleicht niemandem mehr trauen.

CORNWALL Das gilt für beide. Sperren wir ihn in ein sicheres Gefängnis. Er stirbt auch ohne unser Zutun.

Bodice und Fontanelle kommen herein. Der Richter geht zu ihnen.

BODICE Sie haben sich mit Ihren Anweisungen vertraut gemacht?

RICHTER Gewiß, Ma'm.

BODICE Dies ist ein politischer Prozeß. Politik ist die höhere Form von Gerechtigkeit. Der alte König ist wahnsinnig, und es ist gefährlich, ihn am Leben zu lassen. Unsere Entscheidungen sind von Familienrücksichten ungetrübt. Ich lasse diejenigen auftreten, die ihn am verläßlichsten durcheinanderbringen.

FONTANELLE Ich bin Zeugin.

BODICE Er soll sich um Kopf und Kragen reden. Helfen Sie nach, wo es günstig ist – aber nicht zu offen.

RICHTER Ich verstehe, Ma'm.

Der Richter nimmt seinen Platz ein. Lear wird unter Bewachung hereingeführt.

BODICE *zu Fontanelle:*
Er wirkt angegriffen. Ich muß den Aufseher für einen Orden vormerken.

RICHTER Sie sind der vormalige König?

LEAR Sie wissen, wer ich bin. Ich habe Sie angestellt.

RICHTER Und diese Damen sind Ihre Töchter.
LEAR Nein.
RICHTER Sie sind Ihre Töchter.
LEAR Nein.
RICHTER Erkennen Sie sie nicht?
LEAR Ich habe sie nie gesehen.
RICHTER Setzen Sie sich.
Lear setzt sich.
Der vormalige König behauptet von seinen Töchtern –
LEAR Sie sind nicht meine Töchter!
Bodice schiebt Fontanelle an. Fontanelle geht zum Zeugenstand.
FONTANELLE Ich werde die Wahrheit sagen.
RICHTER Ma'm, versuchen Sie, den vormaligen König an Sie zu erinnern.
FONTANELLE Vater, einmal hast du nach der Schlacht ein weißes Pferd eingefangen. Du hast es mir geschenkt, und es hat sich auf dem Eis ein Bein gebrochen. Man hat es an einen Baum gebunden und erschossen. Die arme kleine Fontanelle hat geweint.
LEAR Das arme Pferd.
FONTANELLE Ein anderes Mal fragte ich dich, wie hoch die Mauer werden sollte. Du hobst mich über deinen Kopf und sagtest zu mir: Du könntest immer noch nicht drübersehn.
LEAR Ich war immer genau. – Führt mich ins Gefängnis zurück. Dort sind wir freier.
Fontanelle zuckt die Achseln und geht auf ihren Platz neben Bodice zurück. Bodice lächelt ihr zu. Ein alter Matrose wird zum Zeugenstand geführt.
MATROSE Ich werde die Wahrheit sagen. Ich kann nicht sehen. Ich war Matrose und die See hat mich blind gemacht. Ich kann schwach etwas erkennen, aber in einem Nebel. Ich habe Ihnen das Segeln gezeigt. Ihre Stimme hat sich nicht verändert. Sie besuchten mich noch mal, als Sie König waren, und führten mir Ihre Töchter vor. Ich konnte damals noch sehen. Dies sind Ihre Töchter, Sir.
LEAR Sind Sie versorgt?
MATROSE Ich bin seit sieben Jahren blind, Sir. Es heißt, ich hätte klare Augen, aber ich sehe nichts mehr mit ihnen.
LEAR Sind Sie in guter Pflege, Sir?
MATROSE Ja, Sir. Ich habe eine brave Tochter.
LEAR Gehen Sie heim und passen Sie auf sie auf. Sie ändern sich

schneller als der Wind auf See.

Der alte Matrose wird hinausgeführt. Der alte Staatsrat geht zum Zeugenstand.

STAATSRAT Ich werde die Wahrheit sagen.

Zieht sein Notizbuch heraus.

Sir, Sie kennen mich.

LEAR Durch und durch.

STAATSRAT *schaut ins Notizbuch.*

Ich verhalf Ihnen zur Flucht am –

LEAR Sie sind mir nachgerannt, um sich zu retten.

STAATSRAT Also Sie sollten nicht behaupten –

LEAR Und als Sie merkten, daß ich am Ende war, sind Sie wieder zurückgerannt.

STAATSRAT Als Mann von Pflichtgefühl war es mein Teil –

LEAR Ihr Vorteil!

LEAR Sir, als ich sah –

LEAR – daß man mich fassen würde –

STAATSRAT – daß Sie seelisch gestört waren –

LEAR – haben Sie mich verraten! Gilt keine Ehre mehr unter alten Männern? Sie haben sich von Ihren Kindern verderben lassen!

BODICE Gebt ihm meinen Spiegel!

Beiseite zum Richter:

Wahnsinnige fürchten sich vor sich selbst.

Der Gerichtsdiener geht auf sie zu, aber Bodice läuft an ihm vorbei und bringt Lear den Spiegel.

LEAR Was für eine häßliche Stimme! Das ist nicht die Stimme meiner Tochter. Sie klingt wie Ketten an einer Gefängnismauer.

Bodice gibt ihm den Spiegel in die Hand und geht zu ihrem Stuhl zurück.

Und sie geht wie etwas, was in einem Sack zappelt.

Er schaut kurz in den Spiegel.

Nein, das ist nicht der König.

RICHTER Leisten Sie vorher den Eid.

LEAR Sie haben kein Recht, dort zu sitzen!

RICHTER Leisten Sie den Eid.

LEAR Ich habe Sie angestellt, weil Sie korrupt waren!

RICHTER Leisten Sie den Eid.

LEAR Der König steht immer unter Eid!

Er starrt auf den Spiegel hinunter.

Nein, das ist nicht der König ... Das ist ein kleiner Käfig aus

Stäben mit einem Tier darin.
Schaut genauer hin.
Nein, nein, das ist nicht der König!
Gestikuliert plötzlich heftig. Der Gerichtsdiener nimmt ihm den Spiegel ab.
Wer hat das Tier in diesen Käfig gesperrt? Laßt es heraus. Habt ihr sein Gesicht hinter den Stäben gesehen? Da sitzt ein armes Tier und hat Blut am Kopf und die Tränen laufen ihm übers Gesicht. Wer hat ihm das angetan? Ist es ein Vogel oder ein Pferd? Es liegt im Staub und hat gebrochene Flügel. Wer hat ihm die Flügel gebrochen? Wer hat ihm die Hände abgehackt, daß es nicht an den Stäben rütteln kann? Es drückt seine Schnauze gegen die Scheibe. Wer hat dieses Tier in einen Glaskäfig gesperrt? Ach, es gibt kein Mitleid in der Welt. Ihr seht zu, wie es sich das Blut aus den Haaren leckt in einer Käfigecke, wo es sich vor seinen Peinigern nirgendwo verstecken kann. Kein Schatten, kein Loch! Laßt dieses Tier aus dem Käfig!
Er nimmt sich den Spiegel und zeigt ihn herum.
Schaut! Schaut! Habt Mitleid. Schaut, wie seine Krallen den Käfig aufkratzen wollen. Es schleppt sich mit zerschlagenem Leib über den Boden. Ihr seid grausam! Grausam! Schaut, wie es in seiner Ecke liegt! Es ist benommen und zerschnitten und zittert, und leckt sich das Blut an seinen Flanken.
Der Gerichtsdiener nimmt Lear den Spiegel wieder weg.
Nein, nein! Wo bringt ihr es jetzt hin! Nicht, wo ich es nicht mehr sehen kann! Was haben sie jetzt mit ihm vor? Ach, gebt es mir! Ich will es halten und streicheln und ihm das Blut abwischen!
Bodice nimmt dem Gerichtsdiener den Spiegel ab.
Nein!

BODICE Ich werde ihn täglich putzen und aufpassen, daß er keinen Sprung bekommt.

LEAR Dann tötet es. Tötet es. Tötet es. Laßt nicht zu, daß sie es quält. Ich kann mit diesem Leiden in der Welt nicht weiterleben.

RICHTER Seht den Wahnsinn des Königs.

LEAR Meine Töchter sind ermordet worden, und diese Ungeheuer haben sich an ihre Stelle gesetzt! Ich höre alle ihre Opfer schreien: wo ist Gerechtigkeit?

BODICE Ja! Ich habe dieses Tier in einen Käfig gesperrt und ich lasse es nicht mehr heraus!

FONTANELLE *lacht und hopst im Stuhl auf und ab.*

Schaut seine Tränen!

LEAR Grausam! Grausam! Seht, wo sie es hochgezerrt haben an den Haaren!

BODICE *zum Schreiber:*

Nehmen Sie das alles auf!

SCHREIBER Ma'm.

RICHTER Die Sitzung ist vertagt.

Lear wird schnell abgeführt, und das Gericht geht hinaus.

LEAR *im Gehen:*

Sein Blut ist auf den Stufen, über die die Gefangenen kommen!

Der Richter geht zu Bodice und Fontanelle.

RICHTER Das ging besser als ich dachte, Ma'm.

BODICE Es ging wie von mir geplant. Ein Todesurteil ist vorgesehen, aber noch nicht fest entschieden. Guten Tag.

Der Richter verbeugt sich und geht. Bodice und Fontanelle sind allein.

FONTANELLE Es WAR entschieden – bis sich dein Mann eingemischt hat.

BODICE Der deine auch. Nimm ihn fester an die Leine! Nun, sie müssen eben zur Vernunft gebracht werden. Männer sind immer eigensinnig, das ist ihre Art zu reifen. Ich habe schlechte Nachrichten. Meine Spione haben Aufwiegler und Unzufriedene in jedem Dorf entdeckt. Es steht ein ernsthafter Kampf bevor – Bürgerkrieg.

FONTANELLE Gut! Wo er sich zeigt, rotten wir ihn aus. Immer direkt drauflos. Wußtest du schon, daß das Gesindel von einer Frau angeführt wird? Cordelia heißt sie.

BODICE *beiseite:*

Ja, meine Schwester hat ihre eigenen Spione. Die Macht steigt ihr in den Kopf. Der Kopf gehört zurechtgestaucht. Zufällig stehen ihre Spione bei mir in Sold, sie kann also nie mehr wissen als ich. Aber von jetzt ab traue ich ihr noch weniger als sonst. Wenn alles gutgeht, sind ihre Tage gezählt.

Zu Fontanelle:

Ich glaube, wir kümmern uns jetzt lieber um unsere Männer. Der Feldzug braucht die rechte Vorbereitung.

FONTANELLE Dann dürfen wir sie nicht ihnen überlassen!

BODICE Außerdem muß die Armee gesäubert werden. Siegen bekommt Soldaten nicht, es untergräbt ihre Moral.

Sie gehen zusammen hinaus.

Zweite Szene

Lears Zelle.

Kahl und leer. An der Wand eine Steinplatte zum Sitzen. Die Soldaten G und H führen Lear herein. Soldat H läßt eine zusammengerollte Sackleinwand zu Boden fallen. Soldat G stellt sich an die Tür. Sie beachten Lear nicht.

SOLDAT G Eigentlich ganz guter Job, wenn bloß der Mief nicht wär.

SOLDAT H Wird nicht lang dauern.

SOLDAT G Nee, dann gehts ab zur Front mit den andern.

SOLDAT H Hak den Kleinen ab.

Soldat G trägt etwas in eine Liste ein. Die zwei Soldaten gehen hinaus.

LEAR Ich muß vergessen! Ich muß vergessen!

Der Geist des Totengräbersohns erscheint. Seine Haut und seine Kleider sehen verwaschen aus. Sie haben alte, eingetrocknete Blutflecken.

GEIST Ich habe dich schreien hören.

LEAR Bist du tot?

GEIST Ja.

LEAR Es gibt ein Tier in einem Käfig. Ich muß es herauslassen, oder die Erde wird vernichtet. Große Brände kommen und das Wasser trocknet aus. Alle Menschen verbrennen, und ihre Asche wird vom Wind zu riesigen Säulen aufgewirbelt und kreist auf ewig um die Erde. Wir müssen es herauslassen!

Ruft, trommelt an die Wand.

He! Reiß deine Kette heraus! He! Zerbrich sie!

Von der andern Seite wird an die Wand getrommelt.

Was? Es ist da! Ein Pferd!

GEIST Nein. Das sind andere Gefangene.

LEAR Hilf mir!

GEIST Was ist es für ein Tier? Ich habe es noch nie gesehen!

LEAR Wo sind meine Töchter! Sie würden mir helfen!

GEIST Ich kann sie holen.

LEAR Meine Töchter? Du kannst sie hierherholen?

GEIST Ja.

LEAR Hol sie! Schnell!

Der Geist pfeift leise.
Wo sind sie?

GEIST Du siehst sie gleich. Warte.
Pfeift noch mal leise.
Der Geist von Fontanelle erscheint.

LEAR Fontanelle!
Der Geist pfeift. Der Geist von Bodice erscheint.
Bodice!

GEIST Laß sie zuerst sprechen.
Die Geister der Töchter bewegen sich anfangs nur langsam, als hätten sie geschlafen.

FONTANELLE Steck mir das Haar auf ... Vater kommt heute heim.

BODICE Ich muß mir mein Kleid anziehen.

FONTANELLE Ach, bei dir geht das Anziehen so schnell! Steck mir das Haar auf.
Bodice frisiert sie.

LEAR Meine Töchter!

BODICE Sie begraben Soldaten im Friedhof. Vater hat die Särge auf Wägen hergefahren. Die Bahrtücher sind zugeschneit. Schau, eins von den Pferden leckt sich den Huf.

FONTANELLE Heute früh habe ich vom Bett aus zugeschaut, wie der Wind an den Vorhängen zog. Zog, zog, zog ... Jetzt kann ich die schreckliche Glocke hören.

LEAR Fontanelle, du bist noch so ein kleines Mädchen.
Er setzt sich auf die Steinplatte.
Setz dich her.

FONTANELLE Nein.

LEAR Auf meine Knie.
Er setzt sie sich auf die Knie.
So ein kleines Mädchen.

BODICE *horcht.*
Vater! Ich muß mich anziehen! Ich muß mich anziehen.
Sie kämpft aufgeregt mit ihrem Kleid.

LEAR So ists gut.

FONTANELLE Horch, die Glocke und der Wind.

LEAR *leckt sich den Finger und hält ihn hoch.*
Woher weht er?
Bodice schlüpft in das Kleid und kommt zu ihm nach vorn.
Er zeigt auf sie.
Zieh das aus!

BODICE Nein.

LEAR Zieh es aus! Es ist von deiner Mutter!

BODICE Sie ist tot! Sie hat es mir geschenkt!

LEAR *zeigt auf sie.*
Zieh es aus!

BODICE Nein!

LEAR Doch, oder du mußt es immer anbehalten!
Er zieht sie zu sich her.
Bodice! Mein armes Kind, das ist ja, als hättest du ihr Bahrtuch angezogen.
Bodice weint, an ihn gelehnt. Ben, ein junger Kalfaktor, kommt herein. Er trägt einen kleinen Teller mit Krug. Er stellt sie auf den Boden.

BEN Laß es nicht rumstehn, Opa. Die kommen gleich wieder fürs Leergeschirr. Tut mir leid, wenns nicht ganz wie sonst schmeckt. Ich bin nicht der Hotelkoch, bloß der Oberkellner.
Ben geht hinaus. Die Geister der Töchter setzen sich auf den Boden neben Lear und legen ihm die Köpfe auf die Knie. Er streicht ihnen über die Haare.

BODICE Wo sind wir?

LEAR In einem Gefängnis.

BODICE Warum?

LEAR Ich weiß nicht.

BODICE Wer hat uns hierhergebracht?

LEAR Ich weiß nicht.

FONTANELLE Ich habe Angst.

LEAR Denk nicht daran.

BODICE Kommen wir wieder heraus?

LEAR Ja.

BODICE Weißt du das sicher?

LEAR O ja.

BODICE Wenn ich nur drauf hoffen könnte! Aber das Gefängnis hier, der Schmerz –

LEAR Ich weiß, daß er aufhört. Alles geht vorbei, auch die Verwüstung. Dann müssen die Wirrköpfe schweigen. Wir werden uns nicht an die Toten ketten, oder unsere Kinder auf den Friedhof zur Schule schicken. Die Peiniger und Minister und Priester verlieren dann ihre Ämter. Und wir gehen aneinander auf der Straße vorbei, ohne darüber zu schaudern, was wir einander angetan haben.

BODICE Es ist friedlich jetzt.

FONTANELLE Und still.

LEAR Das Tier schlüpft dann aus seinem Käfig, und liegt in den Äckern, und läuft den Fluß entlang, und putzt sich in der Sonne, und schläft in seiner Höhle von abends bis morgens.

Drei Soldaten (G, H und I) kommen herein. Sie treten ruhig und planmäßig auf. Die Antworten von Soldat I sind zu einer Silbe zusammengezogen.

SOLDAT H Paß auf und guck dich überall um.

SOLDAT I Woll Herr Freiter.

SOLDAT H Auch unterm Sack und in den Ecken.

Soldat G macht ihm die Durchsuchung vor.

Kannste das behalten? Fünfmal am Tag. Personal wird ausgelassn.

SOLDAT I Woll Herr Freiter.

SOLDAT H Jetzt laß sehn, was du kannst.

SOLDAT I *durchsucht die Ecken.*

Wann mußt du los?

SOLDAT G Morgn. Wenigstens aus dem Loch da raus.

SOLDAT I Mir is alles recht, solangs nicht an der Front is.

SOLDAT H Du hasts noch nicht begriffn. Wenn Krieg is, sind zum Schluß alle an der Front.

SOLDAT I *hört mit der Durchsuchung auf.*

Fertig, Herr Freiter.

SOLDAT H Dann könntste jetzt die Liste abhaken.

SOLDAT I Woll Herr Freiter.

Geht und will die Liste abhaken.

SOLDAT H Haste die Matratze nachgeschaut?

SOLDAT I Nein Herr Freiter.

SOLDAT H Dann schau die Matratze nach.

SOLDAT I *schaut unter die Matratze.*

Fertig, Herr Freiter.

SOLDAT H Und jetzt kannste deine Liste abhaken.

SOLDAT I Woll Herr Freiter.

Hakt die Liste ab.

SOLDAT H Grünschnäbel!...

Soldat I ist fertig.

Und jetzt der nächste.

Die drei Soldaten gehen hinaus.

BODICE Horch.

Sie steht auf.

LEAR Wohin willst du?

BODICE Mutter ist tot. Ich muß den Tee ausgeben. Sie läuten.

LEAR Bleib hier.

FONTANELLE Sie warten. Eine lange Schlange steht hinter den Särgen. Sie stehen ganz still!

LEAR Bleibt hier, dann können sie nicht anfangen! Wir können hier zusammenbleiben!

GEIST Sie müssen fort! Du kannst sie nicht festhalten!

LEAR Aber mein Kopf! Mein Kopf!

Die Töchter gehen hinaus.

Horch! Das Tier kratzt. Es ist blutig im Maul. Seine Schnauze blutet. Es will graben. Es hat jemand gefunden!

Er fällt bewußtlos auf seinen Sack.

Ein alter Kalfaktor kommt herein.

KALFAKTOR Sing ruhig weiter, ich tu dir nichts. Ich hol die leeren Teller.

Sieht das unberührte Essen.

Ach, soll ich später kommen? Gesuche abfassn und Bittschriftn, undn bißchen auf sich selber schaun, und die Fantasie beschäftigen, das is alles ganz schön – aber essen mußt du. Na ja mußt selber wissn, was dir schmeckt.

Beruhigend:

Ich gehör nicht zur Leitung.

Kleine Pause.

Die jungen Scheißer kommen jetzt alle an die Front. Sollnse krepiern. Schade für die schönen Kugeln. Ich bin schon vor tausend Jahren reingekommen, vor hunderttausend. Ich weiß nicht mehr, warum ich reingekommen bin. Ich habs vergessn. Mir haben so viele erzählt, warum sie reingekommen sind, daß ich alles durcheinanderbring. Mir hamse schon jedes Verbrechn im ganzn Gesetzbuch gestandn. Mußn Rekord sein. Weiß nicht, was meins gleich wieder war. Mord? Einbruch? Körperverletzung? Ich hätts gern gewußt. Wegen dem innern Friedn. Daß das Gewissn Ruhe hat. Aber keiner weiß es mehr. Es is alles weg. Schon lang. Die Akten verlegt. Schon vor hundert Jahren.

Zeigt auf den Teller.

Soll ich noch warten?

Keine Antwort.

Der Kunde hat immer recht.

Der alte Kalfaktor nimmt den Teller mit Krug und geht hinaus.

LEAR Ich hätte nicht hinschauen sollen. Ich habe so viele Leute getötet und keinem von ihnen ins Gesicht gesehen. Aber bei dem Tier habe ich hingeschaut. Falsch. Falsch. Falsch. Ich bin ein dummer alter Mann davon geworden. Welche Farbe haben meine Haare?

GEIST Weiß.

LEAR Ich fürchte mich hinzuschauen. Sie sind voll Blut, wo ich daran gerissen habe mit meinen Händen.

GEIST Laß mich bei dir bleiben, Lear. Wie ich gestorben war, bin ich irgendwohin gekommen. Wohin weiß ich nicht. Ich wartete und nichts geschah. Dann bin ich allmählich verfault, wie eine Leiche im Boden. Schau meine Hände an, sie sind wie von einem alten Mann. Sie sind welk. Ich bin jung, aber mein Magen ist eingeschrumpft und mein Haar ist weiß geworden. Schau, meine Arme. Faß an, wie dünn ich bin.

Lear bleibt unbeweglich.

Hast du Angst, mich anzufassen?

LEAR Nein.

GEIST Faß an.

LEAR *zögert. Faßt ihn an.*

Ja, dünn.

GEIST Ich habe Angst. Laß mich bei dir bleiben, behalte mich hier, bitte.

LEAR Ja, ja. Armer Junge. Leg dich zu mir. Da. Ich halte dich fest. Wir helfen einander. Weine, wenn ich schlafe, und ich weine und wache, wenn du schläfst. Wir wechseln einander ab. Der Klang der Menschenstimme wird uns trösten.

Dritte Szene

Feldposten der Aufständischen.

Cordelia und einige aufständische Soldaten. Pete pflegt den verwundeten Soldaten Terry. Lewis steht hinten als Wachtposten. Soldat I sitzt, die Hände auf den Rücken gebunden und ohne Mütze. Neben ihm ein Soldat in der Hocke mit einem Gewehr. Einige der übrigen Soldaten tragen Gewehre. Sie haben einfache, zweckmäßige Kleidung an, keine Uniformen. Gespannte Stille.

LEWIS *schaut nach draußen.*
Sie kommen.

CORDELIA *ihre Spannung läßt etwas nach. Sie geht zu dem verwundeten Soldaten.*
Geht es ihm gut?

PETE Es sind keine Medikamente da, keine Instrumente, nichts.
Der Schreiner kommt mit zwei weiteren aufständischen Soldaten herein. Sie tragen Gewehre und Bündel.

SCHREINER Was waren das für Schüsse?

CORDELIA Ein Spähtrupp hat uns entdeckt. Schon gut, wir haben sie erwischt. Was bringst du mit?

SCHREINER Tee, Spitzhacken, zwei Decken. Sie nehmen kein Geld. Sie wollen mitmachen.

CORDELIA Wie viele?

SCHREINER Bis zu zwanzig.

CORDELIA Haben sie eigenen Proviant?

SCHREINER Ja.

CORDELIA Wir nehmen sie mit beim Durchmarsch. Wir sind hier fast soweit.

SCHREINER *deutet auf Soldat I:*
Einer von dem Spähtrupp?

CORDELIA Ja. Die andern sind alle erschossen. Ich wollte vorher mit ihm reden. Terry ist verwundet.

SCHREINER Ach . . .
Die zwei neu angekommenen Soldaten trinken hastig Tee. Die übrigen Soldaten tragen ihre Bündel hinaus. Ein Soldat bringt dem Schreiner eine Blechtasse mit Tee.

CORDELIA *zu Soldat I:*

Wie weit seid ihr hergekommen?

SOLDAT I Schwer zu schätzen. Es is nie gradaus gegangen, und die Karten sind Mist. Ich bin aus der Stadt. Die Felder hier sind China für mich.

CORDELIA Wie lang habt ihr gebraucht?

SOLDAT I Das kann ich genau sagn. Wir sind beim ersten Licht los.

SCHREINER *schlürft Tee.*

Sie sind schon am Fluß.

SOLDAT I Ja, übern Fluß sin wir drüber. Mitm Seil – das warn Ding! Die richtige Brücke ham die Bauern angezündet. Kein Witz.

CORDELIA Wie klappt euer Proviant?

SOLDAT I Nix. Anfangs noch regelmäßig. Jetzt ist alles verbrannt. Wir sind durch sone Stadt gekommen. Dasselbe – abgebrannt. Von wegen Plündern. Hübscher Ort früher.

CORDELIA Warum kämpft ihr gegen uns?

SOLDAT I Ich hab mehr Schiß vor den Unsern als vor euch. Ich wär abgehaun, aber dann hätt ich ne Kugel hinten drin gehabt. Ich will euch nicht einseifn oder was. Ich bin doch praktisch einer von euch, wenn mans so nimmt. Wenn ich als Waldheini aufgewachsen wär, wär ich doch jetzt auch bei euerm Haufen, oder?

Cordelia und der Schreiner gehen von ihm weg.

SCHREINER Er könnte bei uns mitmachen.

CORDELIA Er ist ein Kind, er krabbelt weiter, wo man ihn hinsetzt. Es braucht ihn nur einer gefangenzunehmen, und er fängt an zu reden. Wenn man kämpfen will wie wir, muß man hassen, wir können keinem trauen, der nicht haßt. Sonst ist er unbrauchbar.

Zu dem Soldaten in der Hocke:

Wir sind soweit.

Der Soldat in der Hocke und Lewis führen den Soldaten I hinaus. Ein anderer Soldat geht für Lewis auf Wachposten.

SOLDAT I He, ziehn wir schon los?

Die drei gehen hinaus. Der Schreiner schaut nach dem verwundeten Soldaten.

SCHREINER Wo?

PETE Magen.

VERWUNDETER Schon gut, ihr könnt laut reden. Ich werde euch

nicht lästig fallen. Wir haben versprochen, wir wollten still sterben, wenn es geht. Nicht schreien oder betteln. Das macht die anderen nervös und hält sie auf...

CORDELIA Du mußt jetzt ausruhen, bevor wir –

VERWUNDETER Ja, ja. Ihr braucht mich nicht wie ein Kind zu behandeln, weil ich sterbe. Gebt mir einen Schluck Wasser.

PETE Nein.

VERWUNDETER Wegen dem Magen ist es gleich. Es tut mir gut in der Kehle.

Der Schreiner gibt ihm Wasser.

Ja. Macht euch jetzt fertig.

Sie lassen ihn allein und machen sich zum Aufbruch fertig.

CORDELIA *zum Wachtposten:*

Sag ihnen, sie sollen abrücken. Und wegbleiben von der Straße.

Der Wachtposten geht hinaus.

VERWUNDETER Wenn es dunkel ist, tu ich so, als käme mir meine Frau entgegen und ich könnte sie auf der Straße sehen. Ich nehme unsere Kleine Huckepack und sie zieht mich an den Haaren und ich sage au...

PETE Noch mal Tee?

SCHREINER Nein.

Pete gießt die Teekanne aus und packt sie ein.

VERWUNDETER Sie sieht einen Vogel und fragt mich, wie er heißt, und ich sage, ein Wasserläufer, aber ich weiß es selber nicht... Wer sagt es meiner Frau, wenn ich tot bin?

Draußen ein einzelner Schuß. Niemand reagiert.

Es ist dunkel, da sind die Sterne... schaut...

Lewis und der Soldat, der ihn begleitet hat, kommen zurück. Sie heben ihre Sachen auf.

CORDELIA Wenn wir an der Macht sind, wird so etwas nicht mehr nötig sein.

Alle bis auf den Verwundeten gehen hinaus.

VERWUNDETER Die Sterne... Schaut... Einer... Zwei... Drei...

Stille.

Vierte Szene

Hauptquartier.

Bodice schläft vornübergebeugt auf einem Schreibtisch. Auf dem Schreibtisch eine Landkarte, Papiere, Feder und Tinte, eine Handglocke. Neben dem Schreibtisch Bodices Strickkorb, vollgestopft mit Papieren. Draußen ein Klopfen. Bodice hört es und bewegt sich, setzt sich aber nicht auf. Draußen neuerliches Klopfen. Bodice setzt sich auf und schellt einmal mit der Glocke. Ein Adjutant kommt herein.

ADJUTANT Ihre Schwester ist jetzt da, Ma'm.

BODICE Wie spät ist es?

ADJUTANT Zwei.

BODICE Lassen Sie sie herein.

Der Adjutant läßt Fontanelle eintreten und geht hinaus.

FONTANELLE Dein Adjutant sagt, unsere Männer seien geflohen!

BODICE Sie hatten heute nachmittag eine Besprechung mit ihren Stabschefs. Die Armee glaubt, daß der König verloren ist.

FONTANELLE Unmöglich. Unsere Gegner sind Bauern.

BODICE Die Armee denkt –

FONTANELLE Sie kann nicht denken! Unsere Männer haben den Feldzug geführt, deswegen haben wir verloren. Aber jetzt, wo sie weg sind, werden wir siegen!

BODICE Du dummes Stück, hast du noch immer nichts gelernt? Ich habe ihnen eine Truppe nachschicken müssen, um sie zurückzuholen. Sie sind jetzt unten im Keller.

FONTANELLE Wozu?

BODICE Wozu? Wir brauchen ihre Armeen!

FONTANELLE Ach – die kämpfen für uns auch.

BODICE Die reißen für uns keiner Fliege ein Bein aus. Warum glaubst du habe ich mir diesen Ehemann solang gefallen lassen?

FONTANELLE Gefallen lassen?

BODICE Ach, verschone mich mit deiner Heuchelei. Du hast deinen schon einmal umbringen wollen. Ich weiß das von meinen Spionen, und die lügen nicht. Sie sind die einzige moralische Anstalt hierzulande.

FONTANELLE *zuckt die Achseln.*

Na, inzwischen läßt er mich kalt. Er hat endlich aufgehört, mich vollzusabbern, und ich schlafe, mit wem ich will.

BODICE Es muß allmählich schwierig werden, jemand zu finden.

FONTANELLE *nach einer Pause, mit kleiner Stimme:*
Schön, aber ich wecke sie nicht mitten in der Nacht auf, damit sie mir die Wolle halten. Schläfst du deswegen allein?

BODICE Dann kämen sie wenigstens vorher zum Schlafen. Unterschreib das, bevor du gehst.

FONTANELLE Was ist es?

BODICE Verschiedene Urteile. Wir müssen das Land zusammen regieren – aber von Büroarbeit verstehst du nichts, du brauchst es gar nicht zu versuchen.

FONTANELLE Ich unterschreibe nur, was ich mit meinem Gewissen vereinbaren kann.
Hebt ein Papier hoch.
Was ist das?

BODICE Vaters Todesurteil.

FONTANELLE Wo ist die Feder?

BODICE *während Fontanelle unterschreibt:*
Eine Reihe von alten Fragen darf nicht länger offenbleiben, das wäre politisch riskant. Sie hätten längst erledigt werden müssen, aber natürlich sind sie an uns hängengeblieben.

FONTANELLE Wo ist er?

BODICE Eine Gruppe von Gefangenen wird gerade ins Hauptquartier gebracht. Man hat die Gefängnisse räumen müssen. Die Urteile werden bei ihrer Ankunft vollstreckt. Unterschreib die übrigen.
Ein Klopfsignal an der Tür. Bodice schellt einmal mit der Glokke. Zwei Geheimpolizisten führen die Herzöge Cornwall und North herein. Sie sind verhört worden, aber ohne sichtbare Spuren. Ihre Jacken, Gürtel und Schnürsenkel sind ihnen abgenommen worden. Sie stehen mit roten Köpfen da. Bodice steht auf.
Nein – seid still! Kein Wort! Erklärungen sind überflüssig. Meine Spione haben über euch mehr erfahren, als ihr selber wißt, und nichts davon hat mich überrascht.

FONTANELLE Laß sie verbrennen!

BODICE Schweig! Ihr kommt in Einzelzellen, bis wir euch für einen öffentlichen Auftritt oder sonstwie benötigen.
North will etwas sagen.
Schweig! Außerhalb eurer Zellen werden euch meine Geheim-

polizisten ständig begleiten. Bei der kleinsten Aufsässigkeit werdet ihr sofort erschossen.

North will etwas sagen.

Wirst du schweigen! – Wir würden es als feindliches Attentat ausgeben.

FONTANELLE Laß sie verbrennen! Ich bin abergläubisch, sie bringen uns Unglück.

BODICE Führt sie in den Keller.

Die zwei Geheimpolizisten führen die Herzöge Cornwall und North hinaus.

FONTANELLE Und was hast du für Pläne für den Krieg?

BODICE *schellt einmal mit der Glocke.*

Du gehst jetzt besser schlafen. Sonst muß dein Chauffeur zu lang auf dich warten.

Fontanelle geht zur Tür und begegnet dem Adjutanten, der gerade hereinkommt.

FONTANELLE Major Pellet, lassen Sie sich von meiner Schwester nicht überanstrengen.

ADJUTANT Es gibt sehr viel zu tun, Ma'm.

FONTANELLE Wenn sie Sie schikaniert, sagen Sie es mir.

ADJUTANT Ma'm.

Fontanelle geht hinaus. Bodice gibt ihm die Urteile.

BODICE Geben Sie das dem zweiten Adjutanten. Morgen früh reicht.

ADJUTANT Jawohl. Ma'm.

Der Adjutant geht hinaus. Bodice betrachtet die Landkarte.

BODICE Krieg. Macht.

Draußen lacht Fontanelle kurz auf, dann der Adjutant ebenso.

Ich muß hier am Tisch sitzen, mit meiner Schwester zusammenarbeiten, neben meinem Mann dahergehen. Ich soll alles mögliche entscheiden, aber ich entscheide nichts. Meine Entscheidungen werden mir aufgezwungen. Ich ändere jedermanns Leben, und es geschieht sehr viel – es ist wie ein Berg, der sich vorwärtswälzt, aber nicht, weil ich es will. Ich fing an, die Mauer abzureißen, und mußte damit wieder aufhören – die Leute werden hier gebraucht.

Sie klopft mit den Fingerspitzen einer Hand auf die Landkarte.

Und jetzt muß ich sie dahin verlegen und dahin –

sie fährt mit dem Zeigefinger auf der Landkarte hin und her

– weil die Landkarte meine Zwangsjacke ist, und mir nichts anderes übrigbleibt. Ich bin in der Falle.

Draußen schlägt rasch eine Uhr. Stille. Sie denkt über ihr Leben nach, aber ungezielt, sie versucht zu begreifen, was mit ihr geschehen ist.

Ich haßte es, ein Mädchen zu sein, aber wenigstens war ich manchmal glücklich. Und mit dem Aufwachsen wurde es besser, ich konnte ich selbst sein – damals haben sie mich nicht erniedrigt. Ich war beinahe frei! Ich steckte voller Pläne, eines Tags würde ich mein eigener Herr sein! Jetzt habe ich die ganze Macht . . . und bin ein Sklave. Noch weniger!

Schellt einmal mit der Glocke.

Pellet! – Ich werde arbeiten. Ich werde bei jedem Fehler zuschlagen, den der Feind macht!

Schellt einmal mit der Glocke.

Der Krieg ist so voller Zufälle! Ich muß nur ein bißchen Glück haben.

Schellt zweimal mit der Glocke.

Pellet! Pellet!

Nimmt die Landkarte und geht auf die Tür zu.

Schlafen Sie?

Sie geht hinaus.

Fünfte Szene

Landstraße.

Gefangenenzug auf Transport. Lear und vier Gefangene am Hals aneinandergekettet und mit verbundenen Augen. Lear ist außerdem geknebelt. Sie werden von drei Soldaten (J, K und L) angeführt und bewacht. Alle sind müde und schmutzig. Außer Lear sprechen sie alle ängstlich und leise. In der Ferne anhaltendes schweres Artilleriefeuer.

SOLDAT J *schaut auf die Landkarte.*
Die Scheißkarte taugt auch nichts.

SOLDAT K *sieht sich um.*
Wir ham uns verlaufn.

SOLDAT J Halts Maul!
Zu den Gefangenen:
Hopp! Hopp!

1. GEFANGENER *leise:*
Ich kann nicht mehr.

2. GEFANGENER Lehn dich auf mich.

SOLDAT K Hopp.

3. GEFANGENER *zum 2. Gefangenen:*
Laß ihn. Er weiß, wenns ihm reicht.

SOLDAT L Hopp.

2. GEFANGENER Nein. Sie erschießen ihn.

SOLDAT K Wir sin im Kreis gelaufn.

SOLDAT J Halt!
Die Gefangenen bleiben sofort stehen.
Hinsetzn.
Sie setzen sich. Zu Soldat K:
Geh maln bißchen auf Spähtrupp. Du hastn gutn Ortssinn.
Soldat K geht hinaus. Die Gefangenen lassen einen Wasserkanister herumgehen. Sie nehmen die Augenbinden nicht ab.

4. GEFANGENER Ich bin dran.

SOLDAT J *geht in die Hocke und sucht auf der Landkarte.*
Muß vom Himalaya sein oder was.

2. GEFANGENER *gibt dem 1. Gefangenen zu trinken.*
Ich halt dirs.

SOLDAT L Ich hab gesagt Ruhe.

SOLDAT J Aus welcher Ecke kommtn das Feuer?

SOLDAT L Wechselt.

2. GEFANGENER Genug.

1. GEFANGENER Danke.

2. GEFANGENER Vielleicht kann ich sehen, wo wir sind. Stellt euch vor mich.

4. GEFANGENER Her jetzt.

Er bekommt den Wasserkanister. Er ist fast leer.

Säue! Er ist leer!

Trinkt.

3. GEFANGENER Laß was drin.

Nimmt ihm den Kanister weg.

SOLDAT L *bemerkt, wie sich der 2. Gefangene umsehen will.*

He, was hastn du vor!

SOLDAT J Wasn los?

2. GEFANGENER Nichts, nichts.

SOLDAT L Ich hab dich gucken sehen.

2. GEFANGENER Nein.

SOLDAT J Hat er geguckt?

SOLDAT L Ja! Nochn paar Muckn und du hastn Luftloch im Schädel. Ich hab den Feind praktisch am Arsch hängen, ich mach da nicht lang rum wegen dir, Kleiner.

Die zwei Soldaten schauen wieder in die Landkarte.

SOLDAT J *schaut nach draußen.*

Wo bleibtn der?

SOLDAT L Sag bloß, der is auf und davon. Solln wir abhaun?

SOLDAT J *deutet auf die Gefangenen.*

Und was is mit den Hübschen da?

SOLDAT L Dalassn. Umlegn.

SOLDAT J Wart nochn bißchen. Lieber n Befehl durchführn, solangs geht.

SOLDAT L *bösartig vor sich hin murrend:*

Ich führ den Kehricht da nicht mehr lang spaziern. Wo wir selber nicht sicher sin.

Ruft plötzlich nach Soldat K, leise und dringlich:

Billy?

Stille.

Er hört nicht. Was meinst du, is er getürmt?

SOLDAT J Billy, nein.

3. GEFANGENER *nimmt Lear den Knebel heraus und hält ihm den*

Kanister an den Mund.
Da, trink und sei still.
LEAR *trinkt einen Mundvoll.*
Mehr.
4. GEFANGENER Es ist aus.
LEAR Ich sehe nichts.
3. GEFANGENER Sie haben uns die Augen verbunden.
LEAR Wo sind wir?
SOLDAT L Witzbold. Wer hatn dem den Stöpsel rausgemacht?
LEAR *laut und mit innerer Ruhe:*
Warum zerren sie mich so herum? Warum vertun sie ihre Zeit mit mir? Sie bräuchten mich nur loszulassen, und ich ginge ruhig davon. Wie könnte ich ihnen schaden? Sie sind jung, warum vertun sie ihr Leben damit, daß sie einen alten Mann am Strick führen?
Das Kanonenfeuer wird lauter.
SOLDAT L Hör dir das an!
Ruft wie vorher:
Billy?
SOLDAT J Laß das.
SOLDAT L Ich geh mal nach ihm schaun.
SOLDAT J Denkste. Du bleibst.
LEAR Ich habe meinen Jungen verloren.
SOLDAT L *zu den Gefangenen:*
Ich warn euch nicht noch mal. Er soll still sein.
LEAR Es sind so viele Stimmen überall! Ich muß ihn finden. Ich hatte einen furchtbaren Schmerz im Kopf, und er hat mich geheilt, und jetzt muß ich ihm auch helfen. Er ist verloren. Er braucht mich. Was werden sie ihm alles antun, wenn ich nicht da bin und sie hindere? Junge! Junge! He!
SOLDAT L Schluß jetzt, still, verdammt!
LEAR *steht auf.*
Hier! Hier!
4. GEFANGENER Haltet ihn fest! Mein Hals!
SOLDAT J Der dreht verdammt durch!
4. GEFANGENER Gebt ihm einen Tritt!
SOLDAT L *rennt zu Lear und knebelt ihn.*
Ich hab gesagt Schluß, Opa. Jetzt red mit dir selber.
Er geht zurück zu Soldat J, der immer noch die Karte vor sich hat.
Nimm deine Knarre. Die ham lang genug gelebt.
SOLDAT J Laß sie nochn bißchen.

Er kniet sich vor die Karte.
Wir müssen da wo sein.
Pause. Lear stößt durch den Knebel hindurch Laute aus. Die Soldaten J und L heben langsam die Hände hoch – sie sehen aus wie Mohammedaner beim Beten. Soldat K kommt herein, die Hände überm Kopf. Sie bleiben eine kurze Weile schweigend so stehen. Der Schreiner, Lewis, Pete und andere aufständische Soldaten kommen herein. Sie bewegen sich rasch, leise und angespannt.

SCHREINER Sind sie das?

SOLDAT K Ja.
Lewis geht nach hinten als Wachposten. Ein aufständischer Soldat nimmt die Gewehre der Soldaten J und L an sich.

SCHREINER Hat jemand den Befehl?

SOLDAT J Hier.

SCHREINER Wo habt ihr hingewollt?

SOLDAT J Hauptquartier. Den Haufn dorthin verlegen.

SCHREINER Euer Hauptquartier war einmal.

4. GEFANGENER *nimmt die Augenbinde ab.*
Wir sind frei ...
Die Gefangenen stehen unbeholfen da.
Können wir die Ketten abnehmen?

SCHREINER Nein. Erst wenn die politische Abteilung mit euch fertig ist.
Zeigt auf die Soldaten J, K und L:
Fesseln.
Den drei Soldaten werden die Hände auf den Rücken gebunden. Der Schreiner geht nach einer Seite, pfeift und winkt jemand her.

4. GEFANGENER Sie können mich losmachen. Ich bin ein politischer Gefangener. Auf Ihrer Seite. Nach der Neuordnung werde ich Einfluß haben. Ich kann dann für euch Soldaten ein gutes Wort einlegen. Ihr habt mir das Leben gerettet.
Dem Pfiff des Schreiners folgend, kommen Fontanelle und ein aufständischer Soldat herein. Fontanelle hat die Hände auf den Rücken gefesselt. Sie ist schmutzig und aufgelöst, ihre Kleider sind zerrissen.

SCHREINER Macht sie hinten an der Reihe fest.

PETE *bindet Fontanelle an der Gefangenenkette fest.*
Können sie die Augenbinden runtertun?

SCHREINER Meinetwegen.

Die Gefangenen nehmen die Augenbinden ab. Der 3. Gefangene löst die Binde von Lear.

LEAR Macht die Kette ab. Meine Hände sind weiß. Es ist kein Blut daran. Mein Hals ist wie altes Leder. Ihr hättet eure Mühe, mich jetzt aufzuhängen. Ich will nicht mehr leben, außer für den Jungen. Wer kümmert sich sonst um ihn?

FONTANELLE Fesselt mich nicht an ihn!

Weint vor Zorn.

Ach, wie ekelhaft...

LEAR Wer weint da?

Immer noch mit innerer Ruhe. Er erkennt sie nicht.

Hör auf, Kind. Bitte sei leise. Du bist eine Frau, du mußt das können. Manche sind freundlich, manche hören zu.

FONTANELLE Du dummer, dummer, gemeiner Idiot!

LEAR Du mußt nicht schreien. Da hört keiner zu. Hier schreien alle.

SCHREINER Wer ist das? Den kenn ich doch.

SOLDAT J Für mich sehn die alle gleich aus. Der da meint, er is König.

SCHREINER Jesus Christus sein wäre sicherer.

Draußen ein Pfiff.

LEWIS Es geht los.

Er pfeift zurück.

PETE Auf die Beine.

Die Gefangenen stehen auf.

FONTANELLE Führen Sie mich nicht so weg. Die Leute werden Steine nach mir werfen und mich anschreien. Sie hassen mich. Ich habe Angst. Ich werde ohnmächtig werden und kreischen. Ich bin niemals gedemütigt worden, ich weiß nicht, wie ich mich verhalten soll. Helfen Sie mir. Bitte.

LEAR Bitte sie um nichts. Geh mit uns. Sei fügsam und zerre nicht.

SCHREINER Paßt auf den Alten auf. Wo der ist, gibts Ärger.

LEAR Wir wollen ruhig und anständig laufen und meinen Jungen suchen. Er hat mir sehr geholfen. Er hat mir den Verstand gerettet, als ich wahnsinnig wurde. Und ich gebe zu, ich habe ihm einmal ein großes Unrecht getan, ein sehr großes Unrecht. Er hat es mir nie vorgeworfen. Ich muß jetzt freundlich zu ihm sein. Kommt jetzt, miteinander werden wir ihn finden.

Sie gehen nach der Seite hinaus, von wo die Gefangenen gekommen sind.

Sechste Szene

Lears Zelle.

Es ist dunkler als vorhin. Lear, Fontanelle und die Gefangenen aus dem Transport (außer dem 4. Gefangenen) sitzen am Boden. Eine nackte elektrische Glühbirne hängt von der Decke. Sie ist ausgeschaltet. Draußen plötzlich eine Gewehrsalve.

1. GEFANGENER *springt auf.*
Jetzt fangen sie wieder an!

2. GEFANGENER Nein. Sie haben letzte Woche gesagt, es wäre nur einmal. Um die schädlichen Elemente auszuschalten.
Versucht ruhig zu sprechen:
Wir dürfen uns nicht verrückt machen.
Der alte Kalfaktor kommt mit einem Kübel herein und stellt ihn hinten ab.

3. GEFANGENER Da, wir kriegen noch was zu fressen. Das schmeißen die nicht zum Fenster raus ...

2. GEFANGENER *zum Kalfaktor:*
Was ist los?

KALFAKTOR Mir is nix aufgefalln.

1. GEFANGENER Wir haben schießen hören.

KALFAKTOR Schon möglich. Ich hör schon seit hundert Jahren nix mehr.

3. GEFANGENER Warum sind wir immer noch eingesperrt? Wir sollten schon längst draußen sein.

KALFAKTOR Keine Anweisungen, keine Papiere, keine Formulare, nix kommt durch – niemand kennt sich mehr aus.
Der alte Kalfaktor geht hinaus. Alle, außer Lear und dem 1. Gefangenen, essen und beobachten dabei hungrig die andern. Fontanelle ißt nur wenig. Lear bleibt am Boden sitzen. Er ist ruhig und abwesend.

2. GEFANGENER *drängelt sich an den Kübel.*
Langsam!
Der Geist des Totengräbersohnes kommt herein. Er ist weiß und dünn.

LEAR Wo bist du gewesen? Hast du Schmerzen?

GEIST Was? Ich weiß nicht. Mich friert so. Schau, wie mager ich bin. Schau meine Beine. Ich glaube, meine Brust ist innen leer.

Wo bist du gewesen?

LEAR Ein paar Männer haben uns auf einer Landstraße aus der Stadt geführt, und dann haben uns ein paar andere Männer aufgehalten und wieder zurückgebracht. Ich war einsam ohne dich und unruhig, aber ich wußte, ich finde dich.

Lear und der Geist lehnen sich mit den Rücken aneinander.

GEIST Erzähle mir, was du gesehen hast. Die Stadt ist wie ein Grab. Ich wollte dir nachlaufen, aber wie wir im Freien waren, ist der Wind so stark gewesen und hat mich zurückgeweht.

LEAR Es war soviel Himmel dort. Ich konnte kaum sehen. Ich schaute immer nach unten auf den Hügel und das Ufer, wo der Feind versteckt war. Aber es gibt dort bloß einen kleinen Streifen Erde und sonst den ganzen Himmel. Du bist jetzt wie mein Sohn. Ich wollte, ich wäre dein Vater gewesen. Ich hätte so gut für dich gesorgt.

Der Gefängniskommandant, der alte Kalfaktor und drei Soldaten (M, N und O) kommen herein. Die Soldaten tragen Gewehre.

KOMMANDANT Was soll der Eßkübel hier?

KALFAKTOR Sie kriegen ihr Essen immer um die Zeit. Das is ständige Vorschrift.

KOMMANDANT Sie alter Trottel.

Liest von einer Liste ab:

Evans.

3. GEFANGENER Ja.

KOMMANDANT M 413. Kommen Sie weg von da. L 37 Hewit.

2. GEFANGENER Ja.

KOMMANDANT H 257 Wellstone.

1. GEFANGENER Ja.

KOMMANDANT Rauskommen.

SOLDAT M Antreten marsch.

2. GEFANGENER Wir stehen auf der falschen Liste.

SOLDAT N Kannst du mir draußen erzählen.

3. GEFANGENER Wir sind Politische.

2. GEFANGENER Ich war auf eurer Seite. Ich bin nur deswegen hier.

KOMMANDANT Es hat sich alles aufgeklärt. Sie werden verlegt. Raus, zeigen Sie jetzt Haltung.

2. GEFANGENER Nein.

Die Soldaten M und N bringen den 2. Gefangenen im Lauf-

schritt hinaus. Er schreit unterwegs noch einmal »nein!«. Der Kommandant und Soldat O führen den 1. und 3. Gefangenen hinaus. Der alte Kalfaktor sammelt Essensstücke vom Boden auf und wirft sie in den Kübel. Lear geht zum Kübel und ißt.

KALFAKTOR Schmeißen ihren Dreck auch überall rum.

FONTANELLE Solang ich weiß, hat es Elend und Verwüstung und Leiden gegeben, wo du warst. Du lebst in deiner eigenen wahnsinnigen Welt, du hörst mich nicht. Du hast mein Leben zerstört, und ich kann es dir nicht einmal sagen. Ach Gott, wo finde ich Gerechtigkeit?

LEAR Viel haben sie nicht übriggelassen.

Draußen eine Gewehrsalve.

KALFAKTOR Mach das, lauf hin, bring das her, bring das weg. Fertig?

Er nimmt den Kübel.

Denen kannst du heute nicht mal richtig niesen. Wenn so was is, kommt der ganze Bau durcheinander.

Im Hinausgehen:

Schuftn. Schuftn. Schuftn.

Der alte Kalfaktor geht hinaus. Fontanelle geht zu Lear.

FONTANELLE Rede mit ihnen. Sag, du wüßtest etwas, was die Regierung unbedingt erfahren muß. Versprich ihnen etwas. Irgend etwas. Bring sie dazu, daß sie – verhandeln! – uns vor Gericht stellen! Vater, du mußt jetzt nachdenken!

LEAR Er hat den Kübel weggetragen. Ich kratze ihn sonst immer aus.

FONTANELLE Bodice kämpft noch. Sie wird sie schlagen, sie schlägt jeden. Hilf mir, Vater. Wenn Bodice uns rettet, werde ich für dich sorgen. Ich verstehe dich jetzt. Du kannst alles wiederhaben. Ich will es weiß Gott nicht mehr. Schau, ich helfe dir dabei. Denk nach, Vater. Versuch es. Rede mit ihnen, überzeuge sie – das kannst du doch so gut. Setz dich hin.

Sie streicht ihm das Haar aus dem Gesicht.

Wir dürfen einander nicht mehr anschreien. Ich liebe dich doch. Ich bin so ein dummes Frauenzimmer. Ja –

sie lacht

– dumm, dumm! Aber du verstehst mich. Was wirst du ihnen erzählen?

LEAR Der ganze Himmel.

FONTANELLE Erinnere dich! Erinnere dich!

LEAR Und ein kleines Stück Erde.

Der Schreiner, der Kommandant, der alte Kalfaktor, der 4. Gefangene und die Soldaten M, N und O kommen herein. Der 4. Gefangene trägt einen zerknitterten dunkelblauen Anzug mit Nadelstreifen.

KOMMANDANT *zu den Soldaten, in die Zelle deutend:*
Hier freihalten für die Familie.

FONTANELLE Stellen Sie uns vor Gericht?

SCHREINER Das Verfahren Ihres Vaters läuft noch. Das Ihre ist abgeschlossen.

FONTANELLE *ruhiger:*
Eine Berufung müßte ich an Sie richten?

SCHREINER Ja.

FONTANELLE Meine Schwester wird Sie bestrafen, wenn Sie uns etwas tun!

SCHREINER Wir haben sie. Sie wird hierhergebracht.

Draußen eine Gewehrsalve.

FONTANELLE *wieder unruhig:*
Lassen Sie mich Gift schlucken. Für Sie ist es gleich, wie ich sterbe, wenn ich nur aus dem Weg bin. Warum müssen Sie mir weh tun?

SCHREINER *schüttelt den Kopf.*
Nein. Ich kann mich nicht lange aufhalten und muß es vorher erledigen. Ich muß die Leiche identifizieren.

Soldat N erschießt Fontanelle von hinten. Sie ist sofort tot.

KOMMANDANT Wollen Sie im Büro auf mich warten? Es ist wärmer dort.

SCHREINER Danke.

Der Kommandant und der Schreiner gehen erschöpft hinaus. Der Soldat M und N folgen ihnen. Lear, der Geist, der 4. Gefangene und Soldat O bleiben zurück. Soldat O hilft dem 4. Gefangenen einen Tisch auf Holzböcke stellen.

4. GEFANGENER Das hierherholen.

Soldat O hilft dem 4. Gefangenen die Leiche von Fontanelle auf den Tisch legen. Sie bewegen sich leise und zweckmäßig. Der 4. Gefangene schaltet die Glühbirne über dem Tisch ein. Er hat seine weißen Manschetten über die Jackettärmel geschlagen. Der Geist krümmt sich weg. Lear starrt den 4. Gefangenen an. Er steht langsam auf. Er merkt allmählich, wo er ist.

GEIST Es fängt an.

LEAR Was?

GEIST Schnell, Lear! Ich nehme dich mit. Wir gehen dorthin, wo ich verloren war.

LEAR Nein. Ich bin so oft davongelaufen, aber mein Leben ist trotzdem zerstört. Jetzt bleibe ich.

Er starrt den 4. Gefangenen an.

4. GEFANGENER *sachlich:*

Ich bin der Gefängnisarzt. Wir kennen uns aus unseligeren Tagen. Ich sprach damals von meinem guten Ansehen bei der Regierung. Meine Papiere haben das bestätigt. Ich warte nur noch auf einige weitere Unterlagen, um dann mit einer Stellung von weit größerer Wichtigkeit betreut zu werden. Wir können anfangen.

LEAR Was sollen Sie tun?

4. GEFANGENER Eine kleine Autopsie. Keine große. Wir kennen ja die Todesursache. Aber ich halte mich auch bei solchen Routinearbeiten an die Vorschriften. Man könnte sonst zögern, mir größere Aufgaben anzuvertrauen. Meine Unterlagen werden mir viele neue Aussichten eröffnen.

LEAR Wer war sie?

4. GEFANGENER Ihre Tochter.

LEAR Hatte ich eine Tochter?

4. GEFANGENER Ja, das steht auf ihrer Begleitkarte. Dies ist ihr Magen und darunter die Leber. Ich mache nur ein paar Einschnitte, um die Behörden zufriedenzustellen.

LEAR Ist das meine Tochter . . .?

Zeigt.

Das ist . . .?

4. GEFANGENER Der Magen.

LEAR *zeigt.*

Das?

4. GEFANGENER Die Lungen. Sie sehen, wie sie starb. Die Geschoßbahn verläuft durch die Lungen der Verstorbenen.

LEAR Aber wo ist das . . . Sie war grausam und zornig und hart . . .

4. GEFANGENER *zeigt.*

Der Schoß.

LEAR So viel Blut und kleine Teile mit dieser ganzen Sorgfalt eingepackt. Wo ist das . . . wo . . .?

4. GEFANGENER Wie war die Frage?

LEAR Wo ist das wilde Tier? Das Blut steht still wie ein See.

Wo ...? Wo ...?

4. GEFANGENER *zu Soldat O.*
Was fragt der Mensch?
Keine Antwort.

LEAR Innen schläft sie wie ein Löwe und ein Lamm und ein Kind. Die Sachen sehen so schön aus. Ich staune. Ich habe so etwas Schönes noch nie gesehen. Wenn ich gewußt hätte, wie schön sie ist ... Ihren Leib hat eine Kinderhand gemacht, so sicher und nichts Unreines an ihm ... Wenn ich gewußt hätte von dieser Schönheit und Geduld und Sorgfalt, ich hätte sie sehr geliebt.
Der Geist fängt an zu weinen, aber bleibt dabei vollkommen still.
Habe ich das gemacht – und dann vernichtet?
Bodice wird von den Soldaten M und N hereingeführt. Sie ist schmutzig und aufgelöst, aber hat sich notdürftig gesäubert und gekämmt. Sie versucht, eifrig und überlegen zu sprechen.

BODICE Hier herein? Ja. Danke. Ist mein Brief der Regierung zugegangen?

SOLDAT M Hier warten.

BODICE Ja. Danke. Ich muß mit einer verantwortlichen Stelle sprechen. Damit ich meinen Brief erläutern kann, verstehen Sie.
Sieht Lear.
Ah ja, sie haben uns zusammengelegt. Das muß eine versöhnliche Geste sein. Jetzt weiß ich, daß alles seine Ordnung haben wird!

4. GEFANGENER Geben Sie mir meine Formulare.
Soldat O reicht ihm einige Formulare.

BODICE *aufgeräumt und mit geheucheltem Interesse:*
Was tun Sie da?

LEAR Das ist deine Schwester.

BODICE Nein!

LEAR Ich habe sie vernichtet.

BODICE Vernichtet? Nein, nein! Wir bekennen nichts. Wir haben nach bestem Wissen gehandelt. Getan, was nötig war.

LEAR Ich habe sie vernichtet! Ich wußte nichts, ich sah nichts, ich lernte nichts! Idiot! Idiot! Dümmer als ich wußte!
Er taucht seine Hände in den Körper von Fontanelle und zieht Organe und Eingeweide heraus. Die Soldaten reagieren unbeholfen und planlos.
Seht meine tote Tochter!

BODICE Nein, nein!

LEAR Seht! Ich habe sie getötet. Ihr Blut ist an meinen Händen! Zerstörer! Mörder! Und jetzt muß ich von vorn anfangen. Ich muß durch mein Leben gehen, Schritt für Schritt, ich muß weitergehen in Erschöpfung und Bitterkeit, ich muß ein Kind werden, hungrig und nackt und erschauernd in Blut, ich muß meine Augen öffnen und sehen!

Der Kommandant rennt herein, er zeigt auf die Soldaten und schreit sie an.

KOMMANDANT Sie! – Sie! – Was ist hier los! Schaffen Sie Ordnung!

4. GEFANGENER Ich wollte sie hindern – Saboteure! – Ich hoffe, meine Eingabe wird dadurch nicht –

Der Schreiner kommt herein.

BODICE Gottlob! Endlich! Ich habe an Ihre Frau geschrieben. Sie hat Sie also zu mir geschickt. Sie nimmt mein Angebot zur Zusammenarbeit an. Ich war gegen die Kämpfe. Ich kann Ihnen die Stenogramme vorlegen. Mein Vater ist wahnsinnig, das sehen Sie – und meine Schwester hat ihn so weit getrieben!

SCHREINER Die Regierung hat in Ihrem Fall keine mildernden Umstände festgestellt.

BODICE Ja – aber Sie wissen noch längst nicht alles. Sie müssen sich mit den Tatsachen vertraut machen. Nein, ich erwarte nicht, daß Sie mich einfach laufenlassen. Ich bin der Beihilfe schuldig. Ich habe unüberlegt gehandelt. Ich lasse das gelten. Eine Gefängnisstrafe muß jetzt sein. Ich lasse das voll und ganz gelten.

SCHREINER Sie sind zum Tod verurteilt worden.

BODICE Nein! Sie haben nicht das Recht! Ich füge mich nicht Ihrem – Ausschuß! Ich habe Anspruch auf ein gerichtliches Urteil! Ach, ihr seid grausam, sobald ihr ein wenig Macht habt – wenn man so mächtig ist wie ich bisher, bettelt man die Leute, Gnade anzunehmen, damit Gott einen nicht verurteilt!

Fällt nieder.

Bitte. Bitte. Bitte.

SCHREINER Macht schnell.

Soldat N tritt mit einer Pistole hinter Bodice. Sie sieht ihn und wehrt sich wütend. Die Soldaten M und O springen bei, aber können nicht sicher zielen. Soldat O steckt ein Bajonett auf. Bodice beißt den Soldaten M.

SOLDAT M Miststück!

Soldat M wirft sie wieder zu Boden. Sie windet sich weg und schreit.

Halt sie fest!

Soldat N tritt sie. Die Soldaten M und N nageln sie mit den Stiefeln am Boden fest. Sie windet sich und schreit.

Festhalten! Festhalten!

Soldat O sticht dreimal mit dem Bajonett auf sie ein. Kleine Pause. Sie windet sich. Er sticht noch einmal zu. Sie krümmt sich und stirbt.

SCHREINER Danke. Tut mir leid. Ihr habt Haltung bewiesen.

SOLDAT O ... Schöner Salat.

KOMMANDANT *zu den Soldaten:*

Räumt auf, Jungs.

Der Schreiner will gehen. Der Kommandant hält ihn auf.

Während der Kommandant mit dem Schreiner spricht, tragen die Soldaten Fontanelle, Bodice und den Tisch weg und schalten das Licht aus.

Will den Schreiner zum Nachdenken zwingen.

Wir sollten reinen Tisch machen. Der alte Mann ist noch da.

SCHREINER Sie wissen, ich kann das nicht. Meine Frau ist dagegen. Sie kennt ihn von früher.

KOMMANDANT Ich habe den Gefängnisarzt gesprochen. Sehr zuverlässiger Mann, Sir.

Er winkt den 4. Gefangenen her.

Wegen dem Alten.

4. GEFANGENER Wenn er am Leben bleiben soll –

SCHREINER Das habe ich schon erklärt –

4. GEFANGENER Ich bin im Bild, Sir. Dann könnte er politisch ausgeschaltet werden.

SCHREINER Was heißt das?

4. GEFANGENER Wahnsinnige versehren sich oft selbst.

SCHREINER Aber nicht töten. Das ist zu durchsichtig.

4. GEFANGENER Nur versehrt.

SCHREINER Na ja, im Krieg kann viel passieren.

KOMMANDANT Gut.

Der Kommandant und der Schreiner gehen hinaus.

4. GEFANGENER Damit könnte ich mich auszeichnen.

Der 4. Gefangene geht nach hinten ins Dunkle.

SOLDAT M Sie hat mich gebissn. Was hilftn gegen Schlangengift?

SOLDAT N *schaut sich die Wunde an.*

Ich täts ausbrennen.

SOLDAT O Das is bloß ne Portion Tollwut.

Der 4. Gefangene kommt mit einer Menge von Geräten nach vorn. Der Geist steht auf und schaut ihm stumm zu. Lear steht unbeweglich. Er ist ganz in sich versunken.

4. GEFANGENER Also.
Er geht zu Lear.
Guten Morgen. Zeit für Ihre Ausfahrt. In den Mantel mit Ihnen.
Lear wird in eine Zwangsjacke gesteckt. Er hilft nicht beim Anziehen.
Kreuzen Sie die Arme und halten Sie Ihre Insignien fest. Jetzt die Knöpfe. Dieser scheußliche Wind geht durch alle Ritzen. Sie waren zu lang im Haus, die frische Luft ist Ihnen unzuträglich.
Lear wird auf einen Stuhl gesetzt.
Setzen Sie sich bequem.
Seine Beine werden an den Stuhlbeinen festgeschnallt.
Und jetzt noch Ihre Krone.
Ein quadratischer Holzrahmen wird über seinen Kopf und sein Gesicht heruntergelassen. Der 4. Gefangene tritt zurück. Lear spricht.

LEAR Sie haben mich wieder zu einem König gemacht!

4. GEFANGENER *nimmt ein Instrument zur Hand.*
Dies ist ein Gerät, das ich an Hunden entwickelt habe und das zur Entfernung menschlicher Augen dient.

LEAR Nein, nein. Sie dürfen mir nichts an den Augen tun. Ich muß meine Augen haben!

4. GEFANGENER Mit diesem Instrument kann das Auge unbeschädigt entnommen und dann weiterverwendet werden. Es beruht auf einem Suchgerät, das ich als Junge hatte.

SOLDAT N Machen Sie schon. Es ist spät.

4. GEFANGENER Sie verstehen, daß dies kein Folterwerkzeug ist, sondern ein wissenschaftliches Gerät. Sehen Sie, wie es das Lid zurückschiebt, damit keine Narbe bleibt.

LEAR Nein – nein!

4. GEFANGENER Schön ruhig.
Er entfernt Lears eines Auge.

LEAR Aahh!

4. GEFANGENER Beachten Sie, wie das Auge in die tiefere Kammer gleitet und dort von einer lindernden Formaldehydlösung aufgenommen wird. Noch mal bitte.
Er entfernt Lears anderes Auge.

LEAR Aaahhh!

4. GEFANGENER *betrachtet die Augen im Glasbehälter.*
Wunderbar.

LEAR *im Stuhl hin- und herzuckend:*
Aaahhh! Die Sonne! Sie brennt mir in die Augen!

4. GEFANGENER *besprüht mit einer Spraydose Lears Augenhöhlen.*
Das Mittel begünstigt die Schorfbildung und hält Fliegen fern.
Zu den Soldaten:
Wischen Sie hier auf mit Eimer und Lappen.
Der 4. Gefangene will hinausgehen.

LEAR Aaahhh! Es tut weh!

4. GEFANGENER Halten Sie sich ruhig. Es wird davon nur schlimmer.

Der 4. Gefangene geht hinaus.

SOLDAT M Komm, wir gehn und sperrn die Tür zu.

SOLDAT N Der macht uns noch den ganzn Bau wild.

SOLDAT O Das fehlt noch.
Die drei Soldaten gehen hinaus. Lear und der Geist bleiben zurück.

LEAR Aaaahhh! Das Dröhnen in meinem Kopf! Ich sehe Blut.
Spuckt.
Ich habe Blut im Mund.
Zuckt im Stuhl.
Meine Hände – macht mir die Hände los, daß ich mich umbringen kann.

GEIST Lear.

LEAR Wer ist da! Was willst du? Die Augen kannst du mir nicht mehr nehmen, aber nimm alles sonst! Töte mich! Töte mich!

GEIST Nein – die Leute werden jetzt zu dir freundlich sein. Sicher hast du genug gelitten.

LEAR Du.
Der Geist beginnt Lear loszumachen.
Sag mir, daß die Schmerzen bald aufhören. Die Schmerzen müssen aufhören! Oh, aufhören, aufhören, aufhören!

GEIST Sie werden aufhören. Sie kommen vielleicht manchmal wieder, aber du wirst lernen, wie du sie aushältst. Ich kann bei dir bleiben, jetzt wo du mich brauchst.

LEAR Wisch mir den Mund. Er ist blutig. Ich schlucke Blut.

GEIST Steh auf. Bitte.
Lear taumelt auf die Füße.
Gehe, als könntest du sehen. Versuch es. Wir gehen in mein

Haus zurück. Da ist es ruhig, da lassen sie dich endlich in Frieden.

LEAR *taumelt vorwärts.*

Führ mich weg! Die Schmerzen müssen aufhören! Ah!

Taumelt hinaus.

Führ mich wohin zum Sterben!

Lear taumelt mit dem Geist hinaus.

Siebte Szene*

In der Nähe der Mauer. Offenes Feld.

Ein Bauer, seine Frau und sein Sohn kommen eilig herein und überqueren hinten die Bühne. Sie tragen Bündel.

SOHN Kommt doch. Swerd speet.

BAUERSFRAU Tu nicht quengeln. Geh nur, mir kommen ja.

Lear taumelt vorn mit dem Geist herein. Lear hat jetzt einen Stock.

LEAR Wo sind wir, wo sind wir? Der Wind sticht mir in die Augen. Sie sind voller Staub.

GEIST Wir sind gleich bei der Mauer. Wenn wir oben sind, geht sichs leichter. Halt. Da sind Leute. Sollen wir uns im Gebüsch verstecken?

LEAR Nein. Ich muß betteln.

Lear zieht eine Schüssel heraus und bettelt.

Eine milde Gabe! Ich bin kein Verbrecher, ich bin nicht von einem Richter geblendet. Eine milde Gabe!

Der Bauer, seine Frau und sein Sohn kommen nach vorn zu Lear.

BAUER Grüß dich, Vadder.

Er schaut auf die Schüssel. Der Sohn winkt ab.

Mir ham nix zu fuddern für dich. Mir sin arme Vertriebne vom Land. Das is mei Frau und mei Großer.

LEAR Kann ich mich bei euch zu Hause ausruhen? Ich bin sehr müde.

BAUER Das könntens schon, gern sogar, aber das Haus is weg. Nämlich wie der alde König verrückt worden ist, hams mit der Mauer aufgehört, und da sin haufenweis die Leut herzogen. Der alde König hat doch wegen seiner Mauer vorher alle vertriebn gehabt. Lauder fedder Boden. Da ham mir ein Pflug gnommen und uns Häuser baut.

BAUERSFRAU Und jetzt bauns wieder weider an der Mauer, weil die Regierung anders worden is.

BAUER Und da ham uns die Kamradn wieder von unserm Land vertriebn. Jetzt gehn alle ins Arbeitslager und baun bei der

* Die vom Übersetzer gewählte Dialektfärbung soll die Szene nicht regional festlegen. Sie kann je nach Herkunft der Schauspieler abgeändert werden.

Mauer mit. Mir müssen schnell machen, weil sonst kein Platz mehr is.

BAUERSFRAU Die Weiberleut genauso.

BAUER Und unser Großer geht zu die Soldatn.

BAUERSFRAU Bei uns is aus mitm Vollfuddern und Ausstaffiern.

LEAR Aber in der Armee wird er umgebracht.

BAUER Mir müssn hoffn, daß ihm nix passiert.

SOHN Swerd speet. Mir ham kei Zeit zum Ratschn. Kommt doch.

Der Sohn geht hinaus.

BAUERSFRAU Mir laufn ja schon, Großer.

Der Bauer und seine Frau gehen hinter dem Sohn hinaus.

LEAR Ich könnte Blindsein mit Geduld ertragen lernen, aber das könnte ich nie ertragen!

Ruft:

Kinder! Ah!

Lear fällt auf die Knie.

BAUERSFRAU *draußen:*

Der arme Mann is hingeschlagn.

Der Bauer, seine Frau und sein Sohn kommen eilig herein.

LEAR Ich bin der König! Ich knie vor dieser Mauer. Wie viele Leben habe ich hier ausgelöscht? Geht weg. Geht irgendwohin. Geht weit weg. Rennt. Ich rühre mich nicht, bevor ihr nicht geht!

BAUERSFRAU StehnS doch auf, Herr.

LEAR Ich habe eure Stimmen gehört. Ich habe nie einen Armen gesehen! Ihr nehmt zuviel Mitleid aus mir, wenn kein Mitleid mehr da ist, werde ich sterben an dieser Traurigkeit.

SOHN Der Alde is ein rechter Großredner.

LEAR Sie geben euch Essen und Kleider – seid ihr deswegen blind? Alles was lebt, will in Sicherheit sein. Ein Wolf, ein Fuchs, ein Pferd – die würden davonrennen, die sind vernünftig. Warum lauft ihr eurem Schlächter in die Arme? Warum?

SOHN Ich wart auf euch im Lager.

Der Bauernsohn geht hinaus.

BAUERSFRAU Das is nicht recht, daß ma den so allein rumlaufn läßt, Vadder.

BAUER Das arme Luder. Aber wennstn mitnimmst, dann schlagns ihn und tun ihn in Keddn. Laßn gehn, der is im Freien daheim. Laßn sei Kreuz in Friedn weidertragn.

Der Bauer und die Bauersfrau gehen hinaus.

LEAR *taumelt auf.*

Die Menschen vernichten einander und nennen das Pflicht? Das ist nicht möglich! Warum lassen sie sich so täuschen? Cordelia weiß nicht, was sie tut. Ich muß es ihr sagen – ihr schreiben!

GEIST Nein, nein, nein! Sie hören niemals zu!

LEAR Ich kann nicht schweigen! Ah, meine Augen! Vom Weinen sind mir die Wunden aufgegangen! Es kommt wieder Blut! Schnell, schnell, hilf mir! Meine Augen, meine Augen! Ich muß Cordelia aufhalten, bevor ich sterbe!

Lear taumelt am Arm des Geistes hinaus.

Pause.

Dritter Akt

Erste Szene

Haus des Totengräbersohns.

Baufälliger geworden, aber offensichtlich bewohnt. Die Bühne bleibt einen Augenblick leer. Thomas und John kommen herein.

THOMAS *ruft:*
Wir sind wieder da!
Er streckt sich und gähnt zufrieden.
Ich bin erledigt.
John holt einen Eimer Wasser aus dem Brunnen und wäscht sich. Susan kommt mit Lear vor die Tür. Thomas umarmt sie.

SUSAN War viel zu tun?

LEAR Keine Nachricht im Dorf?

THOMAS Nein.

LEAR Gar nichts?
Thomas führt Lear gegen eine Sitzbank hin.
Cordelia hätte mir auf den letzten Brief antworten müssen. Er war nachdrücklicher als die andern. Ich dachte, darauf müßte sie antworten –

THOMAS *beruhigend:*
Ich weiß, ich weiß.

JOHN Ich esse heute abend im Dorf bei meiner Freundin.

SUSAN *leicht verärgert:*
Das hättest du auch früher sagen können.
Zu Thomas:
Es ist gleich fertig.

THOMAS Ich bin halb am Verhungern!
Susan geht mit Thomas ins Haus. John schüttet sein Waschwasser weg. Ein Kleiner Mann kommt herein. Er ist schmutzig, verängstigt und zerlumpt.

MANN Ich such – jemand. Kann ich Wasser kriegen?
John deutet mit dem Kopf auf einen Krug beim Brunnen. Der Kleine Mann trinkt geräuschvoll.

JOHN Sie sind von der Straße abgegangen.

MANN *zu Lear:*

Ah, Sir. Sie hab ich gesucht, Sir. Es hat geheißen –
verstummt.
Sie haben mich als Soldat gekannt, Sir. Ein kleiner Dunkler. Schwarze Haare.

LEAR Wie heißen Sie.

MANN Ach so. McFearson.

JOHN Wo haben Sie sich so zugerichtet?
Thomas kommt aus dem Haus. Er legt Lear die Hand auf die Schulter.

MANN Auf der Landstraße. Deswegen hab ich auch Hunger.

LEAR Ja, ich glaube, ich weiß Sie noch. Wenn Sie hungrig sind, müssen Sie zum Abendessen bleiben.

MANN Danke schön, danke.

LEAR Gebt ihm Johns Essen. Er geht ins Dorf. Führ ihn ins Haus.
Thomas führt den Kleinen Mann ins Haus. Er wendet sich in der Tür um.

THOMAS *zu Lear:*
Er kann nicht bleiben. Schon weil nicht genug zum Essen da ist.

LEAR Ich werds ihm sagen.
Thomas geht ins Haus. Der Geist ist hereingekommen. Er sieht dünner und abgezehrter aus.

GEIST Weißt du, wer er ist?

LEAR Ein Soldat.
John dreht sich um und beobachtet Lear.

GEIST Stimmt, ein Deserteur. Wahrscheinlich hat sich der Idiot überall gezeigt, ist bei Tageslicht marschiert und hat alle nach dir gefragt. Sie werden ihn bald bis hierher verfolgt haben. Schick sie alle weg! Dann sind wir sicher.
Der Kleine Mann kommt aus dem Haus.

MANN Ich hab der Hausfrau nicht im Weg stehn wollen. Es ist schön von Ihnen, daß Sie mir erlauben –
verstummt.
Ich habe gedacht, wegen früher . . . Im Regiment hat es immer von Ihnen geheißen, einen Bessern wie Sie gibts nicht.

JOHN *zieht sich die Jacke an.*
Ich geh dann.
John geht hinaus, und der Kleine Mann setzt sich sofort auf die Bank.

MANN War ne schöne Zeit, eigentlich.
Lacht.

Nur merkt mans nicht, solangs dauert. Schön hier, schönes Haus. Sie habens sehr gut hier – im Verhältnis.

LEAR Ja.

MANN Ziemlich unter Druck, das geb ich zu. Nicht viele, wenn alles gemacht werden soll. Doch bloß die zwei Männer und die Frau, oder?

Keine Antwort.

Und bis Sie versorgt sind, braucht auch seine Zeit. Und versorgt werden müssen Sie ja. Das haben Sie verdient. Doch. Ich war Bursche – soviel werden Sie noch wissen.

LEAR Entschuldigung. Ich dachte an etwas anderes. Ich habe an Cordelia geschrieben, aber sie antwortet nicht. Ja, wir sind nur zu viert. Das Haus stand leer, als sie einzogen, und sie haben mich versorgt, seit ich wieder zurück bin. Ich glaubte, ich würde sterben, aber sie haben mich gerettet. Aber erzählen Sie mir etwas über Ihr Leben. Ich hätte gern gewußt, wie Sie leben und was Sie getan haben.

MANN Ach nichts. Das könnte ein hohes Tier wie Sie nicht interessieren. Nicht der Rede wert.

LEAR Aber Sie haben doch in großen Kriegen mitgekämpft und mitgeholfen bei großen Veränderungen in der Welt.

MANN Wie?

Thomas kommt aus dem Haus, und der Kleine Mann springt auf.

Ah, war das Ihr Platz?

THOMAS Wo kommen Sie her?

MANN Na ja, meine Frau ist mir gestorben, und ich bin ganz allein dagestanden. Da habe ich mir gesagt – geh auf Reisen! Schau dir die Welt an, solang sie noch steht. Jede Nacht ein anderes Bett, jeden Tag ein neues Leben –

THOMAS Und wer hat Sie so zugerichtet?

MANN Na ja.

Setzt sich.

Also gut, warum soll ichs Ihnen nicht sagen. Ich wollte eigentlich nicht – die Wahrheit regt die Leute nur auf. Aber Sie kennen sich ja aus in der Welt. Sie haben mich zusammengehauen. Richtige Schlägertypen, die würden die eigenen Kinder einem Wachhund vorwerfen, nur daß er nicht bellt –

THOMAS Er lügt –

MANN Ich nehms auf Eid – so wahr ich dasteh –

THOMAS Sie lügen!

LEAR Natürlich lügt er! Merkst du das jetzt erst?

THOMAS Wer weiß, wer ihn geschickt hat! Er kann gefährlich sein!

MANN Nein, nein, das stimmt nicht. Gefährlich!

Halbes Lachen.

Ich könnt keiner Fliege was tun.

THOMAS Wer sind Sie dann? Reden Sie!

MANN Nein! Ich hab ihn gesucht, nicht Sie!

THOMAS Wer sind Sie?

MANN Niemand! Von der Mauer bin ich natürlich. Sind Sie denn blöd? Ich bin weggelaufen! Ich habe die Arbeit nicht geschafft. Man sieht mir doch an, daß ich krank bin. Ich spuck Blut. Und da haben sie mich in eine Strafabteilung versetzt. Und dann der Schwarzmarkt... aber wenn du nicht arbeiten kannst, kriegst du nichts zu fressen. Da bin ich abgehauen. Ich hab nicht mehr gewußt, was ich tu. Ich muß durchgedreht sein. Jetzt ist es zu spät.

THOMAS Und warum gerade hierher?

MANN Ich hab mich in den Bäumen versteckt, aber die waren überall. – Warum das? Im Lager haben alle Angst, da spricht sich viel rum. Deswegen haben wir von Ihnen gehört.

SUSAN *draußen:*

Es ist fertig.

MANN Wie ich hier war, hab ich mir gesagt, du mußt alles abstreiten, irgendwas erzählen, und was ist, wenn sie dich melden? Ach verdammt, ich hab nicht mehr gewußt, was ich machen soll. Deswegen hab ich gesagt, Sie kennen mich. Weil Sie doch blind sind, dachte ich –

LEAR Was haben sie im Lager gesagt?

MANN Daß Sie die Armee auflösen wollen und die Mauer sprengen und die Lager zumachen und die Gefangenen heimschicken. Wenn einer ausreißt, helfen Sie ihm mit Geld weiter.

THOMAS Stimmt das?

MANN Und an der Mauer wär ich draufgegangen.

John kommt herein.

JOHN Es kommen Soldaten den Hügel rauf.

LEAR Bringt ihn in den Wald.

THOMAS Lear! –

LEAR Nein! Das kannst du mir später sagen. Versteckt ihn. Sagt Susan Bescheid. Er ist nicht hiergewesen.

Der Kleine Mann wimmert. Thomas geht schnell mit ihm ins

Haus.
Setz dich.
John und Lear setzen sich. Pause. Er spricht weiter, um die Stille auszufüllen.
Jetzt wartet deine Freundin im Dorf.

JOHN Ja. Ich komme schon wieder zu spät. Immer kommt was dazwischen, und sie regt sich dann auf...

LEAR Willst du sie heiraten?

JOHN *horcht.*
Sie kommen.

LEAR Hast du sie schon gefragt? Vielleicht nimmt sie dich gar nicht.

JOHN Nein, noch nicht.
Ein Offizier und drei Soldaten (P, Q und R) kommen herein.
Es sind ein paar Soldaten da, Lear.

LEAR *nickt.*
Brauchen Sie etwas? Wasser oder Essen?

OFFIZIER Wer ist sonst noch hier?

LEAR Eine Frau im Haus und noch ein Mann irgendwo.

OFFIZIER Wer noch?

LEAR Niemand.

OFFIZIER *zu den Soldaten:*
Seht euch um.
Die Soldaten P und Q gehen ins Haus. Zu John:
Haben Sie jemand gesehen?

LEAR Er war arbeiten, er ist gerade zurück.

SOLDAT R *will losgehen.*
Den Wald durchkämmen, Sir?

OFFIZIER *verärgert:*
Da findet ihr ihn nie.
Susan kommt aus dem Haus und bleibt still stehen.
Zu Lear:
Ein Mann hat sich im Dorf nach Ihnen erkundigt. Ein kleiner Dunkler.

LEAR Wenn sie ihm gesagt haben, wo ich bin, wird er schon auftauchen. Ich benachrichtige Sie dann.
Die Soldaten P und Q kommen aus dem Haus.

SOLDAT P *schüttelt den Kopf.*
Fehlanzeige.

OFFIZIER *zu Lear:*

Also gut. Das Haus steht ab jetzt unter Beobachtung.

Der Offizier und die drei Soldaten gehen weg.

JOHN Sie sind fort.

LEAR Begleite sie hinunter.

John geht hinaus. Susan geht nach hinten und ruft.

SUSAN Tom!

Zu Lear:

Sie können uns nichts anhaben. Wir können nichts dafür, daß er gekommen ist. Ich gebe ihm etwas zu essen mit. Wenn sie ihn erwischen, kann er sagen, er hat es gestohlen.

Thomas kommt herein. Susan geht zu ihm.

THOMAS Was war? Was haben sie gesagt?

LEAR Ich weiß nicht. Ich habe nicht zugehört. Es waren einfache Soldaten. Kein Dienstgrad.

THOMAS Er muß schleunigst aus dem Haus. Wenn er hier erwischt wird, sind wir geliefert.

Ben, der junge Kalfaktor, kommt herein. Er ist schmutzig, aufgelöst, zerlumpt und außer Atem. Sie starren ihn an.

BEN Es warn Soldaten auf der Straße. Ich hab das letzte Stück robbn müssn.

Der Kleine Mann kommt herein und schaut zu.

Geht zu Lear.

Ich hab Sie in der Zelle versorgt, Sir. Sie ham mich an die Mauer geschickt, weil ich im Bau Rauch verhökert hab.

LEAR Ja. Sie haben mir im Gefängnis zu essen gegeben. Sie können bleiben.

THOMAS Nein!

LEAR Er kann bleiben!

THOMAS Aber wir müssen alle dafür gradestehen. Es wird heißen, wir verleiten sie dazu! Sie werden uns die Schuld an allem geben! Das ist Wahnsinn!

LEAR Wo kann er sonst hingehen? Dann geh DU, wenn du Angst hast!

THOMAS Wie kannst du dich nur so verbohren, wie kannst du nur so ein Idiot sein!

BEN *zu Lear:*

Ja, Sie sind eben kein x-beliebiger Gefangener, bei Ihnen können sie sich nicht alles rausnehmen.

LEAR Nein, das dürfen Sie nicht sagen. Ich bin kein König, ich habe keine Macht. Aber bleiben können Sie. Sie tun nichts Böses. Ich bin hungrig jetzt, führt mich hinein. Ich werde noch einmal an Cordelia schreiben. Sie meint es gut, sie braucht nur jemand, der sie zur Vernunft bringt. Führt mich hinein. Als ich herkam, war ich hungrig, ich fror und hatte Angst. Keiner hat mich fortgeschickt, und ich schicke auch keinen fort. Sie können mein Essen haben, solange es reicht, und wenn nichts mehr da ist, können sie fortgehen, wenn sie wollen, aber ich schicke keinen mehr weg. So will ich mein Leben beschließen. Ich werde bald eingesperrt sein in ein Grab, und bis dahin bleibt diese Tür offen.

Er lächelt.

Lear und die übrigen gehen aufs Haus zu.

MANN *geht ihnen nach. Er spricht halb mit sich selbst:* Das ist alles schön und gut. Aber so einer wie der kommt auch nicht an die Mauer. Wir können nicht jeden reinlassen. Bloß nicht auffallen jetzt.

Der Kleine Mann geht hinter den andern ins Haus.

Zweite Szene

Wie vorher.

Monate später. Viele Fremde haben sich versammelt, um Lear zu hören. Thomas führt ihn aus dem Haus und nach vorn zu den Zuhörern und dreht ihn mit dem Gesicht zu ihnen. Während Lear nach vorn kommt, sagen einige Fremde »guten Morgen«, und Lear lächelt ihnen zu und antwortet »guten Morgen«. Thomas steht neben Lear, John etwas hinter ihm. Die Fremden verfolgen alles respektvoll.

LEAR *zu den Zuhörern:*

Ein Mann wachte eines Tages auf und merkte, daß er seine Stimme verloren hatte. Er ging sie also suchen, und wie er in den Wald kam, war da der Vogel, der sie ihm gestohlen hatte. Er sang sehr schön, und der Mann sagte sich: »Jetzt wo ich so schön singen kann, werde ich reich und berühmt.« Er sperrte den Vogel in einen Käfig und befahl ihm: »Wenn ich den Mund weit aufmache, mußt du singen.« Dann ging er zum König und sagte: »Ich will Euer Majestät ein Loblied singen.« Aber als er den Mund aufmachte, konnte der Vogel nur stöhnen und greinen, weil er im Käfig saß, und der König ließ den Mann auspeitschen. Der Mann nahm den Vogel wieder mit heim, aber seine Familie konnte es nicht aushalten, wie der Vogel stöhnte und greinte, und lief ihm davon. Da trug der Mann den Vogel schließlich wieder in den Wald zurück und ließ ihn aus dem Käfig. Aber der Mann dachte, der König hätte ihn ungerecht behandelt, und sagte in einem fort vor sich hin: »Der König ist ein Idiot«, und weil der Vogel immer noch die Stimme des Mannes hatte, sang er das im Wald nach, und bald lernten es auch die anderen Vögel. Als der König das nächste Mal auf Jagd ging, sangen zu seiner Überraschung alle Vögel »der König ist ein Idiot«. Er fing den Vogel ein, der damit angefangen hatte, und rupfte ihm die Federn aus, brach ihm die Flügel und nagelte ihn an einen Ast zur Warnung für die anderen Vögel. Der Wald war stumm. Und gerade wie der Vogel vorher die Stimme des Mannes hatte, so hatte jetzt der Mann die Schmerzen des Vogels. Er lief stumm durch die Gegend und schüttelte seinen Kopf und stampfte mit den Füßen und wurde bis zu seinem Tod in einen Käfig gesperrt.

Die Fremden murmeln.

EIN FREMDER Sag mir, Lear –

THOMAS Später. Er muß jetzt ausruhen.

Thomas führt Lear zur Seite. Die Fremden bilden Gruppen und unterhalten sich. Einige gehen fort.

Ich möchte, daß du Ben zurück an die Mauer schickst.

LEAR Warum?

THOMAS Es kommen jetzt Hunderte, um dich zu hören. Die Regierung kann das nicht länger zulassen, und sie könnten uns zerschlagen wie nichts! Wir brauchen Unterstützung. Wir müssen die Lager unterwandern.

Ben hat die beiden beobachtet. Er kommt zu ihnen herüber.

BEN Hat er es Ihnen gesagt? Ich möchte mich stellen. Sie stecken mich dann in eine Strafabteilung. Sie werden mich schlagen, und hungern und arbeiten lassen wie ein Tier. Kann sein, ich gehe zugrund dabei – aber ich möchte die Zeit davor jedenfalls nutzen. Ich könnte ihnen helfen, sich zu organisieren und bereitzumachen. Ich kann ihnen Hoffnung bringen. Sie müssen mir eine Botschaft an sie mitgeben –

LEAR Wenn ich Christus am Kreuz vor mir hätte, würde ich ihn anspucken.

BEN Was?

LEAR Führ mich weg.

THOMAS Du hast nicht zugehört!

BEN Hören Sie uns an!

LEAR Führ mich weg!

Thomas führt Lear aufs Haus zu. Einige Fremde kommen ihm entgegen und führen ihn hinein. Ben und Thomas wechseln einen stummen Blick. Susan legt Thomas tröstend einen Arm um die Schultern.

THOMAS Du siehst müde aus.

SUSAN Nein.

THOMAS *setzt sich mit ihr hin.*

Arbeite nicht zu schwer.

SUSAN Tu ich ja nicht.

THOMAS *drückt sie an sich.*

Und renne nicht immer allen nach. Sie können für sich selbst sorgen.

SUSAN Ach, die machen mir nichts aus. Aber wenn unser Kind da ist –

THOMAS Da mach dir keine Sorgen. Dann helfen dir alle.

SUSAN Nur, das Haus ist so klein. Manchmal möchte ich mit dir reden und dann sind so viele Leute da –

THOMAS Reden – worüber? Du kannst doch immer mit mir reden.

SUSAN Ach, ich weiß nicht. Ich meinte . . .

Sie verstummt.

THOMAS *denkt über Lear nach. Nach einer kleinen Pause:*

Wir sprechen zu den Leuten, aber wir helfen ihnen nicht wirklich. Wir sollten sie nicht hierherkommen lassen, wenn wir sonst nichts für sie tun können. Es ist gefährlich, die Wahrheit auszusprechen, Wahrheit ohne Macht ist immer gefährlich. Wir sollten eben doch kämpfen! Die Freiheit ist nicht bloß eine Idee, sondern eine Leidenschaft! Und wenn die einer nicht hat, dann kämpft er nur, wie ein Fisch auf dem Trocknen um Luft kämpft!

Die Fremden, die zuvor fortgegangen sind, kommen eilig herein.

DIE FREMDEN *leise und dringlich:*

Soldaten. Soldaten.

Thomas steht auf.

THOMAS Was ist los?

Der alte Staatsrat, ein Offizier und die Soldaten P, Q und R kommen herein.

OFFIZIER *liest von einem Formular ab:*

Rossman –

Ben tritt vor

– und –

er zeigt auf den Kleinen Mann, der sich fortschleichen will

– schnappt ihn –

die Soldaten P und Q halten den Kleinen Mann auf

– Jones –

MANN Das bin ich nicht! Ich heiße Simpson!

OFFIZIER – Ich verhafte Sie wegen unerlaubter Entfernung vom Arbeitslager.

Lear wird aus dem Haus geführt. Er bleibt auf der Treppe stehen, umgeben von Fremden.

LEAR Wer ist da? Was wollen Sie?

OFFIZIER Sie geben Deserteuren Unterkunft.

LEAR Ich frage meine Freunde nicht, wer sie sind.

BEN Sie sollen mich ruhig mitnehmen!

SOLDAT R Maul halten!

OFFIZIER Ich bringe sie unter Bewachung zum Gebietskommandanten zurück.

MANN *will zu Lear gehen, aber die Soldaten halten ihn auf.*
Um Gottes willen, was wollt ihr von mir? Ihr seht doch, daß ich krank bin! Was ich schon arbeiten kann! Ich halte die andern doch bloß auf. Um Gottes willen laßt mich gehen.

OFFIZIER Sie werden nicht wieder arbeiten. Bestimmte Wirtschaftsvergehen sind rückwirkend zu Kapitalverbrechen erklärt worden. Sie sind schuldig befunden, sich auf dem nichtzugelassenen Markt betätigt zu haben. Das verschärfte Urteil ist vollstreckungsfähig.

MANN *verwirrt:*
Das versteh ich nicht.

OFFIZIER Sie sind ein Volksschädling. Sie werden nach der Rückkunft gehenkt.

MANN *unbestimmt:*
Das können Sie nicht ... Ich bin schon abgeurteilt. Das steht in meinen Akten, Sir. Ich versteh das nicht.

LEAR Führt mich zu ihm.
Lear wird zum Offizier geführt. Er legt dem Offizier eine Hand auf den Arm.
Ruhig:
Sie sind Soldat, wie viele Leben haben Sie auf dem Gewissen? Laden Sie sich nicht noch zwei auf. Gehen Sie zurück und sagen Sie, Sie hätten sie nicht finden können.

STAATSRAT Lear, jedes Ihrer Worte ist Verrat.

LEAR Wer ist das? Wer ist das?

STAATSRAT Ich war bei Ihnen Minister –

LEAR Ja – ich kenne Sie!

STAATSRAT Cordelia hat Ihre Umtriebe aus Respekt vor Ihrem Alter und Ihren Leiden geduldet, aber es muß damit jetzt ein Ende haben. Sie werden in Zukunft nicht mehr öffentlich sprechen oder sich in öffentliche Angelegenheiten einmischen. Ihre Besucher werden einer Kontrolle durch die militärische Ortsbehörde unterliegen. Alle diese Leute müssen weg. Die Regierung wird einen Pfleger und eine Pflegerin für Sie bestellen. Sie werden ein anständiges ruhiges Leben führen, wie es einem Mann in Ihren Jahren zukommt.

LEAR Sind Sie in ihrer neuen Regierung?

STAATSRAT Wie viele meiner Kollegen stehe ich dem Neuversuch treu zur Seite. Ich habe immer versucht, dem Volk zu dienen. Ich sehe das als meine erste Pflicht an. Wenn wir die Verwaltung aus der Hand lassen, gibt es ein Chaos.

LEAR Ja, ja – aber ihr hängt doch nicht diesen Mann wegen Geld auf?

MANN Die Akten sind falsch . . . Das muß es sein!

OFFIZIER Führt ihn zur Straße hinunter.

MANN *Verwirrt. Er wimmert.*

Nein.

LEAR *zum Staatsrat:*

Hindern Sie ihn.

STAATSRAT Dafür bin ich in keiner Weise zuständig. Ich kam, um mit IHNEN zu reden.

LEAR Ich verstehe. Barbaren haben meine Macht an sich gerissen. Ihr begeht Verbrechen und nennt sie Gesetz! Der Riese muß sich auf die Zehen stellen, um seine Größe zu beweisen! – Nein, es ist falsch von mir, Sie anzuschreien, ihr habt so viel zu tun, so viel wiedergutzumachen, alle meine Fehler, ich sehe das alles ein . . . Aber er ist ein kleiner Schwindler! Ein Gelegenheitsschwindler! Denken Sie an die Verbrechen, die Sie täglich in Ihrem Amt begehen, Tag für Tag, bis sie zur Routine geworden sind, denken Sie nur, was da alles geschieht an Verschwendung und Elend!

STAATSRAT Ich bin hier, um mit Ihnen als ein alter Freund zu reden, nicht, um mich beleidigen zu lassen, Lear. Er wird zur Mauer zurückgebracht und dort gehenkt werden. Und – nachdem Sie meine Meinungen interessieren – ich finde das auch richtig so.

LEAR Ach, ich weiß, was ihr meint! Alles, was kleinlich und ordinär und hartherzig und oberflächlich und grausam ist, ohne Mitleid und Mitgefühl – das meint ihr, und seid noch stolz darauf! Ihr, die Guten, Ehrlichen, Anständigen, Aufrechten, Gesetzestreuen, die ihr an Ordnung glaubt, und wenn auch noch der letzte dahinsterben soll – ihr bringt ihn um! Ich habe unter Mördern und Totschlägern gelebt, ihre Gier und Gewalttätigkeit war schließlich einmal satt, aber ihr mit eurer Ehrlichkeit und Ordnungsliebe verschlingt die Erde!

Die Soldaten P und Q wollen den Kleinen Mann abführen.

MANN Nein – halten Sie sie auf!

LEAR Ich kann nichts machen! Die Regierung ist wahnsinnig. Das

Gesetz ist wahnsinnig.

MANN *wirft sich Lear entgegen.*

Warum haben Sie mich dann herkommen lassen? Lieber Gott, ich weiß, ich bin manchmal schlecht, ich bins nicht wert, daß – lieber Gott, bitte!

LEAR Ich kann nichts machen!

MANN Dann hätt ich auch bleiben können und mich erschießen lassen wie einen Hund. Ich hab auch wie ein Hund gelebt, das wär egal gewesen! Jetzt hätt ichs hinter mir. Warum hab ich dann so viel mitmachen müssen?

Der Kleine Mann wird weinend abgeführt. Der Offizier, der alte Staatsrat, Ben und die Soldaten gehen mit ihm hinaus. Lear fängt an, die Fremden hinauszustoßen.

LEAR Schickt sie weg!

JOHN Du fällst hin!

LEAR *stolpert umher und schlägt mit dem Stock um sich.*

Schickt sie weg! Die Regierung hat ihre Befehle gegeben. Die Macht hat gesprochen. Hinaus! Was wollt ihr hier? Was soll ich euch gesagt haben? Hier gibt es nichts zu lernen! Ich bin ein Idiot! Ein Idiot! Hinaus!

SUSAN *wendet sich ab.*

Ach Gott.

LEAR Schickt sie weg! Werft sie hinaus!

THOMAS Sie gehen schon.

Er spricht so ruhig er kann mit den Fremden.

Wartet im Dorf. Ich rede mit ihm.

LEAR Hinaus! Hinaus! Ich habe gesagt, ihr sollt sie wegschaffen!

Die Fremden gehen. Lear, Susan, Thomas und John bleiben zurück.

THOMAS Sie sind fort.

LEAR Hinaus! Ihr auch! Laßt mich allein!

THOMAS Nein! Ich muß wissen, was ich ihnen sagen soll. Wir werfen jetzt nicht alles hin.

LEAR Ach geht fort! Geht! Geht! Geht! Wer ist der dumme Mensch, der da immer noch weiterschwatzt?

JOHN *zupft Thomas.*

Komm weg.

THOMAS Setz dich! Wenn du dich hinsetzt, geh ich.

LEAR Ach geht ... geht.

Lear setzt sich. Thomas, John und Susan gehen ins Haus.

Was kann ich machen? Ich habe mich aus meinem Gefängnis befreit, ich habe es niedergerissen, den Schlüssel zerbrochen, und ich bin immer noch ein Gefangener. Ich bin mit dem Kopf gegen eine Mauer gerannt die ganze Zeit. Überall ist eine Mauer. Ich bin in einer Mauer lebendig begraben. Soll dieses Leiden und Elend immer so weitergehen? Arbeiten wir nur, um Ruinen zu bauen, vertun wir alle diese Menschenleben nur für eine Wüste, in der dann niemand leben kann? Keiner kann mir das erklären, bei keinem finde ich die Gerechtigkeit. Ich bin alt, ich sollte endlich wissen, wie man lebt, aber ich weiß nichts, ich kann nichts machen, ich bin nichts.

Der Geist kommt herein. Er ist dünner, eingeschrumpft und weißgrau.

GEIST Schau meine Hände! Wie zwei Klauen. Sieh wie dünn ich bin.

LEAR Ja, du. Geh mit den andern. Geh weg. Es ist aus. Hier ist jetzt nichts mehr, nichts. Es ist nichts mehr da.

GEIST Es sind noch viel zu viele da. Schick diese Leute fort. Sie sollen ihr eigenes Leiden tragen lernen. Nein, das tut zu weh. Weißt du, was du nicht aushältst? Daß sie leiden und keiner gibt ihnen Gerechtigkeit.

LEAR Jede Nacht wird mein Leben von einem Schrei verwüstet. Ich gehe ins Dunkel hinaus, aber es ist nie jemand da. Wie leben die meisten Leute? Sie sind hungrig, und keiner gibt ihnen zu essen, und dann rufen sie nach Hilfe, und keiner kommt. Wenn ihr Hunger schlimmer wird, fangen sie an zu schreien – und dann kommen Schakale und Wölfe und zerreißen sie.

GEIST Ja. So ist die Welt, in der du leben lernen mußt. Lern es! Laß mich den Brunnen vergiften.

LEAR Warum?

GEIST Dann kann niemand mehr hier wohnen, und sie müssen dich in Frieden lassen. Es gibt eine versteckte Quelle im Wald. Da führe ich dich jeden Tag hin zum Trinken. Leg dich hin. Schau, wie müde du bist. Leg dich hin.

Lear legt sich hin.

Morgen kommt Cordelia, dann kannst du ihr sagen, daß du jetzt endlich weißt, wie man schweigt.

Es ist dunkel. Lear schläft auf der Bank. John kommt mit einem Bündel aus dem Haus. Er geht über die Bühne. Susan kommt zur Tür. Er sieht sie und bleibt stehen.

SUSAN Warum nimmst du deine Sachen mit?
JOHN Komm mit mir.
SUSAN Nein.
JOHN Ich liebe dich. Dein Mann liebt dich nicht mehr. Er kennt nur noch Lear.
SUSAN *zornig:*
Doch, er liebt mich!
JOHN Ja, gut.
Kleine Pause.
Ich war daran gewöhnt, nichts zu sagen, aber weil du herauskamst, habe ich es gesagt, Wie schön du bist. Ich muß dir nichts erklären, du weißt alles von mir. Ich warte im Dorf. Wenn du nicht kommst, heirate ich das Mädchen dort. Aber ich warte ein paar Tage, sonst bereue ich es mein Leben lang.
John geht. Susan setzt sich auf die Treppe und fängt leise und bedächtig zu weinen an. Thomas tritt hinter ihr in die Tür.
THOMAS Hör auf zu weinen.
SUSAN Bring mich fort.
THOMAS Ich kann ihn nicht allein lassen jetzt. Das wäre grausam.
SUSAN *weinend:*
Ich weiß, daß er wahnsinnig ist. Du solltest mich nicht hierlassen in meinem Zustand.
THOMAS *ruhig und leise:*
Es hat schon genug Tränen gegeben heute. Hör auf zu weinen und komm herein.
Thomas geht ins Haus zurück. Susan hört auf zu weinen und folgt ihm nach.

Dritte Szene

Gehölz.

Lear ist allein. Er ist für Arbeit im Freien angezogen. Er sucht auf allen vieren etwas am Boden. Draußen fangen die Schweine zornig zu quieken an. Lear richtet sich auf. Der Geist kommt herein. Sein Fleisch ist eingetrocknet, sein Haar verklebt, sein Gesicht ist wie eine Meermuschel, in seinen Augen steht der Schrecken.

GEIST Die Schweine fürchten sich vor mir. Sie rennen weg, wenn sie mich sehen.

LEAR Ich habe Eicheln für sie gesammelt.

Er steht auf.

GEIST Die Soldaten besetzen das Dorf. Sie riegeln euch ab. Schickst du die Leute fort?

LEAR Nein.

GEIST Ich dachte, du vergißt das alles: Leute, Kriege, Streitereien ... Wir hätten hier glücklich leben können. Ich hätte dich ausgeführt und dir zugesehen, wie du alt wirst, bei deinem schönen Altwerden ...

LEAR Wir haben hier deine Leiche begraben. Und die von Warrington. Es ist schön unter den Bäumen. Ich dachte, hier draußen fiele mir etwas ein, was ich Cordelia sagen könnte. Ich weiß nicht ... Sie kommen und wollen mich begraben, und ich frage mich immer noch, wie man leben soll. Hörst du den Wind?

GEIST Nein. Mein Geist verflüchtigt sich. Als Blinder hört man sehr gut.

LEAR Ja.

GEIST Kannst du eine Eule auf dem Hügel hören?

LEAR Ja.

GEIST Aber den Fuchs nicht.

LEAR Nein.

GEIST Nein.

Er fängt an zu weinen.

LEAR *horcht, wie er weint.*
Warum?

GEIST Weil ich tot bin. Ich habe gewußt, wie man lebt. Du wirst es nie wissen ... Es war so leicht, ich hatte hier alles, was ich brauchte, ich hatte manchmal Angst, wie Schafe Angst haben, aber sie hat mich nie verfolgt, sie ging wieder weg ... Jetzt, wo ich tot bin, habe ich Angst vor dem Tod. Ich werde immer dünner, mein Geist bleibt stehen ... Ich gehe manchmal wohin, und auf einmal stehe ich vor dem Haus oder draußen auf dem Feld ... Immer öfter ...

Cordelia und der Schreiner kommen herein.

CORDELIA Lear.

Sie hält einen Augenblick seine Hand fest.

Ich habe meinen Mann mitgebracht.

LEAR Warst du schon beim Haus? Bist du nicht durcheinander?

CORDELIA Nein. Ich wollte es sehen.

LEAR Bist du gesund?

CORDELIA Ja. Und du? Brauchst du etwas?

LEAR Nein.

CORDELIA Ich komme, weil das Kabinett dich vor Gericht stellen will. Es kann nur ein Urteil geben. Deine Töchter sind getötet worden. Und es ist klar, daß eigentlich kein Unterschied zwischen dir und ihnen ist.

LEAR Gar keiner.

CORDELIA Du warst dabei, als sie meinen Mann erschossen haben. Ich habe zugesehen, wie sie ihn töteten. Ich habe mir die Hände vors Gesicht gehalten, aber meine Finger gingen auf, und da habe ich zugesehen. Ich habe zugesehen, wie sie mich vergewaltigt haben, und wie John sie tötete, und wie ich das Kind verlor. Mir ist nichts entgangen. Ich habe zugesehen und mir gesagt, wir wollen nicht mehr wilden Tieren ausgeliefert sein, wir wollen ein neues Leben führen und einander helfen. Die Regierung schafft dieses neue Leben – du darfst nicht mehr gegen uns reden.

LEAR Dann darf auch niemand mehr zuhören.

CORDELIA Ich kann sie nicht hindern. Du sagst ihnen, was sie hören wollen.

LEAR Wenn das stimmt – wenn nur ein paar von ihnen hören wollen –, dann muß ich auch reden.

CORDELIA Ja, du klingst wie die Stimme meines Gewissens. Aber wenn man auf alles hört, was einem das Gewissen sagt, wird man wahnsinnig. Man bringt nichts mehr zustand – und es gibt viel zu tun, manches davon sehr schwer.

GEIST Sag ihr, daß ich da bin. Bring sie dazu, daß sie von mir redet.

LEAR Baut die Mauer nicht weiter.

CORDELIA Wir müssen.

LEAR Dann ist alles wie früher! Eine Revolution muß wenigstens etwas ändern!

CORDELIA Alles ANDERE hat sich geändert.

LEAR Nicht wenn ihr die Mauer stehenlaßt! Reiß sie ab!

CORDELIA Dann werden wir von unseren Feinden angegriffen.

LEAR Die Mauer wird euch vernichten. Sie vernichtet euch schon jetzt. Wie bringe ich dich nur zu dieser Einsicht?

GEIST Sag ihr, daß ich da bin. Sag es ihr.

SCHREINER Wir sind nicht gekommen, um dir zuzuhören, sondern um mit dir zu reden. Meine Frau will dir etwas sagen.

LEAR Sie ist wie alle anderen gekommen! Und wie alle anderen wird sie mir zuhören! Ich habe mit euch keinen Streit gesucht. Aber ich werde nicht schweigen, wenn die Leute zu mir kommen. Und wenn du sie daran hinderst – das wäre leicht! –, wissen sie doch, daß ich hier bin oder hier einmal war! Ich habe so viel gelitten, ich habe alle Fehler der Welt gemacht und büße für jeden einzelnen. Mich kann man nicht mehr vergessen. Ich bin in allen ihren Gedanken. Wenn du mich töten willst, mußt du sie alle töten. Ja, der bin ich. Hör zu, Cordelia. Du hast zwei Feinde, die Lüge UND die Wahrheit. Du opferst die Wahrheit, um die Lüge zu vernichten, und du opferst das Leben, um den Tod zu vernichten. Das ist nicht vernünftig. Du quetschst einen Stein, bis dir die Hand blutet, und nennst das ein Wunder. Ich bin alt, und doch schwach und ungeschickt wie ein Kind, zu schwer für meine Beine. Aber das habe ich gelernt, und das mußt du auch lernen, oder du stirbst. Hör zu, Cordelia. Wenn ein Gott die Welt geschaffen hätte, dann wäre die Macht immer im Recht, und das wäre sehr weise, und viel Leiden wäre uns erspart, aber wir haben die Welt geschaffen – aus unserer Kleinheit und Schwäche. Unser Leben ist unbeholfen und zerbrechlich, und nur eins hält uns bei der Vernunft: das Mitleid, und der Mensch ohne Mitleid ist ein Wahnsinniger.

Während Cordelia spricht, fängt der Geist an zu weinen.

CORDELIA Du verstehst nur Mitleid mit dir selbst. Wir müssen zurück, die Regierung wartet. Es gibt manches, was du noch nicht weißt. Wir haben noch mehr Gegner, und gewissenlosere als du. In einer solchen Lage handelt eine gute Regierung entschlossen. Ich wußte, daß auf deine Hilfe nicht zu rechnen war, aber bevor wir dich vor Gericht stellen, wollte ich zu dir kommen und dir sagen: wir bauen die Gesellschaft auf, von der du nur geträumt hast.

LEAR Es ist sonderbar, daß du mich töten lassen willst, Cordelia, und doch kann jeder einsehen, warum. Wie einfach! Euer Gesetz ist immer schädlicher als das Verbrechen, und eure Moral ist eine Form der Gewalt.

CORDELIA *zum Schreiner:*
Je eher das jetzt durchgestanden ist, desto besser. Berufe für morgen früh das Kabinett ein.
Cordelia und der Schreiner gehen hinaus.

GEIST Warum hast du ihr nicht gesagt, daß ich da bin? Sie hat von mir reden wollen. Sie hat mich nicht vergessen können. Ich habe sie drüben im Haus Nacht für Nacht geliebt, und hier im Gras. Schau mich jetzt an! Jetzt ist DAS aus mir geworden – ich kann sie nicht einmal mehr anfassen!

LEAR Wo willst du hin?

GEIST Ich kann ihr nachschauen.
Der Geist geht hinaus. Thomas und Susan kommen herein. Sie haben sich für die Besucher ein wenig hübsch gemacht.

THOMAS Wir haben abgewartet, bis sie fort waren. Soll ich dich heimbringen?

LEAR Hört zu, ich muß mit euch reden. Ich mache eine Reise, und Susan soll mich führen.

THOMAS Ja, tauch unter! Sie sollen dich nicht in ihre dreckigen Finger kriegen!

LEAR Morgen stehen wir auf und frühstücken zusammen, und du gehst zur Arbeit, aber Susan bleibt bei mir. Sie kommt vielleicht nicht bis morgen abend zurück, aber sie ist bald wieder da, das verspreche ich dir. Du hast mich lieb, und ich bin glücklich bei euch gewesen. Ich habe Glück gehabt. Jetzt habe ich nur noch einen Wunsch – weiterzuleben, bis ich noch viel älter bin, und schlau zu werden wie der Fuchs, der weiß wie man lebt. DANN könnte ich euer Lehrer sein.
Draußen entferntes zorniges Schweinequieken, weniger nah als gegen Schluß von 1,7.

THOMAS Die Schweine!

SUSAN Was ist mit ihnen?
Susan und Thomas rennen hinaus. Lear steht allein.

THOMAS *draußen:*

Sie sind wahnsinnig geworden!

SUSAN *draußen:*
Schnell!

THOMAS *draußen:*
Da rüber!

SUSAN *draußen:*
Paß auf!

THOMAS *draußen:*
Wie die Irren! Wopp – wopp – wopp – wopp – wopp – wopp!

SUSAN *draußen:*
Wopp-wopp-wopp! Wahnsinnig!

Der Geist kommt hereingestolpert. Er ist blutüberströmt. Das Schweinequieken verstummt allmählich. Noch ein paar einzelne »Wopp«-Rufe.

GEIST Die Schweine! Ich bin in Stücke gerissen! Sie haben mich zerfleischt! Hilf mir! Hilf mir! Ich sterbe!

LEAR *hält ihn fest.*
Ich kann nicht!

GEIST Lear! Halt mich fest!

LEAR Nein, zu spät! Es ist viel zu spät! Du bist schon längst getötet worden! Du mußt sterben! Ich liebe dich, ich werde immer an dich denken, aber ich kann dir nicht helfen. Stirb, für dich selber, stirb!

GEIST Ach Lear, ich bin tot!

Der Geist läßt den Kopf nach hinten fallen. Er ist tot. Er fällt Lear zu Füßen nieder. Die Rufe und das Schweinequieken hören auf.

LEAR Ich sehe mein Leben: ein schwarzer Baum an einem Teich. Die Zweige sind mit Tränen übersät. Die Tränen glitzern im Licht. Der Wind weht die Tränen in den Himmel. Und meine Tränen fallen auf mich herunter.

Vierte Szene

Die Mauer.

Eine steile Erdböschung. Ein Stapel von Werkzeug am Fuß der Mauer. Helles Tageslicht. Susan führt Lear herein. Er geht ohne Stock.

SUSAN Hier ist die Mauer.

LEAR Wo liegt das Werkzeug?

SUSAN Vor dir am Boden.

LEAR Du warst zornig auf mich.

SUSAN Ja, aber jetzt nicht mehr.

LEAR *küßt sie.*

Leb wohl. Geh allein zurück.

SUSAN Ich kann nicht! Du brauchst jemand. Mein Mann wird zornig sonst.

LEAR Nein. Er versteht jetzt.

Susan geht hinaus. Lear geht zum Werkzeug. Er sucht eine Schaufel aus.

LEAR Eine Schaufel.

Er steigt die Mauer hinauf.

Gebaut für ewig. So steil, und ich bekomme so wenig Luft.

Er ist oben.

Der Wind ist kalt, ich muß mich beeilen.

Er sticht die Schaufel in den Boden.

Beim Arbeiten wird einem schnell warm.

Er wirft eine Schaufel voll Erde seitlich herunter und sticht die Schaufel wieder in den Boden. Ein Junge kommt herein und starrt ihn an. Lear wirft wieder eine Schaufel voll Erde herunter. Der Junge geht nach derselben Seite hinaus, von der er hereingekommen war.

Gleich sind es drei.

Er sticht die Schaufel wieder in den Boden.

Die Schaufel ist schartig. Keiner paßt auf.

Eine Gruppe von Arbeitern kommt herein und starrt Lear an. Er läßt die Schaufel im Boden stecken. Er zieht sich den Mantel aus und legt ihn sorgfältig zusammen. Ein junger Offizier kommt herein. Er ist der Bauernsohn von II,7. Lear legt den zusammengefalteten Mantel auf den Boden und wendet sich wieder zur Schaufel.

BAUERNSOHN He, dich kenn ich doch, Großer. Was stellst du denn jetzt an?

LEAR *packt die Schaufel.*

Ich bin auch nicht mehr der alte.

Er hebt eine Schaufel voll Erde aus. Der Bauernsohn zielt auf ihn mit der Pistole.

Aber für ein Zeichen reichts noch.

Lear wirft die Erde seitlich herunter. Der Bauernsohn drückt ab. Lear ist in der Schulter getroffen. Die Schaufel steckt senkrecht im Boden. Lear spuckt in die Hände und packt die Schaufel.

Noch einmal.

Er wirft halb scharrend Erde herunter. Der Bauernsohn zielt, drückt ab und trifft. Lear ist sofort tot und fällt die Mauer herunter. Von den Arbeitern kommen einige neugierig auf die Leiche zu.

BAUERNSOHN Liegenlassen. Die holn ihn schon. Weg jetzt.

Die Arbeiter gehen schnell und geordnet hinaus. Einer von ihnen dreht sich um. Der Bauernsohn scheucht sie mit den Armen rudernd weg und marschiert hinter ihnen hinaus. Lears Leiche bleibt allein auf der Bühne liegen.

Nachwort

Ich schreibe über Gewalt ebenso selbstverständlich, wie Jane Austen über Sitten geschrieben hat. Unsere Gesellschaft ist von Gewalt besessen und geformt, und wenn wir nicht aufhören, gewalttätig zu sein, haben wir keine Zukunft. Menschen, die dagegen sind, daß Schriftsteller über Gewalt schreiben, wollen sie daran hindern, über uns und unsere Zeit zu schreiben.

Viele tierische Lebewesen können gewalttätig sein, aber in nichtmenschlichen Spezies ist die Gewaltanwendung letzten Endes so geregelt, daß sie die Existenz der Spezies nicht gefährdet. Warum also ist die Existenz unserer Art durch ihre Gewaltanwendung gefährdet?

Ich muß mit einem entscheidenden Unterschied beginnen. Das Raubtier, das seine Beute jagt, übt Gewalt aus, aber nicht aggressiv in menschlichem Sinne. Es will fressen, nicht zerstören, und seine Gewaltanwendung ist gefährlich für die Beute, nicht aber für das Raubtier. Tiere werden nur aggressiv – das heißt destruktiv in menschlichem Sinne –, wenn ihr Leben, ihr Territorium oder ihr Status in ihrer Gruppe gefährdet ist, oder bei der Paarung und während der Vorbereitung darauf. Selbst dann ist die Aggression unter Kontrolle. Der Kampf ist im allgemeinen ein Ritual, und das schwächere oder schlecht plazierte Tier wird in Ruhe gelassen, wenn es die Flucht ergreift oder sich in entsprechender Form unterwirft. Menschen wenden eine Menge Energie und Fähigkeiten auf, um wirksamere Waffen zur gegenseitigen Vernichtung herzustellen. Tiere hingegen haben sich meistens in einer Weise entwickelt, die gewährleistet, daß sie sich nicht gegenseitig ausrotten *können.*

Über dieses Thema ist eine Menge geschrieben worden, und es ist nicht meine Sache, das Offensichtliche zu wiederholen; aber ich glaube, es zeigt klar, daß in gewohnter Umgebung und unter gewohnten Bedingungen Angehörige derselben Art sich untereinander nicht gefährlich werden, daß aber ihr Verhalten entartet, wenn sie feindlichen Bedingungen ausgesetzt und sie gezwungen sind, sich naturwidrig zu verhalten. Das konnte in Zoos und Laboratorien beobachtet werden. Dann werden sie destruktiv, neurotisch und schlechte Eltern. Sie fangen an, sich wie wir zu verhalten.

Das ist alles, was über unsere ›angeborene‹ Aggression oder über unsere ›Erb‹-Sünde, wie man sie zuerst nannte, zu sagen wäre. Es gibt keinen Beweis für ein *Verlangen* nach Aggression, dem *Verlangen* nach Sexualität und Nahrung vergleichbar. Wir reagieren aggressiv, wenn man uns ständig unserer physischen und emotionalen Bedürfnisse beraubt oder wenn man es uns androht; und wenn man uns ständig auf diese Weise beraubt oder bedroht – wie das den Menschen heute geschieht –, leben wir in einem immerwährenden Zustand von Aggression. Es spielt keine Rolle, wieviel man jemandem bezahlt, der Routinearbeit, meinetwegen in einer Fabrik oder in einem Büro, leistet: er wird dennoch in diesem Sinne beraubt. Weil er sich auf eine Weise verhält, für die er nicht geschaffen ist, ist er seinem natürlichen Ich entfremdet, und das hat physische und emotionale Folgen für ihn. Er wird nervös und gereizt und beginnt überall nach Gefahren zu suchen. Dadurch wird er angriffslustig und provokativ, er wird für andere zur Gefahr, und daher verschlimmert sich seine Situation rapide.

Dies sind all die Fakten, die uns zu der Schlußfolgerung berechtigen: Aggression ist eine Möglichkeit, aber keine Notwendigkeit. Häufig werden diese Fakten pessimistischer *interpretiert*, aber das ist etwas anderes.

Wenn wir angeboren aggressiv *wären*, in dem Sinne, daß es für uns *notwendig* wäre, von Zeit zu Zeit aggressiv zu handeln, wären wir dazu verdammt, mit einer unheilbaren Krankheit zu leben; und da das Leid, das durch Aggression in einer technologischen Welt hervorgerufen wird, so schrecklich ist, muß die Frage aufkommen: hat die menschliche Rasse irgendeine moralische Rechtfertigung für ihre Existenz? Eine Figur in meinem Stück ›Trauer zu früh‹ antwortete mit Nein und versuchte sich umzubringen. Es ist erstaunlich, daß viele Menschen, die seine Überzeugungen teilen, nicht gezwungen sind, seine Schlußfolgerung nachzuvollziehen, sondern ihren täglichen Geschäften weiter nachgehen können. Diese Fähigkeit beweist nicht Stoizismus und seelische Stärke, sondern geistige Oberflächlichkeit und emotionale Glätte. Ihr ›Realismus‹ ist nichts als der Faschismus der Trägen.

Warum verhalten wir uns untereinander also bösartiger als andere Lebewesen? Wir leben auf eine Art und Weise, für die wir nicht geschaffen sind, und deshalb entsteht ein Konflikt zwischen unserer täglichen Existenz und unseren natürlichen Funktionen, und das aktiviert unsere natürliche Antwort auf die Bedrohung:

Aggression. Wie ist es dazu gekommen? Zuerst einmal, warum leben wir in städtischen, zusammengepferchten, reglementierten Gruppen, wie Maschinen arbeitend (hauptsächlich zum Nutzen anderer) und ohne wirkliche Kontrolle über unser Leben? Vermutlich war diese Situation unvermeidbar. Die Menschen sind nicht plötzlich zu Besitzern menschlicher Gehirne geworden und haben sie dann benutzt, um ihre Existenzprobleme zu lösen. Diese Probleme wurden stetig innerhalb einer ererbten Ordnung oder einer gesellschaftlichen Struktur gestellt und gelöst, und diese Struktur wurde weiterentwickelt, um mit neuen Problemen, sowie sie auftauchten, fertig zu werden. Deshalb hat es vielleicht nie viel Möglichkeit für neues Denken gegeben. Als sich die Gedanken der Menschen klärten, lebten sie bereits in Herden und Gruppen, und diese mußten sich zu Stämmen oder Gesellschaften entfalten. Wie Tagträumer konnten sie Traum von Realität nicht unterscheiden.

Welchen Problemen standen diese halbwachen, abergläubischen Menschen gegenüber? Sie waren im biologischen Sinne so erfolgreich, daß sie wahrscheinlich für ihre Umwelt zu zahlreich wurden, und sie konnten nicht als lose Banden von Aasgeiern und Jägern weiterexistieren. Und die Umwelt selbst veränderte sich, manchmal plötzlich, manchmal allmählich, aber unvermeidlich. Und vermutlich produzierte die Beziehung zwischen früheren Instinkten und menschlicher Bewußtheit ihre eigenen Probleme. All diese Veränderungen forderten Anpassung an soziale Ordnung und erzeugten neue Voraussetzungen für Führerschaft. Gewohnheiten und Techniken der Kontrolle wurden verschärft. In kritischen Zeiten mußte jeder Nonkonformismus zur Gefahr für die Gruppe werden. Menschen, die so von anderen kontrolliert werden, verlieren bald die Fähigkeit, für sich selbst zu handeln, selbst wenn ihre Führer sie so handeln ließen, ohne daß es gefährlich für sie würde. Und dann wird, wie ich erklären werde, die natürliche Widerstandshaltung zur Moral erklärt und erhält nun genau die Ordnung, die sie im Grunde bekämpft. Die gesamte Struktur wird zusammengehalten durch die negative biologische Reaktion auf Beraubung und Bedrohung – es ist eine Ordnung, die zusammengehalten wird durch die Aggression, die sie hervorruft. Die Aggression ist zur Moral geworden, und die Moral wird ein Mittel zur Unterdrückung. Ich werde beschreiben, wie es dazu kommt.

Die einmal existierende soziale Struktur zielt darauf hin, erhalten zu bleiben. Die Leitungsgruppen, ihre Führer, erhalten Privilegien. Vermutlich waren einige Privilegien in den kritischen Situationen, die das Bedürfnis nach Führung hervorriefen, notwendig. Aber ihre Rechtfertigung wird schwieriger, wenn diese von den Kindern ererbt werden. Gleichzeitig werden sie weiter ausgebaut und verfestigt. Sie werden Unrecht. Aber die Leitungsgruppe wird selbstgerecht, da, obwohl ihre Position Unrecht ist, sie das Recht verwaltet. Anfänglich wird Opposition gegen sie weder revolutionär noch gar politisch sein, sie ist ›richtungslos‹ und schließt persönliche Unzufriedenheiten und Frustrationen ein. Wenn persönliche Probleme zu privaten Problemen werden, und das müssen sie für diejenigen, die darin verwickelt sind, dann sind sie verzerrt, und es hat den Anschein, als ob die Menschen aus willkürlichen, eigennützigen Motiven handelten. Natürlich kann immer bewiesen werden, daß das, gesellschaftlich gesehen, zersetzend ist. So verursacht und definiert eine ungerechte Gesellschaft Verbrechen; und eine aggressive Sozialstruktur, die ungerecht ist und deshalb aggressive gesellschaftliche Auseinandersetzungen hervorrufen muß, bekommt ihre moralische Sanktionierung durch ›Gesetz und Ordnung‹. ›Gesetz und Ordnung‹ ist einer der Schritte, die getan werden, um Ungerechtigkeit beizubehalten.

Menschen mit ungerechten Privilegien haben ein verständliches emotionales Interesse an gesellschaftlicher Moral. Sie erlaubt ihnen, ihre Privilegien zu behaupten, und gibt ihnen die Rechtfertigung, Schritte zu ihrer Beibehaltung zu unternehmen. Das beweist ihre Furcht vor einer Opposition, die ihnen meistens alles nehmen würde, was sie haben, sogar das Leben. Das ist die eine Möglichkeit, wo gesellschaftliche Moral bösartig und aggressiv wird.

Aber es gibt noch eine andere. Gesellschaftliche Moral ist für die vielen Opfer der ungerechten Ordnung eine sichere Art, sich zu unterwerfen. Sie gibt ihnen eine Erscheinungsform von Unschuld, die auf Angst basiert – niemals aber ist das eine friedliche Unschuld. Es ist eine Art von Charakter, mühelos in der Kindheit entwickelt, wenn Machtverhältnisse in ihrer reinsten Form wirksam sind. Denn da ist es gefährlich, aggressive Gedanken gegen die zu haben, die an der Macht sind und leicht strafen können. Sie sind stärker und schlauer, und wenn man sie vernichten würde, wie könnte man leben? (Bei Erwachsenen sieht das dann so aus: Eine Revolution ist unmöglich, weil dann die Busse nicht fahren würden und ich zu spät zur Arbeit käme. Oder: Hitler hat dafür gesorgt, daß die Züge pünktlich fuhren.) Unsere Gesellschaft hat den

Aufbau einer Aggressionspyramide, und da das Kind der schwächste Teil ist, befindet es sich ganz unten. Wir *glauben* noch immer, daß wir Kinder mit besonderer Güte behandeln und besondere Rücksicht auf sie nehmen, wie das in der Tat die meisten Tiere tun. Aber tun wir das wirklich? Glauben nicht die meisten, daß sie das Recht, sogar die Pflicht haben, Kindern gegenüber bei der Erziehung rohe Gewalt anzuwenden? Fast alle Institutionen, die sich mit Kindern beschäftigen, sind besessen von Disziplin. Wann immer es möglich ist, stecken wir sie in Uniformen und durchforschen ihre Gehirne, wie Gefängniswärter Gefangene durchsuchen. Wir zwingen sie, nach der Uhr zu leben, ehe sie noch lesen können, obwohl das biologisch gesehen keinen Sinn ergibt. Wir bauen Wohnungen ohne geeignete Räume für sie. Sie stören beim Geldverdienen, deshalb lassen ihre Mütter sie im Stich und gehen arbeiten – manche sind körperlich nicht einmal mehr in der Lage, ihre eigenen Kinder zu nähren. Eltern sind durch den täglichen Konkurrenzkampf so verbraucht, daß sie den natürlichen Lärm und die Unordnung des Kindes nicht tolerieren können. Sie wissen nicht, warum es schreit, sie verstehen *nichts* von seiner unartikulierten Sprache. Das erste Wort des Kindes ist nicht ›Mama‹ oder ›Papa‹, sondern ›Ich‹. In Millionen von Jahren der Evolution hat es das zu sagen gelernt, und es hat ein biologisches Recht auf sein Ich als Mittelpunkt, weil das für unsere Spezies die einzige Art weiterzuexistieren ist.

Wesentlich ist dies: Jedes Kind wird mit bestimmten biologischen Erwartungen oder – wenn Sie wollen – Gattungsvoraussetzungen geboren: daß für sein Unvorbereitetsein gesorgt wird, daß es nicht nur Nahrung bekommt, sondern auch seelische Beruhigung, daß seine Verwundbarkeit geschützt wird, daß es in eine Welt geboren wird, die darauf wartet, es zu empfangen, und die weiß, *wie* sie es empfangen muß. Aber der Druck der Aggression in unserer Gesellschaft ist so schwer, daß das Unvorstellbare geschieht: wir zerschmettern es. Und wenn die Gewaltausübung auch nicht so roh auftritt, so ist sie doch vorhanden, gleichmäßig über die Jahre verteilt; die Wirkung ist schließlich dieselbe, und deshalb war die Steinigung eines Babys im Kinderwagen die dramatische Metapher, die ich anwandte, um das zu beschreiben. Nicht Rohlinge machen das, sondern Menschen, die gerne Stücke sehen, in denen Rohlinge verdammt werden.

So oder so lernt das Kind bald, daß es in eine seltsame Welt geboren ist, und nicht in die Welt, für die es entwickelt wurde: wir sind nicht mehr frei geboren. Deshalb gerät das kleine unendlich verwundbare Kind in Panik – jedem Tier muß es genauso gehen. Die Rückversicherung, die es braucht, bekommt es nicht, und in seiner Angst identifiziert es sich mit denen, die Macht über es haben. Das heißt, es akzeptiert ihre Ansicht der Situation, ihr Urteil, wer recht und unrecht hat – ihre *Moral*. Aber diese Moral – die die gesellschaftliche Moral ist – hat jetzt die ganze Gewalt von Furcht und Panik, durch die sie hervorgerufen worden ist. Moral hört auf, etwas zu sein, was die Menschen wollen, und wird zu etwas, ohne das zu sein sie sich fürchten. Deshalb ist die gesellschaftliche Moral eine Art von verdorbener Unschuld, und sie steht im Widerspruch zu den fundamentalsten Wünschen derjenigen, die auf diese Weise moralisiert worden sind. Sie ist eine Bedrohung, eine Waffe, gerichtet gegen ihr fundamentalstes Verlangen nach Gerechtigkeit, ohne das sie nicht in der Lage sind, glücklich zu sein, oder zulassen können, daß andere glücklich werden. Die aggressive Reaktion solcher Menschen ist durch die gesellschaftliche Moral unterdrückt worden, aber das verstärkt nur ihre Verkrampfung. Deshalb versuchen sie sich durch Extrovertiertheit zu erleichtern. Sie werden häufig zu Missionaren und Mitläufern. Sie sind besessen von der Sucht nach Zensur – der einzigen moralischen Rechtfertigung des Schlüssellochguckers. Sie spüren die Bösen und Gottlosen überall auf, weil sie selbst so sind. Ihre gesellschaftliche Moral verleugnet ihr Bedürfnis nach Gerechtigkeit, aber dieses Bedürfnis ist so fundamental, daß man ihm nur durch den Tod oder den Wahnsinn entkommen kann; anderenfalls muß man besessen dagegen ankämpfen. In diesem Kampf wird Vergnügen zu Schuld, und die moralisierenden, Zensur ausübenden, unmenschlichen Puritaner sind die Folge. Manchmal ist ihre Aggression hinter angestrengter Heiterkeit verborgen, aber es ist überraschend, wie wenig Heiterkeit sich in ihren Meinungen und Ansichten widerspiegelt und wie intolerant, destruktiv und zornig diese Hüter der Moral sein können.

Ihre Moral ist zornig, weil sie im Kampf mit sich selbst liegen. Sie sind nicht nur gespalten, sondern *bekämpfen* ihr eigenes unterdrücktes Verlangen nach Gerechtigkeit mit der ganzen Furcht und Hysterie ihrer Urangst. Weil diese ihnen weder in der Kindheit noch später endgültig genommen werden kann, müssen diese Menschen, um weiterleben zu können, sich jeden Tag selbst umbringen. Gesellschaftliche Moral ist eine Form von Selbstmord. Menschen, die gesellschaftliche Moral angenommen haben, müssen gegen jeden Freiheitssinn, jede Zufriedenheit und sexuelle Freiheit voller Geringschätzung und Zorn vorgehen, weil das die Dinge sind, die sie in sich selbst bekämpfen. Für sie gibt es keinen Ausweg, es ist, als ob man einem Tier, das in einen Käfig eingeschlossen ist, den Schlüssel zuwirft. Es rüttelt an den Gittern, aber nach draußen kommt es nie. Daher ist das Glück anderer Menschen ihr Leid, und die Freiheit anderer Menschen gemahnt sie an ihre Versklavung. Als hätten sie in sich selbst eine wüste, unwirtliche Landschaft erschaffen, in der sie sich emotional und geistig ausleben müssen. Natürlich spiegelt diese Landschaft die unwirtliche, ungerechte Welt wider, in der sie zuerst gelitten haben; und das verschlimmert und verstärkt ihre Aggression und verursacht anscheinend eine zusätzliche tiefe Bitterkeit. Indem sie die ungerechte Welt gut nennen, erschaffen sie sie in sich neu und sind verdammt, in ihr zu leben. Sie haben nicht gelernt, daß, wenn man im Dunkeln Angst hat, die Dunkelheit nicht verschwindet, wenn man die Augen schließt. Diese Menschen sind die zornigen, heiteren Gespenster meines Stückes ›Trauer zu früh‹.

Natürlich wachsen nicht alle Kinder so auf. Manche lösen das Problem durch Zynismus und Gleichgültigkeit, andere verbergen sich hinter einem trägen, passiven Konformismus, andere werden kriminell und offen destruktiv. Was auch immer geschieht, die meisten werden erwachsen und handeln dann auf niederträchtige, betrügerische und gewalttätige Weise; und die angepaßten guten Bürger mit ihrer gesellschaftlichen Moral sind die gewalttätigsten von allen, weil sich ihre Aggression durch den gesamten technologischen Apparat und die Macht der Massengesellschaft ausdrückt. Die Institutionen der Moral und Ordnung sind immer destruktiver als das Verbrechen. Das ist in diesem Jahrhundert sehr deutlich geworden.

Auch wenn ein Kind unbeschädigt davonkommt, als Erwachsener wird es denselben Problemen gegenüberstehen. Wir behandeln Erwachsene wie Kinder. Sie haben keine wirkliche politische oder ökonomische Kontrolle über ihr Leben, und daher fürchten sie die Gesellschaft und ihre eigene Machtlosigkeit in derselben. Marx hat die Entfremdung Erwachsener sehr richtig beschrieben, aber wir verstehen heute mehr davon. Wir sind in der Lage zu erkennen, daß die meisten Menschen ihr Leben damit zubringen, Dinge zu tun, für die sie von Natur aus nicht geschaffen sind. Wir sind nicht für unsere Fließbandproduktion, Wohnblocks oder gar für unsere Autos geschaffen, und diese nicht für uns. Im Grunde sind sie geschaffen, um Profit zu machen. Und weil wir die meisten Dinge, mit deren Produktion wir unser Leben vergeuden, nicht einmal brauchen, muß man uns mit geschäftstüchtiger Werbung einkreisen, um uns zum Kauf zu verlocken. Dieses Leben ist für uns so unnatürlich, daß wir ganz einfach aus biologischen Gründen überreizt, nervös und aggressiv werden, und diese Eigenschaften werden an unsere Jugend weitergegeben.

Anspannung und Aggression werden zu Kennzeichen unserer Spezies. Unruhe, Kälte oder Gewalt zeichnen die Gesichter vieler Menschen; und sie bewegen sich verkrampft und ungeschickt, nicht mit der Selbstverständlichkeit freier Wesen. Diese Ausdrucksformen sind Zeichen moralischer Krankheit, aber man hat uns gelehrt, sie zu bewundern. Sie werden in der Werbung und auf den sich ähnelnden Abbildungen von Politikern und Führern, sogar von Schriftstellern verwendet, und natürlich werden sie von den Jungen als Zeichen guter Manieren genommen.

Aus diesen Gründen sage ich, daß die Gesellschaft zusammengehalten wird durch die Aggression, die sie hervorruft, und nicht die Menschen sind gefährlich aggressiv, sondern unsere Form der Gesellschaft. Sie züchtet Aggression auf folgende Weise: erstens ist sie von Grund auf ungerecht, und zweitens bringt sie die Menschen dazu, ein unnatürliches Leben zu führen – zwei Dinge, die eine natürliche biologisch aggressive Antwort bei den Mitgliedern der Gesellschaft hervorrufen. Die formelle Antwort der Gesellschaft darauf ist gesellschaftliche Moral; aber das ist, wie ich schon erklärt habe, nur eine andere Form von Gewaltausübung, und daher muß sie weitere Aggression provozieren. Es gibt keinen Ausweg für unsere Form der Gesellschaft, eine ungerechte Gesellschaft muß gewalttätig sein. Jede Ordnung, die das fundamentale Verlangen nach natürlicher Gerechtigkeit verleugnet, muß aggressiv werden, auch wenn sie für sich in Anspruch nimmt, moralisch zu sein. Das trifft für die meisten Religionen zu, die behaupten, daß Gerechtigkeit nur in einer anderen Welt zu erlangen sei und nicht in dieser. Das trifft auch für viele politische Reformbestrebungen zu.

Von der gesellschaftlichen Moral sanktionierte Aggression kann sich selbstverständlich mit der üblichen Freundlichkeit und Wohlanständigkeit verbinden, das gilt auch für die Aggression der von ihr erhaltenen sozialen Institutionen. Aber Aggression ist so stark (sie entwickelte sich schließlich, um verzweifelte Situationen zu meistern), daß sie den Charakter aller beeinflußten Personen und Institutionen entscheidend bestimmt. Aus diesem Grund waren unsere Institutionen zu allen geschichtlichen Zeiten aggressiv, und sie machen es aggressiven Menschen besonders leicht, an Macht und Autorität zu gelangen. Darum verhalten sich Führerpersönlichkeiten – revolutionäre wie reaktionäre – so oft schlimmer als Tiere. Ich sage das nicht als Schmähung – es ist eine traurige historische Wahrheit.

Die menschliche Aggression hat entscheidende Merkmale, durch die sie zerstörerischer wird als die Aggression tierischer Lebewesen. Sie *ist* animalische Aggression, muß aber durch unseren menschlichen Verstand angepaßt werden, und wahrscheinlich erscheint sie uns beunruhigender und erschreckender als anderen Lebewesen. Das gilt sowohl für unsere subjektiven Aggressionsgelüste als auch für die Aggression, die wir von außen erleiden. Wir haben kompliziertere Hilfsmittel, um mit dieser anwachsenden Verletzbarkeit zurechtzukommen. Wenn Angst und Schrecken unerträglich werden, lügen wir und sagen, sie sind nicht vorhanden, und über der Basis dieser Lüge bauen wir eine gesellschaftliche Moral. Wie ich schon sagte, sind Kinder in dieser Hinsicht besonders verwundbar, aber wir alle sind das ganze Leben diesem Zwang unterworfen. Als Lebewesen reagieren wir auf Bedrohung in natürlicher, biologischer Weise, als Menschen müssen wir aber komplizierter reagieren – geistig, emotional und moralisch. Weil wir das nicht mit Erfolg schaffen, funktionieren wir als Spezies nicht mehr. Statt dessen haben wir all das erzeugt, was uns bedroht: unsere militärische Gigantomanie, moralische Hysterie, industrielle Sklaverei, und die ganze bedrohliche Aggressivität einer auf Profit ausgerichteten Zivilisation.

Im Augenblick zumindest ist unsere Situation durch unseren technologischen Erfolg noch sehr verschlimmert worden. Man kann das Problem kurz und schematisch wie folgt beschreiben:

Wir haben uns in einer Biosphäre entwickelt, leben aber immer mehr in einer Technosphäre. Wir passen uns nicht sehr gut an, daher werden unsere biologischen Verteidigungskräfte aktiviert, wovon eine Aggression ist. Unsere Umwelt verändert sich so schnell, daß wir nicht darauf warten können, daß sich biologische Lösungen entwickeln. Also sollten wir entweder unsere Technosphäre ändern oder die Technologie benutzen, um die menschliche Natur zu verändern. Aber in unserer Gesellschaft wird Veränderung ausschließlich von drängenden kommerziellen Imperativen bestimmt, daher wird nichts zur Lösung unseres Hauptproblems unternommen. Eine Spezies aber, die unter ungünstigen Umweltbedingungen lebt, stirbt aus. Für uns wird das Ende wahrscheinlich schneller nahen, weil die von uns erzeugte Aggression in unserer Technologie massiv ihren Ausdruck findet.

Das ist sehr vereinfacht, und so sicher ist unser Schicksal nicht. Doch die Kombination von Technologie und gesellschaftlicher Moral ist sehr gefährlich, und sie könnte zur Katastrophe führen. Als Alternative könnten Regierungen beginnen, gesellschaftliche Moral mit Gewalt duchzusetzen. Durch Anwendung von Drogen, durch Selektion, Konditionierung und Genetik wären sie in der Lage, Menschen zu fabrizieren, die in die Gesellschaft passen. Das wäre genauso katastrophal. Wenn wir das alles also nicht wollen, müssen wir etwas anderes unternehmen. Es gibt Anzeichen, in der Suche nach Gegenkulturen und alternativen politischen Bestrebungen, daß wir damit beginnen.

Was sollten wir tun? Gerecht leben. Aber was ist Gerechtigkeit? Gerechtigkeit gestattet den Menschen, ihrer Entwicklung entsprechend zu leben. Die Menschen haben ein emotionales und physisches Bedürfnis danach, es ist ihre biologische Erwartung. Sie *können* nur so leben, oder sie kämpfen ununterbrochen bewußt oder unbewußt, um das zu erreichen. Das ist das Wesentliche, das ich sagen will, weil es bedeutet, daß in Wahrheit unsere Gesellschaft und ihre Moral, die das verleugnet, und ihre Technologie, die das immer mehr verhindert, den Menschen ununterbrochen ins Ohr flüstern: »Du hast kein Recht zu leben.« Das ist es, was unter dem Glanz der modernen Welt liegt. Gleichheit, Freiheit und Brüderlichkeit müssen in dieser Erkenntnis neu interpretiert werden, anderenfalls ist eine wirkliche revolutionäre Veränderung unmöglich.

Wir können dieses fundamentale Bedürfnis auf mannigfache Art ausdrücken: ästhetisch, intellektuell, als Wunsch zu lieben, schöpferisch zu sein, zu beschützen und uns zu freuen. Das sind keine höheren Ansprüche, die erst nach der Erfüllung der fundamentaleren Bedürfnisse rangieren. *Sie* sind fundamental. In ihnen muß sich unsere ganze Existenz ausdrücken, und wenn sie nicht unser tägliches Leben beherrschen, können wir als menschliche Wesen überhaupt nicht funktionieren. Das sind keine Schwächen, aber sie haben nichts zu schaffen mit den Karikaturen, die in unserer Gesellschaft für stark gehalten werden – mit den hysterischen alten Jungfern, die Stabsfeldwebel werden, den versteckten Schlüssellochguckern, die Moralisten werden, den unreifen sozialen Schädlingen, die Richter werden. Die Gesellschaft legt diesen Bedürfnissen gegenüber Lippenbekenntnisse ab, aber ein wirkliches Interesse an ihnen hat sie nicht, und natürlich sind sie mit dem scharfen Konkurrenzkampf einer auf Profit ausgerichteten Gesellschaft nicht in Einklang zu bringen. So verneinen wir sie in Wirklichkeit. Wie Gespenster lehren wir eine tote Religion, bauen ein paar Gefängnisse mehr, um Cäsar anzubeten, und lassen es dabei. Blake hat gesagt, wenn wir versuchen, mehr als Menschen zu sein, werden wir weniger sein als Tiere, und das haben wir getan.

Unsere menschlichen Gefühle und intellektuellen Fähigkeiten kann man nicht getrennt von der langen evolutionären Entwicklung betrachten; als Tiere stellen wir unsere höchsten Ansprüche, und indem wir als Menschen darauf reagieren, machen wir unsere tiefsten menschlichen Erfahrungen.

Ich habe viele Fragen nicht beantwortet, die ich aufgeworfen habe, aber ich habe versucht, Dinge zu erklären, die oft unbeachtet bleiben, die aber berichtigt werden müssen, wenn irgend etwas für uns wirksam werden soll. Es ist schwer, sie zu berichtigen, weil Reformen leicht zur gesellschaftlichen Moral werden. Es ist so leicht, die Gerechtigkeit der Macht unterzuordnen, aber wenn das der Fall ist, wird die Macht zur Triebkraft der Aggression, und dann ist nichts wirklich verändert. Marx hat dieses Problem nicht gekannt, und Lenin hat es entdeckt, als es zu spät war.

Es gibt keine Notwendigkeit, pessimistisch zu sein oder zu resignieren, und dieses Stück tut beides nicht. Lear ist blind, bis man ihm die Augen entfernt, und von da an beginnt er zu sehen, zu begreifen. (Blindheit ist eine dramatische Metapher für Selbsterkenntnis, darum sind Gloster, Ödipus und Teiresias blind.) Lears neue Welt ist fremd, und deshalb kann er anfänglich nur mühsam und unbeholfen darin herumtasten. Zu diesem Zeitpunkt ist Lear alt, die meisten Zuschauer des Stückes aber werden jünger sein. Es mag ihnen scheinen, daß die Wahrheit, wenn sie entdeckt wird, stets ein Grund zum Pessimismus ist, aber man kommt bald darauf, daß man sie als Chance sehen muß. Dann muß man aufhören, weiterhin Dinge zu tun, die keine Wirkung haben, in der Hoffnung, eines Tages würden sie das schon, denn jetzt weiß man, warum sie das *nicht können*. Selbst bourgeoise Politik ist wirksamer.

Zum Schluß, ich habe nicht den Versuch unternommen zu sagen, wie die Zukunft aussehen sollte, weil das ein Fehler ist. Wenn ein Plan für die Zukunft zu unbeweglich ist, beginnt man die Menschen zu zwingen, sich ihm anzupassen. Wir brauchen keinen Zukunftsplan, wir brauchen eine *Methode* der Veränderung.

Ich möchte kurz etwas über das Stück sagen. Lear müßte die Unschuld seiner Töchter nicht zerstören, er tut es nur, weil er seine Situation nicht begreift. Sobald er begreift, läßt er Thomas und Susan ungeschoren. Aber ich glaube, den unschuldigen Jungen mußte er vernichten. Manche Dinge sind uns als Spezies vor langer Zeit verlorengegangen, aber anscheinend müssen wir alle einen Teil dieses Verlustaktes durchleben. Wir müssen das lernen, ohne Schuldgefühl oder Groll oder Gefühllosigkeit – oder gesellschaftliche Moral. Deshalb ist Lears Geist nicht einer der zornigen Geister von ›Trauer zu früh‹, sondern etwas anderes.

Abgesehen von den ungefähr zehn Hauptrollen des Stückes, gibt es annähernd siebzig weitere Sprechrollen. In gewissem Sinne sind sie *eine* Rolle, die den Charakter der Gesellschaft aufzeigt.

Der 1. Akt zeigt eine Welt, die vom Mythos beherrscht wird. Der 2. Akt zeigt den Zusammenstoß zwischen Mythos und Realität, zwischen abergläubischen Menschen und der autonomen Welt. Der 3. Akt zeigt eine Lösung von diesem, indem wir in ihr sterben, beweisen wir, daß die Welt real ist.

Edward Bond

(Aus dem Englischen übersetzt von Jörg Wehmeier)

Die See

Eine Komödie

Deutsch von Harald Mueller

Personen:

WILLY CARSON
EVENS
HATCH, TUCHHÄNDLER
HOLLARCUT
PFARRER
CARTER
THOMPSON
LOUISE RAFI
ROSE JONES
JESSICA TILEHOUSE
MAFANWY PRICE
JILLY
RACHEL
DAVIS
DAMEN UND HERREN

Eins	Strand
Zwei	Laden
Drei	Strand
Vier	Haus
Fünf	Laden
Sechs	Strand
Sieben	Kliff
Acht	Strand

Ostküste, 1907

Eins

Strand.

Leere Bühne. Dunkelheit und Donner. Wind braust, jammert, rast und heult über das Wasser. Wassermassen schwellen an, erzittern, schäumen über und stürzen in die See zurück. Langsam mahlen Kies und Sand. Die Erde bebt.

WILLY Hilfe! Aaahh –

Der Laut wird von Wasser erstickt.

Hilfe. Colin. Schrei. O Gott, laß ihn schrein!

Der Sturm wird lauter.

Hilfe!

Wieder wird der Laut von Wasser erstickt.

Ein Betrunkener nähert sich und singt.

EVENS Warum ich singe – – – was weiß ich – – – ich sing dies Lied – – – Der Tag ist kurz und –

WILLY Hilfe. Hilfe.

EVENS Wa–?

WILLY Hier. Im Wasser. Ein Mann ist im Wasser.

Donner.

EVENS Dafür ists zu spät. Die See erledigt alles. Nimm dirn Schlückchen. Nurn ganz kleinen. Hier, die Buddel, nimm . . .

WILLY Helfen Sie mir. Unser Boot ist gekentert. Ich kann ihn nicht finden.

EVENS Ich sing dies Lied – – – Der Tag ist kurz und –

WILLY Scheißkerl. Colin. Colin.

EVENS Wa–? Warum ich singe – – – was weiß ich – – – Istn da einer im Wasser?

Der Sturm wird schlimmer. Donner. Der Wind heult. Hatch, ein Mann in mittleren Jahren, kommt mit einer Taschenlampe.

TUCHHÄNDLER Was macht ihr da?

EVENS O Gott, der Tuchhändler. Trinkn Schlückchen, oller Kumpel. Da ausser Buddel –

TUCHHÄNDLER Dreckiges Vieh.

EVENS Bin schon weg.

Geht weg.

Was für ne Nacht! Jessas, jessas.

TUCHHÄNDLER Ich weiß, was hier los ist.

WILLY Hilfe. Hilfe.

TUCHHÄNDLER Ich weiß, wer du bist. Du denkst, hier draußen kann man dich nicht sehen.

WILLY Colin. Umgotteswillen, schrei.

Evens geht singend ab.

EVENS *Abgehend.*

Ich sing mein Lied – – – Der Tag ist kurz und –

WILLY O Gott.

Willy kommt triefend aus dem Wasser. Sein Haar und seine Kleider kleben am Körper. Er steht weinend und bittend am Ufer. Der Tuchhändler beleuchtet ihn mit der Lampe. Willy schreit lauter als der Sturm.

Helft mir.

TUCHHÄNDLER Geh zurück.

WILLY Seid ihr alle verrückt? Wo bin ich?

TUCHHÄNDLER Ich wußte, daß du kommst. Wir werden gegen dich kämpfen, dreckiges Vieh.

Willy dreht sich um und geht ins Wasser zurück.

WILLY Colin. Colin.

In einiger Entfernung heftiger Kanonendonner.

TUCHHÄNDLER Die Kanonen! Sie haben die Kanonen eingesetzt! Hurra!

WILLY Was?

TUCHHÄNDLER Hurra, die Kanonen. Die Armee weiß, daß du da bist. Das ganze Land tritt an zum Kampf. Wir werden dich fertigmachen.

Der Tuchhändler geht mit seiner Lampe ab. Der Sturm wächst.

WILLY Colin. Stirb nicht. Nicht so. Schrei.

Willy läuft durchs Wasser.

Zwei

Laden des Tuchhändlers.

Ladentisch. Regale mit Stoffrollen und Stapeln von Tuch. Zwei Korbstühle für Kunden. Auf dem Ladentisch verschiedene Kurzwaren, eine hölzerne Ladenkasse und eine an Taille und Hals abgeschnittene Kleiderpuppe.

Mrs. Louise Rafi (kommt in die Jahre) und ihre Gesellschafterin Mrs. Jessica Tilehouse (in den Vierzigern, bescheiden, aber bestimmt) sind im Laden. Mr. Hatch, der Tuchhändler, bedient sie. Er ist um die vierzig, hat geöltes Haar und ein ziemlich flaches Gesicht. Sehr helle blaue Augen.

TUCHHÄNDLER Wollstoffe werden jetzt wieder Mode, Mrs. Rafi. Sehr elegant für Wintervorhänge.

Rafi ignoriert ihn und schaut sich weiter ein Muster auf dem Ladentisch an.

RAFI Ist das hier haltbar?

TUCHHÄNDLER Brokat ist natürlich nicht so haltbar wie Utrechter.

RAFI Zeigen Sie mir das in Blau.

TUCHHÄNDLER Tut mir leid, blau haben wir nicht auf Lager. Mit einem Altrosa kann ich Ihnen dienen oder mit einem Clubgrün.

RAFI *Zu ihm, während sie einen umfangreichen Katalog durchsieht.*

Blau, blau.

TUCHHÄNDLER Haben Sie das Plüschangebot schon gesehen?

Er will ihr eine Stelle im Katalog zeigen.

RAFI Führen Sie mich nicht an der Nase herum. Mit einem künstlichen Stoff würde ich mich nicht wohlfühlen. Ich will Samt.

TUCHHÄNDLER Samt fällt auch am besten. Er ist haltbar und behält seinen Glanz.

RAFI Sollte er, für diesen Preis.

TUCHHÄNDLER *zu Mrs. Tilehouse.*

Haben Sie unsere indischen Dhurries gesehen, Mrs. Tilehouse? Diese Woche frisch eingetroffen. Sie werden die herrlichen Farben zu würdigen wissen. Sie können so was bestimmt gut tragen.

RAFI Dieser neumodische Spleen, die Handelsbilanz des Empires zu verbessern, indem man die Ostküste wie Eingeborene anzieht, interessiert mich nicht. Ich bin gekommen, um Vorhänge auszusuchen und will Utrechter Samt haben – der vermutlich aus Birmingham stammt. Ihr Katalog ist voll mit interessanten Angeboten, aber in Ihrem Laden findet man nichts davon. Sie bieten nur Schund an. Wie wollen Sie eine anspruchsvolle und dankbare Kundschaft gewinnen? Da, in Ihrem Katalog steht Blau –

Sie gibt ihm den Katalog.

– unten auf Seite eins-drei-zwei-eins in der Spalte rechts.

TUCHHÄNDLER *mit dem Katalog in der Hand.*

Alles, was Sie hier sehen, Mrs. Rafi, ist auf Extrabestellung lieferbar. Blau ist nicht gefragt.

Zu Mrs. Tilehouse.

Es wird nicht verlangt. Nicht zu diesem Preis, Mrs. Tilehouse.

TILEHOUSE *nickt verständnisvoll.*

Das glaube ich Ihnen.

RAFI Es wäre vermutlich zu optimistisch von mir, nach einer Probe zu fragen.

Der Tuchhändler nimmt schweigend ein blaues Muster aus einer Schublade und gibt es ihr. Sie schaut es sich an.

Zweifellos dauert die Lieferung ewig.

TUCHHÄNDLER Der Grossist rechnet mit zwei Wochen bis zur nächsten Bahnstation. Das ist doch keine Zeit, nicht wahr?

RAFI Falls man sich darauf verlassen könnte.

TILEHOUSE Mein neues Handarbeitskörbchen war innerhalb einer Woche da.

RAFI *sieht in den Katalog.*

Nottingham Spitzen, Guipure d'Art, türkische Teppiche, Japanische Nainsooks. Das alles kommt vermutlich in zwei Wochen aus diesem Warenhaus in Birmingham. Die Kunst einzukaufen gibt es nicht mehr.

Sie seufzt und nimmt das Muster auf.

Ist das auch akkurat?

TUCHHÄNDLER Ich denke schon.

RAFI Die meisten Muster werden verschickt, um die Kundschaft absichtlich hinters Licht zu führen. Wie Devotionalien. Nein, das ist ein erlesenes Material, ich gebe es zu. Es wird sich in Park House sehr gut machen. Ich möchte davon einhundertzweiundsechzig Yards in Stücken von je drei Yards. Ich will ihn in Fore-

beach verarbeiten lassen. Dort kann ich die Arbeit überwachen.
Sie steckt das Muster in ihre Handtasche.
Dieses Beweisstück nehme ich mit.

TILEHOUSE Louise, wäre es nicht besser, erstmal ein Zimmer fertigzustellen? Damit Sie sehen, wie es aussieht.

RAFI Warum? Die Vorhänge im Erdgeschoß sind schäbig. Sogar Sie haben das bemerkt. Dieser Stoff ist geeignet. Mir genügt dieses kleine Stückchen, um mir auszumalen, wie die ganze Szenerie aussehen wird. Und ich kann Ihnen sagen, sie sieht großartig aus.

TUCHHÄNDLER Einen Durchschlag der Bestellung werde ich hinauf nach Park House schicken.
Etwas zu bestimmt.
Damit Sie ihren eigenen Denkzettel haben.

RAFI Ich bin Ihnen verbunden. Nun Handschuhe. Was haben Sie mir in dieser Hinsicht anzubieten?

TUCHHÄNDLER Nur was Sie schon letzte Woche sahen, Mrs. Rafi.

RAFI Nichts Neues? Aber Sie hatten doch versprochen, mir zur Ansicht noch andere zu besorgen.

TUCHHÄNDLER Noch nicht da.

RAFI Bei Handschuhen rechnet man natürlich mit sofortiger Lieferung. Gut, dann zeigen Sie mir die, die ich letzte Woche schon gesehen habe. Ich muß Handschuhe haben, und wenn das hier Ihr ganzes – Angebot ist, werde ich mich damit behelfen müssen, bis ich nach Forebeach fahren kann, wo ich eine interessantere Kollektion zur Auswahl habe.
Der Tuchhändler holt zwei Kartons mit Handschuhen.

TILEHOUSE Diese hier gefielen mir an Ihnen, Louise. Sie passen zu allem.

RAFI Jessie, versuchen Sie bitte nicht, mich zu einem Kauf zu drängen. Sie wissen, das macht mich böse. Man gebraucht seine Hand, um auf etwas zu zeigen, etwas zu unterstreichen und zum Gestikulieren. Menschen werden danach beurteilt, was sie an den Händen haben. Sie sind wichtig.

TUCHHÄNDLER Gazelle. Fünf und fünf elf. Bock. Genarbtes Leder, strapazierfähig. Reh. Fühlen Sie, wie weich, Mrs. Rafi. Waschechtes Kitz. Zweisechs. Naturbiber. Dreidrei. Diese hier haben weiße Fingerspitzen, was von vielen Damen für einen kleinen Aufpreis bevorzugt wird. Dann haben wir den Military-Stil – *das* wird jetzt Mode. Für drei.

RAFI *probiert ein Paar Handschuhe an.*

Hier in der Stulpe steht sechsdreiviertel. Warum komme ich da nicht hinein?

TUCHHÄNDLER Vielleicht versuchen Sie einen schmalen Herren –

RAFI Ich habe immer Damengrößen getragen. Sieben höchstens. Und sowas kommt aus Birmingham. Ist dort nicht die Präzisionstechnik zu Hause? Da sollte man doch wenigstens die Herstellung richtiger Handschuhgrößen erwarten dürfen.

Sie probiert ein anderes Paar an.

Wieder sechsdreiviertel, aber ein ganz anderer Sitz.

Zieht mit Anstrengung einen anderen Handschuh an.

Sie kommen der Hand entgegen, aber sind sie auch strapazierfähig?

Sie schlägt mit der Hand auf den Ladentisch.

Nein. Geplatzt in den Nähten. Na also: Wenn man ein bißchen leidenschaftlicher wird, geben sie nach.

Zieht den Handschuh aus.

Ich bin eine leidenschaftliche Frau und brauche Handschuhe, die sich meinem Charakter anpassen. Diese da nehme ich nicht. Dem Himmel Dank, ich habe es rechtzeitig bemerkt.

Sie nimmt ein anderes Paar auf.

Also diese haben Stil. Auch die Stulpe könnte ich tragen. Klopfen Sie ans Fenster.

TILEHOUSE Was?

RAFI Schnell.

Mrs. Tilehouse klopft ans Fenster.

Lauter.

Mrs. Tilehouse klopft lauter. Mrs. Rafi winkt weitausholend und dennoch vornehm. Sie ruft im Flüsterton mit weitgeöffnetem Mund.

Einen Moment.

Die Türklingel läutet. Willy kommt rein.

RAFI Sind Sie Mr. Carson. Ich bin Mrs. Rafi. Guten Tag.

WILLY Guten Tag.

RAFI Das ist eine schreckliche Tragödie. Colin war mit meiner Nichte verlobt. Meine Gesellschafterin, Mrs. Jessica Tilehouse.

WILLY Guten Tag.

TILEHOUSE Guten Tag. O schrecklich. Ich kannte Colin gut. Er war so höflich. Immer ein freundliches Wort, auch für die im Hintergrund.

RAFI Die Frau des Untersuchungsrichters hat mich nach dem Frühstück aufgesucht, um mir die Einzelheiten mitzuteilen. Sie müssen sich elend fühlen. Sie können sich vorstellen, in welchem Zustand sich meine arme Nichte befindet.

WILLY Ich bin grade bei Ihnen zu Hause gewesen. Ich wollte Ihre Nichte besuchen, aber man bat mich, später wiederzukommen.

RAFI Bitte betrachten Sie mein Haus als das Ihre. Ich habe Colin entsetzlich gern gehabt.

TILEHOUSE Er hatte eine glänzende Zukunft vor sich. Ach du jemineh.

RAFI Bleiben Sie länger hier?

WILLY Bis zur gerichtlichen Untersuchung.

TILEHOUSE Ach du jemineh.

RAFI Sie müssen mir *ganz* genau erzählen, was passiert ist. Ich wollte mich schon beim Stabschef beschweren, weil die Küstenbatterie das Feuer eröffnet hat. Aber die Frau des Untersuchungsrichters sagt mir, daß Sie sich ins Zielgebiet verirrt hätten. Wie konnte es dazu kommen? Es ist auf den Seekarten eingetragen. Wer war Navigator?

WILLY Oh. Das haben wir zusammen gemacht. Es war ein kleines Boot. Der Sturm hat uns vom Kurs abgetrieben. Die Kanonen haben uns nicht versenkt. Wir waren schon gekentert.

TILEHOUSE Was für eine Nacht. Gottseidank wußte ich nicht, daß Sie draußen waren. Ich hätte kein Auge zugetan. Das schwöre ich Ihnen. Mich hätte die Vorstellung gequält, daß –

Sie unterbricht, weil sie plötzlich merkt, was sie sagt, sie wird verlegen, gerät fast in Panik.

Nicht daß meine Leiden wichtig wären. Bestimmt nicht. Verglichen mit Ihren. Ich hätte gern, gern die ganze Nacht durchgewacht, wenn –

RAFI *wirft ein Paar Handschuhe auf den Ladentisch.*

Also, ich werde diese doch nicht nehmen, Hatch. Der Griff von meinem Regenschirm hat sich in der Stulpe verheddert. Schikken Sie die anderen den Herstellern zurück. Teilen Sie ihnen mit, daß es nicht die Qualität sei, die man von ihnen erwarten dürfte. Mr. Carson, fahren Sie vielleicht mit uns nach Park House zum Mittagessen zurück. Mein Ponywagen steht draußen.

WILLY Ob sie die Leiche finden werden?

TILEHOUSE Ach du jemineh. Diese schreckliche See, dieses

schreckliche Leben.

RAFI Alles wird wieder angespült. Unsere Küste ist dafür bekannt. Sie werfen heute ein Taschentuch in die See und heben es morgen am Strand wieder auf. Besuchen Sie Mr. Evens. Er ist ein bißchen seltsam, aber er kennt das Wasser hier. Er wird Ihnen sagen, wo und wann alles hier angespült wird. Jessie, Sie müssen zu Fuß gehen. Drei schafft Pony nicht.

WILLY Ich werde gehen.

RAFI Kommen Sie.

Mrs. Rafi und Willy gehen raus. Die Türklingel läutet.

TILEHOUSE Mr. Hatch, wer war letzte Nacht auf Küstenwache?

TUCHHÄNDLER Warum?

TILEHOUSE Das wird doch bei der Untersuchung festgestellt werden? Warum hat der Wachhabende nichts gesehen?

TUCHHÄNDLER Nur ein Hellseher hätte letzte Nacht etwas sehen können.

Er verstaut die Handschuhe wieder.

Ich hatte Dienst.

TILEHOUSE Ach du liebe Zeit, und die Stadt zahlt Ihnen zehn Schilling jährlich, damit Sie aufpassen.

TUCHHÄNDLER Ich passe auf, Mrs. Tilehouse. Mehr als für die zehn städtischen Schillinge jährlich.

Die Türklingel läutet. Hollarcut kommt rein. Er ist ein ruhiger, blonder junger Mann.

HOLLARCUT Oh.

TUCHHÄNDLER Morgen, Billy. Warte hinten, Junge..

Hollarcut will am Ladentisch vorbei nach hinten durchgehen.

TILEHOUSE Morgen, Hollarcut. Hast du letzte Nacht Dienst gehabt?

HOLLARCUT Nein, Mrs. Tilehouse.

TILEHOUSE Nicht? Aber in einer solchen Nacht doch bestimmt. Ich dachte, alle Leute der Küstenwache wären auf ihren Posten gewesen.

TUCHHÄNDLER In meiner Dienstvorschrift steht das nicht drin, Mrs. Tilehouse.

HOLLARCUT Und ich kann meine nicht lesen.

Hollarcut geht hinter dem Ladentisch raus.

TUCHHÄNDLER Dieser Stoff, Mrs. Tilehouse. Einhundertzweiundsechzig Yards. Ob sie sich anders besinnen wird? Als sie beim letzten Mal Kissen bestellt hatte, hat sie die nicht einmal angesehn. Jetzt muß ich bei jeder Bestellung bar bezahlen, und sie nehmen nur noch echte Reklamationen zurück. Ich habe vom Großhandel einen Brief bekommen. Er ist vom Verkaufsdirektor unterschrieben.

TILEHOUSE Sie sind Geschäftsmann, Mr. Hatch. Sie müssen tun, was der Kunde will.

TUCHHÄNDLER *geht zur Tür.*

Wird gemacht, Mrs. Tilehouse. Guten Tag.

TILEHOUSE Ich denke, ich werde mir noch diese indischen Dhurries ansehen.

TUCHHÄNDLER Wir haben Mittagspause. Gestatten Sie?

Er macht ihr die Tür auf.

Guten Tag, Mam. Danke bestens.

Mrs. Tilehouse geht raus. Der Tuchhändler schließt hinter ihr die Tür ab. Er bleibt stehen und schaut durchs Fenster.

Moment noch, Leute. Der alte Geier ist immer noch da...

Er kommt in den Laden zurück und klatscht in die Hände.

Sie ist weg.

Hollarcut, Thompson und Carter kommen aus dem hinteren Teil des Ladens. Thompson ist ein magerer Mann mit dunklem Haar. Frühes »Mittelalter«. Carter ist schwerer und älter.

THOMPSON Großer Himmel. Ich hab da hinten vielleicht geschwitzt. Daß Mrs. Rafi da hinten auftaucht, war für mich todsicher. Auf sone Idee kommt die nämlich leicht drauf. Und sieht die mich hier, schmeißt sie mich raus.

TUCHHÄNDLER Hast du ihn verfolgt?

HOLLARCUT Den hab ich den ganzen Morgen beschattet. Dann sah ich ihn hier untertauchen und abhaun mit der alten Eule. Jetzt verfolgen lohnt sich nicht. Bevor du loslegst, hat die dich nämlich schon im Visier.

TUCHHÄNDLER Was hat er gemacht?

HOLLARCUT Nichts Besonderes.

TUCHHÄNDLER Clever.

THOMPSON Was istn mit dem los, Mr. Hatch?

TUCHHÄNDLER Die Fakten. Er kommt mitten im Sturm an Land, wenn niemand ihn sehen kann. Er arrangiert ein Treffen mit diesem Teufel Evens am Strand...

HOLLARCUT Genau.

TUCHHÄNDLER Und Mr. Bentham ist tot. Sie haben mit einem Mord begonnen, und es wird noch schlimmer kommen.

THOMPSON Großer Himmel.

TUCHHÄNDLER Das war kein Unfall mit dem Boot.

HOLLARCUT Worauf du dich verlassen kannst.

CARTER Das ist was für die Behörden, Leute. Es wächst uns über den Kopf.

TUCHHÄNDLER Sie würden uns nicht glauben, Mr. Carter. Ihr von der Küstenwache glaubt mir doch auch nur die Hälfte, trotz all meiner Warnungen.

THOMPSON Irgendwo stimmt da was nicht.

CARTER Da solln ja komische Sachen los sein. Ich weiß ehrlich nicht mehr, was ich glauben soll...

HOLLARCUT *zum Tuchhändler.*

Manchmal glauben sie's.

Zu Thompson.

Nicht, Wad, tust du doch?

THOMPSON O, ich glaubs manchmal auch wirklich. Natürlich.

TUCHHÄNDLER Sie kommen aus dem Weltall. Aus dem Jenseits irgendwo. Ihre Welt ist von Katastrophen bedroht. Wenn sie uns für einen Haufen schwacher Dummköpfe halten, werden sie alle herkommen. Millionen. Sie werden uns unsere Arbeit und unsere Häuser wegnehmen. Alles. Wir werden Sklaven sein und unser Leben lang arbeiten, um Sachen herzustellen, die man auf anderen Planeten verkauft.

THOMPSON Und Weiber? Sind sie scharf darauf?

TUCHHÄNDLER Nein... Sie kommen von einer höheren Stufe der Entwicklung. Ihr Geist beschäftigt sich mehr mit Wissenschaft und Meditation. Als Hobby legen sie geometrische Gärten an.

THOMPSON Jessas!

TUCHHÄNDLER Hört zu. Wo ist der schwache Punkt der Erde? Hier.

Hollarcut und Thompson grunzen zustimmend.

Sie wissen, in dieser Stadt gibt es keine Führung, keine Autorität, keine Disziplin. So hängt es von uns ab. Alle diese Schiffe in Seenot sind in Wirklichkeit geheime Landungen aus dem Weltall. Wir gehen ihnen nicht helfen, wir gehen und jagen sie fort. Ersäufen sie.

CARTER Was, wenn es Schiffe in Seenot sind?

TUCHHÄNDLER Es sind aber keine, es sind nicht einmal richtige Stürme. Diese Leute kommen Millionen von Meilen weit her. Die wissen schon, wie man hier einen Sturm herzaubert. Ein

paar Unschuldige von uns kommen vielleicht dabei um.
Zuckt die Achseln.
Das ist ein Risiko. Aber daran sind *sie* dann schuld, nicht wir. Geh jetzt, Billy, und leg dich vor Park House auf die Lauer. Verfolg ihn, wenn er rauskommt.

HOLLARCUT Mach ich.

TUCHHÄNDLER Sie werden zu gewissen Zeiten unsichtbar über ihm schweben. Beobachte ihn und du wirst sehen, daß er ihnen Zeichen gibt. Nach einem bestimmten Code. Alles kann so ein Zeichen sein: ein Kratzen, ein Winken oder daß er so tut, als ob er sich den Schuh zubindet. Du mußt alles im Kopf behalten. Ich werde es nachher mit dir einzeln durchgehen.
Hollarcut, Thompson und Carter gehen. Die Türklingel läutet. Der Tuchhändler verriegelt hinter ihnen die Tür. Er geht zur Ladentischkasse, nimmt das Geld heraus und tut es in eine kleine Banktasche aus Segeltuch. Er schaut nach oben in die Luft, macht eine kleine ritualisierte Trotzgebärde und sagt mit geschäftsmäßiger Stimme.
Gott schütze England.

Drei

Strand.

Eine alte Hütte, an die ein altes Fahrrad gelehnt ist. Am Lenker hängt eine leere Einkaufstasche. Ein paar angespülte Rundhölzer und Kisten, vom Wasser geglättet.
Heiter, sonnig, frisch. Wind von der Seeseite. Willy kommt grade an. Er hat den Jackenkragen hochgeklappt und die Hände in den Taschen. Er schaut sich um, geht zur Hütte und klopft an die Tür. Keine Antwort. Die Tür ist mit einem Vorhängeschloß versehen. Willy versucht es zu öffnen. Hinter ihm tritt Evens auf und schaut zu. Er ist alt, verwittert und bärtig.

EVENS Es ist abgeschlossen.

WILLY Oh. Hallo. Ich bin ein Bekannter von Mrs. Rafi.

EVENS Ja.

WILLY Ich war in dem Boot, das letzte Nacht gekentert ist.

EVENS Ein Boot?

WILLY Ja.

EVENS Letzte Nacht?

WILLY Ja.

EVENS Es war rauh.

WILLY Mein Freund ist ertrunken.

EVENS Oh. Du willst wissen, wo er auftauchen wird.

WILLY Nun ja.

EVENS *zuckt müde die Achseln.*
Hängt davon ab, wo er untergegangen ist.
Evens geht in die Hütte. Willy bleibt schweigend stehen. Als Evens wieder herauskommt, wundert er sich, daß Willy immer noch da ist.

EVENS Oh. Ich werds mir durch den Kopf gehn lassen.
Will wieder in die Hütte.
Der Unfall tut mir leid.

WILLY Sie leben hier?

EVENS Ja.

WILLY Das muß schön sein.

EVENS ... Manchmal. Oft ist es kalt. Der Wind.
Willy setzt sich auf eine Kiste und weint in seine Hände. Einen Moment schaut Evens ihn an und geht dann langsam in die Hüt-

te. Willy weint etwas länger, bevor er zu sprechen beginnt.

WILLY *versucht aufzuhören.*

So dumm – sowas zu tun – hierherzukommen und –

EVENS *in der Hütte.*

Ist das der richtige Platz zum Heulen?

WILLY *versucht aufzuhören.*

... letzte Nacht...

Der Tuchhändler kommt. Hinter ihm erscheint Hollarcut, bleibt stehen und schaut zu.

TUCHHÄNDLER Du hast ja nicht lange gebraucht, um hier rauszufinden. Du mußt die Leiche loswerden, bevor jemand die Wunden entdeckt. Warten, bis sie angespült wird, dann auf See rausschleppen oder im Sand vergraben. Ich laß dich nicht aus den Augen –

Evens kommt aus der Hütte.

– ja, und dich auch nicht, Evens. Ihr steht beide unter Beobachtung.

Ruft Hollarcut nach hinten zu.

Hast du ihn heulen sehn, Billy?

HOLLARCUT Klar.

TUCHHÄNDLER Das war ein Geheimzeichen. Heulen heißt: schlechte Nachrichten. Damit meint er uns. Diese Teufel da oben passen genau auf. Er meldet ihnen, daß wir ihm auf der Spur sind.

WILLY *versucht mit dem Weinen aufzuhören.*

Was ist denn mit dem los?

EVENS Der ist harmlos.

TUCHHÄNDLER O, wir werden schon mit dir fertig, Evens. Das ist nicht deine Art See. Diese See ist wirklich vorhanden. In ihr ertrinkt man. Sie gehorcht nicht deiner Einbildung, die die Gesetze der Schwerkraft auf den Kopf stellt. Du wirst dahinterkommen.

Ruft Hollarcut nach hinten zu.

Sie fürchten sich vor unsrer See, Billy. Gegen Nässe sind sie nicht immun. Die durchtränkt sie und löst ihre Eingeweide auf. Paß auf, sie haben große Angst vor ihr.

HOLLARCUT Kein Wort sind die wert, Mr. Hatch. Ein Wink, und ich reiß ihnen die blöden Köppe ab.

TUCHHÄNDLER Noch nicht. Erst studieren wir sie gründlich. Lernen ihre Art und Weise kennen. Brechen ihren Code. Du beobachtest sie weiter. Auf Wiedersehen, Mr. Evens. Wir rechnen bald miteinander ab.

Der Tuchhändler und Hollarcut gehen raus.

EVENS *normal.*

Jetzt ist es schön. Hoffentlich bleibt das Wetter so.

WILLY Kommen die oft hierher?

EVENS Nein. Sie sind ängstlich wie Mäuse. Deine Ankunft, der Sturm, das Boot – alles das hat sie durcheinandergebracht.

WILLY Sind sie denn nicht gefährlich?

EVENS *zuckt die Achseln.*

Ja, sich selber.

WILLY Warum leben Sie hier?

EVENS Ist es nicht das, was jeder gern möchte?

WILLY Nein.

EVENS Vielleicht nicht. ... Wir sind jetzt mitten in den Springfluten. Wo die Küste den Bogen nach innen macht, wird er angespült.

Zeigt.

Da! Die Menschen sind grausam und langweilig und besessen. Wenn er über diesen Punkt hinaustreibt, kriegst du ihn nicht mehr. Er müßte angetrieben werden. Jetzt hängt er irgendwo da draußen rum. Wäre er nicht tot, könnte er uns sehen. Meine Frau starb im Krankenhaus. Sie hatte irgendwas Unbedeutendes. Da habe ich alles verkauft. Sie hassen einander. Zwingen. Produzieren. Benutzen. Stoßen. Brennen. Verkaufen. Wofür? Für einen Haufen Mist. Glaub nicht, was sie sagen. Ich verstehe das Wasser nicht. Die Hauptströmungen kenne ich, aber Glück und Zufall spielen mit. Egal, wie klar die Hauptströmungen sind, die Details müssen durchgestanden werden. Es sind immer die Details, die die Tragödie ausmachen. Nichts Größeres. Früher sagte man, die Tragödie läutert und hilft einem, sich von allem zu lösen. Heute bereitet sie nur noch Verlegenheit. Sie werden ein Gesetz gegen sie erlassen. Mitte nächster Woche sollte er angespült werden. Aber verlaß dich nicht drauf. Vielleicht kommt eine Flut. Dann geht sowieso alles über Bord. Ein Mann ertrank auf hoher See, und am nächsten Tag spülte ihn eine Flut meilenweit ins Land hinein und ließ ihn in seinem eigenen Garten zurück, wo er oben im Apfelbaum hing. Die Äpfel wurden alle fortgespült und tänzelten im Wasser davon. Seine Frau und seine Kinder saßen im trocknen auf dem Dach und schauten ihn sich an. Drei Tage saßen sie da.

Hollarcut wirft ein Stück Treibholz gegen die Hauswand.

HOLLARCUT *Off.*

Daß ihr wißt, ich hab euch noch im Auge.

WILLY Kann man ihn nicht für geistesgestört erklären lassen?

EVENS Der Stadtarzt ist noch verrückter als er.

Evens nimmt eine kleine Whiskyflasche, entfernt die Kappe und hält die Flasche Hollarcut hin.

Schlückchen?

HOLLARCUT *Off.*

Ist das vergiftet?

EVENS Ja.

HOLLARCUT Dann neeneenee.

Evens trinkt aus der Flasche. Er hält sie Willy hin.

EVENS *suchend.*

Eine Tasse habe ich nicht.

WILLY Nein, danke.

EVENS *ruft Hollarcut zu.*

Komm her und setz dich ans Haus, Mann. Aus dem Wind.

Hollarcut kommt und setzt sich seitlich ans Haus.

HOLLARCUT Nur daß ich euch besser sehn kann.

EVENS Na, was hat der olle Hatch dir denn alles so erzählt?

HOLLARCUT Haargenau. Daß du gleich mit deiner Fragerei loslegen wirst, sagt er. Hat ja auch nicht lang gedauert, oder?

EVENS Du weißt doch, daß er verrückt ist.

HOLLARCUT *ruhig.*

Das sagst *du.*

EVENS So dumm bist du doch gar nicht, Mann.

HOLLARCUT Der ist nicht so normal wie ich, oder wie Wad, oder wie meine Mama. Wie kann ich wissen, ob er nicht was kapiert, was ich nicht kapieren kann. Die Welt ist nämlichn komisches Ding. Wenn du nicht selbern bißchen doof im Kopf bist, kriegst du nie raus, was bei so Leuten los ist. Zuviel aufm Kasten zu habn, lohnt sich nicht, wenn du mich fragst. Für *mich* lohnt sichs wirklich nicht, das weiß ich.

EVENS Mit dir zu reden, ist Schwerarbeit.

HOLLARCUT *zufrieden.*

Ich hab dich nicht gebeten drum. Ich misch mich da nicht ein. Ich sitze hier ganz zufrieden und hör zu. Ich hab ne weiche Birne, denkst du. Aber mitkriegen krieg ich alles. Ihr werdet euch noch eines Tages alle mal über mich wundern.

EVENS *trinkt.*

Das hält den Wind ab.

Evens stellt die Whiskyflasche auf eine Kiste.

WILLY Letzte Nacht traf ich Sie am Strand.

EVENS O?

HOLLARCUT Haargenau. Wie du deine Tricks im Wasser gemacht hast.

WILLY Sie waren betrunken.

EVENS War ich das? Das kommt manchmal vor.

HOLLARCUT Wenn man dich durch ne Wringmaschine dreht, kann man ne Brauerei aufmachen.

WILLY Sie hatten eine Laterne.

HOLLARCUT Geheimzeichen, daß du an Land kommst.

EVENS *plötzlich irritiert.*

Du hast gesagt, daß du den Mund halten willst.

HOLLARCUT Nur, daß du weißt, ich hör noch zu.

WILLY *gelassen.*

Warum waren Sie betrunken?

HOLLARCUT Weil er zuviel getrunken hat.

Lacht.

Na, hab ichs euch nicht gesagt: Köpfchen, Köpfchen, wenn ich nur will. Die kugeln sich manchmal in unsrer Küche, wenn ich nachts mal richtig in Form bin. Meine Ma lacht sich schief. Holt dann alle Nachbarn rein. Schreit die ganze Straße zusammen. Das bringt mich dann noch mehr zum Lachen. So richtig lustig ist das dann bei uns. Dann singen wir auchn bißchen.

EVENS Ich trinke, um nicht verrückt zu werden. Das bißchen, was ich trinke, schadet nichts. Li Po: Ihr, vom Leben übersättigt, trinket nun den Bodensatz.

HOLLARCUT Ah, Geheimsprache jetzt. Wir wissen Bescheid.

EVENS Wer ist ertrunken?

WILLY Aus dieser Stadt. Colin Bentham.

EVENS O!

WILLY Er wollte die Nichte von Mrs. Rafi heiraten.

EVENS Den kannte ich. Als Junge kam er hierher. Oft. Er spielte neben der Hütte und schwamm raus. Ich weiß, wie die See war letzte Nacht.

Ein verrücktes Weib in einem grauen Bett
Es zappelt unter den Decken

Und drischt sein graues Haar

WILLY Wenn Sie nicht betrunken gewesen wären.

EVENS Das habe ich längst beantwortet. Wenn er nicht den Seeweg genommen hätte.

WILLY Er wollte schnell hier sein, nicht den Umweg über Land machen.

EVENS Warum?

Schweigen. Willy steht auf.

HOLLARCUT Wohin willstn du?

EVENS Hatch hat dir befohlen, uns *beide* zu beobachten, nicht? Jetzt gibts Ärger.

Willy geht raus.

HOLLARCUT Ich bleib, wo ich bin, und hab dich im Visier. Wo ichs mir hier bequem gemacht hab.

EVENS Da wird dir was verlorengehen.

HOLLARCUT *zufrieden.*

Klar, daß du mich los sein willst. Genau deshalb bleib ich. Ich bin nicht aufn Kopp gefallen, du.

Evens schraubt den Verschluß auf die Whiskyflasche und geht zum Haus.

EVENS Geh lieber den Töchtern vom Pfarrer beim Baden zugukken.

HOLLARCUT Haargenau: Weil Mr. Hatch sagt, daß du uns Männer alle verderben willst. Was machst du eigentlich immer da drin?

EVENS Da laß ich kleine Männer einschrumpfen und steck sie in Flaschen. Die stellen sich die Marsmenschen dann auf den Kamin.

Evens geht in die Hütte und schließt die Tür hinter sich. Hollarcut setzt sich noch bequemer gegen die Wand.

HOLLARCUT *zufrieden.*

Also das glaub ich nicht. Der reinste Schwindel. Ich *weiß* das.

Vier

Park House.

Gesellschaftszimmer. Einrichtung: oberer Mittelstand. Gemütlich, stabil, gut. Runder Tisch. Bücherschrank.

Mrs. Rafi, Mrs. Tilehouse, Miss Mafanwy Price (in den Dreißigern, Haarknoten), Jilly (achtzehn, glänzende Wangen und Augen), Rachel (etwas plump, sauber und tüchtig). Der Pfarrer (etwa dreiundvierzig, sieht aber jünger aus, trägt einen grauen Sommeranzug).

Rose ist grade reingekommen. Sie ist blaß und müde. Die anderen starren sie überrascht an.

RAFI Geh in dein Zimmer zurück, Rose. Wir schaffen es ohne dich.

ROSE Ich bleibe.

MAFANWY Armes Ding.

RAFI Du ruinierst dich.

ROSE Ich kann die See durch die Fenster sehn.

Die Damen geben leise Klagelaute von sich.

JILLY Wie entsetzlich.

MAFANWY In dieser Stadt entkommt man der See nicht.

RAFI Zieht die Vorhänge zu.

ROSE O nein.

RAFI Die Vorhänge. Die Vorhänge. Entzieht die See unseren Blikken.

Damen ziehen eilig die Vorhänge zu.

Licht.

Damen holen eilig Licht.

RAFI Ja, bleibe bei uns. Wir verstehen. Alle haben wir zu unserer Zeit den Schmerz gekannt. Trauerfälle, verlorene Hoffnungen. Im Leben eines jeden gibt es Schatten. Jessica, teilen Sie die Bücher aus. Ich hoffe, daß wir alle unsere Rollen vorbereitet haben.

DAMEN Ja. Ach Gottchen.

RAFI Wir werden sehen.

TILEHOUSE *zu Rose.*

Wie tapfer, daß Sie nicht verzweifeln. Sie haben recht. Die Schläge des Schicksals dürfen uns nicht umwerfen.

RAFI Jessica, hören Sie auf, sich als Frau mit interessanter Vergangenheit aufzuspielen. Ihnen ist nie etwas passiert. Das ist zwar eine Tragödie, dennoch berechtigt es Sie kaum, anderen Ratschläge zu erteilen. Geben Sie lieber die Bücher aus. Erster Akt, dritte Szene. Auftritt Orpheus.

Ein kurzes Aufflackern nervöser Erwartung.

Ich habe meine Eurydike verloren. Haben wir alle die Stelle? Überwältigt von Schmerz mache ich mich auf die Reise, den steilen, steinigen Pfad zur Hölle hinab. Auf beiden Seiten dräuen bodenlose, schreckliche Abgründe in flammender Dunkelheit. Mir zu Häupten wölbt sich die Felsenhöhle. Wahnsinnige Fledermäuse durchfliegen ihre geschwärzten Wölbungen. Ich erreiche den Fluß, der vor der Hölle liegt. Ermattet setze ich mich auf einen Fels und betrachte die schaurige Szene. Ich nehme meine Laute zur Hand und singe: »Im schönsten Wiesengrunde«.*

TILEHOUSE Louise, Liebes. Ist das das richtige Lied?

RAFI Das richtige Lied? Ich singe immer »Im schönsten Wiesengrunde«. Die Stadt erwartet das von mir.

TILEHOUSE Ja.

RAFI Soll ich sie denn enttäuschen? Ich will nicht das ungeschriebene Gesetz der Bühne brechen und mich kritisch über die Darbietungen meiner Mitspieler äußern, möchte aber dennoch mit der Zuversicht dessen, dem oftmals Anerkennung zuteil wurde, bemerken, daß meine Darbietung von »Im schönsten Wiesengrunde« eins der Glanzlichter des Abends sein wird.

RACHEL Es gefällt uns immer wieder.

TILEHOUSE Wir sollten lieber weitermachen.

RAFI »Weitermachen« sagt sie – als ob wir ein Glas Wasser aus der Leitung laufen lassen. Ich weiß nicht, auf welchem Niveau Sie Ihre Inspirationen haben würden, falls Ihnen eine Rolle anvertraut worden wäre, ich jedenfalls kann aus meiner nicht ein- und aussteigen wie ein Ringkämpfer aus dem Ring.

Schweigen. Sie summt die erste Zeile: »Im schönsten . . .«, *kommt dann schnell zum Ende des Liedes . . .* »Beim Abendschein.«

Ergriffen von der Rührung, die ich verursacht habe, weine ich, wenn alles wie üblich verläuft, zusammen mit einem großen Teil des Publikums. Meiner Klage Qual lockt Zerberus an, den

* *Anmerkung des Übersetzers:* Bond wünscht ein Äquivalent für das englische »There is no place like home«.

Wachhund der Hölle. Er kommt über das dunkle Wasser auf mich zugeschwommen.

MAFANWY Louise, könnte ich nicht bereits auf Ihrer Flußseite sein?

RAFI Würden Sie denn ruhig sein, während ich singe? Ganz sicher nicht. Sie würden einstimmen wollen.

MAFANWY Es ist so schwierig, zu tun, als ob ich schwimme, während ich in Wirklichkeit hinüberlaufe.

RAFI Spielen Sie, Miss Price. Denken Sie daran, daß Ihr Publikum die meiste Arbeit für Sie übernimmt. Die Leute sind bereits durch den ersten Teil der Tragödie darauf eingestimmt.

MAFANWY *Plötzlicher Ausbruch.*
Ich kann nicht! Ich kann nicht!

RAFI Jedes Jahr dasselbe. Man kriegt ja Mitleid mit Gott, wenn man bedenkt, wie er sich angestrengt hat, einem tumben Stück Tonerde Leben einzuhauchen. Wünschen Sie denn nicht den Fonds der Küstenwache zu unterstützen? Bedeutet er Ihnen nichts?

MAFANWY Wie grausam, Louise.

RAFI Dann spielen Sie. Lassen Sie sich in die Rolle fallen, und Sie werden von ihr getragen.

MAFANWY Aber warum muß ich gerade ein Hund sein? Voriges Jahr war ich ein Affe. Wenn wir eine Pantomime spielten, würden Sie mich zur Katze machen. Ich möchte eine der Ehrenjungfrauen sein, die Orpheus mit Rosenblättern und Gesang begrüßen, wenn er aus der Hölle kommt.

RAFI Sie werden ein Hund sein. Jedes Jahr sammeln Sie für Ihren Tierschutzverein und lassen uns nicht eher zufrieden, bis wir doppelt soviel gegeben haben, wie wir aufbringen können. Jetzt haben Sie die Chance, noch mehr Dankbarkeit von Ihren kleinen Freunden zu ernten.
Seufzt.
Ich weiß, Sie brauchen jede Hilfe, die man Ihnen geben kann. Das habe ich vorausgesehen. Also werden zwei der Damen als Hilfskräfte fungieren und ein Tuch quer über die Bühne halten. Es wird mit Delphinen, Seesternen und anderen Meeresemblemen verziert sein, und die Damen werden Badekleidung tragen. Sie schwimmen hinter dem Tuch hinüber. Nur Kopf, Arme und Brust von Ihnen werden zu sehen sein.
Die Damen spenden glücklich Beifall.

MAFANWY O danke sehr, danke sehr, Louise. Was für eine Inspiration.

RAFI Gleichzeitig wird Mrs. Tilehouse in der Dunkelheit unter der Bühne entlangkriechen und in einem Wasserbassin herumplantschen.

TILEHOUSE Ich kann nicht. Da ist kein Platz.

RAFI Dann müssen Sie Platz spielen. Ersehnen Sie es nicht, Künstler zu sein? Denken Sie an die Bergleute, die ihr Leben lang durch Dunkelheit kriechen, damit Sie Licht haben. Auch das ist, auf seine Art, eine Aufgabe der Kunst.

Heftiges Beifallsgemurmel der Damen. Mrs. Rafi nimmt einen losen Bezug auf, der mit Blumen, Blütenstielen und Blättern verziert ist. Jilly und Rachel halten ihn schulterhoch über die Bühne. Mafanwy schwimmt dahinter so entlang, als ob ihr Körper oben aus dem Wasser ragte.

MAFANWY Ich komme und speie Wasser aus meinem Maul...

RAFI Ich glaube, Sie paddeln besser nicht wie ein Hund. Es ist zu aufdringlich. Eurydike, bist du für immer verloren? Nein, nein, ich kann es nicht ertragen.

MAFANWY Wer ruft? Welch schreckliche Schreie tönen durch diese Hallen des Todes? War das richtig?

RAFI Sie dürfen keine Angst haben, in Ihre Rolle einzusteigen. Beim Klang Ihrer Stimme springe ich wie verrückt auf. Ich kann in der Dunkelheit nichts sehen. Ich rufe: Eurydike, bist du es? Ja! Meine Gebete sind erhört.

MAFANWY Ich komme aus dem Wasser und schüttele mich.

RAFI Sie schütteln sich?

MAFANWY Alle Hunde schütteln sich, wenn sie aus dem Wasser kommen. Ich habe unseren Roger für diese Rolle sehr sorgfältig studiert.

Mafanwy schüttelt sich.

JILLY Das ist so wirklichkeitsnah, Fanny. Ich kann das Wasser förmlich spüren. Ich möchte mich trockenreiben, Mrs. Rafi. Ich möchte meine Überschuhe anziehen und meinen Regenschirm aufspannen.

RAFI Natürlich, Herzblättchen. Beschreiben Sie uns Ihre Reaktionen nachher beim Tee. Das klingt alles so interessant und erfrischend.

MAFANWY Woher diese Stimme des Schreckens? Eines Lebenden Stimme ist es. Den Toten bleiben solche Leiden erspart. Was störest du, o Sterblicher, diese Schatten der Finsternis?

Ein Klopfen an der Tür.

RAFI Nimmermehr werde ich schweigen. Siehe, ich zähmte die wilden Tiere, aber nicht die Stürme in meiner Brust.

Davis, das Stubenmädchen steckt ihren Kopf durch die Tür.

Was ist, Davis?

MÄDCHEN Verzeihung, Mam: Mr. Carson, Sie sagten, daß ich ihn jederzeit reinlassen soll.

RAFI *nickt Davis zu.*

Meine Damen, Sie gestatten doch?

Davis geht. Ein paar Momente zappeln sie nervös herum. Dann kommt Willy. Er schaut sich in der Dunkelheit um.

Kommen Sie herein, Mr. Carson. Wir proben für eine Vorstellung.

WILLY Oh, Verzeihung. Da komme ich wieder um –

RAFI Nein, nein. Kommen Sie doch herein. Das ist meine Nichte. Rose.

WILLY Miss Jones. Guten Tag. Ich hätte Sie gern unter anderen Umständen kennengelernt. Ich kann Ihnen nur sagen.

RAFI Still, still! Nicht jetzt, Kinder.

Rose gibt Willy die Hand. Dann geht sie auf ihren Platz zurück.

Nehmen Sie Platz, Mr. Carson. Vielleicht genieren sich unsere Damen in Ihrer Gegenwart und bemühen sich, etwas einfallsreicher zu sein. Ich bin soeben dabei, den Styx auf einer Fähre zu überqueren. Der Styx besteht aus den Tränen der Reue und des Leids, was interessant ist. Aber setzen Sie sich doch. Dort. – Von dort aus werden Sie alles sehen.

MAFANWY Störe nicht diese Schatten der Finsternis. Ich spreche mit dieser besonderen Klangfarbe, Mr. Carson, weil ich einen Hund darstelle.

RAFI Nimmermehr werde ich schweigen. Siehe, ich zähmte die wilden Tiere, aber die Stürme in meiner Brust kann ich nicht zähmen. Laß mich drücken, Eurydike, deinen Marmorbusen an meine keuchende Brust. Ich will ihn mit meinem Herzen erwärmen.

Jilly beginnt zu weinen.

JILLY O mein Gott! Wie tut er mir leid. Wie rührend. Wie traurig.

RAFI Laß es fließen, Liebes. Gib dich ganz diesem Gefühl hin. Damit muß man bei mir rechnen.

JILLY Wie entsetzlich!

Jilly rennt weinend aus dem Zimmer.

RAFI Hoffentlich spielt ihr alle am Abend so gut.

RACHEL Ich gehe ihr nach.

RAFI Lassen Sie sie. Man darf nie Interesse für die Leiden der jungen Leute zeigen, das macht sie egoistisch. Davis wird sie streicheln und ihr Tee und ein Stück Kuchen geben. Eurydike, o sprich!

Sie umarmt Mafanwy.

MAFANWY Hinweg, du Rasender. Ich bin ein Hund.

TILEHOUSE Sollte sie nicht auf allen vieren kriechen?

RAFI Jessica, ich habe hier die Regie. Ihre Aufgabe ist es, Programme zu verkaufen und dem Bühnentischler zu assistieren. Eurydike, o sprich!

MAFANWY O weh, du hast Pluto, den Alten, erweckt. Er ist der Gott von dem Ort hier unten. Nun werde ich ganz schön verprügelt werden.

Kleine Pause.

RAFI *laut.*

Pluto naht.

Nichts passiert. Lauter.

Der Gott der Hölle.

Schreit.

Herr Pfarrer!

PFARRER Ach du liebes bißchen, ich dachte schon, daß Gabriel mich ruft. Verzeiht mir, Schwestern im Geiste des Thespis. Ich habe Ihre bibliographischen Kostbarkeiten bewundert, Mrs. Rafi. Eine wahre Wonne.

RAFI Lassen Sie doch jetzt die Bücher, Herr Pfarrer. Wir schlagen uns mit dem Leben herum.

PFARRER Wie wahr. Ich erwarte Anweisungen.

RAFI Sie erscheinen auf der anderen Seite des Styx.

PFARRER So etwa? Gut. Nun, wo sind diese vorzüglichen Zeilen? Was für ein schreckliches Gewimmer? Übrigens, Mrs. Rafi. Könnte ich vielleicht an dieser Stelle im Interesse einer kleinen Abwechslung einen Hinweis machen, einen verschmitzten Hinweis, meine Damen, auf einen mir wohlbekannten Kirchenchor?

RAFI Nein.

PFARRER Das habe ich befürchtet. Derart spöttische Bemerkungen waren schon immer eine Schwäche von mir. Mrs. Rafi, wie dem auch sei. Böser Hund, zu deinem Herrn!

RAFI Probieren Sie: Böser Hund, zu deinem Herrn!

PFARRER Ach herrje, das hört sich so entmutigend an. Wenn ich Zerberus wäre, würde ich stracks zur Hölle zurücklaufen. Wie auch immer, runter, Sir.

RAFI Auf die Knie, Hund.

PFARRER Ach ja. Auf die Knie, Hund. O ganz vorzüglich, Miss Price. Genau so läßt sich unser Ajax vor dem Kamin nieder, wenn er an Winterabenden von seinem Rundgang heimkommt.

MAFANWY Dankeschön, Herr Pfarrer. Ich habe die Eigenarten unseres Roger in einem Büchlein genau vermerkt.

PFARRER Der vorzügliche Roger. Ja. Es tut mir leid, Miss Price, aber ich muß Ihnen mitteilen, daß Ihr Roger meinem Ajax nachgestellt hat. Ihnen, meine Damen, bin ich dazu die Erklärung schuldig, daß ich mir immer schon einen Ajax gewünscht habe und meinem Hund diesen Namen verlieh, bevor ich wahrnahm, daß sie dafür ein gänzlich ungeeignetes Geschlecht besitzt. Wie dem auch sei, Roger hat sich nicht täuschen lassen. Ja. Und ich wüßte gerne, Miss Price, ob ich Sie vielleicht fragen darf –

RAFI Herr Pfarrer!

PFARRER Das Thema ist tatsächlich etwas heikel.

Zu Mafanwy.

Ein paar geflüsterte Wörtchen nach der Chorprobe dürften da genügen.

RAFI O Eurydike.

PFARRER Wer ruft mein Weib?

RAFI O Graus.

PFARRER Ja, sie ist mein. O Mensch, ich sah sie, schreitend durch die Gärten eurer Welt. Und in der Hölle frostgem Ort verlor ich dann mein Herz an sie.

RAFI O Graus. O Graus.

TILEHOUSE Das steht hier nur einmal. Hoffentlich wird jetzt niemand behaupten, ich könne nicht lesen oder nicht zählen.

RAFI O Graus. O Graus. Man kann sagen, was man will, solange es trägt. Du darfst nicht aus der Hölle kommen, um dir zu holen, was nicht dein ist. Nur deshalb ist sie tot vor ihrer Zeit, und fortan werden alle Fraun in Furcht vor Plutos Wollust leben.

PFARRER Das klingt ganz nach Roger. Ich kann sie nicht von mir lassen.

RAFI Hohn und Trotz sind dann mein Los.

PFARRER Erhebt euch, schlafende Furien mein. Mrs. Rafi, dürfte ich hier einen Hinweis machen auf das Verhalten einer bestimmten örtlichen Kirchengemeinde zu dem Zeitpunkt, wenn meine Predigt dem Ende zugeht?

RAFI Nein, Herr Pfarrer. Die Hölle stürm ich und befreie sie.

PFARRER Ihr Furien, auf!

Die Damen umringen den Pfarrer. Sie gestikulieren und grimassieren.

PFARRER Sei gewarnt, o eitler und törichter Mensch. Mache dir nicht einen Gott zum Feinde. Das ist des Wahnsinns Bahn und der Verzweiflung. O Mensch, ein Gott warnt dich davor. Stecke nicht deine Hand in die eiserne See, um das, was da glitzert, herauszuziehen.

PFARRER Sieh da, mein Fährmann. Bedenk es wohl, ehe du meine Fähre betrittst.

Rachel nimmt eine Stange zum Staken und setzt sich einen Strohhut auf. Die Damen legen den losen Bezug flach auf den Boden.

RACHEL Mr. Carson wird jetzt bestimmt denken, daß ich mich beim Rudern sehr dumm anstelle. Los gehts.

Rachel tritt auf den Bezug.

Ich bin der Hölle Fährmann. Ich komme, dich über das schwarze Wasser zu holen.

Rafi will ins Boot steigen, bleibt jedoch stehen und starrt ins Wasser.

RAFI Tief unten in der Dunkelheit sehe ich etwas Helles leuchten.

RACHEL Das ist des Narziß Spiegelbild. Es ist für immer und ewig verdammt, in diesen Wassern umzugehen –

RAFI O Graus. O Graus.

RACHEL – und auf Marter und Qual emporzustarren in den Gesichtern derer, die auf dem Weg zum Tode sind. Schau und kehre um.

RAFI Ich kann nicht.

Rafi tritt auf den Bezug. Rachel beginnt rhythmisch zu staken. Rafi stellt sich auf den imaginären Bug und blickt dem jenseitigen Ufer des Styx entgegen. Die übrigen Mitwirkenden summen leise »Auf dem Wasser zu singen«. (Dieser von F. Schubert vertonte Text aus dem »West-östlichen Divan« ist als Vorschlag gedacht. Bond selbst benutzt den »Eton Boating Song«, hält jedoch Äquivalent für erforderlich. Der Übersetzer.) Rose tritt langsam am anderen Ufer auf und stellt sich neben Pluto.

RAFI *ekstatisch.*

Eurydike. Geliebte. Ich sehe dich.

ROSE Ich bin die Königin dieser dunklen Stätte. Mein Herz brennt in einem neuen, kalten Feuer. Deine Liebe, deine Furcht, deine Hoffnung – was bedeutet sie mir noch? Asche, gestreut über die See.

RAFI *streckt beide Arme nach Eurydike aus.*

Eurydike, ich kann dich nicht hören. Der Wind bläst deine Worte über diesen kalten Fluß. Ich sehe nur, daß du mich rufst.

ROSE Zurück.

RAFI *ekstatisch.*

Geliebte, ich komme.

ROSE Zurück.

RAFI Ja, ich komme.

Sehr entferntes Donnern von Kanonen. Einen Moment lang Schweigen im Raum. Dann leise ein ärgerliches und schmerzliches Stöhnen.

TILEHOUSE Die Küstenbatterie.

RACHEL Es ist ein o trauriges Geräusch.

RAFI Sie üben den ganzen Tag und die ganze Nacht. Man sollte an das Kriegsministerium schreiben.

MAFANWY Sie tun ihre Pflicht.

TILEHOUSE Ich nehme die Störung gerne in Kauf. Die Soldaten sind unsere Beschützer.

PFARRER Sehr wohl, meine Damen. Man liest doch seine Zeitungen. Der Premierminister hat eine Rede an die Nation gehalten. Der kontinentale Kräfteausgleich ist bedroht. Und außerdem das Flottenproblem –

RAFI Ich hoffe, daß ich ein Patriot bin. Aber eine Armee gehört aufs Schlachtfeld oder in die Kaserne. Was sucht sie in meinem Garten und rüttelt an meinen Fenstern? Zieht die Vorhänge auf. Sie haben uns die ganze Kunststimmung zerdonnert. Wenn ich den Lear spielte, könnte mich das beflügeln. Aber man kann nicht Laute spielen, während die Kanonen donnern.

PFARRER Wie schade. Mir gefällt unsere Auseinandersetzung an diesem wüsten Ufer. Zwei mächtige Titanen, ineinander verschlungen zu tödlichem Kampf.

RACHEL Ich habe die Entwürfe für die Ausstattung auf dem Tisch ausgelegt.

Sie gehen zum runden Tisch und sehen sich die Entwürfe an. Rose begibt sich zu Willy, der allein auf einem Stuhl sitzt. Während sie sich unterhalten, bewundern die anderen die Entwürfe und kichern über sie.

ROSE Mr. Carson, was ist mit Ihnen? Sie sind ja ganz weiß.

WILLY Nichts.

ROSE Sie sind sicher krank.

WILLY Die Kanonen. Sie schossen, als unser Boot gekentert ist.

ROSE Kann ich Ihnen irgend etwas bringen?

WILLY Nein, nein. Sehr freundlich von Ihnen. Ich brauche nichts.

ROSE Das ist eine Zerreißprobe für Sie.

WILLY Wir waren so lange befreundet.

ROSE Ja.

WILLY Ich kann Ihnen gar nicht sagen, wie leid es mir tut. Und ich kann nichts tun.

ROSE *nickt.*
Nein. Nichts.

PFARRER *sieht sich einen Entwurf an. Ängstlich.*
Oh, Mrs. Rafi, ob ich das gutheißen kann? Schickt es sich denn für mich, vor der Gemeinde in Strumpfhosen aufzutreten? Da müßt ich erst den Kirchenvorstand fragen.

RAFI *am runden Tisch.*
Er kann nichts dagegen haben. Ich habe die Kostüme entworfen.

WILLY Man hat mir gesagt, daß seine Leiche angespült wird.

PFARRER *wie zuvor.*
Und der Dreizack?.

RAFI *wie zuvor.*
Mistgabel.

WILLY Ich weiß, daß er tot ist, aber wenn keine Leiche da ist, gibt es immer noch die Chance, daß er vielleicht...

ROSE Mr. Carson, Sie müssen nach Hause.

WILLY Nein. Gestern saß ich den ganzen Tag im Hotel rum. Nein. Und von dem, was heut nachmittag hier los war, habe ich nichts mitgekriegt, bis die Kanonen...? Als das Boot gekentert ist, waren Leute am Strand.

ROSE Wer?

WILLY Einer war betrunken – und der andere stand da und schrie mich an.

ROSE Schrie?

WILLY Es war der Mann, der auf der Strandpromenade das Tuchgeschäft hat.

ROSE Sie müssen sich irren.

WILLY Nein, nein. Er hat mich verflucht.

ROSE Verflucht?

WILLY Fuchtelte mit den Armen. Ich hielt ihn für verrückt. Oder ich war's.

Der Pfarrer ist zu ihnen gekommen.

PFARRER Haben wir Sie schockiert, Mr. Carson?

WILLY Womit?

PFARRER Wir proben hier ein Theaterstück, während demnächst eine gerichtliche Untersuchung in unserer Stadt über die Bühne gehen wird. Aber sehen Sie, es ist für unseren alljährlichen Abend zugunsten des Fonds der Küstenwache. Unter den Umständen ...

WILLY Natürlich.

PFARRER Und dennoch fühle ich mich ein wenig schuldig.

Zu Rose, die gerade etwas sagen will.

Ja, meine Beste, entschuldigen Sie, aber so ist es. Ich wäre glücklicher, wenn ich jetzt auf den Knien für unseren toten Freund beten könnte. Und ich würde um Belehrung und Verständnis bitten. Er war ja so sehr jung. Gott verlangt viel von uns. Ich habe ihn getauft, wissen Sie, als ich fast noch selber ein Junge war. Ganz neu hier. Und nun ist er von uns gegangen. Wenn seine Leiche gefunden wird, werde ich die Grabrede halten. Es ist immer – also, besonders ergreifend, finde ich, einen zu begraben, den du getauft hast.

Er zermurmelt ein paar Tränen.

Nun müssen Sie mir aber vergeben ... Mit der Zeit geht man in der Gemeinde auf. Geburt und Tod erlebt man fast am eigenen Leibe.

Der Pfarrer geht weg.

WILLY Wir waren so nah am Ufer. Hätte ich ihn doch nur zu pakken gekriegt. Ich bin ein ziemlich guter Schwimmer. Die See war rauh. Es war so dunkel. Ich bin zurück ins Wasser gegangen. Viermal, glaube ich. Öfter. Ich habe alles versucht.

ROSE *ängstlich.*

Bitte gehen Sie nach Hause, Mr. Carson.

Jilly kommt rein.

JILLY Es tut mir leid. War das nicht sehr dumm von mir? Aber es geht mir jetzt besser. Ich habe geholfen, den Teetisch zu decken. Im Wintergarten.

RAFI Ja, begeben wir uns hinüber.

Willy steht auf. Alle bewegen sich zur Tür.

Fünf

Laden des Tuchhändlers.

Hollarcut, Thompson, Carter und der Tuchhändler.

TUCHHÄNDLER Lest die Zeitungen zwischen den Zeilen. Da steht: vorbereitende Maßnahmen gegen kontinentale Kräfte. Nun, was heißt das? Reisende aus dem Weltall. Aber das kann London nicht sagen.

THOMPSON Schätze, das würd ne Mordspanik geben.

TUCHHÄNDLER Genau. Stell dir das vor, Wad. Der Feind aus einer andern Welt. Die Leute würden jede Hoffnung aufgeben. Sie würden gar nicht erst zu kämpfen versuchen.

CARTER Paar von uns schon.

TUCHHÄNDLER *Ihr* bestimmt. Aber die in Forebeach?

CARTER Stimmt. Da würd ich mich nicht verlassen drauf. Aber woher wolln Sie wissen, daß er auch ausm Weltall stammt?

TUCHHÄNDLER Erstens, Evens wußte, daß er kommt. Mitten durch den Sturm geht er auf ihn zu. Stimmt doch, Billy?

HOLLARCUT Hat er getan.

TUCHHÄNDLER Dann die Kanonen. Da kommt ihr nicht drum rum. Im selben Moment, als er ankam; sie eröffneten – das Feuer. Oh, die Armee weiß, was vorgeht. Der neue Schießplatz ist nicht zum Üben da. Das ist bitterer Ernst.

THOMPSON Mein Gott. Aber klar wie Kloßbrühe.

CARTER Gut. Doch zu was hat er dann den jungen Bentham ertränkt?

TUCHHÄNDLER Das ist klar. Mr. Bentham stand kurz vor der Hochzeit. Wir dürfen annehmen, daß er und seine Verlobte – beides nette, saubere guterzogene Angehörige der Oberschicht – für Nachkommenschaft gesorgt hätten.

THOMPSON *wissend.*
Oh, ah.

TUCHHÄNDLER Und genau das wollen die nicht. Je weniger wir sind, um so leichter sind wir zu bezwingen.

THOMPSON Was? Heißt das, immer wenn jetzt einer dran denkt – zwecks Trauung in die Kirche zu gehn, kann er damit rechnen, daß er erledigt wird?

TUCHHÄNDLER Fürcht ich, Mr. Thompson.

THOMPSON Und schleifst dun Weib hinter ne Hecke, habn sie dich immer im Visier und ... ach, du dicker Vater!

TUCHHÄNDLER Wenn ihr auch nur die Hälfte wüßtet. Die sind unwahrscheinlich gerissen.

HOLLARCUT Wetten, daß auch Sie nicht alles wissen, Mr. Hatch? Bei allem Respekt.

TUCHHÄNDLER Schon gut, Billy. Mir ist immerhin bekannt, daß sie mehr als einen Freund in dieser Stadt haben.

THOMPSON Wen?

CARTER *gleichzeitig.* Nicht nur Evens also?

TUCHHÄNDLER O nein. Hinter dem Ladentisch hier hat man sie bald raus. Ein sicheres Zeichen ist die Art, wie sie ihre Rechnung begleichen. Daran merkt man, ob sie unsere Lebensweise respektieren oder ob sie Ärger machen und andre in Schulden stürzen wollen. Oh, manche von ihnen wissen selber nicht, was mit ihnen passiert. Man hat ihnen nachts das Gehirn rausgenommen, Stück für Stück, und durch einen künstlichen Stoff ersetzt, der in Luftschiffen rangeschafft wird. Eine – langsame Methode, klar, das kann Jahre dauern –

HOLLARCUT Oh, wie kann man einem nur so was sagn, Mr. Hatch. Das quält einen doch nur. Hoffentlich gibt's nichts in mir, was nicht schon immer drin war.

TUCHHÄNDLER Billy. Mit dir machen sie so was nicht. Du hast ein anständiges Leben geführt, und das ist jetzt die Belohnung dafür. Mich haben sie zu bestechen versucht, wißt ihr?

THOMPSON Was?

TUCHHÄNDLER O ja. Zettel hinterlassen. Einen fand ich in der Marmelade. Schraub den Deckel ab, und da lag er.

THOMPSON Die Teufel!

TUCHHÄNDLER Auf ein beschlagenes Fenster schreiben. Ein anderer von ihren Tricks. Bis du jemand rangeholt hast, ist nichts mehr zu sehen.

CARTER Wieviel habn die Ihnen geboten?

TUCHHÄNDLER Die genaue Summe habe ich nicht gelesen. Es hat mich angekotzt.

Die Türklingel läutet. Mrs. Rafi und Mrs. Tilehouse kommen rein.

Danke, daß ihr gekommen seid, Leute. Ich bin euch gern behilflich, Geld für neue Instrumente der Stadtkapelle aufzutreiben. Das ist die Sache wert. Ah, Mrs. Rafi, Mam. Ich habe schon gehofft, daß Sie kommen würden. Guten Tag, Mrs. Tilehouse. Also gut, Leute, geht hinten raus.

RAFI Thompson, was tun Sie hier?

THOMPSON Morgen, Mrs. Rafi! Ich war nur eben auf dem Markt, um ein paar Pflänzchen zu besorgen –

RAFI Gehn Sie zum Haus zurück. Ich bezahle Sie für die Arbeit in meinem Garten, nicht dafür, daß Sie hier herumstehn und tratschen. Kommen Sie morgen früh zu mir.

THOMPSON Mrs. Rafi.

RAFI Mr. Hatch, können Sie mir erklären, wieso Sie an einem Werktag morgens um elf ein geheimes Massentreffen veranstalten? Streikt denn die ganze Stadt?

TUCHHÄNDLER Also Mrs. Rafi, Ihre Vorhänge sind da. Mr. Hollarcut wollte grade los und es Ihnen sagen.

Zu den Männern.

Seid nett, Leute, geht jetzt.

Die drei Männer gehen hinter dem Ladentisch raus. Der Tuchhändler tätschelt zwei große Rollen Samt, die auf dem Tisch sind.

Nicht viele Häuser in dieser Gegend haben die – Mittel, sich diese Qualität ans Fenster zu hängen, Mrs. Rafi. Ich gratuliere Ihnen zu einer ausgezeichneten Wahl. Der Stoff entspricht haargenau dem Muster. Das müssen Sie zugeben. Identisch.

RAFI Mr. Hatch, ich habe mit Mr. Carson gesprochen.

TUCHHÄNDLER Ah ja, und ich hoffe, daß es dem jungen Mann so gut geht, wie es die Umstände erlauben.

RAFI Mr. Carson sagt mir, daß er Sie in der Nacht am Strand getroffen hat, als sein Freund ertrank. Daß er Sie um Hilfe bat. Und daß Sie ihm Hilfe verweigert haben. Und zwar in einem Ton, der nicht nur beleidigend war, sondern auch gefühllos.

TUCHHÄNDLER Ah.

RAFI *tippt auf den Stoff.*

Zurück damit.

TUCHHÄNDLER Was?

RAFI Mr. Hatch, Sie können nicht erwarten, daß ich einen Geschäftsmann unterstütze, der seine Pflicht als Angehöriger der Küstenwache ignoriert –

TUCHHÄNDLER Aber Sie müssen ihn nehmen.

RAFI – wofür er zehn Schillinge bekommt – und es zuläßt, daß einer seiner Mitmenschen –

TILEHOUSE Und Ihre Pflicht als Christ!

TUCHHÄNDLER Haben Sie diesen Sturm gesehen? Was hätte ich da tun können – Christ oder nicht! – die Wellen besänftigen, Mrs. Rafi?

TILEHOUSE Oh.

RAFI Das paßt wieder zu Ihnen, Hatch. Auch mit Gotteslästerung habe ich gerechnet. Mr. Carson erzählt mir, daß Sie getobt und ihn verflucht hätten.

TUCHHÄNDLER Er ist ein Lügner.

RAFI Ein Lügner?

TUCHHÄNDLER Und ein Schuft!

TILEHOUSE Ach du jemineh!

RAFI *tippt auf den Stoff.*
Zurück damit.

TUCHHÄNDLER Kein Lügner. Nein. Aber er war halbertrunken. Er konnte mich nicht verstehn. Wie könnte man das verlangen? Der junge Herr hatte schon Halluzinationen. Einen Schock. Ich schrie ihm zu, was er machen sollte. Ich habe ihm zu helfen versucht.

RAFI Sie ließen einen Unschuldigen ertrinken.

TUCHHÄNDLER Ich habe so viele Sachen für Sie zurückgeschickt, Mrs. Rafi. Den Kaliko. Den irischen Musselin. Den Satz Renaissance-Stuhlbezüge mit dieser wunderbaren Jagdszenen-Stickerei. Die Hersteller wollen nichts mehr mit mir zu tun haben.

RAFI Ich auch nicht.

TUCHHÄNDLER Ich bin doch nur ein kleiner Geschäftsmann, Mrs. Rafi. Ich bin auf der schwarzen Liste. Ich mußte das hier alles im voraus bezahlen. Und ich habe doch wegen der Lieferung so ein Theater gemacht. Da steckt mein ganzes Kapital drin.

RAFI Daran hätten Sie vorher denken müssen. Das kommt mir nicht ins Haus. Ich hätte ja Angst, die Vorhänge zuzuziehen. Sie würden mich an die Tragödie erinnern.

TUCHHÄNDLER Ich habe zu helfen versucht. Noch nie hab ich solch einen Sturm gesehn. Sie haben ihn nicht gesehn. Sie lagen sicher und mollig im Bett. Mein Name, mein guter Ruf, mein ganzes Lebenswerk steht auf dem Spiel. Ich steh am Rande einer schrecklichen Katastrophe.

RAFI Das geht zurück.
Sie will gehen.

TUCHHÄNDLER Ich begreife. Sie führen also schon seine Anweisungen aus? Was hat er ihnen befohlen? Daß Sie mich kaputtmachen sollen? Sie sind sein erstes Opfer. Sie hat er schon korrumpiert.

RAFI *dreht sich ab, um zu gehen.*

Guten Tag.

TUCHHÄNDLER *zwischen ihr und der Tür, etwas von ihr entfernt.*

Ich muß es aussprechen, Mrs. Rafi, Mr. Carson ist ein Spion. Er hat Mr. Bentham ermordet. Er ist – auf einer Mission hier. Er sät die Saat der Zwietracht aus. Er wird reiche Ernte halten.

TILEHOUSE Mrs. Rafi korrumpiert? Oh! Was hat er noch gesagt? Ein Spion? Mörder? Ach du jemineh. Ich muß sofort nach Hause.

Sie setzt sich.

RAFI Natürlich nehme ich Ihre Behauptungen nicht ernst. Für einen Tuchhändler hatten Sie immer schon zuviel Phantasie. Fraglos hätten Sie etwas machen sollen, was mehr mit Kunst zu tun hat. Den Ihnen angemessenen Platz haben Sie in unserer Gemeinde bestimmt nicht gefunden. Es wäre besser, wenn Sie Ihr Geschäft schließen und woanders hinziehen würden.

TUCHHÄNDLER Ja, ja, das Schöpferische liegt mir mehr. Schon in der Schule hat man mir das gesagt. In Religion war ich der Beste. Sie werden den Stoff doch nehmen, Mrs. Rafi? Mein ganzes Geschäft hängt davon ab. Das heißt, das wenige, was ich zurückgelegt habe. Nicht viel, denn reich werden kann man hier wirklich nicht. In einer größeren Stadt kann ich mich nicht niederlassen. Kein Kapital. Aber gearbeitet hab ich schwer, meistens gegen meine Natur, denn meine Neigungen liegen ganz woanders, wie Sie grade selbst sehr richtig bemerkt haben. Wollen Sie denn, daß ich vor Ihnen krieche, Mrs. Rafi? Fühlen Sie das Material, Mam. Wirklich: Ein gebildeter Mensch mit Ihrem Geschmack kann doch nicht einem Produkt widerstehen, das so wunderbar ist wie –

Weinend.

Aber ach, das Schreckliche ist, daß Sie einfach nicht sehn, wie unsere ganze Gemeinde von diesem Schwein bedroht wird, ja Schwein, Bastard; das Wohl und die wirtschaftliche Existenz dieser ganzen Stadt. Er hat Sie überlistet. Nur ich habe ihn gleich durchschaut. Und deshalb den Küstenwachdienst gewarnt. Wir lassen jetzt nicht mehr jeden an Land. Ersaufen solln sie. Mit diesen Stiefeln werde ich sie zertreten.

Thompson, Carter und Hollarcut kommen von hinten in den Laden.

RAFI Thompson, Sie sind immer noch hier!

THOMPSON Mrs. Rafi –

CARTER Kannst du nicht deinen Mund halten, Hatch? Das dicke Ende kommt jetzt nach.

THOMPSON Mr. Hatch dürfen Sie nicht für voll nehmen, Mrs. Rafi. Der quasselt jede Menge Quatsch. Wir Küstenwächter tun, was wir können. Wir kassieren doch kein Geld von der Stadt, das wir uns nicht vorher verdient habn.

HOLLARCUT Passen Sie bloß auf den Stoff auf, Mr. Hatch. Ihr Heulen wird ihn noch ganz versauen.

Mrs. Rafi nimmt Thompson beim Ohr.

RAFI Genau wie das, was Sie in meinem Garten verdienen. Nun zurück an die Arbeit.

THOMPSON Au, Mrs. Rafi. Sie werden mir noch den Kopp abreißen.

RAFI Ich habe das Theater jetzt satt.

TILEHOUSE Vorsicht, Louise. Er ist zu schwer für Sie.

Mrs. Rafi zieht Thompson am Ohr aus dem Laden. Die Türklingel läutet. Carter, Hollarcut und Mrs. Tilehouse gehen hinterher. Der Tuchhändler bleibt allein.

TUCHHÄNDLER Ich habe eine Bestellung angenommen. Ein Durchschlag ist im Auftragsbuch.

Er nimmt seine Tuchschere auf.

Deshalb wird sie die Ware abnehmen und bezahlen. Und selber abholen. Wenn ich diesmal frei Haus liefere, soll mich der Teufel holen. Stücke von je drei Yards.

Er schneidet drei Yards lange Stücke von den Stoffrollen ab.

Die Zeit der Prüfung und der Bewährung ist da. Die Ereignisse überstürzen sich, und ich muß handeln. Drei Yards. Bei der gerichtlichen Untersuchung bringe ich alles ans Licht. Ja, das wird meine öffentliche Kanzel sein. Mein Gott, was kann ich nur tun? Sie werden mir niemals glauben. Diese Idioten. Diese Schweine.

Schneidet.

Vorsicht. Drei Yards. Deine Hand muß ganz ruhig sein. Reiß dich zusammen! Kein Zittern. Kein Gejammer. Drei Yards. Ich geh mit dieser Schere zu dem kleinen Schwein. Ich werd ihn zerschnippeln. Ihn zurechtstutzen. Mich ins Armenhaus stecken.

Wie einen Sklaven betteln lassen. Lumpen sortieren. Abflußrohre reinigen. »Hier haben Sie ein Stückchen trockenes Brot, guter Mann, hier ist ein Krug. Holen Sie sich Wasser von der Pumpe.« Nein! Drei Yards: eins, zwei, drei.

Hollarcut taucht in der Tür auf. Er schaut die Straße hinunter. Während er spricht, läutet ununterbrochen die Türklingel.

HOLLARCUT Die schlepptn am Ohr die ganze Strandpromenade runter. Sie kommen ausn Läden raus und glotzen blöd. Die olle Tilehouse versohlt ihm mit ihrem Schirm den Arsch. Son olles Biest. Der wird schwärzer alsn Nigger in dunkler Nacht. Hat man so was schon gesehn? Auf, Leute! Sie kommt zurück!

Hollarcut rennt in den Laden. Die Türklingel hört zu läuten auf. Als er den Tuchhändler sieht, bleibt Hollarcut stehen. Der Tuchhändler schneidet immer noch Stoff. Wenn die Schere stekkenbleibt, zerschlitzt und zerreißt er ihn. Die Stoffrollen rollen über den Fußboden.

Was machen Sie denn da, Mr. Hatch?

TUCHHÄNDLER *zeigt auf die zugeschnittenen Stücke.*

Roll das auf, Billy. Aber schön ordentlich. Erstklassige Ware kann man nicht auf einen Wagen schmeißen wie einen Sack Stecklinge. Eben das macht einen – guten Tuchhändler aus: Finesse, Fleiß und Kenntnis der weiblichen Psyche. Sie trampeln zwar auf dir herum, putzen sich aber erst ihre kleinen Stiefel.

HOLLARCUT Hier rühr ich nichts mehr an, Mr. Hatch. Die drehen schon alle durch. Sie müssen jetzt allein weitermachen.

TUCHHÄNDLER Ich fang mit der anderen Rolle an. Von jeder ein bißchen. Drei Yards. Zeit zu handeln, Billy. Der Zeitpunkt rückt näher. Eine Armee kann nicht zusehn, wie ihr das Gras über den Kopf wächst. Jetzt ist alles herausgekommen. Alle werden jetzt für die Wahrheit kämpfen. Du wirst viele Zeichen und Wunder sehen in den Tagen, die da kommen.

Der Tuchhändler schneidet weiter. Mrs. Rafi kommt rein. Die Türklingel läutet. Hollarcut verschwindet hinter dem Ladentisch und schaut zu.

RAFI Hatch, ich werde die Ausschreitungen von heute morgen dem Polizisten und dem Stadtarzt melden. Ich werde auch auf jeden Fall dafür sorgen, daß niemand, auf den ich Einfluß habe, jemals wieder *irgendein* Geschäft von Ihnen betritt.

Mrs. Tilehouse taucht hinter Mrs. Rafi in der Tür auf. Bis sie dann später in den Laden hineingeht, macht die Türklingel ein-

zelne, sprunghafte Geräusche.

TUCHHÄNDLER Kommen Sie rein, Mrs. Rafi. Ihr Auftrag wird grade erledigt.

TILEHOUSE Louise, gehen Sie da nicht hinein.

Mrs. Rafi geht weiter in den Laden hinein.

RAFI Hatch, nehmen Sie sich doch zusammen.

TUCHHÄNDLER *schneidet immer noch.*

Fast alles ist schon zugeschnitten. Wie Sie sehen, mache ich es selber. Mit Stoffen muß man umgehen können. Das ist eine Kunst für sich. Deshalb stelle ich auch keinen Angestellten ein. Sie bleiben niemals lange genug, um das Gewerbe wirklich zu erlernen. O, nicht, daß ich mir keinen leisten könnte. Sehen Sie nur diesen Rand. Ich könnte zehn Angestellte haben. Andere Abteilungen eröffnen. Kurzwaren. Reitkleidung. Livreen. Eine Sportabteilung. Die Städte würden sich um *mich* reißen. Aber niemals bleibt einer lange genug, um das Gewerbe wirklich zu erlernen. Das dauert ein Leben lang. Drei Yards. Immer gleich weiter. Warum? Was haben sie gegen mich? Bin ich so schwierig? Sie müssen weg. Begreifen sie jemals was? Wonach suchen sie überhaupt? Was werden sie jemals finden? Der Handel ist ein ehrenwerter Beruf. Die Söhne der Gebildeten waren auch nichts Besseres.

In Tränen.

Ich habe mein Leben damit vertan, auf diesem Boden herumzulaufen. Auf und ab ... Drei Yards ... Warum ist der Boden nicht völlig abgenutzt? ... Dreißig Jahre ... Ich bin völlig abgenutzt ...

Er zerschneidet und zerreißt weiter.

RAFI Mr. Hatch, Sie zerhacken ihn ja in Stücke. Niemand kann Ihnen diesen Stoff nunmehr abnehmen.

TILEHOUSE Hollarcut, nehmen Sie ihn beim Schlafittchen.

HOLLARCUT Den rühr ich nicht an.

Hollarcut duckt sich hinter den Ladentisch und ist nicht mehr zu sehen.

TUCHHÄNDLER *lächelt und schneidet.*

Diese Schere ist ein Teil meiner Hand. Sehen Sie nur, wie das Tuch sie leitet. Der Ausdruck meiner Seele, Mrs. Rafi. Ein ganzes Leben steht dahinter.

RAFI Mr. Hatch, hören Sie doch auf Ihre Freunde. Sie machen es mir schwer, Ihnen zu helfen.

TUCHHÄNDLER Hier, Mrs. Rafi. Da haben Sie erst mal ein paar Stücke. Nehmen Sie die gleich mit?

RAFI Nein.

TILEHOUSE Reize ihn nicht, Louise.

TUCHHÄNDLER *listig.*

Aber Sie müssen den Stoff nehmen. Sie sehen doch, daß er schon zugeschnitten ist. Dem Wunsche des Kunden entsprechend. Er ist zerteilt.

RAFI Nein.

TILEHOUSE Wie unklug, den gereizten Löwen in die Enge zu treiben.

Rafi will gehen, aber der Tuchhändler schneidet ihr den Weg ab.

TUCHHÄNDLER Bezahlen Sie jetzt? Begleichen Sie die Rechnung, und alles ist klar. Ja! Damit es Sie nicht länger belastet.

RAFI Hollarcut.

Hollarcut hebt seinen Kopf über den Ladentisch.

HOLLARCUT Bloß nicht widersprechen, Mrs. Rafi.

Hollarcut versteckt sich wieder. Der Tuchhändler hält Mrs. Rafis Handtasche an einem Ende fest, sie hält das andere.

TUCHHÄNDLER Sie haben das Geld mitgebracht. Sind Sie zu schüchtern, es rauszuholen? In Gesellschaft von Männern? Dafür habe ich volles Verständnis. Sie brauchen sich nicht zu schämen, Mam. Wir alle haben Schwächen. Ich bringe eine Dame nie in Verlegenheit. Erlauben Sie? Ich mache das alles auf eine nette, saubere Art. Eine Dame darf sich doch nicht mit Geld beschmutzen.

RAFI Nehmen Sie.

Sie gibt ihm die Handtasche und wendet sich ab. Schwach.

Meine Beine...

Mrs. Tilehouse kommt in den Laden gerannt. Die Türklingel läutet und ist dann still.

TILEHOUSE Louise, Ihre Handtasche.

RAFI Unsinn, Mrs. Tilehouse. Pennies. Gehen Sie raus und schreien Sie. Mr. Hatch hat mich gefangengenommen.

Mrs. Tilehouse fällt in einen Stuhl. Der Tuchhändler kämpft mit Mrs. Rafi. Hollarcut schaut hinter dem Ladentisch hervor, schreit gellend auf und rennt raus. Die Türklingel läutet.

TUCHHÄNDLER Pennies! Pennies! All das viele Geld unter Ihrer Matratze, und Sie wollen Schulden nicht bezahlen.

RAFI Mr. Hatch, vergessen Sie nicht, wer wir sind.

TUCHHÄNDLER Mr. Carson bewahrt jetzt Ihr Geld auf! Ihr seid alle Schwindler, Hochstapler, Betrüger –

Der Tuchhändler stößt mit der Schere nach Mrs. Rafi. Sie wird verletzt. Eine halbe Sekunde stehen beide da und schweigen.

RAFI Hatch, Sie sind ein Narr.

Carter kommt in den Laden. Die Türklingel läutet. Der Tuchhändler geht hinter den Ladentisch.

Kümmern Sie sich um Mr. Hatch. Es steht sehr schlimm um ihn. Ich habe nur eine leichte Schnittwunde.

TUCHHÄNDLER Nein, nein. Wie konnte das passieren? Sie wollte sich meine Schere schnappen. Sicher ist sie ein Lady-Dieb. Sie hat den geschäftlichen Ablauf gestört. Weißt du, die kommen hier rein, flüstern und wollen intime Wäsche haben. Könnte ich das anprobieren, Hatch? Und ehe man sie dran hindern kann, sind sie schon in der Ankleidekabine und lassen den Vorhang offen. Fangen mit ihren intimen Sachen an. Winden sich in dieses oder jenes hinein. Sitzt das zu stramm, Mr. Hatch? Spannt es da im Zwickel?

CARTER Jetzt reichts mir, Hatch. Du hältst jetzt gefälligst deinen Mund, bistn lieber Junge und kommst mit.

Carter nähert sich vorsichtig dem Tuchhändler. Dieser schlüpft jedoch an ihm vorbei aus dem Laden. Die Türklingel läutet. Als der Tuchhändler Mrs. Tilehouse passiert, zeigt er auf sie, die bewußtlos auf einem Stuhl sitzt.

TUCHHÄNDLER *gehend.*

Die da ist die Schlimmste. Läßt den Vorhang offen und dreht – schamlos! – den Spiegel so, daß man das Dunkle unten sieht.

Mrs. Rafi holt sich ein Stück Stoff von der Kleiderpuppe auf dem Ladentisch und wickelt es sich, während sie spricht, ums Handgelenk. Sie hat Angst und ist ärgerlich.

RAFI Ich weiß nicht, was ihr miteinander im Schilde geführt habt. Fehlt euch jeder Respekt vor der öffentlichen Meinung?

CARTER Ja, Mam.

RAFI Sollen sich eure Frauen und Kinder noch jahrelang für euch schämen müssen? Und eure Vorgesetzten, sie werden diese Exzesse doch auch mißbilligen?

CARTER Ja, Mam. Bitte, hören Sie jetzt auf, Mam.

RAFI Drücken Sie Ihren Finger auf diesen Knoten.

Carter drückt auf den Knoten, während sie den Stoff um ihr Handgelenk bindet.

RAFI Ihr habt die Stadt in einen Skandal verwickelt. Was wird man in Forebeach sagen?

CARTER Ja, Mam.

RAFI Danke. Ich gehe jetzt den Stadtpolizisten alarmieren. Da es erst Mittag ist, wird er wahrscheinlich noch im Bett sein. Falls er genauso gewissenhaft wie der Rest der Stadt ist. Ich bin nicht einmal sicher, ob ich wagen kann, mich einem Vertreter des Gesetzes zu nähern. In diesem Zustand von Anarchie könnte man sich plötzlich selber eingelocht finden. Kümmern Sie sich um meine Gesellschafterin: noch eine Wache, die auf ihrem Posten eingeschlafen ist.

Mrs. Rafi geht raus. Die Türklingel läutet. Carter nähert sich leise Mrs. Tilehouse.

CARTER Mrs. Tilehouse, Mam?

TILEHOUSE *springt auf.*

Hilfe! Ein großer Mann vergreift sich an mir.

CARTER Mrs. Rafi sagte, ich soll Ihnen sagn –

TILEHOUSE Louise ist tot! Was waren ihre letzten Worte? Ich vergebe ihr! Sie hat mich um Verzeihung gebeten für alles! Ich hege keinen Groll mehr, wie sehr das auch berechtigt wäre –

CARTER Nein, nein. Sie ist zur Polizei.

TILEHOUSE Gottseidank. Die Stadt ist befreit! Wir sind gerettet!

CARTER Sie sagte, ich soll Sie nach Hause bringen.

TILEHOUSE Ah, danke sehr, Carter. Ich glaube nicht, daß ich ohne Hilfe gehen könnte. Ich werde Sie um Ihren Arm bitten. Sobald wir in einer etwas weniger belebten Gegend sind.

Sie erblickt die Schere auf dem Ladentisch.

Ah! Die Schere des Mörders.

CARTER Schnell woanders hingucken, Mam.

TILEHOUSE Ja. Nach all dem werde ich Gomorrha als einen Kurort betrachten.

Carter führt Mrs. Tilehouse raus. Die Türklingel läutet. Sofort kommt Hollarcut von hinten in den Laden. Er ruft leise:

HOLLARCUT Mr. Hatch? ... Wo habn Sie sich verkrochen, Mr. Hatch? ... Ich legn Stückchen Käsebrot für Sie hinten raus aufs Fensterbrett, undn Fläschchen süßen Tee ... Gehen Sie mir bloß nicht ohne Mantel raus ...

Sechs

Strand.

Bis auf einen Körper hinten ist die Bühne leer. Er ist mit einer Hose, Socken, einem Unterhemd und einem Pullover bekleidet: alles dunkel. Keine Schuhe. Der Pullover ist über Kopf und Arme gezogen. Die Arme sind hochgehoben und in den Ellbogen angewinkelt, wie es beim Ausziehen geschieht. Der Pullover bildet also eine Kapuze, die Kopf, Hals, Schultern, Arme und Hände bedeckt. Das dunkle Unterhemd bekleidet den Leib. Die obere Hälfte des Körpers liegt auf dem Strand und der Rest im Wasser. Rose tritt auf und schaut auf jemanden, der vor ihr durchgegangen ist.

ROSE *ruft nach vorn.*
Ich muß mich setzen.
Setzt sich.
Willy kommt aus der Richtung, in die sie gerufen hat.

WILLY Es geht Ihnen nicht gut?

ROSE Doch. Ich will hier nur ein Weilchen sitzenbleiben. Gehen Sie zurück.

WILLY Ich soll Sie allein lassen?

ROSE Ja.

WILLY *nickt. Kleine Pause.*
Das möchte ich nicht. Sie sind nicht hier draußen gewesen, seit er ertrunken ist.

ROSE Wir treffen uns im Haus wieder.

WILLY Gut.
Pause. Willy bleibt stehen.

ROSE Diese dumme Untersuchung.

WILLY Warum?
Pause.

ROSE Der Untersuchungsrichter wird sagen, daß es ihm leid tut, und feststellen, warum er gestorben ist. Warum? Genausogut könnte man untersuchen, warum jemand geboren ist. Sie haben Angst vor mir. Mich hat der Tod berührt. Sie hat er vielleicht auch berührt. Ich spüre es, wenn sie mir Beileid wünschen. Sie schauen mich an, als ob ich ein gefährliches Tier wäre, das sie streicheln müssen.

WILLY Es heißt, daß man sehr schnell vergißt, wie sie ausgesehen haben. Es kommt wie ein Schock. Aber die Stimme kann man nur schwer vergessen. Zwanzig Jahre später hört man sie plötzlich wieder.

ROSE Eigentlich kommen sie nur, damit ich sie ruhig und sicher mache. Ich muß versuchen, etwas von meinem Schmerz mit ihnen zu teilen. Nur eine Kostprobe. Dann werden sie wissen, daß sie es auch ertragen können, wenn es soweit ist, da ich es ertragen kann. Was war das letzte, was er gesagt hat?

WILLY Ich glaube, es hatte was mit dem Wetter zu tun. Er wußte mehr vom Segeln als ich. Aber beide wußten wir, daß es falsch war, draußen zu sein. Er wollte schnell hier sein. Um Sie zu sehen. Vielleicht wollte er irgendwas beweisen.

Zuckt die Achseln.

Ich sagte: Komm zurück. Ich fragte immer wieder: Wie nah ist das Land? Gibt es Schutz in Landnähe? Er antwortete nicht. Er kämpfte weiter. Zog an den Leinen. Und schöpfte mit einem Eimer Wasser aus. Er wußte, wir hatten einen Fehler gemacht. Es war gefährlich, draußen zu sein.

ROSE Was sagte er?

WILLY Nichts. Dann kenterte das Boot. Ich sah die Unterseite aus dem Wasser kommen. Sie sah sehr häßlich aus, war naß und überraschend ruhig in dem ganzen Chaos. Ich schrie, hörte aber nichts mehr von ihm. Er war weg.

Pause.

Haben Sie ihn geliebt ... klar?

ROSE Was?

WILLY Ich dachte, daß er sich vielleicht nicht sicher sei. Über Ihre Gefühle, meine ich. Was er fühlte, war klar.

ROSE Warum sagen Sie das?

WILLY Irgendwie hatte er Angst. Das war so ungewöhnlich für ihn. Sonst war er bei allem so sicher und stark. Ein schrecklicher Gedanke, daß auch er einmal Angst haben könnte. Ich glaube, das hätte ihn zerstört. Die Angst eines Helden.

ROSE Angst?

WILLY Sie sind zusammen aufgewachsen. Ihre Tante wollte, daß Sie ihn heiraten. Jeder wußte, Sie würden es tun. Es war zu einfach. Er hatte Angst, Sie könnten eines Tages einen anderen Mann treffen – vielleicht sogar einen schwächeren – und er würde Sie verlieren. Ein Held muß sich vor schwächeren Männern fürchten.

ROSE Wieso?

WILLY Er sprach nie von Ihnen. Keine Fotos. Ich habe nicht gewußt, wie Sie aussehen. Manchmal sagte er, er hätte Ihnen geschrieben oder Sie wären irgendwo gewesen. Ich habe mir natürlich mein eigenes Bild von Ihnen gemacht.

ROSE Wielange haben Sie ihn gekannt?

WILLY Sieben Jahre. Ich bin einundzwanzig. Wir waren gleich alt.

Schweigen.

ROSE Wenn ich dabei gewesen wäre, als er starb, wäre es leichter, ihn zu vergessen. Ich sehe ihn vor mir, wie er schweigend mit der See kämpft. Naß bis auf die Haut. Und die tobende See. Aber ich sehe ihn nicht, während er stirbt.

Pause.

Er war sehr schön. Er hatte dunkle Augen. Ich denke an ihn als an ein Feuer.

WILLY Wieso?

ROSE Ein Feuer, das nicht ausgeht. Ich habe es in der See brennen sehen.

WILLY Was meinen Sie damit?

ROSE Als wir jung waren, machten wir oft Feuer am Strand. Nachts. Das Feuer schien auf sein Gesicht. Es spiegelte sich auch in der See. Es tanzte, weil Flammen und Wasser sich bewegten.

WILLY Fühlen Sie sich irgendwie unsicher?

ROSE Sie meinen schuldig?

WILLY Ja. Wenn jemand stirbt, haben andere manchmal –

ROSE Nein. Ich war immer glücklich mit ihm. Wir kamen gut miteinander aus. Nichts Kleinliches, nichts Selbstsüchtiges. Alles schien vollkommen zu sein. Nun habe ich nichts mehr, wofür ich leben kann. Nichts, worauf ich mich freuen kann. Mein Leben ist sinnlos und leer. Ich weiß nicht, was ich anfangen soll. Ich kann mir nicht vorstellen, wie ich den nächsten Tag überstehen soll. Und den größten Teil meines Lebens habe ich noch vor mir. Ich weiß nicht, wie ich damit fertig werden soll. Er war der einzige Mensch, der mich jetzt verstehen könnte.

WILLY Ein wenig verstehe ich Sie auch.

ROSE Ja. Aber was bedeutet das für mich?

WILLY Jeder Mensch bedeutet etwas für den anderen.

ROSE Das stimmt nicht. Natürlich stimmt es nicht.

WILLY Nein.

Schweigen.

ROSE Ich kann es nicht ertragen, ihn zu verlieren. Ich glaube, daß ich ohne ihn nicht leben kann.

WILLY Ich glaube, Liebe kann ein schreckliches Unglück sein. Und Hoffnung ist manchmal nur Stolz und Ehrgeiz. Wenn ich mich im Dunkeln verirre, werde ich meine Augen zumachen – und mich vorantasten wie ein Tier, ohne mich von einem fernen Licht führen zu lassen.

ROSE Wie kann man sich selbst davonlaufen. Oder dem, was einem passiert? Oder der Zukunft? Dumme Frage. Ich bin lieber hier draußen, wo er gestorben ist. Zu Hause ist so viel zu tun. Und alles wird auf die Minute getan. Wie kann ich mich *dem* entziehen? Leute kommen und gehen. Warum? Was haben sie damit zu tun?

WILLY Genau betrachtet, ist das Leben unerträglich. Was Menschen erdulden, was sie einander antun, wie sie sich hassen. Alles Gute wird erniedrigt und mit Füßen getreten. Die Unschuldigen und die Opfer sind wie Hunde, die Ratten aus einem Loch wühlen, oder wie eine Eule, die in einer Stadt verhungert. Alles ist unerträglich, aber grade darin müssen wir unsere Kraft finden. Einfach, weil es nichts anderes gibt.

ROSE Eine Eule, die in einer Stadt verhungert.

WILLY Und stirbt. Ja. Wohin man auch sieht. Deshalb sollte man niemals wegsehen. Tut man es, verliert man alles. Dreh dich um und schau ins Feuer. Hör auf das Heulen der Flammen. Der Rest ist Lüge.

ROSE Wie wahr. Wie vernünftig.

Willy erhebt sich und schaut nach hinten.

Was ist?

WILLY Er ist da.

Rose und Willy gehen zur Leiche.

ROSE Warum sieht er so aus?

WILLY Er hat versucht, sich den Pullover über den Kopf zu ziehen. Um schwimmen zu können.

ROSE Er ertrank.

WILLY Ja.

Einen Moment starren sie schweigend.

ROSE Ist er das?

WILLY Ja. Ich sehe es an den Kleidern. Gehn Sie Mr. Evens holen.

Er ist am Strand. Ich bleibe hier und halte Wache.

ROSE Ja.

Rose läuft raus. Kurz darauf hockt sich Willy neben die Leiche.

WILLY Wie werden sie dich nur in den Kasten kriegen? Du bist eine Leiche, und sie werden dir die Arme brechen. Du bist so hilflos. Die Kleider werden sie dir zerschneiden und dich zusammenklappen wie einen Kasper. Und dein Gesicht? Ist es ruhig? Oder angeschwollen vom Wasser? Oder zerkratzt?

Ein ferner Laut. Hoch, unartikuliert, wie Singsang, wimmernd, verrückt. Willy schaut auf etwas außerhalb der Bühne. Er kommt schnell nach vorn und kriecht außer Sicht. Der Laut kommt näher. Er wartet. Der Tuchhändler tritt auf. Er hat ein Messer. Willy geht noch tiefer runter.

TUCHHÄNDLER Spuren, Spuren --- Und immer noch ist jemand bei ihm. Dauernd zurück zum Strand. Er kann es nicht lassen. Was zieht ihn denn immer wieder zurück? Besessenheit. Aber du mußt ihn kriegen, Mr. Hatch. Die Idioten in der ganzen Stadt glauben, daß sie sicher sind. Das Leben dieser Stadt wird zersetzt. Ihre Körper werden zertreten. Sie glauben, daß die Erde unter ihren Füßen noch fest ist. Dieser lange Strand ist ein Strom, der durch Gottes Hände rinnt. Ihre Knochen sind zermahlen und fallen durch das Stundenglas. Die Zeit verrinnt, und der Feind rückt näher. Still, Hatch. Kein Geräusch. Schluß mit dem Quatschen. Verfolge dein Opfer.

Der Tuchhändler macht einige Schritte auf die Leiche zu. Er bleibt stehen und blickt sich um.

Mr. Carson. Eingeschlafen am Strand. Wo ist der Kopf? In seinen Händen. Das ist es. Dieses Selbstvertrauen. Diese Überheblichkeit. Sogar während er darauf wartet, daß seine Freunde aus dem Meer steigen, legt er sich hin und schläft. Also das ist der stille Platz, wo die Seeungeheuer brüten und spielen und in der Sonne liegen. Mr. Hatch, jetzt ist er in deiner Gewalt. Vorsichtig.

Er kriecht auf die Leiche zu, immer noch das Messer in der Hand.

Ein Geräusch und er ist fort.

Er erreicht die Leiche, wirft sich über sie und sticht wie rasend auf sie ein.

Töten! Töten! Töten! Endlich! Was ist das? Wasser! Da, Wasser! Wasser, kein Blut?

Sticht.

Töten! Töten!

Unterbricht.

Noch mehr Wasser?

Sticht wieder.

Dreckiges Vieh.

WILLY *Zu sich selbst.*

Stich zu. Ein unschuldiger Mörder.

TUCHHÄNDLER Kein Blut. Nur Wasser. Wie weiß ich dann, daß er tot ist? Ich muß sicher sein, ganz sicher.

Sticht zu.

Das müßte reichen. Die Gurgel kaputthacken! Zerschneiden! Aufschlitzen! Zerfetzen! Zerreißen!

Unterbricht, redet weiter, schnell zu sich selbst.

Noch kein Blut? Wer hätte daran gedacht? Sie müssen doch sterben? Warum kommen sie hierher? Das tut man doch nur, wenn man Angst vor dem Tod hat? Ja, ihre Welt geht unter, und wenn sie nicht fliehen, sterben sie. Das wissen sie, ganz genau wissen sie das! Natürlich sterben sie. Ja, paß auf, ob sie ihn begraben. Denn was noch lebt, kann man nicht begraben.

Schaut nach außerhalb der Bühne.

Versteck dich, Mr. Hatch. Sie sind hinter dir her.

Der Tuchhändler rennt raus. Willy setzt sich mit dem Rücken zur Leiche vorn auf die Bühne. Rose und Evens kommen schnell rein. Evens hat eine zusammengefaltete Decke bei sich.

ROSE Wir haben den Tuchhändler gesehen.

EVENS Die ganze Stadt ist hinter ihm her.

ROSE Er hat doch nichts getan?

WILLY Nein.

Zu Evens.

Die Leiche liegt da hinten.

Evens schaut hinter dem Tuchhändler her und geht dann zur Leiche.

ROSE Er ist zerschnitten. Da! Seine Kleider. Seine Arme.

WILLY Hatch. Er ging mit einem Messer auf ihn los.

ROSE Wie entsetzlich.

WILLY Er dachte, ich sei es.

ROSE Wie entsetzlich. Wie entsetzlich.

WILLY Warum?

ROSE Einem Toten so was anzutun.

WILLY Ich sehe es nicht so. Was macht das schon? Einem Toten kann man nicht mehr weh tun. Staub läßt sich nicht schänden. *Zuckt die Achseln.*
Da ist nur noch ein toter Köder für einen Verrückten.

ROSE Aber das ist doch grausam.
Evens bedeckt die Leiche mit der alten Decke. Sie ist blaß-grün oder in verblichenem schmutzigen Weiß. Er legt sie als Rechteck über ihn und schlägt sie nicht ein, so daß die Leiche in der Mitte als Erhöhung zu sehen ist.

EVENS *zu Rose.*
Gehen Sie zur Stadt und holen Sie einen Pferdewagen. Gehen Sie unauffällig. Sonst kommen alle her und glotzen. Das können wir nicht gebrauchen. Wir halten Wache.

ROSE Ja.
Rose geht raus. Evens und Willy stellen sich etwas entfernt voneinander auf. Sie stehen sich auf halber Bühne gegenüber und warten schweigend. Die Leiche liegt im Hintergrund. Sie warten und schweigen.

Sieben

Auf dem Kliff.

Offener, windiger, sonniger Morgen. Man hat ein Klavier auf das Kliff geschafft. Sein Klang ist dumpf und gedehnt. Vor ihm steht ein Stuhl. Mafanwy und Jilly sind allein. Sie stellen Noten auf das Klavier.
(Anmerkung des Übersetzers: In der folgenden Szene werden von Edward Bond zwei Kirchenlieder angegeben: »Eternal Father« und »All People«. Das erstere wurde 1860 von William Whiting komponiert »For those at sea«. Da es nicht ins Deutsche übertragen worden ist, empfiehlt es sich, ein deutsches »Kirchenseelied« mit ähnlichem Inhalt zu nehmen. Das vom Übersetzer vorgeschlagene Lied »Wenn wir in höchsten Nöten sein« ist mit Text und Melodie im Evangelischen Kirchengesangbuch, Ausgabe Niedersachsen, Nr. 474 enthalten. Das Lied »All People« ist eine Paraphrase des 100. Psalms von W. Kethe, erstmalig erschienen im Psalter 1560/61, und als zeitgenössische deutsche Paraphrase 1573 [von Ambrosius Lobwasser] erschienen: »Ihr Völker auf der Erden all«.)

MAFANWY Der Wind –

JILLY Wenn *ich* tot bin, möchte ich auch hier auf das Kliff gebracht werden.

MAFANWY Wie kannst du auch nur daran denken!

JILLY *blickt nach draußen.*
Sie kommen. Warum spielst du nicht?

MAFANWY Mrs. Rafi möchte in die Stille hinein auftreten.

JILLY *blickt nach draußen.*
Oh, ist sie nicht wunderbar? Sieh nur, wie sie die Urne hält! Oh, wie klein die ist!

MAFANWY Es ist eine Schande.

JILLY Was ist denn, Fanny?

MAFANWY Sie haben Mr. Evens mitgebracht.

JILLY Oh, wo?

MAFANWY Der ist weniger als ein Landstreicher. Louise will mit ihm nur Ärgernis erregen.

JILLY Oh, so sieht der aus! Umgotteswillen, laß mich ganz nah bei dir stehn. Ich fürchte mich so. Wie dumm von mir. Sind diese

Geschichten wahr?

MAFANWY Ich höre mir so was nicht an.

JILLY Die Mädchen sagen, wenn du nachts an seiner Hütte vorbeigehst –

MAFANWY *scharf.*

Scht! Scht! Was ist denn mit dir los? Dein Hals ist ja ganz rot.

JILLY Umgotteswillen.

Mafanwy und Jilly stellen sich mit gebeugten Häuptern auf. Sie kreuzen die Hände im Schoß. Die Prozession nähert sich. Mrs. Rafi, Mrs. Tilehouse, Rose, Rachel, Willy, Evens, Pfarrer, Carter, Thompson und andere Männer und Damen. Mrs. Rafi trägt eine kleine Urne. Zwei der Männer tragen das Banner der Stadt. Es ist ein roter Streifen Stoff, zwischen zwei Stangen ausgespannt und schwer mit goldfarbigem Draht und Seide bestickt. Jeder geht schweigend an seinen Platz.

PFARRER *leise und rücksichtsvoll.*

Da drüben ist es angenehmer für Sie, Mrs. Rafi. Ein ganz klein wenig mehr Schutz vor dem Wind.

Mrs. Rafi geht schweigend auf ihren Platz. Die Gruppe stellt sich auf.

Liebe Herde, liebe geliebte Freunde. Dieser liebe entschlafene Diener Gottes ist bereits in Übereinstimmung mit den Gebräuchen unserer Mutterkirche der gütigen Obhut seines Vaters anvertraut worden. Wir, seine Freunde, gedenken heute, da wir seine Asche streuen über dieses allseits beliebte Ausflugsziel, eines treuen Bürgers unserer Stadt, der vor uns auf die große Fahrt gegangen ist, die zu Gott führt, zu der Heimat ewigen Friedens. Deshalb sind wir gekommen, um ihm unser letztes irdisches Lebewohl zu entbieten. Lasset uns beten, jeder im Schweigen seines Herzens.

Sie senken die Köpfe und falten die Hände. Ein kurzes Schweigen.

Amen.

ALLE Amen.

PFARRER Ich habe eine Stimme vom Himmel gehört, und sie sagte zu mir: schreibe. Fortan glücklich sind die Toten, denn sie ruhen sich aus von all den Mühen. Die erste Hymne, Miss Price, wenn ich bitten darf. Seite 432.

Einige der Leute benutzen Liederbücher, andere kennen das Lied auswendig. Während sie singen, entwickelt sich Rivalität zwischen Mrs. Rafi und Mrs. Tilehouse um den kunstvollsten Diskant. Mrs. Tilehouse wirkt opernhaft. Mafanwy betont am Klavier den richtigen Rhythmus.

Wenn wir in Wassersnöten sein,
So rufen wir zu dir allein,
O treuer Gott, und bitten dich:
Hilf uns doch jetzo gnädiglich.
Dein Schutz sei unser Damm und Deich,
So sind beschützet Arm und Reich,
Dein Schutz halt allerorten Wach,
Sonst ist verloren unsre Sach.

ALLE Amen.

TILEHOUSE A-a-a-a-a-a-a-meeeeeeen
RAFI A-a-a-a- *gesungen*
– men.

PFARRER Colins Tugend spricht für ihn. Ich will diesen reinen Klang nicht mit meinen törichten Worten trüben. Aber ich kann mich nicht enthalten, euch von einem bestimmten Ereignis zu berichten. Gestern begab ich mich zum Kommandanten der Küstenbatterie in Forebeach und bat ihn, während der kurzen Zeit unserer Feier heute hier seine Kanonen schweigen zu lassen. Ohne zu zögern erhob er seine martialische Stimme und sprach. »Ja. Mr. Bentham war ein guter Mann, Pater. Er tritt mit einem einwandfreien Führungszeugnis vor den Allmächtigen. Er ist für einen hohen Rang in den himmlischen Heerscharen ausersehen. Wollte, ich könnte ihn zu meinen eigenen Offizieren zählen.« Mit diesen Worten erhob er sein Sherryglas, trank auf ihn und sang die ersten drei Zeilen der Nationalhymne.

Weit weg beginnt die Batterie zu feuern. Ein peinliches Schweigen.

Miss Price, vielleicht könnten wir zur nächsten Hymne übergehen.

Sie singen den 100. Psalm. Mrs. Tilehouse verzögert wieder den Ton mit ihrem Diskant. Mrs. Rafi starrt sie ärgerlich an und schlägt unbewußt auf der Urne den Takt.

ALLE Ihr Völker auf der Erden all,
Dem Herren jauchzt und singt mit Schall,
Und dienet ihm mit Fröhlichkeit,
Tret't her vor ihn und freudig seid.

Nun geht zu seinen Toren ein,
Es dank ihm jedes Herz, das rein.
Kommt in den Vorhof mit Gesang,
Sagt seinem Namen Lob und Dank.

Mrs. Tilehouse fängt an, »Amen« zu singen. Mafanwy begleitet nicht. Mrs. Tilehouse hält auf. Während des Gesangs ist der Pfarrer zum Rand des Kliffs hinten gegangen. Die Kanonen haben zu feuern aufgehört.

PFARRER Wir übergeben diesen Leib der Luft über den Tiefen des Wassers, auf daß er wieder zerfällt, und wir erwarten die Auferstehung des Leibes an dem Tag, da die See ihre Toten wiedergibt. Amen.

ALLE Amen.

PFARRER Ich denke doch, Sie haben ein paar Worte vorbereitet, Mrs. Rafi.

Mrs. Rafi geht zum Rand des Kliffs. Sie trägt immer noch die Urne.

Nicht zu nah an den Rand, meine Liebe.

RAFI Keine Angst, Herr Pfarrer.

*Mrs. Rafi wendet sich der Versammlung zu und rezitiert. Dabei unterstreicht sie ihre Worte mimisch. Die Wirkung erinnert an »Under the Spreading Chestnut Tree«.**

Zur gleichen Zeit beginnt Mrs. Tilehouse etwas in ihrer großen Handtasche zu suchen, kann es jedoch nicht finden. Sie spricht mit sich selber. Ihre Stimme ist lieblich, geduldig, tadelnd und leiser als Mrs. Rafis Stimme. Sie spricht jedoch laut genug, um gehört zu werden, besonders wenn Mrs. Rafi eine ihrer dramatischen Pausen macht.

TILEHOUSE Mein Riechsalz. Mein Riechsalz. Himmel, wo bist du? Hab ich dich im Schmuckkästchen liegengelassen? In all der Aufregung vielleicht gar nicht zugeschraubt. Was für ein Pech! Die Mischung verflüchtigt sich doch so leicht...

RAFI Wie Staub und Asche wird jeder sein. Schlacke, alt und verbraucht, so geht man heim.

Plötzlich kommt ihr eine Idee.

Ich werfe seine Asche in die herzlose See.
Die Wogen werden glatt wie Wasser im Lee.

* *Anmerkung des Übersetzers:* »Under the Spreading Chestnut Tree« ist eine Zeile aus dem Gedicht »The Village Blacksmith« von Longfellow, einem Loblied auf das ländliche Leben, die Landidylle.

Und in das Wasser ewiger Dunkelheit

Sie macht dramatisch einige Schritte auf den Rand des Kliffs zu. Die Zuschauer halten den Atem an.

Fällt seine Asche, funkelnd vor Helligkeit.
Dort treibt sie durch kommender Zeiten Raum,
Die Tiefe erleuchtend durch Heimat im Traum.

Sie schraubt den Deckel der Urne auf.

Menschen, die ihr kleines Jahr hier durchstehen

Sie starrt dramatisch in die Urne, als ob sie etwas darin entdeckte.

Sind Diamanten, geschliffen von irdischen Wehen.
Ein Feuer brannte, das keine graue Asche hinterläßt.
Diamanten nur sind der sterbliche Aschenrest.

Sie greift sich eine Handvoll Asche und hebt sie triumphierend hoch. Die Zuschauer halten den Atem an.

TILEHOUSE Oder sollte ich es doch der Köchin geborgt haben?

RAFI Erheb dich, Staub, um dich auf Windesflügeln aufzuschwingen!
Empor, verblaßter Geist! Denn horch! die Engel – Mrs. Tilehouse, vielleicht möchten Sie lieber schon die Sandwiches zum Tee schneiden gehen?

TILEHOUSE Verzeihung.

RAFI Ich möchte nur, daß Sie sich nicht zu sehr echauffieren.

TILEHOUSE Louise, wie können Sie nur? Ich kann doch nichts dafür, wenn meine Gefühle den Gebrauch von Riechsalz notwendig machen.

RAFI Gefühle!

PFARRER Meine Damen, lasset uns beten.

RAFI Ist dies eine Ausstellung von Gefühlen?

TILEHOUSE Sie können mich nicht verstehen, Louise. Natürlich hat außer Ihnen niemand Gefühle.

RAFI Die meisten würden es für eine Ausstellung von Hysterie halten. Mir scheint es an der Grenze zum Irrsinn zu liegen.

PFARRER Vater unser, der du bist –

RAFI Halten Sie den Mund, Pfarrer.

Mrs. Rafi geht zu Mrs. Tilehouse. Sie hält die Asche noch in der Hand. Als sie an Jilly vorbeikommt, gibt sie ihr die Asche.

Halten Sie das einen Moment.

JILLY Ah!

Sie bricht in Tränen aus.

RAFI Sie haben uns absichtlich diese Feier verpatzt.

Sie hält die Urne empor.

Was werden jetzt meine letzten Erinnerungen an diesen armen toten Jungen sein? Ihr alberner Gesang. Ihre alberne Effekt-nascherei. Oh, ich weiß, was dahintersteckt, Madam!

Geht auf ihren Platz zurück.

Nur weil sie keine Rolle in unserem Stück bekommen hat.

Evens geht zu Jilly, um ihr zu helfen. Er legt ihr die Hand auf die Schulter.

EVENS Gestatten Sie, meine Liebe.

Jilly dreht sich um und starrt ihn an. Dann kreischt sie. Er versucht ihre Hand zu nehmen.

Aber ich will doch nur helfen –

JILLY Sie Scheusal! Sie Scheusal!

Jilly fällt in Ohnmacht und läßt die Asche zu Boden fallen.

TILEHOUSE Schauen Sie nur dieses arme Mädchen. Noch eins Ihrer Opfer!

PFARRER Miss Price, die nächste Hymne.

Mafanwy beginnt mit Wenn wir in höchsten Nöten sein *und geht dann zu* Ihr Völker auf der Erden all *über. Schließlich hört sie verwirrt zu spielen auf und beginnt zu weinen. Mrs. Tilehouse versucht die Asche in ihr Taschentuch zu kehren.*

RAFI Wälzen Sie sich doch noch drin, Mrs. Tilehouse. Seht nur, wie sie nach ihm schnappt und grabscht. Das wollte sie nämlich immer schon. Also sie will seine Asche verstreuen. Dann soll sie. Ich will nicht mehr.

TILEHOUSE Das werde ich Ihnen niemals verzeihen. Heute sind Sie zu weit gegangen, Madam.

Der Tuchhändler kommt.

TUCHHÄNDLER Er ist tot! Er ist tot! Der erste von ihnen ist ausgemerzt!

PFARRER Der Teufel ist gekommen.

TUCHHÄNDLER Ihr müßt ihn auf einer Kreuzung vergraben.

Er weicht aus, die anderen versuchen ihn zu fangen.

Zerätzt ihn in ungelöschtem Kalk. Er gehört in eine Zuchthausmauer. Auf das grüne Plätzchen, wo der Henker Blumen für den Buckingham Palast züchtet.

RAFI Rohling. Haben Sie keinen Respekt vor den Toten?

TILEHOUSE Anarchist!

TUCHHÄNDLER Hexen! Weibsen!

RAFI Ruhe vor Respektspersonen!

Der Tuchhändler greift sie an. Hollarcut stürzt hervor.

TUCHHÄNDLER Stoß sie über den Rand, Billy! Runter mit den Schweinen!

Rachel schlägt mit dem Notenheft auf Hollarcut ein. Damen umstellen Hollarcut und den Tuchhändler und schlagen sie. Der Pfarrer kniet.

PFARRER Seite achtundsiebzig in euern Gebetbüchern. Ein Gebet für Zeiten von Aufruhr und Krieg. Rette und erlöse uns, durchkreuze ihre bösen Pläne –

RAFI *wirft mehrere Hände voll Asche nach dem Tuchhändler.* Haben Sie keinen Respekt vor den Toten?

TUCHHÄNDLER Billy, rette mich!

HOLLARCUT Mr. Hatch, Hilfe!

CARTER Junge, ich leg dich übers Knie. Ich schlag dich zusammen. Ich verpaß dem gleich eins, daß er bis innc nächste Woche rutscht, Mrs. Rafi.

TUCHHÄNDLER *öffnet dramatisch seine Arme.* Nehmt mich, es ist zu Ende. Mein Werk ist getan.

Plötzlich bleibt der Tuchhändler vor Willy stehen, der grade von Mrs. Rafi die leere Urne entgegennimmt. Er hält sie unbeholfen mit der Oberseite nach unten und starrt den Tuchhändler an. Das Schweigen geht auf die anderen über.

Er lebt?

Er streckt halb die Hand aus, um Willy anzufassen.

Er lebt?

Er beginnt zu weinen.

Nein. Nein. Nein. Nein. Er lebt ja immer noch.

Er fällt auf Hände und Knie.

WILLY Berühren Sie mich. Ich tu Ihnen nichts. Keiner hier wird Ihnen was tun.

HOLLARCUT Mr. Hatch . . . Doch nicht weinen . . . Ist doch besser so.

Er geht zum Tuchhändler und hockt sich neben ihn.

Aufhörn.

Er blickt die anderen an.

Was macht ihr auch so was mit Mr. Hatch? Wo er doch einem nichts getan hat.

RAFI Nichts getan! Weißt du überhaupt, was du da redest?

HOLLARCUT Er hat Ihr Gequassel für ne Weile gestoppt. Nur das.

Und nicht mal das. Daß die endlich mal ihre Klappe hält, braucht mehr alsn paar Klapse. Wo wie der sind, habn noch nie eim was getan. Kuckt ihn euch jetzt mal an, wenn ihr könnt.

TILEHOUSE Er hat Mrs. Rafi am Arm verletzt.

HOLLARCUT An son Kratzer stirbt die doch nicht. Dann schon eher jedes Mal, wenn sie sich ihre Hutnadel reinsteckt.

PFARRER Hollarcut, ich habe versagt. Woche um Woche habe ich mich in der Hitze der Sonntagsschule mit dir geplagt. Stundenlang kämpfte ich um deine Seele. Ich kämpfte mit diesem Verstand, um ihm wenigstens ein paar Gebote einzuimpfen. Hast du kein einziges Wort verstanden?

HOLLARCUT Nein.

PFARRER Oh. Entschuldigen Sie mich. Ich muß hinunter und mich vorbereiten. Die Zeit des Antichrist kann nicht mehr fern sein.

Der Pfarrer geht raus. Mrs. Rafi ruft hinterher.

RAFI Vergessen Sie nicht, Herr Pfarrer: Die Wege des Herrn sind wunderbar. Weg ist der arme Mann.

Zu Hollarcut.

Sie brutaler Kerl! Sie wissen doch, daß es Ihre Pflicht ist, sich um ihn zu kümmern? Er ist schwächer als Sie!

Mafanwy beschäftigt sich in der Nähe von Mrs. Rafi mit einem Schal.

MAFANWY Oh, Mrs. Rafi. Mir tut das alles so leid. Sie haben sich doch so angestrengt, alles heute so nett zu machen.

RAFI Carter, bringen Sie Hatch ins Stadtgefängnis hinunter.

Carter und Thompson halten den Tuchhändler fest.

TUCHHÄNDLER *ängstlich.*

Ich weiß nicht, ob ihr alle Geister seid oder ob ihr noch Zeit habt, euch zu retten.

Weinend zu sich selber.

Ich begreife nichts mehr. Ich habe versucht, euch vor eurer Dummheit und Selbstsucht zu retten...

Weint.

Aber nun wird ein anderer kommen, und keiner wird euch helfen... Keiner kann euch jetzt noch helfen...

Carter und Thompson nehmen den Tuchhändler mit sich raus.

RAFI Mafanwy, führen Sie sich nicht so auf. Immer, wenn Sie sich erkälten, benehmen Sie sich, als ob Sie alle Sünden der Welt auf Ihre Schulter nähmen und wir alle dankbar sein müßten.

MAFANWY *dreht sich ab und weint.*
Wie können Sie nur so hart sein...
Mafanwy beginnt die zerstreuten Notenblätter aufzulesen.

RAFI *will etwas ankündigen.*
Achtung, meine Damen! Ich glaube, ich darf sagen, daß heute alles sehr gut verlief, bis Mr. Hatch mit seinen Wahnideen kam. Wie immer haben wir uns auch diesmal beispielhaft für die ganze Stadt verhalten.

DAMEN Ja.

RAFI Zweifellos waren einige von uns von den hohen Gefühlen des feierlichen Anlasses ergriffen –

TILEHOUSE Ach ja, wie wahr.

RAFI – aber das gehört sich ja auch so.
Zustimmendes Gemurmel.
Denn daran zeigt sich die Tiefe unserer Empfindungen.
Die Damen klatschen etwas Beifall.
Kein Wort mehr darüber. Von niemandem. Natürlich ist es bedauerlich, daß uns der Wind hier das ein bißchen herumgeweht hat –
Sie nimmt von Willy die Urne entgegen.
– aber an diesen hochgelegenen, exponierten Stellen muß damit gerechnet werden.
Sie gibt Mr. Evens die Urne.
Mr. Evens, sorgen Sie freundlicherweise dafür, daß das wieder in mein Arbeitszimmer zurückkommt. Vielleicht wollen Sie mir – helfen, eine Nische dafür auszuwählen. Unser Werk ist getan –
Sie staubt sich selber ab.
– und wir können eindeutig feststellen, daß die Asche wohlverstreut worden ist. Wo ist Rose?
Sie schaut sich um. Rose ist nicht da.

TILEHOUSE Gleich wird etwas Schreckliches passieren. Ich weiß es. Irgend etwas in der Luft huschte grade an mir vorbei.

RAFI Unsinn, Jessica. Rose ist ein vernünftiges Mädchen. Sie ist aus diesem Irrenhaus weggegangen, um ein bißchen Ruhe zu haben. Hollarcut, kann ich mich darauf verlassen, daß Sie jetzt still zur Stadt hinuntergehen und sich wenigstens äußerlich anständig benehmen?

HOLLARCUT Mir hängt einer nichts mehr an. Die Gelegenheit geb ich nicht. Falls Sie das damit sagn wollen.

RAFI In den nächsten zwei Monaten können Sie jeden Abend in meinem Garten *Schwerarbeit* leisten. Da muß eine ganze Menge besonders *schwerer* Boden umgegraben werden. Entweder das, oder ich sehe mich gezwungen, Ihrem Fall mittels der örtlichen Behörden nachzugehen. Also was?

HOLLARCUT *brummt.*

Umgraben, schätz ich.

RAFI Ich bin froh, daß Ihnen noch etwas Verstand geblieben ist. Ich will annehmen, daß Hatch Sie verleitet hat – das anzunehmen fällt mir nicht schwer. Finden Sie sich morgen Punkt fünf Uhr dreißig an meiner Hintertür ein.

HOLLARCUT Morgens oder abends?

RAFI Beides.

Hollarcut geht brummend raus.

RAFI Meine Damen, Sie können jetzt hinuntergehen.

RACHEL *gleichzeitig mit Mrs. Tilehouse.*

Aber können wir Sie denn allein lassen?

TILEHOUSE Nein, nein, meine Liebe, hier draußen ganz ohne Begleitung.

RAFI Sie sind außer Gefahr, Jessica. Carter wird Hatch nicht entwischen lassen.

Alle bis auf Rafi und Willy gehen raus. Sie ist vorn, er hinten auf der Bühne. Vor dem Klavier steht immer noch der leere Stuhl. Er ist nicht von der Stelle bewegt worden.

Bringen Sie mir den Stuhl, Willy.

Willy bringt ihr den Stuhl. Er stellt ihn vorn auf die Bühne. Sie setzt sich. Er bleibt etwas weiter weg stehen.

Ich habe Angst, alt zu werden. Ich bin immer eine energische Frau gewesen. Dazu hat man mich erzogen. Die Leute erwarten von jemandem meines Standes, daß er sie anschreit. Sie tyrannisiert. Tut man es nicht – sind sie enttäuscht. Das gibt ihnen etwas, worüber sie dann in ihren Kneipen tratschen können. Sie machen dich zum Exzentriker. Das ist ihre Art, dich zu bewundern. Manchmal glaube ich, daß ich wie ein Leuchtturm in ihrer Welt bin. Ich gebe ihnen ein Gefühl von Ordnung und Sicherheit. Meine Leuchtzeichen zeigen ihnen die Fahrrinne in den sicheren Hafen. Ich habe sie so satt. Ich habe es satt, ein bunter Hund in ihrer kleinen Welt zu sein. Es gab keine andere Möglichkeit für mich. Wäre ich katholisch –

Sie schaut sich um.

– schon gut, der Pfarrer ist gegangen – dann wäre ich Äbtissin geworden. Ich hätte die Nonnen in Schrecken versetzt. Sie hätten es genossen. Wie ein Leben Tür an Tür mit dem Teufel. Aber unser großartiger Glaube hat mir nicht einmal diesen Trost gegönnt. Natürlich habe ich meine großen Auftritte –

Schaut sich wieder um wie zuvor.

Ja, die Damen sind gegangen – Nicht eine von ihnen kann spielen, wissen Sie. O nein. Ich bin von Mittelmäßigkeit umgeben. Eine brennende Fackel und kein Weg, den sie erleuchten könnte ... Ich werde alt sein und sie aus einem Rollstuhl anschreien. Darauf warten sie doch nur. Dann zahlen sie mir alles zurück für die Jahre, in denen ich sie tyrannisiert habe. Dann rollen sie dich wohin sie wollen. »Fahrt mich dorthin.« »Da warst du gestern. Wir wollen heute woanders hin.« »Fahrt mich hinunter zum Strand. Ich will die See sehen.« »Nein, du willst die See gar nicht sehen. Du hast sie gestern gesehen. Der Wind ist – nicht gut für deinen Kopf. Wenn du dich nicht anständig benimmst und dich erkältest, werden wir dich ins Bett einsperren. Da bleibst du dann für immer drin.« Raffiniert. Jessica würde mir vermutlich Streichhölzer unter die Fingernägel jagen. Ich werde sie pensionieren müssen. Sie ist eine von den Frauen, denen es bestimmt ist, allein in einem kleinen Raum zu sterben. Schließlich gibst du es auf, sie anzuschreien. Du schließt deine Augen, und die Tränen laufen dir über dein häßliches altes Gesicht, und du kannst es dir nicht einmal trockenreiben: Sie geben dir dein Taschentuch nicht. »Gebt es ihr bloß nicht. Sie kriegt einen Anfall und reißt es in Fetzen.« Da sitzt du nun: alt, häßlich, wimmernd, dreckig, auf Rädern herumgestoßen und bedroht. Ich kann sie nicht lieben. Wie könnte ich? Aber nicht zu lieben ist ein schrecklicher Zustand für jemanden, der sich auf seinen Tod zubewegt. Ist irgend etwas der Mühe wert gewesen? Nein. Ich habe mein Leben nutzlos vertan.

Sie sieht jemanden außerhalb der Bühne.

Komm her. Sie sind gegangen.

Rose kommt. Sie geht ruhig auf sie zu.

Geh fort von hier, Rose. Du darfst nicht in der Stadt bleiben und den Rechtsanwalt, den Doktor oder den Pastor heiraten. Hier kannst du nicht atmen.

ROSE Wohin soll ich gehen?

RAFI Colin hätte dich mitgenommen. Auf diesem Misthaufen

hätte er sich niemals niedergelassen. O nein. Aber – ihn haben sie jetzt erwischt. Er ist für immer auf diesen Klippen. Ein Geist, der auf der See herumspukt. Bis auch sie geht. Auch die See muß verschwinden, irgendwann. Ha, ha. Auch die Geister. Willy. Nimm du sie mit.

WILLY Wird sie mitgehen?

RAFI Wenn sie auch nur ein bißchen Verstand hat.

ROSE *zu Mrs. Rafi.*

Du bist nicht gegangen.

RAFI Nein.

Sie steht auf.

Zur Trauerfeier wird Tee gereicht. Solche Kleinigkeiten unterbrechen die Monotonie ihres Lebens. Es wird ein Chaos geben, wenn ich jetzt nicht die Zügel in die Hand nehme. Sie hacken sich mit den Kuchenmessern in Stücke und gießen den Tee über die Sandwiches. Aber ich werde an die See und an den toten Colin denken und auch daran, daß die Welt voller Dinge ist, die von mir immer weit entfernt waren. Kommt nicht mit hinunter: Es würde euch anekeln. Bleibt hier, das schockiert sie. Dann haben sie was Schönes zu klatschen und kommen leichter über die Bestattung hinweg.

Mrs. Rafi geht.

WILLY Geht es dir besser?

ROSE Ja.

WILLY Sollen wir fortgehen?

ROSE *ruhig.*

Möchtest du?

WILLY ... Ja.

ROSE O ja. Aber dann könnte ich mit jedem weggehen.

WILLY Zum Beispiel?

ROSE Mit einem Seemann aus dem Hafen. Es macht mir nichts aus, wenn mein Leben verpfuscht ist. Oder ich könnte nach London arbeiten gehn. Bei Tante Louise war es anders. Wahrscheinlich konnte man damals nicht viel tun. Nein, das glaube ich nicht. Sie ist so ein Feigling. Hast du das nicht gemerkt? Es ist sicherer, im Garten zu bleiben und über die Mauer zu schreien. Sie braucht dir nicht leid zu tun. Sie ist ein Tyrann, und nur die Schwachen wollen tyrannisiert werden. Die Stadt ist voll mit ihren Krüppeln. Zu denen ist sie am nettesten.

WILLY Ich weiß.

ROSE *Leichtes Achselzucken.*
Wann gehst du?
WILLY Bald. Hier gibt es nichts mehr zu tun.
ROSE Wenn du ertrunken wärst, wäre ich jetzt mit Colin verheiratet.
WILLY Ja, leicht möglich.
ROSE Du bist dem Ertrinken entgangen. Du bist dem Messer des Tuchhändlers entgangen. Findest du das Leben aufregend?
WILLY Soll ich dich küssen?
Willy küßt sie schweigend.
ROSE In den Fußstapfen eines Toten.
WILLY Auf die Toten kommt es nicht an.
ROSE Da bin ich nicht sicher.
WILLY Dann bist du wie deine Tante. Du redest und hast keinen Mut.
ROSE Da! Sie haben das Klavier nicht zugedeckt. Die Feuchtigkeit verzieht die Saiten.
Rose bedeckt das Klavier mit einer grünen oder verblichenen, schmutzigweißen Decke.
Tante wird zwei starke Männer mit einem Karren schicken, die es wieder hinunterschaffen.
Sie stellt den Stuhl vor das Klavier. Willy will gehen.
Wohin gehst du?
WILLY Schwimmen.
ROSE Heute?
WILLY Ja.
ROSE In der See?
WILLY Ja.
ROSE Wo ist dein Handtuch?
WILLY Ich brauche keins.
ROSE Willst du wirklich?
WILLY O ja.
Er blickt sie einen Moment lang an und will dann wieder gehen.
ROSE Warte.
Er bleibt stehen.
Ich komme mit, deine Kleider halten ...
Willy nickt ihr zu und geht. Rose folgt ihm. Die Bühne ist bis auf das zugedeckte Klavier und den leeren Stuhl leer.

Acht

Strand.

Evens' Hütte. Ein heller, klarer Morgen mit etwas Wind. Evens sitzt auf einer Kiste. Er hat eine schmale Taschenflasche Whisky in der Hand, trinkt jedoch nicht. Ein Augenblick vergeht, dann ruft er nach außerhalb der Bühne.

EVENS Du schleichst schon den ganzen Morgen hier rum.

HOLLARCUT *matt, von draußen.*
Meinst du mich?

EVENS Was willst du mit dem dicken Knüppel?

Einige Augenblicke später tritt Hollarcut auf. Er ist müde und unrasiert. Sein Kragen steht offen. Er ist erschöpft, aber sein Zorn gibt ihm Kraft.

HOLLARCUT *matt.*
Wasn, Dreckschwein?

EVENS Du bist mich totschlagen gekommen, was? Mit deinem dicken Knüppel da.

HOLLARCUT *matt.*
Und was, wenns stimmt?

EVENS Das wirst du nicht schaffen.

HOLLARCUT *matt.*
Meinst du?

EVENS Ist bei dir nicht drin.

HOLLARCUT *matt.*
Nein?

EVENS Nicht jetzt, wo Hatch eingelocht ist.

HOLLARCUT Zieh seinen Namen nicht in Dreck mit deiner dreckigen alten Schnauze.

EVENS Du glaubst doch nicht, was er dir erzählt hat? Glaubst du, daß ich auf einem Besenstiel reite?

HOLLARCUT *matt.*
Und was, wenn ichs nicht glaub?

EVENS Warum kommst du mich dann mit deinem dicken Knüppel totschlagen?

Er nimmt einen Drink.

HOLLARCUT Wer hatn denn verrückt gemacht? Warum hat er die ganzen blöden Ideen? Ich kenn keinen, der so was tut, nur du.

Er schlägt mit dem Knüppel auf eine Kiste.
Er zerbricht.

EVENS Möglich.

HOLLARCUT Er war immer gut zu mir. Wo sonst kein Schwein mit mir spricht. Höchstens, daß mal einer sagt: Geh dort hin, hol das. Oder: Das ist bei dir nicht drin. Das wirst du nicht schaffen. Er schämt sich nicht und redet mit mir und hört mir auch zu. Der nutzt mich nicht aus wie die olle Ziege und ihr andern alle. Bei ihm darf ich immer dabeisein.

EVENS Ich verstehe.

HOLLARCUT Wenns nämlich drauf ankommt, bin ich auch wer. Auch wenns dir vielleicht nicht paßt: Ich bin fast wie du und auch wer. Er wußte das. Das ist gar nicht so verrückt. Mehr hab ich heute nicht zu sagn.

EVENS Gut, Billy. Aber keine verrückten Sachen machen. Wirf den Knüppel weg.

HOLLARCUT Mr. Hollarcut.

EVENS Wirf deinen Knüppel weg, Mr. Hollarcut.

HOLLARCUT Nein. Wo ich ihn jetzt hab, behalt ich ihn auch. Daß du weißt, ich bin hier.

Willy kommt rein.

WILLY Hallo! Ich wollte mal vorbeischauen.

EVENS *nickt.*
Heute morgen war die gerichtliche Untersuchung.

WILLY Ja.

EVENS Damit ist alles vorbei.

WILLY Tod durch Ertrinken.

EVENS Zufrieden?

WILLY Und der Untersuchungsrichter hat den Leichtsinn von Leuten erwähnt, die bei schlechtem Wetter auf See rausfahren und damit die Küstenwache gefährden.

EVENS Wann fährst du?

WILLY Jetzt. Morgen, Billy. Ich sehe, daß Mrs. Rafi dich rangekriegt hat, ihren Garten umzugraben.

HOLLARCUT Mr. Hollarcut.

WILLY Ah ja.

HOLLARCUT Schon gut – Carson, nicht wahr? Ich sag dir was, Junge, daß du Bescheid weißt. Ich grab für sie um –
Er legt seinen Zeigefinger an die Nase und sieht verschlagen aus.
– aber wird irgendwas wachsen? ... Morgen!

Hollarcut geht raus. Willy setzt sich auf eine Kiste.

EVENS Bist du gekommen, um mich zu töten?

WILLY Ich glaube nicht.

EVENS Er ja.

WILLY Du liebe Zeit. Kann man das ernst nehmen?

EVENS *zuckt die Achseln.*
Das weiß Gott.

WILLY Vielleicht ziehen Sie in die Stadt zurück. Für eine Weile jedenfalls.

EVENS Lieber laß ich mich totschlagen.

WILLY Tchtchtch!
Schweigen.
Der Tuchhändler glaubte, daß es dort oben noch andere Wesen gibt. Andere Welten.

EVENS Gibt es. Es gibt unzählige Millionen von Sonnen. Deshalb muß es auch mehr Planeten geben. Millionen und Abermillionen lebender Welten.

WILLY Aber würden sie diesen ganzen Weg zu uns auf sich nehmen, selbst wenn sie könnten, nur um uns zu besuchen?

EVENS Nein, wäre die Reise kaum wert.

WILLY Vielleicht sind sie vollauf damit beschäftigt, sich gegenseitig und alles andere zu töten. Aber was, wenn sie da oben schon alles getötet haben? Vielleicht kommen sie dann, um uns zu töten. Ich meine, das wäre ein Grund zu kommen. Wenn sie dringend noch was zum Töten brauchten. Da würde die lange Reise sich lohnen. Eine Weltall-Safari. Vielleicht sind wir auch nur bösartige kleine Schädlinge für sie. Die man nicht ernst zu nehmen braucht. Nur Zeitvertreib.

EVENS Ja.

WILLY Glauben Sie, sie töten sich gegenseitig?

EVENS Müssen sie. Leben tötet schließlich immer anderes Leben.

WILLY Ja. Sie meinen, alles Leben sei ein Gewächs, das über das ganze Universum wuchert und sich selber tötet und verschlingt.

EVENS In gewisser Hinsicht.

WILLY Aber da oben. Da draußen. Wenn ich in den Himmel sehe, sterben und bluten und stöhnen dort Lebewesen?

EVENS O ja. Die Sphärenmusik.

WILLY Wie können Sie das Leben ertragen?

EVENS Fängst du wieder zu heulen an?

WILLY Wie?

EVENS Das weiß ich nicht. Ich weiß nicht, warum ich nicht verrückt bin.

Schweigen.

WILLY Ich bin nicht sicher, ob ich es ertragen kann.

EVENS Man braucht es nicht lange zu ertragen. Die Jahre gehen sehr schnell vorbei. So daß die Minuten einem scheinbar erspart bleiben. Du mußt Vertrauen haben.

WILLY In was?

EVENS *zuckt die Achseln.*

Nun gut.

Schaut sich um.

Willst du Tee?

WILLY Nein.

EVENS Es macht keine Umstände. Er ist schon fertig. Jeden Morgen fülle ich zwei Flaschen mit Tee. Das reicht für den ganzen Tag.

WILLY Nein, danke.

Evens nimmt zwei Thermosflaschen aus einer Kiste. Eine Flasche schraubt er auf, um sich Tee einzugießen. Er läßt die Tasse mit dem Tee stehen, nimmt die schmale Whiskyflasche aus der Tasche und trinkt. Dann steckt er sie wieder ein. Er nimmt die Teetasse wieder auf und wärmt seine Hände an ihr. Die zwei Flaschen stehen auf der Kiste.

EVENS Ich glaube an die Ratte. Kannst du dir ein schlimmeres Geschöpf vorstellen? Das Universum ist voller Lebewesen, die sich gegenseitig umbringen. Das ist schon ewige Zeiten so. Manchmal wimmelt es im Universum gradezu von sich tötenden Lebewesen. Oder wenigstens große Ansammlungen von ihnen gibt es dann im Weltall. Vielleicht ist es jetzt grade so. Zu anderen Zeiten kommt es vor, daß sie alles ausgerottet haben, sich gegenseitig sogar, so daß das Universum fast unbewohnt ist. Aber nicht ganz. Irgendwo auf einem Stern wird sich eine Ratte unter einem Stein verkrochen haben. Sie wird auf die zerklüftete Einöde schauen und von Zeit zu Zeit herumstreunen, um sich von den Trümmern zu ernähren. Eine schlappe, watschelnde, riesige Ratte. Wie eine fette Frau, die, bepackt mit Einkaufstaschen, zum Bus rennt. Dann verdrückt sie sich wieder in ihr Nest, um sich zu vermehren. Denn Ratten bauen Nester. Daran glaube ich. Und nach einiger Zeit wird sie zu einem Wesen, das fliegt, schwimmt, kriecht und aufrecht geht. Und eines Tages wird sie zum Rattenfänger. Ich glaube an die Ratte, weil sie den Keim zum Rattenfänger in sich trägt. Ich glaube an den Rattenfänger. Ich glaube an Sand und Stein und Wasser. Denn der Wind wirft sie in eine dreckige See, die lebendige Dinge gebärt. Ich glaube, daß das Universum lebt. Es wimmelt von Leben. Die Menschen halten sich für sehr stark und schlau. Aber wer kann das Weltall umbringen oder die Zeit oder den Staub? Sie zerstören alles, aber sie stellen doch immer nur Material für neues Leben her. Alle Zerstörung ist zuletzt kleinlich, und am Ende lacht das Leben über den Tod.

WILLY Es geht weiter und weiter. Aber wenn schließlich alles zugrunde geht. Und immer nur die Ratte übrigbleibt?

EVENS Ich glaube auch an den weisen Rattenfänger. Er kann es ertragen, sowohl in Minuten als auch in Jahren zu leben, und er versteht die Stimme dessen, was er tötet. Das Leid ist die Sprache des Universums, und alles, was eine Stimme hat, ist menschlich.

WILLY Und Hoffen ist, zuhören.

EVENS Ja. Wir sitzen hier, und die Welt verändert sich. Wenn dein Leben zu Ende ist, wird sich alles verändert haben oder begonnen haben, sich zu verändern. Unsere Gehirne werden nicht mehr groß genug sein. Sie werden an größere angeschlossen werden. Sie werden sich freimachen von diesem Körper. Er ist zu anfällig für Krankheiten und Gebrechen. Alles Lebenswichtige werden sie – in einen besseren Behälter verpflanzen. Eine unzerbrechliche Glasflasche auf stählernen Stützen. Man wird die Eingeweide des anderen sehen, wenn man auf der Straße aneinander vorbeigeht. Es wird kein Gras mehr da sein. Warum? Wofür? Es wird keine Tragödie mehr geben. Denn es gibt keine Tragödie ohne das Gras, auf dem sie gespielt werden kann. Ohne Tragödie kann man auch nicht mehr lachen. Nur noch Ordnung und Wahnsinn gibt es dann. Verstehst du, wovor der Tuchhändler Angst hat? Nicht vor Wesen aus dem Weltall, vor uns. Wir selber sind dabei, die fremden Besucher dieser Welt zu werden.

WILLY Vielleicht eine bessere Welt.

EVENS Aber warum wollen sie sie dann mit Bomben und Bakterien und Gas vollfüllen? Du wirst noch eine Zeit erleben, in der das alles geschieht und die Leute nichts dagegen tun werden. Sie werden auf dem Boden sitzen und sagen »vielleicht eine bessere

Welt«.

WILLY Was sollte ich machen? Herkommen, hier leben?

EVENS Nein.

WILLY Sie sind so sicher.

EVENS Ich bin ein Wrack, das am Strand verrottet. Hilfe hat keinen Sinn mehr. Deshalb lebe ich hier fern von allen Menschen. Es würde ihnen nicht helfen, auch hier zu leben. Jeder von uns endet anders. Du darfst dem weisen Narren nicht zu sehr vertrauen. Was er weiß, ist wichtig, und du stirbst, ohne es zu wissen. Aber auch er weiß nie genug.

WILLY Soll ich also doch in der Stadt bleiben? Hart arbeiten? Geld verdienen? Bürgermeister werden?

EVENS Nein. Geh fort. Du wirst hier nicht mehr Antworten finden. Geh fort und finde sie. Gib die Hoffnung nicht auf. Das ist immer dumm. Die Wahrheit wartet auf dich, sie ist sehr geduldig, und du wirst sie finden. Denke dran, daß ich dir all dies gesagt habe, damit du nicht verzweifeln brauchst. Aber du mußt trotzdem die Welt verändern.

Rose kommt.

ROSE Ich bin dir nachgegangen. Es ist alles gepackt. Wir dürfen unseren Zug nicht versäumen. Ich sah euch miteinander reden. Was hast du gesagt?

WILLY Ich kam her, um auf Wiedersehen zu sagen, und ich freue mich, daß du –

edition suhrkamp. Neue Folge